STEPHEN KING

SAC D'OS

Né en 1947 à Portland (Maine), Stephen King a connu son premier succès en 1974 avec *Carrie*. En une trentaine d'années, il a publié plus de cinquante romans et autant de nouvelles, certains sous le pseudonyme de Richard Bachman. Il a reçu de nombreuses distinctions littéraires, dont le prestigieux Grand Master Award des Mystery Writers of America pour l'ensemble de sa carrière en 2007. Son œuvre a été largement adaptée au cinéma.

STEPHEN KING

Sac d'os

ROMAN TRADUIT DE L'ANGLAIS (ÉTATS-UNIS)
PAR WILLIAM OLIVIER DESMOND

ALBIN MICHEL

Titre original :

BAG OF BONES

Pour Naomi. Toujours.

« Oui, Bartleby, reste derrière ton paravent, pensai-je ; je ne te persécuterai plus ; tu es aussi inoffensif et silencieux que ces vieilles chaises ; en un mot, je ne me sens jamais aussi isolé que quand je te sais ici. »

Herman MELVILLE, *Bartleby*.

« La nuit dernière, j'ai rêvé que je retournais à Manderley [...] et me tenant là, silencieuse et immobile, j'aurais juré que la maison n'était pas une coquille vide mais qu'elle vivait et respirait comme elle l'avait fait autrefois. »

Daphné DU MAURIER, *Rebecca*.

« Mars, c'est le ciel. »

Ray BRADBURY.

CHAPITRE 1

Par une très chaude journée d'août 1994, ma femme me dit qu'elle devait se rendre à la pharmacie Rite Aid de Derry pour faire renouveler son traitement antiallergique — un médicament que l'on peut acheter aujourd'hui sans ordonnance, je crois. J'avais rempli mon objectif d'écriture pour la journée et lui offris d'aller le chercher à sa place. Elle me remercia, mais elle voulait en profiter pour passer prendre le poisson de notre repas du soir, au supermarché voisin de la pharmacie. Sur ce, elle souffla un baiser dans ma direction et sortit. Lorsque je la revis, ce fut sur un écran de télé. C'est ainsi qu'on identifie les morts ici, à Derry ; fini, de remonter un couloir souterrain dallé, carreaux verts sous vos pieds, tubes de néon au-dessus de la tête, terminé, le corps nu qui surgit sur sa glissière d'un placard glacial. On entre simplement dans un bureau sur lequel est marqué PRIVÉ, on regarde un écran de télé et on dit oui ou non.

La pharmacie Rite Aid est à un peu plus d'un kilomètre de chez nous, dans un petit centre commercial où l'on trouve également un magasin de vidéo, un marchand de livres d'occasion du nom de Spread It Around (ils font d'excellentes affaires avec mes vieilles éditions de poche, paraît-il), un Radio Shack et un Fast Foto. L'endroit est sur la longue montée d'Up-Mile Hill, au carrefour de Witcham et Jackson.

Elle se gara en face de Blockbuster Video, entra

13

dans la pharmacie et fut accueillie par Joe Plussaj, qui était alors le pharmacien du Rite Aid ; depuis, il est parti s'occuper d'une autre succursale de la chaîne, à Bangor. À la caisse, elle acheta aussi un de ces chocolats qui contiennent de la guimauve ; celui-ci était en forme de souris. Je le découvris plus tard dans son sac à main, le rouge. Je le déballai et le mangeai, assis à la table de la cuisine, le contenu du sac à main répandu devant moi, et ce fut comme si je communiais. Quand il ne resta plus que le goût du chocolat sur ma langue et dans ma gorge, j'éclatai en sanglots. Je restai là, devant les objets en désordre, quelques Kleenex, des produits de maquillage, ses clefs, un rouleau de Certs qui en contenait encore quelques-uns, et je pleurai en me cachant les yeux, comme un gosse.

L'inhalateur était dans le sachet de la pharmacie. Il avait coûté douze dollars et dix-huit cents. Je trouvai aussi autre chose dans le sac ; un objet qu'elle avait payé vingt-deux dollars cinquante. Je le contemplai longtemps sans comprendre. J'étais surpris, peut-être même stupéfait, mais l'idée que Johanna Arlen Noonan ait pu mener une autre vie, une vie dont je n'aurais rien su, ne me vint pas un instant à l'esprit, pas sur le moment.

Johanna quitta la caisse, sortit, se retrouva sous le soleil de plomb, mit ses lunettes de soleil à verres correcteurs à la place de ses lunettes habituelles, et juste au moment où elle quittait l'abri de la petite marquise (j'imagine un peu, ici, d'accord, m'immisçant sur le terrain du romancier, mais pas de beaucoup ; de quelques pas seulement, vous pouvez me faire confiance), il y eut ce hurlement effroyable de pneus qui dérapent sur la chaussée annonçant qu'un accident est imminent ou ne va être évité que de peu.

Cette fois-ci, l'accident eut lieu — le genre d'accident qui se produit au moins une fois par semaine, dirait-on, à ce stupide carrefour en forme de X. Une Toyota modèle 89 venait de sortir du parking du centre commercial pour s'engager, à gauche, sur Jackson Street. Avec au volant Mrs Esther Easterling, une veuve de Barrett's Orchard. Elle était accompagnée d'une amie, Mrs Irene Deorsey, également de Barrett's Orchard, qui était passée dans la boutique vidéo sans trouver de cassette à louer. « Toute cette violence », avait-elle dit. Elles devaient l'une et l'autre leur veuvage à la nicotine.

Il paraît difficile de croire que Mrs Easterling n'ait pas vu le camion-benne orange des Travaux publics qui descendait de la colline ; elle eut beau dire le contraire à la police, aux journaux et à moi-même lorsque je lui en parlai, environ deux mois plus tard, je crois qu'elle a vraisemblablement oublié de regarder. Comme ma propre mère (autre enveuvée à la nicotine) avait l'habitude de dire : « Les deux maladies les plus fréquentes des gens âgés sont l'arthrite et la perte de mémoire. On ne peut les tenir pour responsables ni de l'une ni de l'autre. »

William Fraker, d'Old Cape, était au volant de la benne. Il avait trente-huit ans, le jour de la mort de ma femme, et conduisait torse nu en se disant qu'il mourait d'envie d'une douche froide et d'une bière bien fraîche, pas nécessairement dans cet ordre. Avec trois collègues, il venait de passer la journée à asphalter la portion de route qui prolongeait Harris Avenue — « l'Extension » — près de l'aéroport, boulot à crever de chaud par un jour à crever de chaud, et Bill Fraker admit que oui, il allait peut-être un peu trop vite, disons à soixante dans une zone limitée à cinquante kilomètres à l'heure. Il lui tardait d'arriver au garage, de faire enregistrer le camion et de sauter dans sa F-150, laquelle avait l'air conditionné. De plus, les freins du camion-benne, considérés comme encore bons lors de la dernière inspection, étaient loin d'être dans un état parfait. Fraker écrasa la pédale dès qu'il vit la Toyota bleue lui couper la route (écrasa aussi l'avertisseur), mais il était trop tard. Il entendit le hurlement des pneus — des siens puis de ceux d'Esther, lorsqu'elle avait pris à retardement conscience du danger — et il aperçut le visage de la vieille dame pendant un bref instant.

« Ce fut le pire moment, d'une certaine façon », me dit-il. Nous étions assis sur le porche, buvant de la bière ; on était en octobre et même si nous sentions la chaleur du soleil sur le visage, nous portions l'un et l'autre un chandail. « Vous savez comment nous sommes assis, dans ces camions, très haut ? »

J'acquiesçai.

« Eh bien, elle levait la tête pour regarder — elle se tordait même le cou, si l'on peut dire — et elle avait la figure en plein soleil. On voyait qu'elle était vieille. Je me rappelle m'être dit, *Bon Dieu de merde, elle va péter comme du verre si je peux pas m'arrêter !* Mais les vieux sont plus coriaces qu'on le croit, en fin de compte. Ils vous étonnent toujours. Regardez ce qui est arrivé : ces deux vieilles mémés sont encore en vie, et votre femme... »

Il n'acheva pas ; le rouge lui était brusquement monté aux joues et il avait l'air d'un ado dont les filles se moquent, dans la cour de récré, parce qu'il a oublié de remonter la fermeture Éclair de sa braguette. C'était comique, mais si j'avais souri, je n'aurais fait qu'ajouter à sa confusion.

« Désolé, Mr Noonan. J'ai pas fait attention à ce que je disais.

— Pas de problème, répondis-je. Le plus dur est passé, de toute façon. » C'était un mensonge, évidemment, mais il nous remit sur les rails.

« Bref, nous nous sommes rentré dedans. Il y a eu un bruit assourdissant, puis un grincement quand la carrosserie de la voiture s'est enfoncée, côté conducteur. Un bruit de verre brisé, aussi. J'ai été projeté si violemment contre le volant que j'ai eu mal pendant

16

une bonne semaine à chaque fois que je respirais ; j'avais aussi un grand bleu circulaire ici. » Du geste, il décrivit un arc de cercle qui passait juste sous ses clavicules. « Je me suis cogné la tête contre le pare-brise qui s'est même craquelé, mais là, je m'en suis simplement tiré avec une bosse violette... je n'ai pas saigné, je n'ai même pas eu mal à la tête. Ma femme dit que j'ai la caboche épaisse de nature... j'ai vu la conductrice, Mrs Easterling, projetée entre les sièges-baquets de l'avant. Puis on s'est finalement arrêtés au milieu, les deux véhicules emmêlés, et je suis sorti pour voir dans quel état elles étaient. Je m'attendais à trouver deux cadavres, je peux vous le dire. »

Mais les deux vieilles dames n'étaient ni mortes ni même inconscientes. Mrs Easterling eut trois côtes cassées et la hanche déboîtée, et Mrs Deorsey, qui ne prit pas le choc de plein fouet, souffrit seulement de commotion parce que sa tête avait heurté la vitre. Ce fut tout ; « on lui prodigua des soins au Home Hospital et elle sortit tout de suite après », comme l'écrit toujours le *Derry News* dans ces cas-là.

Ma femme, née Arlen et originaire de Malden, vit tout de l'endroit où elle se tenait, devant la pharmacie, la bandoulière du sac passée à l'épaule, tenant le sachet du médicament à la main. Comme Billie Fraker, elle pensa vraisemblablement que les occupantes de la Toyota devaient être mortes ou gravement blessées. La collision avait produit un grand bruit creux et péremptoire qui avait roulé dans l'air brûlant de l'après-midi telle une boule de bowling dans une allée. Le crissement de verre brisé l'avait entouré de sa dentelle déchiquetée. Les deux véhicules se trouvaient violemment emmêlés au milieu de Jackson Street, le gros camion-benne d'un orange encrassé surplombant la petite voiture étrangère bleu pâle comme un parent brutal un enfant qui se recroqueville.

Johanna se mit à courir en direction de la rue, à travers le parking. D'autres personnes faisaient de même tout autour d'elle. L'une de ces personnes, Miss Jill Dunbarry, se trouvait au Radio Shack au moment de l'accident. Elle croyait se souvenir d'avoir dépassé Johanna en courant — du moins se rappelait-elle très bien une femme en pantalon bleu — sans pouvoir en être sûre. Déjà, Mrs Easterling hurlait qu'elle avait mal, qu'elles avaient mal toutes les deux, elle et son amie Irene, personne n'allait donc venir à leur secours !

À mi-chemin du parking, près d'un petit groupe de distributeurs de journaux, ma femme tomba. La bandoulière du sac resta accrochée à son épaule, mais le sachet contenant le médicament glissa de sa main et l'inhalateur s'en échappa en partie.

Personne ne fit attention à la dame allongée par terre, à côté des distributeurs à journaux ; les gens n'avaient d'yeux que pour les véhicules accidentés, les femmes qui hurlaient et la flaque d'eau et d'antigel qui s'étalait, le radiateur du camion ayant été percé. (« C'est de l'essence ! criait l'employé de Fast Foto à qui voulait l'entendre. C'est de l'essence ! Attention à l'explosion, les gars ! ») Si ça se trouve, un ou deux des sauveteurs volontaires l'ont peut-être enjambée en pensant qu'elle s'était évanouie. Cette hypothèse, par une journée où le thermomètre flirtait avec les trente-cinq degrés, n'aurait rien eu de déraisonnable.

Une foule de vingt à trente personnes venues du centre commercial s'était rassemblée autour de l'accident ; une douzaine d'autres arriva bientôt en courant de Strawford Park, où se déroulait une partie de base-ball. J'imagine que toutes les banalités auxquelles on peut s'attendre dans ce genre de situation furent prononcées, et beaucoup à plusieurs reprises. Une main passa par le trou irrégulier qui remplaçait la fenêtre du côté conducteur pour tapoter celle, déformée par l'âge et tremblante, de la vieille Mrs Easterling. Les gens laissèrent tout de suite passer Joe Plussaj ; en de tels moments, quiconque porte une blouse blanche devient automatiquement la reine du bal. Au loin s'éleva le ululement d'un sirène d'ambulance, aussi tremblotant que l'air chaud au-dessus d'un incinérateur.

Et durant tout ce temps, personne ne remarquait ma femme, allongée sur le parking, la bandoulière de son sac toujours passée à l'épaule (avec à l'intérieur, dans son emballage de papier d'argent, la souris en chocolat intacte) et le sachet de papier blanc contenant son médicament à terre, non loin de sa main. Ce fut Joe Plussaj qui la repéra, lorsqu'il revint précipitamment à la pharmacie prendre des compresses pour la tête d'Irene Deorsey. Il la reconnut alors même qu'elle gisait sur le ventre. À ses cheveux roux, à sa blouse blanche, à son pantalon bleu. Il la reconnut parce qu'il venait de la servir quelques minutes auparavant.

« Mrs Noonan ? demanda-t-il, oubliant sur-le-champ les compresses pour Irene Deorsey, qui avait l'air sonné mais n'était apparemment pas trop gravement blessée. Ça ne va pas, Mrs Noonan ? » Sachant déjà (il me semble, mais je me trompe peut-être) qu'il avait la réponse.

Il la retourna. Il lui fallut s'y prendre à deux mains, et même ainsi ce fut un effort pénible ; agenouillé sur le parking, il dut pousser, soulever, sous la chaleur écrasante du soleil qui tombait du ciel mais montait aussi de l'asphalte. Les morts prennent du poids, j'en suis sûr ; physiquement mais aussi dans nos têtes, ils prennent du poids.

Elle avait des marques rouges sur le visage. Lorsque je l'identifiai, je les vis très clairement à son menton et à son front, alors que ce n'était pourtant qu'une image sur un écran. Je fus sur le point de demander à l'assistant du médecin légiste ce que c'était, puis je compris... comme je compris que je n'allais pas tarder à vomir. La mi-août, le macadam brûlant, élémentaire, mon cher Watson. Ma femme était morte en attrapant un coup de soleil.

Plussaj se releva, vit l'ambulance qui arrivait et courut vers elle. Il se fraya un chemin au milieu de la foule et saisit le conducteur par un bras dès que celui-ci descendit de son véhicule. « Il y a une femme là-bas ! lui dit le pharmacien avec un geste vers le parking.

— Mon vieux, on a déjà deux femmes sur les bras, ici, sans compter un homme », répondit l'ambulancier, essayant de se dégager. Mais Plussaj tint bon.

« Ce n'est pas le plus urgent. Elles n'ont rien de grave. Pas comme la femme dont je vous parle. »

La femme dont il parlait était certainement morte, et je suis à peu près certain que Joe Plussaj le savait déjà... Mais il ne se trompait pas dans ses priorités, il faut lui rendre cette justice. Et il se montra suffisamment convaincant pour que les deux ambulanciers s'éloignent de l'enchevêtrement de tôles, en dépit des gémissements de douleur d'Esther Easterling et du grondement de protestation qui monta de la foule des badauds.

Quand ils arrivèrent auprès de ma femme, l'un des ambulanciers confirma tout de suite ce que Joe Plussaj soupçonnait déjà. « Sainte merde, s'exclama l'autre, qu'est-ce qui lui est arrivé ?

— Le cœur, très probablement, répondit le premier. Elle s'est excitée et il a lâché. On voit ça tout le temps. »

Mais ce n'était pas le cœur. L'autopsie révéla un anévrisme cérébral qui aurait pu tenir encore cinq ans, peut-être, sans qu'on se doute de quoi que ce soit. Lorsqu'elle avait couru sur le parking en direction de l'accident, ce vaisseau affaibli de son cortex cérébral avait éclaté comme un pneu, noyant ses centres de contrôle dans le sang et la tuant. La mort avait sans doute été instantanée, d'après ce que me dit l'assistant du légiste, mais s'était tout de même produite de manière bien prématurée... et elle n'avait pas souffert. Juste une grande nova noire, la perte de toute sensation, de toute pensée, avant même de toucher le sol.

« Y a-t-il quelque chose que je puisse faire pour vous, Mr Noonan ? me demanda l'adjoint du médecin légiste, tout en me détournant doucement du visage immobile et des yeux clos sur l'écran vidéo. Avez-vous des questions à me poser ? Je vous répondrai dans toute la mesure du possible.

— Une seule », dis-je. Je lui expliquai ce qu'elle avait acheté à la pharmacie avant de mourir. Puis je lui posai ma question.

Les journées qui précédèrent les funérailles et les funérailles elles-mêmes se perdent dans une sorte de brouillard — le souvenir le plus clair que j'en garde est le moment où je mangeai la souris en chocolat en pleurant, pleurant surtout, je crois, parce que je savais que le goût allait bientôt disparaître. J'eus un autre accès de larmes quelques jours après l'enterrement, et je vous en parlerai d'ici peu.

Je fus soulagé à la venue de la famille de Johanna, en particulier par la présence de son frère aîné, Frank. C'est Frank Arlen — cinquante ans, rubicond, imposant sous sa tignasse blanche étonnamment luxuriante, presque théâtrale — qui se chargea des démarches et finit même par *marchander* avec l'entrepreneur de pompes funèbres.

« Je n'arrive pas à croire que tu aies pu faire une chose pareille, lui dis-je plus tard dans un box du Jack's Pub, autour d'une bière.

— Il essayait de te rouler, Mikey, me répondit-il. Les gens comme ça me font horreur. » Il se pencha pour extraire un mouchoir de sa poche revolver et s'essuya machinalement la figure. Il avait tenu le coup — tous les Arlen avaient tenu le coup, en tout cas devant moi — mais Frank avait pleuré régulièrement toute la journée ; on aurait dit qu'il souffrait d'une crise de conjonctivite aiguë.

La famille Arlen comptait six enfants, et Johanna

était non seulement la plus jeune, mais la seule fille. Elle avait été le chouchou, faut-il le dire, de ses grands frères. Quelque chose me laisse à penser que si j'avais eu la moindre responsabilité dans sa mort, ils m'auraient déchiqueté à mains nues, tous les cinq. Tout au contraire, ils formèrent un bouclier protecteur autour de moi, et c'était bon. Merveilleux, en fait. Je suppose que je m'en serais tout de même sorti sans eux, mais j'ignore encore comment. Je n'avais que trente-six ans, voyez-vous. On ne s'attend pas à enterrer sa femme lorsqu'on a trente-six ans et qu'elle en a trente-quatre. La mort était bien la dernière chose que nous avions à l'esprit.

« Si on prend un type en train de te piquer ton auto-radio, on le traite de voleur et on le met en prison », me disait Frank. Les Arlen, originaires du Massachusetts, s'étaient établis dans le Maine au cours des années soixante ; j'entendais encore l'accent de Malden dans la voix de Frank — cette manière d'élider les r, de mettre des diphtongues là où il n'y en a pas... « Mais si ce même type essaie de fourguer à un époux éploré un cercueil de trois mille dollars au prix de quatre mille cinq cents, on dit que c'est un homme d'affaires et on lui demande de faire un speech au dîner du Rotary Club. J'ai dû lui couper l'appétit, à cet enfant de salaud, non ?

— Oui, certainement.

— Ça va, Mikey ?

— Ça va.

— Vraiment ?

— Comment veux-tu que je te le dise, bordel ! » m'écriai-je assez fort pour que quelques têtes se tournent, dans les boxes voisins. Sur quoi j'ajoutai, plus doucement : « Elle était enceinte. »

Il parut se pétrifier. « Quoi ? »

Je dus faire un effort pour parler d'un ton normal. « Oui, enceinte. De six ou sept semaines, d'après le...

tu sais... l'autopsie. Tu n'étais pas au courant ? Elle ne t'avait rien dit ?

— Non, bon Dieu, non ! » Il arborait cependant une expression curieuse, comme si elle lui avait confié quelque chose. « Je savais que vous vouliez avoir un enfant, évidemment... elle m'avait dit que tu présentais un taux de spermatozoïdes un peu bas et que cela vous prendrait peut-être du temps, mais que le médecin pensait que tôt ou tard, tous les deux, vous finiriez par... » Sa voix mourut et il se regarda les mains. « Ils ont le moyen de vérifier, n'est-ce pas ? Ils le font toujours ?

— Oui, ils ont le moyen de vérifier. Pour ce qui est de le faire systématiquement, aucune idée. C'est moi qui le leur ai demandé.

— Pourquoi ?

— Elle n'a pas seulement fait l'acquisition d'un antiallergique pour ses sinus, avant de mourir. Elle a également acheté un test de grossesse — ceux qu'on fait chez soi.

— Et toi, tu ne te doutais de rien ? »

Je secouai la tête. « De rien. »

Il tendit le bras pour me prendre l'épaule et la serrer. « Elle voulait être sûre avant de t'en parler, c'est tout, n'est-ce pas ? »

Une recharge pour mon inhalateur et des filets de poisson, m'avait-elle dit, ou quelque chose comme ça. L'air tout à fait naturel. La bonne épouse qui va faire quelques courses. Cela faisait huit ans qu'on essayait d'avoir un enfant, mais elle avait eu le même air que d'habitude.

« Évidemment, dis-je en tapotant la main de Frank. Je sais bien que c'est ça. »

C'est ainsi que les Arlen, Frank en tête, assurèrent le dernier voyage de Johanna. En tant qu'écrivain de la famille, je fus chargé de l'éloge funèbre. Mon frère vint de Virginie avec ma mère et ma tante, et c'est lui qui eut la responsabilité du registre des visites, au salon funéraire. Ma mère — laquelle est presque complètement gaga à l'âge de soixante-six ans, même si les médecins refusent d'appeler ça la maladie d'Alzheimer — habite à Memphis avec sa sœur, légèrement moins atteinte qu'elle. On leur donna pour tâche de découper le gâteau et les tartes à la réception qui suivit l'enterrement.

Tout le reste fut organisé par les Arlen, des heures de visite au salon funéraire jusqu'au déroulement de la cérémonie. Frank et Victor, le cadet de Frank, prononcèrent chacun quelques paroles. Le père de Johanna dit une prière pour l'âme de sa fille. Et à la fin, Pete Breedlove, le jeune homme qui tond notre pelouse en été et ramasse les feuilles mortes à l'automne, fit pleurer tout le monde en chantant « Blessed Assurance », qui, d'après Frank, était l'hymne que Johanna préférait quand elle était enfant. Comment Frank avait déniché Pete et comment il l'avait convaincu de chanter, voilà quelque chose que je n'ai jamais découvert.

Nous franchîmes l'épreuve ; « exposition » l'après-midi et le soir du mardi, service funèbre le mercredi matin, puis la courte séance de prières au cimetière Fairlawn. Ce dont je me souviens essentiellement, c'est d'avoir pensé qu'il faisait très chaud, à quel point je me sentais perdu de ne pas avoir Johanna avec moi pour lui parler, et que je regrettais de ne pas avoir acheté une nouvelle paire de chaussures. Johanna m'aurait harcelé sans pitié si elle avait vu celles que je portais.

Plus tard, j'eus avec mon frère Sid une conversation au cours de laquelle je lui fis remarquer qu'il fallait absolument faire quelque chose pour notre mère et tante Francine, avant que l'une et l'autre ne disparaissent dans le crépuscule de Twilight Zone. Elles étaient trop jeunes pour la maison de retraite ; que suggérait-il ?

Il suggéra quelque chose, je sais qu'il le fit, mais

que je sois pendu si je sais quoi. J'acceptai sa proposition, c'est tout ce que je me rappelle. Plus tard, le même jour, Siddy, maman et tante Francine montèrent dans la voiture de location de Sid pour le retour à Boston, où ils passeraient la nuit avant de monter dans le Southern Crescent, le lendemain matin. Mon frère accepte volontiers de servir de chaperon aux deux vieilles dames, mais il ne prend jamais l'avion, même si c'est moi qui paie le billet. Il dit qu'il n'y a pas de voies de dégagement dans le ciel, si le moteur tombe en panne.

La plupart des Arlen partirent le lendemain. Dans un ciel lessivé par la brume de chaleur, la canicule continuait de nous assommer d'un soleil impitoyable qui dardait ses rayons de cuivre fondu sur toutes choses. Ils étaient devant notre maison, devenue à présent simplement ma maison, tandis que trois taxis patientaient le long du trottoir et qu'ils s'embrassaient au milieu de leurs sacs, échangeant leurs au revoir avec cet accent empâté du Massachusetts.

Frank resta un jour de plus. Nous allâmes cueillir un gros bouquet de fleurs derrière la maison, non pas de ces plantes de serre aux arômes horriblement entêtants que j'associe toujours à la mort et à la musique d'orgue, mais de vraies fleurs, celles que Johanna aimait le mieux, et je les disposai dans deux anciennes boîtes à café trouvées dans l'arrière-cuisine. Nous nous rendîmes ensuite au cimetière Fairlawn et les posâmes sur la tombe toute récente. Puis nous restâmes assis là, sous le soleil écrasant.

« Elle était l'être le plus charmant que j'aie connu de toute ma vie et l'est toujours restée, finit par dire Frank au bout d'un moment, d'une voix curieusement étranglée. Nous nous occupions d'elle quand nous étions gosses. Nous, les garçons. Personne n'allait embêter Jo, je peux te le dire. Si jamais quelqu'un essayait, il en prenait pour son grade.

— Elle m'a raconté des tas d'histoires.

— Des bonnes ?

— Oui, de très bonnes.

— Elle va rudement me manquer.

— À moi aussi, dis-je, à moi aussi. Écoute, Frank... Je sais que tu étais son frère préféré. Elle ne t'a jamais appelé, ne serait-ce que pour te dire qu'elle n'avait pas eu ses dernières règles et éprouvait des nausées le matin ? Tu peux me le dire. Je ne le prendrai pas mal.

— Mais non, jamais, je te le jure. Pourquoi, elle avait des nausées le matin ?

— Pas que je sache. » Et c'était vrai. Je ne m'étais douté de rien. Évidemment, j'étais en train d'écrire et, quand j'écris, je suis dans une sorte d'état second. Elle savait cependant comment me trouver, dans ces cas-là. Elle savait comment me tirer de ma transe. Pourquoi ne l'avait-elle pas fait ? Pourquoi m'aurait-elle caché la bonne nouvelle ? Qu'elle n'ait pas voulu me l'apprendre avant d'en être sûre était certes plausible... mais cela ne lui ressemblait pas.

« C'était un garçon ou une fille ?

— Une fille. »

Nous nous étions intéressés à la question des prénoms depuis le début de notre mariage ou presque. Un garçon se serait appelé Andrew. Et notre fille, Kia. Kia Jane Noonan.

Frank, qui était divorcé depuis six ans et vivait seul, était donc resté avec moi pour cette journée. Sur le chemin du retour, il reprit la parole. « Je suis inquiet pour toi, Mikey. La famille sur laquelle tu pourrais t'appuyer, dans une période pareille, se réduit à bien peu de chose, et en plus, ils habitent loin.

— Ça ira bien. »

Il hocha la tête. « C'est toujours ce que nous disons dans ce cas-là, hein ?

— Nous ? Qui ça, nous ?

— Les mecs. On dit : ça ira bien. Et si ça ne va pas

bien, on s'arrange pour que personne ne s'en rende compte. » Il me regarda, de ses yeux toujours larmoyants, le mouchoir roulé dans sa grosse main brûlée par le soleil. « Si jamais ça ne va pas, Mikey, et que tu ne veux pas appeler ton frère, laisse-moi prendre sa place. Pour l'amour de Jo, sinon pour toi-même.

— Entendu », dis-je, par respect pour une offre que j'appréciais, mais sachant également que je m'en abstiendrais. Faire appel aux gens n'est pas dans ma nature. Non pas à cause de la manière dont j'ai été élevé, du moins je ne crois pas ; plutôt de celle dont je fonctionne. Johanna m'a dit une fois que si j'étais en train de me noyer dans le lac Dark Score, l'endroit où nous avons notre maison de vacances, je mourrais en silence à vingt mètres de la plage plutôt que de crier à l'aide. Ce n'est pas une question d'amour ou d'affection. Je suis capable d'en donner comme d'en recevoir. Je ressens la souffrance comme tout un chacun. Mais si quelqu'un me demande : « Tu vas bien ? », je n'arrive pas à répondre non. Je n'arrive pas à dire : aide-moi.

Deux heures plus tard, à peu près, il repartait vers le sud de l'État. Quand il ouvrit la portière de la voiture, je fus touché de constater que le livre enregistré qu'il écoutait était l'un des miens. Il me serra dans ses bras, et me gratifia d'un baiser sur la bouche, un bon gros bec bien solide. « Si tu as besoin de parler, appelle-moi, me répéta-t-il. Et si tu n'as pas envie de rester tout seul, Mikey, ne prends même pas la peine d'appeler. Ramène-toi. »

J'acquiesçai.

« Et fais attention. »

Le conseil me prit au dépourvu. La combinaison de la chaleur et du chagrin m'avait donné l'impression de vivre dans un état somnambulique, ces derniers jours, mais cette remarque passa au travers.

« Que je fasse attention ? Et à quoi donc ?

— Aucune idée, Mikey. Je ne sais pas. » Sur quoi

il se glissa derrière le volant — la voiture était tellement petite et lui tellement monumental qu'on eût dit qu'il enfilait un vêtement — et s'éloigna. Le soleil descendait sur l'horizon ; vous savez à quoi il ressemble, à la fin d'une journée caniculaire d'août : à une boule orangée qui a plus ou moins l'air écrasée, à croire qu'une main invisible appuie dessus au risque de le faire éclater à tout moment, comme un moustique gorgé de sang, et d'éclabousser tout le ciel occidental. Eh bien, il était comme ça. À l'est, là où le crépuscule tombait déjà, le tonnerre grondait. Mais il ne pleuvrait pas cette nuit ; l'obscurité serait simplement totale, et aussi étouffante qu'une couverture. Ce qui ne m'empêcha pas de m'asseoir devant mon traitement de texte et d'écrire pendant une heure ou deux. Ça ne venait pas trop mal, si je me rappelle bien. Et vous savez, même dans le cas contraire, ça fait passer le temps.

Ma deuxième crise de larmes se produisit trois ou quatre jours après les funérailles. Le sentiment de vivre un mauvais rêve persistait : je marchais, je parlais, je répondais au téléphone, je travaillais à mon nouveau roman (lequel était fini à quatre-vingts pour cent au moment de la mort de Johanna), mais pendant tout ce temps, j'éprouvais la sensation d'être déconnecté, l'impression que toutes ces choses se déroulaient à une certaine distance de mon moi réel, que je ne faisais que me jouer la comédie.

Denise Breedlove, la mère de Pete, m'appela pour me demander si je n'avais pas envie qu'elle vienne avec deux de ses copines, un jour de la semaine prochaine, pour faire le ménage à fond dans cette grande baraque de style édouardien où je vivais maintenant seul, roulant en tout sens comme le dernier petit pois dans une boîte format restauration. Elle me ferait ça, dit-elle, pour quatre-vingt-dix dollars qu'elles se partageraient entre elles, mais avant tout parce que ce serait une bonne chose pour moi que quelqu'un s'en charge. Il faut faire le ménage à fond après un décès, ajouta-t-elle, même si celui-ci n'a pas eu lieu dans la maison.

Je lui dis que c'était une excellente idée, mais que je leur donnerais cent vingt dollars pour six heures. Je voulais que le travail soit exécuté dans ce laps de temps. Et si elles n'avaient pas fini, elles en resteraient là, de toutes les façons.

« Voyons, Mr Noonan, protesta-t-elle, c'est beaucoup trop.

— Peut-être bien, ou peut-être pas, mais c'est mon prix. Vous acceptez ? »

Elle dit que oui, bien sûr, elle acceptait.

La veille du grand nettoyage je me retrouvai, de manière peut-être prévisible, en train de faire une tournée d'inspection de la maison. Je n'avais guère envie que ces femmes (dont deux étaient pour moi de parfaites inconnues) trouvent quelque chose qui aurait pu les gêner ou me gêner, comme une petite culotte de Johanna sous un coussin du canapé, par exemple (« Ça nous prend souvent sur ce canapé, Mikey, tu n'as pas remarqué ? » m'avait-elle dit un jour), ou une canette de bière qui aurait roulé sous le banc du porche, voire des toilettes dont je n'aurais pas tiré la chasse. À la vérité, je ne saurais pas dire ce que je cherchais exactement ; le sentiment d'être toujours dans cet état somnambulique ne m'avait pas quitté. Les idées les plus claires que j'eus, au cours de cette période, concernaient soit la fin du roman que je rédigeais (le tueur psychotique avait attiré mon héroïne dans un gratte-ciel avec l'intention de la pousser dans le vide), soit le test de grossesse que Johanna avait acheté le jour de sa disparition. Mon médicament antiallergique, avait-elle dit... des filets de poisson pour le dîner... Et il n'y avait rien eu, dans ses yeux, pour me pousser à la scruter un peu plus longtemps.

J'en avais presque terminé de mon inspection préalable lorsque je m'agenouillai pour regarder sous notre lit et vis un roman de poche posé, ouvert, du côté de Johanna. Cela ne faisait pas longtemps qu'elle était morte, mais peu de territoires domestiques sont aussi poussiéreux que le Royaume du Sousplumard, et la légère couche grise qui s'étalait sur le livre lorsque je le sortis me fit penser au visage et aux mains de Johanna dans son cercueil. Johanna dans le Royaume souterrain. Y avait-il de la poussière dans un cercueil ? Sûrement pas, mais...

Je repoussai cette idée. Elle fit semblant de partir, mais elle ne cessa pas de revenir me titiller toute la journée, comme l'ours polaire de Tolstoï.

Johanna et moi avions tous deux suivi des études de lettres à l'université du Maine et, comme tant d'autres il faut bien le dire, nous étions tombés amoureux des sonorités de Shakespeare et du cynisme d'Edwin Arlington Robinson. Cependant, l'écrivain qui nous avait le plus rapprochés n'était ni un poète séduisant pour les collégiens, ni un essayiste, mais W. Somerset Maugham, le vieux globe-trotter, romancier et auteur de théâtre au visage reptilien (toujours obscurci par de la fumée de cigarette sur ses photos, dirait-on) et au cœur de romantique. Ce ne fut donc pas une surprise de découvrir que le livre que Johanna lisait au moment de sa mort au beau milieu d'un parking de centre commercial n'était autre que *The Moon and Sixpence*. Probablement le relisait-elle, plutôt, même si je ne me souvenais pas de l'avoir vue avec l'ouvrage auparavant. Je l'avais lu deux fois, adolescent, m'identifiant passionnément avec le personnage de Charles Strickland (même si c'était pour écrire et non peindre que je voulais aller dans les mers du Sud).

Comme marque-page, elle avait utilisé une carte à jouer de quelque jeu dépareillé et, lorsque j'ouvris le livre, il me vint à l'esprit une remarque qu'elle avait faite alors que nous ne nous connaissions que depuis peu. C'était pendant le cours de littérature britannique du XXe siècle, soit probablement en 1980. Johanna Arlen était à l'époque une étudiante de première année pleine d'enthousiasme ; je finissais au contraire mes études, et je ne m'étais inscrit à ce cours que parce que j'avais du temps de libre pendant ce dernier semestre. « Dans un siècle, avait-elle déclaré, la grande honte des critiques littéraires du milieu du XXe siècle sera d'avoir encensé Lawrence et ignoré Maugham. » Remarque accueillie par une rafale de rires bon enfant et quelque peu méprisants (tout le monde savait que *Femmes amoureuses* était l'un des plus grands romans jamais écrits de l'histoire de la littérature) ; mais moi je ne ris pas. Je tombai amoureux.

La carte à jouer était placée entre les pages 102 et 103, c'est-à-dire au moment où Dirk Stroeve vient juste de découvrir que sa femme l'a quitté pour Strickland, version maughamienne de Paul Gauguin... bien que ce fût au poète américain Wallace Stevens que Strickland me faisait plutôt penser. Le narrateur s'efforce de redonner le moral à Stroeve. *Mon cher ami, ne sois pas malheureux. Elle reviendra...*

« Facile à dire dans ton cas », murmurai-je dans la chambre vide dont j'étais maintenant le seul occupant.

Je tournai la page pour lire la suite : *Le calme insolent de Strickland avait achevé de faire perdre à Stroeve son sang-froid. Une rage aveugle l'avait saisi et il s'était rué sur lui. Strickland avait chancelé, mais, malgré sa maladie, il n'était pas sans vigueur et Stroeve s'était bientôt retrouvé à terre, sans trop savoir comment.*

— *Pauvre avorton ! avait dit Strickland*[1].

Il me vint alors à l'esprit que jamais Johanna ne tournerait cette page ; que jamais elle ne saurait que Strickland avait traité Stroeve d'avorton. Dans une

_____

1. W. Somerset Maugham, *L'Envoûté*, trad. Dominique Haas, Omnibus, 1996 (*N.d.T.*).

lumineuse épiphanie que je n'ai jamais oubliée — et comment le pourrais-je, ce fut l'un des pires moments de ma vie —, je compris que s'il s'agissait d'une erreur, elle ne serait jamais rectifiée, que s'il s'agissait d'un rêve, je ne m'en réveillerais jamais. Johanna était morte.

Le chagrin me coupa les jambes. Si le lit n'avait pas été là, je me serais effondré sur le plancher. Nous pleurons avec nos yeux, c'est tout ce que nous pouvons faire, mais ce soir-là, j'eus l'impression de pleurer avec tous les pores de ma peau, de pleurer, comme on dit, toutes les larmes de mon corps. Je restai assis au bord du lit, l'exemplaire de poche poussiéreux de *The Moon and Sixpence* à la main, et me mis à brailler. Je crois qu'il y avait autant de surprise que de souffrance dans ma réaction ; en dépit du corps que j'avais vu et identifié sur un écran vidéo à haute résolution, en dépit des funérailles et de Pete Breedlove chantant « Blessed Assurance » de sa voix haut perchée et douce de ténor, en dépit de la cérémonie au bord de la tombe avec ses cendres qui retournent à la cendre et la poussière à la poussière, je n'y avais pas réellement cru. Le livre de poche venait de réussir là où le grand cercueil gris avait échoué : il m'avait fait prendre conscience qu'elle était morte.

Pauvre avorton, avait dit Strickland.

Je m'allongeai sur notre lit, me cachai le visage dans les bras et pleurai. Pleurai jusqu'à m'endormir, comme les enfants lorsqu'ils sont malheureux, et fis un cauchemar affreux. Je rêvai que je me réveillais, voyais le livre de poche toujours posé sur le lit, à côté de moi, et décidais de le remettre là où je l'avais trouvé, sous le lit. Vous savez combien les rêves sont confus — ils relèvent de la logique des montres molles daliniennes, retombant comme des tapis sur des branches d'arbre.

Je remis la carte à jouer entre les pages 102 et 103, pour l'éternité à un mouvement d'index de *Pauvre avorton, avait dit Strickland*, et roulai sur le côté avec l'intention de déposer le livre exactement à son emplacement initial.

Johanna était étendue sous le lit au milieu des moutons de poussière. Les restes d'une toile d'araignée pendaient du matelas et venaient lui caresser la joue comme une plume. Ses cheveux roux avaient perdu leur lustre, mais ses yeux sombres et vifs débordaient d'une expression maléfique dans son visage blême. Et lorsqu'elle parla, je compris que la mort l'avait rendue folle.

« Donne-moi ça, siffla-t-elle, c'est mon attrape-poussière. » Elle me l'arracha des mains avant que j'aie le temps de le lui tendre. Un instant, nos doigts s'effleurèrent ; les siens étaient aussi glacés que des brins d'herbe, un matin de gel. Elle ouvrit le livre à la bonne page, laissant la carte voltiger au sol, et plaça Somerset Maugham sur son visage — un suaire de mots. Lorsqu'elle croisa les mains sur sa poitrine et ne bougea plus, je me rendis compte qu'elle portait la robe bleue dans laquelle je l'avais enterrée. Elle était sortie de sa tombe pour venir se cacher sous notre lit.

Je m'éveillai en poussant un cri étouffé, dans un sursaut douloureux qui faillit me faire tomber du lit. Je n'avais pas dormi longtemps : mes joues étaient encore humides et mes paupières me donnaient cette curieuse impression de tension que l'on ressent après une crise de larmes. Le rêve était encore tellement présent dans mon esprit, à mon réveil, que je fus obligé de rouler sur le côté et, tête en bas, de regarder sous le lit. Un instant, j'eus la certitude qu'elle y serait, le livre sur la figure, et qu'elle tendrait vers moi ses doigts glacés.

Bien sûr, il n'y avait rien ; les rêves ne sont que des rêves. Malgré tout, j'allai passer le reste de la nuit sur le canapé de mon bureau. C'était sans doute une bonne idée, car je ne fis pas d'autre cauchemar. Rien que le néant d'un bon sommeil.

CHAPITRE 2

Je n'avais jamais souffert du syndrome de la page blanche au cours des dix ans qu'avait duré notre mariage et n'en souffris pas dans la période qui suivit immédiatement le décès de Johanna. Le blocage de l'écrivain était même un phénomène tellement étranger pour moi qu'il lui fallut être solidement installé avant que je me rende compte qu'il se passait quelque chose d'anormal. Je pense que cela tenait au fait que je croyais, tout au fond de moi, qu'un tel état n'affecte que les auteurs de type « littéraire », du genre de ceux qu'on analyse, dissèque et parfois condamne dans le *New York Review of Books*.

Ma carrière et mon mariage couvraient presque exactement la même période de temps. J'avais achevé la version initiale de mon premier roman, *Being Two*, peu de temps après que Johanna et moi étions devenus officiellement fiancés (j'avais glissé, à son annulaire gauche, une opale qui m'avait coûté cent dix dollars chez Day's Jewellers, c'est-à-dire passablement plus que ce que je pouvais me permettre à l'époque... mais Johanna avait paru absolument ravie), et j'achevai la première version de mon dernier roman, *All the Way from the Top*, environ un mois après qu'elle avait été officiellement déclarée décédée. C'était celui sur le tueur psychotique obsédé par les gratte-ciel. Il a été publié à l'automne 95. J'ai publié d'autres romans, depuis (paradoxe que je peux expliquer), mais je ne crois pas qu'apparaîtra un nouveau roman de Michael Noonan sur la liste des publications à venir de l'année prochaine. Je sais maintenant ce qu'est le blocage de l'écrivain. J'en sais même plus là-dessus que ce que j'ai jamais eu envie de savoir.

Lorsque, hésitant, je tendis à Johanna cette première version de *Being Two*, elle la lut en une soirée, lovée dans son fauteuil préféré, habillée seulement d'un slip et d'un T-shirt arborant l'ours noir du Maine sur le devant, et buvant tasse après tasse de thé glacé. Je me rendis au garage (à cette époque, nous louions une maison à Bangor avec un autre couple, sur des bases financières plutôt instables, alors que nous étions... non, nous n'étions pas encore tout à fait mariés, à ce moment-là, mais, pour autant que je sache, l'opale n'avait jamais quitté le doigt de Johanna) et me mis à tourner en rond, tout à fait comme l'un de ces personnages de dessin humoristique tels qu'on en voit dans le *New Yorker* : le rigolo qui n'arrête pas de s'agiter dans la salle d'attente de la maternité. Autant que je m'en souvienne, j'ai saboté la construction d'une cabane à hirondelles en kit (« si simple qu'un enfant pourrait le faire ») et faillis bien me couper l'index gauche. Toutes les vingt minutes environ, je retournais jeter un coup d'œil à l'intérieur, pour voir où Johanna en était. Elle ne donna aucun signe d'avoir remarqué mon manège. Je voulus croire que c'était de bon augure.

J'étais assis sur les marches du perron, à l'arrière de la maison, le nez tourné vers les étoiles et buvant une bière lorsqu'elle sortit, se posa à côté de moi et me mit la main sur la nuque.

« Eh bien ? dis-je.

— C'est bon. Et maintenant, si tu retournais à l'intérieur pour me sauter dessus ? » Je n'eus même pas le temps de répondre : il y eut un petit glissement soyeux de nylon et le slip qu'elle portait se retrouva sur mes genoux.

Après quoi, allongés sur le lit et mangeant des oranges (vice dont nous finîmes par venir à bout plus tard), je lui demandai : « Bon... au point d'être publié ?

— Évidemment, je ne connais rien au monde si romantique de l'édition, mais j'ai lu pour mon plaisir toute ma vie — *Curious George* fut mon premier amour, si tu veux tout savoir...

— Je l'ignorais. »

Elle se pencha sur moi et me mit un quartier d'orange dans la bouche, appuyant un sein chaud et provocant contre mon bras. « ... Et celui-ci, je l'ai lu avec grand plaisir. Quelque chose me dit que ta carrière de journaliste au *Derry News* ne dépassera pas de beaucoup la période d'essai. Je crois que je vais devenir femme d'écrivain. »

Paroles qui m'avaient tellement excité que j'en avais eu la chair de poule sur les bras. Certes, elle ignorait tout du monde si romantique de l'édition, mais si elle y croyait, alors j'y croyais... et il s'avéra qu'elle avait eu raison. Je pris un agent littéraire par l'intermédiaire de mon professeur d'écriture créative (lequel lut mon roman et le condamna en le couvrant de louanges hypocrites, voyant dans ses qualités commerciales une sorte d'hérésie, je crois). L'agent vendit *Being Two* à Random House, la première maison d'édition à laquelle il le présenta.

Johanna avait eu aussi raison, quant à ma carrière de journaliste. J'avais passé quatre mois à couvrir les expositions florales, les courses de dragsters et les banquets du haricot, tout ça pour cent dollars par semaine, lorsque arriva mon premier chèque de Random House, soit vingt-sept mille dollars, une fois déduite la commission de l'agent. Je n'étais même pas resté assez longtemps dans la boîte pour avoir eu la classique première petite augmentation du débutant confirmé, mais j'eus droit néanmoins à un pot de départ. Tiens, au Jack's Pub, maintenant que j'y pense. Dans la salle du fond, ils avaient tendu au-dessus des tables une banderole sur laquelle on lisait : BONNE CHANCE, MIKE ! PLUME AU VENT ! Plus tard, une fois à la maison, Johanna me dit que si l'envie avait été de l'acide sulfurique, on n'aurait retrouvé de moi que ma boucle de ceinture et quelques dents.

Et encore un peu plus tard, au lit, la lumière éteinte, notre dernière orange mangée et la dernière cigarette partagée, je lui dis : « Personne ne va jamais le confondre avec *L'Ange exilé*[1], n'est-ce pas ? » Je parlais de mon livre, évidemment. Elle avait très bien compris, de même qu'elle savait que la réaction de mon professeur d'écriture créative m'avait déprimé.

« Tu ne vas pas te mettre à me balancer ces conneries d'artiste frustré, j'espère ? me répondit-elle en se redressant sur un coude. Sinon, j'aime autant que tu me le dises tout de suite, pour que j'aille me procurer un formulaire de divorce en kit dès demain matin, toutes affaires cessantes. »

Je fus amusé, mais aussi un peu blessé. « Tu as vu le communiqué de presse qu'a fait Random House ? demandai-je, sachant pertinemment qu'elle l'avait lu. En gros, ils me traitent de V.C. Andrews avec des couilles, nom d'un chien ! »

Elle prit délicatement dans sa main les choses en question. « Eh bien, ils n'ont pas menti, il me semble ? Autant qu'ils te traitent comme ça... Quand j'étais à l'école, Mike, Patty Proulx me traitait toujours de bâton merdeux. Ce n'était pas vrai pour autant.

— Tout est dans la perception que l'on a des choses.

— Conneries. » Elle m'avait pris la queue dans la main et la serrait d'une poigne formidable, ce qui me faisait un peu mal et était en même temps délicieux. Cette cinglée de souris de falzar se fichait pas mal de ce qui lui arrivait à l'époque, pourvu qu'il y en ait beaucoup. « Non, Mike, tout est dans le *bonheur* que l'on éprouve. Es-tu heureux quand tu écris ?

— Bien sûr. » Comme si elle ne le savait pas.

---

1. *Look Homeward, Angel,* de Thomas Wolfe (*N.d.T.*).

« Et tu n'as pas mauvaise conscience, quand tu écris ?

— Quand j'écris, je n'ai rien envie de faire d'autre, à part ça, répondis-je en roulant sur elle.

— Oh, mon Dieu, s'écria-t-elle en prenant ce petit ton offusqué qui avait le don de me faire craquer. Je crois qu'il y a un pénis entre nous. »

Et pendant que nous faisions l'amour, je pris conscience de deux ou trois choses merveilleuses : qu'elle avait été tout à fait sincère lorsqu'elle m'avait dit avoir aimé *Being Two* (bigre, j'avais su qu'il lui plaisait rien qu'à la façon dont elle était assise dans le fauteuil Voltaire, avec une mèche de cheveux lui retombant sur le front et ses jambes nues repliées sous elle), que je n'avais nul besoin d'avoir honte de ce que j'avais écrit... en tout cas, pas à ses yeux. Et encore une autre chose merveilleuse : sa perception des choses, appariée à la mienne pour produire cette authentique vision binoculaire que seul le mariage permet, était la seule qui comptait.

Grâce au ciel, elle était une fan de Somerset Maugham.

Je fus donc un V.C. Andrews avec des couilles pendant dix ans — quatorze, si l'on ajoute les années de l'après-Johanna. La première moitié de ces dix ans se passa chez Random, puis mon agent eut une offre plus alléchante de Putnam, et je sautai dessus.

Vous avez certainement lu mon nom dans beaucoup de listes de best-sellers... à condition que l'édition du dimanche de votre journal comporte une liste des quinze titres les plus vendus, et pas seulement des dix. Je n'ai jamais été un Tom Clancy, un Ludlum, ou un Grisham, mais j'ai fait quelques cartons en édition originale (ce qui n'arriva jamais à V.C. Andrews, me confia une fois mon agent ; la petite dame était restée un phénomène de livres de poche) et j'ai même réussi une fois à être classé cinquième sur la liste du *New York Times*. C'était avec mon deuxième titre, *The Red-Shirt Man*. L'ironie du sort voulut que l'un des livres qui m'ont empêché d'aller plus haut ait été *Steel Machine* de Thad Beaumont (écrivant sous le pseudonyme de George Stark). Les Beaumont possédaient une résidence secondaire à Castle Rock, à cette époque, à une soixantaine de kilomètres au sud de la nôtre, qui est au bord du lac Dark Score. Thad est mort, aujourd'hui. Suicide. J'ignore s'il a été ou non victime du blocage de l'écrivain.

Je me tenais donc juste à l'extérieur du cercle magique, celui des méga-best-sellers, mais cela ne m'a jamais gêné. Alors que j'avais à peine trente et un ans, nous possédions déjà deux maisons : la ravissante vieille baraque édouardienne de Derry, et un chalet en rondins au bord d'un lac, tellement grand qu'on aurait presque pu en faire une auberge. De plus, nous les détenions en toute propriété, sans emprunt, à une époque de la vie où la plupart des couples se sentent déjà privilégiés d'avoir obtenu, souvent de haute lutte, un prêt bancaire. Nous étions en bonne santé, fidèles, et avions l'avenir devant nous. Certes, je n'étais ni Thomas Wolfe ni même Tom Wolfe, mais on me payait pour faire ce que j'aimais, et il n'y avait pas cochon plus heureux sur cette terre ; c'était comme avoir le droit de voler.

Je faisais partie de ces romanciers intermédiaires comme il y en avait eu dans les années quarante : ignorés par la critique, donnant dans un genre particulier (le mien étant « ravissante jeune femme livrée à elle-même rencontre étranger fascinant »), attitude fort bien compensée par cette sorte de reconnaissance honteuse que l'on accorde aux bordels agréés par l'État, au Nevada, venant du sentiment, semble-t-il, qu'il faut bien proposer un dérivatif aux instincts les plus sordides, et que quelqu'un devait donc faire ce « genre de choses ». Je faisais ce « genre de choses » avec enthousiasme (et parfois avec la connivence enthousiaste de Johanna, quand je tombais sur une difficulté particulièrement problématique de mon intrigue), et vers l'époque de l'élection de George Bush à la présidence, un expert-comptable m'apprit que nous étions millionnaires.

Nous n'étions pas riches au point de posséder un jet (comme Grisham) ou une part dans une équipe de base-ball (comme Clancy), mais au regard des normes en vigueur à Derry, dans le Maine, nous étions fabuleusement à notre aise. Nous faisions constamment l'amour, avions le temps de voir des tas de films, de lire des tas de bouquins (Johanna les rangeant à côté de son lit, le soir, la plupart du temps). Et notre plus grand bonheur fut peut-être de ne pas savoir à quel point les jours nous étaient comptés.

Je me suis demandé plus d'une fois si l'origine du blocage de l'écrivain n'était pas à chercher dans la rupture du rituel. De jour, je n'avais pas de mal à rejeter ces balivernes faisant appel au surnaturel, mais la nuit, c'était plus dur. De nuit, nos idées ont une déplaisante tendance à se débrider et à battre la campagne. Et quand on a passé l'essentiel de sa vie d'adulte à composer des récits de fiction, je suis sûr que ces brides sont encore plus lâches et que les bêtes ont encore moins envie de les porter. C'est Bernard Shaw ou Oscar Wilde, il me semble, qui a dit que l'écrivain était un homme ayant appris à son esprit à mal se conduire.

Et est-il tellement tiré par les cheveux d'estimer que la rupture du rituel a pu jouer un rôle dans mon soudain et inattendu (inattendu pour moi, en tout cas) silence ? Quand on gagne son pain quotidien en labourant les terres de l'imaginaire, la ligne qui sépare ce qui est de ce qui semble être est encore plus ténue. Certains peintres refuseront de toucher à leurs pinceaux s'ils ne portent pas tel chapeau, et les joueurs de base-ball qui marquent des points se garderont bien de changer de chaussettes.

Le rituel s'est mis en place lors de mon deuxième livre, le seul pour lequel j'ai ressenti une certaine nervosité ; je suppose que j'avais dû trop écouter ces histoires qui font frissonner les débutants, voulant qu'un premier coup gagnant puisse être le fait du hasard. Je me souviens d'un conférencier en littérature américaine expliquant un jour que, de tous les écrivains américains contemporains, seul Harper Lee avait trouvé un moyen sûr d'éviter le coup de blues du deuxième livre.

Lorsque j'en fus à la rédaction des dernières pages de *The Red-Shirt Man,* je m'arrêtai à une ligne de la fin. À cette époque, la maison édouardienne de Derry était encore à deux ans de distance dans le temps, mais nous venions d'acheter Sara Laughs, le chalet de Dark Score (qui était encore bien loin d'être meublé comme il l'est aujourd'hui, et l'atelier de Johanna n'était pas encore construit, mais il avait du charme), et la scène se passait là.

Je repoussai ma chaise de la table où trônait ma machine à écrire — je me cramponnais encore à ma vieille IBM Selectric, à l'époque — et me rendis dans la cuisine. C'était la mi-septembre, la plupart des estivants étaient partis, et les cris nostalgiques des plongeons arctiques, sur le lac, avaient quelque chose d'inexprimablement émouvant. Le soleil se couchait, et la surface de l'eau, parfaitement calme, s'était transformée en une étendue flamboyante mais sans chaleur. Ce tableau est l'un de mes souvenirs les plus vivaces, si précis que j'ai parfois l'impression que je pourrais m'immerger dedans et tout revivre. Y a-t-il des choses que je ferais différemment, dans ce cas ? Il m'arrive de me le demander.

Un peu plus tôt, ce soir-là, j'avais mis une bouteille de Taittinger au frigo, en compagnie de deux flûtes. Je les sortis, les disposai sur un plateau de métal dont nous nous servions d'habitude pour les pichets de thé glacé ou de menthe à l'eau que nous buvions sur la galerie, et arrivai ainsi équipé dans le séjour.

Johanna était pelotonnée dans son antique gros fauteuil miteux, en train de lire (non pas Somerset Maugham, mais William Denbrough, l'un des contemporains qu'elle préférait). « Ho-ho, dit-elle en marquant la page de son livre. Du champagne ! Et en quel honneur ? » Comme si, voyez-vous, elle ne l'avait pas su.

« J'ai terminé, répondis-je. *Mon livre est tout fini*[1]. »

Elle sourit et prit l'une des flûtes sur le plateau que je lui tendais, incliné vers elle. « Eh bien, voilà une bonne chose de faite, non ? »

Je me rends compte aujourd'hui que l'essence de ce rituel, sa partie vivante et puissante, comme peut l'être un seul terme réellement magique au milieu d'un torrent de mots, c'était ces quelques paroles. Nous prenions presque toujours du champagne, et elle m'accompagnait ensuite presque toujours dans le bureau pour le reste, mais pas forcément.

Une fois, cinq ans environ avant sa mort, elle se trouvait en vacances en Irlande, avec une amie, au moment où j'achevais mon livre. Je bus le champagne tout seul, cette fois-là, et écrivis moi-même la dernière phrase (j'utilisais alors un ordinateur Macintosh capable d'effectuer un milliard d'opérations différentes mais ne lui en faisais faire qu'une seule), et je n'en souffris pas pour autant d'insomnie. Cependant, je l'appelai à l'auberge où elle et son amie Carla étaient descendues ; je lui dis que j'avais terminé et l'écoutai me répondre cette phrase que j'avais voulu entendre en l'appelant ; des mots qui s'élevaient dans l'air irlandais, comme une prière prononcée à voix haute, passaient au crible électronique de quelque satellite et étaient restitués à mon oreille. « Eh bien, voilà une bonne chose de faite, non ? »

---

1. En français dans le texte (*N.d.T.*).

Tout cela s'était produit pour la première fois, comme je l'ai dit, à l'achèvement de mon second roman. Après que nous eûmes bu un premier verre de champagne, puis un deuxième, je l'avais conduite dans mon bureau, où une dernière feuille de papier dépassait encore du rouleau, sur la Selectric vert forêt. Sur le lac, un dernier plongeon arctique appela la nuit, un cri qui m'a toujours fait penser à une girouette rouillée tournant lentement dans le vent.

« Je croyais que tu avais fini, me dit-elle.

— Sauf la dernière ligne. Ce livre, tel que tu le vois, t'est dédié, et je tiens à ce que ce soit toi qui écrives cette dernière ligne. »

Elle ne rit pas, ne protesta pas, ne fit pas de manières ; elle se contenta de me regarder pour voir si j'étais sérieux. D'un hochement de tête je lui fis savoir que oui, et elle se glissa sur ma chaise. Elle avait nagé, un peu plus tôt dans la journée, et portait les cheveux tirés en arrière et retenus par un bidule blanc élastique. Ils étaient encore humides, et d'une nuance un peu plus sombre que d'habitude. Je les touchai ; j'avais l'impression d'effleurer de la soie mouillée.

« Je vais à la ligne ? me demanda-t-elle, aussi sérieuse qu'une sténo venue prendre un texte en dictée chez le grand patron.

— Non, tu enchaînes. » Sur quoi je prononçai à voix haute la phrase que j'avais gardée dans la tête depuis le moment où je m'étais levé pour aller chercher le champagne. « Il fit glisser la chaîne par-dessus la tête de la jeune femme et ils descendirent ensemble l'escalier conduisant à l'endroit où la voiture était garée. »

Elle tapa le texte, regarda autour d'elle, puis leva les yeux vers moi, dans l'expectative. « C'est tout, dis-je. J'ai bien l'impression que tu peux écrire le mot FIN. »

Johanna tapa deux fois le saut de ligne, centra le chariot et écrivit FIN sous la dernière ligne de prose, la sphère de l'IBM qui utilisait mon caractère préféré,

Courrier, dansant ces trois dernières lettres avec obéissance.

« C'est quoi, cette chaîne qu'il lui fait passer par-dessus la tête ? me demanda-t-elle

— Il te faudra lire le livre pour le savoir. »

Comme elle était assise sur mon siège et que je me tenais debout à côté d'elle, elle se trouvait à la bonne hauteur pour aller poser la bouche là où elle la posa. Lorsqu'elle parla, ses lèvres effleurèrent la partie la plus sensible de mon anatomie. Il y avait un caleçon de coton entre nous, rien de plus.

« J'ai des moyens pour te faire parler, dit-elle.

— Je n'en doute pas un instant », répondis-je.

Au moins avais-je procédé à une tentative de rituel, le jour où j'achevai *All the Way from the Top*. Elle me fit l'effet d'être une forme vide dont toute la substance magique s'était évanouie, mais je m'y étais attendu. D'ailleurs, je ne l'avais pas fait par superstition, mais par respect et amour. Je crois que ce fut là le véritable service funèbre de Johanna, célébré un mois après qu'elle avait été mise en terre.

On approchait alors de la fin septembre, et il faisait encore très chaud ; à la vérité, je ne me souviens pas d'un été où il ait fait aussi chaud. Pendant la durée de cette triste et dernière ligne droite d'écriture, je n'arrêtais pas de penser combien elle me manquait... pourtant, cela ne me ralentit à aucun moment. En dépit de la chaleur qui régnait sur Derry, au point que je travaillais la plupart du temps en caleçon, pas une fois je n'eus l'idée d'aller me réfugier dans la maison du lac. À croire que le souvenir de Sara Laughs avait été entièrement balayé de ma mémoire. Peut-être parce que, au moment où je finissais *Top*, la vérité avait fini par s'imposer à moi. Elle n'était pas simplement partie en Irlande, cette fois.

Mon bureau est minuscule, à Sara Laughs, mais il

jouit d'une vue splendide. Celui de Derry est une pièce tout en longueur, bourrée de livres et sans fenêtre. Ce soir-là, les trois ventilateurs du plafond étaient branchés et brassaient un air épais. J'y entrai en caleçon, des tongs aux pieds, portant un plateau publicitaire en métal sur lequel étaient posés la bouteille de champagne et les deux flûtes glacées. À l'autre bout de cette pièce en forme de wagon, sous un avant-toit tellement en pente que je devais me courber pour ne pas me cogner la tête quand je m'asseyais (j'avais dû longtemps subir les protestations de Johanna, qui estimait que j'avais choisi, comme poste de travail, l'endroit le plus moche de la maison), l'écran du Macintosh brillait, couvert de mots.

Je me disais que je faisais tout pour provoquer une nouvelle tempête de chagrin, peut-être pire que les précédentes, mais je n'en continuais pas moins. Toutefois, nos émotions nous surprennent toujours, n'est-ce pas ? Il n'y eut ni pleurs ni braillements, ce soir-là ; je crois que tout cela était hors circuit. Il y eut au contraire un sentiment profond et déchirant de perte — la chaise vide où elle aimait s'asseoir et lire, la table sur laquelle elle posait son verre toujours trop près du bord.

Je remplis une flûte de champagne, laissai la mousse retomber et la soulevai. « J'ai fini, Jo, dis-je, assis tout seul sous le souffle des ventilateurs. C'est une bonne chose de faite, non ? »

Il n'y eut pas de réaction. À la lumière de ce qui se passa par la suite, je crois utile de le répéter : *il n'y eut pas de réaction*. Je ne sentis pas non plus, comme cela m'arriva souvent par la suite, que je n'étais pas seul dans une pièce apparemment vide.

Je bus le champagne, reposai le verre sur le plateau et remplis l'autre flûte. J'emportai celle-ci jusqu'au Mac et m'assis à l'endroit où Johanna se serait assise, s'il n'y avait eu ce Dieu aimant, chéri de tous. Ni torrents de larmes ni braillements, mais j'avais des picotements dans les yeux. Sur l'écran, on lisait ceci :

ça n'avait pas été si mal aujourd'hui, au fond, se dit-elle. Elle traversa la pelouse pour regagner sa voiture, et rit lorsqu'elle vit le carré de papier blanc coincé sous l'essuie-glace. Cam Delancey ne se laissait pas facilement décourager ; pour lui « non » n'était pas une réponse et il l'invitait à une autre de ses soirées « *dégustation de vins* » du mardi. Elle prit le papier, commença à le déchirer, puis changea d'avis et le fourra dans sa poche.

« Pas de retour à la ligne, dis-je, on enchaîne. » Sur quoi, je tapai la phrase que j'avais gardée en tête depuis que j'étais allé chercher le champagne.

Un monde nouveau l'attendait, ne demandant qu'à être exploré ; et, se dit Jassy, une dégustation de vins chez Cam Delancey était une façon de commencer qui en valait bien d'autres.

Je m'arrêtai, regardant le petit curseur qui clignotait. Les larmes me picotaient encore le coin des yeux mais, j'insiste, il n'y eut ni courant d'air froid autour de mes chevilles, ni doigts fantomatiques venant effleurer ma nuque. Je frappai ENTRÉE puis CENTRÉ. Et tapai le mot FIN juste en dessous de la dernière ligne du texte. Puis j'entrechoquai mon verre et l'écran — avec ce qui aurait dû être le champagne de Johanna.

« À la tienne, mon amour. Ah, comme je voudrais que tu sois là... Si tu savais comme tu me manques ! » Ma voix s'étrangla un peu sur les derniers mots, mais j'allai jusqu'au bout. Je bus le Taittinger, sauvegardai la fin du texte, transférai tout le bouquin sur des disquettes et les copiai. Et, mis à part quelques notes, des listes d'épicerie et des chèques, je n'ai plus rien écrit depuis quatre ans.

CHAPITRE 3

Mon éditeur n'était pas au courant, ma directrice de collection, Debra Weinstock, n'était pas au courant, mon agent, Harold Oblowski, n'était pas au courant ; pas plus que Frank Arlen, même si, à plusieurs reprises, je fus tenté de le lui avouer. *Si tu ne veux pas appeler ton frère, laisse-moi prendre sa place. Pour l'amour de Jo, sinon pour toi-même*, m'avait-il dit le jour où il était retourné à son imprimerie et à sa vie essentiellement solitaire dans la petite ville de Sanford, au sud du Maine. Je n'avais jamais sérieusement envisagé de le prendre au mot, et je ne le fis pas — en tout cas, pas dans le genre appel au secours désespéré auquel il avait peut-être pensé — mais je lui téléphonais à peu près tous les quinze jours. Des trucs de mec, vous voyez du type : *Comment ça va, vieux. Pas trop mal, fait froid à se geler les miches. Ouais, ici aussi. Tu veux pas descendre à Boston si je peux avoir des billets pour le base-ball. L'année prochaine, peut-être, beaucoup de boulot pour le moment. Ouais, je sais ce que c'est, allez salut, Mikey. Salut, Frank, mets ton cache-nez pour sortir*. Des trucs de mec, quoi.

Je suis à peu près certain qu'il a dû me demander une ou deux fois si je ne travaillais pas sur un nouveau livre, et je crois que je lui ai répondu...

Oh, et puis merde ! C'est un foutu mensonge, pas vrai ? Un mensonge que j'ai tellement intériorisé que je finis par y croire moi-même. Il me l'a bel et bien demandé, c'est clair, et je lui ai toujours dit que ouais, je travaillais sur un nouveau livre, je lui donnais même le titre, et lui disais qu'il était bon, vraiment bon. Plus d'une fois, je fus tenter d'ajouter : *Je suis incapable d'écrire deux paragraphes sans tomber dans un état mental et physique qui frise la crise d'épilepsie : mon cœur se met à battre deux fois plus vite, puis trois fois plus vite, je n'arrive plus à respirer, je me mets à hale-*

ter, j'ai l'impression que mes yeux s'exorbitent et sont sur le point de me sortir de la tête pour retomber sur mes joues. Je suis comme un claustrophobe dans un sous-marin ou dans un ascenseur en chute libre. Voilà comment ça se passe, merci d'avoir posé la question, Frankie, mon gars, mais je ne l'ai jamais fait. Je n'appelle jamais au secours. Je suis incapable d'appeler au secours. Je vous en ai déjà parlé, je crois.

De mon point de vue, même s'il n'est pas sans préjugés, je le concède, les romanciers à succès, y compris quand ce succès est modeste, sont les mieux lotis de tous les artistes. Certes, les gens achètent davantage de disques compacts que de livres, vont davantage au cinéma et regardent beaucoup plus la télé. La période de productivité est cependant nettement plus longue pour les écrivains, peut-être parce que les lecteurs sont un peu plus intelligents que les fans des arts ne relevant pas de l'écriture, et ont donc un petit peu plus de mémoire. Dieu seul sait où est passé David Soul, de *Starsky & Hutch*, tout comme ce drôle de rappeur blanc, Vanilla Ice, mais en 1994, Herman Wouk, James Michener et Norman Mailer tenaient toujours le haut du pavé ; venez donc me parler de l'époque où les dinosaures patrouillaient la planète.

Arthur Hailley écrivait un nouveau livre (la rumeur courait du moins, et elle finit par s'avérer), Thomas Harris pouvait prendre sept ans avant de sortir un nouveau best-seller et, bien qu'on soit resté sans nouvelles de lui pendant près de quarante ans, J.D. Salinger est encore aujourd'hui un sujet de choix dans les classes d'anglais et continue à passionner les amateurs de littérature. Les lecteurs sont d'une loyauté sans égale dans les autres domaines artistiques, ce qui explique pourquoi tant d'écrivains en panne d'inspiration peuvent néanmoins continuer à produire, propulsés sur la liste des best-sellers par les mots magiques AUTEUR DE... sur la bande de leur dernier livre.

Ce qu'un éditeur exige en échange, en particulier de la part d'un auteur dont on compte vendre la prose à cinq cent mille exemplaires en édition normale et à un million de plus en poche, est parfaitement simple : un bouquin par an. Ce rythme, ont calculé les manitous de New York, est le meilleur. Trois cent quatre-vingts pages reliées par de la ficelle ou de la colle, tous les douze mois, avec un commencement, un milieu et une fin, et si possible (ce qui est fortement conseillé) un même personnage principal revenant à chaque fois, comme Kinsey Milhon ou Kay Scarpetta. Les lecteurs aiment bien retrouver leur héros ; c'est comme s'ils étaient de la famille.

À moins d'un livre par an, vous fichez en l'air l'investissement que l'éditeur a fait sur vous, vous compliquez le boulot de l'expert-comptable chargé de jongler avec vos cartes de crédit, et votre agent a du mal à payer son psy à la date prévue. Par ailleurs, il se produit une certaine lassitude chez vos fans si vous prenez trop de temps. Inévitable. De même que, si vous publiez trop, certains lecteurs vont se dire : « Houlà, je commence à en avoir assez de ce type, j'ai l'impression de me faire refiler toujours le même plat. »

Je vous raconte tout ça pour que vous puissiez comprendre comment j'ai pu passer quatre ans à me servir de mon ordinateur comme jeu de Scrabble le plus cher du monde, sans que personne se doute jamais de rien. Le syndrome de la page blanche ? Le blocage de l'écrivain ? De quoi parlez-vous ? Pas la moindre trace de blocage chez Michael Noonan — et qui aurait pu soupçonner une telle chose, alors qu'un nouveau roman à suspense de cet auteur paraissait chaque mois de septembre, réglé comme une horloge, juste ce qu'il fallait pour la fin de l'été, les amis, et au fait, n'oubliez pas que les fêtes approchent et que vos parents et amis apprécieraient sans doute le nouveau Noonan, que l'on peut se procurer chez Borders avec un rabais de trente pour cent, une affaire !

Le secret est simple, et je ne suis pas le seul romancier américain populaire à le connaître ; si la rumeur dit vrai, Danielle Steel (pour ne désigner qu'elle) a utilisé la formule de Noonan pendant des dizaines d'années. Voyez-vous, bien qu'ayant publié un livre par an à partir de *Being Two* en 1984, j'ai écrit deux livres pendant quatre de ces dix années : j'en publiais un et je planquais l'autre.

Je ne me souviens pas d'en avoir jamais parlé avec Johanna, et étant donné qu'elle ne m'a jamais posé non plus la question, j'ai toujours supposé qu'elle comprenait ce que je faisais : je mettais des noisettes de côté. Je ne crois pas que c'était dans la perspective d'un blocage devant la page blanche, cependant. Bon Dieu, je me marrais bien, c'était tout !

Vers le mois de février 1995, après avoir bousillé au moins deux bonnes idées de roman (cette fonction particulière, le célèbre *Eurêka !* n'avait jamais cessé, engendrant sa propre version très spéciale de l'enfer), il ne fut plus possible de me voiler davantage la face : je connaissais les pires ennuis qui puissent arriver à un écrivain, mis à part l'Alzheimer ou une hémorragie cérébrale massive. À cette époque, je détenais, à l'abri dans les coffres de la Fidelity Union, quatre cartons contenant chacun un manuscrit, simplement intitulés *Promise, Threat, Darcy* et *Top*. Vers la Saint-Valentin, cette même année 95, mon agent m'appela, légèrement nerveux — je lui livre d'ordinaire mon dernier chef-d'œuvre en janvier, et nous étions déjà dans la deuxième quinzaine de février. Il allait falloir accélérer les choses si l'on voulait que le Mike Noonan nouveau soit fin prêt pour l'orgie annuelle d'achats de Noël. Est-ce que tout allait bien ?

J'avais là une occasion en or de dire que les choses n'allaient pas bien, mais alors, pas bien du tout ; mais Mr Harold Oblowski, du 225, Park Avenue à New

York, n'était pas le genre d'homme à qui l'on faisait de telles déclarations. C'était un excellent agent, autant aimé que détesté dans le milieu de l'édition (parfois par les mêmes personnes et en même temps), mais il ne réagissait pas très bien aux mauvaises nouvelles en provenance des sphères obscures et glissantes où la marchandise était en réalité fabriquée. Pris de panique, il aurait sauté dans le premier avion pour Derry, prêt à m'insuffler de la créativité au bouche-à-bouche, déterminé à ne rien épargner pour redonner vie à ma muse assoupie, résolu à ne pas me lâcher tant qu'il ne m'aurait pas arraché aux griffes de la paralysie. Non, j'aimais autant que Harold reste là où il se trouvait, dans son bureau du trente-huitième étage avec vue imprenable sur l'East Side.

Je lui répondis : « Tiens, quelle coïncidence, Harold, vous m'appelez le jour même où je mets le point final au petit dernier, saperlipopette, ça c'est marrant, je vous expédie le bébé en express par la Fedex, vous l'aurez demain. » Harold m'assura solennellement qu'il n'y avait aucune coïncidence, que dès qu'il s'agissait de ses auteurs, il devenait télépathe. Puis il me félicita et raccrocha. Deux heures plus tard, je recevais un bouquet de sa part, tout aussi opulent et soyeux que ses nœuds pap.

Après avoir disposé les fleurs dans la salle à manger, pièce dans laquelle je n'allais guère depuis la mort de Johanna, je me rendis à la Fidelity Union. Je sortis ma clef, le gérant de la banque sortit la sienne et, le temps de le dire, je me retrouvai sur le chemin de la Fedex, le manuscrit de *All the Way from the Top* sous le bras. J'avais pris le plus récent parce qu'il était le plus près dans le coffre, c'est tout. Il fut publié en novembre, juste à temps pour profiter de la frénésie de Noël. Je le dédiai « à ma femme bien-aimée et trop tôt disparue, Johanna ». Il figura à la onzième place sur la liste des best-sellers du *New York Times*, et tout le monde fut très content. Même moi. Parce que les choses allaient s'arranger, non ? Un syndrome terminal de la page blanche, ça ne s'était jamais vu, n'est-ce pas (il y avait bien l'exception de Harper Lee, peut-être) ? Je n'avais tout simplement qu'à me détendre, comme le disait la danseuse à l'archevêque. Me détendre et remercier Dieu d'avoir été un bon petit écureuil qui avait mis des noisettes de côté.

Je n'avais pas encore perdu mon optimisme lorsque je retournai à la Fedex avec *Threatening Behavior*, l'un des titres préférés de Johanna, que j'avais écrit à l'automne 1991. Mais il avait perdu un peu de ses belles couleurs, en mars 97, quand je montai dans ma voiture avec *Darcy's Admirer*, sous une tempête de neige mouillée, même si, lorsque les gens me demandaient comment ça allait (« Sorti un bon bouquin, récemment ? » semblait être la formule consacrée par l'usage), je répondais encore oui, ça baigne, ouais, j'ai écrit des tas de bons bouquins ces temps derniers, ils me sortent de la tête comme les bouses du cul d'une vache.

Lorsque Harold eut lu *Darcy* et déclaré qu'il était ce que j'avais fait de mieux jusqu'ici, non seulement un best-seller, mais un livre *sérieux*, j'avançai, d'un ton hésitant, mon intention de prendre une sorte d'année sabbatique. Il réagit sur-le-champ par la question que je déteste par-dessus tout : est-ce que je me sentais bien ? Bien sûr, lui répondis-je, aussi bien qu'un poisson dans l'eau, mais j'avais envie de souffler un peu.

Il s'ensuivit l'un de ces silences que Harold Oblowski a dû faire breveter, et dont l'objectif est de vous faire comprendre que vous vous comportez comme le dernier des enfoirés mais que, vu que ce bon vieil Harold vous aime bien, il se creuse la tête pour trouver le moyen le plus délicat possible de vous l'annoncer. Remarquable prouesse technique, certes, mais que j'avais percée à jour six ans auparavant, environ. En fait, c'était Johanna qui l'avait découverte. « Il fait seulement semblant d'éprouver de la compassion, m'avait-elle fait remarquer. Mais en réalité, il est comme le flic, dans ces vieux films noirs, qui n'ouvre pas la bouche, attendant que tu sortes une gaffe et finisses par tout avouer. »

Cette fois-ci, c'est moi qui n'ouvris pas la bouche ; je fis passer l'écouteur de l'oreille droite à la gauche et m'enfonçai un peu plus profondément dans mon fauteuil. Ce faisant, mes yeux tombèrent sur la photographie encadrée accrochée au-dessus de l'ordinateur : le chalet en rondins que nous appelions Sara Laughs, notre maison d'été du lac Dark Score. Cela faisait une éternité que je n'y avais pas mis les pieds, et pour la première fois, je me demandai clairement pourquoi.

Puis la voix de Harold, prudente, réconfortante, avec le timbre qu'adopte un homme sain d'esprit pour tenter de convaincre un fou qu'il est en proie à ce que l'homme sain d'esprit espère n'être qu'une illusion passagère, retentit de nouveau à mon oreille. « Ce n'est peut-être pas une très bonne idée, Mike ; pas à cette étape de ta carrière, en tout cas.

— Ce n'est pas une étape, répondis-je. C'est en 1991 que j'ai connu le plus grand succès ; depuis, les ventes n'ont peut-être pas baissé, mais elles n'ont pas vraiment augmenté. C'est un *plateau*, Harold, pas une étape.

— Oui, admit-il, et les écrivains qui atteignent ce stade n'ont en réalité que deux perspectives, en termes de ventes : continuer ainsi, ou redescendre. »

Eh bien, je redescends, eus-je envie de répondre. Je m'en abstins, cependant. Je n'avais pas envie d'avouer à Harold que la pente était en réalité verticale, ni de lui dire à quel point le sol était instable sous mes pieds. Je n'avais pas envie qu'il sache que j'avais des palpitations — oui, de vraies palpitations cardiaques — presque chaque fois que j'ouvrais le programme Word 6 sur mon ordinateur et que je regardais l'écran vide où clignotait un curseur solitaire.

« Ouais, dis-je, d'accord. Message reçu.

— Tu es sûr que tout va bien ?

— Est-ce que le livre t'a fait penser que quelque chose n'allait pas, Harold ?

— Bon sang, non ! C'est du premier choix. Ton meilleur bouquin, je te l'ai dit. D'un côté, on le dévore, mais de l'autre, c'est un truc fichtrement sérieux. Si Saul Bellow écrivait des romans à suspense romantiques, c'est à peu près ce que ça donnerait. Mais... tu n'as pas de problème avec le suivant, n'est-ce pas ? Je sais que Johanna te manque toujours autant — elle manque à tout le monde, bon sang, et...

— Non, aucun problème, le coupai-je. Aucun. »

S'ensuivit de nouveau l'un de ses longs silences. Je ne le rompis pas et c'est finalement lui qui reprit la parole. « Grisham pourrait se permettre de prendre une année sabbatique. Clancy aussi. Chez Thomas Harris, les longs silences font partie du personnage et de sa mystique. Mais au niveau où tu te situes, la vie est encore plus dure qu'au sommet, Mike. Ces places-là sur la liste des best-sellers du *New York Times*, entre huit et quinze, vous êtes une quarantaine d'écrivains à vous les disputer, Sanford, Kellerman, Koontz, Garwood, Saul, et les autres... tu sais mieux que moi de qui il s'agit, vous êtes voisins de liste pendant quatre mois tous les ans. Certains montent, comme Patricia Cornwell avec ses deux derniers livres, d'autres descendent, et d'autres restent à peu près au même niveau, comme toi. Si Tom Clancy passe cinq ans à se croiser les bras et revient avec Jack Ryan dans ses bagages, il fera très fort. Incontournable. Si toi, tu restes cinq ans sans rien publier, ton prochain bouquin se vendra peut-être... ou peut-être pas. Mon conseil, c'est...

— De profiter du beau temps pour rentrer les foins.

— C'est comme si tu m'enlevais les mots de la bouche. »

La conversation se prolongea encore quelques instants, et nous raccrochâmes. Je m'inclinai encore un peu plus dans mon fauteuil, sur deux pieds, presque au point de basculer, et contemplai la photo de notre retraite, au fin fond du Maine occidental. Sara Laughs — ça rappelait plus ou moins le titre de cette ballade antédiluvienne de Hall & Oates. Johanna l'avait davantage aimée que la maison de Derry, certes, mais pas tellement plus ; dans ces conditions, pourquoi m'en être aussi longtemps tenu à l'écart ? Bill Dean, notre homme de confiance, déposait les volets de tempête au printemps et les remettait à l'automne, curait les chéneaux avant l'hiver et s'assurait que la pompe redémarrait en avril, vérifiait l'état du générateur Honda et de tous les appareils, et installait le ponton flottant à une cinquantaine de mètres de notre bout de plage après chaque Memorial Day, à la fin du mois de mai.

Bill avait fait ramoner la cheminée pendant l'été de 1996, bien que nous n'ayons pas fait de feu depuis au moins deux ans, sinon davantage. Je le payais tous les quatre mois, comme il est de coutume avec les gardiens de maison dans cette partie du monde ; Bill Dean, un vieux Yankee descendant d'une longue lignée, encaissait mes chèques sans jamais demander pour quelle raison je ne venais plus me reposer quelques jours à Sara Laughs. J'y étais passé quatre fois, ou peut-être cinq, depuis la mort de Johanna, mais sans y rester une seule fois pour la nuit. Heureusement que Bill ne m'avait pas posé la question : je ne sais pas ce que je lui aurais répondu. Je n'avais jamais réellement pensé à Sara Laughs jusqu'à cette conversation avec Harold.

À l'évocation de Harold, je détournai les yeux de la photo pour revenir sur le téléphone. Je m'imaginai lui répondant : *Je redescends, bon, et alors ? Ce n'est pas la fin du monde, tout de même ? Ce n'est pas comme si j'avais une femme et des enfants à nourrir — la femme n'est plus, elle est morte sur le parking d'une pharmacie, s'il vous plaît (et même s'il ne vous plaît pas), et le môme a disparu avec elle. Je ne cours pas après la célébrité non plus — si du moins on peut dire* des écrivains qui figurent en bas de la liste des best-sellers du New York Times *qu'ils sont célèbres — et je ne m'endors pas en rêvant du Club du livre d'Oprah Winfrey. Alors pourquoi ? Pourquoi cela me tracasse-t-il le moins du monde ?*

À cette dernière question, cependant, je pouvais répondre. Parce que j'avais l'impression de renoncer. Parce que, sans ma femme *et* sans mon travail, je menais une existence superflue dans une grande maison entièrement payée, à ne rien faire, sinon les mots croisés du journal après le déjeuner.

Je m'entêtai donc à poursuivre ce qui passait pour mon existence normale. J'oubliai complètement Sara Laughs (ou du moins, quelque partie de moi-même qui ne voulait pas y aller enterra l'idée) et passai un autre été dans la chaleur humide et accablante de Derry. J'installai un programme de mots croisés sur mon portable et entrepris de créer mes propres grilles. J'acceptai un poste de directeur par intérim au conseil d'administration de la YMCA locale, et fis partie du jury du « concours des arts de l'été » à Waterville. J'enregistrai une série de messages publicitaires télé pour une association locale s'occupant de SDF qui frôlait la faillite, puis participai même au conseil d'administration de cette association pendant un certain temps (lors d'une réunion publique du conseil en question, une femme me traita d'« ami des dégénérés », à quoi je répliquai : « Merci, j'ai exactement besoin de ça. » Il en résulta un tonnerre d'applaudissements dont je n'ai toujours pas compris la raison). J'essayai même de prendre conseil auprès d'un psychologue mais y renonçai au bout de cinq rendez-vous, convaincu que les problèmes de mon psy étaient encore plus graves que les miens. Je parrainai un enfant asiatique et devins le supporter officiel d'un club de base-ball.

Il m'arrivait d'essayer d'écrire, et chaque fois c'était

le blocage. Un jour, alors que je tentais de m'obliger à taper une phrase (n'importe laquelle, pourvu qu'elle sorte tout droit de ma tête), je fus contraint de m'agripper à la corbeille à papiers pour vomir dedans. Je dégobillai jusqu'au moment où je crus que j'allais en crever... au point que je fus obligé, littéralement, de m'éloigner à quatre pattes de l'ordinateur, de me traîner sur l'épais tapis. Le temps d'atteindre l'autre bout de la pièce, j'allais déjà mieux. Je pus même me permettre de regarder l'écran par-dessus mon épaule. J'étais tout simplement incapable de m'en approcher. Un peu plus tard dans la journée, j'allai l'éteindre — mais en gardant les yeux fermés.

De plus en plus souvent, au cours des dernières journées de cet été, je me prenais à évoquer Dennison Carville, le professeur d'écriture créative qui m'avait mis en contact avec Harold et avait condamné *Being Two* par des louanges trop chichement mesurées. Carville m'avait cité une fois une pensée que je n'avais jamais oubliée, l'attribuant à Thomas Hardy, l'écrivain et poète victorien. Peut-être était-elle réellement de Hardy, mais je n'ai jamais retrouvé cette citation, ni dans le *Bartlett's*, ni dans la biographie de Hardy que je lus entre la publication de *All the Way from the Top* et *Threatening Behavior*. Quelque chose me dit que Carville avait dû inventer cette formule et l'attribuer à Hardy pour lui donner plus de poids. Stratagème qu'il m'est parfois arrivé d'utiliser, dois-je avouer à ma grande honte.

Toujours est-il que je pensais de plus en plus souvent à cette citation, tandis que je luttais contre la panique qui envahissait mon corps et contre les sentiments paralysants qui remplissaient ma tête, cette affreuse impression de se pétrifier complètement. Elle paraissait résumer mon désespoir et ma certitude grandissante que plus jamais je ne serais capable d'écrire (quelle tragédie, tout de même, V.C. Andrews avec des couilles coupées par le blocage de l'écrivain !). C'était cette citation qui laissait entendre que tous les efforts que je pourrais fournir pour améliorcr ma situation risquaient de n'avoir aucun sens, même s'ils réussissaient.

D'après ce vieux mélancolique de Dennison Carville, l'aspirant romancier doit comprendre d'emblée que les buts qu'il poursuit dans la fiction seront toujours au-delà de sa portée, et que son labeur n'est qu'un exercice vain, n'est que pure futilité. « Comparé au plus banal des hommes qui marchent réellement sur la terre et y projettent leur ombre, aurait donc dit Hardy, le personnage de roman, si brillamment campé qu'il soit, n'est jamais qu'un sac d'os. » Je comprenais ce qu'il avait voulu dire, car c'était exactement ainsi que je me sentais, au cours de ces journées interminables passées à faire semblant : un sac d'os.

La nuit dernière, j'ai rêvé que je retournais à Manderley...

S'il existe dans la littérature anglaise une première phrase plus belle et plus envoûtante, je ne l'ai jamais lue. C'est une phrase à laquelle j'eus de bonnes raisons de penser souvent, pendant l'automne 1997 et l'hiver qui suivit. Je ne rêvais évidemment pas de Manderley, mais de Sara Laughs, que Johanna appelait parfois « la Planque ». Description qui lui rendait justice, au fond, car l'endroit est perdu tellement loin dans les forêts du Maine occidental que l'on ne peut même pas en parler comme d'une ville ou d'un bourg, mais plutôt comme d'un lieu-dit, sans réelle administration, d'ailleurs désigné sur les cartes comme le TR-90.

Le dernier de ces rêves fut un cauchemar, mais jusque-là, ils avaient plutôt revêtu une sorte de simplicité surréaliste ; je me réveillais avec l'envie d'allumer la lumière de la chambre pour m'assurer de ma place dans la réalité, avant de me rendormir. Vous connaissez cette impression que donne l'atmosphère avant un gros orage, quand tout devient calme, que les couleurs paraissent ressortir avec cet éclat que prennent les choses lorsqu'on souffre d'une forte fièvre ? Mes rêves d'hiver de Sara Laughs furent ainsi, me laissant avec une sensation qui n'était pas exactement de la nausée. *J'ai encore rêvé de Manderley,* me disais-je parfois, et il m'arrivait de rester allongé, lumière allumée, écoutant le vent qui soufflait dehors, étudiant les angles obscurs de la chambre et pensant que Rebecca de Winter ne s'était pas noyée dans l'océan mais dans le lac Dark Score. Qu'elle avait coulé vers le fond, en gargouillant, en se débattant, ses étranges yeux noirs remplis d'eau, tandis que les plongeons poussaient leurs cris indifférents dans le crépuscule. Parfois je me levais et buvais un peu d'eau ; à d'autres moments, je me contentais d'éteindre après avoir vérifié que j'étais bien moi-même, puis je roulais sur le côté et me rendormais.

Pendant la journée, je ne pensais jamais à Sara Laughs, et ce fut bien plus tard que je pris conscience que lorsqu'il se produit une telle dichotomie entre notre vie éveillée et notre sommeil, c'est qu'on déraille sérieusement.

Je crois que c'est le coup de fil de Harold Oblowski, en octobre 1997, qui a déclenché les rêves. La raison officielle de son appel était de me féliciter pour la sortie prochaine de *Darcy's Admirer,* captivant comme c'était pas possible et qui contenait néanmoins « des trucs qui donnaient vachement à réfléchir ». Je le soupçonnais d'avoir autre chose à me dire — c'est presque toujours le cas, avec lui — et je n'avais pas tort. Il avait déjeuné la veille avec Debra Weinstock, ma directrice de collection, et ils avaient parlé de la rentrée de 1998.

« On dirait que ça va se bousculer au portillon, dit-il, parlant de la liste des best-sellers de l'automne. Sans compter les invités surprises. Dean Koontz...

— Je croyais qu'il publiait toujours en janvier ?

— Oui, mais pas cette fois. Debra a entendu dire que la parution risquait d'être retardée. Il veut ajouter quelques chapitres, je ne sais pas exactement. Il y a aussi un Harold Robbins, *The Predators*...

— La belle affaire !

— Robbins a toujours des fans, Mike, pas mal de fans. Comme tu l'as souvent fait remarquer toi-même, les écrivains de fiction ont une sacrée durée de vie. »

Je poussai un grognement affirmatif, changeai l'écouteur d'oreille et m'enfonçai un peu plus dans mon fauteuil. Mon regard se posa un instant sur la photo de Sara Laughs, toujours accrochée au-dessus du bureau. J'allais la visiter de plus près et beaucoup plus longuement, cette nuit dans mes rêves, ce que j'ignorais à ce moment-là. Je ne savais qu'une chose : j'avais fichtrement envie que Harold Oblowski mette le turbo et arrête de tourner autour du pot.

« J'ai comme le sentiment que tu t'impatientes, Michael, mon lapin, reprit Harold. T'aurais-je interrompu en plein travail ? Tu écris ?

— Non, je viens juste de terminer pour aujourd'hui. Je commence à avoir un peu faim.

— Je vais faire vite, promit-il, mais écoute-moi bien, c'est important. Il y a cinq autres écrivains que nous n'attendions pas qui sortent un livre à la rentrée : Ken Follett... et il paraît que c'est son meilleur depuis *Eye of the Needle*... Belva Plain... John Jakes...

— Aucun d'eux ne joue dans ma catégorie », observai-je, bien que sachant que tel n'était pas exactement le problème pour Harold ; son problème, c'était qu'il n'y avait que quinze places sur la liste des best-sellers du *New York Times*.

« Ouais, et que penses-tu de Jean Auel, qui nous donne finalement la suite de sa saga érotique au temps des hommes des cavernes ? »

Je me redressai. « Jean Auel ? Vraiment ?

— Ce n'est pas sûr à cent pour cent, mais ça paraît bien parti. Et pour couronner le tout, un nouveau Mary Higgins Clark. Je sais dans la catégorie de qui elle joue, et toi aussi. »

S'il m'avait annoncé une nouvelle de ce genre six ou sept ans auparavant, à une époque où j'avais beaucoup plus le sentiment d'avoir mon pré carré à protéger, elle m'aurait glacé le sang ; Mary Higgins Clark jouait en effet dans ma catégorie, nous nous partagions exactement le même lectorat, et jusqu'ici notre rythme de publication avait été calculé pour éviter que nous nous rencontrions... ce qui était à mon avantage plutôt qu'au sien, je peux vous le dire. En cas de lancement parallèle, il était clair qu'elle m'enfonçait. Comme feu Jim Croce l'avait un jour si sagement remarqué, on ne s'amuse pas à tirer sur la cape de Superman, on ne crache pas face au vent, on n'enlève pas son masque à Zorro et on ne vient pas faire le malin sous les fenêtres de Mary Higgins Clark. Pas quand on est Michael Noonan, en tout cas.

« Qu'est-ce qui s'est passé ? » m'étonnai-je.

Je n'avais pas eu l'impression d'avoir une intonation menaçante, mais Harold me répondit néanmoins avec la nervosité et les bafouillages d'un homme qui se demande s'il ne va pas être viré, sinon décapité, parce qu'il est porteur de mauvaises nouvelles.

« Je... je ne sais pas. On dirait qu'elle a eu une idée supplémentaire, cette année. C'est un truc qui arrive, il paraît. »

Oui, cela arrivait, j'étais bien placé pour le savoir, avec mes quatre manuscrits incognito. Je demandai donc simplement à Harold ce qu'il voulait. La meilleure façon, me semblait-il, d'en terminer avec ce coup de téléphone. Sa réponse ne me surprit pas : ce que lui et Debra voulaient *tous les deux*, sans parler de tous mes autres potes de chez Putnam, c'était un livre qu'ils puissent sortir à la fin de l'été 98, deux mois avant ceux de Mary Higgins Clark et du reste du peloton. Ensuite, en novembre, les représentants de Putnam donneraient un deuxième et solide coup de pouce, en vue de la période des fêtes de Noël.

« Qu'ils disent », répliquai-je. Comme la plupart des

romanciers (et à cet égard, les auteurs à succès ne sont pas différents des autres, ce qui laisse à penser qu'il y a quelque chose de vrai dans cette idée, en plus de nos petits accès habituels de parano), je n'ai aucune confiance dans les promesses des éditeurs.

« Je crois que tu peux compter sur eux pour ce coup-ci, Mike ; *Darcy's Admirer* était le dernier livre de ton ancien contrat, n'oublie pas. » Harold m'avait répondu sur un ton presque joyeux à l'idée des négociations qu'il n'allait pas tarder à entamer avec Debra Weinstock et Phyllis Grann, de chez Putnam. « Le truc à savoir, c'est qu'ils t'aiment bien, pour le moment. Et qu'ils t'aimeraient même davantage, je crois, s'ils voyaient un manuscrit avec ton nom dessus un peu avant Thanksgiving.

— Quoi ? Ils veulent que je leur donne mon prochain manuscrit... quand ? En novembre ? Le mois prochain ? » J'instillai ce que je pensais être la bonne note d'incrédulité dans ma voix, exactement comme si je n'avais pas eu *Helen's Promise* dans un coffre à la banque, depuis presque onze ans. C'était la première noisette que j'avais mise de côté ; c'était maintenant la dernière qui me restait.

« Non, non, tu peux avoir jusqu'au 15 janvier, au moins », se récria-t-il, s'efforçant de prendre un ton magnanime. Je me surpris à me demander où lui et Debra avaient été casser la croûte. J'étais prêt à parier n'importe quoi que c'était dans un restaurant chic — les Four Seasons, peut-être. Un endroit que Johanna appelait ironiquement « *Vive Lady et les Quatre Saisons* ». « Cela signifie qu'il va leur falloir accélérer la production, l'accélérer même sérieusement, mais ils sont d'accord. La seule vraie question est de savoir si *toi* tu peux l'accélérer.

— Peut-être pas impossible, mais ils vont casquer, dis-je. Réponds-leur de voir les choses sous l'angle du tarif en urgence, chez le teinturier.

— Oh, les pauvres », se récria-t-il. On avait presque

l'impression qu'il se branlait et avait atteint le stade où l'Old Faithful[1] gicle, l'instant où tout le monde appuie sur son Instamatic.

« D'après toi, combien pourrait-on...

— Une avance plus importante me paraîtrait une honnête proposition. Ils vont faire la gueule et prétendre que l'affaire est aussi à ton avantage. *Avant tout* à ton avantage, même. Mais si l'on se fonde sur l'argument du travail supplémentaire... du tarif des heures de nuit...

— Des angoisses de la création multipliées par dix... des douleurs d'un accouchement prématuré...

— Oui... bien sûr... je crois que dix pour cent de plus, ce serait correct. » Il parlait du ton pénétré d'un type qui essaie de paraître le plus équitable possible. De mon côté, je me demandais combien de femmes s'arrangeraient pour accoucher un mois à l'avance, si on leur filait deux ou trois cents gros billets pour ça. Il y a probablement des questions dont il vaut mieux ignorer la réponse.

Et dans mon cas, qu'est-ce que cela changeait ? Le bon Dieu de bouquin était déjà écrit, non ?

« Bon. Vois si tu peux régler la question sur cette base, dis-je.

— Entendu, mais il semble qu'on pourrait en profiter pour parler des bouquins à venir, non ? Je crois que...

— Écoute, Harold, pour le moment, c'est d'un bon casse-croûte que j'ai envie de profiter.

— Tu parais un peu tendu, Michael. Est-ce que tout va...

— Tout va très bien. Parle-leur de ce seul livre, et de la nécessité d'une petite rallonge pour m'aider à pousser les feux. D'accord ?

— D'accord, finit-il par dire après l'un de ses

---

1. Le célèbre geyser (dit « le Vieux Fidèle ») du Yellowstone Park qui lance son jet toutes les soixante-quinze minutes (*N.d.T.*).

silences lourds de signification. Mais j'espère que cela ne veut pas dire que tu n'envisages pas un contrat pour trois ou quatre livres, plus tard. Rentrer les foins tant qu'il fait beau — tu t'en souviens ? C'est la devise des cracks.

— On traverse le pont quand on arrive à la rivière, c'est ça, la devise des cracks », rétorquai-je. Et cette nuit-là, je rêvai de nouveau que je retournais à Sara Laughs.

Dans ce rêve — comme dans tous ceux que je fis pendant l'automne et l'hiver — j'emprunte le chemin qui conduit au chalet. Il part de la route 68, qu'il rejoint un peu plus loin après avoir serpenté au milieu des bois sur trois kilomètres ; il comporte un numéro (chemin 42, pour être précis) à chaque extrémité, au cas où il faudrait appeler les pompiers, mais pas de nom. Ni Johanna ni moi ne lui en avons donné un, même pas entre nous. Il s'agit en fait d'un sentier étroit, creusé de deux ornières parallèles et dont le centre est envahi de fléoles des prés et de panicums ; lorsqu'on le remonte en voiture, on entend l'herbe susurrer en frottant contre le châssis, comme une foule qui murmurerait à voix basse.

Dans le rêve, je ne conduis pas. Jamais. Dans le rêve, je suis toujours à pied.

Les arbres se pressent et se penchent sur le chemin. Le ciel crépusculaire se réduit à une fente entre les cimes. Je vais bientôt voir scintiller les premières étoiles. Le soleil est couché. Les grillons stridulent. Les plongeons poussent leurs cris sur le lac. De petites bestioles — sans doute des tamias, ou des écureuils — font bruire les feuilles, dans le bois.

J'arrive maintenant à un sentier en terre qui descend de la colline, sur ma gauche. C'est l'allée qui conduit chez nous, et elle est signalée par une petite planchette sur laquelle on peut lire SARA LAUGHS. Je me tiens là mais ne vais pas plus loin. Le chalet est en contrebas. Il est construit tout en rondins, des ailes lui ont été ajoutées, et une terrasse en bois s'avance en surplomb à l'arrière. En tout quatorze pièces, un nombre ridicule. La construction devrait être affreuse, avoir un aspect contrefait, mais il n'en est rien. Sara Laughs a quelque chose d'une douairière courageuse, l'air d'une dame s'avançant résolument vers les cent ans, marchant d'un bon pas en dépit de son arthrose de la hanche et de ses genoux douloureux.

La partie centrale, qui remonte au tout début du siècle, est la plus ancienne. On a ajouté des pièces au cours des années trente, quarante et soixante. Pendant une brève période, à la fin des années soixante, une petite communauté de hippies y a vécu, à la recherche de la transcendance. Ils étaient locataires ; le propriétaire a toujours été Darren Hingerman, puis sa femme, Marie, après la mort de Darren, en 1971. La seule addition visible, depuis que nous en sommes les propriétaires, c'est la petite parabole montée sur le pignon central. Une idée de Johanna, qui n'a jamais vraiment eu la chance d'en profiter.

De l'autre côté de la maison, le lac brille dans ce qui reste de lumière du crépuscule. Je constate que l'allée est envahie d'un tapis d'aiguilles de pin et de branches tombées. Les buissons qui poussent de part et d'autre ont grandi librement et font l'effet d'amoureux se tendant les bras par-dessus l'intervalle de plus en plus étroit du sentier. Si l'on y passait en voiture, ils racleraient et grinceraient de manière désagréable contre la carrosserie. Je vois aussi que la mousse commence à envahir les rondins qui constituent le corps central du logis, et que trois grands tournesols ont poussé entre les planches du petit perron donnant du côté de l'allée. L'impression générale n'est pas celle de la négligence, cependant, mais de l'oubli.

Il y a un souffle de brise, et sa fraîcheur, sur ma peau, me fait prendre conscience que j'ai transpiré. Je sens l'odeur de la résine, un arôme à la fois aigre et sain, et les effluves lointains mais en même temps épouvantables qui montent du lac. Dark Score est l'un des lacs les plus propres et les plus profonds du Maine. Il a couvert une surface plus grande jusque dans les années trente, nous a raconté Marie Hingerman ; c'est alors que la Western Maine Electric, travaillant en connivence avec les usines de pâte à papier de la région de Rumford, a réussi à obtenir l'aval de l'État et construit un barrage sur la Gessa. Marie nous avait aussi montré quelques photos charmantes de dames en robe longue et de messieurs en veston dans des canoës, des clichés datant de l'époque de la Première Guerre mondiale, et, pointant le doigt sur une jeune femme, pour toujours immobilisée juste avant l'ère du jazz, brandissant une rame, avait ajouté : « Voici ma mère. Et l'homme qu'elle menace de sa rame est mon père. »

Le cri des plongeons, le chant même de la déréliction. À présent — oui, j'en suis sûr — j'aperçois Vénus dans le ciel de plus en plus sombre. Étoile du soir, espoir, c'est le moment de faire un vœu... mon vœu se rapporte toujours à Johanna, dans ces rêves.

Le vœu prononcé, je m'apprête à descendre l'allée. Évidemment. Je suis chez moi, non ? Où pourrais-je aller, sinon chez moi, maintenant que la nuit est tombée et que les bruissements mystérieux des bois semblent se rapprocher, comme sous l'effet d'une volonté ? Où pourrais-je aller ? Il fait noir, et ce sera effrayant de se rendre seul dans la maison obscure (et si Sara Laughs m'en voulait d'avoir été laissée si longtemps à l'abandon ? Si elle était en colère ?), mais il le faut. Si l'électricité est coupée, j'allumerai l'une des lampes tempête qui sont rangées dans un placard de la cuisine.

Si ce n'est que je suis incapable d'avancer. Mes jambes refusent de bouger. Comme si mon corps savait, sur la maison, quelque chose que mon esprit ignore. Un nouveau souffle de brise me hérisse la peau

66

de chair de poule, et je me demande ce que j'ai fait pour être à ce point en sueur. Est-ce que j'ai couru ? Et dans ce cas, vers quoi ? Ou fuyant quoi ?

La transpiration imprègne même mes cheveux, qui retombent en mèches collantes et lourdes sur mon front. J'y porte la main pour les repousser, et vois sur le dessus une petite coupure assez récente, juste derrière les articulations. Parfois cette coupure est à la main droite, parfois à la main gauche. Je me dis que si c'est un rêve, les détails sont soignés. Toujours cette même idée : *si c'est un rêve, les détails sont soignés.* C'est l'absolue vérité. Ce sont des détails de romancier... mais dans les rêves, peut-être tout le monde est-il romancier. Comment savoir ?

Sara Laughs se réduit maintenant à une masse sombre, en dessous, et je prends conscience de ne pas avoir envie de m'y rendre, de toute façon. Je suis quelqu'un dont l'esprit s'est éduqué dans l'art de penser au pire, et je peux facilement m'imaginer que trop de choses m'y attendent. Un raton laveur enragé tapi dans un coin de la cuisine. Des chauves-souris dans la salle de bains ; si je les dérange, elles vont piailler et tournoyer autour de ma tête rentrée dans mes épaules, et palperont mes joues de leurs ailes poussiéreuses. Jusqu'à l'une des célèbres « créatures d'au-delà de l'univers » telles que les a imaginées William Denbrough, qui se planquerait sous le porche et me regarderait approcher de ses yeux luisants bordés de pus.

« Je peux toujours rester ici », dis-je à voix haute, mais mes jambes refusent de fonctionner, de toute façon, et il semble bien que je vais rester sur place, là où l'allée rejoint le chemin ; que je ne vais pas en bouger, que je le veuille ou non.

Les bruissements qui me parviennent du bois ne m'évoquent plus des petits animaux (la plupart d'entre eux doivent être nichés dans leur arbre ou blottis au fond de leur terrier pour la nuit, normalement), mais plutôt des pas qui se rapprochent ; je voudrais me tourner pour regarder, mais c'est un effort dont je ne suis même pas capable...

... et c'était en général à ce moment-là que je me réveillais. Mon premier réflexe était de rouler sur moi-même, pour confirmer mon retour à la réalité par la démonstration que mon corps obéissait de nouveau à mon esprit. Parfois — non, la plupart du temps, en réalité — je me surprenais à penser : *Manderley, j'ai encore rêvé de Manderley.* Cette réflexion avait quelque chose d'inquiétant (j'ai le sentiment que les rêves qui se répètent — et le fait de sentir son inconscient s'acharner obsessionnellement sur un objet qu'il n'arrive pas à déloger — ont toujours quelque chose d'inquiétant), mais je mentirais si je ne disais pas aussi qu'une autre partie de moi-même goûtait ce calme étouffant d'une nuit d'été dans lequel le rêve m'enveloppait toujours, goûtait aussi la tristesse et l'impression de mauvais augure que j'éprouvais à mon réveil. Il y avait dans ce rêve un exotisme étrange qui manquait à ma vie éveillée, maintenant que la route sur laquelle s'ouvrait normalement mon imagination était aussi efficacement bloquée.

La seule occasion où j'aie eu réellement peur, autant qu'il m'en souvienne (et je dois avouer que je n'ai pas entièrement foi dans l'authenticité de ces souvenirs, tellement ils m'ont longtemps paru n'avoir aucune existence), fut lorsque je me réveillai dans la nuit, une fois, disant très clairement à la chambre : « Il y a une chose derrière moi, ne la laissez pas m'attraper, un chose dans le bois, je vous en prie, ne la laissez pas m'attraper. » Ce ne furent pas tant les paroles elles-mêmes que le ton sur lequel je les prononçai qui me terrifia : le ton d'un homme au bord de la panique, c'est à peine si je reconnus ma propre voix.

Deux jours avant Noël 1997, je pris ma voiture pour passer à la Fidelity Union où, une fois de plus, le gérant m'escorta jusqu'à la salle des coffres, sorte de catacombes éclairées aux néons. Pendant que nous descendions l'escalier, il m'assura (pour la douzième fois, au bas mot) que sa femme était *absolument folle* de mes livres, qu'elle les avait tous dévorés, qu'elle n'en était jamais rassasiée. Pour la douzième fois (au bas mot) je lui répondis que c'était à présent à son tour de tomber entre mes griffes, et il réagit par son petit rire habituel. Cette scène à répétition reste dans mon esprit comme la « Communion du Banquier ».

Mr Quinlan inséra sa clef dans la fente A et tourna. Puis, aussi discret qu'un maquereau qui vient de conduire un client au pageot d'une pute, il me laissa. J'insérai ma propre clef dans la fente B, tournai et ouvris le tiroir. Il me fit l'effet d'être très grand, ce jour-là, et le carton restant paraissait se faire tout petit dans son coin, comme un chiot abandonné qui saurait qu'on a déjà emporté ses frères et sœurs pour les gazer. C'est à peine si je me souvenais de l'histoire que racontait le fichu manuscrit.

Je m'emparai vivement de ce voyageur du temps des années quatre-vingt et claquai la petite porte du coffre dans lequel ne restait plus que de la poussière. *Donne-moi ça,* avait sifflé Johanna dans mon rêve — c'était la première fois que j'y repensais depuis des années. *Donne-moi ça, c'est mon attrape-poussière.*

« J'ai terminé, Mr Quinlan. » Ma voix me parut étranglée et chevrotante, mais le gérant n'eut pas l'air de trouver quoi que ce soit d'anormal... ou peut-être était-ce de la courtoisie. Je n'étais probablement pas le seul client à me sentir dans un état dépressif, après une visite à cet équivalent financier d'un cimetière.

« Je vais vraiment lire l'un de vos livres », dit-il en jetant un coup d'œil involontaire au carton que je tenais (j'aurais évidemment pu venir avec un porte-documents pour le ranger dedans, mais je ne l'ai jamais fait, au cours de toutes ces expéditions). « Je crois même que je vais mettre cela sur la liste de mes résolutions pour la nouvelle année.

— Faites donc, Mr Quinlan ; faites donc !

— Vous pouvez m'appeler Mark, je vous en prie. » Chose qu'il m'avait déjà dite également.

J'avais préparé deux lettres que je glissai dans le carton avant de confier le tout à Federal Express. Les deux avaient été rédigées sur l'ordinateur, que mon organisme me laissait utiliser dans la mesure où je le branchais sur la fonction Courrier. Ce n'était qu'en ouvrant Word 6 que se déclenchait la tempête. Je n'avais jamais essayé de me servir de Courrier pour écrire un roman, comprenant que si je m'y risquais, je n'aurais même plus cette possibilité... sans parler de celle de jouer au Scrabble ou aux mots croisés. J'avais tenté une fois de me remettre au stylo à plume, avec un spectaculaire manque de succès. Le problème n'était pas ce que j'avais une fois entendu décrire comme la « phobie de l'écran », je m'en étais administré la preuve.

La première lettre était destinée à Harold, l'autre à Debra Weinstock, mais elles étaient à peu de chose près identiques : voici mon nouveau livre, *Helen's Promise*, j'espère qu'il vous plaira autant qu'à moi, s'il vous paraît avoir besoin d'un petit coup de brosse, c'est parce que j'ai été obligé de faire des heures sup pour le terminer, joyeux Noël, joyeuse Hanoukka, *erin go bragh*, faites bombance et remportez le putain de gros lot.

Je dus poireauter pendant presque une heure dans la file d'attente, au milieu d'autres retardataires se dandinant sur place, l'œil mauvais (Noël est une époque d'insouciance et de moindre pression, l'une des choses qui me plaisent dans cette période des fêtes), *Helen's Promise* sous le bras gauche, l'édition en poche de *The Charm School* de Nelson DeMille dans la main droite. J'en lus presque cinquante pages avant que ce soit mon tour ; je confiai le manuscrit à une employée qui paraissait épuisée et frissonna sans rien me répondre quand je lui souhaitai un joyeux Noël.

CHAPITRE 4

Le téléphone sonnait quand j'entrai chez moi. C'était Frank Arlen, qui voulait savoir si cela ne me ferait pas plaisir de passer Noël avec lui. Avec eux, en réalité : ses quatre frères seraient là, avec femme et enfants.

J'ouvris la bouche pour répondre non — la dernière chose sur terre que je désirais était précisément de passer un Noël irlandais débridé où le whiskey coulerait à flots et où chacun irait de son couplet sentimental sur Johanna, pendant que deux bonnes douzaines de rase-tapis, la morve au nez, s'ébattraient sur la moquette — et eus la surprise de m'entendre répondre que j'allais venir.

Frank parut aussi surpris que je l'avais été, mais sincèrement ravi. « Fantastique ! s'exclama-t-il. Quand peux-tu être là ? »

J'étais dans l'entrée, mes caoutchoucs dégoulinant sur le carrelage, et d'où je me tenais, je voyais la salle de séjour, dans l'encadrement de l'arche. Aucun arbre de Noël ne décorait la pièce — je n'en avais installé aucun depuis la mort de Johanna — et elle me parut à la fois hideuse et beaucoup trop vaste pour moi, une patinoire meublée en rustique américain.

« Je rentre juste de faire des courses, répondis-je. Au fond, je n'ai qu'à jeter quelques sous-vêtements dans un sac, retourner dans la voiture et prendre la direction du sud tant qu'elle n'a pas refroidi, qu'est-ce que tu en dis ?

— Fabuleux, répondit Frank sans un instant d'hésitation. On pourra s'offrir une bonne soirée entre célibataires avant que l'armada des mômes d'East Malden ne débarque. Je te prépare un verre dès que j'ai raccroché.

— Alors j'ai pas intérêt à traîner ! »

Ce furent de loin les meilleures vacances de Noël que je passai depuis la disparition de Johanna. Les seules bonnes, j'en ai bien l'impression. Je fus pendant quatre jours membre honoraire de la tribu des Arlen. Je bus trop, levai trop souvent mon verre à la mémoire de Johanna — sachant plus ou moins qu'elle aurait aimé que je fasse ainsi. Deux bébés me vomirent dessus, un chien vint se coucher dans mon lit en pleine nuit, et la belle-sœur de Nicki Arlen me fit du rentre-dedans, la larme à l'œil, le lendemain de Noël, lorsqu'elle me trouva seul dans la cuisine, où je me préparais un sandwich à la dinde. Je l'embrassai puisqu'il était clair que c'était ce qu'elle désirait, et une main aventureuse (l'adjectif *malicieuse* serait peut-être plus juste) tripota un moment un endroit auquel personne d'autre que moi n'avait touché depuis près de trois ans et demi. Ce fut un sacré choc, mais pas entièrement désagréable.

Les choses n'allèrent pas plus loin et auraient eu du mal à y aller : la tribu des Arlen occupait la maison et Susy Donahue, pas encore officiellement divorcée, était comme moi membre honoraire de la famille, pour l'occasion. Toujours est-il que je décidai qu'il était temps de partir — sauf si je tenais absolument à foncer à toute vitesse dans une ruelle étroite qui se terminait sur un mur de brique, selon toute vraisemblance. Je partis donc le 27, très content d'être venu. Et je serrai vigoureusement Frank dans mes bras avant de monter dans ma voiture. Pendant quatre jours, j'avais complètement oublié qu'il ne restait plus que de la poussière dans le coffre de la Fidelity Union à présent, et pendant quatre nuits j'avais dormi d'une seule traite jusqu'à huit heures du matin, me levant avec peut-être l'estomac un peu retourné et mal aux cheveux, mais sans jamais me réveiller au milieu de la nuit en me disant : *Manderley, j'ai encore rêvé de Manderley.* Je revins à Derry avec l'impression d'avoir été régénéré, ragaillardi.

Le premier jour de 1998 s'ouvrit sur une matinée claire, froide, calme, superbe. Je me levai, pris ma douche puis allai regarder par la fenêtre de la chambre en buvant un café. Il me vint soudain à l'esprit — avec le simple et puissant sentiment de réalité que donnent des idées telles que : le haut est au-dessus de votre tête et le bas au-dessous de vos pieds — que je pouvais écrire, maintenant. C'était une année nouvelle, quelque chose avait changé, et j'étais capable de m'y remettre, si je le voulais. Le poids qui m'oppressait avait disparu.

J'allai dans mon bureau et branchai l'ordinateur. Mon cœur battait normalement, aucune transpiration ne perlait à mon front ou sur ma nuque, j'avais les mains normalement chaudes. Je fis venir le menu principal à l'écran, celui qu'on obtient lorsqu'on clique sur la pomme, et au milieu, il y avait mon vieux copain Word 6. Je cliquai dessus. Le logo — la plume sur le parchemin — apparut à l'écran et à cet instant précis je ne pus plus respirer. Comme si des cerceaux de fer m'encerclaient le torse.

Je repoussai le fauteuil du bureau, m'étouffant et griffant le col de mon sweat-shirt. Les roulettes du siège se prirent dans un petit tapis — une trouvaille de Johanna au cours de la dernière année de sa vie — et je tombai à la renverse. Mon crâne heurta le plancher et je vis une fontaine d'étincelles brillantes zigzaguer dans mon champ visuel. Je suppose que j'ai eu de la chance de ne pas m'évanouir, mais je crois que mon vrai coup de bol, en cette matinée du nouvel an 1998, fut de tomber à la renverse de cette façon. Car dans le cas contraire, si je n'avais fait que reculer du bureau, j'aurais continué à fixer le logo des yeux (et le hideux écran vide qui aurait suivi), et je crois que je serais mort étouffé.

Lorsque je me remis sur pieds, vacillant, j'étais au moins capable de respirer. Ma gorge me faisait l'effet d'être réduite à un chas d'aiguille, et chaque inhalation produisait un sifflement aigu bizarre, mais au moins je respirais. Je réussis à tituber jusque dans la salle de bains, où je vomis dans le lavabo, avec une telle force que des éclaboussures allèrent consteller le miroir. Je perdis connaissance, sans doute le résultat du manque d'air dans mes poumons et de la violence du vomissement, et mes genoux me trahirent. Cette fois-ci, ce fut mon front qui porta ; il heurta le rebord du lavabo et, alors que mon crâne n'avait pas saigné (il s'y était formé une bosse respectable vers midi, cependant), je me retrouvai avec une petite coupure sous la ligne des cheveux, sans parler d'un bleu de belles proportions. Je fus bien entendu obligé de raconter aux gens que je m'étais payé la porte de la salle de bains au milieu de la nuit, crétin que je suis, ça m'apprendra à me lever à deux heures du matin sans allumer.

Lorsque je repris complètement conscience (si un tel état existe), j'étais recroquevillé sur le sol. Je me levai, nettoyai la coupure que j'avais au front et restai assis sur le rebord de la baignoire, la tête baissée, jusqu'au moment où je me sentis suffisamment gaillard pour tenir debout tout seul. J'ai dû demeurer un bon quart d'heure dans cette position et, dans cet intervalle de temps, je décidai que sauf miracle de dernière minute, ma carrière d'écrivain était terminée. Harold allait pousser les hauts cris et Debra s'arracher les cheveux, mais que pouvaient-ils faire ? M'envoyer la police des publications ? Me menacer d'une descente — la Gestapo du Club du livre du mois ? Et même s'ils l'avaient pu, qu'est-ce que cela aurait changé ? On ne peut faire jaillir la sève d'une brique ou le sang d'une pierre.

Donc, sauf guérison miraculeuse, ma carrière d'écrivain était bel et bien terminée.

Et puis quoi, ensuite ? me demandai-je. Quel programme, pour les quarante ans suivants, Mike ? Tu peux faire beaucoup de parties de Scrabble en quarante ans, t'embarquer sur des tas de croisières mots croisés, boire des tonneaux de whiskey. Mais cela te suffira-t-il ? N'as-tu pas envie de faire autre chose de ces quarante années-là ?

Seulement voilà, je ne voulais pas y penser, pas sur le moment. Les quarante années à venir, qu'elles se débrouillent. Je serais déjà bien content de franchir l'étape nouvel an 1998.

Lorsque j'eus l'impression d'avoir pleinement repris mes esprits, je retournai dans le bureau, m'approchai de l'ordinateur les yeux résolument fixés sur mes pieds, trouvai à tâtons l'interrupteur et coupai le contact. On risque d'endommager le programme en procédant ainsi, sans l'avoir déchargé auparavant ; mais étant donné les circonstances, je m'en moquais éperdument.

La nuit suivante, je rêvai de nouveau que je marchais au crépuscule sur le chemin 42 et arrivais à Sara Laughs ; une fois de plus, je formulai un vœu en voyant l'étoile du Berger pendant que se lamentait le plongeon arctique sur le lac, et une fois de plus, je sentis une présence qui se rapprochait plus que jamais de moi, au milieu du bois. Mes petites vacances de Noël, apparemment, étaient terminées.

Ce fut un hiver froid et dur, avec beaucoup de neige en février et une épidémie de grippe qui décima une impressionnante quantité de personnes âgées à Derry. Elle les emporta comme un vent violent emporte de vieux arbres alourdis de verglas. Je passai complètement au travers. Je n'eus même pas un rhume de tout l'hiver.

En mars, je pris l'avion pour Providence et participai au concours de mots croisés de la Nouvelle-Angleterre, organisé par Will Weng. Je terminai quatrième et gagnai cinquante dollars. J'encadrai le chèque et l'accrochai au mur du séjour. Il y avait eu une époque où tous mes « brevets de triomphe » (une expression de Johanna ; toutes les bonnes expressions semblent me venir de Johanna) se retrouvaient sur les murs de mon bureau ; mais, en mars 1998, c'était une pièce que je ne fréquentais guère. Lorsque j'avais envie de faire une partie de Scrabble contre l'ordinateur, ou des mots croisés du niveau compétition, je m'installais avec le portable sur la table de la cuisine.

Je me souviens qu'un jour, au moment où j'ouvrais le menu principal du portable, mon curseur dépassa l'icône MOTS CROISÉS pour aller s'arrêter un peu plus loin sur mon vieux pote, Word 6.

Je fus envahi par quelque chose qui n'était ni de la frustration, ni de l'impuissance, ni de la fureur rentrée (sentiments que j'avais beaucoup éprouvés depuis l'achèvement de *All the Way from the Top*), mais de la tristesse et de la simple nostalgie. Regarder l'icône de Word 6 était comme regarder les photos de Johanna que je conservais dans mon portefeuille. Parfois, en contemplant son image, je me disais que je vendrais bien mon âme immortelle pour l'avoir de nouveau avec moi... en ce jour de mars, je me dis que je vendrais volontiers mon âme immortelle pour être capable d'écrire à nouveau.

Vas-y, fais un essai, murmura une voix en moi. *Les choses ont peut-être changé.*

Sauf que rien n'avait changé, et je ne l'ignorais pas. Si bien qu'au lieu de cliquer sur Word 6, je fis glisser l'icône jusqu'au sur le petit dessin représentant une poubelle, en bas à droite de l'écran, et la laissai tomber dedans.

Debbie Weinstock m'appela souvent, cet hiver, pour m'annoncer presque à chaque fois de bonnes nouvelles. *Helen's Promise* était l'un des deux livres qui allaient faire partie de la sélection de la Literary Guild, en août prochain (l'autre était un suspense de Steve Martini, lui aussi un vétéran des places huit à quinze, sur la liste de best-sellers du *New York Times*). Et mon éditeur britannique, m'apprit Debbie, avait adoré *Helen* et était sûr que le livre « allait faire un carton ». (Mes ventes n'avaient jamais été bonnes en Grande-Bretagne, jusqu'ici.)

« J'ai l'impression, avec *Promise*, que tu prends une nouvelle direction, non ? observa-t-elle.

— C'est aussi ce qu'il me semblait, avouai-je, me demandant comment Debbie réagirait si je lui apprenais que ce livre si novateur avait été écrit presque douze ans auparavant.

— Il révèle... comment dire ? Une sorte de maturité.

— Merci.

— Mike ? J'ai l'impression que la liaison est mauvaise. Ta voix paraît étouffée. »

Pas étonnant : j'étais en train de me mordre la main pour ne pas hurler de rire. Prudemment, je la retirai de ma bouche et examinai les traces de dents. « Ça va mieux ?

— Oui, beaucoup mieux. Et le prochain, de quoi parle-t-il ?

— Hé, tu connais la réponse à cette question, ma jolie. »

Debbie se mit à rire. « Faudra le lire pour le savoir, Joséphine — c'est bien cela ?

— Tout juste.

— Eh bien, continue comme ça. Tes copains de chez Putnam sont aux anges de te voir passer à la vitesse supérieure. »

Je lui dis salut, raccrochai et m'esclaffai sans retenue pendant près de dix minutes. Jusqu'à en avoir les larmes aux yeux. C'est bien de moi, ça, toujours passer à la vitesse supérieure.

J'acceptai aussi, pendant cette période, de répondre à l'interview téléphonique d'un journaliste de *Newsweek* qui préparait un article sur le thème du « nouveau gothique américain » (ne me demandez pas ce que c'est : sans doute une formule pour faire vendre un peu plus de papier), et de me soumettre aussi aux questions du *Publisher's Weekly* pour un papier qui sortirait juste avant la publication de *Helen's Promise*. Je me pliai à ces deux corvées parce qu'elles n'étaient pas bien méchantes et pouvaient se faire par téléphone pendant que j'épluchais mon courrier. Debbie était ravie, car j'ai plutôt l'habitude de refuser ce genre de publicité. C'est un aspect du travail que j'ai en horreur, que j'ai toujours eu en horreur — en particulier ces infernales apparitions dans les émissions à potins en direct de dix-sept heures, à la télé, où personne n'a lu votre foutu bouquin et où la première question est immanquablement : « Mais où allez-vous donc pêcher des idées aussi farfelues ? » Dans l'ensemble, le processus promotionnel revient à aller dans un restaurant à sushis où c'est vous qui tenez le rôle des sushis ; mais ce fut bien agréable de franchir ce cap avec l'impression d'avoir donné à Debbie l'occasion d'apporter de bonnes nouvelles à ses patrons. « Oui, avait-elle dû dire, il renâcle toujours autant à faire sa promo, mais cette fois-ci j'ai pu le convaincre de donner deux ou trois interviews. »

Pendant tout ce temps, mes rêves de Sara Laughs continuaient, voyez-vous — pas chaque nuit, mais deux ou trois fois par semaine —, sans que j'y pense un seul instant pendant la journée. Je remplissais mes grilles de mots croisés, je m'achetai une guitare acoustique et me mis à apprendre à en jouer (je ne risquais pas d'être appelé à accompagner Patty Loveless ou Alan Jackson en tournée, cependant), je parcourais chaque matin la chronique nécrologique du *Derry News*, à la recherche de noms que je connaissais. En d'autre termes, je n'étais pas loin de l'état de zombie.

Ce qui mit fin à tout cela fut un coup de téléphone

de Harold Oblowski, pas plus de trois jours après le dernier appel de Debbie. Le temps était exécrable : une violente tempête de neige tournant à la pluie verglaçante qui allait s'avérer la pire de tout l'hiver, même si elle fut la dernière. L'électricité allait être coupée dans tout Derry pendant la soirée, mais au moment du coup de fil de Harold, vers dix-sept heures, les réjouissances ne faisaient que commencer.

« Je viens d'avoir une très intéressante conversation avec ton éditrice, me dit Harold. Une conversation très révélatrice et très encourageante. Je viens juste de raccrocher, en fait.

— Non ?

— Et si. On a l'impression chez Putnam, Michael, que ton dernier livre pourrait bien avoir un effet positif sur ta position sur le marché, en termes de ventes. Il est très fort.

— Oui, dis-je, je suis passé à la vitesse supérieure.

— Quoi ?

— Juste une blague, Harold. Continue.

— Eh bien... Helen Nearing est un très grand personnage principal, et Skate un méchant parfait. »

Je ne réagis pas.

« Debbie a avancé la possibilité d'un contrat portant sur trois livres dont *Helen's Promise* serait le premier, sans que je lui demande quoi que ce soit. Un contrat très *lucratif*. Trois, c'est un chiffre qu'aucun éditeur n'a offert sur ton nom, jusqu'à maintenant. J'ai parlé de neuf millions de dollars, trois par livre ; je m'attendais à ce qu'elle éclate de rire... mais un agent doit placer la barre quelque part, et je commence toujours le plus haut possible. Je crois que je dois avoir un centurion romain qui traîne sur une branche, dans mon arbre généalogique. »

Un marchand de tapis éthiopien, plus vraisemblablement, pensai-je sans le dire. Je me sentais dans le même état que lorsque le dentiste a eu la main lourde avec la novocaïne et vous a insensibilisé la langue et les lèvres en même temps que la dent à extraire et la gencive. Si j'essayais de parler, j'allais probablement balbutier et lancer des jets de salive. Harold était très satisfait de lui, on l'entendait dans sa voix ; tout juste s'il ne ronronnait pas. Un contrat de trois livres pour le nouveau Michael Noonan, le Noonan de la maturité. On parle gros sous, mon mignon.

Cette fois-ci, je n'eus pas envie de rire, mais plutôt de hurler. Harold ignorait que la vigne à bouquins venait de sécher sur pied. Harold ignorait que le nouveau Michael Noonan était pris de suffocations cataclysmiques et de crises de vomissements chaque fois qu'il tentait d'écrire.

« Tu ne veux pas savoir comment elle a réagi, Mike ?

— Vas-y, dis-moi tout.

— "Neuf, c'est évidemment un peu trop, mais on peut toujours en parler. Nous avons le sentiment qu'avec ce livre il franchit une nouvelle et importante étape" —, voilà ce qu'elle m'a répondu. C'est extraordinaire, Michael, extraordinaire. Je n'ai fait aucune contre-proposition, bien sûr, je voulais t'en parler avant, mais je pense qu'on peut arriver à sept et demi, minimum. En fait...

— Non. »

Silence sur la ligne. Assez long pour que j'aie le temps de me rendre compte que j'étreignais si fort le combiné que j'en avais mal à la main. Je dus faire un effort de volonté pour desserrer les doigts. « Si seulement tu voulais m'écouter une minute, Mike...

— Je n'ai pas besoin de t'écouter. Je refuse de parler d'un nouveau contrat. » Et c'est tout juste si je n'ajoutai pas : *Ni aujourd'hui, ni plus tard.* « Ce n'est pas le bon moment.

— Désolé de ne pas être d'accord, mais il n'y aura jamais de meilleur moment. Réfléchis, bon Dieu ! Il s'agit d'une sacrée somme. Si tu attends la publication de *Helen*, je ne peux pas te garantir qu'on te fera la même offre...

— Je le sais. Je ne veux ni garanties ni offres *et je refuse de parler contrat* !

— Tu n'as pas besoin de crier, Mike, je ne suis pas sourd. »

Aurais-je crié ? Oui, sans doute.

« Tu n'es pas content de Putnam ? Je suis sûr que Debbie serait désolée, si elle t'entendait. Et je suis sûr aussi que Phyllis Grann est prête à faire à peu près n'importe quoi pour régler tout problème que tu pourrais avoir. »

Coucherais-tu avec Debbie, Harold ? me dis-je ; et tout d'un coup, cela me parut l'hypothèse la plus logique au monde. Ce quinquagénaire d'Oblowski, ce rondouillard à la calvitie avancée s'envoyait en l'air avec mon éditrice, une blonde aristocratique sortie tout droit de l'université Smith. *Couches-tu avec elle ? Parlez-vous de mon avenir littéraire pendant que vous êtes au pieu ensemble dans une chambre du Plaza ? Vous mettez-vous à deux pour essayer d'imaginer combien d'œufs en or vous pourrez encore tirer de cette vieille poule fatiguée avant de lui tordre le cou, finalement, pour en faire du pâté ? C'est ça, que vous mijotez ?*

« Écoute, Harold... Je ne peux pas t'en parler maintenant, et je ne *veux pas* t'en parler.

— Qu'est-ce qui ne va pas ? Tu parais bouleversé. Moi qui croyais que tu serais content... Bon Dieu, j'étais sûr que tu allais sauter au plafond !

— Je ne suis pas bouleversé, et tout va bien. C'est simplement le mauvais moment pour parler de ce contrat, pour moi. Excuse-moi, Harold, mais j'ai un truc à sortir du four.

— Ne pourrait-on pas en parler la sem...

— Non ! » dis-je en coupant la communication. C'était la première fois, de toute ma vie d'adulte, que je raccrochais au nez de quelqu'un qui n'était pas un vendeur de quelque chose.

Je n'avais évidemment rien dans le four et j'étais effectivement trop bouleversé pour avoir seulement l'idée d'y mettre quoi que ce soit. J'allai dans le séjour, me servis un petit whiskey et m'installai devant la télé. Je restai assis là pendant au moins quatre heures, regardant défiler les programmes sans en voir aucun. Dehors, la tempête continuait à gagner en force. Il allait y avoir des arbres par terre partout dans Derry, demain, et le monde ressemblerait à une sculpture de glace.

À neuf heures et quart, il y eut une coupure d'électricité ; le courant revint pendant encore trente secondes, puis tout s'éteignit définitivement. Je pris cela comme une invite à cesser de penser au contrat inutile de Harold, me disant que Johanna aurait gloussé de rire à l'idée d'une somme pareille — neuf millions de dollars ! Je me levai, débranchai la télé pour qu'elle ne se remette pas à beugler à deux heures du matin (je n'aurais pas dû m'inquiéter : la coupure dura près de deux jours), et montai au premier. Je laissai tomber mes vêtements au pied du lit, me glissai entre les draps sans même prendre la peine de me brosser les dents, et m'endormis au bout de cinq minutes. Je ne sais pas combien de temps après je fis le cauchemar.

Ce fut le dernier de ce que j'appelle maintenant ma « série de Manderley », le cauchemar culminant. Rendu encore pire, je crois, par les ténèbres sans issue dans lesquelles je me réveillai.

Il commença comme les autres. Je remonte le sentier, j'écoute les grillons et le plongeon, je regarde surtout l'étroite bande de ciel en train de s'assombrir, au-dessus de ma tête. J'atteins l'allée, mais là, quelque chose a changé ; on a posé un autocollant sur le panneau SARA LAUGHS. Je m'en approche et constate qu'il porte le nom d'une station de radio. WBLM, lit-on, 102.9, PORTLAND ROCK & ROLL BLIMP.

Mes yeux se tournent de nouveau vers le ciel, et j'aperçois Vénus. Je prononce un vœu, comme je l'ai toujours fait, un vœu qui concerne Johanna, avec l'odeur humide et vaguement monstrueuse du lac dans les narines.

Quelque chose s'avance lentement dans le bois, faisant craquer les feuilles mortes, cassant une branche. Quelque chose d'imposant.

Tu ferais mieux de descendre, me suggère une voix dans ma tête. *On a mis un contrat sur toi, Michael. Un contrat de trois livres ; ce sont les pires.*

Je ne peux pas bouger, je ne peux pas bouger, je ne peux que rester planté ici, j'ai le blocage du marcheur.

Mais ce ne sont que mots en l'air. Je peux marcher. Cette fois-ci, j'arrive à marcher. Je suis ravi. C'est une avancée majeure. Dans le rêve, je pense : *Cela change tout ! Cela change tout !*

Je la descends, cette allée, je m'enfonce de plus en plus au milieu de l'odeur âpre mais propre de la résine, enjambant des branches, en écartant d'autres du passage d'un coup de pied. Je lève la main pour repousser la mèche de cheveux humide qui me retombe sur le front et je vois la petite égratignure dont elle est griffée. Je m'arrête pour l'examiner, curieux.

Tu n'as pas le temps, dit la voix du rêve. *Descends là en bas. Tu as un livre à écrire.*

Je ne peux pas écrire. Cette histoire est terminée. J'entame les derniers quarante ans.

Non, dit la voix, avec quelque chose d'inflexible qui me fait très peur. *C'était le blocage du marcheur que tu avais, pas celui de l'écrivain, et comme tu vois, il a disparu. Dépêche-toi de descendre là en bas, à présent.*

J'ai peur.

Peur de quoi ?

Eh bien... et si Mrs Danvers s'y trouvait ?

La voix ne répond pas. Elle sait que je n'ai pas peur de la gouvernante de Rebecca de Winter, ce n'est que le personnage d'un vieux livre, rien qu'un sac d'os. Je me remets donc à marcher. Je n'ai pas le choix, on dirait, mais ma terreur augmente à chacun de mes pas et lorsque je me retrouve à mi-chemin, et que s'élève devant moi la masse imposante, plongée dans l'obscurité du chalet en rondins, la peur s'est infiltrée jusque dans mes os comme une fièvre. Quelque chose cloche ici, quelque chose ne va pas du tout.

Je vais m'enfuir. Je vais retourner par le même chemin, comme le bonhomme en pain d'épice de la fable, je vais courir jusqu'à Derry, faire tout le chemin en courant s'il le faut, et je ne reviendrai jamais ici.

Sauf que j'entends une respiration enchifrenée derrière moi, dans le crépuscule grandissant, et des bruits de pas. La chose des bois est maintenant la chose dans l'allée. Elle est juste dans mon dos. Si je me retourne, sa seule vue me fera perdre la raison d'un coup. Quelque chose avec des yeux rouges, quelque chose de pesant et d'affamé.

La maison est mon unique espoir.

Je marche. Les buissons se bousculent pour m'agripper comme des mains. Dans la lumière de la lune qui se lève (ce qui n'est encore jamais arrivé dans ce rêve, mais c'est la première fois qu'il se prolonge aussi longtemps), les feuilles bruissantes ont l'air de visages sardoniques. Je vois des yeux cligner, des bouches sourire. En dessous de moi, j'aperçois les fenêtres noires de la maison et je sais qu'il n'y aura pas le courant quand j'y entrerai, que la tempête a provoqué une coupure d'électricité, que je vais manipuler vainement l'interrupteur, deux fois, trois fois, jusqu'à ce que quelque chose me prenne par le poignet et m'entraîne encore plus loin dans l'obscurité, comme un amant.

Je suis aux trois quarts du chemin. Je vois les marches faites de traverses de chemin de fer qui conduisent jusqu'au lac, je vois le ponton qui flotte sur l'eau, carré noir dans le reflet de la lune. Bill Dean l'a installé. Je vois également une forme oblongue posée à l'endroit où l'allée aboutit au perron. Jamais il n'y a eu un tel objet à cet endroit, auparavant. Qu'est-ce que ça peut être ?

Encore deux ou trois pas, et j'ai la réponse. Un cercueil. Celui dont Frank Arlen a marchandé le prix... car, avait-il dit, l'entrepreneur de pompes funèbres essayait de me rouler. Le cercueil de Johanna, posé sur le côté, le couvercle suffisamment déplacé pour que je puisse voir qu'il est vide.

Je crois que j'ai envie de hurler. Je crois que j'ai envie de faire demi-tour et de repartir en courant, malgré la chose qui trépigne derrière moi — advienne que pourra. Mais avant que je puisse bouger, la porte de Sara Laughs s'ouvre et une silhouette effrayante en surgit pour s'élancer dans l'obscurité croissante. Humaine, cette silhouette, mais aussi inhumaine. Une forme brouillée, froissée, avec deux manches flottantes tendues vers le ciel. Aucun visage là où il devrait y en avoir un, et cependant elle crie, un son guttural qui rappelle le gémissement du plongeon. Je me rends compte que c'est Johanna. Elle a réussi à s'échapper de son cercueil, mais pas à se débarrasser des replis de son linceul. Elle y est tout empêtrée.

À quelle hideuse vitesse cette créature se déplace ! Elle ne flotte pas à la dérive comme on s'imagine que le font les fantômes, mais *se rue* vers le perron et l'allée. Pendant tous ces rêves où je restais pétrifié sur place elle a attendu, et à présent que j'ai pu enfin descendre l'allée, elle a l'intention de m'avoir. Je vais hurler lorsqu'elle m'enveloppera dans ses bras de soie, bien sûr, je vais hurler quand je sentirai l'odeur de putréfaction qui monte de sa chair mangée d'asticots et verrai les trous noirs de ses yeux me regardant à travers la toile fine. Je hurlerai et je perdrai définitivement la raison. Je hurlerai... mais il n'y a personne ici pour m'entendre. Seuls les plongeons arctiques seront alertés par mes cris. Je suis de retour à Manderley et, cette fois-ci, je n'en repartirai jamais.

La chose blanche hurlante tendit ses bras vers moi et je me réveillai sur le plancher de la chambre, m'égosillant d'une voix étranglée, horrifiée, tout en me frappant mécaniquement la tête contre quelque chose. Combien de temps me fallut-il pour prendre conscience que je ne dormais plus, que je n'étais pas à Sara Laughs ? Combien de temps me fallut-il pour comprendre que j'étais tombé du lit, à un moment donné, et que j'avais traversé la pièce à quatre pattes dans mon sommeil, pour me retrouver dans un angle contre lequel je me cognais la tête, répétitivement, comme un fou dans un asile d'aliénés ?

Je l'ignorais et ne pouvais que l'ignorer, la coupure d'électricité ayant arrêté l'horloge sur ma table de nuit. Je sais simplement que tout d'abord je fus incapable de quitter l'angle de la pièce pour m'aventurer au milieu, où je me serais senti en danger ; je sais également que la force du rêve resta imprimée longtemps en moi après mon réveil (surtout, j'imagine, parce que je ne pouvais allumer et le priver ainsi de son pouvoir). Je redoutais, en quittant mon coin, que la chose en blanc ne bondisse de la salle de bains, poussant son hurlement de morte, pressée d'achever ce qu'elle avait commencé. Je sais enfin que je tremblais de tout mon corps, et que j'étais envahi par le froid et l'humidité de la taille jusqu'aux pieds, ma vessie m'ayant trahi.

Je restai prostré là, haletant, trempé, fixant les ténèbres, à me demander s'il était possible de faire un cauchemar à l'imagerie assez puissante pour qu'il vous rende fou. Je crus alors (et je crois encore) que c'est bien ce qui faillit m'arriver, pendant cette nuit de la fin mars.

Je parvins, finalement, à ramper jusque dans mon lit. À mi-chemin, je retirai mon pantalon de pyjama mouillé — et me retrouvai désorienté. Il s'ensuivit un épisode lamentable et surréaliste qui dura cinq minutes (ou peut-être seulement deux), au cours duquel j'errai à quatre pattes en tout sens dans une chambre que je ne reconnaissais plus, me heurtant au mobilier et poussant un gémissement chaque fois que ma main tâtonnante effleurait quelque objet qui, sur le moment, me faisait l'effet d'être la chose blanche dans son suaire. Rien de ce que je touchais ne m'était familier. Les chiffres verts lumineux, sur le cadran de l'horloge, n'étant plus là pour me rassurer et mon sens de l'orientation temporairement hors circuit, j'aurais pu tout aussi bien me trouver dans une mosquée d'Addis-Abeba.

Je finis par me cogner l'épaule contre le lit. Je me levai, dépouillai vivement le deuxième oreiller de sa taie et m'essuyai l'entrejambe et les cuisses avec. Puis je me glissai entre les draps, remontant bien haut les couvertures, et restai ainsi, parcouru de frissons, écoutant le crépitement régulier du grésil contre les vitres.

Il ne fut pas question de dormir pendant le reste de la nuit, et le cauchemar ne se dissipa pas comme le font d'ordinaire les rêves, au réveil. Allongé sur le côté, tandis que mes frissons se calmaient progressivement, je me disais que cela avait un certain sens, bien que délirant : Johanna avait adoré Sara Laughs, et s'il y avait un lieu qu'elle devait hanter, ce ne pouvait être que le chalet. Mais pourquoi aurait-elle voulu me faire du mal ? Pourquoi, au nom du ciel, ma Johanna aurait-elle voulu me faire le moindre mal ? Aucune raison ne me venait à l'esprit.

Le temps finit par passer, et il arriva un moment où je me rendis compte que l'obscurité avait laissé la place à une pénombre grise où se profilaient les silhouettes des meubles, comme des sentinelles dans le brouillard. Du coup, je me sentis un peu mieux. Les choses se remettaient en place. J'allais allumer la cuisinière à bois, décidai-je, et me préparer un café bien fort. Commencer le travail de mise en perspective de tout ça.

Je balançai les jambes hors du lit, et voulus repousser mes cheveux humides de sueur. Je restai pétrifié, la main à hauteur des yeux. J'avais dû me blesser pendant que je rampais au hasard, désorienté, pour retrouver le chemin du lit. Il y avait une petite égratignure peu profonde et coagulée, juste en dessous des articulations.

CHAPITRE 5

Une fois, alors que j'avais seize ans, un avion passa le mur du son juste au-dessus de ma tête. Je me promenais dans un bois, pensant à une histoire que j'avais envie d'écrire, peut-être, ou bien me disant que ce serait sensationnel si Doreen Fournier cédait, un vendredi soir, et me laissait la débarrasser de sa petite culotte pendant que nous étions garés tout au bout de Cushman Road.

Toujours est-il que j'étais perdu très loin dans mes songes et que je fus complètement pris par surprise lorsque la double détonation retentit. Je m'aplatis sur le sol couvert de feuilles, les mains sur la tête et le cœur battant follement, persuadé que ma dernière heure était venue alors que je n'avais pas encore perdu mon pucelage. En quarante années, c'était le seul souvenir qui équivalait, en matière de terreur absolue, au dernier cauchemar de la « série de Manderley ».

Je restai allongé, attendant que tombe le marteau ; lorsque trente secondes furent passées sans que s'abatte celui-ci, je commençai à comprendre qu'il s'agissait tout bêtement d'un excité venu de la base aérienne Brunswick Naval Air Station, incapable d'attendre d'être au-dessus de l'Atlantique pour dépasser Mach 1. Mais, sainte merde, qui aurait pu soupçonner que le *bang* fût aussi assourdissant ?

Je me remis lentement debout et, tandis que les battements de mon cœur retrouvaient peu à peu un rythme normal, je pris conscience que je n'avais pas été le seul à être pétrifié de terreur par ce soudain coup de tonnerre dans un ciel bleu. Pour la première fois, autant qu'il m'en souvenait, un silence total régnait dans le petit bois qui s'étendait derrière notre maison de Prout's Neck. Debout dans un rayon de soleil où dansaient des poussières, le T-shirt et le jean couverts de débris de feuilles mortes, je retins ma respiration et tendis l'oreille. Jamais je n'avais entendu un tel silence, si je puis dire. Même par la journée de janvier la plus glaciale, les conversations vont d'ordinaire bon train dans les bois.

Finalement, un pinson chanta. Il y eut deux ou trois secondes de silence, puis un geai lui répondit. Encore deux ou trois secondes, et un corbeau y alla de son croassement. Un pic se remit à marteler un tronc, à la recherche de vermine. Un tamia farfouilla sous un buisson, à ma gauche. Au bout d'une minute, tous les petits bruits habituels de la vie avaient repris ; les choses étaient revenues à la normale et je retournai moi-même à mes songes. Je n'avais cependant jamais oublié ce coup de tonnerre inattendu, ni le silence mortel qui s'ensuivit.

Je repensai souvent à cette journée de juin, à la suite du cauchemar, ce qui n'avait rien de particulièrement étonnant. Les choses avaient changé, d'une certaine manière, ou *pouvaient* changer... mais d'abord il y a le silence, le temps de s'assurer que l'on est indemne et que le danger, si danger il y a eu, a disparu.

Derry se retrouva repliée sur elle-même pendant presque toute une semaine, de toute façon. Le verglas et des vents violents avaient provoqué des dégâts importants pendant la tempête, et une chute de plus de dix degrés de la température, ensuite, avait rendu très difficiles les travaux de dégagement et d'enlèvement de la neige glacée. Il faut ajouter à cela que l'ambiance, après une tempête en mars, est toujours morose et pessimiste ; cela se reproduit tous les ans (et une ou deux fois de plus en avril, les années où on n'a pas de chance) et il semble que nous soyons toujours pris par surprise. Chaque fois que nous nous faisons ainsi avoir, nous prenons cela pour un affront personnel.

Un jour, vers la fin de la semaine en question, le temps finit par s'améliorer. J'en profitai pour aller m'offrir, au milieu de la matinée, un café et une pâtisserie au petit restaurant qui se trouve non loin de la pharmacie où Johanna avait effectué ses dernières courses. Je sirotais mon café, dégustais le gâteau et remplissais la grille des mots croisés du journal, lorsque quelqu'un me demanda : « Puis-je m'asseoir dans votre box, Mr Noonan ? Il y a du monde, ce matin. »

Je levai les yeux et vis un vieil homme que je connaissais de vue, sans pouvoir me rappeler son nom.

« Ralph Roberts, dit-il. Je fais partie des volontaires de la Croix-Rouge. Avec ma femme, Lois.

— Ah, oui, bien sûr. » Je donne mon sang à la Croix-Rouge environ toutes les six semaines. Ralph Roberts est un des petits vieux qui sont là pour vous servir le jus de fruit et les biscuits ensuite, et vous dire de ne pas vous lever ni de faire de mouvements brusques si vous avez le tournis. « Je vous en prie, Mr Roberts, asseyez-vous. »

Il regarda le journal ouvert à la page des mots croisés qu'illuminait un rayon de soleil, pendant qu'il se glissait en face de moi. « Vous ne trouvez pas que faire les mots croisés du *Derry News*, c'est un peu comme enfoncer une porte ouverte ? » me demanda-t-il.

Je me mis à rire et acquiesçai. « Je les fais pour la même raison qu'il y a des gens qui escaladent l'Everest, Mr Roberts... parce qu'ils sont là. Sauf qu'avec les mots croisés du *News,* personne ne risque la chute.

— Appelez-moi Ralph, je vous en prie.

— D'accord. Moi, c'est Mike.

— Entendu. » Il sourit, révélant des dents qui

étaient de travers et un peu jaunies, mais bien à lui. « Je préfère qu'on emploie les prénoms. C'est un peu comme pouvoir défaire sa cravate. Sacré coup de vent que nous avons eu, hein ?

— Oui. Mais ça se réchauffe bien, aujourd'hui. » Le thermomètre avait eu une de ses sautes d'humeur printanières, il était passé de moins trois degrés, pendant la nuit, à presque dix ce matin. Encore mieux que cette remontée de la température, il y avait le soleil qui vous réchauffait le visage. C'était d'ailleurs l'envie d'éprouver cette sensation qui m'avait fait sortir de chez moi.

« Je crois que le printemps est là, ce coup-ci. Certaines années, on dirait qu'il s'est un peu perdu, mais il finit toujours par retrouver le chemin. » Il but un peu de café et reposa sa tasse. « On ne vous a pas beaucoup vu à la Croix-Rouge, ces temps derniers.

— Je me recycle », dis-je, mais c'était un petit mensonge ; j'étais depuis deux ou trois semaines dans les temps pour me faire tirer une pinte de sang. Ma carte de donneur était posée sur le frigo. Ça m'était sorti de la tête. « La semaine prochaine, sans faute.

— Je ne vous en parle que parce que je sais que vous êtes du groupe A, et que l'on n'en a jamais trop, de celui-ci.

— Mettez-moi une couchette de côté.

— Vous pouvez y compter. Sinon, tout va bien ? Je vous pose la question parce que vous m'avez l'air fatigué. Si c'est de l'insomnie, je peux sympathiser, croyez-moi. »

Il avait bien la tête d'un insomniaque, me dis-je, avec ses cernes trop grands autour des yeux. Mais il avait largement plus de soixante-dix ans, et on n'arrive pas à un tel âge sans que ça laisse des traces. Pour ceux qui ne font qu'un petit tour, la vie se contente de donner quelques coups de canif ici et là, aux joues, autour des yeux. Mais si l'on traîne ses guêtres assez longtemps ici-bas, on finit par ressembler à Jake Lamotta après un match laborieux en quinze rounds.

J'ouvris la bouche pour lui répondre ce que je réponds d'habitude quand on me pose cette question, puis me demandai pourquoi j'éprouvais toujours le besoin de ressortir ces fatigantes conneries à la cowboy Marlboro, et qui donc j'essayais de tromper dans cette affaire-là. Qu'est-ce qui risquait de se passer, si je racontais au type de la Croix-Rouge, qui me filait un biscuit aux pépites de chocolat quand l'infirmière m'avait retiré l'aiguille du bras, que je ne me sentais pas au mieux de ma forme ? Un tremblement de terre ? Des incendies et des inondations ? Tu parles.

« En effet, je ne me sens pas très bien depuis quelque temps, Ralph.

— La grippe ? On a eu pas mal de cas, ces temps-ci.

— Non. Je suis passé au travers, cette fois. Et je dors très bien. » Ce qui était exact ; le rêve de Sara Laughs ne s'était pas reproduit, ni sous sa forme normale ni sous celle à haut indice d'octane. « Je crois simplement... que j'ai le bourdon.

— Vous devriez peut-être prendre des vacances, non ? » dit-il. Il but une gorgée de café. Quand il me regarda de nouveau, il fronça les sourcils et reposa la tasse. « Quoi ? Quelque chose ne va pas ? »

Ce n'est pas ça, eus-je envie de répondre. *C'est simplement que vous êtes le premier oiseau à rompre le silence, Ralph, c'est tout.*

« Si, si, tout va bien », répondis-je. Puis, comme si j'avais eu envie de sentir le goût qu'avaient les mots en sortant de ma bouche, je répétai : « Prendre des vacances...

— Exactement, m'encouragea Ralph Roberts avec un sourire. Tout le monde en prend. »

Tout le monde en prend... Il avait raison ; même les gens qui n'ont pas tout à fait les moyens de s'en offrir partent en vacances. Quand ils sont fatigués. Quand ils en ont ras le bol de leurs conneries. Quand le monde entier leur tape sur les nerfs et qu'ils n'en peuvent plus.

J'avais sans aucun doute les moyens de m'offrir des vacances, et encore plus ceux de laisser tomber un temps mon travail — quel travail, ha-ha ? N'empêche, il m'avait fallu le vieux bonhomme de la Croix-Rouge pour que je voie ce qui aurait dû crever les yeux à un type ayant mon éducation supérieure : que je n'avais pas pris de vraies vacances depuis que Johanna et moi étions allés aux Bermudes, l'hiver qui avait précédé sa mort. J'étais comme un mulet qui continue à tourner sa noria, alors qu'il n'en monte plus une goutte d'eau.

Ce fut seulement au cours de l'été suivant, lorsque je lus l'annonce de la mort de Ralph Roberts (il avait été renversé par une voiture) dans le *Derry News,* que je pris pleinement conscience de tout ce que je lui devais. C'était beaucoup plus que les jus d'orange qu'il m'avait tendus après chacune de mes prises de sang.

Au lieu de rentrer chez moi, en sortant du restaurant, je parcourus plus de la moitié du patelin, la feuille du journal où se trouvait la grille de mots croisés inachevée coincée sous le bras. Je marchai jusqu'à ce que je sente le froid, en dépit de la température plus clémente. Je ne pensais à rien, et pensais cependant à un tas de choses. Il s'agissait d'un mode de réflexion particulier, très proche de ce qui se passait régulièrement lorsque j'étais sur le point de commencer à écrire un livre ; et, bien que n'ayant pas eu recours à ce fonctionnement depuis des années, je m'y coulai à nouveau aussi facilement et naturellement que si je n'avais jamais cessé de le pratiquer.

L'impression que ça faisait ? Que des types étaient venus garer leur gros bahut devant chez moi et transportaient des affaires dans la cave. Je n'ai pas de meilleure comparaison. On ne peut pas voir ce que sont ces affaires parce qu'elles sont enveloppées dans des couvertures matelassées, mais il n'est pas nécessaire de les voir. C'est du mobilier, tout ce qu'il faut pour transformer une maison en foyer, exactement ce que l'on désirait.

Une fois que les types ont sauté dans leur camion et sont partis, on descend dans le sous-sol et on en fait le tour (un peu comme j'avais fait le tour de Derry le matin même, montant la colline d'un côté pour redescendre de l'autre, mes vieux caoutchoucs aux pieds) ; on touche une courbe matelassée ici, un angle rembourré là. Est-ce là un canapé ? Est-ce ici une coiffeuse ? Cela n'a pas d'importance. Tout est ici, les déménageurs n'ont rien oublié, et même s'il va falloir tout monter soi-même (au grand dam de son dos, le plus souvent), ce n'est pas grave. Ce qui compte, c'est qu'il n'y ait pas eu d'erreur dans la livraison.

Cette fois-ci, je croyais bien — j'espérais — que le camion de déménagement m'avait apporté ce dont j'avais besoin pour les quarante prochaines années : celles que j'allais devoir passer dans le secteur « Écriture interdite ». Ils s'étaient présentés à la porte de service menant à la cave et avaient frappé poliment ; comme au bout de plusieurs mois il n'y avait toujours pas de réponse, ils avaient fini par aller chercher un bélier d'assaut. *Hé, l'ami ! On espère que le bruit ne t'a pas fait trop peur, désolés pour la porte !*

La porte m'importait beaucoup moins que les meubles. N'y aurait-il aucune pièce brisée, aucun objet manquant ? Il ne me semblait pas. J'avais l'impression qu'il ne me restait plus qu'à les monter au rez-de-chaussée, à les débarrasser de leur rembourrage et à les disposer à leur place.

Sur le chemin du retour, je passai devant le Shade, la charmante petite salle de cinéma ancienne que l'on avait rénovée et qui avait prospéré en dépit de la révolution de la vidéo — ou peut-être à cause d'elle. Ce mois-ci, on y projetait des films de science-fiction des années cinquante, mais le mois d'avril allait être consacré à Humphrey Bogart. Je restai un moment sous la marquise, à étudier les affiches BIENTÔT SUR VOTRE ÉCRAN. Puis je retournai chez moi, choisis une agence de voyages à peu près au hasard dans l'annuaire et déclarai au type qui me répondit que je voulais aller à Key Largo. « Vous voulez dire *Key West*, sans doute ? s'étonna l'homme. — Non, lui dis-je, à Key Largo, comme dans le film avec Humphrey Bogart et Lauren Bacall. Trois semaines. » Puis je réfléchis. J'étais riche, j'étais tout seul, et à la retraite. À quoi rimait cette connerie de « trois semaines » ? « Disons plutôt six. Trouvez-moi une petite maison, un truc dans le genre. — Ça ne va pas être donné », me fit-il remarquer. Je lui répondis que je m'en fichais. À mon retour à Derry, ce serait le printemps.

En attendant, j'avais du mobilier à déballer.

Key Largo m'enchanta pendant les quatre premières semaines mais je m'y ennuyai à périr pendant les deux dernières. J'y restai, cependant, parce que l'ennui a ses vertus. Les gens doués d'une grande tolérance à l'ennui peuvent beaucoup réfléchir. Je mangeai environ un million de crevettes, bus un bon millier de margaritas et lus exactement vingt-trois romans de John McDonald. Je pris un coup de soleil, pelai, et finis par bronzer. J'achetai une casquette à visière hypertrophiée sur laquelle on lisait, écrit avec du fil d'un vert éclatant : TÊTE DE PERROQUET. Je parcourus la même plage jusqu'à connaître tout le monde par son prénom. Et je déballai le mobilier. Il y avait pas mal de choses qui ne me plaisaient pas trop, mais elles convenaient sans aucun doute à la maison.

Je pensais à Johanna, à la vie que vous avions vécue ensemble. Je me rappelais le commentaire que je lui avais fait à propos du manuscrit de *Being Two*, que personne ne le confondrait jamais avec *L'Ange exilé*. *Tu ne vas pas te mettre à me balancer ces conneries d'artiste frustré, j'espère ?* avait-elle répondu. Et pendant mon séjour à Key Largo, ces paroles ne cessèrent de me revenir, toujours avec la voix de Johanna : ces conneries, ces conneries d'artiste frustré, ces putains de conneries d'artiste frustré dignes d'un écolier...

Je revoyais Johanna, dans sa tenue « expédition dans les bois », arrivant avec un chapeau rempli de trompettes-de-la-mort bien noires, le rire au lèvres pour annoncer triomphalement : *Personne ne mangera aussi bien que les Noonan sur le TR, ce soir !* Je la revoyais se passant les ongles des orteils au vernis à ongles, dans cette position penchée en avant sur les cuisses que seules les femmes se livrant à ce genre d'exercice sont capables d'adopter. Je la revoyais me lançant un livre à la tête parce que j'avais ri en découvrant sa nouvelle coupe de cheveux. Je la revoyais essayant d'apprendre un break sur son banjo — et l'effet qu'elle me faisait, sans soutien-gorge sous son T-shirt fin. Je la revoyais qui pleurait, ou qui riait, ou qui était en colère. Je l'entendais me dire que c'étaient des conneries, rien que des conneries d'artiste frustré...

Et je pensais aussi aux cauchemars, bien entendu, et en particulier à celui sur lequel ils avaient culminé. Cela m'était d'autant plus facile qu'il ne s'effaça pas, comme le font les rêves plus ordinaires. Le dernier rêve de Sara Laughs et celui qui accompagna ma première pollution nocturne (je m'allongeais sur une fille étendue dans un hamac et en train de manger une prune) sont les seuls qui soient restés parfaitement clairs dans ma mémoire, année après année ; les autres se réduisent à des fragments brumeux ou se sont complètement évanouis.

Il y avait un grand nombre de détails précis dans les rêves de Sara Laughs — les plongeons arctiques, les grillons, l'étoile du Berger et le vœu que je prononçais, pour en citer quelques-uns — mais j'estimais qu'ils ne quittaient pas le domaine de la vraisemblance. Ils servaient à planter le décor, si l'on veut. En tant que tels, je n'avais pas à en tenir compte. Restaient trois éléments majeurs, trois grosses pièces du mobilier qu'il fallait déballer.

Assis sur la plage, regardant le soleil se coucher entre mes orteils pleins de sable, il ne fallait pas être un psychanalyste confirmé, me semblait-il, pour voir comment ces trois choses s'articulaient.

Dans les rêves de Sara Laughs, les éléments majeurs sont les bois, derrière moi, la maison, en dessous de moi, et Michael Noonan en personne, pétrifié sur place au milieu. La nuit tombe, et un danger rôde dans les bois. Ce sera terrifiant de se rendre dans la maison, peut-être parce qu'elle est longtemps restée inoccupée, mais je ne doute jamais que ce soit là que je dois me rendre ; terrifiant ou non, c'est le seul abri dont je dispose. Si ce n'est que je ne peux faire un pas. Je suis paralysé. J'ai le bloc(-p)age du marcheur.

Dans le cauchemar, j'arrive finalement à m'approcher de l'abri, mais voilà, celui-ci se révèle trompeur. Se révèle plus dangereux que je m'y serais attendu dans... heu, oui, dans mes rêves les plus fous. Mon épouse défunte s'y cache et elle se précipite sur moi en hurlant, encore emmêlée dans son linceul, pour m'attaquer. Cinq semaines plus tard et à plus de quatre mille kilomètres de Derry, le souvenir de cette chose blanche filant à toute vitesse et de ses manches qui flottaient me fait encore frissonner et regarder par-dessus mon épaule.

Mais était-ce Johanna ? Je n'en ai aucune preuve, n'est-ce pas ? Le fantôme était complètement enveloppé dans le linceul. Le cercueil ressemblait à celui dans lequel elle a été enterrée, mais ce pourrait être juste pour me fourvoyer.

Le blocage de l'écrivain, le blocage du marcheur...

Je n'arrive pas à écrire, dis-je à la voix dans le rêve.

La voix prétend que si. Que le blocage de l'écrivain a disparu, et je le crois, parce que le blocage du marcheur a disparu, que je suis en mouvement, que j'avance sur l'allée et me dirige enfin vers le refuge. J'ai peur, cependant. Même avant que la forme blanche ne fasse son apparition, je suis terrifié. Je dis que c'est de Mrs Danvers que j'ai peur, mais c'est uniquement parce que mon esprit endormi a tout mélangé, Manderley et Sara Laughs. J'ai peur de...

« J'ai peur d'écrire, m'entendis-je prononcer à haute voix. J'ai même peur d'essayer. »

C'était la veille de mon retour dans le Maine, j'avais déjà pas mal bu et étais en passe de m'enivrer. Vers la fin de mes vacances, j'avais consacré beaucoup de soirées à boire, simplement parce que ça tuait le temps. « Ce n'est pas le blocage que je redoute, mais de devoir défaire le blocage. Je suis fichtrement dans la merde, mesdames-messieurs. Dans la merde jusqu'au cou. »

Dans la merde ou pas, j'avais néanmoins l'impression d'avoir touché au cœur du problème. J'avais peur de m'attaquer au blocage, peut-être aussi de ramasser les fils épars de ma vie pour la poursuivre sans Johanna. Cependant, tout au fond de moi-même, j'avais la conviction que je devais le faire ; c'était ce que signifiaient ces bruits menaçants derrière moi, dans le bois. Et la conviction, ça compte beaucoup. Trop, peut-être, en particulier si l'on a beaucoup d'imagination. Lorsqu'une personne imaginative souffre de troubles mentaux, la frontière qui sépare être de paraître a tendance à se brouiller.

Les choses dans le bois, oui m'sieur. J'en tenais justement une dans la main, tout en y pensant. Je levai mon verre, le tendis vers le ciel occidental pour que le soleil couchant fasse flamboyer son contenu. Je buvais beaucoup, ce qui pouvait peut-être se concevoir à Key Largo, car les gens sont supposés boire pas mal en vacances (c'est tout juste si ce n'est pas une loi), mais je buvais déjà trop avant de partir. De cette manière qui devient très vite impossible à contrôler. Une manière de boire qui peut vous valoir... des déboires.

Les choses dans le bois, et le lieu potentiellement sûr où un croque-mitaine assez effrayant qui n'était pas ma femme, mais peut-être son souvenir, montait la garde. Cela tenait debout, Sara Laughs ayant toujours été le séjour favori de Johanna sur cette terre. Pensée qui me conduisit à une autre, une pensée qui fit que je lançai mes jambes par-dessus la chaise longue dans laquelle j'étais affalé et que je me levai, tout excité. Sara Laughs était aussi l'endroit où le rituel avait commencé... champagne, dernière ligne, et cette bénédiction si importante : *Eh bien, voilà une bonne chose de faite, non* ?

Voulais-je que les choses retournent à la normale ? Était-ce vraiment ce que je désirais ? Un an avant, ou même un mois avant, je n'en aurais peut-être pas été sûr. Aujourd'hui, je l'étais. La réponse était oui. Je voulais m'en sortir. En finir avec le deuil de ma femme, remettre mon cœur en état de marche, aller de l'avant. Mais pour cela, je devais commencer par un retour en arrière.

Un retour à la maison de rondins. Un retour à Sara Laughs.

« Ouais, dis-je, et mon corps se couvrit de chair de poule. Ouais, faut aller là-bas. »

Dans ce cas, qu'est-ce que j'attendais ?

Je me sentis aussi stupide, en me posant la question, que le jour où Ralph Roberts avait observé que des vacances me feraient peut-être du bien. Si j'avais besoin d'aller à Sara Laughs maintenant que ces vacances étaient terminées, eh bien, pourquoi pas ? Je risquais d'avoir un peu la frousse les deux ou trois premières nuits, comme un reste de mon dernier rêve, mais le fait d'être sur place contribuerait peut-être à en dissiper plus rapidement les séquelles.

Sans compter (mais je laissai cette pensée tapie dans le coin le plus humble de ma conscience) que quelque chose *pourrait* arriver à mon blocage. C'était peu probable, mais pas impossible non plus. *Sauf guérison miraculeuse*, n'était-ce pas ce que je m'étais dit le jour du nouvel an, assis sur le bord de ma baignoire, tenant un linge humide contre la coupure que j'avais au front ? Oui. *Sauf guérison miraculeuse...* Il arrivait qu'un aveugle fasse une chute et se relève en ayant recouvré la vue. Il arrivait même que des infirmes jettent leurs béquilles en arrivant à la grotte sacrée.

Il me restait huit ou neuf mois avant que Harold et Debbie ne se mettent à me harceler pour mon roman suivant. Je décidai d'aller les passer à Sara Laughs. Mettre de l'ordre dans mes affaires, à Derry, me prendrait un certain temps, et il faudrait aussi un peu de temps à Bill Dean pour préparer la maison du lac en vue d'en faire une résidence permanente, mais je pouvais y être sans peine pour le 4 juillet. Je décidai que cette date constituait un excellent objectif, non pas seulement parce qu'elle est l'anniversaire de notre pays, mais aussi parce qu'elle coïncide avec la fin de l'invasion des moustiques, dans le Maine occidental.

Le jour où je fis ma valise de vacancier sur le retour (laissant les éditions de poche de John McDonald pour le prochain locataire du bungalow), rasai une semaine de chaume sur un visage tellement bronzé qu'il me paraissait ne plus être le mien, et pris un avion pour le Maine, j'étais décidé : j'irais m'installer dans le lieu identifié par mon inconscient comme un abri contre l'obscurité grandissante, et cela, même si mon esprit m'avait aussi laissé entendre que ce séjour ne serait pas sans risques. Je ne m'y rendrais pas, cependant, en m'attendant à ce que Sara Laughs soit Lourdes, ou même Sainte-Anne du Québec... mais je m'autoriserais à espérer, et lorsque je verrais l'étoile du Berger clignoter pour la première fois au-dessus du lac, je me permettrais d'émettre un vœu.

Une chose, seulement, ne cadrait pas avec le démantèlement précis auquel je m'étais livré sur les rêves de Sara Laughs ; ne pouvant lui donner d'explication, je m'efforçai de l'ignorer. Sans beaucoup de succès, à vrai dire ; j'étais toujours un écrivain, quelque part, et un écrivain est un type éduqué dans l'art de penser au pire.

Il s'agissait de l'égratignure au dos de ma main. Elle avait figuré dans tous mes rêves, j'en aurais juré... après quoi, elle était vraiment apparue. Ce genre de connerie n'est pas décrit dans les œuvres du Dr Freud ; des trucs comme ça, c'est uniquement chez les allumés du paranormal qu'on les trouve.

Une coïncidence, c'est tout, me dis-je au moment où l'avion entama sa descente. J'étais sur le siège A-2 (l'avantage de cette place, tout à l'avant, c'est que vous arrivez le premier sur le lieu de la catastrophe en cas de chute) et regardais la forêt de pins qui s'étend en dessous du couloir aérien d'approche qu'empruntent les avions pour atterrir à l'aéroport international de Bangor. La neige avait disparu jusqu'à l'hiver prochain ; mes vacances l'avaient définitivement fait fondre. *Simple coïncidence... combien de fois t'es-tu égratigné ainsi le dos de la main, au cours de ta vie ? N'oublie pas qu'elles sont toujours à s'agiter en première ligne, à croire presque qu'elles cherchent les coups...*

Ce raisonnement aurait dû sonner juste, et pourtant, il n'arrivait pas tout à fait à me convaincre. Parce qu'il n'était pas tout à fait juste, peut-être.

C'étaient les gars, dans le sous-sol. Eux, ils n'y croyaient pas. Les p'tits gars du sous-sol n'y croyaient pas du tout.

À cet instant il y eut un bruit sourd ; le 737 atterrissait et je chassai toutes ces idées de mon esprit.

Peu de temps après mon retour, un après-midi, je me mis à fouiller dans les placards jusqu'à ce que je trouve la boîte à chaussures dans laquelle Johanna rangeait ses vieilles photos. Je les triai, puis me mis à étudier de plus près celles du lac Dark Score. Il y en avait un nombre impressionnant, mais comme, la plupart du temps, c'était Johanna qui les prenait, on ne la voyait pas souvent dessus. J'en découvris cependant une que je me rappelais avoir prise en 1990 ou 91.

Il peut arriver que même le moins doué des photographes prenne un excellent cliché — l'histoire des sept cents singes qui passeraient sept cents ans à taper sur sept cents machines à écrire et tout le bazar — et celui-ci était bon. On voyait Johanna debout sur le ponton, le soleil virant au rouge flamboyant derrière elle. Elle venait juste de sortir de l'eau et était toute mouillée ; elle portait un maillot de bain deux-pièces, gris à motifs rouges. Je l'avais prise pendant qu'elle riait et repoussait ses cheveux trempés en arrière, dégageant son front et ses tempes. Le bout de ses seins durcis était visible sous le soutien-gorge ; on aurait dit une actrice sur une affiche de cinéma... une affiche pour l'un de ces films de série B jouant sur les plaisirs coupables, le monstre qui vient gâcher une partie de plaisir sur la plage, le tueur en série qui patrouille sur le campus.

Je fus terrassé par une bouffée de désir physique aussi soudaine qu'étonnamment puissante. J'avais envie qu'elle fût dans la chambre exactement comme elle était sur cette photo, avec ses mèches de cheveux collées aux joues et ce maillot de bain mouillé qui la moulait comme une seconde peau. J'avais envie de téter le bout de ses seins à travers le soutien-gorge, d'éprouver leur dureté et de sentir le goût du tissu. J'avais envie d'aspirer l'eau du coton comme si c'était du lait, de lui arracher le bas du maillot et de la baiser jusqu'à ce que nous explosions tous les deux.

Les mains légèrement tremblantes, je mis la photo

de côté, avec quelques autres qui me plaisaient (mais aucune ne me faisait le même effet). Je bandais comme un cerf, l'une de ces bandaisons qui sont vraiment dures, une pierre recouverte de peau. Avec un truc pareil, on n'est bon à rien tant qu'on n'en est pas débarrassé.

La manière la plus rapide de régler ce problème, quand il n'y a aucune volontaire à proximité pour vous donner un coup de main, consiste à se masturber : cette fois-ci, l'idée ne m'effleura même pas. Je me suis masturbé de temps en temps, au cours de ces années de solitude, mais pas ce jour-là. Au lieu de cela, je me mis à aller et venir d'un pas énervé parmi les pièces du premier étage, serrant et desserrant les poings, et avec ce qui avait l'air d'un enjoliveur de bagnole dans mon pantalon.

La colère peut être une étape normale du processus de deuil — j'ai lu ça quelque part — mais je n'avais jamais été en colère contre Johanna, depuis sa mort. Pas jusqu'au jour où je trouvai la photo. Mais alors ! J'étais là à tourner en rond avec une trique qui ne voulait rien savoir, furieux contre elle. Non, mais quelle gourde ! Quelle idée, aussi, de se mettre à courir sur du macadam brûlant par l'une des journées les plus chaudes de l'année ! Stupide gourde, étourdie, salope, me laisser tout seul ainsi, même plus capable de travailler...

Je m'assis sur les marches, me demandant comment je devais réagir. Prendre un verre — voilà ce que je devais faire ! Et peut-être un deuxième, pour faire passer le premier. Je me levai, avant de me rendre compte que c'était une très mauvaise idée.

Au lieu de cela, je me rendis dans mon bureau, branchai l'ordinateur et remplis une grille de mots croisés. Ce soir-là, en allant me coucher, j'eus envie de regarder à nouveau la photo de Johanna en bikini. Mais je me dis que c'était une idée presque aussi mauvaise que de descendre quelques verres, quand je me sentais dans un tel état de colère et aussi dépressif. *Tu vas refaire le rêve, cette nuit*, pensai-je après avoir éteint. *Sûr que tu vas refaire le rêve.*

Mais non. Les rêves où j'arrivais à Sara Laughs étaient terminés.

Une semaine passée à réfléchir ne me fit pas changer d'avis ; en fait, plus je pensais à aller à Dark Score cet été, plus je trouvais l'idée bonne. Si bien qu'un samedi après-midi, au début de mai, après avoir calculé que tout bon gardien de maisons du Maine serait chez lui pour regarder le match des Red Sox, j'appelai Bill Dean et lui déclarai que j'allais passer l'été dans le chalet du bord du lac, à partir du 4 juillet... et que si les choses allaient comme je le voulais, j'y passerais aussi l'automne et l'hiver.

« C'est bien, ça, répondit-il. Voilà une vraie bonne nouvelle. Des tas de gens trouvent que vous leur manquez ici, Mike. Y en a pas mal qui aimeraient vous présenter leurs condoléances pour votre femme, vous savez. »

N'y aurait-il pas eu une légère note de reproche dans sa voix, ou était-ce juste mon imagination ? Certes, nous n'étions pas passés inaperçus dans la région, Johanna et moi ; nous avions apporté des contributions significatives à trois petites bibliothèques de la région Motton-Kashwakamak-Castle View et Johanna avait lancé, avec succès, un projet de bibliobus desservant ces villes pour lequel il avait fallu organiser une collecte. Outre cela, elle faisait partie d'un club féminin de couture (les châles dits « afghans » étaient sa spécialité) et était membre à part entière de la coopérative artisanale du comté de Castle. Visites aux malades... donner un coup de main pour la collecte de sang annuelle des pompiers volontaires... tenir un stand pour la fête de Castle Rock ; et ce n'était pas tout. Elle n'y mettait aucune ostentation et ne jouait pas les dames patronnesses ; tout au contraire, elle tenait ce rôle avec discrétion et humilité, la tête baissée (souvent pour dissimuler un sourire légèrement narquois, devrais-je ajouter, ma Johanna avait un sens de l'humour plutôt à la Bierce). Bon Dieu, le vieux Bill avait peut-être une excellente raison de me faire des reproches.

« Elle manque aux gens ?

— Eh oui.

— À moi aussi, elle manque. Beaucoup. Je crois que c'est pour cela que je ne suis pas retourné à Dark Score. C'est au bord de ce lac que nous avons vécu la plupart de nos meilleurs moments.

— Ouais, je veux bien vous croire. Mais on sera fichtrement contents de vous voir dans le secteur. Je vais m'y mettre tout de suite. Il n'y a aucun problème : vous pourriez débarquer cet après-midi, si ça vous chantait. Mais quand une maison est restée longtemps fermée, comme Sara Laughs, elle sent vraiment le renfermé.

— Je sais.

— Je vais dire à Brenda Meserve d'aller faire le ménage à fond. La même femme qui est toujours venue.

— Brenda n'est-elle pas un peu âgée pour un grand nettoyage de printemps ? » Mrs Meserve avait environ soixante-cinq ans ; elle était trapue, brave et joyeusement vulgaire. Elle aimait tout particulièrement les blagues sur les voyageurs de commerce qui passent la nuit comme les lapins, à sauter d'un trou à l'autre. Pas du tout le genre Mrs Danvers.

« Les femmes comme Brenda ne sont jamais trop vieilles pour surveiller les festivités, me répondit Bill. Elle va se trouver deux ou trois filles pour passer l'aspirateur et déplacer les trucs pesants. Elle devrait vous prendre dans les trois cents dollars pour le tout. Ça vous paraît correct ?

— C'est une affaire, oui.

— Il va falloir vérifier le puits, et aussi le générateur, mais je suis sûr qu'il n'y aura aucun problème de ce côté. J'ai vu un nid de guêpes près du bûcher que je vais enfumer avant que le bois soit trop sec. Ah oui, il faudra aussi changer les bardeaux sur le toit du bâtiment principal. J'aurais dû vous en parler l'an dernier, mais comme vous ne veniez pas, j'ai laissé tomber. D'accord pour ça, aussi ?

— Oui, jusqu'à dix mille. Si c'est plus cher, rappelez-moi.

— S'il faut dépasser dix mille, je mange mon chapeau.

— Tâchez que tout soit terminé avant mon arrivée, d'accord ?

— Ouais-ouais. Vous voulez avoir la paix, je comprends ça... faut simplement savoir que vous ne l'aurez peut-être pas tout de suite. Pour nous ç'a été un choc, de la voir partir si jeune. Pour nous tous. Elle était tellement gentille. » Avec l'accent yankee, c'était encore plus émouvant.

« Merci, Bill », répondis-je, sentant les yeux qui me picotaient. Le chagrin a tout de l'invité beurré qui revient cent fois de suite pour une dernière embrassade avant de partir. « Merci de ces paroles.

— Vous allez avoir droit à un tas de gâteaux aux carottes, mon vieux. » Il se mit à rire, mais d'une manière un peu dubitative, comme s'il venait de dire quelque chose d'inconvenant.

« C'est fou ce que je peux descendre de gâteaux aux carottes, et si les gens en font trop, Kenny Auster possède toujours son grand chien-loup irlandais, non ?

— Ouais, cet animal est capable de bâfrer jusqu'à en exploser ! » s'écria Bill, au comble de la bonne humeur. Il partit d'un caquètement qui se termina en toux. J'attendis, souriant moi-même. « Son chien, il l'a appelé Blueberry, allez savoir pourquoi. Quel balourd ! » Je supposai qu'il parlait du chien et non du maître. Kenny Auster ne mesurait guère plus d'un mètre cinquante ; solidement bâti, il était tout le contraire d'un balourd. Bill avait employé un adjectif typique du Maine, plutôt péjoratif.

Je me rendis soudainement compte que tous ces gens me manquaient, Bill, Brenda, Kenny Auster et les autres, tous ceux qui habitaient à demeure autour du lac. Même Blueberry me manquait, le chien-loup irlandais qui allait trottinant partout, nez au vent comme s'il n'avait eu qu'un embryon de cervelle dans la tête, de longs filets de bave lui tombant des mâchoires.

« Faut aussi que j'aille m'occuper d'enlever tous les débris accumulés depuis l'hiver, reprit Bill, une note d'embarras dans la voix. Ça n'a pas été bien terrible cette année — vous n'avez eu que de la neige dans l'allée, pendant la dernière tempête, grâce à Dieu — mais il reste encore tout un tas de cochonneries qui traînent. J'aurais dû faire ça depuis un moment. D'accord, vous ne veniez pas, mais c'est pas une excuse. J'ai bien empoché vos chèques. » Il y avait quelque chose d'amusant dans la manière dont cette vieille et sympathique fripouille battait sa coulpe ; Johanna en aurait hurlé de rire, j'en suis sûr.

« Si tout est en ordre de marche pour le 4 juillet, Bill, je serai content.

— Vous serez aussi content qu'une huître dans sa vasière. Je vous le promets. » Bill lui-même paraissait aussi content qu'une huître dans sa vasière, et cela me fit plaisir. « Hé, vous allez venir écrire un bouquin au bord de l'eau ? Comme autrefois ? C'est pas que les deux derniers étaient pas bien, ma femme pouvait pas arriver à poser le dernier, mais...

— Je ne sais pas », répondis-je, ce qui était la vérité. Puis une idée me vint brusquement à l'esprit. « Dites-moi, Bill, voudriez-vous me rendre un service avant de nettoyer l'allée et de lâcher Brenda Meserve et son équipe ?

— Je ne demande pas mieux, si je peux. »

Je lui expliquai donc ce que j'attendais de lui.

Quatre jours plus tard, je reçus un petit paquet avec cette laconique adresse d'expéditeur : DEAN / GEN DELIV / TR-90 (DARK SCORE). Je l'ouvris et en fis tomber vingt photos prises avec un petit appareil jetable.

Bill avait photographié la maison sous divers angles et la plupart des clichés faisaient bien ressortir cette atmosphère d'abandon qui règne dans un endroit insuffisamment utilisé... même une maison « gardiennée », comme disait Bill, finissait par acquérir cet aspect négligé, au bout d'un moment.

C'est à peine si je les regardai. Les quatre premières étaient celles que je voulais, et je les alignai sur la table de la cuisine, où elles étaient directement éclairées par la forte lumière du soleil. Bill les avait prises depuis l'allée, braquant l'appareil jetable sur l'ensemble de Sara Laughs. Je voyais la mousse qui avait poussé non seulement sur les rondins qui composaient le corps principal du logis, mais aussi sur ceux des ailes nord et sud ; je voyais les débris de l'allée, branches tombées et cassées, aiguilles de pin. Il avait dû avoir envie de tout nettoyer avant de prendre ces photos, mais il avait résisté. Je lui avais expliqué exactement ce que je voulais : « tout, y compris les cochonneries », avais-je dit en reprenant son expression, et il s'était soumis à mes exigences.

Les buissons, de part et d'autre de l'allée, étaient devenus de véritables fourrés depuis toutes ces années que je n'allais plus à Dark Score ; ce n'était pas encore exactement la jungle, mais quelques branches parmi les plus grandes, effectivement, paraissaient se tendre les unes vers les autres au-dessus de l'asphalte comme des amants séparés.

Cependant, ce sur quoi mon œil ne cessait de revenir, c'était les marches du perron de bois, au bout de l'allée. On pouvait parler de coïncidences pour les autres points de ressemblance entre les photos et mes rêves de Sara Laughs (ou à la rigueur de l'imagination tombant souvent étonnamment juste de l'écrivain), mais je ne pouvais pas davantage expliquer les tournesols poussant entre les planches du perron que j'avais pu expliquer la coupure au dos de ma main.

Je retournai l'une des photos. De son écriture en pattes de mouche, Bill avait écrit : *Elles sont précoces, les garces... et envahissantes !*

Je regardai de nouveau le cliché. Trois tournesols s'étaient ouvert un chemin entre les planches du perron. Pas deux, pas quatre, mais trois énormes tournesols avec des têtes comme des projecteurs.

Exactement comme ceux de mon rêve.

CHAPITRE 6

Le 3 juillet 1998, je balançai deux valises et l'ordinateur portable dans le coffre de ma Chevrolet, entamai une marche arrière et m'arrêtai au milieu de l'allée pour retourner dans la maison. Elle me donna une impression de vide et d'abandon, comme une amante fidèle qu'on aurait abandonnée et qui n'arriverait pas à comprendre pourquoi. Les meubles n'étaient pas recouverts et je n'avais pas coupé l'électricité (n'ayant pas exclu que l'expérience « vie saine au bord du lac » puisse se révéler un échec aussi complet que rapide), mais le 14 Benton Street n'en paraissait pas moins déserté. Des pièces où il y avait encore trop de mobilier pour que s'y répercute l'écho résonnaient tout de même de celui de mes pas, et on aurait dit qu'il y avait trop de lumière dans laquelle dansait la poussière.

Dans mon bureau, l'ordinateur sous sa housse ressemblait à un bourreau encapuchonné. Je m'agenouillai devant le meuble et ouvris l'un des tiroirs. Quatre ramettes de papier y étaient rangées. J'en pris une et repartais déjà en la serrant sous mon bras, lorsque je me ravisai et fis demi-tour. J'avais rangé la photo provocante de Johanna en maillot de bain dans le grand tiroir central. Je la pris, déchirai l'emballage de la ramette et glissai la photo à peu près au milieu, comme un marque-page. Si par bonheur je me remettais à écrire, et si le livre avançait, je retrouverais Johanna du côté de la page deux cent cinquante.

Je quittai la maison, refermai la porte à clef, à l'arrière, montai dans la voiture et m'éloignai. Je n'y suis jamais revenu.

J'avais été tenté à plusieurs reprises de faire un saut jusqu'à Dark Score pour examiner le résultat des travaux, lesquels avaient été un peu plus importants que ce que Bill avait tout d'abord estimé. Ce qui m'en empêcha fut le sentiment, jamais clairement et consciemment exprimé, mais néanmoins très puissant, que ce n'était pas ainsi que je devais procéder ; que la prochaine fois que j'irais à Sara Laughs, ce serait pour défaire mes bagages et y rester.

Bill s'assura les services de Kenny Auster pour changer les bardeaux du toit et c'est le cousin de Kenny, Timmy Larribee, qui se chargea de « racler le dos de la vieille dame », procédé de nettoyage assez voisin du récurage des casseroles et que l'on emploie parfois avec les constructions en rondins. Bill fit aussi vérifier la tuyauterie par un plombier et, après m'avoir demandé mon feu vert, décida du changement des installations les plus anciennes ainsi que de la pompe branchée sur le puits.

Au téléphone, Bill fit des tas d'histoires au sujet de ces travaux, mais je le laissai faire son numéro. Quand un Yankee de la cinquième ou sixième génération aborde la question de savoir comment dépenser de l'argent, il vaut mieux ne pas s'en mêler et le laisser s'arranger comme il l'entend. La seule idée d'allonger les billets verts paraît être une hérésie à ses yeux, tout comme il trouve inconvenant que l'on s'embrasse en public ou que l'on conduise en ville en sous-vêtements. Quant à moi, ces dépenses m'étaient complètement égal. Je mène pour l'essentiel une existence frugale, non pas pour des raisons morales mais parce que mon imagination, pourtant très riche à bien d'autres titres, semble ne pas vouloir fonctionner quand il est question d'argent. Ma conception de la bamboula, c'est un séjour de trois jours à Boston : assister à une partie des Red Sox, faire un tour au Tower Records & Video, plus un autre à la librairie Wordsworth à Cambridge. Mode de vie qui n'ouvre pas de bien grandes brèches dans les intérêts, sans parler du principal ; j'avais un excellent expert financier à Waterville et le jour où je verrouillai la maison de Derry et pris la route à l'ouest, en direction du TR-90, je pesais, comme on dit, un petit peu plus de cinq millions de dollars. Pas grand-chose, comparé à Bill Gates, mais une fortune dans cette partie du pays, et je pouvais me permettre d'accepter sans broncher le coût élevé de ces réparations.

Cette fin de printemps et ce début d'été furent une période étrange pour moi. Mes occupations principales consistaient à attendre, à m'entretenir avec Bill Dean lorsqu'il m'appelait avec sa dernière fournée de problèmes, et à essayer de ne pas penser. C'est à ce moment-là qu'eut lieu l'interview du *Publisher's Weekly*, et lorsque le journaliste me demanda si je n'avais pas eu du mal à me remettre au travail « après la perte douloureuse que j'avais subie », je lui répondis non sans la moindre hésitation. Et pourquoi pas ? Ce n'était pas faux. Mes ennuis n'avaient commencé qu'après que j'avais terminé *All the Way from the Top* ; jusque-là, j'avais fonctionné comme une horloge.

À la mi-juin, je retrouvai Frank Arlen à déjeuner au Starlite Cafe. L'établissement se trouve à Lewiston, à mi-chemin entre son domicile et le mien. Au moment du dessert (la fameuse charlotte à la fraise du Starlite), il me demanda si je ne sortais pas avec quelqu'un. Je le regardai, décontenancé.

« Pourquoi fais-tu cette tête ? » voulut-il savoir, tandis que s'affichait sur son visage l'une de ces neuf cents émotions qui n'ont pas de nom — une mimique située quelque part entre irritation et amusement, cette fois. « Je ne risque pas de t'accuser de tromper Jo — cela fera quatre ans en août qu'elle nous a quittés.

— Non, répondis-je, je ne sors avec personne. »

Il m'observa en silence. Je lui rendis son regard, puis baissai les yeux au bout de quelques secondes et, de la cuillère, me mis à jouer avec la crème fouettée de la charlotte. Les biscuits étaient encore chauds et la crème commençait à fondre. Cela me fit penser à cette chanson stupide dans laquelle quelqu'un laisse un gâteau sous la pluie.

« Tu n'as rencontré *personne*, Mike ?

— Je me demande si ça te regarde vraiment...

— Oh, bon Dieu ! Pendant ces vacances, est-ce que tu n'as pas au moins... »

Je me forçai à lever les yeux sur lui. « Non, dis-je. Personne. »

Il garda le silence quelques instants. Je crus qu'il allait changer de sujet de conversation, ce qui m'aurait parfaitement convenu. Mais pas du tout : bille en tête, il me demanda si j'avais baisé depuis la mort de Johanna. J'aurais pu mentir. Quelque chose me disait qu'il aurait accepté un mensonge sur cette question, même s'il n'y avait pas entièrement cru. C'est cependant la vérité que je lui dis, et avec un certain plaisir pervers, en plus.

« Non.

— Pas une seule fois ?

— Pas une seule fois.

— Et les salons de massage ? Ne serait-ce que pour se faire faire une gât...

— Non. »

Il se mit à tapoter de sa cuillère contre la coupe

qui contenait son dessert, que lui non plus n'avait pas entamé. Il m'étudiait comme si j'étais une nouvelle variété d'insecte bizarroïde. Cela ne me plut pas tellement, mais je le comprenais un peu.

J'avais par deux fois été sur le point de me lancer dans ce qu'on appelle aujourd'hui une « relation », mais pas à Key Largo, où j'avais pourtant dû lorgner deux mille jolies femmes qui se baladaient habillées seulement d'un timbre-poste et d'une promesse. Il y avait eu, pour commencer, une serveuse rouquine qui travaillait au restaurant d'Extension où je déjeune souvent. Au bout d'un moment, on s'était mis à parler, à plaisanter, puis à échanger de ces regards juste un peu trop appuyés — vous voyez ce que je veux dire. Je me mis aussi à remarquer ses jambes, et la manière dont son uniforme collait à l'arrondi de sa hanche quand elle se tournait, et elle remarqua que je la remarquais.

Il y avait eu ensuite une femme au Nu You, le gymnase où j'allais faire de l'exercice. Grande, blonde, portant souvent un justaucorps rose et un short noir de cycliste. Tout à fait appétissante. J'aimais bien aussi le genre de prose qu'elle apportait pour la lire pendant qu'elle pédalait sur place, dans un de ces interminables voyages aérobiques vers nulle part : ni *Vogue*, ni *Mademoiselle* ni *Cosmopolitan*, mais des romans d'écrivains comme John Irving ou Ellen Gilchrist. J'aime les gens qui lisent de vrais livres et pas simplement parce que j'en ai écrit moi-même quelques-uns, dans le temps. Les amateurs de bons livres peuvent commencer comme n'importe qui en parlant de la pluie et du beau temps, mais en règle générale, ils sont capables d'aller vraiment plus loin.

Le nom de la blonde en rose et noir était Adria Bundy. Nous commençâmes à parler livres tout en pédalant côte à côte sur le chemin de nulle part, puis arriva le moment où, deux fois par semaine, je tins pour elle le rôle de placeur dans la salle des petites haltères. Il y a quelque chose de bizarrement intime à partager un exercice de ce genre. La position allongée de celui (ou celle) qui soulève les poids y est sans doute pour une part, sans doute, en particulier si c'est une femme, mais il n'y a pas que cela, et ce n'est pas le plus important. C'est l'aspect de dépendance qui compte le plus. Même si on n'en arrive jamais là, celui qui soulève met sa vie entre les mains de son placeur. Et à un moment donné, au cours de l'hiver 96, il y eut ces regards appuyés pendant qu'elle était allongée sur le banc et que, installé au-dessus d'elle, je l'observais en plongée. Ces regards qui durent juste un petit peu trop longtemps.

Kelli devait avoir autour de trente ans, et Adria était peut-être légèrement plus jeune. Kelli était divorcée et Adria n'avait jamais été mariée. Je ne serais venu perturber la paix des ménages ni dans un cas ni dans l'autre, et je crois qu'elles se seraient volontiers mises au lit avec moi, toutes les deux, sur des bases provisoires. Le genre lune de miel à l'essai pour voir si on tient la route. Cependant, dans le cas de Kelli, je ne trouvai rien de mieux que de changer de restaurant, et dans celui d'Adria, que d'aller m'inscrire dans un autre club de gym qui m'avait envoyé sa publicité avec une offre de séance gratuite. Je me souviens d'avoir un jour croisé Adria dans la rue, environ six mois après avoir déserté le Nu You, et si je ne manquai pas de la saluer, je m'arrangeai pour ne pas voir le regard intrigué et légèrement blessé qu'elle m'adressa.

D'un point de vue purement physique, je les désirais toutes les deux (il me semble même me souvenir d'un rêve dans lequel je les avais ensemble, dans le même lit et en même temps), et cependant n'en désirais aucune. Cela tenait en partie à mon impuissance à écrire : le bordel régnait suffisamment comme ça dans ma vie sans que j'aie besoin d'y ajouter ce genre de complications ; mais aussi au travail d'analyse auquel il faut se livrer pour être sûr que la femme qui vous

114

rend vos regards s'intéresse bien à vous, et non pas à votre exceptionnel compte en banque.

Mais fondamentalement, Johanna était encore bien trop présente dans mon cœur et dans ma tête. Il n'y avait place pour personne d'autre, même au bout de quatre ans. Un chagrin aussi tenace que le cholestérol, et si vous trouvez cela drôle ou bizarre, ne m'en veuillez pas.

« Et les amis ? me demanda Frank, se décidant enfin à attaquer sa portion de charlotte. Tu as bien des amis, n'est-ce pas ? Tu les vois ?

— Oui. Beaucoup d'amis. » Ce qui était un mensonge, mais j'avais des tas de mots croisés à résoudre, des tas de bouquins à lire et des tas de films à regarder le soir, avec le magnétoscope ; j'aurais pu réciter à peu près par cœur l'avertissement du FBI sur l'interdiction de tirer des copies de ces cassettes. Pour ce qui était des gens, des vrais, les seuls que j'appelai avant de quitter Derry furent mon médecin et mon dentiste, et l'essentiel de mon courrier de juin consista à envoyer des avis de changement d'adresse à des revues comme *Harper's* ou bien *National Geographic*.

« Frank, dis-je, ne commence pas à faire ta mère juive.

— Parfois, quand je suis avec toi, je me *sens* comme une mère juive, me répondit-il. Une mère juive qui croit à la valeur curative des pommes de terre plutôt que des boulettes de *matze*. Cela faisait longtemps que je ne t'avais pas trouvé l'air aussi en forme. Tu as fini par prendre un peu de poids, non ?

— Trop, même.

— Déconne pas ! Tu avais la touche d'Ichabod Crane quand tu es venu pour Noël. Un vrai bonhomme en fil de fer. Tu es mieux, à présent. En plus, tu as un bronzage superbe sur la figure et les bras...

— J'ai beaucoup marché.

— Je disais donc que tu as l'air mieux... sauf les yeux. Tu as ce drôle de regard, parfois, et je m'inquiète

115

chaque fois que je le vois. Je crois que Jo serait heureuse que *quelqu'un* s'en inquiète.

— Quel drôle de regard ?

— Ton regard "je suis à mille lieues d'ici". Tu veux que je te dise ? Tu as la tête d'un type prisonnier de quelque chose et qui ne sait pas comment s'en dépêtrer. »

Je quittai Derry à quinze heures trente, m'arrêtai à Rumford pour dîner, puis repartis à petite vitesse au milieu des hautes collines du Maine occidental, tandis que se couchait le soleil. J'avais calculé précisément — et presque inconsciemment — mes heures de départ et d'arrivée et, au moment où je quittai Motton pour passer dans la région administrative seulement connue sous l'appellation TR-90, je me rendis compte que mon cœur battait de plus en plus fort. La climatisation était branchée, mais je n'en avais pas moins les bras et le visage en sueur. Tous les programmes de radio m'écorchaient les oreilles, la musique me faisait l'effet de hurler, et je finis par la couper.

J'étais effrayé, et j'avais de bonnes raisons pour cela. Même si l'on ne tenait pas compte de la pollinisation croisée entre les rêves et les faits du monde réel (comme j'arrivais à le faire très facilement, reléguant l'histoire de l'égratignure à la main et celle des tournesols au rang de coïncidences ou de phénomènes psychiques bizarres), j'avais de bonnes raisons d'avoir peur. Car il ne s'était pas agi de rêves ordinaires, et ma décision de retourner à Dark Score après toutes ces années n'avait pas été non plus une décision ordinaire. Je ne m'étais pas senti comme un homme moderne *fin de millénaire* [1] lancé dans une quête spirituelle pour faire face à ses angoisses (je vais bien, tu vas bien, prenons-nous par la main et formons un cercle de cré-

---

1. En français dans le texte (*N.d.T.*).

tins en pleine effusion avec William Ackerman et son orgue feutré en arrière-plan sonore), mais plutôt comme l'un de ces cinglés de prophètes de l'Ancien Testament, parti se réfugier dans le désert et vivant de sauterelles et d'eau saumâtre, parce que Dieu l'y aurait appelé dans un rêve.

J'étais dans le pétrin, ma vie était un gâchis de niveau moyen tournant à la catastrophe, et le fait de ne pouvoir écrire n'en était qu'un aspect. Je ne violais pas les enfants et ne faisais pas le tour de Times Square en courant, habillé d'une robe blanche et armé d'un porte-voix pour dénoncer les conspirations qui nous mena-çaient, mais je n'en étais pas moins dans le pétrin. J'avais perdu ma place dans le monde et n'arrivais pas à la retrouver. Rien de surprenant, au fond : la vie n'est pas un roman. Ce dans quoi je me lançais, par cette chaude soirée de juillet, était une thérapie de choc autoproduite, et rendez-moi au moins cette justice : je ne l'ignorais pas.

L'itinéraire, pour arriver à Dark Score, est le sui-vant : on parcourt les vingt-quatre kilomètres de la I-95 qui séparent Derry de Newport ; de là, on emprunte la route 2 sur cent soixante kilomètres vers Bethel (avec arrêt à Rumford, qui puait jadis comme les portes de l'enfer, jusqu'à ce que l'économie du coin, fondée sur la pâte à papier, s'écroule à peu près complètement pendant le deuxième mandat du président Reagan) ; puis la route 5 qui va de Bethel à Waterford, soit vingt et un kilomètres ; et finalement on prend la route 68 qui nous fait traverser Castle View et Motton (dont le centre-ville se résume à une grange reconvertie dans laquelle on vend des cassettes vidéo, de la bière et des fusils d'occasion) pour arriver à un premier panneau indiquant TR-90, puis à un second sur lequel on peut lire : EN CAS D'URGENCE, APPELEZ PLUTÔT LE SERVICE DES GARDES-CHASSE, 1-800-555 OU *72 SUR TÉLÉPHONE CELLU-LAIRE. À quoi un petit malin avait ajouté à la bombe FONT CHIER LES GARDES-CHIASSE.

Huit kilomètres plus loin, sur la droite, commence un chemin étroit balisé par une plaque de tôle carrée sur laquelle s'efface peu à peu le numéro 42. Au-dessus, comme un tréma, deux trous de balle calibre 22.

Je m'engageai dans ce chemin juste à l'heure que j'avais prévue : dix-neuf heures dix-sept, heure avancée de l'Est, d'après l'horloge du tableau de bord.

Et l'impression qui s'installait en moi.

D'après le totalisateur journalier je roulai sur un peu plus de trois cents mètres, écoutant l'herbe, au milieu du chemin, chuinter contre le châssis de la Chevrolet, entendant une branche frotter de temps en temps contre le toit ou donner un coup de poing à la vitre, côté passager.

Finalement je me garai et coupai le moteur. Je descendis, me rendis à l'arrière de la voiture et, m'allongeant sur le sol, je dégageai l'herbe qui venait toucher le pot d'échappement encore chaud. Le début de l'été avait été sec, et il valait mieux prendre des précautions. J'étais venu à cette heure précise pour retrouver les conditions du rêve, avec l'espoir de mieux le pénétrer ou d'avoir une idée de ce qu'il fallait faire ensuite — pas pour déclencher un incendie de forêt.

Cela fait, je me relevai et regardai autour de moi. Les grillons chantaient, comme dans mes rêves, et comme dans mes rêves, les arbres avaient l'air de venir se masser au bord du chemin. Au-dessus de ma tête, le ciel se réduisait à une bande d'un bleu de plus en plus sombre.

Je m'avançai à pied, choisissant l'ornière de droite. Nous avions eu un voisin, à cette extrémité de la route, le vieux Lars Washburn, mais l'allée qui conduisait chez lui était envahie de buissons de genévriers et barrée d'une chaîne rouillée. Cloué à un arbre, à gauche, il y avait un panneau ENTRÉE INTERDITE ; au-dessous, un deuxième panneau donnait le numéro de téléphone d'un agent immobilier local, NEXT CENTURY REAL ESTATE. Les lettres étaient à demi effacées et difficiles à déchiffrer dans la pénombre grandissante.

Je continuai à avancer, bien conscient des battements violents de mon cœur, tandis que les moustiques zonzonnaient autour de ma tête et de mes bras. La saison n'était pas tout à fait terminée pour eux et je transpirais abondamment, une odeur qu'ils aiment. Elle doit leur rappeler le sang.

À quel point étais-je terrifié en me rapprochant de Sara Laughs ? Je ne m'en souviens pas. Je suppose que la peur, comme la douleur, fait partie de ces choses qui vous sortent de l'esprit, une fois qu'elles sont passées. Ce dont je me souviens, en revanche, c'est d'un sentiment que j'avais déjà éprouvé à cet endroit, en particulier lorsque je parcourais seul ce bout de chemin. Le sentiment que la réalité est mince. Je considère d'ailleurs qu'elle est vraiment mince, mince comme la glace d'un lac après un dégel de janvier, et que nous remplissons notre existence de bruit, de lumière et de mouvement pour ne pas voir ce manque de consistance. Mais, dans des endroits comme le chemin 42, on découvre que les écrans de fumée et les miroirs ont disparu. Ce qui reste est le chant des grillons et la vue des feuilles dont le vert vire au noir ; des branches qui prennent des formes de têtes humaines ; les battements sourds de votre cœur, la pulsation du sang derrière vos paupières et l'aspect du ciel qui perd le bleu du jour comme un visage se décompose.

Ce qui se met en place, lorsque disparaît la lumière du jour, est une sorte de certitude : qu'en dessous de la surface gît un secret, un mystère à la fois noir et éclatant. On ressent ce mystère dans chaque respiration, on le devine dans chaque ombre, on s'attend à y plonger à chaque pas. Il est là. On glisse dessus dans un virage à couper le souffle, comme un patineur qui revient sur ses pas.

Je m'arrêtai un instant. J'étais à environ huit cents

mètres de l'endroit où j'avais laissé la voiture, et il me restait encore autant à parcourir pour arriver à l'allée. Là, le chemin décrit un virage serré et il y a, sur la droite, un champ dégagé qui descend en pente raide vers le lac. On appelle cet endroit Tidwell's Meadow, ou parfois le Vieux Camp. C'est ici que Sara — Sara Tidwell — et sa curieuse tribu avaient édifié leurs chalets, du moins s'il faut en croire Marie Hingerman (une fois, lorsque j'avais posé la question à Bill Dean, il m'avait confirmé que c'était bien l'endroit, mais il ne m'avait pas paru avoir envie d'en dire davantage, ce qui m'avait quelque peu étonné, à l'époque).

Je restai sur place un moment, regardant vers l'extrémité nord du lac Dark Score. La surface de l'eau était vitreuse et calme, encore couleur rose bonbon dans ce qui restait des lueurs du couchant ; on ne voyait pas une ride, pas un seul bateau. Les plaisanciers devaient tous avoir rallié la marina de Motton, supposai-je, pour s'y goinfrer de grands plats de friture et descendre de grands verres de mélanges alcoolisés divers. Plus tard, il s'en trouverait une poignée, ivres de vitesse et de martinis, pour remonter et descendre le lac à fond les manettes, au clair de lune. Je me demandai presque avec indifférence si je serais encore là pour les entendre. Je me disais qu'il y avait une bonne chance pour que je sois sur le chemin du retour vers Derry, soit terrifié par ce que j'aurais trouvé, soit déçu de n'avoir rien trouvé.

« Pauvre avorton, dit Strickland. »

Je ne sus que j'allais parler que lorsque les mots sortirent de ma bouche ; et pourquoi ces mots en particulier, je n'en avais aucune idée. Je me rappelai le rêve dans lequel Johanna était sous le lit, et frissonnai. Un moustique bourdonna à mon oreille. Je l'écrasai et poursuivis mon chemin.

Mon arrivée en haut de l'allée, en fin de compte, fut presque trop bien réglée, la sensation d'avoir réintégré le rêve presque trop parfaite. Jusqu'aux ballons accrochés au panneau Sara Laughs (l'un blanc et l'autre bleu, avec BIENVENUE MIKE ! soigneusement écrit dessus en lettres majuscules à l'encre noire), flottant sur le fond de plus en plus sombre des arbres, qui paraissaient intensifier mon impression de déjà-vu (alors que je l'avais délibérément provoquée !), car jamais deux rêves ne sont exactement identiques, non ? Les objets faits à la main, comme les choses de l'esprit, ne peuvent jamais être tout à fait identiques, même quand on fait de son mieux pour cela, car nous ne sommes jamais les mêmes d'un jour à l'autre, voire d'un moment à l'autre.

Je m'avançai jusqu'au panneau, sous l'emprise de l'impression de mystère que dégageait l'endroit au crépuscule. J'empoignai la planche pour en éprouver la rugueuse réalité, et fis courir mon pouce sur les lettres, au risque de m'enfoncer une écharde dans la chair, et lisant avec le doigt comme un aveugle lit du braille : S — A — R — A, puis L — A — U — G — H — S.

Bill Dean avait enlevé de l'allée les aiguilles de pin et les branches tombées, mais des reflets roses brillaient encore sur le lac, exactement comme dans mes rêves, et la masse de la maison était aussi la même. Bill avait pensé à laisser allumée la lumière au-dessus du perron, et les tournesols, entre les marches, avaient depuis longtemps été coupés ; sinon, rien n'était changé.

Je levai la tête vers la bande de ciel au-dessus du sentier. Rien... j'attendis... toujours rien... j'attendis encore et je la vis, exactement là où je dirigeais mon regard. À un moment donné il n'y avait que le ciel, gagné peu à peu par l'indigo à la périphérie, comme une infusion d'encre, puis tout d'un coup Vénus fut là, brillant de tout son éclat, paisible. Les gens se vantent souvent de voir apparaître les étoiles, et je suppose que cela doit arriver, mais ce fut la seule fois de ma vie où je fus témoin de ce phénomène. Je formulai un vœu, mais j'étais dans la réalité, cette fois, et il ne concernait pas Johanna.

« Aide-moi », dis-je, regardant l'étoile. J'aurais bien aimé en dire davantage, mais rien ne me vint à l'esprit. J'ignorais de quelle aide j'avais besoin.

Ça suffit, fit une voix mal à l'aise, dans mon esprit. *Ça suffit, maintenant. Retourne à la voiture.*

Oui, mais voilà, ce n'était pas ce que j'avais prévu. En principe, je devais descendre l'allée, comme dans le dernier rêve, le cauchemar. Ce que j'avais prévu, c'était de me prouver qu'aucun monstre horrible enveloppé d'un linceul ne rôdait dans les recoins ténébreux du vaste chalet en rondins. Mon plan se fondait en bonne partie sur cet adage de la sagesse New Age qui veut que le mot PEUR soit l'acronyme de *Prévoir les Événements et Utiliser sa Raison*. Mais, me tenant debout là, à étudier le lumignon du porche (il paraissait bien faible, dans l'obscurité grandissante), il me vint à l'esprit qu'il en existait une version un peu moins martiale et boy-scout, selon laquelle le mot PEUR signifierait *Poudre d'Escampette Unique Réaction*. Tout seul dans les bois tandis que la lumière désertait le ciel, cette interprétation me semblait bien plus intelligente et bien moins sibylline.

Je me rendis compte, non sans un certain amusement, que j'avais décroché l'un des ballons, sans même y faire attention, tandis que je réfléchissais à ma situation. Il flottait sereinement à l'extrémité de son fil, les mots de bienvenue à peu près illisibles dans l'obscurité grandissante.

Peut-être que de toute façon, cela ne sert à rien, que je ne serai même pas capable d'avancer. Ce foutu blocage de l'écrivain-marcheur s'est peut-être de nouveau emparé de moi, et je vais rester planté ici comme une statue de sel jusqu'à ce que quelqu'un passe par là et m'emporte.

Mais j'étais dans un temps et un espace bien réels, cette fois, et les choses comme le blocage de l'écrivain-marcheur n'existent pas dans le monde réel. J'ouvris la main. La cordelette se libéra et je m'avançai sur les premiers mètres de l'allée, tandis que le ballon s'élevait au-dessus de moi. Un pied devant l'autre, dans un style très proche de celui que j'avais appris à maîtriser jadis — en 1959. Je m'enfonçai de plus en plus dans l'arôme astringent de la résine, et je me surpris à faire une enjambée plus grande pour éviter une branche tombée qui avait figuré dans le rêve mais n'était pas ici, dans la réalité.

Mon cœur battait encore très fort et je transpirais toujours abondamment, attirant les moustiques sur ma peau huilée. Je voulus faire le geste de repousser les cheveux qui me tombaient sur le front, mais l'interrompis en cours de route pour examiner ma main droite tendue. J'en fis autant avec la main gauche, mais aucune des deux ne portait de marque ; il n'y avait même pas la moindre trace de la coupure que je m'étais faite en rampant dans la chambre pendant la tempête de verglas.

« Tout va très bien, dis-je à voix haute, tout va très bien. »

Pauvre avorton, dit Strickland, répondit une voix. Ce n'était ni la mienne ni celle de Johanna, mais les intonations d'ovni du narrateur, dans le cauchemar, la voix qui m'avait poussé de l'avant même lorsque j'avais refusé de bouger. La voix d'un inconnu.

Je repris ma progression. J'avais parcouru plus de la moitié du trajet, à présent, et atteint le point où, dans le rêve, j'expliquais à la voix que j'avais peur de Mrs Danvers.

« J'ai peur de Mrs Danvers, dis-je, pour voir l'effet que faisaient des mots prononcés à voix haute, dans la pénombre. Et si la méchante gouvernante se trouvait là en bas ? »

Un plongeon arctique poussa son cri, sur le lac, mais

la voix ne répondit pas. Je suppose que c'était inutile. On était dans la réalité, dans la vie réelle, et il n'y avait aucune Mrs Danvers dans celle-ci ; elle n'était qu'un sac d'os dans un vieux bouquin, et la voix le savait bien.

Je ne m'arrêtai pas. Je passai devant le grand pin que Johanna avait heurté un jour avec la Jeep, en voulant remonter toute l'allée en marche arrière. Qu'est-ce qu'elle avait juré ! Un vrai charretier ! J'avais réussi à rester impassible jusqu'au moment où elle s'était traitée de « conne à manger du foin » ; là, j'avais craqué et, me tenant la tête à deux mains, les larmes me coulant sur les joues, j'avais hurlé de rire tandis qu'elle me foudroyait des éclairs du bleu intense de son regard.

On voyait encore la marque sur le tronc, à un peu moins d'un mètre du sol, une trace blanche qui paraissait flotter à l'extérieur de l'écorce noire, dans l'obscurité. C'était à cet endroit précis que le malaise qui régnait dans les autres rêves s'était transformé en quelque chose de bien pire. Avant même que l'apparition en linceul ne jaillisse hors de la maison, j'avais ressenti que ça n'allait pas du tout, que ça tournait mal, comme si la maison elle-même était en proie à la démence. C'était à cet endroit précis, une fois passé le vieux pin et sa cicatrice, que j'avais eu envie de prendre la poudre d'escampette comme l'homme en pain d'épice.

Je ne ressentais rien de semblable aujourd'hui ; j'avais peur, certes, mais je n'étais pas terrifié. Il n'y avait rien derrière moi, pour commencer, aucun son, aucune respiration enchifrenée. La chose la pire sur laquelle on risquait de tomber, dans ces bois, était un orignal de mauvaise humeur ; ou encore (mais il y fallait une malchance phénoménale), un ours furieux.

Dans le rêve, la lune était au moins aux trois quarts pleine, alors qu'il n'y avait aucune lune dans le ciel, au-dessus de moi. Et il n'y en aurait pas ; un coup d'œil à la page de la météo, dans le *Derry News* du matin, m'avait appris que la lune était nouvelle.

Même les impressions de déjà vu les plus puissantes sont fragiles et à la vue de ce ciel sans lune, la mienne s'évanouit. La sensation de revivre le cauchemar me quitta si soudainement que j'en fus à me demander pourquoi j'avais monté une telle mise en scène, et ce que j'avais espéré démontrer ou accomplir. Il me fallait maintenant rebrousser chemin dans l'obscurité pour aller chercher la voiture.

Très bien, mais j'allais au moins me munir d'une lampe torche ; il y en avait plusieurs dans le chalet. L'une d'elles serait certainement encore en...

Une série d'explosions anarchiques me parvint, venant de l'autre rive du lac ; la dernière fut si forte que son écho se répercuta sur les collines. Je m'immobilisai, la respiration un instant coupée. Quelques minutes auparavant, il est certain que ces détonations auraient provoqué ma fuite éperdue en direction de la voiture ; mais elles se traduisirent simplement par un bref sursaut. Il s'agissait de pétards, bien entendu, dont le dernier, le plus fort, était sans doute un M-80. C'était le 4 juillet, demain, et les gamins avaient commencé à le célébrer à l'avance, comme tous les gamins ont tendance à le faire.

Je repris ma progression. Les buissons tendaient toujours leurs branches comme des bras, mais ils avaient été taillés, et ils n'étaient guère menaçants. Je n'avais pas non plus à me soucier de savoir s'il y aurait ou non du courant ; je me trouvais à présent suffisamment près du porche, à l'arrière du chalet, pour voir les papillons qui tourbillonnaient autour de la lumière que Bill Dean avait laissée branchée à mon intention. Et même s'il y avait eu une coupure de courant (les lignes électriques sont presque toutes aériennes dans cette partie de l'État, et les pannes sont fréquentes), la gégène se serait mise en route automatiquement.

Je n'en restai pas moins très impressionné par les

éléments de mon rêve encore présents ici, alors même que le sentiment de le répéter, de le revivre, s'était évanoui. Les jardinières de Johanna se trouvaient à leurs emplacements habituels, flanquant le sentier qui conduit jusqu'au petit bout de plage de Sara Laughs ; sans doute Brenda Meserve les avait-elle trouvées dans le sous-sol et fait installer par l'une des filles de son équipe. Il n'y poussait encore rien, mais je soupçonnai qu'il y aurait des fleurs avant la fin du mois d'août. Et même sans la lune de mes rêves, j'apercevais un carré noir qui flottait à une cinquantaine de mètres de la rive : le ponton.

Aucune forme oblongue ne gisait renversée devant les marches, cependant. Aucun cercueil. Mon cœur ne s'en était pas moins remis à battre plus fort et je crois bien que j'aurais crié, si une autre bordée de pétards avait éclaté du côté de Kashwakamak, sur l'autre rive.

Pauvre avorton, avait dit Strickland.

Donne-moi ça, c'est mon attrape-poussière.

Et si la mort nous rendait fous ? Si nous y survivions, mais au prix de la folie ?

J'en étais à l'endroit où, dans le cauchemar, la porte s'ouvrait violemment et où la forme enveloppée d'un linceul se précipitait dehors, les bras levés. Je fis un pas de plus et m'arrêtai, la respiration rauque et bruyante à chaque fois qu'elle franchissait ma gorge et que j'étais obligé de faire passer l'air sur une langue sèche comme un paillasson. Le sentiment de déjà-vu ne revint pas, mais je crus néanmoins un instant que la forme allait surgir — oui, ici, dans le monde réel, dans l'espace et le temps réels. Je l'attendis, les poings serrés et en sueur. Je pris une autre inspiration et la retins, cette fois.

Le doux clapotement de l'eau sur la berge.

Une brise m'effleura le visage et secoua les buissons.

Un plongeon cria sur le lac ; les papillons assaillaient la lampe du perron.

126

Aucun monstre encapuchonné ne jaillit de la porte et, par les deux grandes fenêtres situées de part et d'autre, je ne vis rien de blanc (ni d'une autre couleur) bouger. Il y avait en revanche un mot scotché au chambranle, sans doute de Bill, et c'était tout. Je poussai un long soupir et parcourus le reste du chemin jusqu'à Sara Laughs.

Le mot était effectivement de Bill. Il m'apprenait que Brenda avait fait quelques courses à mon intention ; la note du supermarché était sur la table de la cuisine, et je trouverais une bonne provision de conserves dans la resserre. Elle avait eu la main légère avec les denrées périssables, mais il y avait toutefois du lait, du beurre, de la crème et de quoi faire des hamburgers — bref, les produits de base d'une cuisine de célibataire.

On se verra lundi prochain, m'avait écrit Bill. *S'il ne tenait qu'à moi, je serais venu vous dire bonjour, mais d'après ma chère et tendre, c'est à notre tour de prendre des vacances et on va aller crever de chaud en Virginie pour passer le 4 juillet avec sa sœur. Si vous avez besoin de quelque chose ou s'il y a un problème...*

Il avait noté le numéro de téléphone de sa belle-sœur en Virginie, ainsi que celui de Kenny Auster sur place — les gens ne disaient même pas le TR-90, mais juste le TR, comme dans : « Maman et moi on a eu assez à Bethel, alors on est allés planter notre caravane dans le TR. » Il avait ajouté d'autres numéros, ceux du plombier, de l'électricien, de Brenda Meserve et même celui du réparateur de télés de Harrisson venu régler la parabole. Bill pensait vraiment à tout. Je retournai la feuille de papier, imaginant déjà un dernier P-S, du genre : *Si jamais une guerre thermonucléaire se déclenche avant notre retour...*

Quelque chose bougea dans mon dos.

Je fis volte-face, laissant tomber le mot. Il alla tomber en voletant sur les planches du porche, comme une version plus grande et plus blanche des papillons qui dansaient autour de l'ampoule. À cet instant, j'étais sûr que ce serait la chose au linceul, le revenant dément dans le corps en décomposition de ma femme. *Donne-moi mon attrape-poussière, donne-le-moi, comment oses-tu venir ici et déranger mon repos, comment oses-tu revenir à Manderley, et maintenant que tu es ici, comment pourras-tu jamais en repartir ? Te voilà plongé dans le mystère, pauvre avorton, plongé dans le mystère !*

Rien. Il n'y avait rien. Sans doute la brise avait-elle un peu agité les buissons... sauf que... je n'avais senti aucune brise sur ma peau en sueur, pas cette fois.

« Il faut bien que ce soit ça, nom de Dieu, il n'y a rien là derrière », dis-je.

Quand on est seul, on peut être tout autant rassuré qu'effrayé par le son de sa propre voix. Elle me rassura, cette fois. Je me baissai pour reprendre le mot de Bill, que je fourrai dans une poche. Puis je sortis mon porte-clefs. Je me trouvais juste en dessous de la lampe, dans le grand rond des ombres dansantes créées par les papillons qu'attirait la lumière, cherchant au milieu de mes clefs celle que je voulais. Elle avait un curieux petit air inutilisé et, tandis que je passais le pouce sur ses dentelures, je me demandai de nouveau pour quelle raison je n'étais pas venu ici, mis à part les deux fois où je n'avais fait que passer, depuis la mort de Johanna. Certain que si elle avait été en vie, elle aurait voulu...

Puis je pris conscience d'un détail curieux : ce n'était pas seulement *depuis la mort de Johanna* qu'il fallait dire. Il m'avait été facile de voir les choses ainsi et pas une fois, au cours des six semaines que j'avais passées à Key Largo, je n'y avais pensé autrement... Mais à présent, debout sous les ombres dansantes des papillons de nuit (ce qui faisait un peu l'effet d'être sous une étrange boule à paillettes de boîte disco), avec le cri des plongeons sur le lac, il me vint à l'esprit que Johanna était morte au mois d'août à Derry, où il faisait une chaleur écrasante... Qu'est-ce qu'on pouvait bien y faire ? Pour quelle raison n'étions-nous pas ici, dans nos chaises longues, sur la terrasse ombragée donnant sur le lac, à boire du thé glacé en maillot de bain, avec les bateaux allant et venant, et échangeant des commentaires sur l'allure des skieurs nautiques ? Qu'est-ce qu'elle pouvait bien fabriquer dans le parking de cette fichue pharmacie, alors que depuis toujours nous passions nos mois d'août loin de là ?

Ce n'était pas tout. Nous demeurions d'habitude à Sara Laughs jusqu'à la fin septembre ; c'était une période paisible, agréable, et il faisait aussi chaud qu'en plein été. En 1993, cependant, nous étions repartis à la fin de la première semaine d'août. Je m'en souvenais d'autant mieux qu'un peu plus tard dans le mois, Johanna m'avait accompagné à New York où j'avais des histoires de contrat d'édition à régler et les habituelles promos à faire. Il avait fait chaud à crever, à Manhattan ; on avait ouvert les bornes-fontaines de l'East Village, tandis que les rues du centre recuisaient. Un soir, nous avions été voir *Le Fantôme de l'Opéra*. Peu avant la fin, Johanna s'était penchée sur moi et m'avait dit : « Oh, merde ! Le fantôme se remet à chialer ! » J'avais passé le reste du spectacle à me retenir d'éclater de rire. Johanna pouvait avoir ce genre d'espiègleries.

Comment se faisait-il qu'elle soit venue avec moi en plein mois d'août ? Elle qui n'aimait pas New York même en avril ou en octobre, quand la ville est un peu plus agréable ? Impossible de me le rappeler. Tout ce que je savais, c'est qu'elle n'était plus jamais revenue à Sara Laughs après ce mois d'août 93... mais même de cela, je ne tardai pas à ne plus être sûr.

Je glissai la clef dans la serrure et tournai. J'allais entrer, allumer quelques lampes, prendre une torche et retourner à la voiture. Il était à peu près sûr qu'aucun autre véhicule n'allait emprunter le chemin, pendant la nuit ; mais il suffirait que j'y laisse la Chevrolet pour qu'un ivrogne habitant un peu plus loin au sud et arrivant trop vite ne vienne me l'emboutir — et me fasse ensuite un procès d'un milliard de dollars.

Le chalet avait été aéré et ne sentait absolument pas le renfermé ; au lieu de cela, il régnait un délicat et agréable arôme de résine. Je tendis la main le long du chambranle, à l'intérieur, et au moment où j'allais toucher l'interrupteur, un enfant se mit à sangloter quelque part dans l'obscurité. Ma main resta pétrifiée et je sentis tout mon corps se glacer. Je ne fus pas pris de panique, pas tout à fait, si ce n'est que je n'arrivais plus à penser rationnellement. J'entendais pleurnicher, des pleurs d'enfant, mais je n'avais aucune idée d'où cela pouvait venir.

Puis les sanglots allèrent en diminuant — non, ils ne se mirent pas à devenir moins forts, mais *ils s'éloignèrent*, comme si quelqu'un avait pris l'enfant dans ses bras pour l'entraîner dans un long corridor... bien qu'il n'y en eût pas de semblable à Sara Laughs. Même celui qui, au centre de la maison, relie le corps principal aux deux ailes n'est pas vraiment long.

S'éloignèrent, s'éloignèrent... et disparurent presque complètement.

Debout dans le noir, la peau hérissée autant que glacée, j'avais la main sur l'interrupteur. Une partie de moi-même n'avait qu'une envie, ficher le camp, prendre la poudre d'escampette aussi vite que mes petites jambes me le permettraient, courir comme l'homme en pain d'épice. Une autre partie, celle qui se veut rationnelle, reprenait cependant déjà peu à peu le dessus.

J'appuyai sur le bouton POUDRE D'ESCAMPETTE, me disant : laisse tomber, ça ne va pas marcher, c'est le rêve, crétin, le rêve qui devient réalité. Mais la lumière s'alluma dans l'entrée, balayant instantanément les ombres, me révélant la petite collection de poteries de Johanna, à gauche, et la bibliothèque à droite ; des trucs que je n'avais pas vus depuis quatre ans, mais qui étaient toujours là, identiques. Sur l'étagère centrale de la bibliothèque se trouvaient toujours les trois premiers romans d'Elmore Leonard — *Swag, The Big Bounce* et *Mr Majestyk* — que j'avais mis de côté en cas de période pluvieuse. Il vaut mieux prévoir la pluie, quand on campe au fond des bois. Sans un bon livre, deux jours sous la flotte peuvent vous faire grimper aux rideaux.

Il y eut un dernier sanglot chuchoté, puis le silence. Je n'entendais que le tic-tac en provenance de l'horloge, dans la cuisine. L'horloge, à côté de la cuisinière, l'une des rares erreurs de goût de Johanna, représente un Félix le Chat aux grands yeux dont la queue pendulaire bat la mesure du temps. J'ai l'impression qu'elle figure dans tous les films d'horreur de série B jamais tournés.

« Qui est là ? » lançai-je. Je fis un pas en direction de la cuisine, dont l'espace, au-delà du vestibule, restait plongé dans la pénombre, puis m'arrêtai. Car après la cuisine, ce n'était pas la pénombre qui régnait, mais une obscurité totale. Une vraie caverne. Les sanglots avaient pu arriver de là. Mais évidemment, ils auraient pu arriver de n'importe où. Y compris de mon imagination. « Il y a quelqu'un ? »

Pas de réponse... Je ne pensais pas, cependant, que les pleurs avaient été dans ma tête. Si je les avais imaginés, le blocage de l'écrivain était alors le dernier de mes soucis.

À la gauche des livres d'Elmore Leonard était posée une lampe torche à long boîtier, de celles qui contiennent huit piles et aveuglent temporairement quand on vous les braque directement dans les yeux. Je la saisis, et il fallut que je manque de la laisser échapper pour me rendre compte à quel point je transpirais, à quel point j'avais peur. Je jonglai avec, le cœur battant avec violence, m'attendant presque à entendre de nouveau ces sanglots à donner la chair de poule, m'attendant presque à voir la chose enveloppée dans son linceul surgir des ténèbres de la salle de séjour, ses bras informes levés — genre vieux magouilleur de la politique sorti du tombeau et prêt à repartir pour un tour. Votez pour le parti de la Résurrection, mes frères, et vous serez sauvés !

Je réussis à prendre le contrôle de la torche et l'allumai. Un rayon brillant et bien droit s'enfonça dans la salle de séjour et vint éclairer la tête d'orignal naturalisée, au-dessus de la cheminée de pierre ; les yeux de verre se mirent à briller comme deux lumières dans de l'eau. Je vis les vieux fauteuils en rotin, le vieux canapé, la table balafrée sur laquelle nous mangions et qu'il fallait caler d'une carte à jouer repliée ou de deux sous-verre à bière ; mais aucun fantôme. Je n'en conclus pas moins que le comité d'accueil avait vraiment salopé le boulot. J'avais envie de dire, reprenant l'expression de l'immortel Cole Porter : on annule tout et on recommence. Si je reprenais la direction de l'est dès que j'aurais regagné la voiture, je pouvais être à Derry à minuit. Et dormir dans mon lit.

J'éteignis dans l'entrée et suivis des yeux, d'où j'étais, l'arc que la lumière de la lampe décrivait dans l'obscurité. Tendant l'oreille, j'entendis le tic-tac de l'horloge que Bill avait dû remettre en marche, avec son crétin de chat, et le ronronnement familier du réfrigérateur. Je me rendis compte que c'étaient des sons que je ne m'étais pas attendu à entendre de nouveau. Quant aux sanglots...

Avais-je vraiment entendu pleurer ? En étais-je sûr ?

Oui. Des pleurs, ou quelque chose comme des pleurs. Quoi exactement, voilà qui paraissait secondaire, maintenant. Ce qui me semblait clair, en revanche, c'était que j'avais eu une très mauvaise idée, moi qui avais appris à mon esprit à penser au pire, en venant ici. Et tandis que je me tenais dans l'entrée, avec pour seul éclairage celui de la torche et les vagues reflets en provenance de la lumière allumée à l'extérieur qui filtrait par les fenêtres, je pris conscience que la frontière qui séparait ce que je savais être la réalité de ce que je savais être seulement mon imagination avait pratiquement disparu.

Je quittai la maison, donnai un double tour de clef, et remontai l'allée, balançant le faisceau lumineux de la lampe d'un mouvement pendulaire — comme la queue de ce vieux cinglé de Félix le Chat, dans la cuisine. Je commençais à me dire, lorsque je pris la direction du nord, dans le chemin, qu'il allait me falloir inventer une histoire pour Bill Dean. Ça ne marcherait pas si je lui disais : « Écoutez, Bill, je suis arrivé à la maison et j'ai entendu un môme qui braillait alors que tout était fermé à clef, et j'ai eu tellement la frousse que j'ai fait comme l'homme en pain d'épice et couru jusqu'à Derry. Je vais vous renvoyer la lampe torche, et vous la remettrez sur l'étagère, à côté des livres de poche, d'accord ? » Non, cette histoire serait du plus mauvais effet. Elle ferait le tour du TR-90 et les gens diraient : « Pas étonnant. Il a dû écrire trop de bouquins dans le genre. Ces histoires-là, y a de quoi vous faire péter les plombs. À présent, il a peur de tout, même de son ombre. Risque professionnel. »

Même si je ne devais jamais revenir ici de ma vie, je ne voulais pas que les gens du TR-90 gardent cette opinion de moi, me voient avec le mépris de ceux qui disent : *regardez ce que vous avez gagné à faire le malin.* Une attitude que des tas de gens semblent partager quand ils parlent de ceux qui vivent de leur imagination.

Je dirais à Bill que j'avais été malade. D'une certaine manière, c'était vrai. Ou non... mieux valait lui dire que quelqu'un d'autre était tombé malade... un ami... quelqu'un de Derry que je connaissais bien... une amie, peut-être. « Écoutez, Bill, j'ai une amie ici, une petite amie, et elle est tombée malade, si bien que... »

Je m'arrêtai brusquement, l'avant de la Chevrolet venant d'apparaître dans le rayon de la lampe. J'avais parcouru un kilomètre et demi dans le noir sans remarquer la plupart des bruits qui venaient de la forêt, attribuant les plus intempestifs à un cerf cherchant son gîte pour la nuit. Je ne m'étais pas tourné pour vérifier si la chose en linceul (ou quelque enfant-spectre en pleurs) ne me suivait pas. Je m'étais mis à inventer une histoire puis à l'embellir, dans ma tête et non sur le papier, cette fois, mais en empruntant les chemins qui m'étaient si familiers. Et cela m'avait tellement absorbé que j'en avais oublié d'avoir peur. Mon cœur battait à un rythme normal, la transpiration avait séché sur ma peau, et les moustiques ne bourdonnaient plus à mes oreilles. C'est alors que me vint quelque chose à l'esprit. Comme si celui-ci avait attendu patiemment que je me sois suffisamment calmé pour me rappeler un fait essentiel.

La tuyauterie. Bill avait eu mon feu vert pour le remplacement d'à peu près tous les vieux tuyaux, et le plombier avait exécuté les travaux. Très récemment.

« De l'air dans les tuyaux, dis-je en promenant le faisceau de la lampe sur la calandre de la voiture. Voilà ce que j'ai entendu. »

J'attendis, voulant savoir si l'autre partie de mon esprit n'allait pas déclarer que l'explication était stupide, une simple rationalisation mensongère. Elle n'en fit rien... parce que, je suppose, elle trouvait que cela tenait debout. Le bruit de l'air dans les tuyaux peut faire penser à des gens qui parlent, à des chiens qui aboient, à des enfants qui pleurent. Certes, le plombier avait pu les purger, et dans ce cas, ce bruit était autre chose. Mais j'ignorais s'il l'avait fait. La question était de savoir maintenant si j'allais sauter dans ma voiture, regagner la route en marche arrière, à trois cents mètres de là, et repartir pour Derry, tout cela sur la foi d'un bruit que j'avais entendu pendant dix secondes, cinq, peut-être, et alors que j'étais dans un état d'esprit tendu et surexcité.

Je décidai que la réponse était non. Il aurait peut-être suffi d'un seul incident bizarre de plus pour me faire faire demi-tour — comme les cris que poussent certaines personnages des films d'épouvante — mais les sons que j'avais entendus depuis l'entrée du chalet ne suffisaient pas. D'autant moins que le fait de me rendre à Sara Laughs signifiait beaucoup pour moi.

J'entends des voix dans ma tête et j'en ai toujours entendu, d'aussi longtemps que je me souvienne. J'ignore si cela fait partie ou non de l'équipement dont doit être doté tout bon écrivain ; je n'ai jamais posé la question à un confrère. Je n'en ai jamais ressenti le besoin, car je sais que toutes ces voix ne sont que des versions différentes de moi-même. Il peut facilement leur arriver, néanmoins, de paraître appartenir à quelqu'un d'autre et aucune ne présente davantage de réalité, en ce sens — ou ne m'est plus familière —, que celle de Johanna. C'était cette voix que j'entendais à présent ; elle paraissait intéressée, amusée d'une manière ironique mais sans méchanceté... et approbatrice.

Alors, Mike, on va se bagarrer ?

« Ouais, dis-je, toujours immobile dans l'obscurité et faisant briller les chromes de la voiture avec la lampe. J'en ai bien l'impression, mon chou. »

Voilà une bonne chose de faite, non ?

Oui, une bonne décision de prise. Je montai dans la voiture, lançai le moteur et continuai lentement dans le chemin. Et une fois à la hauteur de l'allée, je m'y engageai.

Il n'y eut pas de pleurs quand j'entrai pour la deuxième fois dans la maison. Je parcourus lentement toute la bâtisse, gardant la torche à la main jusqu'à ce que j'aie allumé toutes les lumières que je pouvais trouver ; si des gens étaient encore en bateau sur la partie nord du lac, la vieille Sara Laughs devait leur faire l'effet d'une soucoupe volante bizarroïde sortie tout droit d'un film de Spielberg, les surplombant depuis la rive.

J'ai le sentiment que l'existence des maisons se déroule selon un mode d'écoulement du temps différent de celui de leurs propriétaires ; un temps plus lent. Dans une maison, en particulier une maison ancienne, le passé est plus proche. Pour moi, Johanna était morte depuis près de quatre ans, mais pour Sara Laughs c'était à une date beaucoup plus rapprochée. Ce ne fut que lorsque je me retrouvai à l'intérieur, toutes les lumières allumées et la lampe torche remise à sa place dans la bibliothèque, que je me rendis compte à quel point j'avais redouté cette arrivée. Redouté de voir mon chagrin ravivé devant les témoignages de la vie brusquement interrompue de Johanna. Un livre corné abandonné sur la table basse, près du canapé sur lequel elle aimait à lire en chemise de nuit tout en mangeant des prunes ; une boîte de Quaker Oats, seules céréales qu'elle prenait depuis toujours au petit déjeuner, sur une étagère du placard à provisions ; sa vieille robe rouge accrochée à la porte de la salle de bains dans l'aile sud, celle que Bill appelait encore aujourd'hui la « nouvelle aile », alors qu'elle avait été construite avant que nous n'achetions Sara Laughs.

Brenda Meserve avait fait du bon boulot — et un boulot humain — en faisant disparaître ces traces et ces signaux, mais elle n'avait pu tout repérer. L'édition originale des romans de Peter Wimsey occupait toujours la place d'honneur, au centre de la bibliothèque de la salle de séjour. Johanna avait baptisé la tête empaillée de l'orignal « Bunter », et un jour, pour je ne sais quelle raison, accroché une cloche autour du cou velu du grand élan d'Amérique, en dépit de tout ce que cet accessoire avait de déplacé à cet endroit. La cloche y pendait toujours, retenue par un ruban de velours rouge. Mrs Meserve avait peut-être été intriguée par cet objet, s'était même demandé, qui sait, s'il ne fallait pas l'enlever, sans se douter un instant que lorsque Johanna et moi faisions l'amour sur le canapé du séjour (je l'avoue, ça nous prenait souvent ici), nous en parlions de manière cryptée comme de « faire sonner la cloche à Bunter ». Brenda Meserve avait fait de son mieux, mais tout bon mariage est un territoire secret, un espace nécessairement laissé en blanc sur la carte de la société. Ce que les autres en ignorent est précisément ce qui en fait le vôtre.

Je passai partout, touchant les objets, les examinant, les voyant d'un œil neuf. Je retrouvai Johanna partout et, au bout d'un moment, je me laissai tomber dans l'un des vieux fauteuils cannés, en face de la télévision. Le coussin soupira sous mon poids et je crus entendre Johanna me lancer : « Vas-tu t'excuser, Michael ? »

La tête dans les mains, je pleurai. Je suppose que ce fut la dernière fois, mais la chose n'en était pas plus facile à supporter pour autant. Je pleurai jusqu'à ce que je me dise que quelque chose allait se briser en moi si je n'arrêtais pas. Lorsque enfin je me calmai, le visage inondé de larmes, j'étais secoué par le hoquet et j'avais l'impression de ne jamais avoir été aussi fatigué de toute ma vie. Je me sentais éreinté, moulu — en partie à cause de la marche, sans doute, mais surtout à cause de toute la tension que j'avais accumulée en venant ici... et en décidant d'y rester. Pour me battre.

Les étranges sanglots fantomatiques que j'avais entendus en arrivant, même si l'incident me paraissait maintenant très lointain, n'avaient rien fait pour m'aider.

Je m'aspergeai la figure sous le robinet de la cuisine et me mouchai. Je transportai ensuite mes valises dans la chambre d'amis de l'aile nord. Je n'avais aucune envie d'aller occuper la chambre de maître que j'avais partagée avec Johanna dans l'aile sud.

Choix qu'avait anticipé Brenda Meserve. Elle avait disposé un bouquet de fleurs sauvages fraîches sur la commode, avec cette carte : BIENVENUE MR NOONAN. Si je n'avais pas été épuisé, au plan des émotions, je suppose que la vue de ce message, calligraphié en lettres pointues par la main de Mrs Meserve, aurait déclenché une nouvelle crise de larmes. Je plongeai le nez dans les fleurs et respirai profondément. Elles sentaient bon, évoquant la chaleur du soleil. Puis je me déshabillai, laissant choir mes vêtements au sol, et ouvris le lit. Draps frais, oreillers frais ; c'était toujours ce bon vieux Noonan se glissant entre les premiers et laissant tomber la tête sur les derniers.

Je restai allongé là, la lampe de chevet allumée, contemplant les ombres du plafond, presque incapable de croire que j'étais dans ce lieu, dans ce lit. Aucune chose en linceul n'était venue m'accueillir, bien entendu... mais, avais-je l'impression, je risquais de la retrouver dans mes rêves.

Parfois, au moins dans mon cas, on a un brusque sursaut juste au moment de s'endormir. Pas cette nuit-là. Je m'enfonçai dans le sommeil sans m'en rendre compte et quand je me réveillai, le lendemain matin, le soleil brillait à la fenêtre et la lampe de chevet était toujours allumée. Je ne me souvenais d'aucun rêve, sinon de la vague sensation de m'être réveillé un bref instant pendant la nuit, et d'avoir entendu une cloche qui tintait, très faiblement et très loin.

CHAPITRE 7

La petite fille qui, en réalité, était encore presque un bébé, s'avançait au beau milieu de la route 68, habillée d'un maillot de bain rouge, des flotteurs en plastique jaune aux bras, une casquette des Red Sox de Boston à l'envers sur la tête. Je venais tout juste de passer devant le magasin Lakeview General et le garage de Dickie Brooks, à l'endroit où la vitesse limitée passe de soixante à l'heure à cinquante. Grâce au ciel, j'avais scrupuleusement ralenti, ce jour-là ; sinon, je crois que j'aurais pu l'écraser.

C'était le lendemain de mon arrivée. Je m'étais levé tard, et j'avais passé l'essentiel de cette matinée écourtée à marcher dans les bois qui longent la rive du lac, notant ce qui était toujours là et ce qui avait changé. Le niveau de l'eau me parut un peu plus bas et je m'étais attendu à voir davantage de bateaux, en particulier pour le jour férié le plus important de l'été, mais sinon, j'avais l'impression de ne pas m'être absenté. Jusqu'aux moustiques qui paraissaient être toujours les mêmes.

Vers onze heures, mon estomac m'avait alerté sur le fait que j'avais sauté le petit déjeuner. Je décidai qu'un petit tour au Village Cafe serait dans l'ordre des choses. Le Warrington's était un établissement bien plus chic, mais j'y aurais fait l'objet de trop de curiosité. Le Village Cafe conviendrait mieux, s'il était toujours ouvert. Budy Jellison était un enfoiré avec un caractère de cochon, mais je l'avais toujours considéré comme le meilleur cuistot de trucs frits de tout le Maine occidental, et mon estomac me réclamait un gros Villageburger bien gras.

Et voilà que je tombe sur cette petite fille remontant en plein sur la ligne blanche médiane, comme une majorette à la tête d'une parade invisible.

À la vitesse à laquelle je roulais, j'eus tout le temps de la voir, mais cette route était très fréquentée en été, et bien peu de conducteurs se souciaient de respecter la limitation de vitesse dans cette zone. La police du comté de Castle ne disposait que d'une douzaine de voitures de patrouille et s'intéresser aux excès de

139

vitesse dans le TR-90 était le cadet de leurs soucis, sauf si on les envoyait précisément ici.

Je me garai sur le bas-côté, mis le frein à main et sautai de la voiture avant que la poussière ait seulement le temps de retomber. Il faisait un temps lourd et humide, l'air était immobile et étouffant et on aurait presque pu toucher les nuages, tant ils étaient bas. La blondinette, un petit bout de chou au nez en trompette et aux genoux écorchés, avançait sur la ligne blanche comme sur une corde raide et me regarda approcher sans plus de crainte qu'un faon.

« B'jour, me dit-elle. Ze vais à la plaze. Maman a pas voulu m'amener et ze suis très fâchée ! » Sur quoi elle tapa du pied pour montrer qu'elle savait très bien ce que c'était d'être très fâchée. Elle devait avoir entre trois et quatre ans, à vue de nez. Elle s'exprimait déjà très bien, à sa manière, et était charmante en diable, mais elle n'avait sûrement pas plus de quatre ans, de toute façon.

« Eh bien, c'est une bonne idée d'aller à la plage, un 4 juillet, lui dis-je, mais...

— Le 4 zuillet et les feux d'are-tifice aussi, observa-t-elle en mettant dans le *aussi* des intonations douces et exotiques, comme du vietnamien.

— D'accord, mais si tu marches comme ça au milieu de la route, tu risques plutôt de te retrouver à l'hôpital de Castle Rock. »

Je décidai que les présentations étaient suffisamment faites et qu'il était temps de dégager de la route 68, avec son virage à seulement cinquante mètres au sud et alors qu'une voiture pouvait en déboucher à cent à l'heure d'un moment à l'autre. J'entendais d'ailleurs un moteur, et son bruit n'annonçait rien de bon.

Je cueillis la fillette et l'emportai jusqu'à la Chevrolet que j'avais laissée tourner au ralenti ; et la gamine avait beau paraître tout à fait satisfaite d'être portée et nullement effrayée, je me sentis comme Chester le Violeur dès que je sentis ses fesses sur mon bras.

J'étais très conscient que n'importe qui aurait pu parfaitement me voir, depuis les bureaux ou la salle d'attente du garage de Dickie. Telle est l'une des étranges réalités qui constitue une nouveauté pour les gens de ma génération : on ne peut toucher un enfant qui n'est pas le sien sans redouter que les autres ne soupçonnent quelque chose de malsain dans ce contact... ou sans penser, tout au fond des égouts de notre pysché, que le geste a probablement quelque chose de malsain. Je ne l'en sortis pas moins du milieu de la route. Je fis au moins cela. Que les « Mères en colère » du Maine s'en prennent à moi et me réduisent en pièces.

« Tu m'amènes à la plaze ? » demanda la blondinette. Elle avait l'œil brillant et souriait. Je me disais qu'elle serait sûrement enceinte dès l'âge de douze ans à voir, en particulier, la manière décontractée dont elle portait sa casquette. « T'as ton maillot ?

— Je crois que je l'ai oublié à la maison. C'est trop bête, non ? Dis-moi, mon chou, où est ta maman ? »

Comme pour répondre directement à ma question, la voiture dont j'entendais le moteur surgit d'une route secondaire donnant non loin du virage. Une Jeep Scout avec de la boue haut sur la carrosserie, de chaque côté. Elle grondait comme un ours furieux d'être piégé en haut d'un arbre. Une tête de femme passait par la fenêtre ouverte. La maman de Blondinette avait dû avoir tellement la frousse qu'elle n'était même pas assise et conduisait dans une position impossible ; si jamais une voiture avait surgi à ce moment-là de ce virage, sur la 68, ma jeune amie en maillot de bain rouge serait probablement devenue orpheline sur-le-champ.

La Jeep fit une embardée, la tête retomba à l'intérieur de la cabine et il y eut un grincement du boîtier de vitesse, comme si la conductrice essayait de faire grimper son vieux tas de ferraille de zéro à cent vingt en neuf secondes. Si la terreur pure avait été le carbu-

141

rant d'un tel exploit, je suis certain qu'elle y serait parvenue.

« C'est Mattie, s'écria la petite baigneuse. Ze suis en colère contre elle. Ze suis partie pour avoir le 4 zuillet à la plaze. Si elle est en colère, z'irai chez ma nana qu'a les ceveux blancs. »

Je n'avais aucune idée de ce qu'elle voulait dire, mais il me vint à l'esprit que Miss Boston-Sox 98 pouvait bien passer le 4 juillet à la plage, si ça lui chantait ; moi, je préférais un quatre-quarts de quelque chose à la maison — pourvu que ce fût de pur malt. En attendant, j'agitais frénétiquement au-dessus de ma tête le bras qui n'était pas sous les fesses de la gosse, au point de faire voler les mèches de cheveux fins de sa tête blonde.

« Hé ! criai-je. Hé, madame ! Je l'ai ! »

Le Scout passa en trombe, accélérant toujours, et l'air toujours aussi furieux d'être soumis à ce traitement. L'échappement recrachait des nuages de fumée bleue. La transmission émit un nouveau et hideux grincement. On aurait dit une version délirante de *Let's Make a Deal* : « Dites-moi, Mattie, vous avez réussi à passer la seconde — préférez-vous en rester là avec le lave-vaisselle, ou tenter la troisième ? »

Je fis la seule chose qui me vint à l'esprit : je m'avançai sur la chaussée, me tournai vers la Jeep qui s'éloignait maintenant de moi à toute vitesse en laissant derrière elle une âcre odeur d'huile brûlée, et brandis la petite haut au-dessus de ma tête, espérant que sa mère nous verrait dans son rétroviseur. Je n'avais plus l'impression d'être Chester le Violeur, mais plutôt le cruel commissaire-priseur d'un dessin animé signé Walt Disney, offrant le porcelet le plus mignon de la portée au meilleur enchérisseur. N'empêche, cela marcha. Les feux rouges embourbés de la Jeep s'allumèrent et il y eut un hurlement démoniaque, celui des freins au bout du rouleau bloquant les roues. Juste en face de chez Brooksie. Si jamais quelques vieux du

142

coin s'y trouvaient réunis pour échanger les derniers potins du 4 juillet, ils allaient avoir quelque chose à se mettre sous le dentier. Je me dis qu'ils allaient particulièrement apprécier le moment où la mère me hurlerait de lâcher son bébé. Quand l'on revient dans sa maison d'été après une longue absence, c'est toujours mieux de partir du bon pied.

Le phare de recul s'alluma et la Jeep partit en marche arrière à au moins trente à l'heure. La transmission ne paraissait plus furieuse, à présent, mais prise de panique : je t'en prie, arrête-toi, je t'en prie, tu me tues... L'arrière du véhicule zigzaguait comme la queue d'un chien content. Je la regardais venir vers moi, hypnotisé — un coup à gauche de la route, un coup au milieu, sur la ligne blanche, puis corrigeant trop sa trajectoire et faisant voler la poussière du bas-côté.

« Mattie va vite », me dit ma nouvelle petite amie d'un ton paisible, style « oh comme c'est intéressant ». Elle avait passé un bras autour de mon cou. Nous étions potes, pas de doute.

Sa remarque, cependant, me réveilla. Mattie allait vite, d'accord, trop vite, même. Si elle continuait comme ça, elle allait vraisemblablement empapaouter l'arrière de ma Chevrolet. Et si je ne me sortais pas de là, Blondinette et moi avions des chances d'être aplatis entre les deux véhicules.

Je reculai sur toute la longueur de ma voiture sans quitter la Jeep des yeux et hurlai : « Ralentissez, Mattie ! Ralentissez ! »

Voilà qui plut à la petite mignonne. « Lentiez, Mattie, cria-t-elle à son tour en se mettant à rire. Lentiez, Mattie ! »

Les freins crissèrent, au comble de la torture. La Jeep exécuta une dernière et périlleuse embardée, tandis que Mattie s'arrêtait sans utiliser l'embrayage. Le pare-chocs arrière du Scout s'immobilisa si près de celui de la Chevy qu'on aurait pu coincer une cigarette entre les deux. Les relents fauves et féroces de l'huile

143

brûlée empestaient l'air. La fillette agitait une main devant elle et toussait avec affectation.

La portière s'ouvrit brutalement ; Mattie en jaillit à la vitesse d'un acrobate de cirque propulsé par un canon — à condition d'imaginer l'artiste habillée d'un vieux short à motifs fleuris et d'une blouse de coton. Sur le coup, je me dis que la grande sœur de Blondinette avait été chargée de garder l'enfant, et que Mattie et maman étaient deux personnes différentes. Je savais, certes, qu'en grandissant les enfants passent souvent par une période au cours de laquelle ils appellent leurs parents par leur prénom, mais la blonde aux joues pâles qui venait de faire son apparition me paraissait avoir douze ans, quatorze tout au plus. J'en conclus que la brutalité avec laquelle elle avait traité le Scout tenait peut-être moins à sa terreur qu'il ne soit arrivé quelque chose à la petite qu'à une totale inexpérience de la conduite d'un véhicule.

Il n'y avait pas que cela, pas vrai ? J'avais tiré une deuxième conclusion. Le 4×4 couvert de boue, le short fleuri trop grand et la blouse informe qui sentaient les soldes à Monoprix, les longs cheveux jaunes retenus par de simples élastiques rouges, et par-dessus tout l'inattention qui fait que la môme de trois ans que l'on vous a confiée peut prendre la clef des champs... tout cela était synonyme de romanichels et de roulotte, pour moi. Je sais bien ce qu'on pourrait m'objecter, mais j'avais de bonnes raisons de me permettre ce jugement. Sans compter, bon sang, que je suis moi-même d'origine irlandaise. Mes ancêtres étaient des romanichels [1] à

---

1. On ne peut comprendre ce passage si l'on ne précise pas qu'au XIXe siècle, à la suite des grandes famines d'Irlande, une partie de la paysannerie, dépossédée par les grands propriétaires anglais, s'est trouvée littéralement jetée sur les routes et a adopté le mode de vie itinérant des bohémiens — ainsi que leur réputation de voleurs de poules (*N.d.T.*).

l'époque où les caravanes étaient des roulottes tirées par des chevaux.

« Que ça pue, que ça pue ! dit la petite fille en agitant sa main potelée. Scoutie pue ! »

Où est le maillot de bain de Scoutie ? pensai-je. C'est alors que ma nouvelle petite amie me fut arrachée des bras. Maintenant qu'elle se tenait près de moi, je me sentais moins sûr que Mattie était la grande sœur de la jeune beauté en maillot de bain. Certes, Mattie devrait attendre que le siècle suivant soit sérieusement entamé pour atteindre l'âge mûr, mais elle n'avait cependant pas douze ou quatorze ans. Je lui en donnais maintenant vingt, ou peut-être dix-neuf. Lorsqu'elle m'enleva Blondinette, je vis une alliance à sa main gauche. Je remarquai également les cernes sombres qu'elle avait sous les yeux, une peau grise tirant sur le mauve. Elle était jeune, mais c'étaient la peur et l'épuisement d'une mère que je contemplais.

Je m'attendais à ce qu'elle donne une bonne correction à la petite, parce que c'est ainsi que les mères romano réagissent lorsqu'elles sont fatiguées et apeurées. Je m'arrangerais alors pour l'en empêcher, d'une manière ou d'une autre, en m'efforçant de détourner sa colère sur moi, par exemple. Qu'on ne voie rien de noble dans cette attitude, dois-je ajouter ; il s'agissait pour moi de faire en sorte que la fessée, les claques et les insultes hurlées en plein visage aient lieu en un temps et un endroit où je n'aurais pas à en être le témoin. C'était le premier jour que je passais dans le TR-90, je n'avais pas envie d'en consacrer une seule minute à voir une dévergondée maltraiter son enfant.

Mais au lieu de la secouer et de lui gueuler : « Où c'est que t'allais, sale gosse ? », Mattie étreignit la fillette (qui lui rendit son étreinte avec enthousiasme, sans manifester la moindre crainte), puis couvrit la petite tête de baisers.

« Pourquoi tu as fait ça ? Qu'est-ce qui t'est passé

145

par la caboche ? J'ai cru mourir quand j'ai vu que je ne te trouvais pas. »

La jeune femme éclata en sanglots. Blondinette la regarda avec une expression de surprise si totale, si démesurée, qu'elle aurait été comique en d'autres circonstances ; puis le petit visage se contracta. Je m'éloignai d'un pas ou deux, les regardant pleurer et s'embrasser, et me sentis honteux de mes idées toutes faites.

Une voiture se présenta et ralentit. Un couple âgé — le père et la mère Machintruc se rendant au magasin pour acheter la boîte de Grape Nuts de ce jour de fête — nous regarda avec curiosité. Je leur adressai un geste impatient des deux mains — qu'est-ce que vous avez à nous regarder comme ça, barrez-vous, prenez vos cliques et vos claques et disparaissez. La voiture accéléra, mais la plaque minéralogique était du Maine, contrairement à ce que j'avais un instant espéré. Cette version du père et de la mère Machintruc du coin n'allait pas tarder à courir tout le patelin : Mattie l'adolescente jeune mariée et son petit trésor (lequel petit trésor avait été sans aucun doute conçu sur le siège arrière d'une voiture ou dans la remorque d'un camion quelques mois avant la cérémonie légitimant la faute) en train de pleurer toutes les larmes de leur corps sur le bord de la route, en compagnie d'un étranger. Non, pas exactement d'un étranger. En compagnie de Mike Noonan, l'écrivain qui possédait un chalet au bord du lac.

« Ze voulais aller me b...b...baigner ! » dit Blondinette entre ses larmes. C'était *b...b...baigner* qui paraissait exotique, à présent ; le terme vietnamien pour « extase », peut-être.

« Je t'avais promis que je t'y amènerais cet après-midi, répondit Mattie en reniflant (elle reprenait néanmoins son sang-froid). Ne refais jamais ça, petite vilaine, je t'en prie, ne le refais jamais, si tu savais comme maman a eu peur !

146

— Ze te promets, ze te promets vraiment », dit la fillette. Toujours en larmes, elle se serra encore plus fort contre la jeune femme, enfouissant la tête au creux de l'épaule de Mattie. La casquette tomba et je la ramassai, me sentant de plus en plus de trop dans cette scène. Je poussai le couvre-chef bleu et rouge entre les doigts de Mattie, jusqu'à ce qu'elle ait refermé la main dessus.

Je trouvais aussi que je n'avais pas à rougir de la façon dont les choses s'étaient passées, et que ma fierté n'était pas dénuée d'une certaine légitimité. J'ai présenté l'incident comme s'il avait été amusant, et de fait il l'était — sauf que c'est toujours bien plus tard qu'on voit le côté comique de ce genre de situations. Sur le moment, c'était terrifiant. Et si un camion était arrivé dans l'autre direction ? S'engageant un peu trop vite dans le virage ?

Un véhicule, justement, en sortait ; une camionnette « pick-up » d'un modèle que jamais aucun touriste ne conduisait. Deux personnes du patelin nous dévisagèrent en passant.

« Madame ? dis-je. Mattie ? Je crois que je vais vous laisser. Bien content que votre petite fille n'ait rien. » Ces paroles à peine sorties de ma bouche, je me sentis pris d'une irrésistible envie d'éclater de rire. Je m'imaginai tenant ce petit discours à Mattie (un prénom qui sortait tout droit de films comme *La Petite Maison dans la prairie*), d'une voix traînante, les pouces passés dans la ceinture de mon pantalon, le Stetson repoussé en arrière pour révéler mon noble front. Je me sentais un besoin aussi urgent que dément d'ajouter : « V'zêtes ben mignonne, mam'zelle, v'zêtes la nouvelle maîtresse d'école ? »

Elle se tourna vers moi et je vis qu'elle était effectivement *ben mignonne*. Même avec ses cernes sous les yeux et les deux couettes hirsutes qui lui encadraient la tête. De plus, je trouvais qu'elle ne s'en sortait pas si mal, pour une gamine qui n'avait probablement pas encore l'âge légal de voter. Au moins n'avait-elle infligé aucune correction à la petite.

« Je ne sais comment vous remercier, dit-elle. Était-elle au milieu de la route ?

— Eh bien...

— Ze marçais sur la ligne, dit la fillette avec un geste. C'est comme le passaze-piéton. » Elle avait pris un ton légèrement réprobateur. « Le passaze-piéton, c'est pas danzereux. »

Les joues de Mattie étaient déjà pâles ; pourtant elles blêmirent encore. Cela ne me plut pas de la voir ainsi, et j'aimais encore moins l'idée qu'elle allait rentrer chez elle, en voiture, dans cet état, en particulier avec la petite.

« Où habitez-vous, madame... ?

— Devory. Je m'appelle Mattie Devory. » Elle fit passer la fillette d'un bras sur l'autre et me tendit la main. Je la lui serrai. Il faisait bon, et il ferait même chaud, vers le milieu de l'après-midi — un temps à aller à la plage, c'était clair — mais la main que je touchai était glacée. « Nous habitons juste ici. »

Elle m'indiqua le carrefour par lequel le Scout avait surgi comme une bombe et j'aperçus — tiens, quelle surprise ! — une double caravane installée au milieu d'un bosquet de pins, à une soixantaine de mètres de la petite voie secondaire. Le nom me revint : Wasp Hill Road, la route de la colline aux guêpes. Elle ne faisait même pas un kilomètre de long et rejoignait la rive du lac à un endroit baptisé Middle Bay. Eh oui, toubib, tout me revient, à présent. Me voilà de nouveau citoyen de Dark Score. Sauver les petits enfants est ma spécialité.

Je n'en étais pas moins soulagé de constater qu'elle habitait tout près — à moins de quatre cents mètres de l'endroit où nos véhicules respectifs étaient garés, l'arrière se touchant presque — et à la réflexion, c'était logique. Une enfant aussi jeune que la beauté en maillot de bain n'aurait pu s'aventurer bien loin... même si

Blondinette avait fait preuve d'une détermination peu commune. Je songeai que l'expression hagarde de la mère en disait sans doute long sur la volonté de la fille. J'étais bien content que mon âge m'empêche de faire un jour partie de ses petits amis ; il était évident qu'elle allait les faire sauter à travers des cerceaux du lycée jusqu'à la fac. Des cerceaux de feu, probablement.

Pendant le lycée, au moins. Les filles habitant dans ce secteur, en règle générale, n'allaient pas jusqu'à l'université ; à la rigueur passaient-elles par un de ces établissements techniques qui ne sont que des voies de garage. Et elle ne les ferait sauter à travers des cerceaux que jusqu'au moment où le meilleur d'entre eux (ou plus vraisemblablement le pire), après avoir débouché du Grand Virage de la Vie, l'aurait culbutée sur la grand-route parce qu'elle n'aurait pas compris que la ligne blanche et les bandes rayées pour piétons étaient deux choses différentes. Après quoi le cycle se répéterait, une fois de plus.

Seigneur Jésus, Noonan, arrête un peu, tu veux ? Elle n'a que trois ans et tu lui attribues déjà trois mômes, dont deux avec la gale et un retardé mental.

« Merci, vraiment merci, répétait Mattie.

— Ce n'est rien », lui dis-je, mouchant le petit nez de la fillette. Elle avait encore les joues humides de larmes, mais cela ne l'empêcha pas de m'adresser un sourire rayonnant. « Voilà une petite fille très bavarde.

— Très bavarde et très têtue. » La jeune femme la secoua un peu, mais Blondinette n'en parut nullement effrayée ; son attitude laissait entendre que les mauvais traitements étaient rarement à l'ordre du jour. Son sourire, d'ailleurs, ne fit que s'élargir. Sa mère le lui rendit. Et il fallait l'avouer : une fois qu'on avait surmonté l'effet que produisait son aspect négligé, elle était absolument ravissante. Il aurait suffi de lui passer une tenue de tennis et de la faire paraître au Castle Rock Country Club (où elle n'entrerait probablement jamais de sa vie, sauf, à la rigueur, pour y faire le ménage ou être serveuse), et elle aurait été plus que jolie. Une jeune Grace Kelly, peut-être.

Elle se tourna de nouveau vers moi, ouvrant de grands yeux, l'air grave. « Je ne suis pas une mauvaise mère, Mr Noonan, me dit-elle. C'est la première fois que cela se produit. »

Lui entendre prononcer mon nom m'étonna un peu, mais seulement un instant. Elle avait le bon âge, en fin de compte, et la lecture de mes livres valait sans aucun doute mieux pour elle que des après-midi passés à regarder les feuilletons de la télé. Un peu mieux, ou moins.

« Nous nous sommes disputées pour savoir quand nous irions à la plage. Moi, je voulais mettre le linge à sécher, déjeuner, et n'y aller que l'après-midi. Kyra voulait, elle... Quoi ? Qu'est-ce que j'ai dit ?

— Elle s'appelle Kia ? Est-ce... » Mais avant d'avoir pu ajouter un mot de plus, il m'arriva quelque chose de tout à fait extraordinaire : je me retrouvai avec la bouche pleine d'eau. Tellement pleine, même, que je connus quelques instants de panique, comme si je nageais au milieu de l'océan et venais de boire la tasse. Cette eau, cependant, n'était pas salée ; c'était de l'eau douce bien fraîche, avec une pointe de goût métallique qui rappelait le sang.

Je tournai la tête et crachai. Je m'attendais à expectorer un grand jet liquide — du genre de celui qu'on reçoit en pleine figure quand on commence la respiration artificielle sur la victime d'une noyade. Mais il ne sortit de ma bouche que le petit crachat blanc qu'on forme normalement par une journée chaude. Quant à la sensation d'eau fraîche, elle s'était évanouie avant que le crachat n'ait touché le sol ; ce fut immédiat, comme si elle n'avait jamais existé.

« Le monsieur a craché, constata calmement la fillette.

— Désolé », dis-je. J'étais aussi sidéré. Au nom du

ciel, qu'est-ce qui m'était arrivé ? « Je crois que c'est une petite réaction à retardement. »

Mattie parut inquiète, comme si j'avais eu quatre-vingts ans et non quarante. Je me dis que pour une fille de son âge, c'était peut-être à peu près pareil. « Voulez-vous venir à la maison ? Je vous donnerai un verre d'eau.

— Non, ça va bien, maintenant.

— Bon. Ce que je voulais dire, Mr Noonan, c'est que c'est la première fois que cela m'arrive. J'étais en train d'étendre mon linge... elle était à l'intérieur et regardait un dessin animé à la télé... et puis, quand je suis entrée pour prendre d'autres pinces à linge... » Elle regarda la fillette, qui ne souriait plus. Blondinette commençait à comprendre, maintenant. Elle ouvrait de grands yeux prêts à se remplir de larmes. « Elle avait disparu. J'ai cru que j'allais mourir de peur. »

Les lèvres de Kyra se mirent à trembler et ses yeux se remplirent, comme prévu. Elle commença à pleurer. Mattie lui caressa les cheveux d'une main apaisante, jusqu'à ce que la petite tête repose sur le haut de sa blouse bon marché.

« Tout va bien, Ki, dit-elle. Les choses se sont bien passées, cette fois, mais il ne faut pas aller sur la route. C'est dangereux. Les petits bouts de chou se font écraser, sur la route, et tu es encore un petit bout de chou. Le plus précieux petit bout de chou au monde. »

Blondinette se mit à pleurer encore plus fort. Les sanglots épuisés d'un enfant qui a besoin d'une sieste avant de courir de nouveau l'aventure — sur la plage ou ailleurs.

« Kia, méçante, Kia, méçante, pleurnicha-t-elle sur l'épaule de sa mère.

— Mais non, ma chérie, tu n'as que trois ans, c'est tout », lui dit Mattie. Si j'avais encore nourri les moindres doutes sur ses capacités de mère, ils furent définitivement balayés. Ou peut-être était-ce déjà fait : après tout, la gamine se portait bien, avait une attitude

151

ouverte, était bien tenue et on ne voyait aucun bleu suspect sur son corps.

Pendant que ces détails s'enregistraient à un premier niveau, à un autre, je m'efforçais de digérer l'étrange incident qui venait juste de se produire, ainsi que la chose étrange que je croyais avoir entendue, à savoir que la petite fille que j'avais sortie du milieu de la chaussée avait le nom qu'aurait dû porter notre enfant, si nous avions eu une fille.

« Kia », dis-je d'un ton émerveillé. Comme si mon contact avait pu la briser, je lui caressai la tête d'une main hésitante. Tiédis par le soleil, ses cheveux étaient d'une incomparable finesse.

« Non, m'expliqua Mattie. C'est comme ça qu'elle le prononce pour le moment. En fait c'est *Kyra*, et non pas Kia. C'est un nom qui vient du grec. Il signifie : *distinguée*[1]. » Elle eut un mouvement un peu emprunté. « Je l'ai trouvé dans un livre de prénoms. Pendant que j'étais enceinte, je me suis beaucoup fiée à mon instinct.

— C'est un nom ravissant. Et vous n'êtes pas une mauvaise mère. »

Ce qui me vint à l'esprit à ce moment-là fut une histoire que Frank Arlen nous avait racontée à Noël, au cours d'un repas. Elle concernait Petie, le frère le plus jeune, et tout le monde s'était tordu de rire en l'écoutant. Y compris Petie : il prétendait n'avoir aucun souvenir de l'incident, mais riait tout de même aux larmes.

À Pâques, alors que Petie avait environ cinq ans, leurs parents avaient organisé une chasse aux œufs ; ils en avaient caché une centaine, bouillis puis coloriés, tout autour de la maison, la veille, après avoir confié leur marmaille aux grands-parents. Un vrai grand matin de Pâques, voilà ce qu'ils eurent tous — du

---

1. L'expression anglaise (*ladylike*) veut dire, mot à mot : comme une dame (*N.d.T.*).

moins jusqu'au moment où Johanna leva les yeux, depuis le patio où elle faisait le compte de ses trouvailles, et se mit à hurler. Petie rampait joyeusement sur l'avant-toit du premier étage, et était à moins de deux mètres du bord donnant sur la cour en béton.

Mr Arlen avait récupéré son fils pendant que le reste de la famille se tenait en dessous, les mains tendues, tous pétrifiés d'horreur et de fascination. Mrs Arlen avait répété le rosaire en boucle (« si vite qu'on aurait dit un enregistrement passé en accéléré », avait précisé Frank, riant lui-même plus fort que jamais), jusqu'à ce que son mari ait repassé par la fenêtre de la chambre avec Petie dans les bras. Sur quoi elle avait perdu connaissance et dans sa chute s'était cassé le nez sur le béton. Lorsqu'on lui avait demandé des explications, Petie avait répondu qu'il voulait voir s'il n'y avait pas d'œufs cachés dans la gouttière.

Je suppose que toutes les familles ont une histoire de ce genre ; la survie de tous les Petie et de toutes les Kyra du monde est un argument convaincant, au moins dans l'esprit des parents, en faveur de l'existence de Dieu.

« J'ai eu tellement peur, dit Mattie, l'air d'avoir de nouveau quatorze ans, quinze tout au plus.

— Mais c'est terminé. Et Kyra n'ira plus jamais sur la route. N'est-ce pas, Kyra ? »

Elle secoua la tête contre l'épaule de sa mère, sans la soulever. Quelque chose me disait qu'elle serait probablement assoupie avant que sa mère n'ait le temps de la ramener dans leur bonne vieille caravane.

« Vous ne pouvez pas imaginer quel effet bizarre cela me fait, reprit Mattie. L'un des mes écrivains préférés qui tombe du ciel pour sauver mon enfant ! Je savais que vous aviez une maison dans le TR, le grand chalet que tout le monde appelle Sara Laughs, mais les gens racontent que vous n'y venez plus, depuis que votre femme est morte.

— C'est vrai, je suis resté longtemps sans venir. Si

Sara Laughs était un mariage et non une maison, je dirais que c'est une tentative de conciliation. »

Elle eut un bref sourire, puis reprit son air grave. « Je voudrais vous demander quelque chose. Un service.

— Allez-y.

— Ne parlez pas de ce qui est arrivé. Ce n'est pas le moment, pour Kyra et moi.

— Pourquoi ? »

Elle se mordit la langue et parut envisager de répondre à ma question — question que je n'aurais pas dû poser, si j'avais seulement réfléchi un instant — puis secoua la tête. « Ce n'est pas le moment, c'est tout. Vraiment, je vous serais très reconnaissante si vous ne parliez à personne d'ici de ce qui vient d'arriver. Plus reconnaissante que vous pourrez jamais l'imaginer.

— Pas de problème.

— Je peux compter sur vous ?

— Bien sûr. Je suis un simple estivant qui n'est pas venu ici depuis un bon moment... ce qui signifie qu'en fin de compte, il y a bien peu de personnes à qui je pourrais en parler. » Il y avait bien Bill Dean, évidemment ; mais rien ne m'obligeait à le mettre au courant. De toute façon, il le serait. Si la petite dame s'imaginait que les gens du coin n'allaient pas apprendre comment sa petite fille avait tenté de se rendre toute seule à la plage, pedibus gambus, elle se racontait des histoires. « De toute façon, je crois qu'on nous a déjà remarqués. Regardez donc en direction du garage de Brooksie. Discrètement. »

Elle jeta un coup d'œil en coulisse et poussa un soupir. Deux vieux se tenaient sur l'ancienne piste, là où jadis se dressaient des pompes à essence. L'un d'eux était fort probablement Brooksie lui-même ; il me semblait apercevoir les restes de la crinière flamboyante de rouquin qui le faisait ressembler à une version côte Est du clown Bozo. L'autre, tellement vieux que Brooksie avait l'air de sortir tout juste de l'adolescence, à côté, s'appuyait sur une canne à pommeau d'or dans une attitude étrangement renardesque.

« Que voulez-vous que je fasse, avec des gens comme ça ? dit-elle, l'air déprimé. *Personne* ne pourrait rien faire. Et en plus, je dois m'estimer satisfaite que ce soit les vacances et qu'il n'y en ait que deux.

— Sans compter, ajoutai-je, qu'ils n'ont pas dû voir grand-chose, a priori. » Ce qui revenait à ignorer deux détails : qu'une demi-douzaine de véhicules divers étaient passés depuis que nous nous tenions là, et que Brooksie et son copain d'avant le déluge ne seraient que trop contents d'inventer ce qu'ils n'avaient pas vu.

Sur l'épaule de sa mère, Kyra eut un petit ronflement très comme il faut. Mattie la regarda avec un sourire plein de nostalgie et d'amour. « Je suis désolée que cette rencontre ait eu lieu dans des circonstances qui me font passer pour une vraie cruche, parce que je suis l'une de vos grandes admiratrices, vraiment. À en croire le libraire de Castle Rock, vous devez sortir un nouveau livre cet été. »

J'acquiesçai. « Il s'appellera *Helen's Promise.*

— Bon titre, commenta-t-elle avec un sourire.

— Ouais. »

Il y a des gens, sur cette terre, qui ont l'art de poser des questions embarrassantes et maladroites en toute candeur — comme il y en a qui ont le talent de rentrer dans les portes. Je suis membre de ce club et, tandis que je la raccompagnais vers la portière côté passager du Scout, j'en trouvai une bonne. J'eus cependant du mal à m'en vouloir sérieusement : après tout, j'avais vu l'alliance à son annulaire.

« Vous le raconterez à votre mari ? » demandai-je.

Son sourire, s'il ne disparut pas, s'atténua sensiblement. Et se crispa. S'il avait été possible d'effacer une question posée à voix haute comme on efface une ligne de texte sur l'écran de son ordinateur, je me serais empressé de le faire.

« Il est mort au mois d'août, l'an dernier.

— Je suis désolé, Mattie. J'aurais mieux fait de me mordre la langue.

— Vous ne pouviez pas savoir. Déjà qu'on ne s'attend pas à ce qu'une fille de mon âge soit mariée... et si elle l'est, on pense que son mari est à l'armée, un truc comme ça. »

Il y avait un siège spécial bébé rose (aussi Monoprix) dans la Jeep. Mattie essaya d'y placer la fillette, mais elle s'y prenait mal. Je m'avançai d'un pas pour l'aider et, pendant un instant, alors que je tendais le bras pour saisir une petite jambe potelée, le dos de ma main lui effleura le sein. Elle n'aurait pu reculer sans risquer de laisser échapper Kyra sur le plancher du Scout, mais je sentis qu'elle s'était rendu compte de ce qui s'était passé. Mon mari est mort, il n'y a pas de danger, alors le grand écrivain s'imagine qu'il peut se permettre un petit pelotage par cette chaude matinée de juillet. Et comment protester ? Le grand homme est arrivé au bon moment pour sortir ma gamine de la route, il lui a peut-être sauvé la vie.

Non, Mattie, j'ai peut-être quarante ans tendance quatre-vingts, mais j'ai pas essayé de vous peloter. Si ce n'est que ce n'est pas le genre d'excuse que l'on présente ; les choses en seraient encore pires. Je me sentis légèrement rougir.

« Quel âge avez-vous ? » demandai-je, une fois que le bébé fut convenablement installé et que j'eus reculé à une distance convenable.

Le regard qu'elle m'adressa en disait long. Fatiguée ou pas, elle avait retrouvé ses esprits. « Je suis assez vieille pour savoir dans quelle situation je me trouve. » Elle me tendit la main. « Merci encore, Mr Noonan. Dieu vous a envoyé au bon moment.

— Mais non. Il m'a juste dit que j'avais besoin d'aller manger un hamburger au Village Cafe. À moins que ce ne soit l'autre, son adversaire de toujours. Je vous en prie, dites-moi que Buddy tient toujours sa vieille gargote. »

Elle sourit. Son visage retrouva une expression chaleureuse qui me fit plaisir. « Oh, il y sera encore quand les enfants de Kyra seront en âge de vouloir acheter de la bière en prétendant avoir dix-huit ans. Sauf si quelqu'un débarque chez lui pour lui demander un truc comme des crevettes tetrazzini, auquel cas il risque d'être foudroyé par une crise cardiaque.

— Ouais. Quand j'aurai mes exemplaires du nouveau roman, je vous en donnerai un. »

Une nuance d'incertitude vint atténuer son sourire. « Ce n'est pas la peine, Mr Noonan.

— Non, mais je le ferai tout de même. Mon agent m'en envoie cinquante. Et plus je vieillis, plus j'en reçois. »

Je crois qu'elle avait détecté une allusion, dans mon intonation, que je n'avais pas eu l'intention de mettre. Ce sont des choses qui arrivent de temps en temps.

« Entendu. Il me tarde de le lire. »

Je jetai un dernier coup d'œil au bébé, qui dormait dans une de ces poses étrangement décontractées qu'ils savent prendre ; elle avait la tête inclinée sur l'épaule, ses charmantes petites lèvres en cul de poule formant une bulle d'air. C'est leur peau qui est incroyable ; le grain est d'une telle finesse qu'on croirait qu'elle n'a pas de pores. La casquette des Sox était de travers. Mattie me regarda pendant que je me penchais pour la rajuster de manière à ce que l'ombre de la visière lui tombât sur les yeux.

« Kyra... », dis-je.

Mattie hocha la tête. « Comme une dame...

— Kia est un nom africain ancien, dis-je. Il signifie : début de la saison. » Sur quoi je la laissai pour rejoindre la Chevy, lui adressant un petit signe de la main. Je sentais son regard curieux qui me suivait et j'avais l'impression, on ne peut plus étrange, que j'allais pleurer.

Cette impression persista longtemps après que je les avais perdues de vue ; je la ressentais encore en arrivant au Village Cafe. Je me garai dans le parking sans revêtement, à gauche des pompes à essence d'une marque n'existant plus, et restai assis un moment derrière le volant, pensant à Johanna et à ce test de grossesse à faire soi-même qui lui avait coûté vingt-deux dollars cinquante. Un petit secret qu'elle avait préféré garder jusqu'à ce qu'elle soit absolument sûre. C'était la seule explication, non ?

« Kia, dis-je. Le début de la saison... » Cela me donna de nouveau envie de pleurer, si bien que je descendis et claquai violemment la porte derrière moi, comme si j'avais pu, par ce moyen, emprisonner la tristesse à l'intérieur de la voiture.

CHAPITRE 8

C'était clair, Buddy Jellison n'avait pas changé. Toujours la même blouse douteuse et le même tablier blanc de cuistot bien crasseux, toujours les mêmes cheveux gris hirsutes dépassant d'un calot de papier constellé de sang de bœuf ou de jus de fraise. Voire, à leur aspect, toujours les mêmes miettes de biscuit prisonnières de sa moustache en bataille. Il avait sans doute entre cinquante-cinq et soixante-dix ans, ce qui, chez certaines personnes dotées de bons gènes, paraît encore se trouver dans les limites de l'âge mûr. Il était énorme et dépenaillé — il devait bien mesurer un mètre quatre-vingt-quinze et peser cent vingt kilos — et néanmoins toujours autant plein de grâce, d'humour et de *joie de vivre* [1] que quatre ans auparavant.

---

1. En français dans le texte (*N.d.T.*).

« Vous voulez un menu ou vous vous en souvenez ? grogna-t-il, comme si j'étais encore venu hier.

— Vous faites toujours votre Villageburger Deluxe ?

— Est-ce que les corbeaux chient du haut des pins ? » Ses yeux pâles me fixaient. Pas de condoléances ; j'aimais autant.

« Très probablement. Préparez-m'en un avec tout l'accompagnement. Un Villageburger, pas un corbeau. Et vous ajouterez un chocolat frappé. Ça me fait plaisir de vous voir. »

Je lui tendis la main. Il parut surpris, mais me la serra. Contrairement à la blouse, au tablier et au calot de papier, sa paluche était propre, les ongles faits. Il poussa un grognement, puis se tourna vers la femme au teint bilieux qui coupait des oignons, à côté du gril. « Un Villageburger, Audrey. Garni. Et qu'ça saute ! »

Je suis en général du genre à m'installer au comptoir, mais cette fois j'allai m'asseoir dans un box, près de la fontaine d'eau froide, attendant que Buddy gueule que c'était prêt ; Audrey prépare les assiettes mais ne sert pas en salle. Je voulais réfléchir, et le Buddy's convenait bien pour cela. Il y avait deux ou trois personnes du coin qui mangeaient un sandwich en buvant leur soda directement à la bouteille, mais c'était tout ; il aurait fallu que la population des vacanciers crève de faim pour qu'elle vienne manger au Village Cafe — et même là, il aurait été nécessaire d'employer la force pour leur faire franchir, se débattant et hurlant, les portes de l'établissement. Un linoléum d'un rouge fané, à la topographie mouvementée de collines et de vallées, recouvrait le sol. Comme la tenue de Buddy, il était d'une propreté douteuse (sans doute les vacanciers qui entraient ici par mégarde ne remarquaient-ils pas les mains du patron). Le lambris était graisseux et sombre. Au-dessus, là où commençait le plâtre, étaient disposés un certain nombre d'autocollants de pare-chocs, selon la conception que Buddy se faisait de la décoration.

AVERTISSEUR EN PANNE — GAFFE AU DOIGT.

AI PERDU FEMME ET CHIEN. RÉCOMPENSE POUR LE CHIEN.

AUCUN IVROGNE AU VOLANT ICI. CHACUN PREND SON TOUR.

J'ai tendance à penser que l'humour est presque toujours de la colère dissimulée sous du maquillage, mais dans les petites villes, la couche a tendance à être légère. Trois ventilateurs apathiques, au plafond, brassaient l'air chaud ; à la gauche de la fontaine, deux bandes de papier tue-mouches étaient libéralement constellées de la faune sauvage du cru, certaines bestioles se débattant encore faiblement. Être capable de contempler ce spectacle tout en continuant à manger prouvait sans doute l'excellence de votre système digestif.

Je songeais à cette similitude de prénoms qui était certainement — qui ne pouvait être — qu'une coïncidence. Je songeais à cette jolie jeune fille devenue mère à seize ou dix-sept ans et veuve à dix-neuf ou vingt. Je songeais à la façon dont je lui avais involontairement effleuré le sein et à celle dont l'opinion juge les hommes ayant atteint la quarantaine, qui découvrent soudain le monde fascinant des jeunes femmes et de leurs avantages. Mais surtout, mes pensées s'attardaient sur le curieux phénomène qui s'était produit lorsque Mattie m'avait dit le nom de la fillette, cette sensation d'avoir la bouche et la gorge envahies d'une eau froide au goût minéral. Brutalement envahies.

Lorsque mon hamburger fut prêt, Buddy dut m'appeler deux fois. Et quand j'allai enfin le chercher, il me demanda : « Vous êtes ici pour y rester ou pour déménager ?

— Pourquoi ? Je vous ai manqué, Buddy ?

— Pas spécialement. Mais au moins, vous êtes du Maine, vous. Vous savez ce que Massachusetts veut dire en piscataqua ? Trou du cul.

— Vous êtes toujours aussi drôle.

160

— Ouais. Vais même finir par baiser Letterman. Lui expliquer pourquoi Dieu a donné des ailes aux goélands.

— Et pourquoi, Buddy ?

— Pour qu'ils puissent arriver à la décharge avant ces salauds de Français. »

Je pris un journal dans le distributeur et une paille pour mon chocolat. Puis je passai par le taxiphone, mis le journal sous le bras et ouvris l'annuaire. On pouvait d'ailleurs l'emporter, si on voulait ; il n'était pas attaché à la cabine. Et de fait, qui aurait pu avoir l'idée de voler le bottin du comté de Castle ?

J'y découvris une bonne vingtaine de Devory, ce qui ne me surprit guère ; comme Pelkey, Bowie ou Toothaker, ce nom fait partie de ceux sur lesquels on tombe régulièrement quand on habite par ici. J'imagine que c'est partout pareil ; certaines familles se reproduisent davantage et se déplacent moins, voilà tout.

Je trouvai bien un Devory avec « Wasp Hill Road » comme adresse, mais pas accompagné du prénom Mattie, Mathilda ou Martha, ni même d'un simple M. Il s'agissait d'un certain Lance Devory. Je regardai la couverture de l'annuaire : c'était l'édition de 1997, donc imprimée et distribuée alors que le mari de Mattie était encore dans ce monde. Bon, d'accord. Ce nom, cependant, me disait quelque chose. Devory, Devory... qu'est-ce qu'ils pouvaient bien fabriquer, les Devory ? Qu'avaient-ils de spécial ? Je n'arrivais pas à m'en souvenir.

Je mangeai mon hamburger, bus ma glace au chocolat qui se liquéfiait et essayai de ne pas regarder ce qu'avait attrapé le papier tue-mouches.

Tout en attendant qu'Audrey, toujours aussi blême et silencieuse, me rende la monnaie (on pouvait encore manger pendant une semaine au Village Cafe pour cinquante dollars... à condition de ne pas craindre pour son taux de cholestérol), je lus l'autocollant scotché à la caisse. C'était encore un truc à la Buddy Jellison : LE CYBERSPACE M'A TELLEMENT FICHU LA FROUSSE QUE ÇA M'A FICHIER. Je n'en fus pas exactement convulsé d'hilarité, mais cela me permit d'éclaircir l'un des mystères de la matinée : la raison pour laquelle le nom de Devory m'évoquait quelque chose.

Financièrement, j'étais à mon aise, voire même riche, aux yeux de certains. On trouvait cependant au moins une personne ayant des liens avec le TR-90 qui était riche, elle, selon les normes universelles — c'est-à-dire monstrueusement riche aux yeux de la plupart des résidants permanents de la région des lacs. Si, bien entendu, il était encore en état de manger, de respirer et d'aller et venir.

« Dites-moi, Audrey, Max Devory est-il encore en vie ? »

Elle eut un petit sourire. « Et comment. Mais il ne vient pas très souvent par ici. »

Cela déclencha en moi les éclats de rire que n'avaient pu provoquer les autocollants soi-disant humoristiques de Buddy. Audrey, qui avait toujours eu le teint jaunâtre et paraissait avoir de plus en plus besoin d'une greffe du foie, s'esclaffa aussi. Son patron nous adressa un regard noir de bibliothécaire, depuis l'autre bout du comptoir où il lisait un bulletin concernant les courses du jour à Oxford Plains.

Je retournai chez moi par le même chemin. Un hamburger géant n'est pas le déjeuner idéal, par un temps aussi étouffant ; on se retrouve somnolent et l'esprit en veilleuse. Je n'avais qu'une envie, regagner Sara Laughs (cela faisait moins de vingt-quatre heures que j'avais posé mes valises et j'y pensais déjà comme à mon foyer), me laisser tomber sur le lit de la chambre d'amis, sous le ventilateur, et dormir deux bonnes heures.

Je ralentis en passant à hauteur de Wasp Hill Road. Le linge pendait mollement sur son fil, et des jouets étaient éparpillés dans la cour, devant la caravane, mais le Scout avait disparu. Mattie et Kyra avaient sans doute enfilé leur maillot de bain et pris la direction de la plage publique. Elles me plaisaient bien toutes les deux, elles me plaisaient même beaucoup. Le bref mariage de Mattie l'avait probablement plus ou moins apparentée à Max Devory. Néanmoins, en voyant la caravane rouillée, l'allée creusée d'ornières et la cour miteuse, en repensant au short et à la blouse sorties des soldes de Mattie, il y avait fort à parier que ce lien n'était pas bien fort.

Avant de prendre sa retraite à Palm Springs vers la fin des années quatre-vingt, Maxwell William Devory avait joué un rôle moteur dans la révolution de l'informatique. Une révolution qui avait été avant tout le fait de gens jeunes, mais Devory s'en était rudement bien sorti pour un croulant — il connaissait le terrain et comprenait les règles du jeu. Il avait commencé à une époque où la mémoire était stockée sur du ruban magnétique et non dans des puces électroniques, et où un engin de la taille d'un entrepôt appelé UNIVAC était le dernier cri en matière de technologie. Il parlait couramment le COBOL, et le FORTRAN n'avait aucun secret pour lui. Et lorsque l'industrie se développa au-delà de ses capacités, se développa au point de redéfinir le monde, il s'offrit les talents dont il avait besoin pour continuer à rester dans le coup.

Son entreprise, Visions, avait créé des programmes d'analyse capables de transférer les informations d'un disque dur à une disquette de manière pratiquement instantanée ; des programmes d'imagerie graphique qui étaient devenus la norme de référence pour l'industrie ; le Pixel Easel, programme qui permettait aux utilisateurs de portables de peindre à la souris... de peindre littéralement avec le doigt, si leur gadget était équipé de ce que Johanna appelait le « curseur-clitoris ». Devory n'était pas l'inventeur de ces derniers systèmes, mais il avait compris qu'ils *pouvaient* être inventés, et il avait engagé les gens capables d'y parvenir. Il détenait des douzaines de brevets à titre personnel, et des centaines d'autres en association. Il passait pour peser quelque chose comme six cents millions de dollars, en fonction de ce que valaient ses actions en Bourse tel ou tel jour.

Dans le TR-90, il avait une réputation de personnage hargneux et désagréable. Rien d'étonnant à cela ; aux yeux d'un Nazaréen, rien de bon ne peut venir de Nazareth. Et, bien entendu, on racontait que c'était un excentrique. À écouter les anciens évoquer les riches et les célèbres de leur jeunesse (et tous prétendaient en avoir connu), on apprenait que ces gens-là mangeaient le papier peint, sodomisaient leur chien et se présentaient à des repas de bienfaisance en slip taché de pipi. Même si tout cela était vrai dans le cas de Max Devory, et même s'il était en prime aussi radin qu'Oncle Picsou en personne, je voyais mal comment il aurait pu laisser deux parents proches vivre dans une caravane, même à double corps.

Je remontai le chemin qui longeait le lac et m'arrêtai au début de mon allée, devant le panneau ; l'inscription SARA LAUGHS avait été pyrogravée sur une planche vernie et clouée à l'arbre le plus proche. C'est la coutume, par ici. En le regardant, me revint le dernier rêve de la série des Manderley. Une main inconnue avait posé un autocollant dessus, comme les mains inconnues en collent sur les paniers dans lesquels on lance ses pièces, aux péages automatiques.

Je descendis de voiture, m'approchai du panneau et l'examinai. Aucun autocollant. Les tournesols s'étaient trouvés là en bas, entre les marches du perron, comme en faisait foi la photo que j'avais dans ma valise, mais sur le panneau on ne voyait aucun autocollant proclamant les mérites d'une station de radio. Qu'est-ce que cela prouvait exactement ? Hé, Noonan, calme-toi, veux-tu !

Je retournai à la voiture — la portière était ouverte

et la musique des Beach Boys dégoulinait par les haut-parleurs — puis changeai d'avis et m'approchai de nouveau du panneau. Dans le rêve, l'autocollant avait été posé juste au-dessus de SARA LAUGHS, entre les deux mots. Je touchai l'endroit du bout du doigt et eus l'impression de le sentir légèrement collant. Ce pouvait être, bien entendu, l'effet que faisait le vernis par une journée de canicule. Ou l'effet de mon imagination.

Je roulai jusqu'à la maison, me garai en serrant bien le frein à main (ce que l'on fait toujours sur les pentes qui entourent le lac Dark Score ou sur celles des autres lacs du Maine) et écoutai la fin de « Don't Worry, Baby », que j'ai toujours considéré comme ce que les Beach Boys ont fait de mieux — non pas en dépit des paroles cucul, mais à cause d'elles, justement. *Si tu savais à quel point je t'aime, Baby*, chante Brian Wilson, *tout serait sensationnel. Et qu'est-ce que le monde serait chouette, les gars...*

Je restai assis là, contemplant le petit local, placé à droite du perron, où sont rangées les poubelles afin qu'elles soient hors de portée des ratons laveurs du coin. Ils sont tellement affamés, parfois, que même les conserves dont on peut remettre le couvercle ne résistent pas toujours à leurs habiles petites pattes.

Tu ne vas tout de même pas faire ce que tu envisages de faire, me dis-je. *Quand même pas, si ?*

Eh bien si. Ou du moins, procéder à un essai. Lorsque les Beach Boys laissèrent la place à Rare Earth, je descendis de voiture, ouvris le local et en retirai les deux poubelles en plastique. Un certain Frankie Proulx venait les vider deux fois par semaine (ou du moins c'était ainsi, quatre ans auparavant, dus-je me rappeler) ; il appartenait à la nébuleuse des employés à temps partiel de Bill Dean payés au noir, mais je venais de me dire que Frankie n'avait pas dû passer, à cause du jour de congé, et je ne m'étais pas trompé. Il y avait deux sacs en plastique de détritus dans chacune des poubelles. Je les sortis (me traitant moi-même de fou en même temps) et dénouai les liens jaunes qui les fermaient.

Je ne pense pas que j'étais obsédé au point que j'aurais été capable de renverser des déchets humides sur mon perron, s'il y en avait eu (je ne le saurai jamais avec certitude, évidemment, et c'est peut-être aussi bien), mais il n'y en avait pas. Cela faisait quatre ans que la maison était inoccupée, et c'est la présence d'occupants qui engendre les déchets — du marc de café aux serviettes hygiéniques. Dans ces sacs ne se trouvaient que des déchets secs, tout ce qu'avaient balayé et éliminé Brenda Meserve et son équipe.

Je comptai neuf sacs jetables d'aspirateur, contenant quarante-huit mois de poussière, de débris et de mouches mortes. Il y avait des boules de Sopalin, certaines sentant la cire, d'autres dégageant un arôme de Windex, plus acide mais pas désagréable pour autant ; je découvris aussi un protège-matelas moisi et un veston de soie dont les trous prouvaient clairement que les mites étaient passées par là. Le veston ne provoqua aucun regret de ma part ; c'était une erreur de jeunesse, un truc qui paraissait dater de l'époque où les Beatles chantaient « I'm the Walrus ».

Il y avait une boîte remplie de verre brisé... une autre de pièces de plomberie impossibles à identifier (et probablement plus aux normes)... un bout de moquette crasseux et déchiré... des torchons usés à mort, décolorés, déchiquetés... les vieux gants de protection avec lesquels je faisais griller les hamburgers et le poulet sur le barbecue...

L'autocollant était coincé dans un repli, au fond du deuxième sac. J'avais su que je le retrouverais, dès l'instant où j'avais ressenti l'impression d'un reste de colle sur le panneau ; mais il me fallait le voir de mes propres yeux. De la même façon que ce bon vieux Thomas avait eu besoin de recueillir du sang sous ses ongles, je suppose.

Je déposai ma trouvaille sur l'une des planches du

166

perron tiédies par le soleil et la lissai de la main. Elle
était écornée, et je supposai que Bill avait dû utiliser
un couteau pour la décoller ; il n'avait pas voulu que
Mr Noonan revienne au bout de quatre ans pour découvrir qu'un ado beurré à la bière avait flanqué un autocollant de station radio sur son panneau. Nom d'un
chien, voilà qui ne se faisait pas, ma chère. Et donc,
hop ! l'objet du délit avait été prestement enlevé,
s'était retrouvé au milieu des détritus et venait de réap-
paraître, autre élément de mon cauchemar et pas le pire
de tous. WBLM, 102.9 PORTLAND' ROCK AND ROLL BLIMP.

Je me dis que je n'avais aucune raison d'avoir peur.
Que cela ne signifiait rien, tout comme le reste ne
signifiait rien. Puis je pris le balai du local à poubelles
et remis tous les détritus dans les sacs. Autocollant y
compris.

Je rentrai avec l'intention de prendre une douche
pour me débarrasser de la crasse et de la poussière,
mais j'aperçus mon maillot de bain encore rangé dans
la valise ouverte, et décidai d'aller plutôt me baigner.
Ce maillot, acheté à Key Largo, était du genre fantai-
siste, avec son motif de baleines soufflant leur jet ; ma
petite copine à la casquette Red Sox aurait aimé. Je
consultai ma montre et constatai que j'avais fini mon
Villageburger quarante-cinq minutes auparavant. Assez
longtemps pour pouvoir reprendre un boulot de fonctionnaire, *kemo sabe*, en particulier après une chasse
au trésor énergique au pays des détritus.

J'enfilai donc le maillot et descendis l'escalier, fait
de traverses de chemin de fer, qui relie Sara Laughs à
la plage. Mes tongs claquaient et couinaient. Quelques
moustiques retardataires zonzonnaient. Devant moi le
lac brillait, calme, tentateur sous le ciel bas et l'air
humide. Un sentier assorti d'un droit de passage (prévu
dans les actes de propriété) et que les gens du TR-90
appelaient simplement la Rue, courait tout le long de

la rive est du lac. Si on tournait à gauche sur ce sentier, au bas des marches, on rejoignait la marina de Dark Score, en passant en chemin devant le Warrington's et la petite gargote minable de Buddy Jellison... sans parler de quatre douzaines de chalets d'estivants, discrètement cachés sur les pentes, parmi les bosquets de pins et de sapins. Si on tournait à droite, on pouvait arriver jusqu'à Halo Bay, mais il aurait fallu une journée pour cela, tant la Rue, sur ce tronçon, était envahie de végétation.

Je restai un moment sur le sentier, puis pris mon élan et courus me jeter à l'eau. Au moment même où je me trouvais en l'air, parfaitement à l'aise, il me vint à l'esprit que la dernière fois que j'avais plongé ainsi dans le Dark Score, je tenais ma femme par la main.

Je frôlai la catastrophe. L'eau était suffisamment froide pour me rappeler que j'avais quarante ans et non pas quatorze, et je sentis mon cœur s'arrêter de battre quelques instants dans ma poitrine. Au moment où l'eau du lac se referma sur ma tête, je crus bien que je n'en ressortirais jamais vivant. On allait me retrouver flottant sur le ventre quelque part entre le ponton et mon petit bout de plage, victime de l'eau froide et d'un Villageburger trop gras. On graverait sur ma tombe : *Ta mère t'avait dit de toujours attendre au moins une heure.*

Puis mes pieds touchèrent les galets et les herbes gluantes qui poussaient sur le fond, mon cœur redémarra, et je me propulsai vers le haut avec toute l'énergie d'un basketteur qui tente un panier à une seconde de la fin d'un match. Je retrouvai l'air, haletant ; j'avalai de l'eau, la recrachai en toussant, me tapotant la poitrine d'une main pour encourager mon cœur — vas-y, mon gars, tiens le coup, t'es capable...

Je revins jusqu'à un endroit où je n'avais de l'eau que jusqu'à la taille, la bouche pleine de ce goût d'eau froide mâtiné d'arômes minéraux ; une eau qu'il faut traiter pour y laver ses vêtements. C'était exactement le même goût que j'avais eu dans la bouche tandis que je me tenais sur l'accotement de la route 68. Ce goût que j'avais senti lorsque Mattie Devory m'avait dit le nom de sa fille.

J'ai créé un lien psychologique, c'est tout. À cause de la similitude des noms qui m'a rappelé ma défunte épouse et ce lac, dont...

« Dont j'ai déjà goûté l'eau à une ou deux reprises », dis-je à voix haute. Comme pour bien confirmer le fait, j'en pris dans le creux de la main ; il n'y avait aucune eau plus propre ou plus pure dans tout l'État, d'après les analyses que je recevais tous les ans en tant que membre de la Western Lakes Association, et je la bus. Il ne se produisit aucune révélation, aucune fulgurance ne me traversa l'esprit. C'était juste l'eau du Dark Score, tout d'abord dans ma bouche, puis dans mon estomac.

Je nageai jusqu'au ponton, escaladai l'échelle à trois barreaux par laquelle on y accédait et me laissai tomber sur les planches chaudes, soudain heureux d'être venu. En dépit de tout. Demain, je commencerais à m'organiser un semblant de mode de vie, ici... j'essaierais, en tout cas. Pour l'instant, il me suffisait de rester allongé là où j'étais, la tête dans le creux du bras, gagné par la somnolence, convaincu que les aventures étaient finies pour la journée.

Ce en quoi, l'appris-je à mes dépens, je me trompais quelque peu.

Lors du premier été que nous avions passé dans le TR-90, nous avions découvert, Johanna et moi, qu'il était possible d'assister au feu d'artifice de Castle Rock depuis la terrasse qui donne sur le lac. Je m'en souvins au moment où la nuit tombait et me dis que, cette année, je passerais plutôt la soirée dans le séjour à regarder un film sur le magnétoscope. Faire revivre tous les crépuscules de 4 juillet que nous avions connus ici, à boire de la bière et à rire devant la belle bleue ou la belle rouge — voilà qui n'était pas une bonne idée. Je me sentais déjà suffisamment seul et d'une manière, en plus, dont je n'avais pas eu conscience à Derry. Puis je me demandai pour quelle raison j'étais venu à Sara Laughs sinon, en fin de compte, pour me confronter au souvenir de Johanna et lui permettre de reposer dans la paix de mon amour. La possibilité d'écrire à nouveau ne me parut certainement jamais plus lointaine que ce soir-là.

Il n'y avait pas de bière — j'avais oublié de prendre un pack de six, ce que j'aurais pu faire au magasin général ou au Village Cafe —, seulement des sodas, une délicate attention de Brenda Meserve. Je pris une boîte de Pepsi et m'installai donc pour regarder le spectacle, espérant que cela ne me ferait pas trop mal. Espérant sans doute aussi que je ne pleurerais pas. N'allez pas croire que je me racontais des histoires ; il allait y avoir d'autres crises de larmes, ici ; il fallait simplement passer au travers.

La première explosion de la soirée venait d'avoir lieu — une boule bleue étoilée dont le *bang* arriva loin derrière — lorsque le téléphone sonna. Il me fit sursauter, alors que la faible détonation en provenance de Castle Rock m'avait laissé impassible. Je me dis qu'il devait s'agir de Bill Dean, m'appelant de Virginie pour savoir si mon installation se passait bien.

L'été qui avait précédé la mort de Johanna, nous nous étions procuré un téléphone sans fil afin de pouvoir parler en nous promenant autour du chalet, ce que nous aimions faire tous les deux. Je franchis la porte-fenêtre coulissante, décrochai le combiné et le mis sur écoute, puis dis « Hello, Mike à l'appareil », tout en revenant m'asseoir dans la chaise longue, sur la terrasse. Au loin, de l'autre côté du lac, illuminant le ciel bas qui pesait sur Castle View, des étoiles vertes et jaunes explosaient, suivies d'éclairs silencieux dont le bruit finirait par me parvenir dans trois ou quatre secondes.

Pendant quelques instants le téléphone resta silencieux, puis une voix d'homme rauque, la voix d'un homme âgé mais pas celle de Bill Dean, dit : « Noonan ? Mr Noonan ?

— Oui ? » Une énorme boule d'étoiles dorée éclaira l'horizon, diaprant les nuages bas de filigranes fugitifs. Cela me fit penser à ces cérémonies de récompense que l'on voit à la télé, avec toutes ces belles femmes en robes scintillantes.

« Devory.

— Oui ? répétai-je, sur mes gardes.

— Max Devory. »

On ne le voit pas très souvent par ici, m'avait dit Audrey. J'avais pris cela pour de l'humour yankee, mais apparemment elle avait été sérieuse. On trouvera toujours des raisons de s'émerveiller.

Bon, d'accord, et ensuite ? J'étais on ne peut plus à court de sujets de conversation. Je songeai un instant à lui demander comment il avait obtenu mon numéro, qui était sur liste rouge, mais à quoi cela aurait-il servi ? Quand on pèse plus d'un demi-milliard de dollars — si c'était bien le vrai Max Devory à qui je parlais —, on pouvait se procurer autant de numéros sur liste rouge que l'on voulait.

Je décidai donc de redire « Oui », mais sans mettre de point d'interrogation à la fin.

Un autre silence s'ensuivit. Si je le rompais pour lui poser des questions, ce serait lui qui dirigerait la conversation... si l'on pouvait déjà parler d'une conversation, à ce stade. Bonne ouverture, mais j'avais l'avantage d'une longue expérience, celle de mes communications avec Harold Oblowski, le maître du silence chargé de sens. Je restai coi, le mignon petit téléphone à l'oreille, et continuai à regarder le spectacle, sur l'autre rive. Une fusée rouge se transformant en pluie bleue, le vert en or ; des femmes invisibles

171

parcouraient les nuages dans des robes de soirée chatoyantes.

« J'ai cru comprendre que vous aviez rencontré ma belle-fille, aujourd'hui », dit-il enfin. Il paraissait ennuyé.

« C'est bien possible, répondis-je, m'efforçant de ne pas avoir l'air surpris. Puis-je vous demander la raison de votre appel, Mr Devory ?

— J'ai cru comprendre qu'il y avait eu un incident. »

Des lumières blanches dansèrent dans le ciel — on aurait pu croire que des vaisseaux spatiaux explosaient. Puis, arrivant après, les *bang. J'ai découvert le secret du voyage dans le temps,* pensai-je. *C'est un phénomène acoustique.*

Ma main se crispait un peu trop sur l'appareil, et je me forçai à me détendre. Maxwell Devory. Un demi-milliard de dollars. Qui était non pas à Palm Springs comme je l'avais supposé, mais tout près, ici, dans le TR-90, si l'on pouvait faire confiance au bourdonnement caractéristique de la ligne.

« Je suis inquiet pour ma petite-fille. » La voix était plus rauque que jamais. Il était en colère, et cela se sentait ; voilà un homme qui n'avait pas eu à dissimuler ses émotions depuis de nombreuses années. « J'ai cru comprendre qu'une fois de plus, la surveillance que devrait exercer sa mère a été prise en défaut. Cela lui arrive souvent. »

Une demi-douzaine d'explosions étoilées éclaira la nuit, s'épanouissant comme des fleurs dans un de ces anciens films sur la nature. Je n'avais pas de mal à imaginer la foule, à Castle View, les gens assis en tailleur sur des couvertures, mangeant des cornets de crème glacée, buvant de la bière et poussant des *Ooooh* — tout cela en même temps. C'est ce qui signe toute œuvre d'art réussie, à mon avis : tout le monde y va de son *Ooooh* en même temps.

Tu as peur de ce type, hein ? demanda Johanna.

D'accord, tu n'as peut-être pas tort. Un homme qui se croit permis de se mettre en colère chaque fois qu'il le veut et contre qui il veut... un tel homme peut être dangereux.

Puis intervint la voix de Mattie : *Je ne suis pas une mauvaise mère, Mr Noonan. C'est la première fois que cela se produit.*

C'était évidemment ce que disaient toutes les mauvaises mères prises en faute, j'imagine ; mais je l'avais crue.

Et, bon sang de bonsoir, mon numéro figurait sur la liste rouge. J'étais tranquillement assis à boire mon Pepsi tout en regardant le feu d'artifice, je n'embêtais personne et ce type se pointait...

« Je n'ai aucune idée, Mr Devory, de ce que vous voulez...

— Pas de ça avec moi, avec tout le respect que je vous dois, Mr Noonan, pas de ça avec moi. On vous a vus parler ensemble. » Il s'exprimait avec les intonations qu'avait dû avoir le sénateur McCarthy aux oreilles des pauvres diables qui s'étaient retrouvés marqués du sceau infamant de communistes, lorsqu'il les avait convoqués devant sa commission.

Fais attention, Mike, fit la voix de Johanna. *Fais attention au marteau d'argent de Maxwell* [1].

« Il se trouve que j'ai parlé à une jeune femme et à sa petite fille, ce matin, dis-je. Je suppose que c'est à celles-ci que vous faites allusion.

— Non. Vous avez vu une fillette, presque un bébé, qui marchait toute seule sur la route. Puis vous avez vu une femme se lancer à sa poursuite. Ma belle-fille, dans l'espèce de poubelle qui lui sert de voiture. La petite aurait pu se faire écraser. Pourquoi protégez-vous cette jeune femme, Mr Noonan ? Vous a-t-elle

---

1. Allusion à la chanson des Beatles, « Maxwell Silver's Hammer » (*N.d.T.*).

promis quelque chose ? Ce n'est pas un cadeau que vous faites à l'enfant, je peux vous le dire. »

Elle m'a promis de me conduire dans sa caravane et de là au paradis. Elle m'a promis de garder la bouche ouverte aussi longtemps que je garderais la mienne fermée — est-ce cela que vous voulez que je vous dise ? eus-je envie de lui répondre.

Oui, me confirma Johanna. *C'est vraisemblablement ce qu'il aimerait t'entendre dire. Et tout aussi vraisemblablement ce qu'il a envie de croire. Ne te laisse pas provoquer, ne t'autorise pas à lui lancer un de tes sarcasmes de collégien, Mike. Tu pourrais le regretter.*

Mais au fait, pourquoi prenais-je la peine de protéger Mattie Devory ? Je l'ignorais. Sans compter que je n'avais pas la moindre idée de ce que cela pourrait me valoir. Je savais seulement qu'elle m'avait paru fatiguée, et que la fillette ne portait aucune trace de coups et n'était ni effrayée ni renfrognée.

« Oui, il y avait bien une voiture. Une vieille Jeep.

— C'est déjà mieux. » Satisfaction dans sa voix, et un puissant intérêt. Presque de l'avidité. « Qu'est-ce que...

— Je suppose qu'elles avaient dû arriver ensemble dans cette voiture. » J'éprouvais un plaisir presque enivrant en découvrant que mon aptitude à l'invention ne m'avait pas déserté ; je me sentais comme un joueur de base-ball qui n'est plus capable de lancer devant le public, mais qui arrive néanmoins à expédier une balle douée d'un effet réussi dans la cour de sa maison. « La petite fille avait cueilli des pâquerettes, il me semble. » Rien que des affirmations assorties du conditionnel, comme si je ne me trouvais pas assis sur ma terrasse, mais déposais devant un tribunal. Harold aurait été fier de moi. Non, en fait. Il aurait été horrifié à la seule idée que j'avais une telle conversation.

« J'imagine qu'elles étaient allées cueillir des fleurs sauvages. Mon souvenir de l'incident n'est pas très

174

clair, malheureusement. Je suis écrivain, Mr Devory, et lorsque je conduis, je me perds souvent dans...

— Vous mentez. » Sa colère éclatait, à présent, brillante et pulsante comme un bouton de fièvre. Comme je m'y étais attendu, il n'avait pas fallu grand-chose pour que ce type oublie les règles élémentaires du savoir-vivre.

« Mr Devory... Les ordinateurs Devory, je présume ?

— Vous présumez bien. »

Johanna avait tendance à adopter un ton de plus en plus froid et des expressions plus tranchantes, lorsque son caractère, pas toujours facile, passait sur *tempête*. Je m'entendais faire comme elle d'une manière qui avait quelque chose de carrément surnaturel. « Je n'ai pas l'habitude, Mr Devory, que des personnes que je ne connais pas m'appellent le soir chez moi, et encore moins celle de prolonger la conversation lorsque les personnes en question se permettent de me traiter de menteur. Bonsoir, monsieur.

— Si tout allait si bien, pourquoi vous êtes-vous arrêté ?

— Cela fait longtemps que je ne suis pas venu dans le TR-90, et je voulais vérifier que le Village Cafe était toujours ouvert. Et au fait, j'ignore où vous avez trouvé mon numéro de téléphone, mais je sais où vous pouvez vous le mettre. Bonne nuit. »

Je coupai la communication du pouce et me mis à regarder le téléphone comme si c'était la première fois de ma vie que j'en voyais un. La main qui le tenait tremblait. Mon cœur battait fort ; je le sentais aussi bien à mon cou et à mes poignets que dans ma poitrine. Je me demandais si j'aurais pu me permettre de dire à ce vieux débris de se carrer mon numéro dans le cul si je n'avais pas eu moi-même quelques millions bien au chaud à la banque.

Une vraie bataille de titans, mon cher, souffla la voix ironique de Johanna. *Et tout ça à cause d'une adolescente dans une caravane. C'est à peine si elle a des seins.*

J'éclatai de rire. Une guerre de titans ? Il ne fallait rien exagérer. L'une des vieilles crapules qui régnaient sur je ne sais quelle industrie, au début du siècle, avait déclaré : « De nos jours, un homme qui possède un million de dollars se croit riche. » Devory avait sans doute la même opinion de moi et, dans un cadre plus vaste, il avait probablement raison.

Le ciel occidental se parait à présent de couleurs artificielles et animées. Le finale.

« C'était quoi, cette histoire, en fin de compte ? »

Personne ne me répondit ; il n'y eut que l'appel lointain d'un plongeon arctique, sur le lac. Protestant, j'imagine, contre tout ce tapage inhabituel dans le ciel.

Je me levai, rentrai et reposai le téléphone dans son berceau, me rendant compte par la même occasion que je m'attendais à ce qu'il sonne de nouveau, à ce que Devory se mette à me débiter des clichés de cinéma du genre : *Si vous vous mettez sur mon chemin, je vais... Je vous avertis, l'ami, il ne vaut mieux pas...* Ou encore : *Permettez-moi de vous donner un bon conseil...*

Mais il ne sonna pas. Je fis passer ce qui restait du Pepsi par mon gosier que j'avais fort sec, comme on le comprendra sans peine, et décidai d'aller me coucher. Au moins n'y avait-il eu ni pleurs ni lamentations sur la terrasse ; Devory m'avait fait oublier mon deuil. D'une certaine manière, bizarrement, je lui en étais reconnaissant.

J'allai dans la chambre de l'aile nord, me déshabillai et m'allongeai. Je pensais à la petite Kyra et sa mère, une mère qui aurait pu être sa grande sœur. Devory en voulait à Mattie, voilà au moins qui était clair, et si j'étais financièrement inexistant pour lui, que devait-elle être à ses yeux ? Et de quelles ressources disposerait-elle, s'il décidait de s'en prendre à elle ? C'était

176

une idée passablement ignoble, en vérité, et c'est sur elle que je m'endormis.

Je dus me lever trois heures plus tard pour éliminer la boisson que j'avais bêtement descendue avant de me coucher et, tandis que je me tenais au-dessus des toilettes, ne pissant que d'un œil, si je puis dire, j'entendis de nouveau sangloter. Un enfant, quelque part dans le noir, perdu, effrayé... ou peut-être faisant seulement semblant d'être perdu et effrayé.

« Il ne faut pas », dis-je. J'étais tout nu devant les toilettes, le dos hérissé par la chair de poule. « Commence pas avec ce truc, s'il te plaît, ça me fiche la frousse. »

Les pleurs s'atténuèrent comme la fois précédente, donnant l'impression de s'éloigner dans une sorte de tunnel. J'allai me recoucher, me tournai sur le côté et fermai les yeux.

« C'était un rêve, murmurai-je. Rien qu'un autre rêve de Manderley. »

Je n'étais pas dupe, mais je savais aussi que j'allais me rendormir, et sur le moment c'était ce qui me paraissait important. Et, tandis que je m'enfonçais dans le sommeil, je me dis, d'une voix qui était tout à fait la mienne : *Elle est vivante. Sara Laughs est vivante.*

Je compris également autre chose : qu'elle m'appartenait. J'en avais repris possession. Pour le meilleur ou pour le pire, j'étais revenu chez moi.

CHAPITRE 9

À neuf heures du matin, le lendemain, je remplis une bouteille en plastique de jus de raisin et partis en direction du sud, sur la Rue, avec l'intention de faire une longue marche. La journée était belle et il faisait déjà chaud. Un grand silence régnait, l'un de ces silences que l'on ne connaît qu'au lendemain d'un samedi férié, je crois, et qui sont composés pour partie de piété, pour partie de mal aux cheveux. On apercevait deux ou trois pêcheurs, postés loin sur le lac, mais il n'y avait pas le moindre grondement de moteur horsbord, pas un seul groupe de gamins en train de crier et de s'éclabousser. Je passai au pied d'une demi-douzaine de chalets et, alors qu'ils devaient être tous habités, à cette époque de l'année, les seuls signes d'occupation que je vis furent des costumes de bain qui séchaient sur la rambarde ceinturant la terrasse, chez les Passendale, et une bouée fluorescente (un hippocampe) à demi dégonflée sur le moignon d'appontement appartenant aux Rimer.

Au fait, le petit cottage gris des Passendale appartenait-il toujours aux Passendale ? Et l'amusante maison d'été des Rimer, avec sa véranda de forme arrondie comme l'écran du Cinérama, tournée vers le lac et les montagnes, appartenait-elle toujours aux Rimer ? Je n'avais aucun moyen de le savoir. Il peut se produire bien des changements en quatre ans.

J'avançais d'un bon pas, ne faisant aucun effort pour penser, un vieux truc de l'époque où j'écrivais. Faire travailler le corps pour reposer l'esprit, laisser les gars du sous-sol faire leur boulot. Je passai devant des aires de pique-nique où Johanna et moi avions jadis pris un verre, organisé un barbecue, ou participé à quelque tournoi de cartes ; je m'imprégnais du silence comme une éponge, buvais mon jus de raisin, essuyais d'un revers de main la sueur à mon front et attendais de voir les idées qui me viendraient.

La première fut une étrange prise de conscience : que le bébé en pleurs au milieu de la nuit avait eu, je ne sais comment, plus de réalité que l'appel téléphonique de Max Devory. Avais-je réellement reçu ce coup de fil d'un roi des ordinateurs au soir de la première journée que j'avais passée à Dark Score ? Ce techno-caïd m'avait-il réellement traité de menteur, à un moment donné ? (J'en étais un, au vu de l'histoire à dormir debout que je lui avais servie, mais là n'était pas la question.) Je savais que cela s'était produit, mais il m'était plus facile, en fait, de croire au fantôme du lac Dark Score, connu autour de certains feux de camp sous le nom du Mystérieux Marmot Pleureur.

Je me dis (ce fut mon idée suivante, juste avant de finir le jus de raisin) que je devrais appeler Mattie Devory et lui raconter ce qui s'était passé. Je finis cependant par conclure que c'était un désir bien naturel mais probablement une mauvaise idée. J'étais trop vieux pour avaler sans broncher des clichés comme celui de la demoiselle en détresse contre le méchant deuxième époux de la mère ou, en l'occurrence, le beau-père. J'étais venu ici pour m'occuper de mes affaires et ne tenais pas à me compliquer la tâche en m'immisçant dans une querelle potentiellement ignoble entre Mr Computer et Miss Caravane. Devory m'avait caressé le poil dans le mauvais sens — et sans ménagement — mais ce n'était pas dirigé spécialement contre moi, seulement une attitude dont il était coutumier. Hé, certains types portent bien des fixe-chaussettes. Avais-je envie de l'affronter sur ce terrain ? Non. Aucune envie. J'avais sauvé Miss Red Sox, j'avais eu droit par inadvertance à un contact avec le sein, petit, certes, mais agréablement ferme, de sa maman, et j'avais appris que Kyra voulait dire « distinguée » en grec. En demander davantage relèverait de la goinfrerie, bon sang.

Je m'arrêtai à ce stade — de marcher, comme de penser —, me rendant brusquement compte que j'étais arrivé au Warrington's, grande bâtisse rappelant une grange que les gens du cru baptisaient parfois du titre de country club. Ce n'était pas tout à fait usurpé : il y avait un parcours de golf de six trous, une écurie et des pistes cavalières, un restaurant, un bar, et de quoi loger une quarantaine de personnes, entre les chambres du bâtiment principal et les huit ou neuf petits chalets satellisés autour. Il y avait aussi un bowling avec deux allées, même s'il fallait que les équipes aillent chacune à leur tour relever les quilles. Le Warrington's avait été construit vers le début de la Première Guerre mondiale. Il était donc moins vieux que Sara Laughs, mais pas de beaucoup.

Au bout d'une courte jetée s'élevait un petit édifice, le Sunset Bar, où les hôtes du Warrington's se réunissaient les soirs d'été pour prendre un verre (certains commençant directement par plusieurs bloody marys pour se mettre en bouche). Lorsque je me tournai dans cette direction, je vis que je n'étais plus seul. Une femme m'observait depuis le porche, à gauche de l'entrée du bar flottant.

Elle me fit fichtrement sursauter. Mes nerfs n'étaient pas en excellent état, alors, ce qui n'est sans doute pas sans rapport... mais je crois que de toute façon, elle m'aurait fait sursauter. En partie à cause de son immobilité, en partie aussi à cause de son incroyable maigreur. Son visage, surtout, était frappant à ce titre. Connaissez-vous le tableau de Munch, *Le Cri* ? Eh bien, il suffit d'imaginer au repos ce visage déformé par son hurlement, bouche fermée, le regard attentif, pour avoir une assez bonne représentation de cette femme, qui s'appuyait d'une main aux longs doigts sur le garde-fou de la jetée. Je dois dire cependant que la première chose qui me vint à l'esprit fut non pas Edvard Munch mais *Mrs Danvers*.

Je lui donnais environ soixante-dix ans ; elle portait un short noir par-dessus un haut de maillot de bain noir. Cette combinaison d'éléments avait quelque chose d'étrangement habillé, l'air d'une variante de la toujours populaire petite robe noire de cocktail. Elle avait une peau d'une blancheur crémeuse, sauf au-dessus de sa poitrine presque plate et sur les épaules, qu'elle avait osseuses ; là s'étalaient de grandes taches de vieillesse. Son visage en forme de coin présentait des pommettes saillantes comme celles d'une tête de mort et un front dépourvu de rides. En dessous de cette saillie, les yeux se perdaient dans l'ombre de leurs orbites. Rares et plats, ses cheveux lui retombaient sur les oreilles jusqu'à hauteur de sa mâchoire proéminente.

Bon Dieu, ce qu'elle est maigre, pensai-je. *C'est un vrai sac d'...*

Un frisson me traversa à cette idée. Un frisson violent, comme si on m'avait déroulé un fil sous la peau. J'aurais préféré qu'elle ne remarque rien (vous parlez d'une façon de commencer une belle journée d'été, en révulsant un type au point qu'il se met à trembler et à grimacer devant vous) et levai donc la main pour la saluer d'un geste. J'essayai aussi de sourire. Bonjour, vous, là, qui vous tenez devant le bar flottant. Bonjour vous, vieux sac d'os, vous m'avez flanqué une frousse du diable, mais il ne m'en faut pas beaucoup pour cela, ces temps-ci, et donc je ne vous en veux pas. Alors, ça boume ? Je me demandais si mon sourire lui faisait autant qu'à moi l'effet d'être une grimace.

Elle ne me rendit pas mon salut.

Me sentant quelque peu stupide — PAS D'IDIOT DU VILLAGE ICI, CHACUN PREND SON TOUR — j'écourtai gauchement mon geste et repartis dans la direction par laquelle j'étais venu. Au bout de cinq pas, il me fallut regarder par-dessus l'épaule ; la sensation d'être surveillé était tellement forte que j'avais l'impression qu'une main appuyait entre mes omoplates.

La jetée était complètement déserte. Je plissai les yeux, pensant spontanément qu'elle avait dû battre en retraite dans l'ombre projetée par le petit rince-gosier, mais elle avait disparu. Comme si ç'avait été un fantôme.

Elle est rentrée dans le bar, mon chou, dit Johanna. *Tu le sais bien, tout de même. C'est évident, non ?*

« Ouais, ouais, marmonnai-je, Bien sûr que je le sais. Sinon, où serait-elle allée ? » Si ce n'est, me semblait-il, qu'elle n'en avait pas eu le temps. Je ne voyais pas comment elle avait fait, même étant pieds nus, pour que je n'entende pas le bruit de ses pas. Surtout par une matinée aussi calme.

Johanna : *Peut-être est-elle furtive ?*

« Oui », murmurai-je. J'eus de nombreuses occasions de parler seul à voix haute avant la fin de l'été. « Oui, c'est possible. Elle est peut-être furtive... » Bien sûr. Comme Mrs Danvers.

Je m'arrêtai une deuxième fois et me retournai, mais la Rue avait suivi la courbe de la rive, et on ne voyait ni le Warrington's, ni le Sunset Bar. Et pour tout dire, je trouvais que c'était aussi bien.

Tout en revenant sur mes pas, j'essayais de dresser la liste des bizarreries qui avaient précédé et à présent accompagnaient mon retour à Sara Laughs : les rêves à répétition, les tournesols, l'autocollant de la station de radio, les pleurs dans la nuit... Je suppose qu'on pouvait aussi considérer comme étranges la rencontre de Mattie et Kyra et le coup de fil de Mr Pixel Easel qui avait suivi, même si c'était une autre étrangeté que les sanglots d'un enfant qu'on entend dans l'obscurité.

Et que dire du fait que nous étions à Derry et non à Sara Laughs, à la mort de Johanna ? Pouvait-on le qualifier de bizarre ? Je n'aurais su dire. Je n'arrivais même pas à me rappeler pour quelle raison nous étions restés à Derry. Au cours de l'automne et de l'hiver 1993, j'avais écrit des nouvelles et travaillé sporadiquement sur une adaptation pour le cinéma de *The Red-Shirt Man*. En février 94, je m'étais mis à *All the Way from the Top*, qui avait mobilisé toute mon attention. En outre, la décision de partir pour le TR-90, d'aller s'installer à Sara Laughs...

« C'était Johanna qui la prenait toujours », dis-je au jour ; ces paroles à peine prononcées, je compris à quel point elles étaient vraies. Nous aimions tous les deux énormément cette vieille baraque, mais dire : « Hé, l'Irlandoche, si on se bougeait le cul pour aller passer quelques jours dans le TR ? » était à chaque fois venu d'elle. Elle pouvait le dire n'importe quand... si ce n'est qu'au cours de l'année qui avait précédé sa mort, elle ne l'avait pas proposé une seule fois. Quant à moi, je n'avais pas pensé un seul instant à le dire à sa place. J'avais en quelque sorte complètement oublié l'existence de Sara Laughs, aurait-on dit, même lorsque l'été était arrivé. Était-il possible d'être absorbé à ce point dans une entreprise littéraire ? Cela ne me paraissait pas vraisemblable... mais quelle autre explication proposer ?

Il y avait quelque chose qui clochait sérieusement, dans ce tableau, et j'ignorais ce que c'était. Je n'en avais pas la moindre idée.

J'en vins à penser à Sara Tidwell et aux paroles de l'une de ses chansons. On n'avait jamais enregistré la chanteuse, mais je possédais la version de cette chanson qu'en avait donnée Blind Lemon Jefferson. Elle disait notamment :

> *It ain't nuthin but a barn-dance sugar*
> *It ain't nuthin but a round-and-round*
> *Let me kiss you on your sweet lips sugar*
> *You the good thing that I found.*

J'adorais cet air, et je m'étais toujours demandé l'effet qu'il aurait produit s'il était sorti de la bouche d'une femme et non de celle de ce vieux troubadour à la voix éraillée par le whisky. De la bouche de Sara Tidwell, notamment. Je parie qu'elle avait une voix suave. Et qu'elle savait swinguer.

De retour devant Sara Laughs, je regardai autour de moi, ne vis personne dans le voisinage immédiat (j'entendais cependant gronder le premier hors-bord de ski nautique de la matinée), me déshabillai en ne gardant que mon caleçon, et allai à la nage jusqu'au ponton. Je n'y grimpai pas, me contentant de me tenir à l'échelle et d'agiter paresseusement les jambes. Très agréable, mais qu'allais-je faire du reste de la journée ?

Je décidai de le consacrer au rangement de mon poste de travail, au premier étage. Cela fait, j'irais peut-être jeter un coup d'œil dans l'atelier de Johanna. Si j'en avais encore le courage, le moment venu.

Je repris la direction de la rive, nageant à un rythme souple, la tête tour à tour immergée et hors de l'eau, une eau qui coulait le long de mon corps comme une soie fraîche. J'avais l'impression d'être une loutre. Je n'étais plus qu'à quelques mètres de la berge lorsque, sortant la tête de l'eau, je vis une femme qui se tenait sur la Rue et me regardait. Aussi maigre que celle que j'avais vue au Warrington's... à cela près qu'elle était tout en vert. Tout en vert, et indiquant la direction du nord comme la dryade d'une antique légende.

Interloqué, j'avalai de l'eau, la recrachai en toussant. J'avais pied, et je m'essuyai les yeux du revers de la main. Puis je me mis à rire (mais sans trop de conviction). La femme était verte parce qu'il s'agissait d'un bouleau qui poussait un peu à gauche de l'endroit où mon escalier en traverses de chemin de fer donnait sur la Rue. Mais même sans de l'eau dans les yeux, il y avait quelque chose de surnaturel dans la manière dont la disposition des feuilles, autour du tronc couleur ivoire strié de noir, donnait l'impression d'un visage humain. Il n'y avait pas un souffle d'air et ce visage était donc parfaitement immobile (aussi immobile que celui de la femme en costume de bain de cocktail), mais s'il y avait eu du vent, il aurait paru sourire ou froncer les sourcils... ou peut-être rire. Un pin rabougri poussait derrière, lançant une branche dénudée vers le nord ; c'était celle-ci que j'avais prise pour un bras décharné et prolongé d'une main squelettique, pointant dans cette direction.

Ce n'était pas la première fois que je jouais à me faire peur ainsi. Je vois des choses, c'est tout. Passez votre temps à écrire des histoires et vous prendrez pour une empreinte de pied la moindre ombre sur le sol ; la moindre trace dans la poussière vous fera l'effet d'un message secret. Ce qui rendait encore moins facile la tâche consistant à trier ce qui était vraiment spécial à Sara Laughs de ce qui était spécial simplement parce que mon esprit l'était.

Je regardai autour de moi, constatai que j'avais encore cette partie du lac pour moi tout seul (même si ce n'était pas pour longtemps ; les bourdonnements de guêpe d'un deuxième, puis d'un troisième bateau s'étaient joints au premier), et enlevai mon caleçon mouillé. Je l'essorai, repris mon short et mon T-shirt et remontai l'escalier en tenue d'Adam. Je fis semblant d'être Bunter, apportant son petit déjeuner et le journal du matin à Lord Peter Whimsey. Le temps de regagner le chalet, je souriais aux anges.

Il faisait une chaleur étouffante au premier, en dépit des fenêtres ouvertes, et je compris tout de suite pour-quoi en arrivant en haut de l'escalier. Nous nous étions réparti l'espace ici, Johanna et moi, elle prenant une petite pièce sur la gauche (presque un placard, ce qui lui suffisait, étant donné qu'elle avait l'atelier de l'aile nord) et moi celle sur la droite. Au bout du couloir, on voyait le mufle fermé d'un grillage du climatiseur monstrueux que nous avions fait installer un an après avoir acheté le chalet. En le voyant je me rendis compte que, sans en avoir réellement conscience, son bourdonnement caractéristique m'avait manqué. Une note était scotchée dessus : *Mr Noonan : en panne. Il souffle de l'air chaud quand on le branche, et on entend un bruit de verre cassé à l'intérieur. Bill a commandé la pièce de rechange à Western Auto, à Castle Rock. J'y croirai quand je la verrai. B. Meserve.*
La dernière remarque me fit sourire — du Brenda Meserve tout craché — et j'appuyai sur le bouton

MARCHE. Les machines ont souvent une réaction favorable quand elles sentent la présence d'un être humain à pénis dans les parages, prétendait Johanna, mais pas ce coup-ci. L'appareil émit des grincements pendant quelques secondes, puis s'arrêta dans un claquement. *Ce fichu machin a encore chié au lit,* comme disent les gens du TR. Et tant qu'il ne serait pas réparé, je ne pourrais même pas venir faire les mots croisés ici.

Je n'en inspectai pas moins mon bureau, tout autant curieux de ce que je pourrais ressentir que de ce que je pourrais y trouver. Pas grand-chose, à la vérité. Il y avait là la table sur laquelle j'avais écrit *The Red-Shirt Man,* ouvrage qui m'avait prouvé que mon premier essai n'avait pas été un simple coup de pot ; un poster de Richard Nixon, les bras levés et faisant le double v de la victoire, avec en dessous cette légende : ACHÈTERIEZ-VOUS UNE VOITURE D'OCCASION À CET INDIVIDU ? Il y avait aussi le tapis au crochet que Johanna avait fabriqué un hiver ou deux auparavant pour moi, avant de découvrir le monde merveilleux des doubles aiguilles et d'abandonner à peu près définitivement le crochet.

Ce n'était pas tout à fait le bureau d'un inconnu, mais chaque objet (et plus que tout le plan de travail pratiquement et étrangement vide) proclamait que c'était là l'établi d'un Mike Noonan d'une autre époque. La vie des hommes, avais-je lu une fois, est en général définie par deux forces primordiales : le travail et le mariage. Dans la mienne, le mariage était terminé et la carrière en panne d'une manière qui semblait définitive. Cela étant, il n'y avait rien d'étonnant à ce que le lieu où j'avais passé tant de jours, la plupart du temps dans un état de véritable bonheur, à inventer toutes sortes d'existences imaginaires, paraisse ne plus rien signifier pour moi. J'avais un peu l'impression d'être dans le bureau d'un employé qui vient d'être congédié... ou qui serait mort subitement.

Je m'apprêtais à partir, lorsqu'une idée me vint à

186

l'esprit. Le classeur, dans le coin, était bourré de documents divers — relevés bancaires datant pour l'essentiel de huit ou dix ans, lettres restées pour la plupart sans réponse, quelques fragments d'histoires — mais je n'y trouvai pas ce que je cherchais. J'allais ouvrir le placard, où la température devait friser les quarante-cinq degrés, et c'est dans un carton étiqueté GADGETS par les soins de Brenda Meserve que je le découvris : le Memo-Scriber Sanyo, un dictaphone que m'avait offert Debbie Weinstock à l'issue de notre première collaboration chez Putnam. Il se mettait en marche automatiquement lorsqu'on parlait et s'arrêtait dès qu'on ne pensait plus à voix haute.

Je n'avais jamais demandé à Debra si c'était simplement parce que l'appareil lui avait plu et qu'elle s'était dit : « Tiens, je parie que tout romancier populaire qui se respecte serait tout content de posséder ce genre de truc », ou bien si le geste avait été davantage calculé... sinon allusif, peut-être ? Répétez donc à voix haute ces petits fax que vous envoie votre inconscient, pendant que vous les avez encore présents à l'esprit, Noonan... Je l'ignorais alors et l'ignorais encore. J'avais cependant toujours en ma possession ce dictaphone de haute qualité ainsi qu'une bonne douzaine de cassettes, encore dans la voiture, des copies que j'avais faites pour les écouter en conduisant. J'en glisserais une ce soir dans le Memo-Scriber et mettrais l'appareil en mode DICTÉE. Si jamais le bruit que j'avais entendu au moins déjà par deux fois se reproduisait, il serait enregistré. Je pourrais le faire écouter à Bill Dean et lui demander ce qu'il en pensait.

Et si j'entends un enfant sangloter, cette nuit, et que l'appareil ne se mette pas en marche ?

« Eh bien, dans ce cas, j'aurais tout de même appris quelque chose », dis-je à la pièce vide qu'éclairait le soleil. Je me tenais sur le seuil, le dictaphone sous le bras, regardant le plan de travail déserté et transpirant comme un cochon. « Ou, au moins, je commencerais à le soupçonner. »

Mon bureau, cependant, paraissait encombré et accueillant, comparé au boudoir de Johanna, de l'autre côté du couloir. La pièce n'avait jamais été particulièrement pleine, mais elle se réduisait maintenant à un cube vide. Le tapis avait disparu, ses photos avaient disparu, la table elle-même avait disparu. On aurait dit une entreprise de démantèlement réussie à quatre-vingt-dix pour cent. On avait expulsé, chassé Johanna de ce lieu — à coups de balai et de paille de fer — et j'éprouvai pendant un instant une colère irraisonnée contre Brenda Meserve. Je pensais à ce que ma mère avait l'habitude de dire lorsque j'avais fait, de ma propre initiative, quelque chose qu'elle n'approuvait pas : « Tu as eu un peu trop confiance en toi, non ? » C'était exactement ce que j'éprouvais, devant cette pièce minuscule : en la vidant jusqu'à ne laisser que les murs, Mrs Meserve avait eu un peu trop confiance en elle.

Ce n'est peut-être pas Mrs Meserve qui a fait le ménage, observa la voix d'ovni. *Qui sait si ce n'est pas Johanna elle-même ? T'avais pas pensé à ça, Toto ?*

« Stupide, dis-je. Pour quelle raison ? J'ai beaucoup de mal à croire qu'elle ait eu le pressentiment de sa mort. Si l'on songe qu'elle venait tout juste d'acheter... »

Je n'avais cependant pas envie de le dire. Pas à voix haute. Pour je ne sais quelle raison, cela ne paraissait pas une bonne idée.

Je me tournai pour quitter la pièce, lorsqu'une soudaine bouffée d'air frais, phénomène stupéfiant par cette chaleur, me frôla le visage. Pas le corps ; seulement le visage. Une sensation tout à fait extraordinaire, comme si deux mains avaient, pendant un bref instant, doucement tapoté mes joues et mon front. En même temps, je crus entendre une sorte de soupir tout contre mon oreille... mais le mot ne convient pas vraiment.

188

Ce fut plutôt un susurrement qui *passa* devant mes oreilles, comme un message soufflé très vite dans un murmure.

Je me tournai, m'attendant à voir bouger les rideaux de la fenêtre... mais ils pendaient, parfaitement immobiles.

« Jo ? »

Le fait de m'entendre prononcer son nom me fit frissonner si violemment que je faillis laisser tomber le dictaphone.

« C'était toi, Jo ? »

Rien. Aucune main fantôme me tapotant le visage, aucun mouvement des rideaux — ce qui aurait été le cas s'il y avait eu un vrai courant d'air. Tout était calme. Rien qu'un homme de haute taille, debout dans l'encadrement d'une porte donnant sur une pièce vide, le visage en sueur, un magnétophone sous le bras... Ce fut néanmoins en cet instant que je commençai à croire réellement que je n'étais pas seul à Sara Laughs.

Et alors ? me demandai-je. *Même si c'était vrai ? Les fantômes ne peuvent faire de mal à personne.*

C'était du moins ce que je pensais.

Lorsque je rendis visite à l'atelier de Johanna, après le déjeuner, je me sentis dans de bien meilleures dispositions vis-à-vis de Brenda Meserve ; elle n'avait pas eu trop confiance en elle, en fin de compte. Les quelques objets du boudoir dont je me souvenais plus particulièrement — le tapis vert, le premier carré que Johanna avait tricoté et fait encadrer, un poster sous verre représentant les fleurs sauvages du Maine — y avaient été déposés, ainsi que pratiquement tout ce dont je me souvenais. Un peu comme si Brenda Meserve m'avait envoyé un message : *Je ne peux ni soulager votre peine, ni raccourcir la durée de votre chagrin, ni empêcher que, du fait de votre retour, les vieilles plaies ne se rouvrent, mais je peux mettre tout ce qui risque de vous faire mal en un seul endroit, si bien que vous ne tomberez pas dessus sans vous y attendre ou sans y être préparé. Je peux au moins faire cela.*

Les murs n'étaient pas nus, ici ; au contraire, les produits de l'esprit et de la créativité de ma femme s'y bousculaient. Des objets tricotés (certains sérieux, d'autres plus fantaisistes), des batiks, des poupées de chiffon insérées dans ce qu'elle appelait ses « bébés-collages », une toile quasi abstraite représentant un désert, faite de bandes de soie jaunes, noires et orange, ses photos de fleurs et même, sur la bibliothèque, ce qui me parut être une sculpture inachevée représentant Sara Laughs, faite en cure-dents de bois et en tiges de sucettes.

Son métier à tisser était dans un coin, à côté d'un cabinet de bois ; accroché à la poignée de celui-ci, un panneau disait : MON MATOS DE TRICOT ! ENTRÉE INTERDITE ! JO. Dans le deuxième coin, se trouvait le banjo dont elle avait voulu apprendre à jouer, y renonçant parce qu'elle trouvait que cela lui faisait trop mal aux doigts. Le troisième angle abritait une pagaie de kayak et une paire de rollers aux extrémités éraillées et dont les lacets se terminaient par des petits pompons violets.

La chose qui attira et retint mon attention était posée sur le vieux bureau à cylindre qui trônait au centre de la pièce. Pendant tous les week-ends que nous avions passés à Sara Laughs, que ce fût en été, en automne ou en hiver, j'avais vu le dessus de ce bureau encombré de bobines de fil, de pelotes de laine, de pelotes à épingles, de patrons, avec, traînant au milieu, un livre sur la guerre civile espagnole ou les grandes races de chiens américains. Johanna pouvait être exaspérante, au moins à mes yeux, par sa façon de n'avoir aucun ordre, aucun système, dans ce qu'elle faisait. Elle pouvait être aussi décourageante, et même parfois atterrante. Mais c'était une touche-à-tout de talent, et son bureau en avait toujours été le reflet.

Pas aujourd'hui. On pouvait toujours imaginer que Brenda Meserve avait débarrassé le meuble de son désordre habituel pour y poser l'objet que j'y voyais maintenant, mais c'était impossible à admettre. Pour quelle raison l'aurait-elle fait ? Ça ne tenait pas debout.

Il était recouvert d'un cache en plastique gris. Je tendis une main pour le toucher, mais j'hésitai une fois à quelques centimètres, tandis que remontait le souvenir d'un ancien rêve

(*donne-moi ça, c'est mon attrape-poussière*)

dans mon esprit, où il se coula tout à fait comme la bouffée d'air s'était coulée le long de mes joues. Puis il s'évanouit et je retirai le cache. Dessous se trouvait l'IBM Selectric verte, que je n'avais pas vue (et à laquelle je n'avais pas pensé) depuis des années. Je me penchai dessus, sachant déjà que la sphère serait celle du caractère Courrier — mon préféré de l'époque.

Par tous les saints, qu'est-ce que ma vieille machine à écrire pouvait bien fabriquer ici ?

Johanna peignait (pas très bien, à la vérité), prenait des photos (souvent excellentes) qu'elle vendait parfois, tricotait, faisait du crochet, tissait et teignait des vêtements et savait jouer huit ou dix accords de base à la guitare. Elle était *capable* d'écrire, bien entendu ; c'est le cas de tous les diplômés de lettres ou presque — c'est d'ailleurs pour cette raison qu'ils possèdent ce diplôme. Avait-elle jamais fait preuve de talents littéraires hors du commun ? Non. Après quelques essais de poésies, aux débuts de ses études supérieures, elle avait renoncé à cette branche particulière des arts — ce n'était pas son truc. *C'est toi l'écrivain dans notre couple, Mike,* m'avait-elle dit un jour. *C'est ton domaine exclusif ; moi, je me contenterai de grappiller un peu dans tout le reste.* Étant donné la qualité de ses poèmes comparée à celle de ses batiks, de ses tricots et de ses photos, j'avais pensé qu'elle avait probablement bien fait.

N'empêche, ma vieille IBM était posée sur son bureau. Pourquoi ?

« Pour son courrier. Elle a dû la trouver dans la cave et la monter pour écrire son courrier. »

Si ce n'est que cela ne lui ressemblait pas. Elle me montrait la plupart de ses lettres, me harcelant souvent pour que j'y aille de mon petit post-scriptum, essayant de me culpabiliser avec cette histoire du fils du cordonnier qui est toujours le plus mal chaussé (à quoi elle ajoutait parfois : « Et les amis de l'écrivain n'auraient jamais de ses nouvelles sans l'invention d'Alexander Graham Bell. »). Jamais je n'avais vu de lettre personnelle tapée à la machine par ma femme, pendant toute la durée de notre mariage, ne serait-ce que parce qu'elle y aurait vu un manquement aux convenances. Elle savait taper à la machine et arrivait à produire des lettres d'affaires sans faute, travaillant lentement mais méthodiquement, mais elle se servait toujours de mon ordinateur ou de son portable personnel pour cela.

« Qu'est-ce que tu mijotais donc, mon chou ? » demandai-je, commençant à fouiller les tiroirs du meuble.

Brenda Meserve avait bien essayé de mettre un peu d'ordre, mais elle avait dû se déclarer vaincue par la nature fondamentalement désordonnée de Johanna. Les velléités de rangement (les bobines de fil classées selon la couleur, par exemple) ne résistaient pas longtemps à son tempérament. Je trouvai assez de choses, dans ces tiroirs, pour me déchirer le cœur de cent souvenirs oubliés, mais pas un seul document ayant été tapé sur ma vieille IBM, que ce fût avec la sphère Courrier ou une autre. Pas la moindre feuille.

Mes fouilles terminées, je m'inclinai dans mon fauteuil (*son* fauteuil) et étudiai la petite photo encadrée posée sur son bureau, une photo dont je n'arrivais pas à me souvenir. C'était un tirage que Johanna avait dû faire elle-même (peut-être à partir d'un original venu du grenier de l'un des habitants du coin) puis qu'elle avait ensuite colorié. Le résultat final avait l'air d'un travail de colorisation à la Ted Turner.

Je la pris et passai le pouce sur le verre qui la protégeait, amusé. Sara Tidwell, la beugleuse de blues du début du siècle dont la dernière escale connue avait été ici, dans le TR-90. Lorsque avec sa tribu — constituée en partie d'amis mais surtout de parents — elle avait quitté le TR-90, tout ce petit monde avait résidé quelque temps à Castle Rock puis tout simplement disparu, comme un nuage sur l'horizon ou la brume d'une matinée d'été.

Elle souriait discrètement à l'objectif, d'un sourire difficile à déchiffrer. Elle avait les yeux mi-clos. La ficelle qui tenait sa guitare — pas une courroie ou une bandoulière, mais une vraie ficelle — était visible à son épaule. À l'arrière-plan, on voyait un Noir porteur d'un chapeau melon crânement incliné sur l'oreille (les musiciens, il faut le reconnaître, ont l'art de porter les chapeaux), debout à côté de sa planche à laver transformée en instrument de percussion.

Johanna avait donné une nuance *café-au-lait* à la peau de Sara, se fondant peut-être sur d'autres photos qu'elle aurait vues (on en trouve encore pas mal qui traînent dans le secteur, sur lesquelles on la voit la tête en arrière, les cheveux lui retombant jusqu'à la taille, ululant de ce rire débridé pour lequel elle était célèbre), même si aucune n'avait pu être en couleurs — pas au début du siècle. Ces photos n'étaient pas les seuls témoignages du passage de Sara. Dickie Brooks, le propriétaire du All-Purpose Garage, m'avait un jour raconté comment son père prétendait avoir gagné un ours en peluche au stand de tir, à la foire du comté, et l'avoir ensuite offert à Sara Tidwell. Elle l'aurait récompensé d'un baiser. D'après Dickie, son père ne l'aurait jamais oublié, et lui aurait dit que c'était le baiser le plus sensationnel de sa vie... peu probable qu'il ait déclaré cela à portée d'oreille de la mère de Dickie.

Sur cette photo, elle ne faisait que sourire. Sara Tid-well, dite Sara Laughs. On ne l'avait jamais enregis-trée, mais ses chansons lui avaient survécu. L'une d'elles, « Walk me Baby », présente une remarquable ressemblance avec « Walk this Way », d'Aerosmith. Aujourd'hui, on dirait d'elle qu'elle était une Afro-Américaine. En 1984, lorsque nous avions acheté le chalet, Johanna et moi, et que nous nous étions par conséquent intéressés à elle, on aurait simplement dit une Noire. Et de son temps, on aurait parlé de négresse, de moricaude, à la rigueur d'octavonne. Ou de bou-gnoule, évidemment. Des tas de gens n'auraient pas hésité à employer ce terme, à l'époque. Pouvait-on croire qu'elle avait embrassé le père de Brooks — un Blanc — devant la moitié du comté de Castle ? J'en doutais pour ma part. Mais comment le savoir avec certitude ? Impossible. C'est ce qui est fascinant avec le passé.

« *It ain't nuthin but a barn-dance, sugar,* chantai-je en reposant la photo sur le bureau. *It ain't nuthin but a round-and-round.* »

J'enlevai le cache qui protégeait la machine à écrire, et décidai de la laisser comme ça. Lorsque je me levai, mes yeux retombèrent sur Sara — debout, les yeux mi-clos, la ficelle de sa guitare visible à son épaule. Quelque chose, dans son visage et son sourire, m'avait toujours paru curieusement familier ; soudain, je comprenais pourquoi. Elle ressemblait étonnamment à Robert Johnson, le musicien dont les impros primitives se cachent derrière presque tous les airs jamais enre-gistrés par Led Zeppelin ou les Yardbirds. Lequel Johnson, d'après la légende, aurait été à la croisée des chemins vendre son âme au diable en échange de sept ans de bamboula, d'alcool fort et de filles des rues. Et d'un petit bout d'immortalité pour bals de campagne, évidemment. Qu'il avait obtenu. Robert Johnson, mort empoisonné à cause d'une femme, d'après la légende.

En fin d'après-midi, je me rendis au magasin et vis un magnifique carrelet dans le frigo. Je décidai d'en faire mon repas du soir. J'achetai une bouteille de vin blanc pour l'accompagner et, pendant que j'attendais mon tour à la caisse, une voix chevrotante de vieillard s'éleva derrière moi. « J'vous ai vu vous trouver une nouvelle amie, hier. » L'accent yankee était tellement épais qu'il en devenait caricatural... si ce n'est qu'il n'y a pas que l'accent ; j'en suis venu à me dire que le plus étonnant est le ton chantonnant. Les vrais natifs du Maine paraissent tous parler comme des commissaires-priseurs.

Je me tournai et vis le vieux chnoque que j'avais aperçu la veille en compagnie de Dickie Brooks, sur l'ancienne piste du garage, en train de nous regarder pendant que je faisais la connaissance de Kyra, Mattie et du Scout. Il tenait toujours sa canne à pommeau d'or à la main. À cet instant, je le reconnus. À un moment donné au cours des années cinquante, un journal, le *Boston Post*, avait fait don de l'une de ces cannes à chacun des comtés que compte la Nouvelle-Angleterre. Elle était attribuée au plus ancien des résidants et passait ainsi d'un vieux débris à un autre. Le gag, dans cette histoire, était que le *Post*, lui, avait cassé sa pipe depuis des années.

« Deux nouvelles amies, en fait », répliquai-je, en essayant vainement de me rappeler son nom. Je me souvenais cependant du personnage, à l'époque où Johanna était en vie, installé dans l'un des gros fauteuils rembourrés de la salle d'attente, chez Dickie, discutant météo et politique, politique et météo, pendant que les marteaux frappaient l'enclume et que le compresseur d'air haletait. Un habitué. Et si jamais quelque chose se passait sur la route 68, Dieu m'est témoin qu'il était là pour le voir.

« On entend dire que la p'tite Mattie Devory peut être un vrai chou », dit-il en avalant tous les *r* et avec un battement ignoble de sa paupière encroûtée. J'ai vu bon nombre de clins d'œil lubriques dans ma vie, mais aucun n'arrivait à la cheville de celui que m'adressa le vieux bonhomme à la canne d'or. Je me sentis pris d'un violent besoin de balancer mon poing dans l'appendice chafouin couleur de cire qui lui servait de nez. J'imaginai le bruit de branche cassée sur un genou qu'il aurait fait en se séparant de sa figure.

« Et vous entendez dire beaucoup de choses comme ça, l'ancien ? demandai-je.

— Oh, pour sûr ! » Ses lèvres — couleur de foie de veau — s'écartèrent sur un sourire qui révéla des gencives constellées de taches blanchâtres. Il possédait encore deux ou trois dents jaunissantes à la mâchoire supérieure, et à peu près autant à la mâchoire inférieure. « Et elle a cette petite gosse — dégourdie, qu'elle est, pour sûr !

— Dégourdie comme une souris. »

Il cilla, un peu surpris d'entendre un aussi vieil adage sortir d'une bouche aussi récemment (à ses yeux) douée de la parole ; puis son sourire répugnant s'étira encore. « Sauf qu'elle s'en occupe pas. C'est la petite qui fait ses quat' volontés, pas vrai ? »

Je me rendis compte — à retardement, mais c'était mieux que rien — qu'une demi-douzaine de personnes nous regardaient et suivaient cet échange. « Ce n'est pas l'impression que j'ai eue, dis-je, élevant un peu la voix. Non, ce n'est pas du tout l'impression que j'ai eue. »

Il se contenta de sourire, de ce sourire de vieillard qui disait : *Oh oui, pour sûr, vous m'en direz tant...*

De retour à la maison, j'allai dans la cuisine avec l'intention de mettre la bouteille à refroidir pendant que je préparais le barbecue sur la terrasse. Je tendais déjà la main vers le frigo, lorsque j'arrêtai mon mouvement. Il y avait bien quatre douzaines de plots magnétiques éparpillés au hasard sur la porte, représentant des fruits, des lettres et des chiffres, et même une bonne sélection des raisins de Californie — éparpillés au hasard ? Plus maintenant. Ils étaient disposés en cercle sur la porte du réfrigérateur. Quelqu'un était venu ici. Quelqu'un était entré et avait...

... redisposé les plots magnétiques ? Dans ce cas, mon voleur avait sérieusement besoin de consulter un psy. J'en touchai un, prudemment, du bout du doigt. Puis, soudain en colère contre moi-même, je les éparpillai de nouveau, avec si peu de ménagement que deux ou trois tombèrent sur le sol. Je ne les ramassai pas.

Ce soir-là, avant de me coucher, Je posai le Memo-Scriber sur la table, en dessous de Bunter le Grand Orignal Empaillé, le branchai et le mis en mode DICTÉE. Puis je glissai dedans l'une de mes vieilles cassettes enregistrées maison, remis le compteur à zéro et allai me glisser entre les draps. Je dormis pendant huit heures d'affilée, sans faire de rêve ni connaître la moindre interruption.

Le lendemain matin, lundi, il faisait un de ces temps splendides qui attirent les touristes dans le Maine : ensoleillé, l'air limpide au point que les collines, de l'autre côté du lac, paraissaient avoir subi un subtil agrandissement. Le mont Washington, le plus haut de la Nouvelle-Angleterre, flottait au loin.

Je mis la cafetière en marche et me rendis en sifflotant dans le séjour. Toutes les idées fantaisistes qui m'étaient passées par la tête les jours précédents me paraissaient stupides, aujourd'hui. Puis le sifflotement s'étrangla. Le compteur du magnétophone, que j'avais mis à 000 la veille, indiquait maintenant 012.

Je le rembobinai, hésitai un instant, le doigt au-dessus du bouton MARCHE, me dis (avec la voix de Johanna) de ne pas être ridicule, et appuyai.

« Oh, Mike », murmura une voix d'un ton affligé, presque endeuillé ; je dus me mettre la main sur la bouche pour réprimer un cri. C'était ce que j'avais cru entendre dans le bureau de Johanna, lorsque le courant d'air m'avait effleuré le visage... si ce n'est que les mots, à présent, étaient prononcés juste assez lentement pour que je puisse les distinguer. « Oh, Mike », répéta la voix enregistrée. Il y eut ensuite un petit *clic*. L'appareil s'était arrêté pendant quelque temps. Et une fois de plus s'éleva la voix qui avait parlé dans la pièce de séjour pendant que je dormais dans l'aile nord : « Oh, Mike... »

Puis il n'y eut plus rien.

CHAPITRE 10

Vers neuf heures, un pick-up s'engagea dans l'allée et vint se garer derrière la Chevrolet. Le véhicule était neuf — un Dodge Ram impeccablement propre, aux chromes éclatants, à croire qu'on venait de lui poser les plaques minéralogiques le matin même — mais il était de la même nuance blanc cassé que le précédent et l'inscription, sur la portière, était identique à celle dont je me souvenais : WILLIAM « BILL » DEAN, GARDIEN-NAGE, PETITS TRAVAUX D'ENTRETIEN, suivie de son numéro de téléphone. Je sortis sur le porche, à l'arrière de la maison, la tasse de café encore à la main, pour aller l'accueillir.

« Mike ! » s'écria-t-il en descendant de voiture. Les Yankees ne sont pas amateurs de grandes embrassades — autre truisme à ajouter à ceux voulant que les durs ne dansent pas et que les vrais hommes ne mangent pas de quiches — mais Bill me serra si énergiquement la main qu'il réussit à me faire renverser du café d'une tasse aux trois quarts vide, avant de me donner ensuite une grande tape dans le dos. Son sourire me révéla un jeu de dents splendidement fausses — le genre de celles que l'on appelait naguère des Roebuckers, parce qu'on les commandait via le catalogue de vente par correspondance du même nom. Je pensai fugitivement que mon interlocuteur de la veille, au Lakeview General, aurait pu se doter d'un appareil semblable. Voilà qui aurait amélioré les repas de ce vieux fouille-merde. « Hé, Mike, ça fait plaisir de vous voir !

— Moi aussi, Bill, je suis heureux de vous voir », lui répondis-je avec un sourire. Un sourire tout à fait authentique : je me sentais bien. Des choses capables de vous flanquer la frousse de votre vie par une ténébreuse nuit d'orage vous paraissent la plupart du temps seulement intéressantes dans la lumière éclatante d'une matinée d'été. « Vous avez l'air en pleine forme, mon ami. »

C'était vrai. Bill avait certes quatre ans de plus et était un peu plus grisonnant sur les bords, mais sinon, toujours le même. Soixante-cinq ? Soixante-dix ? C'était sans importance. Il n'avait pas ce teint cireux, signe de mauvaise santé, ni aucun de ces affaissements du visage, en particulier autour des yeux et au bas des joues, qui évoquent inévitablement un début d'infirmité.

« Vous aussi, répondit-il en me lâchant la main. Si vous saviez comme nous avons été désolés pour Johanna, Mike. Les gens du coin l'appréciaient beaucoup, vraiment beaucoup. Un choc, quand on pense à l'âge qu'elle avait... Ma femme m'a demandé de vous présenter tout spécialement ses condoléances. Johanna lui avait tricoté un châle, l'année où elle a eu sa pneumonie, et Yvette ne l'a jamais oublié.

— Merci », dis-je d'une voix qui s'étrangla un peu pendant un instant. On aurait dit que, dans le TR, ma femme n'était pas tout à fait morte encore. « Et remerciez Yvette aussi.

— Ouais. Pas de problème avec la maison ? À part la climatisation, évidemment. Saleté de truc ! Ils m'avaient promis la pièce pour la semaine dernière, à

Western Auto, et maintenant ils viennent me parler de début août, au plus tôt.

— Pas de problème. J'ai mon portable. Si j'ai besoin de m'en servir, la table de la cuisine fera très bien office de bureau. » Et j'allais m'en servir — pensez donc, toutes ces grilles de mots croisés à résoudre, et si peu de temps !

« Et l'eau chaude ? Elle fonctionne ?

— Tout va très bien, à part un petit problème. »

Je m'interrompis. Comment explique-t-on à celui qui garde et entretient votre maison que celle-ci est hantée ? Il n'y a probablement pas de bonne méthode ; le mieux est sans doute d'y aller bille en tête. Je me posais des questions, mais je ne voulais pas me contenter de tourner autour du pot et de jouer les chochottes. Bill s'en rendrait compte, pour commencer. Il achetait peut-être son dentier sur catalogue, mais il n'était pas idiot.

« Qu'est-ce que vous avez en tête, Mike ? Allez-y.

— Je ne sais pas comment vous allez prendre ça, mais... »

Il sourit comme l'on fait quand on comprend brusquement et leva les mains. « Je crois que je suis déjà au courant.

— Ah bon ? » Je me sentis profondément soulagé et impatient de savoir ce qu'il avait lui-même remarqué à Sara Laughs, pendant qu'il vérifiait l'état du toit, ou s'il n'y avait pas d'ampoules grillées. « Qu'est-ce que vous avez entendu... ?

— Ce que Royce Merrill et Dickie Brooks ont raconté, surtout. En dehors de ça, je ne sais pas grand-chose. Nous étions en Virginie, et nous ne sommes rentrés que vers huit heures, hier au soir. C'est encore le grand sujet de conversation, pourtant, au magasin. »

J'étais tellement obnubilé par Sara Laughs que je restai quelques instants sans comprendre à quoi il faisait allusion. Je me disais que les gens parlaient des bruits bizarres qu'on entendait chez moi. Puis le nom de Royce Merrill fit tilt, et tout fit tilt en même temps. Merrill était le vieux croûton à la canne au pommeau d'or et au clin d'œil égrillard. Mister Quat'chicots. Ce n'était pas de bruits fantômes que parlait Bill, mais de Mattie Devory.

« Venez prendre un café avec moi, lui dis-je. Il faut que vous m'expliquiez dans quoi je mets les pieds. »

Une fois assis sur la terrasse, moi avec un deuxième café et Bill avec une tasse de thé (« Le café me brûle aux deux extrémités, de ces temps-ci », m'avait-il dit), je lui demandai de me rapporter tout d'abord la version que Royce Merrill et Dickie Brooks donnaient de ma rencontre avec Kyra et Mattie.

Il s'avéra que les dégâts étaient moins étendus que ce que j'aurais pu craindre. Ils m'avaient vu au bord de la route avec la fillette dans les bras, et avaient remarqué la Chevrolet garée sur le bas-côté, la portière ouverte, mais aucun des deux, apparemment, n'avait aperçu Kyra au beau milieu de la route 68, dans son numéro de corde raide sur la bande blanche. Cependant, comme pour compenser cela, Royce prétendait que Mattie m'avait serré avec enthousiasme dans ses bras comme si j'étais un héros et m'avait embrassé sur la bouche.

« Comment, il a oublié de parler du moment où je l'ai prise par les fesses et lui ai fourré la langue quelque part ? »

Bill sourit. « L'imagination de Royce n'est plus capable d'aller jusque-là depuis qu'il a atteint la cinquantaine, c'est-à-dire depuis quarante ans bien tassés.

— Je ne l'ai pas touchée une fois. » Bon, d'accord, il y avait le moment où ma main avait effleuré son sein — par inadvertance, quoi qu'en ait pensé, peut-être, la jeune femme.

« Nom d'un chien, pas la peine de me dire tout ça. Cependant... »

Il prononça le mot exactement de la façon dont l'avait toujours prononcé ma mère, en mettant de nombreux points de suspension derrière, comme la queue d'un cerf-volant de mauvais augure.

« Cependant quoi ?

— Vous feriez bien de garder vos distances avec elle. Elle est tout à fait charmante — et elle est presque du coin, figurez-vous — mais c'est une source d'ennuis. » Il marqua un temps d'arrêt. « Non, je suis un peu injuste envers elle ; *elle a* des ennuis.

— Le vieux veut la garde de l'enfant, c'est ça ? »

Bill posa sa tasse sur la terrasse et me regarda, les sourcils relevés. Les reflets lumineux venus du lac parcouraient son visage de vaguelettes et lui donnaient un aspect exotique. « Comment le savez-vous ?

— Par déduction, mais arguments à l'appui. Son beau-père m'a appelé samedi soir, au moment du feu d'artifice. Et même s'il ne m'a à aucun instant révélé ouvertement ses intentions, je doute fort que Max Devory soit revenu dans le Maine occidental pour récupérer la Jeep et la caravane de sa belle-fille. Dans ce cas, Bill, quel est le fin mot de l'histoire ? »

Pendant quelques instants, il se contenta de me regarder. À la façon, avais-je presque l'impression, d'un homme qui se rend compte que vous avez contracté une maladie grave et ne sait pas très bien comment vous l'annoncer. Cet examen me rendait profondément mal à l'aise ; par ailleurs, je me demandais si ma question ne mettait pas Bill dans une situation impossible. Devory avait des racines ici, après tout. Pas moi, même si mon homme à tout faire m'aimait beaucoup. Johanna et moi venions d'ailleurs. Les choses auraient pu être pires : nous aurions pu venir du Massachussett ou de New York. Mais Derry avait beau se trouver dans le Maine, nous n'étions pas du coin.

« Bill ? J'aurais besoin d'un peu d'aide à la navigation, si vous voyez...

— Ne vous mettez surtout pas en travers de sa route », répondit-il enfin. Il n'affichait plus son sourire avenant. « C'est un fou, cet homme. »

Je crus sur le moment qu'il voulait seulement dire que Devory était fou furieux contre moi ; puis, ayant étudié le visage de Bill plus attentivement, j'en conclus qu'il avait utilisé le terme « fou » dans un sens on ne peut plus littéral.

« Comment ça, un fou ? demandai-je. Fou comme Charles Manson ? Comme Hannibal Lecter ? Comment ?

— Disons plutôt comme Howard Hughes. Vous avez bien lu ce qu'on a raconté de lui, non ? Jusqu'où il allait pour obtenir ce qu'il voulait ? Peu lui importait que ce soit un type de hot dog particulier qu'on ne trouvait qu'à Los Angeles ou un ingénieur en aéronautique qu'il voulait piquer à Lockheed ou McDonnell-Douglas, il le lui fallait, et il n'avait pas de repos tant que ce n'était pas fait. Devory fonctionne comme lui. Il a toujours fonctionné de cette façon ; enfant, il était déjà d'un entêtement rare, d'après les histoires qui circulent sur lui.

« Mon père racontait lui-même que Max Devory était entré par effraction dans la cabane de pêche de Scant Larribee, un hiver, parce qu'il voulait la luge, une Flexible Flyer, que Scant avait offerte à son fils Scooter pour la Noël. Devait être vers 1923, quelque chose comme ça. Devory s'était entaillé les deux mains en cassant la vitre, mais il avait tout de même pris la luge. Il était près de minuit quand on l'a retrouvé qui descendait la côte de Sugar Maple Hill, les poings serrés contre lui. Il avait les moufles et la parka couvertes de sang. D'autres histoires datant de son enfance courent sur son compte — vous en entendrez bien une cinquantaine de différentes — et certaines sont peut-être même vraies. En tout cas, celle sur la luge est vraie. Je parierais ma maison dessus. Parce que mon père ne mentait jamais. C'était contre sa religion.

— Il était baptiste ?

— Non m'sieur, yankee.

— 1923, ça fait quelques lustres, Bill. Les gens changent, parfois.

— Possible, mais le contraire est plus fréquent. Je n'ai pas vu Devory depuis qu'il est revenu s'installer au Warrington's, et je ne peux pas être affirmatif à cent pour cent, mais d'après ce que j'ai entendu dire, j'ai tout lieu de penser que s'il a changé, c'est en pire. Il n'est pas venu de l'autre bout du pays pour prendre des vacances, mais pour avoir l'enfant. Pour lui, c'est simplement une version à deux pattes du Flexible Flyer de Scooter Larribee. Et je vous déconseille très fortement de jouer le rôle de la vitre, entre lui et elle. »

Je bus quelques gorgées de café, le regard perdu sur le lac. Bill me donna tout le temps de réfléchir, en profitant pour gratter, de la botte, une fiente d'oiseau sur une des lattes de la terrasse. Une fiente de corbeau, visiblement ; seuls les corbeaux sont capables de projeter des giclées aussi profuses et exubérantes.

Une chose paraissait absolument évidente : Mattie Devory était plongée jusqu'au cou dans un océan de merde, et sans boussole. Je ne suis pas aussi cynique que je l'étais à vingt ans (comme tout le monde, non ?), mais je n'étais ni assez idéaliste ni assez naïf pour me dire que la loi se ferait la protectrice de Miss Caravane contre Mr Computer. En particulier si Mr Computer n'était pas regardant sur la méthode. Enfant, il avait volé la luge, objet de ses désirs, et était allé faire des glissades tout seul à minuit, sans se soucier de ses mains en sang. Et adulte ? Et vieillard — un vieillard qui, depuis quarante ans, avait eu toutes les luges qu'il voulait ?

« C'est quoi, l'histoire de Mattie, Bill ? Racontez-moi ça. »

Cela ne lui prit pas longtemps. En règle générale, les histoires de la campagne sont simples. Ce qui ne veut pas dire qu'elles ne peuvent pas être intéressantes.

Née Stanchfield, Mattie Devory n'était pas tout à fait du TR, mais de Motton, juste de l'autre côté de la frontière. Père bûcheron, mère coiffeuse à domicile — ce qui en faisait, d'une manière assez effrayante, le parfait couple campagnard. Ils eurent trois enfants. Lorsque Dave Stanchfield manqua un virage du côté de Lovell et plongea avec son camion chargé de grumes dans le lac Kewadin, sa veuve « perdit le goût des choses », comme ils disent ici. La seule assurance qu'avait contractée Stanchfield était celle, obligatoire, qui couvrait le véhicule et son chargement.

Pas besoin d'aller chercher les frères Grimm, vous savez. Faites abstraction des jouets Fisher-Price traînant derrière la maison, des deux sèche-cheveux professionnels dans le sous-sol et du vieux pick-up Toyota rouillé dans l'allée, et vous pouvez tout de suite attaquer : *Il était une fois une pauvre veuve qui avait trois enfants...*

Mattie est la princesse de l'histoire. Pauvre, mais belle (je pouvais témoigner de l'exactitude de ce dernier point). Entrée du prince charmant. Dans le cas précis, un rouquin monté en graine et bègue, portant le nom de Lance Devory. L'enfant du crépuscule, pour Max Devory. Lorsque Lance rencontre Mattie, il a vingt et un ans, elle vient juste d'en avoir dix-sept. Rencontre qui a eu lieu au Warrington's, où Mattie a décroché un travail de serveuse pour l'été.

Lance Devory logeait de l'autre côté du lac, au lieu dit Upper Bay ; mais tous les mardis soir, se déroulaient des parties de softball au Warrington's : les gens du coin contre les estivants, et Lance traversait le lac en canoë pour venir y participer. Le softball est une grande chose pour tous les Lance Devory du monde ; quand on se tient sur la plaque, la batte à la main, peu importe que vous soyez dégingandé. Et encore moins que vous soyez bègue.

« Il les mettait fichtrement dans l'embarras, au Warrington's, poursuivit Bill. On ne savait pas à quelle équipe il appartenait — les gens du coin ou ceux d'ailleurs. Lance s'en fichait et jouait aussi bien dans l'une que dans l'autre. Les deux équipes étaient ravies de l'avoir, car c'était un excellent frappeur et il couvrait le terrain comme un ange. On le mettait très souvent première base parce qu'il était grand, mais c'était dommage. À la seconde ou comme shortstop, bon sang ! il bondissait et pirouettait comme l'autre, là, Noriega.

— Vous voulez dire Noureïev, peut-être ? »

Il haussa les épaules. « Bref, fallait le voir. Et les gens l'aimaient bien. Il était chez lui, ici. Ce jeu, c'est avant tout un truc de jeunes, vous savez ; et pour eux, l'important c'est ce que vous faites, pas qui vous êtes. Sans compter que bon nombre d'entre eux n'ont jamais entendu parler de Max Devory.

— Sauf s'ils lisent *The Wall Street Journal* et les revues d'informatique, observai-je. Là-dedans, vous tombez sur le nom de Devory à peu près aussi souvent que sur le nom de Dieu dans la Bible.

— Sans blague ?

— Disons que dans les revues d'informatique le nom de Dieu s'épelle plus souvent Gates, mais vous voyez ce que je veux dire.

— Je crois. De toute façon, ça faisait soixante-cinq ans que Max Devory n'était pas venu passer plus de deux ou trois jours dans le TR. Vous savez ce qui est arrivé quand il est parti, n'est-ce pas ?

— Non. Je devrais ? »

Il eut une expression étonnée. Son regard me fit l'impression de se voiler un instant, puis il cilla et son œil redevint clair. « Je vous raconterai ça une autre fois — ce n'est pas un secret, mais il faut que je sois chez les Harriman à onze heures pour vérifier la pompe de la fosse septique. Ne nous égarons pas. Je voulais juste dire ceci : tout le monde, ici, considérait Lance Devory comme un garçon sympathique, capable de propulser une balle à plus de cent mètres, jusque dans les arbres. Personne n'était d'âge à lui en vouloir pour son père — en tout cas pas au Warrington's, les mardis soir — et personne ne lui en voulait parce que sa famille avait de la galette. Bon sang, ce ne sont pas les gens riches qui manquent ici, l'été. Vous le savez bien. Aucun qui pèse autant que Max Devory, d'accord, mais être riche, c'est juste une question de degré. »

Ce qui était faux, comme je le savais, moi qui possédais juste assez d'argent pour cela. La richesse me fait penser à l'échelle de Richter : une fois atteint un certain stade, le passage d'un niveau à un autre ne se réduit pas à un simple doublement ou triplement, mais à une multiplication tellement phénoménale et ruineuse qu'on préfère ne pas y penser. Hemingway avait raison, même s'il ne croyait pas vraiment à ce qu'il avait soupçonné : les riches *sont* différents de vous et moi. Je faillis l'expliquer à Bill. Mais je ne dis rien : il avait une pompe à merde à arranger.

Les parents de Kyra avaient fait connaissance autour d'un tonneau de bière embourbé. Comme tous les mardis soir, on amenait de la bière en tonneau jusqu'au terrain à l'aide d'une brouette ; ce soir-là Mattie, à qui on l'avait confiée, avait parcouru sans encombre les trois quarts du chemin, le long de l'aile correspondant au restaurant, lorsque son chargement s'était embourbé dans un endroit plus mou — il avait plu abondamment la veille. L'équipe de Lance était à la batte et Lance attendait son tour de frapper sur le banc. Il aperçut la fille en short blanc et polo bleu du Warrington's qui s'escrimait avec sa brouette enlisée, et courut à son secours. Trois semaines plus tard ils étaient inséparables et Mattie était enceinte ; dix semaines plus tard ils étaient mariés ; et trente-sept mois plus tard, Lance

Devory se retrouvait dans un cercueil, en ayant fini avec le softball et la bière bien fraîche les soirs d'été, en ayant fini avec ce qu'il appelait ses « tournées de la forêt », en ayant fini avec la paternité, en ayant fini avec l'amour de la belle princesse. Rien qu'une fin prématurée — vous pouvez toujours oublier le *Et ils vécurent heureux très longtemps*.

Bill Dean m'avait décrit leur rencontre beaucoup plus succinctement : « Ils se sont rencontrés sur le terrain ; elle s'occupait de la bière et il l'avait aidée à sortir d'une fondrière où elle avait embourbé sa brouette. »

Mattie ne m'a jamais rien dit sur cet épisode, si bien que j'en ignore presque tout. Et cependant, j'en sais plus long que ce que l'on m'a dit. Il se peut que certains détails soient inexacts, mais je suis prêt à parier à cent contre un que, pour l'essentiel, j'ai vu juste. Ce fut d'ailleurs un été où je passai mon temps à apprendre des choses sur des affaires qui ne me regardaient pas.

Il fait chaud, déjà. Et l'été 94 restera comme l'été le plus chaud de la décennie, juillet comme le mois le plus chaud de cet été-là. Le président Clinton subit les assauts de Newt Gingricht et des Républicains. Les gens disent même que ce bon vieux Willie l'Embrouille ne sollicitera pas un deuxième mandat. Boris Eltsine passe pour être mourant — soit à cause de problèmes cardiaques, soit à cause de l'alcool. Les Red Sox s'en sortent beaucoup mieux qu'ils ne le méritent. À Derry, Johanna Arlen Noonan commence peut-être à se sentir un peu vaseuse le matin. Si c'est le cas, elle n'en dit mot à son mari.

Je vois Mattie, avec le polo bleu sur lequel est cousu son nom, en blanc, au-dessus du sein gauche. Son short blanc fait un agréable contraste avec ses jambes bronzées. Elle porte aussi une casquette bleue avec un W en rouge au-dessus de la visière. Ses beaux cheveux châtain clair passent par le trou, à l'arrière de la casquette, et cascadent sur le col du polo. Je la vois qui essaie d'arracher la brouette de la boue sans renverser le tonneau de bière. Elle se tient la tête baissée, et l'ombre projetée par la visière lui cache le visage ; on ne devine que sa bouche et son petit menton volontaire.

« Je...je...je vais v...vous ai-aider », lui dit Lance, et elle relève la tête. L'ombre de la casquette disparaît, et il voit deux grands yeux bleus, ceux-là mêmes qu'elle transmettra à leur fille. Un regard au fond de ces yeux, et la guerre est terminée sans qu'un seul coup de feu ait été tiré ; il lui appartient aussi sûrement que jamais jeune homme a appartenu à une jeune femme.

Le reste se résuma à « la fréquenter », comme on dit ici.

Le vieux Devory avait trois enfants, mais Lance était le seul qui paraissait l'intéresser. (« Sa fille est folle à lier, me dit Bill d'un ton uni. Internée dans je ne sais quelle académie des défoncés, dans l'État de Washington. Je crois qu'en plus elle a chopé un cancer. ») Le fait que Lance ne s'intéressait pas aux ordinateurs et à l'informatique semblait tout à fait convenir à son père. Il avait un autre fils capable de prendre sa suite. À un autre titre, cependant, le demi-frère plus âgé de Lance n'était capable de rien du tout : Maxwell ne devait en attendre aucun petit-fils.

« Pédé jusqu'au trognon, me dit Bill. Paraît qu'il y en a des tas en Californie. »

Il devait y en avoir aussi pas mal dans le TR, pouvait-on supposer, mais il ne me revenait pas de proposer à mon gardien de maison de faire son instruction sexuelle.

Lance Devory avait poursuivi ses études au Reed College, dans l'Oregon, et obtenu son diplôme en gestion forestière — le genre de type qui tombe amoureux des pantalons en flanelle verte, des bretelles rouges et de l'observation des condors à l'aube. Un personnage digne des frères Grimm, en fait, une fois dépassé le jargon académique. Au cours de l'été ayant précédé sa dernière année d'études, son père l'avait convoqué dans la propriété familiale, à Palm Springs, et lui avait fait cadeau d'un porte-documents d'avocat, une vraie valise, rempli de cartes, de photos aériennes et de documents officiels. Ces derniers ne disaient pas grand-chose à Lance, mais je crois qu'il s'en moquait complètement. Imaginez un collectionneur de bandes dessinées à qui l'on offre une pleine caisse d'anciens et rarissimes exemplaires de *Donald Duck*. Imaginez un cinéphile enragé à qui l'on donne les rushes d'un film jamais monté et dans lequel Humphrey Bogart donnerait la réplique à Marilyn. Et imaginez maintenant notre jeune gestionnaire en forêt prenant conscience que son père possède non pas des hectares, non pas des kilomètres carrés des vastes forêts du Maine occidental, mais de véritables royaumes.

Si Max Devory avait quitté le TR-90 en 1933, il n'en avait pas moins continué à s'intéresser vivement à la région où il avait grandi, s'abonnant aux journaux du coin ou à des revues comme *Downeast* ou *The Maine Times*. Au début des années quatre-vingt, il s'était mis à acheter de longues bandes de terre [1] juste à l'est de la frontière qui sépare le New Hampshire du Maine. Dieu sait qu'il y en avait à vendre ; l'industrie du papier, qui possédait la plupart de ces forêts, connaissait un marasme persistant et estimait souvent qu'il fallait commencer par se débarrasser de ses usines et de ses domaines fonciers de la Nouvelle-Angleterre. Si bien que ces terres, jadis volées aux Indiens, sujettes à des coupes claires impitoyables entre les années vingt et cinquante, avaient fini par tomber entre les mains de Max Devory. Il se peut qu'il les ait achetées simplement parce qu'elles étaient là et qu'elles représentaient

---

1. S. King fait probablement allusion aux parcelles de terre, effectivement très allongées à partir d'un cours d'eau, que l'on donnait aux immigrants au début de la colonisation, et restées telles quelles dans les cadastres (*N.d.T.*).

une bonne affaire comme une autre. Ou bien comme un moyen de se prouver qu'il avait surmonté son enfance ; qu'il en avait très concrètement triomphé.

Ou bien encore les avait-il achetées comme un jouet à offrir à son plus jeune fils. Au cours des années où Max Devory avait procédé à ses plus importantes acquisitions dans le Maine, Lance n'était certes encore qu'un enfant... assez âgé, cependant, pour qu'un père observateur ait pressenti dans quelle direction le portaient ses goûts.

Devory demanda à Lance de passer l'été 94 à faire le recensement d'achats déjà effectués, pour la plupart, dix ans auparavant. Il voulait que son fils mette de l'ordre dans les papiers, mais aussi davantage : que Lance donne tout son sens à l'opération. Ce n'était pas exactement des recommandations sur l'utilisation des terres qu'il cherchait, même si, je crois, il aurait écouté son fils au cas où celui-ci lui en aurait fait ; il voulait simplement donner un sens aux achats qu'il avait faits. Lance serait-il d'accord pour passer l'été dans le Maine à essayer de découvrir ce sens ? Pour un salaire de deux ou trois mille dollars par mois ?

Je suppose que la réponse du jeune homme fut une version plus polie du « Est-ce que les corbeaux chient du haut des pins ? » de Buddy Jellison.

Il arriva donc en juin 1994 et s'installa sous une tente, sur l'autre rive du lac Dark Score. Il devait retourner à Reed à la fin du mois d'août. Au lieu de cela, il décida de prendre toute l'année, au grand dam de son père, qui déclara subodorer « une histoire de fille » là-dessous.

« Quel flair, tout de même, renifler ça depuis la Californie, commenta Bill, adossé à la porte de son pick-up, ses bras bronzés croisés sur la poitrine. Il avait en fait quelqu'un placé beaucoup plus près du TR qui reniflait à sa place.

— De quoi voulez-vous parler ?

— Du bavardage. Les gens bavardent déjà gratuitement, mais la plupart ont encore plus de choses à dire si on les paie pour cela.

— Des gens comme Royce Merrill ?

— Il pourrait en faire partie, mais il ne serait sûrement pas le seul. Les choses, ici, ne se partagent pas entre ce qui est bien et ce qui est mal ; pour les gens du coin, elles naviguent surtout entre mal et encore pires. Si bien que lorsqu'un type comme Max Devory envoie un bonhomme avec les poches pleines de billets de cinquante et de cent dollars...

— Quelqu'un du pays ? Un avocat ? »

Ce n'était pas un avocat, mais un agent immobilier du nom de Richard Osgood (« une espèce d'anguille », fut le commentaire de Bill sur lui) qui créchait à Motton et y faisait ses affaires. Finalement, Osgood avait engagé un avocat de Castle Rock. La tâche initialement confiée à l'« espèce d'anguille », lorsque s'acheva l'été de 94 et que Lance Devory décida de rester dans le TR, consistait à trouver ce qui se passait et à y mettre un terme.

« Et ensuite ? » demandai-je.

Bill consulta sa montre, consulta le ciel, puis reporta son regard sur moi. Il eut un petit haussement d'épaules comique, comme s'il disait : *Voyons, nous sommes tous les deux des hommes du monde, à notre manière discrète et posée — qu'avez-vous besoin de poser pareille question ?*

« Sur quoi Lance Devory et Mattie Stanchfield se sont mariés à la Grace Baptist Church, juste là, sur la route 68. Il a couru des histoires sur ce qu'aurait fait Osgood pour empêcher le mariage ; j'ai même entendu dire qu'il aurait essayé de payer le révérend Gooch pour qu'il refuse de les unir, mais à mon avis c'est une ânerie, vu qu'ils n'auraient eu qu'à aller ailleurs. En plus, ce n'est pas malin de ma part de répéter ce dont je ne suis pas certain. »

Il décroisa les bras et commença à énumérer les étapes sur le bout épais de ses doigts.

« Ils se sont mariés en septembre 94, ça, c'est sûr. » Il brandit le pouce. « Les gens ont bien regardé pour voir si le père du marié allait se montrer, mais ils en ont été pour leurs frais. » Il leva l'index — ce qui, ajouté au pouce, en faisait un pistolet. « Mattie a accouché en avril 95, ce qui fait que son bébé était prématuré de deux mois... sauf qu'il n'était pas plus en avance que du maïs en août. J'ai vu la petite de mes propres yeux au magasin alors qu'elle avait à peine une semaine, et je peux vous dire qu'elle avait la bonne taille. » Ce fut le tour du majeur. « Je ne peux pas affirmer que le père Devory a formellement refusé d'aider financièrement son fils et sa belle-fille, mais je sais par contre qu'ils sont allés habiter dans cette caravane, non loin du garage de Dickie, ce qui me fait penser que les temps devaient être plutôt durs pour eux.

— Devory leur a serré la vis, dis-je. Comme font toujours les gens qui sont habitués à ce qu'on respecte leurs quatre volontés... mais s'il aimait son fils comme vous avez l'air de le penser, il aurait peut-être fini par se faire une raison.

— Peut-être ou peut-être pas. » Il jeta un nouveau coup d'œil à sa montre. « Laissez-moi finir rapidement et vous débarrasser le plancher... il faut cependant que je vous en raconte une petite dernière, parce qu'elle montre ce qu'il en était exactement.

« En juillet de l'an dernier, moins d'un mois avant sa mort, Lance s'est pointé au bureau de poste du Lakeview General. Il était venu pour envoyer une grande enveloppe de papier kraft, mais il tenait à montrer tout d'abord à Carla DeCinces ce qu'il y avait dedans. Elle m'a dit qu'il était tout faraud et qu'il se rengorgeait comme les papas font souvent quand leurs mômes sont petits. »

Je souris, amusé à l'idée d'un Lance Devory tout dégingandé et bredouillant en train de se rengorger. Je me le représentais néanmoins, et l'image qui me vint à l'esprit avait quelque chose de touchant.

« C'était une photo de studio qu'ils avaient fait faire à Castle Rock. On voyait la petite... comment s'appelle-t-elle, déjà ? Kayla ?

— Non, Kyra.

— Tout juste. On leur donne n'importe quoi comme nom, de nos jours, vous trouvez pas ? On voyait Kyra assise dans un grand fauteuil de cuir avec de fausses lunettes sur son petit bout de nez, en train de regarder une des photos aériennes de la forêt, de l'autre côté du lac, vers le TR-100 ou le TR-210, bref, un truc que le vieux avait récolté. Carla dit que le bébé avait un air surpris, comme si elle n'avait jamais imaginé qu'il pouvait y avoir autant d'arbres dans l'univers. Elle a dit qu'elle était absolument adorable.

— Ouais, mignonne à croquer, murmurai-je.

— Et l'envoi était en recommandé et en express. Adressé à Max Devory, Palm Springs, Californie.

— Ce qui vous a conduit à en déduire que soit le vieil homme s'était laissé attendrir au point de réclamer une photo de son unique petit-enfant, soit que Lance avait pensé qu'une photo pourrait l'attendrir. »

Bill acquiesça, l'air aussi content qu'un père ou une mère lorsque son gamin a réussi à résoudre une addition difficile. « Peux pas dire ce qui en était, parce qu'on n'a pas eu le temps de le savoir. Lance avait acheté une petite parabole comme celle que vous avez ici. Il y a eu une tempête le jour où il l'a posée, de la grêle, des vents violents, des branches cassées le long du lac, et des tas d'éclairs. C'était vers le soir. Lance avait installé la parabole dans l'après-midi, et tout s'était bien passé, sauf qu'au moment où l'orage a commencé, il s'est souvenu qu'il avait laissé sa clef à douille sur le toit de la caravane. Il est remonté la chercher, il ne voulait pas qu'elle se mouille et rouille...

— Il a été atteint par un éclair ? Bon Dieu, Bill !

— Y a bien eu un éclair, mais il est tombé de l'autre

côté de la route. Quand vous passerez par le carrefour de la 68 et de Wasp Hill Road, vous verrez ce qui reste de l'arbre qui a été foudroyé ce jour-là. Lance redescendait du toit avec sa clef à douille. Si la foudre n'est jamais tombée juste à côté de vous, vous ne pouvez pas savoir l'effet que cela fait. C'est terrifiant. Comme lorsqu'un conducteur ivre arrive en face de vous et redresse au dernier moment. Quand un éclair tombe à côté de vous, vous avez les cheveux qui se dressent sur la tête — jusqu'à votre bon Dieu de queue qui se redresse ! Vos plombages se mettent à capter la radio, vos oreilles bourdonnent et l'air prend une odeur de brûlé. Lance est tombé de son échelle. S'il a eu le temps de penser à quelque chose avant de toucher le sol, il a dû se dire qu'il avait été électrocuté. Pauvre gars. Il aimait le TR, mais ça ne lui a pas porté chance.

— Il s'est rompu le cou ?

— Exact. Avec le vacarme du tonnerre, Mattie ne l'a pas entendu tomber ou appeler, rien. Elle a regardé une ou deux minutes plus tard, quand il a commencé à grêler et qu'elle a vu qu'il ne rentrait pas. Il était étalé par terre, les yeux grands ouverts sous la grêle qui dégringolait. »

Bill consulta une dernière fois sa montre, puis ouvrit la portière de sa camionnette. « Le vieux n'était pas là pour le mariage, mais il est venu à l'enterrement et il n'est jamais reparti depuis. Il ne voulait rien savoir de la jeune femme...

— Mais il voulait l'enfant. » Au fond, je n'en savais pas davantage que tout à l'heure, mais je n'en sentis pas moins un creux dans l'estomac. *Ne parlez pas de ce qui est arrivé*, m'avait demandé Mattie au matin du 4 juillet. *Ce n'est pas le moment, pour Kyra et moi.* « Et jusqu'où est-il allé pour cela ?

— Je dirais qu'il a négocié les trois premiers virages et qu'il est maintenant dans la dernière ligne droite. Il doit y avoir une audience à la cour supérieure du comté, vers la fin du mois. Le juge peut ordonner que l'enfant lui soit remise, ou renvoyer l'affaire en octobre. Et peu importe que ce soit maintenant ou plus tard, à mon avis, car s'il y a bien une chose qui ne se produira pas sur la terre verdoyante du Seigneur, c'est un jugement en faveur de la mère. D'une manière ou d'une autre, cette petite fille ira grandir en Californie. »

Cette façon d'exprimer la chose me donna un très désagréable petit frisson.

Bill se glissa derrière le volant. « Ne vous en mêlez pas, Mike. Quand vous verrez Mattie Devory et sa fille, restez au large. Et si on vous convoque à la cour parce qu'on vous a vus ensemble dimanche dernier, souriez beaucoup et dites-en le moins possible.

— Max Devory l'accuse de ne pas être capable d'élever la petite correctement ?

— Exact.

— Je l'ai vue, Bill. Elle est très bien élevée. »

Il sourit de nouveau, mais pas parce qu'il était amusé, cette fois. « Je veux bien le croire. Mais ce n'est pas la question. Ne vous en mêlez pas, mon garçon. C'est à moi de vous avertir ; maintenant que Johanna n'est plus là, j'ai bien peur d'être le dernier gardien qui vous reste. » Il fit claquer la portière du Dodge, lança le moteur et tendit la main vers le levier de vitesses ; mais il interrompit son geste, quelque chose lui étant venu à l'esprit. « Si vous en avez l'occasion, cherchez donc les hiboux.

— Les hiboux ? Quels hiboux ?

— Il y a deux grands ducs en plastique qui doivent traîner quelque part. Dans le sous-sol, peut-être ; ou bien dans l'atelier de Johanna. Ils sont arrivés par la poste, l'automne qui a précédé sa disparition.

— Vous voulez dire à l'automne 1993 ?

— Exact.

— Ce n'est pas possible. » Nous n'étions pas à Sara Laughs à cette époque.

« Si, pourtant. J'étais en train de poser les volets de tempête lorsque Johanna a débarqué. On a fait la causette un moment et le camion de l'UPS est arrivé. J'ai porté le carton dans l'entrée et elle m'a offert un café — j'en buvais encore à l'époque. Elle a déballé les hiboux du carton pour me les montrer. Ils avaient l'air plus vrais que nature, nom d'un chien ! Johanna est repartie pas plus de dix minutes après. À croire qu'elle était venue uniquement pour cela, même si l'idée qu'on puisse venir de Derry juste pour prendre livraison de deux hiboux en plastique a de quoi laisser perplexe.

— Quand ça, pendant l'automne ? Vous vous en souvenez ?

— Deuxième semaine de novembre, répondit-il sans hésiter. Yvette et moi, nous sommes allés chez ma belle-sœur à Lewiston, plus tard dans l'après-midi. C'était son anniversaire. Au retour, on s'est arrêtés à Castle Rock pour acheter la dinde de Thanksgiving. » Il me regarda avec curiosité. « Vous n'étiez pas au courant, pour les hiboux ?

— Non.

— Ça a quelque chose d'un peu bizarre, non ?

— Elle m'en a peut-être parlé et j'ai oublié, dis-je. Je crois que cela n'a plus guère d'importance, de toute façon. » Et néanmoins, cette histoire paraissait en avoir ; il s'agissait d'un détail, mais d'un détail non négligeable. « Et d'abord, pour quelle raison Johanna aurait-elle voulu acheter des hiboux en plastique ?

— Pour empêcher les corbeaux de conchier les boiseries extérieures, comme sur votre terrasse. Quand ils voient les hiboux, ils vont faire ça ailleurs. »

J'éclatai de rire, tout intrigué que j'étais... ou peut-être même pour cette raison. « Ah oui ? Et c'est efficace ?

— Tant que vous les déplacez régulièrement ; sinon les corbeaux se doutent de quelque chose. Ce sont les plus intelligents de tous les oiseaux, vous savez. Trouvez-moi donc ces hiboux, cela vous épargnera de ramasser les fientes.

— Je n'y manquerai pas. » Des hiboux en plastique

pour faire peur aux corbeaux... c'était tout à fait le genre de découverte qu'était capable de faire Johanna (elle-même était comme une pie, dans ce domaine, cueillant de brillantes bribes d'informations ici et là, quand elles soulevaient son intérêt), tout comme elle était capable d'agir ensuite sans m'en parler. Je me sentis tout d'un coup abominablement seul, tant elle me manquait encore.

« Parfait. Un jour, quand j'aurai davantage de temps, on fera le tour de toute la maison. Et du bois, aussi, si vous voulez. Je crois que vous serez satisfait.

— Je n'en doute pas. Dites-moi, où habite Devory ? »

Ses sourcils broussailleux se soulevèrent. « Au Warrington's. Vous êtes pratiquement voisins, tous les deux. Je croyais que vous le saviez. »

Je me souvins de la femme que j'avais vue, avec son haut de maillot de bain et son short noirs, costume qui lui donnait une apparence exotique et l'air d'être en tenue de cocktail, et j'acquiesçai. « Oui, j'ai vu sa femme. »

Bill se mit à rire de si bon cœur qu'il dut prendre son mouchoir (un grand machin à fleurs bleu, de la taille d'une taie d'oreiller, posé sur le tableau de bord) et s'essuyer les yeux.

« Qu'est-ce que j'ai dit de si amusant ?

— Une maigre, avec les cheveux blancs ? Et une tête comme un masque de Halloween ? »

Ce fut à mon tour de rire. « C'est bien elle.

— Ce n'est pas sa femme. Mais comment qu'on dit, déjà ? Son assistante personnelle. Rogette Whitmore. » Il prononça le *g* comme si le prénom s'écrivait *Roguette*. « La femme de Devory est morte il y a vingt ans.

— C'est quoi ce prénom, c'est français ?

— Californien, répondit-il avec un haussement d'épaules, comme si cet adjectif expliquait tout. Y a des gens, ici, qui ont peur d'elle.

— Vraiment ?

— Vraiment. » Bill hésita, avant d'ajouter, avec le genre de sourire que l'on affiche lorsqu'on veut faire savoir qu'on va dire quelque chose d'idiot et qu'on ne l'ignore pas : « Brenda Meserve prétend que c'est une sorcière.

— Et cela fait presque un an qu'ils sont au Warrington's ?

— Non. La mère Whitmore va et vient. Les gens pensent qu'ils vont rester jusqu'à ce que la question de la garde soit réglée, après quoi ils repartiront en Californie dans l'avion privé de Devory. Ils laisseront Osgood s'occuper de revendre le Warrington's, et...

— Le revendre ? Que voulez-vous dire par le revendre ?

— Je croyais que vous étiez aussi au courant, répondit Bill, passant en prise. Lorsque le vieux Hugh Emerson a dit à Devory qu'il fermait sa boutique après Thanksgiving, l'autre lui a dit qu'il n'avait pas l'intention d'en bouger. Qu'il se trouvait très bien là.

— Et il a acheté l'établissement. » J'avais tour à tour été surpris, amusé et en colère, au cours de ces vingt dernières minutes, mais jamais totalement déconcerté. Maintenant, je l'étais. « Il a acheté le Warrington's Lodge pour ne pas aller au Lookout Rock Hotel, à Castle View, ou pour ne pas louer une maison !

— Exact. Les neuf bâtiments, y compris le principal, et le Sunset Bar ; quatre hectares de bois, un parcours de golf de six trous et presque deux cents mètres de berge le long de la Rue. J'oubliais la double piste de bowling et le terrain de softball. Quatre millions et quart. C'est l'ami Osgood qui a négocié l'affaire, et Devory l'a payé avec un chèque personnel. Je me demande comment il a trouvé la place pour aligner tous ces zéros. À bientôt, Mike. »

Sur ce, il fit marche arrière dans l'allée, me laissant devant mon perron, bouche bée.

Des hiboux en plastique.

Bill avait bien dû me dire deux bonnes douzaines de choses intéressantes, entre deux coups d'œil à sa montre, mais celle qui restait sur le sommet de la pile était le fait (et je l'acceptais comme un fait ; le Yankee avait été trop affirmatif pour que je puisse mettre cette histoire en doute) que Johanna était venue ici pour réceptionner une bon Dieu de paire de hiboux en plastique.

M'en avait-elle parlé ?

Bien possible. Je ne m'en souvenais pas, et il me semblait que je ne l'aurais pas oublié si elle me l'avait dit ; Johanna prétendait cependant que lorsque je m'enfonçais dans la « zone » Écriture, il était inutile de me parler de quoi que ce soit : les choses m'entraient par une oreille et sortaient par l'autre. Il lui arrivait même parfois de m'agrafer une note à la chemise — course à faire, coup de fil à donner — comme si j'avais quatre ans. Mais ne m'en serais-je pas souvenu, si elle m'avait dit : « Je fais un tour à Sara Laughs, chéri, j'attends une livraison d'UPS et je tiens à être là-bas personnellement, aimerais-tu tenir compagnie à une dame ? » N'y serais-je pas allé, bon sang ? J'étais toujours prêt à trouver une bonne excuse pour aller à Sara Laughs. Mais évidemment, j'étais en pleine rédaction de ces nouvelles... essayant de monter un recueil et poussant peut-être un peu les feux... les mots accrochés à la manche de ma chemise... *si tu sors quand tu as fini, n'oublie pas de prendre du lait et du jus d'orange...*

Inspectant ce qui restait du potager de Johanna, tandis que le soleil de juillet me brûlait le cou, je pensais à ces hiboux, à ces crétins de hiboux en plastique. Et même en supposant que Johanna m'ait dit qu'elle venait à Sara Laughs ? En supposant que j'aie refusé de l'accompagner sans presque l'écouter, parce que j'aurais été plongé dans la zone Écriture ? Même si l'on m'accordait cela, une autre question ne se posait pas moins : pourquoi avoir éprouvé le besoin de venir elle-même ici, alors qu'elle aurait pu appeler quelqu'un pour se charger de la livraison ? Kenny Auster aurait été ravi de lui rendre ce service, à en croire Brenda Meserve. De plus, Bill Dean, notre homme de confiance, était justement sur place. Ce qui me conduisit à me poser une nouvelle question : pourquoi ne l'avait-elle pas tout simplement fait livrer à Derry ? Finalement, je décidai que je ne pouvais plus vivre sans voir, de mes propres yeux, un hibou en plastique en bonne et due forme. En revenant vers la maison, j'envisageai même d'en placer un sur le toit de la Chevy, quand elle serait garée dans l'allée. Histoire de contrecarrer les futures missions de bombardement.

Je m'arrêtai dans l'entrée, soudain frappé par une idée, et j'appelai Ward Hankins, l'expert-comptable de Waterville qui se charge de mes déclarations fiscales et de mes quelques affaires n'ayant pas de rapport avec l'écriture.

« Mike ! s'exclama-t-il, chaleureux. Comment est le lac ?

— Le lac est froid, mais le temps est superbe, exactement comme on l'aime ici. Dites-moi, Ward, vous gardez bien pendant cinq ans tous les papiers qu'on vous envoie, non ? Juste au cas où le fisc déciderait de nous faire des ennuis ?

— Cinq ans, c'est la règle générale. Mais je garde les vôtres deux années de plus. Aux yeux du percepteur, vous êtes un pigeon fichtrement grassouillet. »

Mieux vaut être un pigeon grassouillet qu'un hibou en plastique, me dis-je. « Si je me souviens bien, cela comprend aussi nos agendas de bureau, exact ? Les miens et ceux de Jo jusqu'à sa mort ?

— Exactement. Étant donné que vous ne teniez ni l'un ni l'autre vos comptes au quotidien, c'était le meilleur moyen de vérifier les reçus et les frais professionnels...

— Pourriez-vous trouver l'agenda de Johanna, celui

de l'année 1993, et voir ce qu'elle a marqué pour la deuxième semaine de novembre ?

— Bien volontiers. Cherchez-vous quelque chose de particulier ? »

Pendant un instant, je me revis assis à la table de la cuisine, à Derry, au premier soir de mon veuvage, tenant à la main une boîte dans laquelle se trouvait un test de grossesse à faire chez soi. Mais aujourd'hui, qu'est-ce que je cherchais exactement ? Si l'on considère que j'avais aimé la dame en question et qu'elle était depuis presque quatre ans dans sa tombe, qu'est-ce que je cherchais — mis à part des ennuis, cela va de soi ?

« Oui, répondis-je. Deux hiboux en plastique. » Ward pensa probablement que je me parlais à moi-même ; moi, je n'en étais pas aussi sûr. « Je sais que ça doit paraître bizarre, mais c'est la vérité. Vous pouvez me rappeler ?

— Dans moins d'une heure.

— Ça, c'est gentil », dis-je avant de raccrocher.

Bon. Les hiboux, à présent, les vrais. Quel était l'endroit le plus vraisemblable où ranger ces intéressants produits de l'industrie humaine ?

Mes yeux se portèrent sur la porte conduisant à la cave. Élémentaire, mon cher Watson.

L'escalier de la cave était sombre, et l'air chargé d'une certaine humidité. Tandis que je me tenais sur le palier, tâtonnant à la recherche de l'interrupteur, la porte se referma dans mon dos avec une telle violence que je ne pus retenir un cri de surprise. Aucune brise, aucun courant d'air, il faisait un temps parfaitement calme ; n'empêche, la porte avait claqué. À moins qu'elle n'ait été aspirée.

Je me retrouvai donc dans le noir complet, en haut des marches, la main n'arrivant toujours pas à trouver l'interrupteur, dans l'odeur de limon que les meilleures fondations de béton finissent par dégager, lorsqu'elles n'ont pas été aérées depuis longtemps. Il faisait froid, beaucoup plus froid que de l'autre côté de la porte. Je n'étais pas seul et le savais. J'avais peur et je mentirais si j'affirmais le contraire... mais j'étais aussi fasciné. Quelque chose était avec moi. *Il y avait quelque chose ici avec moi.*

Je laissai retomber la main qui cherchait l'interrupteur et restai immobile, les bras le long du corps. Du temps passa. Combien, je ne saurais dire exactement. J'avais le cœur qui battait furieusement dans la poitrine ; je le sentais pulser à mes tempes. Il faisait froid. « Hello ? » fis-je.

Aucune réaction. Quelque part en dessous, j'entendais tomber, sur un rythme irrégulier, les gouttes d'eau formées par la condensation sur la tuyauterie ; j'entendais aussi ma propre respiration et, faiblement — loin, dans un autre monde sans soleil — le croassement triomphant d'un corbeau. Peut-être venait-il de se soulager sur le capot de ma voiture. *Il me faut vraiment un hibou*, me dis-je. *En fait, je ne comprends même pas comment j'ai pu faire jusqu'ici sans un hibou.*

« Hello ? répétai-je. Peux-tu parler ? »

Rien.

Je me passai la langue sur les lèvres. J'aurais dû me sentir idiot à rester planté là dans les ténèbres, interpellant les fantômes. Eh bien non. Pas du tout. L'humidité avait été remplacée par un froid que j'éprouvais vivement, et j'avais de la compagnie. Oh, oui. « Tu ne peux pas au moins donner des coups ? Si tu es capable de fermer la porte, tu devrais pouvoir. »

Je gardai la même position, tendant l'oreille ; seul me parvenait le bruit des gouttes tombant des tuyaux. Il n'y avait rien d'autre. Je tendais déjà la main vers l'interrupteur lorsqu'il y eut un coup faible, venant d'une courte distance. Le sous-sol de Sara Laughs est haut de plafond, et le dernier mètre de béton, autrement dit celui qui est en contact avec la partie supérieure gelée du sol, a été isolé avec de grands panneaux d'Insu-Gard à surface argentée. Le son que je venais d'entendre, j'en étais convaincu, avait été produit par un poing tapant contre cet isolant.

Rien qu'un poing heurtant un panneau d'Insu-Gard, mais j'eus l'impression que mes intestins et tous les muscles de mon corps se dénouaient. Mes cheveux se dressèrent sur la tête. Mes orbites me firent l'effet de s'agrandir et mes yeux de se réfugier au fond, comme si ma tête cherchait à se transformer en crâne de mort. Pas un centimètre carré de ma peau qui ne fût hérissé par la chair de poule. Il y avait quelque chose ici, avec moi. Très vraisemblablement quelque chose de mort. J'aurais été incapable d'allumer, même si je l'avais voulu. Je n'avais même plus la force de lever un bras.

Je fis un effort pour parler et, dans un souffle rauque où je ne reconnus pas ma voix, je finis par dire : « Tu es vraiment ici ? »

Un coup.

« Qui es-tu ? » Je ne pouvais toujours rien produire de mieux que ce murmure étranglé, la voix d'un moribond donnant ses dernières instructions à sa famille depuis son lit de mort. Cette fois-ci, rien ne me parvint d'en dessous.

J'essayai de penser, et tout ce qui me vint à l'esprit fut l'image de Tony Curtis dans le rôle de Houdini, dans je ne sais plus quel vieux film. D'après le scénario, Houdini aurait été le Diogène des amateurs de voix d'outre-tombe, un type qui passait son temps à démasquer les faux médiums. Il avait assisté à une séance où les morts auraient communiqué par...

« Tape un coup pour oui, deux pour non. C'est possible ? »

Toc.

C'était dans l'escalier, juste à mes pieds... pas loin du tout. À cinq ou six marches, sept au plus. Pas tout à fait assez près pour que je puisse toucher la chose en tendant le bras et en agitant la main dans la nuit du sous-sol... geste que j'étais capable d'imaginer, mais pas d'imaginer le faisant.

« Es-tu... » Ma voix mourut. Je n'avais tout simplement plus de force dans le diaphragme. L'air glacé pesait sur ma poitrine comme un fer à repasser. Je mobilisai toute ma volonté et essayai de nouveau. « Es-tu Jo ? »

Toc. Toujours le poing heurtant doucement l'isolant. Un silence, puis : *Toc-toc*.

Oui et non.

Ensuite, sans avoir la moindre idée de la raison qui me poussait à poser cette question stupide, je demandai : « Est-ce que les hiboux sont ici ? »

Toc-toc.

« Sais-tu où ils se trouvent ? »

Toc.

« Dois-je les chercher ? »

Toc ! Très fort.

Pourquoi les veut-elle ? aurais-je aimé demander, mais la chose dans l'escalier n'avait aucun moyen de...

Des doigts brûlants me touchèrent les yeux et je faillis hurler avant de me rendre compte que c'était de la sueur. Des deux mains, je la repoussai jusqu'à mes cheveux. On aurait dit que j'avais le front huileux. J'avais peut-être froid, mais je baignais dans ma propre transpiration.

« Es-tu Lance Devory ? »

Toc-toc, immédiatement.

« Ce n'est pas dangereux pour moi d'être à Sara ? Suis-je en danger ? »

Toc. Un silence. Et je *savais* que c'était un silence, que la chose dans l'escalier n'en avait pas terminé. Puis : *Toc-toc*. Non, ce n'était pas dangereux. Si, c'était dangereux.

J'avais recouvré, en partie, le contrôle de mon bras. Je tendis la main, tâtai le mur et trouvai l'interrupteur. Je posai les doigts dessus. La sueur, sur mon visage, se transformait en glace.

« Es-tu la personne qui pleure dans la nuit ? » demandai-je.

Toc-toc. Entre les deux coups, j'appuyai sur le bouton. Les globes qui éclairaient la cave s'allumèrent, ainsi qu'une ampoule très brillante (au moins cent vingt-cinq watts) qui pendait au bout d'un fil, au-dessus du palier. Personne n'aurait eu le temps de se cacher et encore moins de s'enfuir ; personne, d'ailleurs, n'était là pour le tenter. De plus, Brenda Meserve — admirable à tant de titres — avait négligé de balayer les marches. Lorsque je descendis jusqu'à la hauteur du point d'où, d'après mes estimations, provenaient les coups, la trace de mes pas resta imprimée dans la légère couche de poussière. Elles étaient les seules.

Je poussai un long soupir et je vis mon souffle se condenser devant moi. Il avait donc fait vraiment froid, il faisait encore froid... mais l'atmosphère se réchauffait rapidement. Je soufflai une deuxième fois, et ne produisis qu'un faible nuage de buée. À la troisième fois, il n'y avait plus rien.

Je passai la main sur l'une des dalles d'isolation. Lisse. J'appuyai du doigt, sans y mettre beaucoup de force ; mais cela suffit à laisser un creux dans la surface argentée. On ne peut plus aisé. Si quelqu'un avait frappé l'isolant du poing, le matériau aurait été gondolé, et la fine couche métallisée aurait peut-être été déchirée, laissant voir l'isolant rose, en dessous. Mais toutes les dalles étaient parfaitement lisses.

« Tu es toujours là ? »

Pas de réaction ; pourtant, j'avais toujours l'impression que mon visiteur était présent. Quelque part.

« J'espère que je ne t'ai pas offensé en allumant », repris-je. Je commençais à me sentir légèrement à côté de mes pompes, debout dans ma cave, parlant à haute voix, adressant des sermons aux araignées. « J'aurais aimé te voir, si c'était possible. » Était-ce vrai ou faux, je n'en avais aucune idée.

Soudainement — si soudainement que je faillis en

perdre l'équilibre et tomber dans l'escalier — je fis volte-face, convaincu que la créature enveloppée d'un linceul se tenait derrière moi, que c'était elle qui avait frappé les coups, et non pas un gentil fantôme bien élevé. Que c'était une horreur venue du fin fond de l'univers.

Il n'y avait rien.

Je me tournai de nouveau, pris deux ou trois profondes inspirations pour me calmer, puis descendis les quelques marches qui restaient. Sous l'escalier se trouvait un kayak en parfait état de marche, avec ses pagaies. Dans un coin étaient rangées la cuisinière à gaz que nous avions remplacée après avoir acheté la maison, ainsi que la baignoire à pieds de lion que Johanna avait voulu (sans tenir compte de mes objections) transformer en bac à fleurs. Je découvris une cantine pleine d'un linge de table dont je me souvenais vaguement, une boîte remplie de cassettes audio recouvertes de moisi (des groupes comme les Delfonics, Funkadelic, et 38 Special) et plusieurs cartons de vieilles assiettes. Il y avait une vie, là en bas, mais en fin de compte pas très intéressante. Contrairement à celle qui imprégnait l'atelier de Johanna, celle-ci n'avait pas été brutalement interrompue mais était le résultat de mues, un amoncellement de peaux mises au rebut, et c'était très bien ainsi. Dans l'ordre naturel des choses, autrement dit.

Sur une étagère encombrée de babioles, il y avait aussi un album de photos que je pris, à la fois curieux et un peu sur mes gardes. Rien qui m'explosa à la figure cette fois, cependant ; il s'agissait presque uniquement de photos de Sara Laughs dans l'état où était le chalet lorsque nous l'avions acheté. Je trouvai toutefois une photo de Johanna en pantalon pat-d'eph (avec la raie au milieu et du rouge à lèvres blanc), et une autre de Michael Noonan habillé d'une chemise à fleurs et arborant des favoris comme des côtelettes qui me firent reculer d'horreur (le Mike célibataire de la photo était un petit rocker style K.C. and the Sunshine Band que j'aurais bien voulu pouvoir renier).

Je trouvai le vieil appareil d'exercices cassé de Johanna, un râteau qui me serait peut-être utile si j'étais encore ici en automne, un chasse-neige qui le serait encore davantage si je n'avais toujours pas bougé avec l'arrivée de l'hiver, et plusieurs pots de peinture. En revanche, pas le moindre hibou en plastique. Mon pote frappeur d'isolant avait eu raison.

Au rez-de-chaussée, le téléphone sonna.

Je me dépêchai de remonter, franchissant la porte du sous-sol puis revenant pour éteindre la lumière. Cela m'amusa et me parut en même temps un comportement parfaitement normal... tout comme le fait de ne pas marcher sur les fissures des trottoirs me paraissait un comportement parfaitement normal lorsque j'étais enfant. Et même si ce n'était pas normal, que m'importait ? Il n'y avait que trois jours que j'étais de retour à Sara Laughs, mais j'avais déjà mis en place le premier postulat de la loi d'excentricité de Noonan : quand on est tout seul, un comportement bizarre ne paraît nullement bizarre.

Je m'emparai vivement du sans-fil. « Allô ?

— Salut, Mike. C'est Ward.

— Vous avez fait vite.

— Les archives sont juste au bout du couloir, dit-il. Vraiment pas un problème. Il n'y a qu'une chose dans l'agenda de Johanna, pour la deuxième semaine de novembre 1993 : *SP du Maine, Freep, 11 heures*. À la date du mardi 13. Cela vous aide-t-il ?

— Oui, merci mille fois, Ward. Cela m'aide beaucoup. »

Je coupai la ligne et reposai le téléphone dans son berceau. Oui, cela m'aidait. *SP du Maine*, c'était la Soupe populaire du Maine. Johanna avait fait partie du conseil d'administration de 1992 à sa mort. *Freep* correspondait à Freeport. Il s'agissait sans doute d'une réunion de ce conseil d'administration. Ils avaient probablement discuté de ce qu'ils feraient pour les sans-abri, le jour de Thanksgiving... après quoi, Johanna avait parcouru les cent dix kilomètres jusqu'au TR pour réceptionner deux hiboux en plastique. Cela ne répondait pas à toutes les questions, mais n'y a-t-il pas toujours des questions qui se posent, à la suite du décès d'un être aimé ? Et elles peuvent surgir n'importe quand, sans limitation dans le temps.

La voix d'ovni s'éleva à ce moment-là. *Pendant que tu es à côté du téléphone, pourquoi ne pas en profiter pour appeler Bonnie Amudson ? Tu pourrais lui dire salut, lui demander comment elle va.*

Johanna avait appartenu à quatre conseils d'administration différents, tous d'associations charitables. Son amie Bonnie l'avait persuadée d'entrer à celui de la Soupe populaire du Maine lorsqu'un siège était devenu vacant. Elles avaient assisté à de nombreuses réunions ensemble. Probablement pas à celle de novembre 93, et il paraissait difficile de s'attendre à ce que Bonnie se souvienne de celle-ci, au bout de près de cinq ans... Cependant, si elle avait conservé ses comptes rendus de séance...

Mais bon Dieu, qu'est-ce que j'avais donc en tête ? Appeler Bonnie, la caresser dans le sens du poil et lui demander de jeter un coup d'œil au compte rendu de décembre ? Pour voir si le nom de ma femme figurait bien dans la liste des personnes présentes, lors du conseil précédent ? Allais-je ensuite vouloir savoir si ma femme ne lui avait pas paru différente, pendant la dernière année de sa vie ? Et lorsque Bonnie allait à son tour me demander ce que je cherchais à savoir, qu'allais-je lui répondre ?

Donne-moi ça, avait grondé Johanna dans le rêve. Rêve dans lequel elle ne ressemblait pas du tout à elle-même, mais à une autre, peut-être à la femme du Livre des proverbes, cette créature étrange dont les lèvres sont de miel mais qui, à la fin, sont amères comme l'absinthe. Une créature étrange aux doigts aussi glacés que des tiges après le gel. *Donne-moi ça, c'est mon attrape-poussière.*

J'allai jusqu'à la porte de la cave et posai la main sur la poignée. Je la tournai... puis la lâchai. Je n'avais pas envie de plonger les yeux dans l'obscurité, je n'avais pas envie de prendre le risque que quelque chose se remette à cogner contre l'isolant. Il valait mieux laisser cette porte fermée. Ce dont j'avais envie, c'était d'une boisson bien fraîche. J'entrai dans la cuisine et tendais déjà la main vers le frigo, lorsque je me pétrifiai. Les plots magnétiques étaient de nouveau disposés en cercle, mais, cette fois-ci, avec quatre lettres et un chiffre alignés au milieu. Et formant un unique mot approximatif :

hel1o

Il se passait quelque chose, ici. Même dans la grande lumière du jour, je n'éprouvais pas le moindre doute là-dessus. J'avais voulu savoir si j'étais en sécurité à Sara Laughs et avais eu droit à une réponse ambiguë... mais cela ne faisait rien. Si je quittais le chalet à présent, je n'avais nulle part où me rendre. J'avais certes la clef de la maison, à Derry, mais c'était ici que les choses devaient être réglées. Cela aussi, je le savais.

« Hello, dis-je, ouvrant le frigo pour y prendre un soda. Qui que tu sois ou quoi que tu sois, hello. »

CHAPITRE 11

Je m'éveillai aux petites heures du jour, le lendemain matin, convaincu de ne plus être seul dans la chambre. Je me redressai contre les oreillers, me frottai les yeux et vis une forme sombre, voûtée, qui se tenait entre moi et la fenêtre.

« Qui êtes-vous ? » demandai-je, me disant que je n'obtiendrais sans doute pas de réponse verbale, mais sans doute des coups contre le mur. Une fois pour oui, deux fois pour non — qu'as-tu en tête, Houdini ? La silhouette debout près de la fenêtre, cependant, n'eut aucune réaction. D'une main tâtonnante, je trouvai le fil qui commandait la lumière, au-dessus du lit, et le tirai brutalement. Ma bouche était convulsée d'une grimace, et j'avais les muscles du ventre tellement tendus que des balles, avais-je l'impression, auraient ricoché dessus.

« Oh merde ! Quel taré je fais ! »

Glissée sur un cintre lui-même accroché à la crémone de la fenêtre, j'avais devant moi ma vieille veste en daim. Je l'avais mise là pendant que je déballais mes affaires et oublié de la ranger ensuite dans le placard. J'essayai de rire, mais en fus incapable. À trois heures du matin, je n'arrivais pas à trouver l'incident tellement comique.

J'éteignis et restai allongé les yeux ouverts, attendant d'entendre sonner la cloche de Bunter ou que l'enfant commence à sangloter. Je tendais toujours l'oreille au moment où je m'endormis.

Quelque sept heures plus tard, alors que je m'apprêtais à gagner l'atelier de Johanna pour voir si les hiboux en plastique ne seraient pas dans la remise que je n'avais pas visitée la veille, une Ford d'un modèle récent s'engagea dans mon allée et vint s'arrêter nez à nez devant la Chevy. Je me trouvais à cet instant sur le court sentier qui sépare la maison de l'atelier et revins donc sur mes pas. Il faisait lourd et étouffant, et je n'étais habillé que d'un jean coupé en short et d'une paire de tongs en plastique.

Johanna prétendait toujours que le style vestimentaire dit « Cleveland » se divise naturellement en deux sous-familles : le Cleveland-Cleveland et le Cleveland sport. Mon visiteur, en ce mardi matin, portait du Cleveland sport : chemise hawaiienne agrémentée d'ananas et de singes, pantalon brun clair tout droit sorti d'une république bananière, et pompes blanches. Les chaussettes restent en option, mais les godasses blanches sont un élément indispensable de la tenue Cleveland, au même titre que le bijou (au moins un) en or bien voyant. Sur ce point, le type avait la totale : Rolex au poignet et chaîne en or autour du cou. Les pans de sa chemise étaient sortis et il avait une curieuse bosse à la hauteur des reins. Soit un pistolet, soit un beeper, mais ça paraissait trop gros pour être un beeper. Je jetai un nouveau coup d'œil à la voiture. Des pneus anticrevaison. Tiens-tiens... et sur le tableau de bord, un gyrophare. Tout ce qu'il faut pour se pointer en catimini, mère-grand...

« Michael Noonan ? » Il était d'une certaine manière bel homme — il y a des femmes qui aiment ce style : celles qui se font toutes petites quand quelqu'un élève la voix dans leur voisinage immédiat, celles qui appellent rarement la police quand les choses tournent mal à la maison parce que, à quelque niveau intime pitoyable, elles s'imaginent qu'elles n'ont que ce qu'elles méritent. Ce qui se traduit par un œil au beurre noir ici, un coude déboîté là, ou, à l'occasion, une brûlure de cigarette sur la fesse. Ce sont des femmes qui ont tendance à appeler leur mari ou leur amant « papa » comme dans « Veux-tu que je t'apporte une bière, papa ? » ou encore « La journée s'est bien passée au bureau, papa ? ».

« Oui, c'est moi. Que puis-je faire pour vous ? »

Cette version très convaincante de papa se tourna, se pencha et prit quelque chose parmi le fouillis de papiers qui traînait sur le siège du passager. Sous le tableau de bord, un émetteur-récepteur de radio émit brièvement quelques crépitements nasillards et se tut.

L'homme se tourna vers moi, tenant une grande chemise en papier bulle à la main. Il me la tendit. « C'est pour vous. »

Comme je ne la prenais pas, il s'avança d'un pas et voulut la mettre dans l'une de mes paumes, ce qui aurait sans doute provoqué chez moi, devait-il croire, le réflexe de refermer les doigts dessus. Au lieu de cela, je levai les deux bras à hauteur des épaules, comme s'il venait de me dire « haut les mains, mon gaillard ».

Il me regarda sans s'impatienter, la bouille aussi irlandaise que celle des frères Arlen, mais sans cette bonté, cette ouverture et cette curiosité qui caractérisaient les Arlen. En lieu et place, on détectait une espèce d'amusement aigri, comme s'il avait été le témoin des comportements les plus moches de l'humanité, et deux fois plutôt qu'une. Il avait eu l'arcade sourcilière fendue, il y avait longtemps de cela, et ses joues présentaient cet aspect rubicond qui indique soit que l'on passe une bonne partie de sa vie au grand air, soit qu'on porte un intérêt soutenu aux sous-produits de la fermentation de certains grains. Il avait l'air capable de vous assommer puis de venir s'asseoir sur vous pour que vous ne bougiez pas. Je serai gentil, papa, lâche-moi, ne sois pas méchant. Je t'en prie, ne sois pas méchant.

« Ne rendez pas les choses difficiles. Vous allez finir par le prendre, vous le savez aussi bien que moi, alors ne me compliquez pas la tâche.

— Montrez-moi d'abord une pièce d'identité. »

Il soupira, roula des yeux, puis sortit un porte-cartes en cuir de la poche de sa chemise. Il l'ouvrit et me le tendit. Mon nouvel ami, à en croire le document qu'accompagnait une photo, s'appelait George Footman et était l'adjoint du shérif du comté de Castle. Le cliché était plat, sans ombre, comme les photos de l'identité judiciaire.

« C'est bon ? » demanda-t-il.

Je pris la chemise, cette fois, lorsqu'il me la tendit. Il resta planté là, affichant toujours son expression d'amusement aigri, pendant que je parcourais le document. J'étais cité à comparaître chez Elmer Durgin, avoué à Castle Rock, à dix heures du matin le 10 juillet 1998 — c'est-à-dire vendredi prochain. Ledit Elmer Durgin avait été nommé subrogé tuteur de Kyra Elizabeth Devory, une enfant mineure. Il prendrait ma déposition sur tout ce que je pourrais savoir concernant le bien-être de celle-ci. Déposition qu'il enregistrerait pour le compte de la cour supérieure de Castle Rock et du juge Noble Rancourt. Un sténographe serait présent. On m'assurait qu'il s'agissait d'une simple déposition, et que l'on ne m'entendrait ni à titre de plaignant ni à titre d'inculpé — en lettres gothiques, s'il vous plaît.

« Il est de mon devoir de vous rappeler les sanctions encourues, commença Footman.

— Merci, mais disons que vous l'avez fait en long et en large, d'accord ? Je viendrai. » Sur ce, je lui indiquai la direction de sa voiture. Je me sentais profondément écœuré... avec la désagréable impression qu'on se mêlait de mes affaires. Je n'avais encore jamais eu affaire à la justice, et n'avais aucune envie de commencer.

Il retourna à sa voiture, ouvrit la portière, mais prit la pose, son bras velu appuyé sur l'encadrement. La Rolex brillait de tous ses feux dans la lumière diffuse du soleil embrumé.

« Laissez-moi vous donner un petit conseil », dit-il. Cela me suffisait pour connaître tout ce que j'avais à savoir sur ce type. « Ne faites pas le con avec Mr Devory.

— Sinon, il m'écrasera comme un insecte.

— Hein ?

— Votre réplique est exactement : *Laissez-moi vous donner un petit conseil, ne faites pas le con avec Mr Devory, sinon il vous écrasera comme un insecte.* »

À son expression — de la perplexité qui se transformait en colère — je vis qu'il avait envisagé de me dire quelque chose de très voisin. De toute évidence, nous avions vu les mêmes films, y compris ceux dans lesquels Robert De Niro joue le rôle d'un malade mental. Puis son visage s'éclaira.

« Oh, évidemment... vous êtes l'écrivain.

— C'est ce qu'on dit.

— Vous êtes capable de sortir ce genre de trucs parce que vous êtes écrivain.

— Hé, c'est un pays libre ici, non ?

— Et on fait son petit malin, en plus.

— Depuis combien de temps travaillez-vous pour Max Devory, Adjoint ? Et au bureau du shérif, sait-on que vous bossez au noir ?

— On le sait. Ce n'est pas un problème. C'est vous qui pourriez avoir un problème, Mister l'Écrivain Malin. »

Je décidai qu'il était temps d'arrêter avant d'en arriver au stade caca-pipi des noms d'oiseaux.

« Je vous prie de sortir de chez moi, *Adjoint*. »

Il me regarda encore un moment, de toute évidence à la recherche d'une repartie finale foudroyante, mais ne la trouva pas. Il aurait eu besoin d'un Écrivain Malin pour l'aider, voilà tout. « Je compte sur vous vendredi, dit-il.

— Vous allez me payer à déjeuner ? Ne vous inquiétez pas, comme rancard, je ne vous coûterai pas cher. »

Ses joues rubicondes s'empourprèrent un peu plus et je vis l'aspect qu'elles allaient avoir lorsqu'il atteindrait soixante ans, s'il ne mettait pas auparavant la pédale douce sur la gnôle. Il remonta dans la Ford et démarra en marche arrière, si brutalement que ses pneus gémirent. Je ne bougeai pas d'où j'étais et le suivis des yeux. Une fois qu'il fut sur le chemin 42 et eut pris la direction de la grand-route, je retournai dans la maison. Je me dis que les petits boulots annexes de l'adjoint Footman devaient payer, pour qu'il eût les moyens de s'offrir une Rolex. Par ailleurs, il pouvait aussi s'agir d'un cadeau intéressé.

Calme-toi, Michael, me conseilla la voix de Johanna. *Le chiffon rouge s'en est allé, on ne l'agite plus sous ton nez, alors calmos...*

Je fis taire la voix. Je n'avais aucune envie de me calmer ; j'avais au contraire envie de m'agiter. On s'était mêlé de mes affaires.

J'allai jusqu'au bureau de l'entrée, sur lequel nous déposions tous les deux, Johanna et moi, les documents en instance (et aussi nos agendas, maintenant que j'y pense) et punaisai la convocation au tableau d'affichage par l'un des angles de la chemise couleur fauve. Cela fait, je levai le poing à hauteur des yeux, regardai quelques instants mon alliance, puis frappai le mur à côté de la bibliothèque — assez fort pour faire tressauter les livres de poche. Je pensais au short trop grand et à la blouse en solde de Mattie Devory, à son beau-père qui achetait le Warrington's Lodge pour plus de quatre millions de dollars. Avec un chèque tiré sur son bon Dieu de compte personnel. Je pensais aussi à Bill Dean disant que, d'une manière ou d'une autre, la petite fille finirait par grandir en Californie.

J'allais et venais dans la maison, toujours bouillant de colère, et finis par me retrouver devant le frigo. Le cercle des petits aimants était toujours en place, mais les lettres, à l'intérieur, avaient changé.

Au lieu de

hel1o

on lisait maintenant

aide l

« Aidel ? » dis-je à voix haute, comprenant aussitôt le message. Les lettres magnétiques se réduisaient à un alphabet (pas même complet, constatai-je : le *g* et le *x* avaient disparu), et il en aurait fallu davantage. Si la porte de mon Kenmore devait faire office de planche de divination, j'allais avoir besoin d'une bonne réserve de lettres. De voyelles, en particulier. Il m'aurait suffi d'avoir un deuxième a et le message aurait été

aide la

Je dispersai le cercle de fruits et légumes magnétiques ainsi que les lettres, et repris mes allées et venues. J'avais décidé de ne pas me mêler du conflit entre Devory et sa belle-fille et voilà que je m'y trouvais impliqué malgré moi. Un adjoint du shérif en Cleveland garanti d'origine s'était pointé chez moi, compliquant une existence qui l'était déjà passablement. Et me fichant la frousse en prime. Au moins était-ce la peur de quelque chose que je pouvais voir et comprendre. Brusquement, je décidai de ne pas me contenter de passer l'été à me faire du mouron pour des fantômes, des gosses en pleurs et ce que ma femme avait bien pu mijoter, quatre ou cinq ans auparavant... en admettant qu'elle eût mijoté quelque chose. J'étais incapable d'écrire, mais ce n'était pas une raison pour raviver mes plaies.

Aide-la.

Je décidai que j'allais au moins essayer.

« Agence littéraire Harold Oblowski.

— Accompagnez-moi à la Martinique, Nola, dis-je. J'ai faim de vous. Nous ferons merveilleusement l'amour à minuit sous les cocotiers, quand la pleine lune transforme la plage en un lac opalescent...

— Bonjour, Mr Noonan », dit-elle. Aucun sens de l'humour, la Nola. Et pas la moindre fibre romantique, non plus. Cela en faisait, au fond, la parfaite secrétaire pour l'agence Oblowski. « Voulez-vous parler à Harold ?

— S'il est là.

— Il y est. Attendez un instant. »

Parmi les choses agréables, quand on est auteur de best-sellers (même lorsque nos livres n'apparaissent, la plupart du temps, que sur les listes comptant quinze titres), il y a le fait que votre agent est presque toujours miraculeusement là. Et même s'il est en vacances à Cape Cod, il sera là pour vous. Autre avantage, le temps d'attente est en général très court.

« Mike ! s'écria-t-il. Comment est le lac ? J'ai pensé à toi pendant tout le week-end. »

Ouais, ruminai-je, *et moi je suis le pape*.

« Les choses vont bien dans l'ensemble mais sont merdiques sur un point, Harold. J'ai besoin d'avoir un entretien avec un avocat. J'ai tout d'abord envisagé d'appeler Ward Hankins pour qu'il me recommande quelqu'un, puis je me suis dit qu'il me fallait un gaillard un peu plus survolté que ceux qu'il pourrait connaître. Un homme aux dents aiguisées et aux appétits de tueur serait parfait. »

Harold, cette fois, ne prit pas la peine de me faire son numéro habituel du silence significatif. « Qu'est-ce qui se passe, Mike ? Tu as des ennuis ? »

Un coup pour oui, deux coups pour non, pensai-je et, pendant un instant, je délirai à m'imaginer faisant exactement cela. Je me souvins du jour où j'avais refermé les Mémoires de Christy Brown, *Down all the Days*, et m'étais demandé quel effet cela devait faire, d'écrire tout un livre en tenant son stylo entre les orteils de son pied gauche. Je me demandais à présent l'effet que cela me ferait de devoir passer l'éternité sans autre moyen de communiquer que de frapper contre les murs de la cave. Et même là, seules certaines personnes auraient été capables de vous entendre et de vous comprendre... et encore, à certains moments.

238

C'était toi, Jo ? Et dans ce cas, pourquoi avoir donné une double réponse ?

« Mike ? Tu es toujours en ligne ?

— Oui. En fait, ce n'est pas moi qui ai des ennuis, Harold, inutile de grimper aux rideaux. J'ai cependant un problème. Ton principal avocat est Goldacre, n'est-ce pas ?

— Exact. Je vais l'appeler tout de...

— Mais il s'occupe surtout de contrats. » Je pensais à voix haute et, lorsque je marquai une pause, Harold la respecta. Il est pas mal, des fois, mon agent. La plupart du temps, en réalité. « Appelle-le tout de même, d'accord ? Dis-lui que j'ai besoin de m'entretenir avec un as du barreau ayant une bonne connaissance des dossiers de garde d'enfant. Qu'il me mette en contact avec le meilleur de ceux qui seraient libres tout de suite. Un type qui pourrait être au tribunal avec moi vendredi prochain, si nécessaire.

— Recherche en paternité ? demanda-t-il, d'un ton où se mêlaient respect et inquiétude.

— Non, *garde* d'enfant. » J'envisageai un instant de lui faire connaître toute l'histoire par l'avocat-qui-allait-être-nommé-sous-peu, mais Harold méritait mieux que ça. D'autant qu'il finirait par exiger tôt ou tard ma version des faits, quelles que soient les explications de l'avocat. Je lui fis donc le compte rendu de mon 4 juillet et de ses conséquences. Je m'en tins strictement aux Devory, et ne soufflai pas mot des voix, des enfants en pleurs dans le noir ou des coups dans la cave. Il ne m'interrompit qu'une fois, quand il prit conscience de l'identité du méchant monsieur.

« Tu cherches les ennuis, observa-t-il. Tu t'en rends compte, n'est-ce pas ?

— Que je le veuille ou non, j'en aurai, de toute façon. J'ai décidé de leur rendre la monnaie de leur pièce, c'est tout.

— Tu ne jouiras pas de la tranquillité d'esprit et de la paix dont un écrivain a besoin pour bien travailler », me dit-il d'un ton joyeusement désinvolte. Je me demandai quelle aurait été sa réaction si je lui avais dit que ce n'était pas un problème, que je n'avais rien écrit de plus palpitant qu'une liste de commissions depuis la mort de Johanna, et que cette affaire serait peut-être l'occasion de me réveiller un peu. Je n'en fis rien. Ne leur laissez jamais voir que vous transpirez — telle pourrait être la devise du clan Noonan. On devrait faire graver VOUS EN FAITES PAS JE VAIS BIEN dans le marbre du caveau familial.

Puis je pensai : *aide l.*

« Cette jeune femme a besoin d'un ami, et Jo aurait voulu que je le sois. Elle avait horreur de voir les petits se faire écraser par les gros.

— Tu crois ?

— J'en suis sûr.

— Très bien. Je vais voir ce que l'on peut te trouver. Et dis-moi, Mike... veux-tu que je vienne pour ta déposition, vendredi prochain ?

— Non. » Sortie de ma bouche d'une manière inutilement brusque, ma réponse fut suivie d'un silence qui ne me parut pas calculé mais blessé. « Écoute, Harold, mon homme de confiance m'a dit que l'audience pour la garde doit avoir lieu à la fin du mois. Si cette affaire n'est pas réglée d'ici là et que tu veuilles toujours venir, je t'appellerai. Ton soutien moral ne me fera pas de mal, tu le sais bien.

— Dans mon cas, c'est un soutien immoral », répliqua-t-il, ayant apparemment retrouvé sa bonne humeur.

Sur quoi nous raccrochâmes. Je retournai au frigo pour examiner les plots magnétiques. Ils étaient toujours éparpillés dans tous les sens et je me sentis un peu soulagé. Même les esprits doivent parfois se reposer.

Je pris le téléphone sans fil, sortis sur la terrasse et me laissai tomber dans la chaise longue d'où j'avais regardé le feu d'artifice, le soir du 4, et parlé avec Devory. Même après la visite de « papa », j'avais encore du mal à croire que j'avais eu cette conversation téléphonique. L'homme m'avait traité de menteur, et moi je lui avais dit de se foutre mon numéro de téléphone au cul. Nos rapports de voisinage démarraient sous les meilleurs auspices.

Je tirai la chaise longue plus près du bord de la terrasse, qui, de la pente sur laquelle est bâtie Sara Laughs, domine la rive du lac d'une hauteur impressionnante — une trentaine de mètres. Je cherchai des yeux la femme verte que j'avais vue en nageant, me disant de ne pas être stupide à ce point, que ce genre de phénomène ne se produit qu'à partir d'un angle donné, et qu'en s'éloignant seulement d'un mètre ou deux vers la gauche ou la droite, il n'y aurait plus rien à voir. Sans doute était-ce un exemple de l'exception confirmant la règle. Je fus à la fois amusé et un peu mal à l'aise lorsque je me rendis compte que le bouleau, au pied de l'escalier, avait également l'air d'une femme depuis la terre, et pas seulement depuis le lac. Cela tenait en partie au pin qui se dressait derrière lui, avec sa branche nue tendue vers le nord comme un bras osseux, mais pas seulement. D'ici, le tronc et les branches blancs du bouleau, avec ses petites feuilles, créaient encore une forme féminine et lorsque le vent secouait la partie inférieure de l'arbre, on avait l'impression de voir tourbillonner une robe longue vert et argent.

J'avais refusé l'offre pourtant bien intentionnée de Harold presque avant qu'il ait fini de la présenter, et en regardant l'arbre-femme à l'aspect on ne peut plus fantomatique, je compris pourquoi : Harold était bruyant, Harold était peu sensible aux nuances, Harold risquait de faire peur à la chose, quelle qu'elle soit, qu'il y avait ici. Il n'en était pas question. J'avais la frousse, certes, mais jamais je ne m'étais senti aussi vivant depuis bien des années. J'étais en contact, à Sara Laughs, avec un phénomène situé entièrement au-delà de mon expérience, et cela me fascinait.

Le téléphone sonna sur mes genoux, me faisant sursauter. Je le pris, pensant que c'était Max Devory ou peut-être Footman, son chéri cousu d'or. En fait, il s'agissait d'un avocat du nom de John Storrow qui, à la voix, me donnait l'impression de sortir tout juste de la fac de droit — la semaine dernière, disons. Il n'en travaillait pas moins pour le cabinet Avery, McLain et Berstein, sur Park Avenue, et Park Avenue est une adresse prestigieuse pour un avocat, même s'il lui reste encore quelques dents de lait. De toute façon, si Henry Goldacre disait que Storrow était bon, il l'était probablement. Et sa spécialité était les questions de garde d'enfant.

« Bon. À présent, racontez-moi ce qui se passe », dit-il, une fois les présentations terminées et le décor professionnel esquissé.

Je fis de mon mieux, sentant le moral me revenir au fur et à mesure que je dévidais mon histoire. Il y a quelque chose d'étrangement réconfortant dans le fait de parler à un conseiller juridique, une fois que le compteur à billets verts a commencé à tourner ; on a franchi le stade magique au-delà duquel *un* avocat devient *votre* avocat. Votre avocat est chaleureux, votre avocat est sympathique, votre avocat prend des notes sur des blocs de papier jaune et hoche affirmativement la tête quand il le faut. Vous êtes capable de répondre à la plupart des questions qu'il vous pose ; et si vous n'y arrivez pas, votre avocat vous aidera à trouver le moyen de le faire, nom d'un petit bonhomme. Votre avocat est toujours de votre côté. Vos ennemis sont ses ennemis. À ses yeux, vous n'êtes jamais de la merde, votre personne lui est toujours sacrée.

Lorsque j'eus terminé, John Storrow émit un petit sifflement. « Je suis surpris que les journaux ne s'en soient pas encore emparés.

— Cela ne m'était jamais venu à l'esprit. » Je voyais cependant où il voulait en venir. La saga familiale des Devory n'allait pas faire la une du *New York*

Times ou du *Boston Globe*, et probablement même pas celle du *Derry News*, mais dans les journaux à scandale de la fin de semaine comme *The National Enquirer* ou *Inside View*, elle ferait un malheur — au lieu de la jeune femme, King-Kong décide de voler l'enfant innocente de celle-ci et de l'emporter au sommet de l'Empire State Building. Voyons, espèce de brute répugnante, rends cette fillette à sa mère ! Peut-être pas de quoi en faire une première page, ça manquait de sang et de cadavres de célébrités, mais comme article d'appel de la page neuf, l'histoire serait parfaite. J'imaginais déjà un titre ronflant au-dessus des photos du Warrington's d'un côté et de la caravane de Mattie de l'autre : LE ROI DE L'INFORMATIQUE QUI VIT DANS LE FASTE TENTE D'ARRACHER SON UNIQUE ENFANT À UNE JEUNE BEAUTÉ. Sans doute trop long, à la réflexion. Je n'écrivais plus, et j'avais néanmoins besoin d'un correcteur. Voilà qui était plutôt affligeant, si l'on y pensait un peu.

« Peut-être faudra-t-il s'arranger pour qu'ils aient vent de l'histoire, à un moment donné », dit Storrow, pensant à voix haute. Je me rendis compte que je commençais à le trouver sympathique, au moins dans mon humeur coléreuse actuelle. Il s'anima. « Qui est-ce que je représente dans cette affaire, Mr Noonan ? Vous, ou la jeune dame ? Je vote pour la jeune dame.

— La jeune dame ne sait même pas que je vous ai appelé. Elle risque de penser que j'ai pris une initiative hasardeuse. Il se peut même, en fait, qu'elle me le reproche vivement.

— Et pourquoi donc ?

— Parce que c'est une Yankee — une Yankee du Maine, la variété la plus redoutable. Parfois, on trouve même les Irlandais logiques, à côté.

— Possible, mais c'est tout de même elle qui a une cible dessinée sur sa chemise. Je vous suggère de l'appeler et de le lui dire. »

Je promis de le faire, promesse qu'il ne me serait

pas difficile de tenir, d'ailleurs. J'avais su qu'il me faudrait me mettre en contact avec elle dès l'instant où j'avais accepté la notification de Footman. « Et qui défendra Michael Noonan vendredi matin ? »

Storrow eut un petit rire sec. « Je vous trouverai quelqu'un du coin. Il vous accompagnera dans le bureau de ce Durgin, s'assoira avec son porte-documents sur les genoux et écoutera en silence. Je serai peut-être déjà dans le secteur, ce que je ne saurai que lorsque j'aurai parlé avec Mrs Devory, mais je n'irai pas chez Durgin. Quand l'audience sur la garde approchera, vous me verrez alors dans le secteur.

— Bon, très bien. Rappelez-moi pour me donner le nom de mon nouvel avocat. Mon deuxième nouvel avocat.

— D'accord. Entre-temps, parlez à la jeune dame. J'y tiens, à ce boulot.

— Je ferai de mon mieux.

— Arrangez-vous aussi pour rester bien visible quand vous êtes avec elle, ajouta-t-il. Si nous donnons à ces affreux une occasion de nous faire un tour de cochon, ils n'hésiteront pas. Il n'y a rien de tel entre vous, n'est-ce pas ? Rien de cochon ? Désolé de vous poser cette question, mais je devais le faire.

— Non, dis-je. Cela fait même pas mal de temps que je n'ai rien fait de cochon avec qui que ce soit.

— Je serais tenté de compatir, Mr Noonan, mais étant donné les circonstances...

— Mike, appelez-moi donc Mike.

— Bien. Ça me plaît. Et moi c'est John. Cela n'empêchera pas les gens de parler de votre implication dans l'affaire. Vous vous en doutiez, n'est-ce pas ?

— Bien sûr. Ils savent que je peux m'offrir vos services. Ils se demanderont comment *elle* peut s'offrir *les miens*. Une veuve, jeune et jolie, un veuf d'âge moyen... une relation sexuelle est ce qu'il y a de plus plausible.

— Vous êtes un réaliste.

244

— Pas vraiment, je ne crois pas, mais je ne prends tout de même pas les vessies pour des lanternes.

— Je l'espère bien, parce que nous risquons d'affronter des turbulences. C'est à un homme extrêmement riche que nous avons affaire. » Il n'avait pourtant pas l'air d'avoir peur ; son ton de voix trahissait plutôt... de l'avidité. Comme s'il ressentait un peu ce que j'avais éprouvé, lorsque j'avais vu que les aimants, sur le frigo, s'étaient redisposés en cercle.

« Je ne l'ignore pas.

— Devant le tribunal, cela ne changera pas grand-chose, car il y a tout de même de l'argent de l'autre côté. De plus, le juge va très clairement se rendre compte que cette affaire est explosive. Cela pourra être utile.

— Quel est notre meilleur atout ? » demandai-je, en songeant à la bonne mine de Kyra et à son absence totale de peur en présence de sa mère. J'avais posé la question en pensant que John allait me répondre que les charges de l'accusation étaient manifestement sans fondement. Je me trompais.

« Notre meilleur atout ? L'âge de Devory. Il doit être plus vieux que Dieu lui-même.

— D'après ce que j'ai entendu dire pendant le week-end, il devrait avoir quatre-vingt-cinq ans. A priori, Dieu serait plus âgé.

— Ouais, mais en tant que père potentiel, même Tony Randall a l'allure d'un ado à côté de lui, répondit l'avocat, l'air de carrément s'amuser. Pensez-y, Michael : la petite sortira du lycée le jour où le papy aura cent ans. Sans compter que le vieux a peut-être présumé de ses forces, sur un plan légal. Savez-vous ce qu'est un subrogé tuteur ?

— Non.

— Fondamentalement, c'est un avocat nommé par la cour pour protéger les intérêts d'un mineur. Des honoraires sont prévus pour cela sur le budget de la justice, mais c'est une misère. La plupart des gens qui acceptent d'être subrogés tuteurs le font pour des motifs strictement altruistes... mais pas tous. Dans tous les cas de figure, un subrogé tuteur influe sur l'affaire. Les juges ne sont pas obligés de prendre son avis, mais ils le font presque tout le temps. Le juge aurait l'air stupide s'il rejetait l'avis que lui donne celui qu'il a lui-même nommé, et s'il y a bien une chose que les juges détestent, c'est d'avoir l'air stupide.

« Devory aura-t-il ses propres avocats ? »

La question le fit rire. « Une bonne demi-douzaine pour l'audience sur la garde...

— Vous êtes sérieux ?

— Il a quatre-vingt-cinq piges, ce type. Trop vieux pour les Ferrari, trop vieux pour le saut à l'élastique au Tibet et trop vieux pour les putes, à moins d'un miracle. Qu'est-ce qui lui reste pour dépenser tout son fric ?

— Les avocats, dis-je d'un ton morose.

— Exactement.

— Et Mattie Devory, qu'est-ce qu'elle a ?

— Grâce à vous elle m'a, moi, répondit John Storrow. Comme dans un roman de John Grisham, vous ne trouvez pas ? De l'or pur. Entre-temps, je vais m'intéresser à Durgin, le subrogé. Si Devory a pensé que tout se passerait sans problème, il a peut-être commis la maladresse de soumettre Durgin à certaines tentations. Et Durgin a peut-être eu la bêtise d'y succomber. Qui sait ce que nous pourrons trouver ? »

Mais j'étais en retard d'un wagon. « Elle vous a grâce à moi, d'accord. Mais si je n'avais pas été là pour lui donner un coup de main, qu'aurait-elle obtenu ?

— *Bupkes*. C'est du yiddish. Cela signifie...

— Je sais ce que ça veut dire. C'est incroyable.

— Mais non. C'est la justice américaine, voilà tout. Vous connaissez la dame à la balance ? Celle qui trône au fronton de la plupart des palais de justice ?

— Ouais.

— Collez-lui des menottes aux poignets et scotchez-lui la bouche pour compléter le bandeau qu'elle a sur les yeux, violez-la et roulez-la dans la boue. Le tableau vous plaît ? Pas à moi, mais c'est une bonne représentation du fonctionnement de la justice dans les affaires de garde d'enfant où le plaignant est riche et où son adversaire est pauvre. Et l'égalité des sexes n'a fait que rendre les choses encore pires, car les mères ayant tendance à être pauvres, on ne leur confie plus automatiquement la garde des enfants.

— Mattie Devory va avoir sérieusement besoin de vous, n'est-ce pas ?

— Oui, répondit simplement John. Rappelez-moi demain pour me dire qu'elle accepte.

— J'espère y parvenir.

— Moi aussi. Ah, une dernière chose.

— Quoi donc ?

— Vous avez menti à Devory, au téléphone.

— Rien à foutre !

— Non, non, désolé de contredire l'auteur favori de ma sœur, mais vous avez menti et vous le savez parfaitement. Vous lui avez raconté que la mère et la fille se promenaient ensemble, que la petite ramassait des fleurs, que tout baignait. Il n'y manquait plus que Bambi et son petit copain Thumper. »

Je me tenais tout droit dans ma chaise longue. Je me sentais coincé. J'avais aussi l'impression qu'il ne tenait pas compte de l'habileté dont j'avais fait preuve. « Hé, non, réfléchissez. Je ne lui ai rien affirmé, à aucun moment. Je lui ai toujours dit que je croyais, que je supposais, je l'ai répété à plusieurs reprises. Je m'en souviens très bien.

— Peut-être, mais si jamais il a enregistré votre conversation, vous risquez d'avoir l'occasion de compter à combien de reprises. »

Sur le coup, je ne répondis pas. Je repensai aux échanges que j'avais eus avec Devory, au bourdonnement de la ligne, ce bourdonnement caractéristique que j'avais toujours entendu au cours des étés précédents passés à Sara Laughs. Ce bruit sourd et bas avait-il été plus nettement audible, samedi soir dernier ?

« La ligne était peut-être sur écoute, dis-je à contre-cœur, ce n'est pas impossible.

— Hum. Et si l'avocat de Devory fait écouter cet enregistrement au subrogé, quelle impression, à votre avis, lui donnerez-vous ?

— D'être un type prudent. Qui aurait peut-être même quelque chose à cacher.

— Ou qui invente une histoire. Et c'est précisément votre spécialité, non ? C'est même votre gagne-pain. À l'audience, l'avocat de Devory ne manquera pas d'insister là-dessus. Et si à ce moment-là il vous sort quelqu'un passé peu de temps après l'arrivée de Mattie sur la scène... une personne affirmant que la jeune dame paraissait bouleversée et hors d'elle-même, de quoi aurez-vous l'air ?

— D'un menteur... ah, merde.

— N'ayez pas peur, Mike. Ne perdez pas courage.

— Que devrais-je faire ?

— Mouiller leur poudre à canon avant qu'ils aient le temps de faire feu. Dites à Durgin exactement ce qui s'est passé. Que tout figure dans votre déposition. Insistez sur le fait que la petite croyait qu'elle était en sécurité. En particulier sur cette histoire de *passage-piétons*. J'adore ce détail.

— Oui, mais s'ils ont l'enregistrement, ils le feront passer et j'aurai alors l'air d'un type qui raconte n'importe quoi.

— Ce n'est pas mon avis. Vous ne déposiez pas sous serment quand vous avez parlé à Devory, que je sache. Vous étiez bien tranquillement assis sur votre terrasse, sans embêter personne, à regarder le feu d'artifice. Et cette espèce d'enfoiré hargneux vous tombe dessus sans crier gare. Vous ne lui aviez même pas donné votre numéro de téléphone, c'est bien ça ?

— Non.

— Un numéro *sur liste rouge*. Et il a beau vous dire qu'il s'appelle Maxwell Devory, il aurait pu s'agir de n'importe qui, n'est-ce pas ?

— Tout à fait.

— Le shah d'Iran, par exemple.

— Non, le shah est mort.

— D'accord, pas le shah. Mais un voisin un peu trop curieux... ou un amateur de canulars.

— En effet.

— Et vous avez déclaré ce que vous avez déclaré en pensant à tout ça. Mais maintenant que vous déposez dans le cadre d'une instruction judiciaire légale, vous dites toute la vérité, rien que la vérité et tout le bazar.

— Et comment. » Cette agréable impression *mon-avocat* m'avait un instant déserté, mais elle revenait en force, à présent.

« Rien ne vaut la vérité, Mike, reprit-il d'un ton solennel. Sauf dans de très rares occasions, mais ce n'est pas le cas ici. On est bien d'accord là-dessus ?

— Parfaitement.

— Très bien, on a fait le tour de la question. Je veux avoir des nouvelles de vous ou de Mattie Devory demain matin, vers onze heures. J'aimerais autant que ce soit elle qui appelle.

— Je vais essayer.

— Si elle renâcle sérieusement, vous savez ce qui vous reste à faire, Mike ?

— Il me semble. Merci, John.

— De toute façon, nous nous reparlerons dans très peu de temps », dit-il. Puis il raccrocha.

Je restai un certain temps sans bouger de mon siège. À un moment donné, j'appuyai sur le bouton on du téléphone sans fil, puis le coupai peu après. Il fallait que je parle à Mattie, mais je n'étais pas encore tout à fait prêt. Je décidai d'aller marcher un peu.

Si elle renâcle sérieusement, vous savez ce qui vous reste à faire, Mike ?

Bien sûr. Lui rappeler qu'elle n'avait pas les moyens de se draper dans sa fierté. Qu'elle ne pouvait s'offrir le luxe de faire sa Yankee et de refuser la charité de Michael Noonan, auteur de *Being Two, The Red-Shirt Man* et de *Helen's Promise*, ce dernier à paraître prochainement. Lui rappeler qu'elle pourrait avoir sa fierté ou sa fille, mais probablement pas les deux.

Hé, Mattie, choisis.

J'allai pratiquement jusqu'au bout du sentier, m'arrêtant en passant à Tidwell's Meadow pour jouir de la vue sur le lac et les Montagnes Blanches, au loin. L'eau avait quelque chose de rêveur sous le ciel embrumé, paraissant grise lorsqu'on penchait la tête d'un côté, bleue lorsqu'on la penchait de l'autre. Je ressentais très vivement cette impression de mystère. Cette impression de Manderley.

Un peu plus de quarante Noirs s'étaient installés ici au début du siècle — ou du moins avaient atterri ici pendant quelque temps — d'après Marie Hingerman (d'après, également, *A History of Castle County and Castle Rock*, un gros volume publié en 1977, pour le bicentenaire du comté). Des Noirs assez particuliers, aussi : presque tous parents, presque tous talentueux, faisant presque tous partie d'un groupe musical qui s'était tout d'abord appelé les Red-Top Boys, puis Sara Tidwell et les Red-Top Boys. Ils avaient acheté à un type du nom de Douglas Day ce terrain dégagé ainsi qu'une bande de terre assez considérable en bordure du lac. Il leur avait fallu dix ans pour économiser la somme, d'après Sonny Tidwell, l'homme qui avait mené les négociations (en tant que Red-Top, Sonny Tidwell jouait de ce qu'on appelait alors la guitare « griffe de poulet »).

Il s'était produit une levée de boucliers dans le secteur et il y avait même eu une manifestation de rue pour protester contre « l'intrusion de ces moricauds, qui n'arrivaient pas en famille, mais en horde ». Puis les choses s'étaient calmées et tout était rentré dans l'ordre, comme les choses ont tendance à le faire le plus souvent. Le bidonville que la plupart des gens du coin s'attendaient à voir s'élever sur la Colline à Day (comme on appelait Tidwell's Meadow en 1900, au moment où Sonny Tidwell l'avait acheté pour son clan) ne vit jamais le jour. Au lieu de cela sortirent du sol un certain nombre de chalets blancs impeccables entourant un bâtiment plus vaste, susceptible de servir de lieu de réunion, de salle de répétition, voire même, à un certain stade, de salle de concert.

Sara et les Red-Top Boys (il y avait parfois une fille parmi les « boys » ; la composition de l'orchestre était mouvante et changeait à chaque concert) se produisirent dans le Maine occidental pendant plus d'une année, peut-être même près de deux années. Dans toutes les petites villes qui bordent la Western Line, Farmington, Skowhegan, Bridgeton, Gates Falls, Castle Rock, Motton, Fryeburg, on tombe encore parfois sur leurs affiches, chez les ferrailleurs et les brocanteurs. Sara et les Red-Tops étaient très appréciés, et avaient même du succès ici, dans le TR, ce qui ne m'a jamais étonné. En fin de compte, Robert Frost — ce poète utilitariste et souvent peu sympathique — avait raison : dans les trois États du Nord-Est, nous croyons sincèrement que les bonnes clôtures font les bons voisins. On rouspète, puis on s'installe dans une paix sordide — du genre l'œil aux aguets, les lèvres pincées. « Ils paient leurs factures », disons-nous. « J'ai jamais eu besoin de tirer sur l'un de leurs chiens », disons-nous. « Ils ne demandent rien à personne », disons-nous, comme si l'isolement était une vertu. Et, bien entendu, la vertu cardinale : « Ils ne demandent pas la charité. »

Et, à un moment donné, Sara Tidwell était devenue Sara Laughs.

À la fin, cependant, le TR-90 avait dû ne plus leur

convenir car, après avoir joué dans une ou deux foires à la fin de l'été 1901, le clan avait disparu de la région. La location des charmants petits chalets avait rapporté des revenus saisonniers à la famille Day jusqu'en 1933, époque à laquelle ils brûlèrent au cours des incendies de forêt qui avaient ravagé les rives nord et est du lac. Fin de l'histoire.

Sauf pour la musique de Sara, cependant. Sa musique lui avait survécu.

Je quittai le rocher sur lequel je m'étais assis, m'étirai et revins par la Rue, chantant l'une de ses chansons.

CHAPITRE 12

Je m'efforçai, sur le chemin du retour, de ne penser à rien. Mon premier directeur littéraire avait l'habitude de dire que quatre-vingt-cinq pour cent de ce qui se passe dans la tête d'un écrivain se fait indépendamment de lui ; j'ai toujours cru que cette remarque était valable pour tout le monde. Les soi-disant « pensées profondes » sont dans l'ensemble largement surestimées. Lorsqu'on a des ennuis et qu'il faut prendre des décisions, il vaut finalement mieux, à mon avis, se tenir sur le côté et laisser les types du sous-sol faire leur boulot. Un boulot d'ouvriers, des types pas syndiqués, aux muscles solides et couverts de tatouages. Leur spécialité est l'instinct, et ils n'en réfèrent aux plus hautes instances qu'en dernier ressort, lorsqu'il ne reste plus qu'à cogiter.

Lorsque j'essayai d'appeler Mattie Devory, il se produisit un incident extrêmement curieux — n'ayant cependant aucun rapport avec mes histoires de fantômes, pour autant que je sache. Après avoir appuyé sur le bouton ON du sans-fil, au lieu de la tonalité habituelle, je n'eus que le silence. Puis, à l'instant où je me disais que j'avais dû mal raccrocher dans le séjour ou dans la chambre, je me rendis compte que ce n'était pas un silence complet. Aussi distante qu'une transmission radio venue de Jupiter, joyeuse et caquetante comme celle d'un canard agité, me parvenait la voix d'un type qui chantait, avec une bonne dose d'accent de Brooklyn : « *Il la suivit à l'école un jour, l'école un jour, l'école un jour. Il la suivit à l'école un jour, ce qui n'était pas du jeu...* »

J'ouvris la bouche pour demander qui était là mais une voix de femme me précéda d'un cheveu : « Allô ? dit-elle d'un ton perplexe, dubitatif.

— Mattie ? » Dans ma confusion, il ne me vint pas à l'esprit de l'appeler d'une manière moins familière, Ms ou Mrs Devory, par exemple. Il ne me parut pas non plus étrange de l'avoir reconnue à partir de cet unique mot, alors que la seule conversation que nous avions eue, trois jours avant, n'avait pas duré bien longtemps. Les types du sous-sol avaient peut-être reconnu le fond sonore et fait le lien avec Kyra.

« Mr Noonan ? » Elle paraissait plus stupéfaite que jamais. « Le téléphone n'a même pas sonné !

— J'ai dû décrocher juste au moment où passait votre appel. C'est un truc qui arrive parfois. » Mais combien de fois, me demandai-je, cela se produit-il lorsque la personne qui vous appelle est précisément celle que vous vous proposiez d'appeler ? Ce n'est peut-être pas si rare, au fond. Télépathie, coïncidence ? Phénomène paranormal, ou numéro de music-hall ? D'une manière ou d'une autre, cela paraissait presque magique. Je regardai, à l'autre bout de la grande salle de séjour au plafond bas, l'œil de verre brillant de Bunter l'Orignal et me dis : *Oui, mais c'est peut-être un endroit magique, maintenant.*

« Sans doute, dit-elle sans trop avoir l'air d'y croire.

Je m'excuse tout d'abord de vous appeler — ce n'est pas très poli de ma part. Je sais que votre numéro est sur liste rouge. »

Oh, pas la peine de s'en faire pour cela, pensai-je. *Tout le monde connaît ce bon vieux numéro, à présent. J'envisage même de le faire mettre carrément dans les pages jaunes.*

« Je l'ai eu par votre fiche, à la bibliothèque, poursuivit-elle, d'un ton gêné. C'est là que je travaille. » En fond sonore, « *Fermier du vallon* » avait remplacé « *Il la suivit à l'école* ».

« Aucun problème, répondis-je, vraiment. En particulier parce que vous êtes précisément la personne que je voulais joindre quand j'ai décroché.

— Moi ? Pourquoi ?

— Les dames d'abord. »

Elle eut un petit rire nerveux. « Je voulais vous inviter à dîner. Ou plutôt, Ki et moi voulions vous inviter à dîner. J'aurais dû le faire plus tôt. Vous avez été incroyablement gentil avec nous, l'autre jour... Viendrez-vous ?

— Oui, répondis-je sans la moindre hésitation. Et je vous remercie. De toute façon, il y a certaines choses dont nous avons à parler. »

Silence. À l'arrière-plan, la souris de la chanson s'emparait du fromage. Enfant, j'étais persuadé que toutes ces choses se produisaient dans une vaste usine grise, la Hi-Ho Dairy-O.

« Mattie ? Toujours en ligne ?

— Il vous a entraîné dans cette affaire, c'est ça ? Quel affreux vieillard ! » Ce n'était plus de la nervosité dans sa voix, mais quelque chose comme du désespoir.

« Eh bien, oui et non. On pourrait discuter longtemps pour savoir si c'est le destin, ou une coïncidence, ou Dieu qui m'a impliqué là-dedans. Je n'étais pas en ville ce matin-là à cause de Max Devory ; j'étais à la chasse au Villageburger, un gibier craintif. »

Elle ne rit pas, mais sa voix s'anima de nouveau un

peu, ce qui me fit plaisir. Les gens qui parlent de ce ton plat et mort sont en général des gens qui ont peur. Des gens, parfois, que l'on a complètement terrorisés. « N'empêche, je suis tout de même désolée de vous avoir mêlé à mes ennuis. » Je me dis que lorsque je lui aurais parlé de John Storrow, elle risquait de se demander qui entraînait qui dans quoi, et j'étais content à l'idée que je ne serais pas obligé de le faire par téléphone.

« De toute façon, je serai ravi de venir dîner. Quand ?

— Ce soir — ce n'est pas trop tôt ?

— Absolument pas.

— C'est merveilleux. Je dois vous dire que nous passons à table de bonne heure, si je ne veux pas que la petite s'endorme le nez dans son dessert. Six heures, ça vous va ?

— Très bien.

— Kyra va être très excitée. Nous n'avons pas beaucoup de compagnie.

— Elle n'a pas repris la clef des champs, j'espère ? »

Je crus qu'elle allait peut-être se formaliser. Au lieu de cela, elle éclata franchement de rire, cette fois. « Seigneur, non ! Toute cette agitation, samedi dernier, lui a fait très peur. À présent, elle vient me dire quand elle passe de la balançoire, qui est sur le côté, au bac à sable, qui se trouve derrière la caravane. Elle a aussi beaucoup parlé de vous. Elle vous appelle « le grand monsieur qui m'a attrapée ». Je crois qu'elle craint que vous ne soyez fâché contre elle.

— Dites-lui que je ne le suis pas. Ou plutôt non. Je le lui dirai moi-même. Puis-je apporter quelque chose ?

— Une bouteille de vin ? proposa-t-elle d'un ton dubitatif. C'est peut-être un peu prétentieux. J'avais l'intention de faire simplement des hamburgers et une salade de pommes de terre.

— J'apporterai une bouteille sans prétention.

— Merci... Pour moi aussi, c'est un peu excitant. Personne ne vient jamais nous voir. »

Je fus horrifié de me rendre compte que j'avais été sur le point de lui répondre que pour moi aussi, c'était un peu excitant, mon premier rendez-vous en quatre ans et tout le bazar. « Merci beaucoup d'avoir pensé à moi. »

En raccrochant, je repensai à John Storrow me conseillant de rester bien visible quand je serais auprès d'elle et de ne pas donner de quoi alimenter les rumeurs qui couraient la ville. Si elle avait prévu un barbecue, nous serions probablement à l'extérieur et les gens verraient que nous avions gardé nos vêtements... pour la plus grande partie de la soirée, au moins. Elle ferait cependant à un moment ou l'autre ce que commande le savoir-vivre et m'inviterait à l'intérieur ; je ferais à mon tour ce que commande le savoir-vivre et accepterais. J'admirerais sa peinture sur velours d'Elvis Presley ou les plaques commémoratives du Franklin Mint, ou ce qu'elle pouvait bien avoir en guise de décoration, dans sa caravane. Kyra me montrerait sa chambre et je m'exclamerais d'émerveillement devant son assortiment d'animaux en peluche et sa poupée préférée, comme il était de rigueur. Il y a toutes sortes de priorités dans la vie. Certaines que votre avocat peut comprendre, mais je soupçonne qu'il y en a quelques-unes qui lui échappent.

« Est-ce que je m'y prends comme il faut, Bunter ? demandai-je à l'orignal empaillé. Meugle une fois pour oui, deux fois pour non. »

J'étais à mi-chemin du couloir conduisant dans l'aile nord, ne pensant qu'à prendre une douche fraîche, lorsque me parvint un bref tintement très doux de la cloche qui pendait au cou de l'animal. Je m'arrêtai, tête inclinée, la chemise à la main, m'attendant à ce que la cloche sonne à nouveau. Rien. Au bout d'une minute, je repartis pour la salle de bains prendre ma douche.

Le magasin général — le Lakeview — présente, dans un coin, un assez bon assortiment de vins ; la demande locale doit être faible, mais les touristes en achètent sans doute pas mal ; je sélectionnai une bouteille de mondavi rouge. Elle coûtait probablement plus cher que ce qu'avait envisagé Mattie, mais je pouvais toujours décoller l'étiquette du prix et espérer qu'elle ne verrait pas la différence. Il y avait une file d'attente à la caisse, pour la plupart des gens avec des T-shirts humides enfilés par-dessus le maillot de bain et du sable de la plage publique collé aux jambes. Pendant que j'attendais mon tour, mes yeux tombèrent sur les articles faisant l'objet d'achats impulsifs qui sont toujours rangés près de la sortie. Parmi eux se trouvaient plusieurs sacs en plastique portant la marque Magnabet et un dessin représentant un réfrigérateur de BD avec le message JE REVIENS TOUT DE SUITE collé dessus. D'après les informations données sur le paquet, il y avait dedans deux jeux de consonnes et de voyelles, plus un supplément de voyelles. J'en pris deux paquets, puis, réflexion faite, un troisième... me disant que la petite fille de Mattie Devory avait tout à fait l'âge, probablement, de jouer avec des lettres.

Kyra me vit me garer dans la cour envahie d'herbes, devant la double caravane ; elle sauta du bricolage qui lui servait de balançoire, courut jusqu'à sa mère et se cacha derrière elle. Lorsque je m'approchai du barbecue Hibachi, installé près des marches en parpaing de ciment qui faisaient office d'escalier, l'enfant qui m'avait parlé de manière si intrépide, samedi dernier, se réduisait à un œil bleu inquisiteur et à une main potelée accrochée à un pli de la robe d'été que portait sa mère.

Deux heures de temps, cependant, apportèrent des changements considérables. Alors que gagnait le crépuscule, Kyra vint s'asseoir sur mes genoux et écouta

257

attentivement, bien que gagnée par une somnolence de plus en plus grande, l'histoire toujours aussi enchanteresse de Cendrillon. Le canapé sur lequel nous étions installés était d'une nuance de marron qu'on ne vend que dans les solderies, et encore par décision de justice, et bosselé en diable, par-dessus le marché. Je ne m'en sentais pas moins honteux des idées préconçues que je m'étais faites sur ce que je découvrirais à l'intérieur de la caravane. Une reproduction d'Edward Hopper — une toile représentant un comptoir de cafétéria dans la nuit — était accrochée sur le mur, derrière nous, tandis qu'à l'autre bout de la pièce, au-dessus de la petite table en Formica du coin-cuisine, se trouvait l'un des *Tournesols* de Van Gogh. Il paraissait encore plus à sa place que le Hopper dans la caravane de Mattie. Mais pour quelle raison, je n'en ai pas la moindre idée.

« La pantoufle de verre va lui couper son petit pied, observa Kyra, l'air songeur et brumeux à la fois.

— Sûrement pas. Les pantoufles de verre étaient faites spécialement dans le Royaume de Grimoire. Confortables et incassables, du moins tant qu'on ne chantait pas un contre-ut en les portant.

— Z'en aurai une paire ?

— Désolé, Ki. Plus personne ne sait comment on les fabrique, de nos jours. C'est un art perdu, comme l'acier de Tolède. » Il faisait très chaud à l'intérieur et son dos appuyé à ma chemise me donnait encore plus chaud, mais je n'aurais changé de position pour rien au monde. Je trouvais sensationnel d'avoir un enfant sur les genoux. Dehors, sa mère chantait en rassemblant les couverts sur la table à jeu qui nous avait servi à pique-niquer. L'entendre chanter aussi était assez sensationnel.

« Continue, continue », me dit Kyra avec un geste vers l'image où l'on voyait Cendrillon frotter le plancher. La petite fille timide qui se cachait derrière le dos de sa mère avait disparu ; le bout de chou en colère de samedi matin, bien décidé à se rendre à la maudite plage, avait disparu également ; il ne restait plus qu'une gosse somnolente, mignonne, intelligente et confiante. « Sans quoi, ajouta-t-elle, ze vais pas tenir.

— Tu as envie de faire pipi ?

— Non, répondit-elle en m'adressant un regard où perçait un léger mépris. Et en plus, on dit u-ri-ner. Pipi, c'est bon pour les bébés, c'est ce que dit Mattie. Z'y suis dézà allée. Mais si tu lis pas vite l'histoire, ze vais m'endormir.

— On ne peut pas faire aller vite une histoire où il y a de la magie, Ki.

— Alors, aussi vite que tu peux.

— D'accord. » Je tournai la page. On voyait Cendrillon, pleine de bonne volonté, adressant un au revoir de la main à ses salopes de frangines qui se rendaient au bal, habillées comme des starlettes. « À peine Cendrillon avait-elle dit au revoir à Tammi, Faye et Vanna...

— C'est le nom des sœurs ?

— C'est ceux que j'ai inventés. Ils te plaisent ?

— Oh, oui. » Elle s'installa plus confortablement sur mes genoux et laissa sa tête retomber contre ma poitrine.

« À peine Cendrillon avait-elle dit au revoir à Tammi, Faye et Vanna, qu'une lumière éclatante apparut soudain dans un coin de la cuisine. Il en sortit une dame très belle, habillée d'une robe d'argent. Les diamants, dans ses cheveux, brillaient comme des étoiles.

— La marraine qu'est une fée, commenta Kyra.

— Oui. »

Mattie arriva, portant la bouteille de mondavi à moitié vide et le matériel noirci du barbecue. Sa robe était rouge vif et les tennis qu'elle portait aux pieds étaient d'un blanc si immaculé qu'ils paraissaient briller dans la pénombre. Elle avait les cheveux tirés en arrière et si elle n'était toujours pas la superbe créature « country club » que j'avais un instant imaginée, je la trouvai cependant bien jolie. Elle regarda sa fille, me regarda, arqua les sourcils et fit un geste des deux bras, comme si elle soulevait un poids. Je secouai la tête, lui faisant savoir que ni la petite ni moi n'étions tout à fait prêts.

Je repris ma lecture pendant que Mattie récurait ses quelques ustensiles de cuisson. Elle fredonnait toujours. Le temps qu'elle en ait terminé avec la spatule, le corps de Kyra s'était détendu d'une manière que j'identifiai sur-le-champ : elle dormait, et à poings fermés. Je refermai *The Little Golden Treasure of Fairy Tales* et le posai sur la table à côté de deux autres livres — sans doute ceux que lisait Mattie en ce moment. Je levai les yeux, la vis qui me regardait aussi depuis la kitchenette, et lui adressai le V de la victoire. « Noonan, vainqueur par KO technique à la huitième reprise », dis-je.

La jeune femme se sécha les mains et s'approcha. « Passez-la-moi. »

Au lieu de cela, je me levai avec Kyra dans les bras. « Je vais la porter. Où ? »

Elle fit un geste. « Par là. »

Le couloir dans lequel nous nous engageâmes était tellement étroit que je devais faire attention à ne pas heurter les pieds du bébé d'un côté ou sa tête de l'autre. Au fond se trouvait la salle de bains, d'une propreté étincelante ; à droite, une porte fermée donnant sur ce qui était sans doute la chambre que Mattie avait naguère partagée avec Lance Devory et où elle dormait maintenant seule. Si elle avait un petit ami qui passait la nuit ici, ne serait-ce que de temps en temps, elle avait parfaitement réussi à faire disparaître toute trace de sa présence.

Je me glissai avec précaution par la porte de gauche et découvris un petit lit avec son couvre-pieds décoré de roses pompons, une table sur laquelle était posée une maison de poupée, une image représentant la Cité d'émeraude sur un mur, et sur l'autre, écrit en lettres adhésives brillantes, CASA KYRA. Le vieux Devory voulait l'arracher à cet endroit, un endroit où rien ne clochait, où, au contraire, tout était parfaitement bien. Casa Kyra était la chambre d'une petite fille qui grandissait dans les meilleures conditions.

« Posez-la simplement sur le lit et allez vous servir un autre verre de vin, me dit Mattie. Je vais lui passer son pyjama et je vous rejoindrai ensuite. Nous avons des choses à nous dire.

— Très bien. » Je déposai Kyra sur le lit puis me penchai encore un peu, avec l'intention de lui poser un bécot sur le nez. J'eus un instant d'hésitation, mais achevai néanmoins mon geste. Mattie souriait quand je repartis, et je me dis que j'avais sans doute bien fait.

Après m'être servi un peu de vin, je revins m'installer dans l'embryon de pièce de séjour, où je regardai quels étaient les deux livres posés à côté des contes de fées destinés à Kyra. Je suis toujours curieux de savoir ce que lisent les gens ; la seule chose qui nous en apprenne davantage sur eux est l'examen de leur armoire à pharmacie, et fouiller dans celle de son hôte est considéré comme mal élevé dans les milieux huppés.

Les deux ouvrages étaient totalement différents — presque incompatibles. Le premier, avec un marque-page fait d'une carte à jouer placée aux trois quarts du livre, était l'édition en poche de *Silent Witness* de Richard North Patterson. J'applaudis ce choix ; Patterson et DeMille sont probablement les deux meilleurs romanciers populaires actuels. L'autre, une édition originale assez volumineuse, était le recueil complet des *Nouvelles* de Herman Melville. On ne pouvait imaginer plus éloigné de Patterson. D'après le tampon à l'encre violette décolorée des pages de garde, ces deux bouquins appartenaient à la bibliothèque de Four Lakes Community. Celle-ci se trouve dans un ravissant petit bâtiment de pierre, à environ huit kilomètres au sud du lac Dark Score, là où la route 68 quitte le TR pour passer sur le territoire de Motton. Et là où Mattie devait travailler, sans doute. Le marque-page (encore une carte) me permit de voir qu'elle lisait « Bartleby ».

« Je ne la comprends pas, dit-elle derrière moi, me faisant sursauter au point que je faillis lâcher les livres. J'aime bien l'histoire, que je trouve même très bonne, mais je n'ai aucune idée de ce qu'elle signifie. Alors que dans l'autre, je sais déjà qui est le coupable.

— C'est une idée curieuse de lire ces deux livres en même temps, dis-je en les reposant.

— Le Patterson, c'est uniquement pour le plaisir », répondit Mattie. Elle alla dans la cuisine, eut un bref coup d'œil (de regret, me sembla-t-il) pour la bouteille de vin, puis ouvrit le frigo et prit un pichet de Kool-Aid. Sur la porte, sa fille avait déjà commencé à disposer quelques lettres de son jeu de plots magnétiques : KI, MATTIE et HOHO (le Père Noël ?). « En fait, je les lis tous les deux pour le plaisir, j'imagine, mais nous devons discuter de "Bartleby" dans notre petit club. Nous nous retrouvons tous les jeudis soir à la bibliothèque. Il me reste une dizaine de pages à lire.

— Un cercle de lecture ?

— Oui. Dirigé par Mrs Briggs. Elle l'a créé bien avant ma naissance. C'est elle, la bibliothécaire en chef à Four Lakes.

— Je sais. Elle est la belle-sœur de mon gardien. » Mattie sourit. « Le monde est petit, n'est-ce pas ?

— Non, le monde est grand, mais ce patelin est petit. »

Elle commença à s'appuyer contre le comptoir, le verre de Kool-Aid à la main, puis elle se reprit. « Si nous allions plutôt nous asseoir dehors ? De cette façon, les passants pourront se rendre compte que nous sommes toujours habillés et qu'il ne se passe rien de louche. »

Je la regardai, étonné. Elle me rendit mon regard avec, dans les yeux, une expression de bonne humeur cynique. Une expression qui paraissait plutôt déplacée sur son visage.

« Je n'ai peut-être que vingt ans, mais je ne suis pas idiote. Il me fait surveiller. Je le sais et vous devez bien vous en douter. Un autre soir, j'aurais été tentée de dire "qu'il aille au diable, ce salopard", mais il fera plus frais dehors et la fumée du barbecue éloignera un peu les moustiques... Je vous ai choqué ? Dans ce cas, j'en suis désolée.

— Non, pas du tout. » Un peu, en réalité. « Inutile de vous excuser. »

Chacun son verre à la main, nous descendîmes les trois parpaings instables faisant office de perron et allâmes nous asseoir côte à côte sur les chaises de jardin. À notre gauche, les charbons du barbecue rougeoyaient faiblement dans le crépuscule grandissant. Mattie s'inclina dans son siège, appuya un instant la courbure glacée de son verre à son front, puis le vida presque complètement ; les glaçons vinrent se bousculer et cliqueter contre ses dents. Les grillons chantaient dans les bois, derrière la caravane comme de l'autre côté de la route. Plus loin, sur la 68, on voyait les néons blancs violents qui éclairaient la piste des pompes, au Lakeview. Le fond de mon siège pochait un peu, l'entrelacs de sangles était plus ou moins effiloché et j'avais tendance à pencher sérieusement sur la gauche, mais il n'y avait pas un endroit au monde où j'aurais préféré être installé. Cette soirée avait tout eu d'un petit miracle paisible... jusqu'à maintenant. Il restait encore la question John Storrow à régler.

« Je suis contente que vous soyez venu un mardi, dit-elle. Ce sont toujours les soirées les plus difficiles pour moi. Je ne peux pas m'empêcher de penser à la partie de softball du Warrington's. Les types doivent être en train de rassembler leur matériel, en ce moment, les battes, les gants, les masques, pour le ranger dans le petit local, derrière le diamant. Ils vont prendre une dernière bière, fumer une dernière cigarette... C'est là que j'ai rencontré mon mari. Je parie qu'on vous a déjà raconté tout ça. »

Je ne distinguais pas ses traits bien nettement, mais je n'avais pas de mal à détecter la pointe d'amertume qui s'était glissée dans sa voix, et j'imaginais qu'elle avait de nouveau son expression cynique. Une expression qui n'était pas de son âge, mais que les circonstances, me dis-je, lui avaient imposée. Si elle n'y prenait pas garde, elle s'enracinerait et croîtrait.

« Oui, j'ai eu droit à la version de Bill, le beau-frère de Lindy.

— Tiens, pardi... notre histoire court les rues. En vente au magasin général, au Village Cafe, ou dans ce garage de commères... que mon beau-père a arraché aux griffes de la Western Savings, au fait. Il s'en est mêlé juste avant que la banque ne fasse main basse dessus. Si bien qu'à présent, Dickie Brooks et ses potes prennent Max Devory pour Jésus réincarné. J'espère que vous avez eu une version des faits plus honnête de la part de Mr Dean que celle que vous auriez eue au All-Purpose. C'est probablement le cas, sinon vous n'auriez pas pris le risque de venir partager votre repas avec Jézabel. »

Je ne tenais pas à m'étendre sur ce sujet ; sa colère était compréhensible, mais inutile. Il était évidemment plus facile pour moi d'avoir cette attitude : ce n'était pas mon enfant qui était l'enjeu de cette bataille. « On joue toujours au softball, au Warrington's ? Même depuis que Devory l'a racheté ?

— Plus que jamais. Il va lui-même assister à tous les matches dans son fauteuil roulant électrique. Depuis qu'il est revenu, il a fait pas mal d'autres choses qui ne sont destinées qu'à s'acheter les bonnes grâces des gens, mais je crois qu'il aime sincèrement les parties de softball. La mère Whitmore l'accompagne aussi. Elle amène une bouteille d'oxygène supplémentaire dans une petite brouette rouge spéciale, avec un pneu à flanc blanc... Elle apporte aussi un gant, au cas ou une balle s'égarerait du côté de son patron. J'ai entendu dire qu'il en avait rattrapé une, au début de la saison, et qu'il a eu droit à une ovation des joueurs et du public.

— Croyez-vous que c'est pour lui une manière d'être en contact avec son fils, d'aller voir ces parties ? »

Mattie eut un sourire sinistre. « Il ne doit même pas penser une fois à Lance, quand il est sur le terrain. On joue avec acharnement, au Warrington's ; ils se jettent sur les bases les pieds devant, sautent dans les broussailles pour rattraper les balles hautes et s'injurient les uns les autres quand ils ont raté un coup. C'est précisément ce qui plaît à Max Devory, et c'est pourquoi il ne manque jamais une soirée, le mardi. Il adore les voir se casser la figure et se faire mal.

— Est-ce ainsi que jouait Lance ? »

Elle réfléchit attentivement à ma question. « Il jouait avec intensité, mais il ne devenait pas fou. Il venait uniquement pour s'amuser. Comme nous toutes, les femmes. Merde, on n'était même pas des femmes, rien que des gamines. Cindy, la femme de Barney Therriault, n'avait que seize ans. On se tenait derrière le backstop, à la première base, à fumer ou à faire brûler de l'amadou pour chasser les moustiques ; on acclamait les nôtres quand ils réussissaient leur coup, on riait quand ils le rataient. On échangeait nos sodas ou nos bières. J'admirais les jumeaux de Helen Geary et Helen embrassait Kyra dans le cou jusqu'à ce qu'elle rie... Parfois, nous allions ensuite au Village Cafe, et Buddy nous préparait des pizzas, aux frais des perdants. Tout le monde était de nouveau ami, après la partie. On criait, on riait, on se soufflait les protections des pailles dessus, certains des types étaient un peu ivres, mais personne ne devenait mauvais. À cette époque, ils libéraient toute leur agressivité sur le terrain de sport. Eh bien, figurez-vous que personne n'est venu me voir. Ni Helen Geary, qui était ma meilleure amie. Ni Richie Lattimore, qui était le meilleur ami de Lance ; tous les deux, ils étaient capables de parler pendant des heures de roches, d'oiseaux et des variétés d'arbres de la forêt. Ils sont venus à l'enterrement, puis encore un peu après... Savez-vous à quoi ça me fait penser ? Quand j'étais gamine, notre puits s'est asséché. Pendant quelque temps, nous n'avons eu qu'un filet d'eau au robinet. Puis plus rien — rien que de l'air. » Ce n'était plus du cynisme qu'il y avait dans sa voix, mais la fêlure de quelqu'un de blessé. « J'ai vu Helen, à Noël, et nous nous sommes promis de nous retrouver pour l'anniversaire des jumeaux, mais cela ne s'est pas fait. Je crois qu'elle craint de m'approcher.

— À cause du vieux ?

— Et de qui d'autre ? Mais ça ne fait rien, la vie continue. » Elle se redressa et finit les quelques gouttes qui restaient dans son verre avant de le poser. « Et vous, Mike ? Êtes-vous revenu pour écrire un livre ? Allez-vous parler du TR ? » Il s'agissait d'une plaisanterie locale dont je me souvins avec une bouffée de nostalgie presque douloureuse. On disait des gens du cru ayant de grands projets qu'ils ne manqueraient pas de parler du TR.

« Non », dis-je. Et je fus le premier surpris de m'entendre ajouter : « Je n'écris plus. »

Je crois que je m'attendais à la voir bondir sur ses pieds, renverser sa chaise et pousser un cri horrifié de dénégation. Ce qui en dit long sur moi — des choses, je suppose, qui ne sont pas très flatteuses.

« Vous avez pris votre retraite ? demanda-t-elle d'un ton nullement horrifié. Ou bien est-ce le blocage de l'écrivain ?

— En tout cas, c'est une retraite que je n'ai pas choisie. » Je pris conscience du tour pittoresque que venait de prendre la conversation. J'étais venu avant tout pour lui faire accepter l'idée de John Storrow — pour la lui faire avaler toute crue, s'il le fallait — et au lieu de cela, je lui parlais de mon incapacité à écrire.

266

C'était la première fois que je m'en ouvrais à quelqu'un.

« Alors, c'est un blocage.

— C'est ce que j'ai pensé, au début, mais je n'en suis plus aussi sûr. Je me demande si les romanciers n'arrivent pas à l'écriture avec un certain nombre d'histoires à raconter, en quelque sorte inscrites dans leur logiciel. Et lorsqu'elles en sont sorties, c'est fini.

— J'en doute. Peut-être arriverez-vous à écrire, à présent que vous êtes ici. Qui sait si ce n'est pas en partie pour cette raison que vous êtes revenu ?

— Ce n'est pas impossible.

— Avez-vous peur ?

— Parfois. Avant tout quand je pense à ce que je vais faire du reste de ma vie. Je ne suis pas très bon dans l'art de construire des bateaux dans des bouteilles, et c'était ma femme qui avait la main verte.

— Moi aussi, j'ai peur. Très peur. On dirait que j'ai peur en permanence, en ce moment.

— Redoutez-vous qu'on lui attribue la garde de la petite ? C'est justement pour cela, Mattie, que...

— La garde n'est qu'une partie du problème. Le seul fait d'être ici, sur le TR, me fait peur. Les choses ont commencé au début de l'été, longtemps après avoir appris que Devory avait l'intention de m'enlever Ki, s'il le pouvait. Et ça ne fait qu'empirer. J'ai un peu l'impression de voir de gros nuages noirs s'accumuler du côté du New Hampshire et venir s'empiler au-dessus du lac. Je ne sais pas comment l'exprimer autrement, sinon... » Elle changea de position, croisa les jambes et se pencha pour tirer sur l'ourlet de sa jupe, comme si elle avait froid. « Sinon que je me suis réveillée plusieurs fois dans la nuit, ces temps derniers, certaine de ne pas être seule dans ma chambre. Une fois, j'étais même sûre de ne pas être seule dans mon lit. Ce n'est parfois qu'une sensation, parfois, comme un mal de tête qui serait dans les nerfs, mais à d'autres moments j'ai l'impression d'entendre murmurer, ou pleurer. J'ai fait un gâteau, un soir — il y a environ deux semaines — et j'ai oublié de ranger la farine. Le lendemain, le pot était renversé, la farine répandue sur le comptoir. Une main avait écrit *hello* dedans. J'ai tout d'abord pensé que c'était Ki, mais elle m'a dit que non. En plus, ce n'était pas son écriture, qui est tout irrégulière. Je ne sais même pas si elle pourrait écrire ce mot. *Hi*, peut-être, mais... croyez-vous qu'il serait capable de charger quelqu'un de me faire paniquer, Mike ? C'est complètement idiot, non ?

— Je me demande. » Je pensais moi aussi à une main, tapant contre l'isolant de la cave, pendant que j'étais debout dans le noir. Je pensais à un autre *hello,* écrit avec des lettres aimantées sur la porte de mon réfrigérateur, et à un enfant qui sanglotait dans l'obscurité. Ce n'était pas une sensation de froid que je ressentais, mais d'engourdissement. Un mal de tête dans les nerfs, c'était le mot juste, c'était exactement ce que l'on éprouvait quand quelque chose contournait le mur de la réalité et venait vous effleurer la nuque.

« Ce sont peut-être des fantômes », dit-elle avec un sourire incertain dans lequel il y avait plus de peur que d'amusement.

J'ouvris la bouche pour lui dire ce qui était arrivé à Sara Laughs, puis la refermai. J'en étais au point où il me fallait choisir : soit nous nous lancions dans une conversation sur le paranormal, soit nous revenions vers le monde visible. Celui dans lequel Max Devory essayait de lui voler sa fille.

« Oui, dis-je, les esprits sont sur le point de parler.

— Je regrette de ne pas mieux distinguer votre visage. Vous avez eu une expression... À quoi pensiez-vous ?

— Je ne sais pas, répondis-je. Mais pour le moment, je pense qu'il vaudrait mieux parler de Kyra. D'accord ?

— D'accord. » Dans la faible lueur qui émanait des

braises du barbecue, je la vis se caler dans son siège comme si elle s'apprêtait à recevoir un coup.

« J'ai reçu une convocation de justice pour aller faire une déposition à Castle Rock vendredi prochain. Devant Elmer Durgin, qui est le subrogé tuteur de Kyra...

— Ce crapaud prétentieux de Durgin n'est rien du tout pour Ki ! explosa Mattie. Mon beau-père l'a bien calé au fond de sa poche, tout comme Dickie Osgood, l'agent immobilier chéri du vieux Max ! Dickie et Elmer Durgin se paient des tournées au Mellow Tiger — ou du moins, se payaient des tournées jusqu'au moment où les affaires se sont mises à marcher sérieusement pour eux. Quelqu'un a dû leur dire que ça faisait mauvais genre, et ils n'y vont plus.

— La convocation m'a été remise par un adjoint du nom de George Footman.

— Qui ne vaut pas mieux, observa-t-elle d'une voix tendue. Si Dickie Osgood est un serpent, George Footman est un chien errant fouilleur de poubelles. Il a été suspendu deux fois, depuis qu'il est chez les flics. Une fois de plus, et il pourra travailler pour Max à temps complet.

— Je dois dire qu'il m'a fichu la frousse. Or les gens qui me fichent la frousse me mettent en colère. J'ai appelé mon agent à New York et engagé un avocat. Un spécialiste des problèmes de garde d'enfant. »

J'essayai de voir comment elle prenait cela, mais sans y parvenir ; nous étions pourtant assis l'un près de l'autre. Elle avait toujours cette même expression composée, comme si elle s'attendait à encaisser des coups rudes. Ou peut-être que pour cette jeune femme les coups avaient déjà commencé à pleuvoir.

Lentement, prenant bien garde à ne pas me précipiter, je lui relatai ma conversation avec John Storrow. Je soulignai la remarque qu'il m'avait faite sur l'égalité des sexes — qui avait des chances d'être contre-productrice dans son cas et rendrait au juge Rancourt la tâche plus facile pour lui enlever Kyra. Je soulignai tout aussi lourdement le fait que Devory pouvait s'offrir tout un cabinet juridique s'il le voulait — sans même parler de témoins orientés, avec un Richard Osgood faisant la tournée du TR et distribuant sans compter le fric de Max — et que la cour n'était pas obligée de prendre des gants avec elle. Je terminai en lui disant que John voulait parler à l'un de nous deux demain matin vers onze heures, et préférait que ce soit avec elle. Puis j'attendis. Le silence se prolongea, rompu seulement par les grillons et les lointains ronflements d'un pot d'échappement bricolé par un ado. Sur la 68, les néons du Lakeview s'éteignirent ; une autre journée de bonnes recettes estivales terminée. Je n'aimais pas ce silence ; il paraissait être le prélude à une explosion. Une explosion *yankee*. Je me gardai d'ajouter quoi que ce soit et attendis qu'elle me demande ce qui me donnait le droit de me mêler de ses affaires.

Quand elle prit finalement la parole, ce fut à voix basse et d'un ton de vaincue. Cela me fit mal, mais de même que l'expression de cynisme qu'elle avait affichée un moment plus tôt, cette attitude n'était pas surprenante. Je me blindai le plus possible contre ce que je ressentais. Hé, Mattie, c'est la vie. À toi de choisir.

« Pourquoi faites-vous ça ? Pour quelle raison engagez-vous à prix d'or un avocat de New York pour s'occuper de mon affaire ? C'est ce que vous m'offrez, n'est-ce pas ? Il le faut bien car moi, je ne peux pas me le payer, c'est clair. J'ai touché trente mille dollars de l'assurance à la mort de Lance, et je peux déjà m'estimer heureuse. Il avait souscrit à cette police grâce à un de ses amis du Warrington's, presque une plaisanterie, mais sans elle, j'aurais perdu la caravane, l'hiver dernier. Ils sont peut-être pleins de considération pour Dickie Brooks, à la Western Savings, mais ils n'ont strictement rien à foutre de Mattie Stanchfield Devory. Toutes déductions faites, je touche cent dollars par semaine à la bibliothèque. Vous vous proposez donc de payer. C'est bien ça ?

— Oui.

— Pourquoi ? Nous ne nous connaissons même pas.

— Parce que... » Ma voix mourut. Il me semble me souvenir que j'aurais voulu voir intervenir Johanna, à ce stade, lui servant de simple porte-parole, afin que je puisse répondre à Mattie. Mais Jo resta muette. Je volais solo.

« Parce que, en ce moment, rien de ce que je fais n'a la moindre importance, dis-je enfin, et je fus une fois de plus étonné par mes propres paroles. Et parce que je vous connais. J'ai partagé votre repas, j'ai lu une histoire à Kyra, je l'ai laissée s'endormir sur mes genoux... et je lui ai peut-être sauvé la vie l'autre jour en la sortant du milieu de la route. Nous ne pourrons jamais le vérifier, mais ce n'est pas impossible. Vous savez ce que dit le proverbe chinois là-dessus ? »

La question était purement rhétorique et je ne m'attendais pas à ce qu'elle y réponde. Elle me prit donc par surprise — pas pour la dernière fois, d'ailleurs. « Oui. Lorsqu'on sauve la vie de quelqu'un, on en devient responsable.

— Exact. Il s'agit aussi de faire ce qui est correct et ce qui est juste, mais je crois surtout que je veux m'engager dans quelque chose qui compte à mes yeux. Si je repense aux quatre années qui se sont écoulées depuis la mort de ma femme, je ne vois qu'un grand vide. Même pas un livre dans lequel Mary, la petite dactylo timide, rencontre un grand bel étranger. »

Elle resta plongée dans ses réflexions, tandis que sur la 68 passait un camion de grumes, précédé de phares aveuglants, sa remorque chargée de troncs tanguant comme les hanches d'une femme très grosse. « Ne jouez pas avec nous », dit-elle enfin. Elle parlait toujours à voix basse, mais sur un ton d'une violence inattendue. « Ne jouez pas avec nous comme l'autre joue avec son équipe de la semaine, sur son terrain de softball. J'ai besoin d'aide et j'en ai conscience, mais je ne veux pas de ça. Nous ne sommes pas des jouets, Kyra et moi. Vous comprenez ?

— Parfaitement.

— Vous savez ce que vont dire les gens, n'est-ce pas ?

— Oui.

— Je suis une fille qui a de la chance. Je commence par épouser le fils d'un homme extrêmement riche, et après sa mort, je tombe sous la protection d'un autre homme riche. Le coup suivant, je vais me retrouver avec Donald Trump[1].

— Ça suffit, Mattie.

— Je le croirais peut-être moi-même, vu de leur côté. Je me demande tout de même si personne n'a remarqué que Mattie la chanceuse habite toujours dans une caravane Modair et ne peut même pas se payer d'assurance maladie. Ou que les vaccins de la petite sont faits au dispensaire du comté. Mes parents sont morts quand j'avais quinze ans. J'ai un frère et une sœur, mais ils sont tous les deux beaucoup plus âgés que moi et habitent dans un autre État. Mes parents étaient des alcooliques — pas violents physiquement, mais pour le reste, j'ai été servie. J'ai eu l'impression de grandir dans un... un... hôtel borgne. Mon père travaillait comme forestier, ma mère était coiffeuse ; elle carburait au bourbon et avait pour seule et unique ambition de posséder un jour une Cadillac rose. Lui s'est noyé dans le Kewadin Pond. Elle dans son propre vomi, environ six mois plus tard. L'histoire vous plaît, jusqu'ici ?

— Pas tellement. Je suis désolé.

— Après l'enterrement de maman, mon frère Hugh m'a proposé de me ramener à Rhode Island, mais je voyais bien que sa femme n'était pas exactement ravie

---

1. Milliardaire américain à la vie sentimentale mouvementée (*N.d.T.*).

de voir une ado de quinze ans venir s'ajouter à la famille, et je ne peux pas lui en vouloir. En plus, je venais de réussir à me faire admettre parmi les majorettes. Ça paraît le sommet de la connerie, à présent, mais c'était la grande affaire pour moi, à l'époque. »

Évidemment, c'était une grande affaire, en particulier pour une fille d'alcooliques. La seule qui restait à la maison. Être la cadette, celle qui voit la maladie planter profondément ses griffes, voilà qui doit être le boulot le plus solitaire au monde. Que le dernier à quitter l'assommoir sacré n'oublie pas d'éteindre en partant.

« Je me suis retrouvée en fin de compte chez ma tante Florence, à trois kilomètres d'ici. Il nous a fallu trois semaines pour nous rendre compte que nous ne nous aimions pas beaucoup, ce qui ne nous a pas empêchées de tenir deux ans. Ensuite, entre mes deux dernières années d'études, j'ai trouvé un job d'été au Warrington's, où j'ai rencontré Lance. Quand il m'a demandée en mariage, ma tante a refusé de donner son autorisation. Lorsque je lui ai avoué que j'étais enceinte, elle m'a émancipée pour ne pas avoir à me la donner.

— Vous avez abandonné vos études ? »

Elle fit la grimace et acquiesça. « Je n'avais pas envie de passer six mois à me sentir observée par tout le monde, pendant que je gonflais comme un ballon. Lance s'est occupé de moi. Il m'a dit qu'il me suffirait de passer l'examen d'équivalence. Je l'ai fait l'an dernier. C'était facile. Et maintenant, nous sommes livrées à nous-mêmes, Ki et moi. Même si ma tante était d'accord pour nous aider, qu'est-ce qu'elle pourrait faire ? Elle travaille dans la fabrique Gore-Tex de Castle Rock et doit gagner seize mille dollars par an. »

Je hochai de nouveau la tête, pensant que le dernier chèque de droits d'auteur pour mes traductions françaises avait été de ce montant. Chèque couvrant *quatre mois*. Puis je me souvins de quelque chose que Kyra m'avait dit, le jour où je l'avais rencontrée.

« Quand j'ai sorti Kyra de la route, elle m'a raconté que si vous étiez fâchée contre elle, elle irait chez sa nana blanche. Étant donné que vos parents sont morts, à qui... » Sauf que je n'avais pas besoin de poser la question ; il me suffisait de faire le lien entre deux ou trois choses. « C'est Rogette Whitmore, la nana blanche ? L'assistante de Devory ? Alors cela signifie...

— Que Kyra est allée les voir, oui. Pensez donc ! Jusqu'au mois dernier, je lui ai permis d'aller voir son grand-père — et Rogette, par la même occasion, évidemment — assez souvent. Une ou deux fois par semaine ; et elle y a parfois passé la nuit. Elle aime son "Papy blanc" — en tout cas elle l'aimait, au début — et elle adore absolument cette effrayante bonne femme. » J'eus l'impression que Mattie avait frissonné dans la pénombre, alors que la nuit était encore chaude.

« Devory a appelé pour dire qu'il allait venir à l'enterrement de Lance et m'a demandé s'il pourrait voir sa petite-fille pendant qu'il serait en Nouvelle-Angleterre. Il était absolument charmant, comme s'il n'avait jamais essayé de m'acheter lorsque Lance lui avait parlé de notre projet de mariage.

— Il a fait ça ?

— Oui. Il a commencé par me proposer cent mille dollars. C'était en août 1994, après que Lance l'avait appelé pour lui dire que nous allions nous marier en septembre. Je n'en ai pas soufflé mot. Une semaine plus tard, il m'offrait deux cent mille dollars.

— Pour faire quoi, exactement ?

— Pour que la salope que j'étais décroche le grappin qu'elle avait mis sur son fils et disparaisse sans donner d'adresse. Cette fois-ci, je l'ai dit à Lance et il a grimpé aux rideaux. Il a appelé son vieux et lui a dit qu'avec ou sans sa bénédiction, nous allions nous marier. Et que s'il voulait voir un jour ses petits-enfants, il avait intérêt à arrêter ses conneries. »

Je songeai qu'avec un autre père, cette réponse aurait été probablement la plus raisonnable à donner. La réaction de Lance Devory m'inspirait du respect. Le seul problème, c'est qu'il n'avait pas affaire à un homme raisonnable, mais au type qui, enfant, avait volé la luge neuve de Scooter Larribee.

« C'est Max lui-même qui m'a fait ces offres, par téléphone. Quand Lance n'était pas dans le secteur. Puis, une dizaine de jours avant le mariage, j'ai reçu la visite de Dickie Osgood. Il me donna un numéro que je devais appeler, dans le Delaware. Je l'ai donc fait, et... » Elle secoua la tête. « Ça ne paraît pas croyable. On a l'impression d'une histoire sortie de l'un de vos livres.

— Je peux deviner ?

— Si vous voulez.

— Il a essayé d'acheter l'enfant. D'acheter Kyra. »

Ses yeux s'écarquillèrent. Un embryon de lune s'était levé et je distinguais parfaitement l'expression de surprise de Mattie.

« Combien ? demandai-je. Je suis curieux de le savoir. Combien pour donner naissance à l'enfant, pour laisser la petite-fille de Max Devory avec Lance et vous tirer ?

— Deux millions de dollars, murmura-t-elle. Dépôt fait dans la banque de mon choix, pourvu qu'elle soit à l'ouest du Mississippi et que je signe un papier m'obligeant à ne jamais chercher à revoir ni l'enfant ni Lance au moins jusqu'au 20 mars 2016.

— L'année où Kyra aura vingt et un ans.

— Oui.

— Et Osgood ignorait tout de ces détails, si bien que la réputation de Devory est restée sans tache dans le coin.

— Exactement. Les deux millions, en plus, n'étaient qu'un commencement. Il devait y avoir un million supplémentaire pour les cinquième, dixième, quinzième et vingtième anniversaires de Kyra. » Elle

275

secoua la tête, incrédule. « Le lino fait des plis dans la cuisine, la pomme de douche n'arrête pas de tomber dans la baignoire, et toute cette foutue roulotte penche tous les jours un peu plus du côté où elle va tomber, mais j'aurais pu être la femme aux six millions. »

Avez-vous jamais envisagé d'accepter cette offre, Mattie ? me demandai-je. Question que je ne posai pas et ne poserais jamais ; une curiosité aussi déplacée ne mérite pas d'être satisfaite.

« Vous en avez parlé à Lance ?

— Je ne voulais pas, au début. Il était déjà furieux contre son père et je ne tenais pas à jeter de l'huile sur le feu. Je n'avais pas envie que notre mariage commence par un étalage de haine, si bonnes qu'en soient les raisons... je ne voulais pas non plus que Lance... plus tard avec moi, vous comprenez... » Elle leva les mains, puis les laissa retomber sur ses cuisses, dans un geste de renoncement qui avait quelque chose d'étrangement touchant.

« Vous ne vouliez pas que dans dix ans Lance s'en prenne à vous et vous reproche de n'être qu'une salope qui s'était mise entre lui et son père...

— Oui, quelque chose comme ça. Mais je n'ai pas pu garder le secret pour moi. Je n'étais qu'une gosse jamais sortie de son bled, j'avais douze ans lorsque j'ai pu m'acheter mes premiers collants, j'ai porté des tresses ou des couettes jusqu'à treize ans et à quinze, je croyais encore que la ville de New York était à elle toute seule l'État de New York... et ce type... ce père fantôme... qui m'offrait six millions de dollars ! Ça me terrifiait. Je rêvais qu'il venait la nuit, comme un troll, et volait le bébé dans le berceau. Il se glissait par la fenêtre comme un serpent...

— En traînant sa bouteille d'oxygène derrière lui, sans doute. »

Elle eut un sourire. « J'ignorais qu'il en avait besoin, à l'époque. Comme j'ignorais l'existence de Rogette Whitmore. Ce que je veux dire, c'est que je n'avais que dix-huit ans et que je ne savais pas très bien garder un secret. » Je dus réprimer un sourire : à l'entendre, on aurait dit que des dizaines d'années d'expérience séparaient cette femme devenue adulte, avec son diplôme obtenu par la poste, de l'enfant effrayée et naïve qu'elle était jadis.

« Lance s'est mis en colère...

— Tellement en colère qu'il a répondu à son père par e-mail au lieu de l'appeler. Il bégayait, voyez-vous, et plus il était énervé, plus son bégaiement s'accentuait. Il aurait été incapable de soutenir une conversation téléphonique. »

Il me semblait avoir enfin une représentation claire des choses. Lance Devory avait envoyé à son père une lettre impensable — impensable, quand on était quelqu'un comme Max Devory. Lance y disait qu'il ne voulait plus entendre parler de lui, et Mattie non plus. Qu'il ne serait pas le bienvenu dans leur foyer (la caravane Modair n'était pas tout à fait l'humble chalet de bûcheron d'une histoire des frères Grimm, mais pas loin). Il ne serait pas le bienvenu s'il voulait leur rendre visite après la naissance de l'enfant, et s'il avait le toupet d'envoyer un cadeau pour le bébé, maintenant ou plus tard, il lui serait renvoyé. Ne te mêle plus jamais de ma vie, papa. Cette fois-ci tu as été trop loin pour qu'il soit possible de te pardonner.

Il y a sans aucun doute des moyens diplomatiques de traiter avec un enfant offensé, certains intelligents, d'autres habiles... mais qu'on se pose la question : un père diplomate se serait-il jamais mis dans une situation pareille, pour commencer ? Est-ce qu'un homme ayant ne serait-ce qu'un minimum de compréhension de la nature humaine aurait offert une rançon de roi à la fiancée de son fils (une rançon si énorme qu'elle n'avait probablement pas réellement de sens pour elle) pour qu'elle abandonne son premier-né ? Et à qui offrait-il ce pacte avec le diable ? À une femme-enfant de dix-huit ans, l'âge où la vision romantique de la vie connaît son plus haut étiage. Ne serait-ce que pour cette raison, Max Devory aurait dû attendre un peu avant de lancer son offre finale. On peut évidemment faire observer qu'il ignorait s'il avait les moyens d'attendre ou non, mais l'argument n'est pas convaincant. Je crois que Mattie avait raison : tout au fond de ce vieux pruneau ridé qui lui servait de cœur, Max Devory était persuadé qu'il ne mourrait jamais.

À la fin, il n'avait pas été capable de se retenir. Le traîneau neuf, le traîneau qu'il voulait, était là, juste derrière la fenêtre. Il lui suffisait de briser la vitre pour s'en emparer. Il s'était comporté de cette façon toute sa vie, si bien qu'il avait réagi sans la moindre habileté à la lettre de son fils, comme aurait pourtant dû le faire un homme de son âge et de son expérience ; il avait réagi comme l'enfant l'aurait fait si la vitre de la cabane avait résisté à ses poings. Lance ne voulait pas qu'on se mêle de ses affaires ? Très bien ! Qu'il aille vivre au fond des bois avec sa conquête, qu'il habite dans une tente, une caravane, une bon Dieu d'étable. Terminé le petit travail peinard d'inventaire dans la forêt, trouve-toi un vrai boulot à présent, mon gars. Va voir un peu comment vivent les autres !

En d'autres termes, fiston, ce n'est pas toi qui me quittes, mais moi qui te mets à la porte.

« Nous ne sommes pas tombés dans les bras l'un de l'autre le jour de l'enterrement, reprit Mattie. Ne croyez pas ça. Mais il a été correct vis-à-vis de moi — ce à quoi je ne m'attendais pas — et j'ai essayé d'être correcte avec lui. Il m'a offert une pension, que j'ai refusée. Je craignais des conséquences, sur le plan légal.

— J'en doute, mais votre prudence me plaît. Que s'est-il passé lorsqu'il a vu Kyra pour la première fois, Mattie ? Vous vous en souvenez ?

— Je ne l'oublierai jamais. » Elle fouilla dans la poche de sa robe, en retira un paquet de cigarettes en piteux état et en prit une. Elle la regarda avec un

278

mélange d'avidité et de dégoût. « J'avais arrêté parce que Lance disait qu'on n'avait pas vraiment les moyens de s'en offrir et que je savais qu'il avait raison. Mais on en reprend insidieusement l'habitude. Je ne fume qu'un paquet par semaine, et c'est fichtrement trop, je le sais bien, mais j'ai parfois besoin de ce réconfort. Vous en voulez une ? »

Je secouai la tête. Elle alluma la cigarette et, dans la brève lumière de la flamme, son visage fut bien plus que joli. Qu'est-ce que ce vieux chameau avait bien pu lui faire ? me demandai-je.

« Il a vu sa petite-fille pour la première fois à côté d'un corbillard, reprit-elle. Devant le salon funéraire Dakin's, à Motton. Pour l'exposition, comme on dit. Vous connaissez ?

— Oh oui, dis-je, pensant à Johanna.

— Le cercueil est fermé, mais on appelle toujours ça l'exposition. Dément. Je suis sortie pour fumer une cigarette. J'ai dit à Ki de s'asseoir sur les marches pour qu'elle ne soit pas gênée par la fumée, et je me suis avancée un peu dans l'allée. Une grande limousine grise est arrivée. Je n'en avais jamais vu avant, sauf à la télé. J'ai tout de suite su qui c'était. J'ai remis le paquet de cigarettes dans mon sac et j'ai dit à Ki de venir. Elle a descendu les marches toute seule et est venue me prendre la main. La porte de la limousine s'est ouverte et Rogette Whitmore est descendue. Elle tenait un masque à oxygène à la main, mais il n'en avait pas besoin, en tout cas, pas à ce moment-là. Il est descendu ensuite. Il est grand — pas autant que vous, Mike — mais grand tout de même, et il portait un costume gris et des chaussures noires aussi brillantes qu'un miroir. »

Elle se tut un instant, pensive. Sa cigarette monta un instant à ses lèvres, puis redescendit au niveau du bras de son siège, luciole rouge dans la faible lumière de la lune.

« Tout d'abord il n'a rien dit. La femme a essayé de

lui prendre le bras pour l'aider à grimper les quelques marches menant jusqu'à l'allée, mais il l'a repoussée. Il s'est avancé tout seul jusqu'à nous ; j'entendais pourtant sa respiration sifflante, au fond de sa poitrine. On aurait dit le bruit d'une machine qui a besoin d'huile. Je ne sais pas s'il peut encore marcher, aujourd'hui, mais probablement pas beaucoup. Ces quelques pas ont failli l'achever, et c'était il y a presque un an. Il m'a regardée pendant un seconde ou deux, puis il s'est penché, ses grandes mains osseuses appuyées sur les genoux. Il a regardé Kyra et Kyra l'a regardé. »

Oui. J'imaginais la scène... mais pas en couleurs, pas comme sur une photographie. Je voyais une gravure sur bois, une de ces illustrations grossières des *Contes* de Grimm. La petite fille lève ses grands yeux vers le vieux monsieur riche — jadis un enfant qui avait glissé, triomphant, sur une luge volée, maintenant à l'autre extrémité de sa vie et n'étant plus qu'un vulgaire sac d'os. Dans mon imagination, Kyra portait une pèlerine à chaperon et le masque de grand-père, légèrement de travers, laissait voir sa fourrure de loup, en dessous. Que tu as de grands yeux, grand-père, que tu as un grand nez, grand-père, que tu as de grandes dents, aussi...

« Il l'a prise dans ses bras. Je ne sais pas l'effort que cela lui a coûté, mais il l'a fait. Et le plus bizarre, c'est que Kyra s'est laissé faire. C'était un parfait étranger pour elle et les personnes âgées font souvent peur aux enfants, mais elle s'est laissé soulever. "Sais-tu qui je suis ?" lui a-t-il demandé. Elle a secoué la tête, mais elle avait une façon de le regarder... on aurait presque dit qu'elle le savait. Vous croyez que c'est possible ?

— Oui.

— "Je suis ton grand-père", a-t-il dit. Et j'ai failli la lui enlever des bras, Mike, soudain prise de l'idée folle que... je ne sais pas...

— Qu'il allait la dévorer ? »

La cigarette s'arrêta à mi-chemin de ses lèvres. Elle

280

ouvrait des yeux ronds. « Comment le savez-vous ? Comment pouvez-vous le savoir ?

— Parce que dans mon esprit, tout cela se déroule comme dans un conte de fées. Le Petit Chaperon Rouge et le Grand Méchant Loup. Qu'est-ce qu'il a fait, ensuite ?

— Il l'a dévorée des yeux. Depuis, il lui a appris à jouer aux dames, à Candyland et au morpion. Elle n'a que trois ans, mais il lui a déjà appris à additionner et soustraire. Elle a sa chambre personnelle au Warrington's et son propre petit ordinateur, et Dieu seul sait ce qu'il lui a appris à faire avec... Cette première fois, cependant, il s'est contenté de la regarder. Jamais de ma vie je n'avais vu une expression d'une telle avidité sur un visage.

« Et elle lui a rendu son regard. Cela n'a pas dû durer plus de quelques secondes, mais j'ai eu l'impression qu'il s'écoulait une éternité. Il a ensuite voulu me la rendre. Il était à bout de forces et si je n'avais pas été juste à côté, je crois qu'il l'aurait laissée tomber sur le ciment.

« Il a un peu vacillé, et Rogette Whitmore lui a passé un bras autour des épaules. C'est alors qu'il lui a pris le masque à oxygène, un masque relié par un élastique à une petite bouteille rouge, et qu'il se l'est mis sur la figure. Deux ou trois bouffées plus tard, il paraissait aller à peu près bien. Il a rendu le masque à Rogette et a paru me remarquer pour la première fois. "Je me suis conduit comme un fou, n'est-ce pas ?" m'a-t-il dit. Et je lui ai répondu que oui, que c'était ce que je pensais. Il m'a adressé un regard très noir, quand je lui ai dit ça. Je crois que s'il avait eu ne serait-ce que cinq ans de moins, il m'aurait giflée.

— Mais il n'avait pas cinq ans de moins et il ne l'a pas fait.

— En effet. Il m'a dit qu'il voulait entrer et m'a demandé de l'aider ; j'ai accepté. Nous avons gravi les marches du salon funéraire, Rogette le soutenant d'un côté et moi de l'autre, Kyra trottinant non loin. Je me sentais un peu comme une fille dans un harem. Ce n'est pas très agréable. Une fois dans le vestibule, il s'est assis pour reprendre son souffle et respirer un peu d'oxygène. Rogette s'est tournée vers Kyra. Je trouve que cette femme a un visage qui fait peur. Elle me rappelle je ne sais plus quelle peinture...

— *Le Cri*, le tableau de Munch ?

— Oui, ce doit être ça. » Elle laissa tomber sa cigarette, qu'elle avait fumée jusqu'au ras du filtre, et l'écrasa du pied sur le sol rocheux couvert de cailloux. « Pourtant Ki n'a absolument pas eu peur d'elle. Ni alors ni plus tard. Rogette s'est penchée sur elle et lui a demandé : "Qu'est-ce qui rime avec Lady ?" et Kyra a tout de suite répondu : "Shady !" Même à deux ans elle aimait les rimes. Rogette a alors sorti un chocolat de son sac et le lui a donné. Kyra m'a regardée pour savoir si elle avait la permission, et j'ai dit : "Bon, d'accord, mais juste un, je ne veux pas que tu salisses ta robe." Elle l'a croqué et a souri à Rogette comme si elles étaient amies depuis toujours.

« Max Devory avait récupéré son souffle, à ce moment-là, mais il paraissait fatigué — jamais je n'avais vu quelqu'un avoir l'air aussi fatigué. Il me rappelait ce passage dans la Bible où il est dit que dans les jours de son grand âge on n'a plus de plaisir. Je sentis mon cœur se briser pour lui. Il l'a peut-être remarqué, car il a cherché ma main. Il m'a dit : "Ne me rejetez pas." À cet instant, j'ai cru voir le visage de Lance dans le sien. Je me suis mise à pleurer. "Je ne vous rejetterai pas, sauf si vous me forcez à le faire." »

J'imaginai la scène, dans l'entrée du salon funéraire, lui assis, elle debout, la petite ouvrant des grands yeux stupéfaits devant ce spectacle, suçant les restes de son chocolat. De la musique d'orgue en fond sonore. Ce pauvre vieux Max avait été très habile le jour de l'exposition de son fils, me dis-je. *Ne me rejetez pas,* tu parles...

J'ai essayé de vous acheter et lorsque j'ai vu que ça ne marchait pas, j'ai fait monter les enchères et j'ai essayé d'acheter l'enfant. Lorsque cela aussi a échoué, j'ai dit à mon fils que vous pouviez bien crever tous les deux la gueule ouverte. D'une certaine manière, c'est à cause de moi qu'il se trouvait là où il se trouvait quand il s'est rompu le cou en tombant de son échelle, mais ne me rejetez pas, Mattie, je suis rien qu'un pauvre vieux, alors ne me rejetez pas.

« J'ai été idiote, n'est-ce pas ?

— Vous espériez qu'il se montrerait meilleur qu'il n'est. Si cela fait de vous une idiote, Mattie, le monde manque d'idiotes.

— J'avais bien des doutes. C'est d'ailleurs pour cela que je ne voulais pas de son argent et, à la fin octobre, il a arrêté d'en parler. Mais je l'ai laissé la voir. Je suppose que je ne pouvais pas m'empêcher de me dire qu'il y aurait peut-être quelque chose pour Ki, plus tard, mais sincèrement, je ne pensais pas tellement à ça. Avant tout, Max était son seul lien de sang avec son père. J'avais envie qu'elle en profite comme tous les enfants profitent des grands-parents qu'ils ont. Ce que je ne voulais pas, c'est qu'elle soit contaminée par toutes les horreurs qui s'étaient passées avant la mort de Lance.

« Au début, j'avais l'impression que ça marchait. Puis, petit à petit, les choses ont changé. Je me suis tout d'abord rendu compte que Ki n'aimait plus autant son "papy blanc". Ses sentiments pour Rogette n'avaient pas changé, mais Max Devory a commencé à la rendre nerveuse d'une manière que je ne comprends pas et qu'elle ne peut expliquer. Je lui ai demandé une fois s'il l'avait jamais touchée d'une façon qui lui aurait fait drôle. Je lui ai montré à quels endroits de son corps, et elle m'a dit que non. Je l'ai crue, mais... Il a dit quelque chose, ou fait quelque chose. J'en suis pratiquement certaine.

— C'est peut-être simplement le bruit de sa respiration qui a empiré, suggérai-je. Il y a de quoi effrayer un enfant rien qu'avec cela. Ou peut-être a-t-il eu une crise en sa présence. Et vis-à-vis de vous, Mattie ?

— Eh bien... un jour, en février, Lindy Briggs m'a dit que George Footman était venu vérifier les extincteurs et les détecteurs de fumée, dans la bibliothèque. Il a aussi demandé à Lindy si elle n'aurait pas trouvé des boîtes de bière vides ou des bouteilles d'alcool dans les poubelles, récemment. Ou des mégots de cigarettes roulées à la main.

— Des mégots de marijuana, en d'autres termes.

— Exactement. Et Dickie Osgood a fait la tournée de mes anciennes amies, m'a-t-on dit. Il les a fait parler. Il a fouillé la merde. Pensant trouver une pépite.

— Il y en a à trouver ?

— Pas grand-chose, grâce à Dieu. »

J'espérais qu'elle avait raison et que s'il y avait des histoires qu'elle préférait ne pas me confier, John Storrow saurait les lui faire avouer.

— Et pendant tout ce temps, vous avez laissé Ki aller le voir...

— Qu'est-ce que j'aurais obtenu, en mettant un terme aux visites ? Je me disais aussi qu'avec cette concession, il hésiterait à mettre en œuvre les projets qu'il aurait pu avoir. »

Voilà, me dis-je, qui en disait long sur sa solitude.

« C'est alors, au printemps, que j'ai commencé à éprouver des impressions extrêmement inquiétantes, bizarres, effrayantes.

— Inquiétantes ? Bizarres ? Comment ça ?

— Je ne sais pas. » Elle reprit son paquet de cigarettes, le regarda, puis le fourra de nouveau dans sa poche. « Ce n'était pas simplement parce que mon beau-père était à la recherche de linge sale dans mes placards. Mais à cause de Ki. Je me mis à être angoissée pour la petite à chaque fois qu'elle était avec lui... avec eux. Rogette venait avec la BMW et Ki s'asseyait sur les marches pour l'attendre. Si elle n'avait que son sac de jouets, c'était pour la journée, si elle avait sa petite valise rose Minnie Mouse, c'était pour y passer la nuit. Et elle revenait toujours avec quelque chose en plus. Max est un grand adepte du cadeau. Avant de la faire monter en voiture, Rogette m'adressait son petit sourire froid et me disait qu'elle la ferait dîner à sept heures ou qu'elle aurait un bon petit déjeuner chaud à huit heures, avant de repartir. Je répondais "très bien, d'accord", et Rogette prenait un chocolat dans son sac pour le tendre à Ki, exactement comme on donne un su-sucre au chien-chien. Elle lui disait un mot, Kyra en disait un autre qui rimait, et Rogette la laissait prendre le chocolat. *Waf-waf, bon chien ça*, je me disais toujours. Et elles partaient. Et à l'heure dite, le soir ou le matin, la BMW se garait exactement à l'endroit où vous vous êtes mis. On aurait pu régler sa montre sur cette femme. Mais j'étais inquiète.

— Qu'ils puissent en avoir assez des procédures légales et l'enlèvent ? » Cela me paraissait une inquiétude raisonnable — tellement raisonnable, même, que je me demandais comment Mattie avait pu laisser sa petite fille aller chez le vieux, pour commencer. Dans les affaires de garde d'enfant comme pour le reste, possession tend souvent à valoir titre, et si Mattie disait la vérité en ce qui concernait son passé et son présent, une action en justice pouvait se transformer en une épreuve interminable, même pour le riche Mr Devory. L'enlèvement aurait pu lui paraître, en fin de compte, une solution plus efficace.

« Pas exactement. C'est ce qui paraît logique, mais il ne s'agissait pas réellement de ça. J'avais peur, c'est tout. Sans avoir rien de concret sur quoi mettre le doigt. À six heures et quart, je commençais à me dire : aujourd'hui cette vieille salope ne va pas la ramener. Cette fois, elle va... »

J'attendis. Comme rien ne venait, je la relançai. « Elle va quoi ? »

— Je vous l'ai dit, je ne sais pas. Toujours est-il

que j'avais peur pour Ki depuis le printemps. Lorsque le mois de juin est arrivé, je n'y tenais plus, et j'ai mis un terme aux visites. Kyra m'en a plus ou moins voulu, et je suis à peu près sûre que son escapade du 4 juillet a quelque chose à voir avec ça. Elle ne parle pas beaucoup de son grand-père, mais elle n'arrête pas de me demander : "Qu'est-ce qu'elle fait maintenant, nana blanche ?" Ou bien : "Tu crois que nana blanche aimerait ma robe ?" Ou encore elle arrive en courant et me chante : *Sing, ring, king, thing,* puis me demande un bonbon.

— Quelle a été la réaction de Devory ?

— La fureur complète. Il m'a assaillie de coups de téléphone, me demandant tout d'abord ce qui n'allait pas, puis me faisant des menaces.

— Des menaces physiques ?

— Non, d'obtenir la garde. Il allait me l'enlever, lorsqu'il en aurait terminé avec moi, la terre entière saurait à quel point j'étais une mauvaise mère, je n'avais pas la moindre chance, mon seul espoir était de céder et de *me laisser voir ma petite-fille, nom de Dieu !* »

J'acquiesçai. « *Ne me rejetez pas, ça ne sonne pas comme venant du type qui m'a appelé pendant que je regardais le feu d'artifice, mais cela, si.*

— J'ai eu droit aussi à des appels de Dickie Osgood et d'un certain nombre de personnes du coin. Y compris l'ami de toujours de Lance, Richie Lattimore, qui m'a dit que je n'étais pas fidèle à la mémoire de Lance.

— Et George Footman ?

— Il passe en voiture de temps en temps. Il veut que je sache qu'il me surveille. Il n'a jamais appelé, il ne s'est jamais arrêté. Vous avez parlé de menaces physiques : le seul fait de voir la voiture de patrouille de Footman sur mon chemin est pour moi une forme de menace physique. Il me terrorise. Mais en ce moment, on dirait que tout me terrorise.

286

— Alors même que vous avez arrêté les visites de Kyra.

— Oui. J'ai l'impression... de sentir l'orage monter. Que quelque chose va arriver. Et ce sentiment me paraît tous les jours plus fort.

— Le numéro de téléphone de Mr Storrow... allez-vous le prendre ? »

Elle resta immobile, contemplant ses genoux. Puis elle leva la tête et acquiesça. « Donnez-le-moi. Et merci. Du fond du cœur. »

J'avais inscrit le numéro sur une petite fiche rose qui se trouvait dans ma pochette. Je lui tendis le bristol. Elle ne retira pas immédiatement la main en le prenant, et nos doigts se touchèrent, tandis qu'elle me regardait avec une assurance déconcertante. Comme si elle en savait davantage sur mes motivations que moi-même.

« Que pourrais-je faire pour vous rembourser une telle dette ? » demanda-t-elle. On y était.

« Commencez par raconter à Storrow tout ce que vous m'avez dit. » Je lâchai la fiche rose et me levai. « Ce sera déjà très bien. Il faut que j'y aille, maintenant. M'appellerez-vous pour me dire comment ça s'est passé avec lui ?

— Bien entendu. »

Nous marchâmes jusqu'à ma voiture. Une fois là, je me tournai vers elle. Un instant, je crus qu'elle allait me prendre dans ses bras et me serrer contre elle, geste de remerciement qui aurait pu nous conduire n'importe où, dans notre état d'esprit du moment — état d'esprit tellement exacerbé qu'il en était presque mélodramatique. Mais c'était une situation mélodramatique, un conte de fées avec le bien et le mal et un fort courant sous-jacent de sexe réprimé.

Puis des phares apparurent au-dessus de la colline, à hauteur du supermarché, et balayèrent la façade du garage All-Purpose. Ils se dirigeaient vers nous, de plus en plus lumineux. Mattie recula d'un pas et plaça même ses mains dans son dos, comme un enfant que l'on réprimande. La voiture passa, nous plongeant de nouveau dans l'obscurité... mais le moment était passé, lui aussi. S'il y en avait jamais eu un.

« Merci pour le repas, dis-je. C'était merveilleux.

— Merci pour l'avocat, je suis sûre qu'il sera lui aussi merveilleux », répondit-elle, et nous éclatâmes de rire. La tension électrique qui régnait retomba. « Figurez-vous qu'il m'a parlé de vous une fois — Max, je veux dire. »

Je la regardai, étonné. « Je suis stupéfait qu'il ait seulement su qui j'étais. Avant tout cela, en tout cas.

— Eh bien, il le sait. Il m'a même parlé de vous avec une sorte de véritable affection.

— C'est une blague !

— Pas du tout. Il m'a dit que votre arrière-grand-père et le sien travaillaient dans le même camp de bûcherons et qu'ils étaient voisins lorsqu'ils ne couraient pas les bois — je crois que c'était du côté de l'actuelle Boyd's Marina. "Ils chiaient dans le même trou", voilà comment il me l'a dit. Plein de délicatesse, n'est-ce pas ? Il a ajouté que si deux bûcherons du TR pouvaient avoir des millionnaires dans leur descendance, c'est que le système fonctionnait convenablement. "Même s'il faut trois générations pour cela", a-t-il dit. À l'époque, j'y ai vu une critique voilée de Lance.

— C'est ridicule, même s'il était sérieux. Ma famille est de la côte. De Prout's Neck. De l'autre côté de l'État. Mon père était pêcheur, comme mon grand-père et mon arrière-grand-père. Ils attrapaient des homards dans leurs casiers et lançaient leurs filets ; ils n'abattaient pas les arbres. » Tout cela était vrai, et cependant mon esprit essayait de retrouver un vague souvenir. Un détail qui avait un rapport avec ce que Mattie venait de me dire. En y repensant cette nuit, cela me reviendrait peut-être.

« Et du côté de la famille de votre femme ?

— Sûrement pas. Il y a bien des Arlen dans le

Maine — c'est une grande famille — mais la plupart sont établis dans le Massachusetts. Ils font toutes sortes de choses, aujourd'hui, mais si l'on remonte jusqu'à la fin du XIXe siècle, on retrouve surtout des tailleurs de pierre dans la région de Malden-Lynn. À mon avis, Devory s'est moqué de vous, Mattie. » Et cependant, je savais déjà, obscurément, que ce n'était pas vrai. Une partie de l'histoire pouvait être fausse, car même les types les plus brillants peuvent avoir des trous de mémoire quand ils dépassent les quatre-vingts ans, mais Max Devory n'était pas du genre à faire ce genre de plaisanterie. Il me vint à l'esprit une image de câbles invisibles courant sous la surface du sol, dans le TR, s'étendant dans toutes les directions, invisibles mais très puissants.

J'avais posé la main sur le haut de la portière et Mattie la toucha brièvement. « Puis-je vous poser encore une question ? Elle est stupide, je vous préviens.

— Allez-y. Je suis un spécialiste des questions stupides.

— Avez-vous une idée de ce que veut dire l'histoire de "Bartleby", la nouvelle de Melville ? »

J'eus envie de rire, mais le clair de lune donnait assez de lumière pour me permettre de voir qu'elle était sérieuse et que je risquerais de la blesser. Elle était membre du cercle de lecture de Lindy Briggs (j'avais fait une causerie pour leur association à la fin des années quatre-vingt) et devait être la plus jeune d'au moins vingt ans ; elle craignait d'avoir l'air idiot devant les autres.

« C'est moi qui dois parler la première, la prochaine fois, reprit-elle, et j'aimerais ne pas me contenter de donner le résumé, pour montrer que je l'ai bien lue. J'y ai réfléchi jusqu'à en avoir mal à la tête, et je ne vois toujours pas. Je ne crois pas que ce soit l'une de ces histoires où tout devient magiquement clair dans les dernières pages, cependant. Et pourtant, j'ai l'impression que je devrais voir, que c'est juste sous mon nez. »

La remarque me fit de nouveau penser aux câbles souterrains — ces câbles courant dans toutes les directions, réseau sous-cutané reliant les gens et les lieux. On ne peut les voir, mais on les sent. En particulier si l'on tente de leur échapper. Mattie attendait, pendant ce temps, me regardant avec espoir et angoisse.

« Très bien, soyez attentive, le cours commence.

— Je suis tout ouïe, croyez-moi.

— La plupart des critiques estiment que *Huckleberry Finn* est le premier roman américain moderne, et ils n'ont pas tort ; mais si "Bartleby" faisait une centaine de pages de plus, je crois que c'est sur lui que je miserais. Savez-vous ce qu'était un préposé aux écritures ?

— Un secrétaire ?

— Non, trop prestigieux. Un simple copiste. Quelqu'un comme Bob Cratchit, dans *Un conte de Noël*, de Dickens. À ceci près que Bob a un passé et une vie de famille. Tandis que Melville ne donne ni l'un ni l'autre à Bartleby. Il est le premier personnage existentiel de la fiction américaine, un type sans liens... sans liens aucuns... »

Si deux bûcherons du TR pouvaient avoir des millionnaires dans leur descendance, c'est que le système fonctionnait convenablement... Ils chiaient dans le même trou...

« Mike ?

— Quoi ?

— Ça ne va pas ?

— Si-si. » Je me ressaisis du mieux que je pus. « Bartleby n'est relié à la vie que par son travail. À ce titre, il est le type de l'Américain du XXe siècle, pas très différent en cela du personnage de Sloan Wilson dans *L'Homme au costume de flanelle grise* ou encore — version sombre — de Michael Corleone, dans *Le Parrain*. Puis Bartleby remet tout à coup en question jusqu'au travail, le dieu des Américains de sexe masculin, dans la classe moyenne. »

Elle paraissait excitée, à présent, et je déplorai qu'elle eût manqué sa dernière année de lycée. Pour elle comme pour ses professeurs. « C'est à ce moment-là qu'il commence à dire : "J'aime autant pas" ?

— Oui. Pensez à Bartleby comme... comme à une montgolfière. Il n'est plus rattaché à la terre que par une seule corde et cette corde est son travail : ses écritures. On peut mesurer l'usure de cette corde par le nombre de plus en plus grand de choses que Bartleby n'aime autant pas faire. Finalement, la corde se rompt et Bartleby s'éloigne dans le ciel. C'est une histoire drôlement dérangeante, non ?

— J'ai rêvé de lui, une nuit, dit-elle. J'ouvrais la porte de la caravane et il était là, assis sur les marches, dans son costume noir élimé. Maigre. Presque chauve. Je lui ai demandé de se pousser, que je puisse passer pour aller étendre mon linge. Et il m'a répondu qu'il aimait autant pas. Oui, je crois qu'on peut dire qu'elle est dérangeante.

— Alors, c'est qu'elle marche toujours, dis-je en montant dans la Chevy. Appelez-moi. Je tiens à savoir comment se seront passées les choses avec Storrow.

— Comptez sur moi. Et si je peux faire quelque chose pour vous, n'hésitez pas. Demandez-moi. »

Demandez-moi, n'hésitez pas... Faut-il être jeune et merveilleusement ignorante pour signer un tel chèque en blanc !

La vitre était baissée. Je tendis le bras et lui serrai la main. Elle me rendit ma pression, très fort.

« Votre femme vous manque beaucoup, n'est-ce pas ?

— Cela se voit ?

— Parfois. » Elle ne m'étreignait plus la main, mais la retenait toujours. « Pendant que vous faisiez la lecture à Ki, vous aviez l'air à la fois heureux et triste. Je n'ai vu votre femme qu'une seule fois, mais je l'ai trouvée très belle. »

J'étais tout au contact de nos deux mains, ne pensant qu'à ça — et l'oubliai instantanément. « Quand l'avez-vous vue ? Et où ? Vous en souvenez-vous ? »

Elle sourit, comme si c'étaient des questions idiotes. « Très bien. Au terrain de softball, le soir même où j'ai rencontré mon mari. »

Je dégageai très lentement ma main de la sienne. Pour autant que je l'aie su, ni Johanna ni moi n'étions venus au TR pendant l'été 94... mais apparemment, ce que je croyais savoir était faux. Johanna s'y était trouvée un mardi, au début du mois de juillet. Elle avait même assisté à la partie de softball.

« Vous êtes sûre que c'était bien Johanna ? »

Mattie avait le regard perdu en direction de la route. Ce n'était pas à ma femme qu'elle pensait ; j'aurais parié ma maison là-dessus — n'importe laquelle des deux. Mais à Lance. Ce n'était peut-être pas plus mal. Si elle pensait à lui, elle ne ferait peut-être pas autant attention à moi, et je crois que je n'exerçais qu'un contrôle relatif de mon expression, en cet instant. Elle aurait pu lire davantage, sur mon visage, que ce que j'aurais aimé laisser voir.

« Oui, tout à fait. J'étais avec Jenna McCoy et Helen Geary — peu de temps après le moment où Lance m'avait aidée à dégager la brouette de la boue et demandé si je viendrais avec les autres manger une pizza, après la partie. Jenna a dit : "Hé, regardez, c'est Mrs Noonan." Helen a ajouté : "C'est la femme de l'écrivain, Mattie, quelle chouette blouse elle a !" La blouse était toute couverte de roses bleues. »

Je m'en souvenais très bien. Johanna l'aimait bien parce qu'elle était une sorte de gag : les roses bleues n'existent pas, ni dans la nature ni dans les serres. Un jour qu'elle la portait, elle avait jeté ses bras autour de mon cou d'un geste théâtral, frotté ses hanches aux miennes, et s'était écriée qu'elle était ma rose bleue et que je devais la caresser jusqu'à ce qu'elle devînt rose. Le souvenir me fit mal, très mal.

« Elle était du côté de la troisième base, derrière le grillage, avec un type qui portait une vieille veste marron renforcée aux coudes. Quelque chose les faisait rire, puis elle a un peu tourné la tête et m'a regardée directement. » Elle resta silencieuse, debout à côté de la voiture, dans sa robe rouge. Elle releva quelques instants ses cheveux, se dégageant la nuque, puis les laissa retomber. « Directement dans les yeux. Elle me voyait vraiment. Et elle avait une expression... elle venait de rire et, pourtant, elle paraissait triste. On aurait dit qu'elle me connaissait. Puis le type l'a prise par la taille et ils se sont éloignés. »

Le silence se prolongea, à peine troublé par les grillons et le grondement lointain d'un camion. Mattie resta un moment sans rien dire, comme si elle rêvait les yeux ouverts, puis elle sentit sans doute mon embarras et me regarda.

« Quelque chose qui ne va pas ?

— Non... Mais je voudrais bien savoir qui était ce type qui a passé un bras autour de la taille de ma femme. »

Elle partit d'un petit rire incertain. « Ce n'était sûrement pas son petit ami, vous savez. Il était pas mal plus âgé. La cinquantaine, au moins. » Et alors ? me dis-je. J'ai moi-même la quarantaine, et ça ne m'empêche pas de voir comment le corps de cette jeune femme bouge sous sa robe, ni de remarquer la manière qu'elle a de se relever les cheveux. « Dites, vous blaguez, n'est-ce pas ?

— Je n'en sais rien. On dirait qu'il y a beaucoup de choses dont je ne suis pas sûr, en ce moment. Mais comme de toute façon elle est morte, qu'est-ce que ça fait ? »

Mattie parut déconfite. « Si j'ai mis les pieds dans le plat, Mike, je suis désolée.

— Qui était cet homme ? Le connaissiez-vous ? »

Elle secoua la tête. « J'ai pensé que c'était un estivant — il donnait cette impression, peut-être simplement parce qu'il portait un veston par une chaude
soirée d'été. Mais il n'était pas descendu au Warrington's. Je connaissais à peu près tous les clients.

— Et ils sont repartis ensemble ?

— Oui, répondit-elle à contrecœur.

— Vers le parking ?

— Oui. » Encore plus à contrecœur. Et cette fois,
elle mentait. Je le sus avec une étrange certitude qui
était bien plus que de l'intuition ; j'avais presque l'impression de lire dans son esprit.

Je tendis de nouveau le bras par la fenêtre et lui pris
la main. « Vous m'avez dit que si vous pouviez faire
quelque chose pour moi, il me suffirait de vous le
demander. Je vous le demande. Dites-moi la vérité,
Mattie. »

Elle se mordit la lèvre et regarda ma main posée sur
la sienne. Puis elle leva les yeux vers moi. « C'était un
type corpulent. Son vieux veston de sport lui donnait
un peu l'allure d'un prof de fac, mais il pouvait tout
aussi bien être charpentier. Il avait les cheveux noirs,
la figure bronzée. Ils venaient de rire tous les deux, de
rire de bon cœur, puis elle m'a regardée et son expression est devenue songeuse. Il a ensuite passé un bras
autour de sa taille et ils se sont éloignés... Pas vers le
parking. Vers la Rue. »

Vers la Rue. De là, ils avaient pu repartir par le
bord du lac vers le nord, vers Sara Laughs. Et ensuite ?
Comment savoir ?

« Elle ne m'a jamais dit qu'elle était venue ici cet
été-là. »

Mattie parut envisager plusieurs réponses différentes
et n'en trouver aucune à sa convenance. Je lui rendis
sa main. Il était temps pour moi de partir. Je commençais même à regretter de ne pas l'avoir fait cinq
minutes plus tôt.

« Je suis sûre, Mike, que...

— Non. Vous n'êtes sûre de rien. Tout comme moi. Mais je l'aimais beaucoup, et je vais essayer d'oublier cet incident. Cela ne signifie probablement rien, et en outre, que pourrais-je y faire ? Merci encore pour le dîner.

— Ç'a été un plaisir. »

Elle avait tellement l'air sur le point de pleurer que je lui repris la main et posai un baiser dessus. « Je me sens comme une cruche, avoua-t-elle.

— Mais non, vous n'êtes pas une cruche. »

Je donnai un deuxième baiser à sa main et démarrai. Et tel fut mon rancard, le premier depuis quatre ans.

En retournant chez moi, me revint ce vieil adage voulant qu'une personne ne puisse jamais en connaître vraiment une autre. On n'a pas de peine à être d'accord avec cette idée, mais c'est une sacrée secousse — aussi horrible et inattendue qu'un énorme trou d'air au cours d'un vol parfaitement calme jusque-là — de découvrir qu'elle s'applique au sens le plus littéral dans votre propre vie. Je ne cessais de me rappeler le jour où nous étions allés consulter un spécialiste de la stérilité, après avoir essayé en vain, pendant deux ans, de faire un enfant. Le médecin m'avait appris que j'avais un taux de spermatozoïdes bas — pas désastreusement bas, mais suffisamment pour expliquer que Johanna n'ait pas pu concevoir.

« Si vous voulez un enfant, vous en aurez probablement un sans aide particulière, nous avait dit le médecin, une femme. Vous avez les statistiques et le temps pour vous. Mrs Noonan peut tomber enceinte demain, comme dans quatre ans. Quant à remplir la maison de bébés, non. Sans doute pas. Vous en aurez peut-être deux, et très certainement au moins un, si vous continuez à faire la chose qui permet de les fabriquer. » Elle avait souri. « N'oubliez pas, le plaisir est dans le voyage... »

Du plaisir, il y en avait eu beaucoup, c'est vrai, et la cloche de Bunter avait retenti plus d'une fois, mais il n'y avait pas eu de bébé. Puis Johanna était morte en traversant un parking au pas de course par une chaude journée d'été, dans un centre commercial, alors qu'elle avait dans son sac un test de grossesse dont elle ne m'avait rien dit. Pas plus qu'elle ne m'avait dit qu'elle avait acheté deux hiboux pour empêcher les corbeaux de conchier notre terrasse au bord du lac.

Que m'avait-elle dissimulé d'autre ?

« Arrête, murmurai-je. Pour l'amour du ciel, arrête d'y penser. »

Mais je ne pouvais pas.

Une fois de retour à Sara Laughs, je trouvai les fruits et légumes magnétiques de nouveau disposés en cercle sur le réfrigérateur. Plusieurs lettres étaient regroupées au milieu, et seulement deux côte à côte :

i e

avec autour un *b*, un *d*, un *u* et un *n*. Je les déplaçai — et me rendis compte que je pouvais écrire *dieu* ou encore *bien*. Ce qui signifiait exactement quoi, au juste ? « J'aime autant ne pas chercher à le savoir », dis-je à la maison vide. Je me tournai vers Bunter, l'orignal mangé aux mites, comme si mon regard avait eu le pouvoir de faire sonner sa cloche, mais rien ne se produisit. J'ouvris alors mes deux sachets neufs de plots magnétiques et les éparpillai sur la porte du frigo. Après quoi j'allai dans l'aile nord, me déshabillai et me lavai les dents.

Tout en exhibant mes crocs devant le miroir avec une grimace de personnage de BD, je me demandais si je n'allais pas rappeler Ward Hankins demain matin. En lui disant que ma recherche des mystérieux hiboux m'avait conduit de novembre 1993 à juillet 1994.

Quels rendez-vous Johanna avait-elle notés sur son calepin pour cette période ? Sous quel prétexte avait-elle quitté Derry ? Et une fois la question réglée avec Ward, je pourrais appeler Bonnie Amundson, l'amie de Johanna, et lui demander ce qui était arrivé à Johanna pendant le dernier été de sa vie.

Et si tu la laissais reposer un peu en paix ? C'était la voix d'ovni. *Qu'est-ce que tout ça t'apportera de plus ? Elle a très bien pu aller faire un tour au TR après l'un de ses conseils d'administration sur un simple coup de tête, et rencontrer un vieux copain qu'elle a ramené à la maison pour un dîner sur le pouce. Juste pour un dîner.*

Sans jamais m'en parler ? demandai-je à la voix d'ovni. Je recrachai la mousse de dentifrice et me rinçai la bouche. *Sans m'en dire un seul mot ?*

Comment sais-tu qu'elle ne t'en a jamais parlé ? répliqua la voix. J'en restai la brosse à dents suspendue en l'air, au-dessus de l'étagère où j'allais la poser. La voix d'ovni venait de marquer un point. J'étais plongé jusqu'au cou dans la rédaction de *All the Way from the Top*, en juillet 94. Elle aurait très bien pu arriver un jour et me dire qu'elle avait vu Lon Chaney danser avec la reine à Londres, tous les deux déguisés en loups-garous, et je lui aurais probablement répondu : « Ouais-ouais, très chouette », sans lever le nez de mon travail.

« C'est des conneries, dis-je à mon reflet, rien que des conneries. »

Justement pas. Quand j'en étais à ce stade de l'écriture d'un livre, le monde pouvait bien s'écrouler autour de moi et si j'ouvrais un journal, c'était pour en parcourir rapidement la page des sports. Si bien qu'il était effectivement possible que Johanna m'ait dit qu'elle était allée faire un tour à Dark Score, après une réunion à Lewiston ou Freeport, qu'elle était tombée sur un vieux copain — par exemple l'un des étudiants du séminaire de photographie qu'elle avait suivi à Bates, en 1991 —, possible aussi qu'elle ait mentionné le fait qu'ils avaient dîné à Sara Laughs, mangeant les trompettes-de-la-mort qu'elle aurait cueillies avant le coucher du soleil. Il était possible qu'elle m'ait parlé de tout cela sans que j'en enregistre un seul mot.

Et m'imaginai-je sincèrement que je pourrais croire tout ce qu'allait me dire Bonnie Amundson ? Bonnie avait été l'amie de Johanna, pas la mienne, et pouvait estimer que le sceau du secret sous lequel ma femme lui avait confié certaines choses n'avait pas à être rompu.

Le résultat de tout cela était aussi simple que brutal : Johanna était morte depuis quatre ans. Mieux valait l'aimer et laisser tomber toutes les questions troublantes. Je pris une dernière grande gorgée d'eau directement au robinet, me rinçai la bouche avec et la recrachai.

Quand je revins dans la cuisine pour régler la cafetière électrique sur sept heures du matin, je vis qu'il y avait un message inscrit dans un nouveau cercle de plots magnétiques. On lisait :

roses bleues menteur ha ha

Je le regardai pendant une ou deux secondes, me demandant ce qui avait pu le mettre là, et pour quelle raison.

Me demandant si c'était vrai.

De la main, j'éparpillai les lettres sur toute la surface de la porte. Puis j'allai me coucher.

CHAPITRE 13

J'avais attrapé la rougeole à huit ans et été très malade. « J'ai cru que tu allais mourir », m'avait dit un jour mon père, homme pourtant peu enclin à l'exagération. Il m'avait raconté comment lui et ma mère m'avaient plongé dans une baignoire d'eau froide, un soir, s'attendant plus ou moins à ce que le choc provoque un arrêt cardiaque, mais tous les deux convaincus que j'allais prendre feu sous leurs yeux s'ils ne faisaient pas quelque chose. Je m'étais mis à parler d'une voix forte et monotone, tenant des propos décousus sur les personnages brillants que je voyais dans les recoins de la pièce — les anges venus pour m'emporter, ma mère en était sûre, dans sa terreur —, et la dernière fois que mon père m'avait pris la température, il avait vu le mercure atteindre 40, 5° sur le vieux thermomètre rectal ; après quoi, avait-il avoué, il n'avait plus osé la reprendre.

Je ne me rappelle rien de ces personnages brillants, mais je me souviens d'une étrange période de temps, comme si j'avais été dans les galeries d'un cinéma où l'on aurait passé plusieurs films en même temps. Le monde était devenu élastique, gonflant à des endroits qui n'avaient jamais gonflé auparavant, ondulant à d'autres qui avaient toujours été solides. Les gens — ayant pour la plupart des tailles absolument démesurées — entraient ou sortaient de ma chambre à toute vitesse, sur des jambes comme des ciseaux de dessin animé. Leurs paroles tonitruantes se répercutaient instantanément en échos. Quelqu'un avait agité une paire de souliers de bébé devant mes yeux. Il me semble revoir mon frère Siddy passant une main sous son aisselle et faisant de nombreux bruits de pet. Tout était dissocié, se présentait en segments bizarrement saucissonnés — oui, des saucisses reliées par un fil empoisonné.

Entre cette époque et l'été où je revins seul à Sara Laughs, je fus victime des habituelles maladies, infections et agressions auxquelles le corps est soumis, mais jamais à rien de comparable à l'épisode enfiévré de mes huit ans. Je ne m'y étais d'ailleurs pas attendu, croyant sans doute que de telles expériences sont réservées aux enfants, aux personnes atteintes de malaria ou peut-être à celles qui souffrent de dépressions nerveuses catastrophiques. Au cours de la nuit du 7 au 8 juillet, cependant, j'ai vécu quelque chose de remarquablement similaire au délire de mon enfance. Il y eut des rêves, des réveils, de l'agitation — tout en même temps. Je vais essayer de le raconter du mieux possible, mais rien de ce que je pourrais dire n'arrivera à rendre ce que l'expérience avait d'étrange. C'était comme si j'avais découvert un passage secret, juste derrière la paroi du monde, et que je m'y étais engagé en rampant.

Il y avait tout d'abord la musique. Pas tout à fait du dixieland, car il y manquait les cuivres, mais dans le style dixieland. Un genre de be-bop primitif, chaloupé. Trois ou quatre guitares acoustiques, un harmonica, une contrebasse (ou peut-être deux). Derrière tout cela un batteur énergique et joyeux qui paraissait non pas taper sur une vraie batterie, mais, avec beaucoup de talent, sur un jeu de boîtes diverses. Puis une voix de femme vint se mêler à cet orchestre — très proche d'une voix de ténor sans être tout à fait masculine, cependant, avec une certaine raucité dans les notes aiguës. Une voix à la fois rieuse, pressée et menaçante, et je sus tout de suite que c'était celle de Sara Tidwell, qui n'avait jamais enregistré de disque de sa vie. C'était Sara Laughs que j'entendais et, bon sang, elle swinguait.

You know you're going back to MAN*derley,*
We're gonna dance on the SAN*derley,*

I'm gonna sing with the BAN*derley*
We gonna ball all we CAN*derley...*
Ball me, baby yeah !

Les contrebasses — oui, il y en avait bien deux —
se lancèrent dans un break endiablé qui rappelait celui
d'Elvis dans « Baby Let's Play House », puis il y eut
une guitare solo, celle de Sonny Tidwell jouant son
« chickenscratch ».

Des lumières brillaient dans le noir, ce qui évoqua
une autre voix féminine, celle de Claudine Clark, dans
les années cinquante : *I see the lights, I see the party
lights... red, blue and green...* Et elles apparurent, les
lanternes japonaises qui pendaient des arbres, au-dessus de l'escalier en traverses de chemin de fer descendant jusqu'à la plage. Des lampions de fête projetant
leur cercle mystique de lumière dans l'obscurité :
rouges, bleues et vertes, comme dans la chanson.

Derrière moi, Sara chantait le « pont » de ses varia-
tions sur Manderley — maman aime quand ça fait mal,
maman aime quand c'est fort, maman aime quand on
fête ça toute la nuit — mais la musique s'éloignait. Au
bruit qu'ils faisaient, j'aurais dit que Sara et les Red-
Top Boys avaient installé leur orchestre dans l'allée, à
peu près là où s'était garé George Footman lorsqu'il
était venu m'apporter la citation de Max Devory. Je
descendais vers le lac au milieu de cercles de lumière
et de lanternes entourées de papillons de nuit aux ailes
molles. L'un d'eux avait réussi à pénétrer dans une
lampe et projetait une ombre monstrueuse de chauve-
souris contre les parois de papier côtelées. Les jardinières que Johanna avait disposées à côté des marches
étaient pleines de roses à floraison nocturne ; elles
paraissaient bleues dans la lumière des lanternes japonaises.

L'orchestre était à présent réduit à un faible murmure ; j'entendais Sara lancer ses couplets, riant en même
temps comme si c'était la chose la plus drôle qu'elle

ait jamais entendue, tous ces jeux de mots sans queue ni tête sur Manderley-Sanderley-Canderley, mais je ne les distinguais plus. Le clapotis du lac contre les rochers, au bas des marches, était beaucoup plus distinct, avec le tintement creux des flotteurs, sous le ponton, et le cri d'un plongeon arctique qui montait dans l'obscurité. Quelqu'un se tenait sur la Rue, à ma droite, au bord de l'eau. Je ne pouvais voir son visage, mais je remarquai sa veste de sport marron et le T-shirt qu'il portait en dessous ; les revers coupaient le texte inscrit sur le T-shirt, si bien qu'il apparaissait ainsi :

OMPTAG

MATOZ

RMA

Cela ne m'empêchait pas de savoir ce qu'il voulait dire — on le sait toujours dans les rêves, n'est-ce pas ? COMPTAGE DE SPERMATOZOÏDES NORMAL, une bien bonne spécial Village Cafe particulièrement à gerber s'il en fut.

J'étais dans l'aile nord en plein dans ce rêve et voici que je m'éveillais suffisamment pour savoir que je rêvais... avec cependant l'impression de me réveiller dans un autre rêve, parce que la cloche de Bunter tintait follement ; il y avait en plus quelqu'un dans l'entrée. Monsieur Comptage de Spermatozoïdes Normal ? Non, pas lui. La forme de l'ombre qui tombait sur la porte n'était pas tout à fait humaine. Je m'assis au milieu des ébranlements argentés de la cloche, tirant une poignée de drap contre ma taille nue, sûr que c'était le truc dans le suaire, que le truc dans le suaire était sorti de sa tombe pour venir me chercher.

« Je vous en prie, non, dis-je d'une voix tremblante et étranglée. Je vous en prie, je vous en prie... »

L'ombre dans la porte leva un bras. « *It ain't nuthin but a barn-dance sugar !* fit la voix pleine de rire et de fureur de Sara Tidwell. *It ain't nuthin but a round-and-round !* »

Je me rallongeai et tirai le drap au-dessus de ma tête, dans un geste de dénégation enfantin... pour me retrouver sur notre petite plage, habillé seulement de mon caleçon. J'avais de l'eau jusqu'aux chevilles. Une eau tiède, comme elle l'est au milieu de l'été. Je projetai deux ombres faibles, l'une venant du croissant de lune qui voguait bas au-dessus de l'eau, l'autre de la lanterne japonaise où un papillon était prisonnier. L'homme qui s'était tenu sur le chemin avait disparu, mais laissé un hibou en plastique à sa place. Le hibou me regardait de ses yeux pétrifiés bordés d'or.

« Hé, l'Irlandais ! »

Je regardai vers le ponton. Johanna se tenait dessus. Elle venait sans doute de sortir de l'eau, car il en coulait encore de ses cheveux, lesquels lui collaient aux joues. Elle portait le costume de bain gris et rouge de la photo que j'avais retrouvée.

« Cela fait bien longtemps, l'Irlandais. Qu'est-ce que tu en dis ?

— Qu'est-ce que j'en dis de quoi ? répliquai-je, bien que le sachant.

— De ça ! » Elle se pressa les seins ; de l'eau coula entre ses phalanges et ruissela sur ses doigts.

« Viens par ici, l'Irlandais, dit-elle, me dominant de toute sa hauteur, viens ici, mon salaud, allez. » Je la sentis qui rabaissait le drap, l'enlevait avec la plus grande facilité d'entre mes doigts engourdis par le sommeil. Je fermai les yeux mais elle me prit la main et la plaça entre ses jambes. Tandis que je trouvais le sillon soyeux et commençais à le stimuler pour l'ouvrir, elle se mit à me caresser la nuque du bout des doigts.

« Vous n'êtes pas Jo, dis-je. Qui êtes-vous ? »

Mais personne n'était là pour répondre. Je me trouvais dans les bois. Il faisait sombre, et les plongeons arctiques criaient sur le lac. Je remontais le sentier conduisant à l'atelier de Johanna. Ce n'était pas un rêve ; je sentais la fraîcheur de l'air sur ma peau et la morsure occasionnelle d'un caillou contre la plante de mes pieds nus. Un moustique zonzonna à mon oreille et je le chassai. J'étais toujours en caleçon, et le tissu tirait à chaque pas sur mon érection, énorme et palpitante.

« Mais qu'est-ce qui se passe, bon Dieu ? » dis-je, tandis que le petit atelier en planches grossières de Johanna se profilait dans le noir. Je regardai derrière moi et vis Sara sur la colline, non pas la femme mais la maison, un chalet tout en longueur se projetant en direction du lac envahi par la nuit. « Qu'est-ce qui m'arrive ?

— Tout va très bien, Mike », dit Johanna. Elle se tenait sur le ponton, et je nageais vers elle. Elle mit les mains derrière sa nuque, comme si elle posait pour un calendrier, et le tissu du soutien-gorge mouillé se tendit un peu plus. Comme sur la photo, je voyais le bout de ses seins déformer le tissu. Je nageais en sous-vêtement, avec toujours la même énorme érection.

« Tout va très bien, Mike », dit Mattie dans la chambre de l'aile nord, et j'ouvris les yeux. Elle était assise à côté de moi sur le lit, nue et pulpeuse dans le faible éclairage nocturne. Ses cheveux lui retombaient sur les épaules. Ses seins étaient petits, de la taille d'une tasse à thé, mais avec des mamelons proéminents et distendus. Entre ses jambes, où ma main s'attardait encore, elle avait une houppette de poils blonds, aussi douce que du duvet. L'ombre enveloppait son corps de voiles semblables à des ailes de papillon, à des pétales de rose. Il y avait quelque chose de désespéré dans la séduction qu'elle exerçait sur moi : elle était comme le prix que l'on sait ne jamais devoir remporter au stand de tir ou au lancer d'anneaux, à la foire locale. Celui qu'ils placent sur l'étagère du haut. Elle passa la main sous le drap et vint replier les doigts sur le tissu tendu de mon caleçon.

Everythin's all right, this ain't nuthin but a round-and-round, dit la voix d'ovni tandis que je montais les marches conduisant à l'atelier de ma femme. Je me penchai et récupérai la clef sous le paillasson.

J'escaladai l'échelle du ponton, dégoulinant d'eau, précédé de mon sexe tumescent — existe-t-il quelque chose d'aussi involontairement comique qu'un homme excité sexuellement ? Johanna se tenait sur le plongeoir, dans son maillot de bain mouillé. J'attirai Mattie à moi dans le lit. J'ouvris la porte de l'atelier. Tout cela se produisait en même temps, dans un entrelaçage digne d'une ceinture tressée. La scène avec Johanna était celle qui me faisait le plus l'effet d'être un rêve ; celle dans l'atelier, quand je traversais la salle pour aller examiner mon IBM, celle qui me donnait le moins cette impression. La scène avec Mattie dans l'aile nord se trouvait quelque part entre les deux.

Sur le ponton, Johanna dit : « Fais ce que tu veux. » Dans le lit de l'aile nord, Mattie dit : « Fais ce que tu veux. » Dans l'atelier, personne n'eut rien besoin de me dire. Là, je savais exactement ce que je voulais.

Sur le ponton, je m'inclinai vers Johanna et posai la bouche sur l'un de ses seins, suçant le mamelon à travers le tissu humide, qui avait le goût métallique de l'eau. Elle tendit une main vers mon sexe, mais je la chassai d'une tape. Si jamais elle me touchait, j'allais jouir sur-le-champ. Je suçai, buvant des filets d'eau cotonneuse, l'explorai à deux mains, lui caressant tout d'abord les fesses puis la dépouillant du slip de son maillot de bain. Je l'en fis sortir et elle se laissa tomber à genoux ; je l'imitai, après m'être enfin débarrassé de mon caleçon mouillé et collant que je jetai sur le bikini. Nous nous fîmes face ainsi, elle presque nue, moi entièrement nu.

« Qui était ce type, à la partie de softball ? demandai-je, haletant. Qui était-il, Jo ?

— Personne en particulier, l'Irlandais. Rien qu'un autre sac d'os. »

Elle rit, puis s'assit à croupetons et me regarda. Son nombril formait une petite coupe noire. Sa posture avait quelque chose d'étrangement serpentin qui était attirant. « Tout est mort, là en bas », ajouta-t-elle en posant sur mes joues deux paumes froides et des doigts blancs et ridés. Elle me tourna la tête et la fit ployer, si bien que je regardais l'eau du lac. Sous la surface, je vis glisser des corps en décomposition, entraînés par quelque courant de fond. Leurs yeux pleins d'eau étaient grands ouverts ; leurs narines rongées par les poissons béaient ; leur langue ondulait entre leurs lèvres blêmes, comme des algues. Certains traînaient derrière eux une méduse de boyaux comme des ballons décolorés ; d'autres n'étaient guère plus qu'un amas d'os. Cependant, même la vue de ce charnier qui flottait comme à la parade ne put me détourner de ce que je désirais. Je secouai la tête pour me débarrasser de ses mains, l'obligeai à s'allonger et pus enfin refroidir ce qui était si dur et entêté, m'enfonçant profondément en elle. Ses yeux qu'argentait la lune me scrutaient, son regard me traversait, et je me rendis compte qu'une de ses pupilles était plus grande que l'autre. C'était ainsi que m'étaient apparus ses yeux, sur l'écran de vidéo, lorsque je l'avais identifiée à la morgue de Derry. Elle était morte. Ma femme était morte et je baisais son cadavre. Jusqu'à cette prise de conscience qui ne put m'arrêter. « Qui était-ce ? lui criai-je, recouvrant sa chair froide de la mienne. Pour l'amour du ciel, Jo, dis-moi qui c'était ! »

Dans la chambre nord, je pris Mattie sur moi, sentant avec délices ses petits seins qui me caressaient la poitrine et ses longues jambes qui s'emmêlaient aux miennes. Puis je roulai sur elle et nous nous retrouvâmes à l'autre coin du lit. Je sentis sa main qui me cherchait et je lui donnai une tape pour l'écarter — si jamais elle me touchait, j'allais jouir sur-le-champ. « Écarte les jambes, vite », dis-je et elle m'obéit. Je fermai les yeux, fermai toutes les sources de sensations mis à part celle-ci. Je m'avançai, puis m'arrêtai. De la main, je procédai à un petit ajustement de mon pénis tendu, puis roulai des hanches et m'enfonçai en elle comme un doigt dans un gant de soie. Elle me regarda avec ses grands yeux, puis posa une main contre ma joue et me fit tourner la tête. « Tout est mort là autour », dit-elle comme si elle ne faisait que constater une évidence. Par la fenêtre, je vis la Cinquième Avenue (entre les 60e et 50e Rues) avec tous ses magasins chics, Bijan et Bally, Tiffany et Bergdorf's, Steuben Glass. Et voici qu'arrivait Harold Oblowski, marchant en direction du nord avec son porte-documents en porc (celui que Johanna et moi lui avions offert pour la Noël ayant précédé la mort de Jo). À côté de lui, un sac de chez Brentano's à la main, se tenait la superbe et gironde Nola, sa secrétaire. À ceci près qu'il ne restait plus rien de ses formes généreuses ; elle n'était plus qu'un squelette ricanant aux dents jaunâtres dans un ensemble Donna Karan et des chaussures en croco ; des os décharnés et couverts de bagues agrippaient les poignées du sac, et non des doigts. Harold arborait son sourire habituel plein de dents — qui saillaient maintenant jusqu'à l'obscénité. Sa tenue favorite, un costume à veston croisé couleur anthracite de chez Paul Stuart, flottait et claquait sur lui comme une voile par petite brise. Tout autour d'eux, des deux côtés de la rue, allaient et venaient les morts vivants, mamans momies tenant des enfants cadavres par la main ou les véhiculant dans des landaus coûteux, portiers zombies, patineurs mal ressuscités. Là, un Noir de haute taille, quelques lambeaux de chair desséchée comme du pemmican sur le visage, promenait un squelette de chien de berger. Les chauffeurs de taxi se putréfiaient sur fond de musique raga. Les têtes qui regardaient par les vitres des bus étaient des crânes, chacun affichant sa version personnelle du sourire à la Oblowski — *Hé, comment ça va, comment va ta femme, comment vont les enfants, t'as écrit un bon livre ces temps derniers ?*

Les marchands de cacahuètes pourrissaient sur place. Et cependant rien de tout cela ne calmait mon ardeur. J'étais en feu. Je glissai les mains sous les fesses de Mattie, la soulevai, et mordis le drap (le motif, constatai-je sans surprise, était fait de roses bleues), finissant par le détacher du matelas, pour m'empêcher de lui planter les dents dans le cou, aux épaules, aux seins — n'importe quelle partie de son corps que ma bouche aurait pu atteindre. « Dis-moi qui c'était ! lui criai-je. Tu le sais, dis-le-moi ! » J'avais la voix tellement étouffée par la boule de tissu qu'il paraissait improbable que je sois compris. « Dis-le-moi, espèce de salope ! »

Je me tenais sur le sentier reliant l'atelier de Johanna et la maison, la machine à écrire dans les bras, mon érection à rêves multiples vibrant sous la masse de métal — fin prête, mais sans rien pour s'assouvir. Sauf peut-être la brise nocturne.

Puis je me rendis compte que je n'étais plus seul. Le truc au suaire était derrière moi, attiré comme les papillons par les lumières de la fête. La chose se mit à rire — un rire impudent, à la raucité tabagique, qui ne pouvait appartenir qu'à une femme. Je ne vis pas la main qui contourna ma taille pour m'agripper — la machine m'en empêchait — mais je n'en avais pas besoin pour savoir qu'elle était brune. Elle serra, se refermant lentement, me triturant de ses doigts.

« Qu'est-ce que tu veux savoir, mon mignon ? » demanda-t-elle dans mon dos. Toujours en riant. Toujours en m'excitant. « Tu tiens vraiment à tout savoir ? Tu tiens à savoir, tu ne préfères pas sentir ?

— Oh, ça me tue ! » m'écriai-je. La machine à écrire — une douzaine de kilos d'IBM Selectric — oscillait dans mes bras. Je sentais mes muscles tendus comme des cordes de guitare.

« Tu tiens à savoir de qui il s'agissait, mon mignon ? Ce sale type ?

— Fais-moi jouir, salope, c'est tout ! » hurlai-je

cette fois. Elle rit de nouveau — de ce rire âpre qui était presque une toux — et me serra là où la sensation était la meilleure.

« Ne bouge plus à présent, dit-elle. Ne bouge plus, mon joli, à moins que tu ne veuilles que je prenne peur et arrache ton machin juste... » Je perdis le reste et le monde explosa dans un orgasme tellement puissant que je crus qu'il allait me réduire en miettes. Ma tête partit violemment en arrière comme celle d'un pendu et j'éjaculai en regardant les étoiles. Je hurlai — impossible de me retenir —, et sur le lac deux plongeons me répondirent.

En même temps, je me trouvais sur le ponton. Johanna n'y était plus, mais j'entendais faiblement la musique de l'orchestre — Sara, Sonny et les Red-Top Boys s'ouvrant rugueusement la voie dans « Black Mountain Rag ». Je m'assis, sonné, épuisé, baisé à mort. Je ne distinguais pas le sentier conduisant à la maison, seulement son parcours que ponctuaient les lanternes japonaises. Mon sous-vêtement était posé en petit tas mouillé à côté de moi. Je le pris et commençai à l'enfiler, ne voulant pas regagner la rive à la nage en le tenant à la main. J'arrêtai mon mouvement alors qu'il était à hauteur de mes genoux, regardant mes doigts. De la chair putréfiée y était encore accrochée. Des cheveux arrachés étaient restés pris en dessous de mes ongles et en dépassaient, hirsutes. Des cheveux de cadavre.

« Oh, bordel... » Je me sentis perdre toutes mes forces. Je baignais dans du mouillé. J'étais dans la chambre de l'aile nord. J'avais atterri dans quelque chose de chaud, et je crus tout d'abord que c'était du foutre. Dans la pénombre nocturne, je distinguais cependant quelque chose de plus sombre. Mattie avait disparu et le lit était plein de sang. Au milieu de la flaque baignait une forme que je crus tout d'abord être un morceau de chair, un fragment d'organe. Je regardai de plus près et vis que c'était un animal empaillé, un objet à fourrure noire poissé de sang rouge. Allongé à côté, j'aurais voulu bondir du lit et fuir la chambre, mais j'en étais incapable. Mes muscles ne m'obéissaient plus. Avec qui avais-je fait l'amour dans ce lit ? Et que lui avais-je fait ? Au nom du ciel, quoi ?

« Je ne crois pas un mot de ces mensonges », m'entendis-je dire ; et comme si ces paroles étaient une incantation, je me retrouvai moi-même, avec l'impression d'avoir reçu une grande claque. Ce n'est pas exactement ainsi que ça s'est passé, mais c'est la seule manière de l'exprimer qui me paraît s'en rapprocher un peu. J'étais deux fois dédoublé — avec un *moi* sur le ponton, un dans la chambre nord et un sur le sentier — et chacun de ces *moi* ressentit la violence de la claque, comme si le vent s'était transformé en poing. Il y eut une brusque plongée dans les ténèbres, au milieu desquelles retentissaient les notes argentées et régulières de la cloche — celle de Bunter. Puis le son s'estompa et je m'estompai en même temps. Pendant un court moment, je ne fus nulle part.

Je repris connaissance au milieu du pépiement habituel des oiseaux, dans cette obscurité cramoisie particulière qui vous signale que le soleil brille de l'autre côté de vos paupières closes. J'avais le cou raide, la tête inclinée selon un angle bizarre et les jambes repliées n'importe comment sous moi ; j'avais très chaud.

Je redressai la tête avec une grimace, sachant avant d'ouvrir les yeux que je n'étais ni dans mon lit, ni sur le ponton, ni sur le sentier conduisant à l'atelier. C'étaient des planches que j'avais sous moi, des planches bien dures.

La lumière était aveuglante. Je refermai les yeux en plissant les paupières et poussai un grognement, comme si je me réveillais d'une cuite. Je rouvris les yeux à l'abri de mes mains, leur laissant le temps de s'adapter, me mis sur mon séant et regardai autour de moi. Je me trouvais dans le couloir du premier, sous le climatiseur en panne. Le mot de Mrs Meserve y était encore accroché. Posée devant la porte de mon bureau, je vis l'IBM avec une feuille de papier engagée sur le rouleau. J'examinai mes pieds et constatai qu'ils étaient sales ; j'avais des aiguilles de pin collées dessous et un de mes orteils était égratigné. Je me levai, vacillai un peu (j'avais la jambe droite engourdie) et m'appuyai d'une main contre le mur pour me tenir debout. Je poursuivis mon examen. Je portais le caleçon que j'avais en me couchant ; il ne paraissait présenter aucune trace d'un quelconque accident. Je tirai sur l'élastique et jetai un coup d'œil. Ma queue avait son aspect habituel : petite, molle, roulée sur elle-même et assoupie dans son nid de poils. Si la Folie-Noonan s'était aventurée dans la nuit, il n'en restait aucun signe visible.

« Pour une aventure, ça donnait vraiment l'impression d'en être une », dis-je d'une voix mal assurée. Du bras, j'essuyai la sueur de mon front. Il faisait une chaleur étouffante, ici. « Mais pas du même genre que dans les romans de jungle. »

Puis je me souvins du drap imbibé de sang, dans la chambre nord, et de l'animal empaillé au milieu de la flaque. Cela ne provoqua en moi aucun soulagement, aucun de ces « ouf, merci mon Dieu, ce n'était qu'un rêve » que l'on ressent après un cauchemar particulièrement éprouvant. Il me paraissait aussi réel que les choses que j'avais vécues pendant mon délire, quand j'avais eu la rougeole... et elles avaient toujours été réelles, simplement déformées par mon cerveau surchauffé.

J'allai d'un pas incertain jusqu'à l'escalier que je descendis en me traînant, agrippé à la rampe au cas où ma jambe envahie de picotements me trahirait. Une fois en bas, je parcourus la salle de séjour des yeux, l'air hébété, comme si je la voyais pour la première fois, avant de m'engager laborieusement dans le couloir menant à l'aile nord.

La porte de la chambre était entrouverte et je restai un moment dans l'incapacité de pousser un peu plus le battant pour y entrer. J'étais profondément effrayé et je ne cessais de penser à un vieil épisode de la série *Alfred Hitchcock présente*, dans lequel un alcoolique étrangle sa femme pendant qu'il est totalement ivre. Il passe toute la demi-heure suivante à la chercher, et la retrouve finalement dans un placard, congestionnée, les yeux écarquillés. Kyra Devory était le seul enfant en âge d'avoir un animal en peluche que j'avais rencontré récemment, mais elle dormait paisiblement sous son couvre-pieds à roses pompons quand j'avais quitté sa mère et pris le chemin de la maison. Il était stupide d'imaginer que j'étais revenu jusqu'à Wasp Hill Road simplement vêtu de mon caleçon et que j'avais...

Fait quoi ? Violé la jeune femme ? Ramené la fillette ici ? Dans mon sommeil ?

J'ai bien attrapé la machine à écrire, dans mon sommeil, non ? Elle est posée dans le couloir du premier, bon Dieu.

Ce n'est quand même pas la même chose de parcourir trente mètres dans les bois et huit kilomètres jusqu'à...

Je n'allais pas rester planté là à écouter ces voix querelleuses dans ma tête. Si je n'étais pas fou — et je ne me croyais pas fou —, il me suffirait de continuer à prêter l'oreille à ces casse-couilles pour le devenir, et le temps de le dire, en plus. Je repoussai la porte.

Un instant, je vis vraiment une tache de sang en forme de pieuvre sur le drap : c'est dire à quel point ma terreur était réelle, à quel point j'étais obnubilé. Puis je fermai fortement les yeux et les rouvris. Les draps étaient froissés, celui du dessous presque entièrement dégagé du matelas dont j'apercevais le revêtement en satin broché. L'un des oreillers gisait à l'autre bout du lit, le second par terre, enfoncé. La descente de lit — œuvre de Johanna — était de travers et le verre d'eau renversé sur la table de nuit. La chambre avait l'air d'avoir servi de cadre à une bagarre ou à une orgie, pas à un assassinat. Il n'y avait ni sang ni petit animal en peluche ou empaillé à fourrure noire.

Je me mis à genoux pour regarder sous le lit ; rien, même pas de moutons de poussière, grâce à Brenda Meserve. J'examinai de nouveau le drap de dessous, passant tout d'abord la main sur ses plis tourmentés, puis le retendant par ses élastiques. Grande trouvaille, ces draps-housses ; si c'étaient les femmes que l'on avait chargées d'attribuer la médaille de la Liberté au lieu d'une poignée de politiciens blancs n'ayant jamais fait un lit ou lavé de linge de leur vie, le type qui avait inventé ce système aurait sûrement eu droit à son petit morceau de bronze depuis longtemps. Remis au cours d'une cérémonie dans le Jardin des Roses[1].

Une fois le drap tendu, je l'examinai encore une fois. Pas de sang, pas la moindre goutte. Pas de tache de sperme en train de sécher, non plus. Je ne m'étais pas vraiment attendu à trouver du sang (c'était du moins ce que je commençais à me dire), mais le sperme ? Le moins qu'on puisse dire est que j'avais eu le rêve érotique le plus créatif au monde — un triptyque dans lequel je baisais deux femmes tout en me faisant branler par une troisième — et tout cela à la fois. J'avais aussi l'impression d'éprouver ce sentiment du lendemain matin particulier aux réveils qui suivent une séance de sexe spécialement animée. S'il y avait eu feu d'artifice, cependant, où était donc la poudre brûlée ?

« Dans l'atelier de Jo, c'est le plus probable, dis-je à la pièce ensoleillée et vide. Ou quelque part sur le chemin. Sois bien content de ne pas l'avoir laissée dans Mattie Devory, mon pote. S'il y a bien une chose dont tu n'as pas besoin, c'est d'une liaison avec une veuve à peine sortie de l'adolescence. »

---

1. À la Maison-Blanche (*N.d.T.*).

Quelque chose en moi n'était pas d'accord ; quelque chose en moi estimait que Mattie Devory était exactement ce dont j'avais besoin... Mais je n'avais pas fait l'amour avec elle, la nuit dernière, pas plus que je n'avais fait l'amour avec ma défunte femme sur le ponton ou m'étais fait faire une branlette par Sara Tidwell. Et ayant établi que je n'avais pas tué, non plus, une adorable petite fille, mes pensées revinrent à la machine à écrire. Pourquoi étais-je allé la chercher ? Pourquoi m'être donné tout ce mal ?

Oh là là... quelle question stupide. Pas impossible que ma femme ait eu ses petits secrets ; pas impossible, même, qu'elle ait eu une liaison ; pas impossible qu'il y ait un gros richard, à moins de cinq cents mètres d'ici, mourant d'envie de m'enfoncer un pieu dans le corps ; pas impossible, enfin, que j'aie moi-même quelques joujoux de ce genre dans mon humble grenier. Mais tandis que je réfléchissais dans un rayon de soleil, perdu dans la contemplation de mon ombre, sur le mur opposé, une seule idée paraissait compter : j'étais allé jusque dans l'atelier de ma femme et j'en avais rapporté ma vieille machine à écrire, et il n'y avait qu'une raison pour que j'aie agi ainsi.

Je passai dans la salle de bains, désireux de me débarrasser de la transpiration qui m'engluait le corps et de me laver les pieds avant de faire quoi que ce soit d'autre. Je tendais déjà la main vers la douche, lorsque j'arrêtai mon geste. La baignoire était pleine d'eau. Soit je l'avais remplie pendant ma crise de somnambulisme... soit quelqu'un d'autre l'avait fait. J'hésitai aussi à retirer la bonde, me rappelant ce moment, sur le bas-côté de la route 68, où j'avais eu l'impression que ma bouche se remplissait d'eau froide. Je me rendis compte que je m'attendais à ce que le phénomène se reproduise. Rien ne venant, je tirai sur la chaînette de la bonde pour laisser s'écouler l'eau stagnante, puis pris ma douche.

J'aurais pu descendre la Selectric, peut-être même la traîner jusque sur la terrasse, où j'aurais bénéficié de la légère brise venue du lac, mais je n'en fis rien. Je l'avais trimbalée jusqu'à la porte de mon bureau, et mon bureau était le lieu où je devais travailler... si j'y arrivais. Et j'y travaillerais même si la température, sous le toit, atteignait les quarante-cinq degrés — chose qui, vers trois heures de l'après-midi, n'était pas à exclure.

Le papier passé dans la machine était un vieux reçu de chez Click, la boutique de Castle Rock où Johanna achetait autrefois son matériel photographique, une feuille de papier carbone rose que j'avais mise à l'envers de manière à ce que la partie pile soit tournée vers la sphère de lettres type Courrier. J'avais inscrit les noms de celles qui composaient mon petit harem, comme si j'avais essayé de décrire mon rêve à trois faces pendant qu'il se déroulait :

```
Jo Sara Mattie Jo Sara Mattie Mattie Mattie
Sara Sara Jo Johanna Sara Jo MattieSaraJo.
```

En dessous, j'avais tapé :

```
comptage de spermatozoïdes normal tout est
bien rose
```

J'ouvris la porte du bureau, y transportai la machine à écrire et la remis à son ancien emplacement, sous le poster de Richard Nixon. Je sortis le reçu du rouleau, le roulai en boule et le lançai dans la corbeille à papiers. Puis je pris la fiche électrique de la Selectric et l'enfonçai dans la prise murale. Mon cœur battait vite et fort, comme quand je montais l'échelle du grand plongeoir à la piscine, à treize ans. Je l'avais escaladé trois fois à douze ans, redescendant à chacune par le même moyen ; mais à treize ans il n'avait pas été question de flancher : je devais absolument plonger.

Il me semblait me souvenir d'un ventilateur, planqué

dans un angle du placard, derrière la boîte marquée GADGETS. Je partis dans cette direction, puis fis demi-tour en émettant un petit rire mal assuré. Ce n'était pas la première fois que j'étais sûr de moi, hein ? Non, pas la première. Après quoi, les cercles de fer s'étaient refermés sur ma poitrine. Il serait stupide de m'embêter à sortir le ventilateur pour découvrir ensuite que je n'avais rien à faire dans cette pièce, en fin de compte.

« Du calme, dis-je, du calme. » Mais je ne pouvais pas davantage me calmer que le petit garçon fluet, dans son maillot de bain violet ridicule, lorsqu'il s'était avancé vers l'extrémité du plongeoir, avec la piscine si verte, en dessous, et les visages levés des garçons et des filles si petits, si petits...

Je me penchai vers les tiroirs du côté droit du bureau, et tirai si fort sur l'un d'eux qu'il sortit complètement. Je retirai mon pied nu de la zone où il atterrit juste à temps, et émis plusieurs aboiements bruyants d'un rire sans humour. Il restait une demi-ramette dans ce tiroir. Les bords avaient cet aspect légèrement crêpelé que prend le papier qui a traîné longtemps. À peine l'eus-je vu que je me rappelai avoir apporté mon stock — dont l'état de fraîcheur était bien supérieur à celui-ci. Je laissai la demi-ramette où elle était et remis le tiroir en place, non sans devoir m'y reprendre à plusieurs reprises ; mes mains tremblaient.

Finalement je m'assis dans mon fauteuil, d'où montèrent les craquements habituels provoqués par mon poids, et le même grondement de roulettes lorsque je le poussai en avant, glissant mes genoux sous le bureau. Je me retrouvai assis en face du clavier, transpirant abondamment, avec toujours le souvenir du plongeoir dans la tête, avec l'impression de ressort sous mes pieds pendant que j'en parcourais toute la longueur, me rappelant de l'écho particulier qui montait des voix, en dessous, l'odeur de chlore et les pulsations régulières et sourdes du système d'aération : *fwung-fwung-fwung-fwung*, comme si l'eau avait son propre battement de cœur secret. Je m'étais tenu au bout du plongeoir en me demandant (et pas pour la première fois !) si je ne risquais pas de me retrouver paralysé au cas où je raterais mon entrée dans l'eau. Probablement pas, mais on pouvait en revanche mourir de peur. Il y avait d'ailleurs des cas assortis de témoignages dans le *Ripley's Believe It Or Not*[1], l'ouvrage qui avait été la source de mon savoir entre huit et quatorze ans.

Vas-y ! s'écria la voix de Johanna. Ma version de cette voix était en général calme et maîtrisée. Cette fois-ci elle était limite hystérique : *Arrête de lambiner et vas-y !*

Je tendis la main vers l'interrupteur de l'IBM, me rappelant à présent le jour où j'avais balancé mon programme Word 6 à la poubelle. *Salut, vieille branche*, avais-je pensé.

« Je vous en prie, faites que ça marche, murmurai-je. Je vous en prie... »

J'appuyai sur le bouton. La machine se mit à ronronner. La sphère se lança dans un premier petit tourbillon d'essai, comme un danseur de ballet qui attend dans les coulisses de faire son entrée sur scène. Je pris une feuille de papier, vis que mes doigts y laissaient des marques de transpiration. Tant pis. Je l'enroulai, la centrai puis écrivis :

Chapitre premier

et attendis que se déchaîne la tempête.

---

1. « Incroyable mais vrai », voir S. King, *Rêves et cauchemars*, introduction, Albin Michel, trad. W. O. Desmond (*N.d.T.*).

CHAPITRE 14

La sonnerie du téléphone — ou, pour être plus précis, la façon dont celle-ci me parvint — m'était aussi familière que les grincements de mon siège ou le bourdonnement de l'IBM Seletric. Me donnant tout d'abord l'impression de venir de très loin, elle enflait ensuite comme le sifflement d'un train qui approche d'un passage à niveau.

Ni mon bureau ni celui de Johanna ne possédaient de poste supplémentaire ; le téléphone de l'étage, un vieux modèle à cadran rotatif, se trouvait sur une table dans le couloir qui séparait les deux pièces, lieu que Johanna appelait jadis le « no man's land ». Il devait y régner une température d'au moins trente-deux ou trente-trois degrés, mais l'air me procura néanmoins une impression de fraîcheur, après la fournaise de mon bureau. J'étais recouvert d'une telle pellicule de sueur que j'avais l'air d'une version légèrement bedonnante de ces adeptes de la muscu que je voyais parfois, quand j'allais faire de l'exercice.

« Allô ?

— Mike ? Je vous ai réveillé ? Vous dormiez ? »

C'était Mattie, mais une Mattie différente de celle de la veille. Une Mattie qui n'avait pas peur, qui n'hésitait même pas ; elle paraissait tellement heureuse que cela débordait de partout. Il devait très certainement s'agir de la Mattie qui avait séduit Lance Devory.

« Non, je ne dormais pas. J'écrivais un peu.

— C'est pas vrai ! Moi qui croyais que vous aviez pris votre retraite.

— Je le croyais aussi, mais j'avais peut-être sauté un peu trop vite aux conclusions. Qu'est-ce qui se passe ? On dirait que vous êtes aux anges.

— Je viens juste d'appeler John Storrow... »

Ah bon ? Depuis combien de temps étais-je donc au premier ? Je regardai mon poignet et ne vis rien qu'un cercle plus clair. Il était peau d'heure moins quatre poils, comme nous disions quand nous étions gamins ; ma montre était restée dans la chambre, probablement posée dans la flaque laissée par le verre renversé.

« ... son âge, et qu'il peut sans doute citer son autre fils à comparaître !

— Houlà, dis-je. Vous m'avez perdu en route. Reprenez, et plus lentement. »

Ce qu'elle fit. La principale nouvelle tenait en trois mots (comme la plupart du temps) : Storrow arrivait demain. En avion. Il descendrait au Lookout Rock Hotel de Castle View. Elle et lui devaient passer l'essentiel de leur vendredi à discuter de l'affaire. « Ah, et il vous a trouvé un avocat, ajouta-t-elle. Pour vous accompagner à la convocation du juge. Je crois qu'il est de Lewiston. »

Tout cela était très bien, mais une chose me paraissait beaucoup plus importante que les faits bruts : Mattie avait retrouvé la volonté de se battre. Jusqu'à ce matin (en admettant que ce soit encore le matin ; la lumière qui tombait par la fenêtre, au-dessus de la clim en panne, me faisait supposer que c'était encore le cas, mais pas pour très longtemps), je ne m'étais pas rendu compte à quel point la jeune femme à la robe rouge et aux chaussures blanches immaculées avait été déprimée. À quel point elle en était venue à croire qu'elle allait perdre son enfant.

« Sensationnel. Je suis tellement content, Mattie.

— Et c'est à vous que je le dois. Si vous étiez là, je vous donnerais le plus gros bécot qu'on vous ait jamais donné !

— Il vous a dit que vous pouviez gagner, n'est-ce pas ?

— Oui.

— Et vous l'avez cru.

— Oui, bien sûr ! » Sa voix reprit un ton plus modéré. « Il n'était pas spécialement ravi quand je lui

319

ai avoué que nous avions dîné ensemble hier soir, en revanche.

— Le contraire m'aurait étonné.

— Je lui ai dit que nous avions pique-niqué dans la cour, mais d'après lui, il suffit que nous soyons restés ensemble soixante secondes à l'intérieur pour lancer une rumeur.

— Ce qui signifie qu'il se fait une idée insultante des capacités amoureuses des Yankees, dis-je. Mais évidemment, il est de New York. »

Elle rit plus fort que ne le méritait ma petite plaisanterie. Était-ce le soulagement, proche de l'hystérie, de savoir qu'elle avait maintenant deux protecteurs ? Ou bien parce que tout ce qui touchait au sexe était actuellement un sujet sensible pour elle ? Autant ne pas trop s'y attarder.

« Il n'a pas insisté là-dessus, mais il m'a clairement fait comprendre qu'il ne fallait pas recommencer. N'empêche, lorsque tout cela sera terminé, je vous inviterai pour un vrai repas. Il y aura tout ce que vous aimez, exactement comme vous l'aimez. »

Tout ce que vous aimez, exactement comme vous l'aimez... Bon sang de bonsoir, elle ne se rendait absolument pas compte que ce qu'elle venait de dire pouvait avoir un autre sens — j'aurais parié n'importe quoi là-dessus. Je fermai un instant les yeux et souris. Pourquoi ne pas sourire ? Tous les propos qu'elle tenait étaient absolument sensationnels, en particulier une fois le ménage fait dans les confins malsains de l'esprit de Michael Noonan. Impression que notre histoire allait peut-être se terminer comme dans les contes de fées, si nous ne perdions pas courage, si nous nous en tenions à notre ligne de conduite. Et si je pouvais me retenir de faire du rentre-dedans à une jeune femme qui aurait pu être ma fille... en dehors de mes rêves, bien sûr. Si je n'y parvenais pas, je n'aurais probablement que ce que je mériterais, au bout du compte. Mais Kyra, non. Elle était le bouchon de radiateur, là-dedans, condamnée à aller là où la voiture allait. Si jamais j'étais tenté de passer à l'acte, je n'aurais qu'à me le rappeler.

« Si le juge renvoie Max Devory chez lui les mains vides, c'est moi qui vous inviterai au Renoir Nights de Portland pour un repas entièrement français. Et Storrow aussi. Et tant qu'on y est, même le chien de chasse chargé de flairer les pièges pour moi, vendredi prochain. Qui dit mieux, hein ?

— Personne ne pourrait dire mieux, répondit-elle d'un ton plus sérieux. Je vous rembourserai tout, Mike. Même si cela doit me prendre tout le reste de ma vie, je vous le rembourserai.

— Il ne faut pas vous croire obligée, Mattie...

— Si, dit-elle, calme mais catégorique. Si. Et j'ai encore autre chose à faire, aujourd'hui.

— Quoi donc ? » J'adorais l'entendre parler comme elle le faisait ce matin, heureuse, libre, telle une prisonnière qui viendrait d'obtenir sa grâce et de quitter sa geôle ; cependant, je regardais déjà vers la porte de mon bureau. Je ne pourrais plus faire grand-chose de la journée ; je risquais de terminer comme une pomme au four, mais j'aurais aimé écrire une ou deux pages de plus, au moins. *Fais ce que tu veux*, m'avaient dit les deux femmes de mon rêve. *Fais ce que tu veux*.

« Je dois aller acheter à Kyra le gros ours en peluche qu'ils ont, au Wal-Mart de Castle Rock, dit-elle. Je lui dirai que c'est parce qu'elle a été mignonne — je ne vais tout de même pas lui raconter que c'est parce qu'elle marchait au milieu de la route au moment où vous arriviez dans l'autre sens.

— N'en prenez pas un noir », dis-je. Les mots étaient sortis de ma bouche avant de s'être formés dans ma tête.

— Hein ? fit-elle, étonnée et dubitative.

— J'ai dit : n'en prenez pas un pour moi. » La

réponse m'était venue tout aussi spontanément aux lèvres.

« Peut-être bien que si », dit-elle, l'air amusé. Puis son ton redevint sérieux. « Si j'ai dit quoi que ce soit, hier au soir, qui vous ait rendu malheureux, même une seconde, j'en suis désolée. Pas un instant je n'ai voulu...

— Ne vous inquiétez pas, dis-je. Je ne suis pas malheureux. Je suis simplement un peu perplexe. En réalité, j'avais déjà presque oublié cette histoire de rendez-vous mystérieux de Jo. » Ce qui était un mensonge, mais énoncé pour la bonne cause, me semblait-il.

« C'est probablement aussi bien. Je ne vais pas vous garder plus longtemps. Je vous laisse retourner à votre travail. C'est bien ce que vous désirez, non ? »

Sa remarque me surprit. « Qu'est-ce qui vous fait dire cela ?

— Je ne sais pas. Simplement... » Elle s'arrêta. Et je compris soudain deux choses : ce qu'elle avait été sur le point de dire, et qu'elle n'allait pas le dire. *J'ai rêvé de vous, la nuit dernière. J'ai rêvé que nous étions ensemble. Nous allions faire l'amour et l'un de nous deux a dit : fais ce que tu veux. Ou bien nous l'avons dit tous les deux, je ne sais pas.*

Il se peut, parfois, que les fantômes soient des esprits et des désirs vivants, détachés de leur corps, des pulsions qui flottent dans l'air, libres et invisibles. Des fantômes venus du Ça, des spectres des zones inférieures.

« Mattie ? Toujours en ligne ?

— Bien sûr, pensez-vous ! Voulez-vous que je vous rappelle ? Ou bien Mr Storrow pourra-t-il vous dire tout ce que vous voudrez savoir ?

— Si vous ne me rappelez pas, je serai furieux contre vous. Bougrement furieux, même. »

Elle rit. « D'accord, je vous appellerai. Mais pas

pendant que vous travaillez. Au revoir, Mike. Et merci encore. Merci infiniment. »

Je lui dis au revoir à mon tour, puis lorsqu'elle eut raccroché, restai quelques instants perdu dans la contemplation du vieux combiné en bakélite. Elle allait appeler pour me tenir au courant, mais pas pendant que je travaillerais. Comment allait-elle le savoir, que je ne travaillerais pas ? Elle le saurait, un point c'est tout. Comme j'avais su, hier au soir, qu'elle avait menti lorsqu'elle avait prétendu que Johanna et l'homme en veston de sport aux coudes renforcés étaient partis en direction du parking. Mattie portait un short blanc et un T-shirt sans manches lorsqu'elle m'avait appelé ; pas de robe ou de jupe, aujourd'hui, vu qu'on était mercredi et que le mercredi, la bibliothèque était fermée.

Tu n'en sais rien. Tu inventes.

Mais non, je n'inventais pas. Sinon, je l'aurais probablement habillée d'une tenue plus suggestive — en veuve joyeuse style froufrous coquins, peut-être.

Cette idée en appela une autre. *Fais ce que tu veux*, avaient-elles dit toutes les deux. *Fais ce que tu veux*. C'était une réplique que je connaissais. Pendant mon séjour à Key Largo, j'avais lu un article de fond sur la pornographie, dans l'*Atlantic Monthly*, écrit par je ne sais plus quelle féministe — ni Naomi Wolf ni Camille Paglia, en tout cas. Sally Tisdale, peut-être ? Ou bien mon esprit me renvoyait-il en écho déformé le nom de Sara Tidwell ? Toujours est-il qu'elle y prétendait que « fais ce que *moi* je veux » constituait la base de l'érotisme pour les femmes, et que « fais ce que *toi* tu veux » était la base de la pornographie pour les hommes. Les femmes s'imagineraient prononçant la première réplique dans les situations sexuelles ; les hommes s'imagineraient qu'on leur dirait la deuxième. Et, ajoutait-elle, lorsque le sexe tournait mal dans la réalité, devenant parfois violent, parfois humiliant ou tout simplement raté, du point de vue de la femme, la pornographie serait le coupable méconnu. L'homme aurait tendance à s'en prendre à la femme et à lui hurler : « Tu voulais que je le fasse ! Arrête de mentir et reconnais-le ! C'est *toi* qui as voulu ! »

L'auteur de l'article affirmait qu'à cela se réduisait tout ce que les hommes espéraient entendre dans la chambre : fais ce que tu veux. Mords-moi, sodomise-moi, lèche-moi entre les orteils, bois du vin dans mon nombril, brosse-moi les cheveux, tends-moi ton derrière que je te mette une fessée, n'importe quoi. Fais ce que tu veux. La porte est fermée à clef, et nous sommes ici, mais en réalité il n'y a que *toi* ici, je ne suis que l'incarnation de tes fantasmes et *toi* seul existes. Je n'ai aucun désir propre, aucun besoin propre, aucun tabou. Fais ce que tu veux de cette ombre, de ce fantasme, de ce fantôme.

Je m'étais dit que l'auteur de cet essai racontait pas mal de conneries ; qu'affirmer qu'un homme ne peut trouver de satisfaction sexuelle qu'en transformant une femme en une sorte d'accessoire à branlette en disait plus sur l'observatrice que sur ce qu'elle observait. Cette dame maniait le jargon du sujet avec dextérité et ne manquait pas d'esprit, mais en fin de compte, elle ne faisait que répéter ce que Somerset Maugham, l'auteur préféré de Johanna, faisait dire à Sadie Thompson dans « Pluie », une nouvelle écrite quatre-vingts ans auparavant : les hommes ne sont que des bêtes, des bêtes égoïstes, tous tant qu'ils sont. Mais nous ne sommes pas des bêtes, en règle générale, ou du moins, nous ne le sommes pas tant que nous n'avons pas été poussés dans nos derniers retranchements. Et dans ce cas, il s'agit rarement de sexe, mais bien plutôt de territoire. J'ai entendu des féministes affirmer que pour les hommes le sexe et le territoire étaient interchangeables, ce qui me paraît très loin de la vérité.

Je retournai vers le bureau et j'en ouvrais déjà la porte lorsque le téléphone sonna à nouveau. Et soudain j'éprouvai un sentiment familier, un sentiment qui me rendait à nouveau visite au bout de quatre ans : la colère provoquée par le téléphone, l'envie de l'arracher du mur et de le lancer à l'autre bout de la pièce. Pourquoi le monde entier éprouvait-il le besoin de m'appeler pendant que j'écrivais ? Pourquoi ne pouvait-on pas... simplement... me laisser faire ce que je voulais ?

Je partis d'un petit rire dubitatif et retournai décrocher ; le combiné portait encore la trace humide de ma main.

« Allô ?

— Je vous avais pourtant dit de rester bien en vue quand vous étiez avec elle.

— Merci de me demander de mes nouvelles, maître Storrow. Belle matinée, n'est-ce pas ?

— Vous devez habiter dans un autre fuseau horaire, mon vieux. À New York il est déjà une heure et quart.

— D'accord, nous avons dîné ensemble. Dehors. C'est vrai, j'ai lu une histoire à la petite et je l'ai aidée à la mettre au lit, mais...

— Je suppose que la moitié de la ville s'imagine que vous vous envoyez en l'air ensemble, à présent, et que l'autre moitié va se l'imaginer si je dois venir la défendre devant le tribunal. » Il ne paraissait pas réellement en colère, cependant. Il me faisait au contraire l'effet d'être plutôt de bonne humeur.

« Peut-on vous obliger à dire qui vous paie ? demandai-je. Je veux parler de l'audience qui doit décider de la garde.

— Pas du tout.

— Et lors de ma déposition, vendredi ?

— Seigneur, encore moins. Durgin perdrait toute crédibilité en tant que subrogé, s'il s'aventurait dans cette direction. En plus, ils n'ont pas intérêt à aller fouiller du côté du sexe. Leur angle d'attaque est de dire que Mattie est une mère négligente et peut-être violente. Prouver que la maman n'est pas un prix de vertu est un système qui a arrêté de fonctionner à l'époque où *Kramer contre Kramer* est sorti dans les salles. Ce n'est d'ailleurs pas le seul problème qu'ils ont dans cette affaire. » Il paraissait littéralement bicher, à présent.

« Racontez-moi ça.

— Max Devory a quatre-vingt-cinq ans et est divorcé. Deux fois divorcé, pour être précis. Avant d'accorder la garde à un homme non marié de son âge, il faut prendre en considération la garde secondaire. Il s'agit en fait du point le plus important, en dehors des allégations de maltraitance et de négligence adressées à la mère.

— Que sont au juste ces allégations ? Le savez-vous ?

— Non. Mattie non plus, d'ailleurs, étant donné que ce sont des inventions. Elle est adorable, au fait.

— Oui, tout à fait.

— Et je crois qu'elle fera un témoin sensationnel. J'ai hâte de faire sa connaissance. Mais ne me faites pas perdre le fil. Nous parlions garde secondaire, n'est-ce pas ?

— En effet.

— Devory a une fille qui a été déclarée officiellement malade mentale et qui vit dans une institution quelque part en Californie... à Modesto, je crois. Pas l'idéal, comme mère adoptive.

— M'en a tout l'air.

— Il a eu aussi un fils de son second mariage. Roger. Il est âgé de... (j'entendis un léger bruit de papiers qu'on feuilletait)... cinquante-quatre ans. Ce n'est plus exactement un jeune homme, lui non plus. Il y a cependant des tas de types qui deviennent papas à cet âge, de nos jours ; que voulez-vous, c'est le meilleur des mondes. Mais voilà, Roger est homosexuel. »

Je repensai à la manière dont Bill Dean m'avait dit : *Pédé jusqu'au trognon. Paraît qu'il y en a des tas en Californie.*

« Je croyais que le sexe n'entrait pas en ligne de compte, d'après ce que vous avez dit.

326

— J'aurais peut-être dû préciser que les relations sexuelles *hétéro* ne comptaient pas. Dans certains États, comme c'est le cas en Californie, l'homosexualité ne compte pas non plus, ou du moins, pas autant. Mais cette affaire ne passera pas devant un tribunal californien. C'est dans le Maine qu'elle sera jugée, un État dans lequel les gens ont davantage de doutes sur la capacité qu'auraient deux hommes mariés — mariés l'un à l'autre, j'entends — d'élever une petite fille.

— Roger Devory est *marié* ? » Très bien. Admettons. J'étais à mon tour pris d'une jubilation malsaine. J'en avais honte — ce Roger Devory était un type qui vivait sa vie, et il n'avait sans doute pas grand-chose sinon rien à voir avec l'entreprise actuelle dans laquelle s'était lancé son père — mais je ne la ressentais pas moins.

« Lui et un informaticien du nom de Morris Ridding ont contracté les liens sacrés en 1996, reprit John. J'ai trouvé cette information dès ma première recherche par ordinateur. Et si cela doit aboutir à un procès, j'ai bien l'intention d'en tirer le maximum. Je ne sais pas exactement ce que ça va donner, mais si j'ai une chance de décrire cette délicieuse petite fille à l'œil brillant élevée par deux homos sur le retour qui passent probablement leur temps dans le monde des informaticiens à spéculer sur ce que le Capitaine Kirk et Monsieur Spock peuvent bien faire, une fois leur vaisseau spatial arrivé au port... eh bien, si j'ai cette chance, je la saisirai.

— C'est un peu dégueulasse, non ? » dis-je. J'avais parlé du ton d'un homme qui souhaite qu'on le dissuade, peut-être même qu'on se moque de lui, mais cela n'arriva pas.

« Évidemment, que c'est dégueulasse. On a l'impression de monter sur le trottoir et de renverser un ou deux passants innocents. Roger Devory et Morris Ridding ne sont ni des trafiquants de drogues, ni des trafiquants d'enfants, et ils ne dévalisent pas les vieilles dames. Mais c'est une affaire de garde d'enfant, et les problèmes de garde d'enfant font encore mieux que les divorces pour ce qui est de transformer les êtres humains en insectes. Cette affaire-ci pourrait être encore pire, mais elle n'en est pas moins ignoble tellement elle est brutale. Max Devory n'est revenu dans son pays natal que pour une seule et unique raison : acheter un enfant. Et ça me fiche en rogne. »

Je souris, m'imaginant l'avocat sous la forme d'Elmer Fudd, le miro de BD, braquant son fusil de chasse sur l'entrée d'un terrier marqué DEVORY.

« Mon message au vieux Max va être très simple : le prix de la gamine vient de grimper. Pour atteindre de tels chiffres que même lui ne pourra pas se l'offrir.

— Vous avez dit à plusieurs reprises *si on va jusqu'au tribunal...* Croyez-vous qu'il y ait une chance pour que Devory laisse tomber avant ?

— Une assez bonne chance, oui. J'aurais même dit une excellente chance, si ce n'était pas un vieux crabe habitué à ce que tout le monde fasse ses quatre volontés. Sans compter qu'on peut aussi se demander s'il est encore assez lucide pour savoir où se trouve réellement son intérêt. J'essaierai de le rencontrer lorsque j'irai là-bas, mais jusqu'ici je n'ai pas réussi à aller plus loin que sa secrétaire.

— Rogette Whitmore ?

— Non, je crois qu'elle se trouve un barreau plus haut sur l'échelle. À elle non plus, je n'ai pas parlé. Mais je le ferai.

— Essayez donc par l'intermédiaire de Richard Osgood ou de George Footman. À mon avis, l'un des deux devrait être en mesure de vous mettre en contact avec le conseiller particulier de Devory.

— Il me faudra de toute façon parler à la Whitmore. Les hommes comme Devory ont tendance à devenir de plus en plus dépendants de leurs conseillers, en prenant de l'âge, et elle pourrait être la clef d'un accord à l'amiable. Elle pourrait aussi être un casse-tête pour nous ; elle serait capable de le pousser à se battre, soit qu'elle pense qu'il peut gagner, soit qu'elle ait envie de voir couler le sang. Elle pourrait aussi l'épouser.

— L'épouser ?

— Qu'est-ce qui l'en empêcherait ? Il suffirait qu'il lui fasse signer une promesse de mariage — je ne pourrais pas davantage présenter cela à la cour que ses avocats ne peuvent chercher à savoir qui a engagé l'avocat de Mattie — et il augmenterait d'autant ses chances.

— J'ai vu cette femme, John. Elle a au moins soixante-dix ans elle-même.

— Possible, mais elle est un acteur de sexe féminin dans une affaire de garde d'enfant concernant une petite fille, et elle peut faire tampon entre Max Devory et le couple d'homosexuels. Il ne faut pas l'oublier.

— D'accord. » Je regardai de nouveau la porte de mon bureau, mais avec moins de nostalgie, cette fois. Il vient toujours un moment où on en a terminé pour la journée, qu'on le veuille ou non. Et je pensais avoir atteint ce stade. Dans la soirée, peut-être...

« L'avocat que je vous ai trouvé s'appelle Romeo Bissonette... un nom pareil peut-il exister ?

— Il est de Lewiston, n'est-ce pas ?

— Oui. Comment l'avez-vous deviné ?

— Parce que c'est le genre de noms que l'on trouve à Lewiston... Est-ce que je dois aller le voir ? » Je n'avais aucune envie de me farcir quatre-vingts kilomètres d'une route à deux voies qui devait être envahie, à l'heure actuelle, de caravanes et de camping-cars. Je préférais de beaucoup la perspective d'aller nager puis de faire une longue sieste ensuite. Une longue sieste *sans rêve*.

« Ce n'est pas nécessaire. Appelez-le, expliquez-lui votre position. Il ne sera là que comme filet de sécurité, en fait ; il fera objection au cas où les questions sortiraient de leur cadre, à savoir l'incident au cours de la matinée du 4 juillet. Quant à celui-ci, vous direz la vérité, toute la vérité et rien que la vérité. Vu ?

— Oui.

— Il vous suffira de le retrouver vendredi à... voyons... je l'ai noté quelque part... » Les pages du carnet bruissèrent à nouveau. « À neuf heures et quart, au Route 120 Diner. Pour le café. Discutez le coup, faites connaissance, tirez l'addition au sort, si vous voulez. Moi je serai avec Mattie, pour essayer de lui soutirer le maximum d'informations. On aura peut-être besoin d'engager un colle-aux-basques.

— Un quoi ?

— Un détective privé.

— J'adore quand vous vous essayez à l'argot.

— Hum... Je vais prendre mes dispositions pour que les factures soient transmises à votre comptable, Goldacre. Il les enverra à votre agent et...

— Non. Dites-lui de me les envoyer directement à moi. Harold est une vraie mère juive. Combien tout cela va-t-il me coûter ?

— Soixante-quinze mille dollars minimum, répondit-il sans la moindre hésitation — ni la moindre note d'excuse dans la voix.

— N'en dites rien à Mattie.

— Entendu. Est-ce que vous commencez à vous amuser un peu, Mike ?

— Eh bien, figurez-vous que oui, au fond, répondis-je, songeur.

— À ce prix-là, vous devriez. » Sur quoi nous échangeâmes un au revoir et John raccrocha.

Tandis que j'en faisais autant, il me vint à l'esprit que je venais de vivre davantage de choses pendant ces cinq derniers jours qu'au cours des quatre ans passés.

Le téléphone ne sonna pas, cette fois-ci, et je pus retourner dans le bureau mais en sachant que, de toute façon, ma journée était définitivement terminée. Je m'assis devant l'IBM, fis deux ou trois retours à la ligne, et rédigeai un petit mémo au bas de la page sur

330

laquelle je travaillais lorsque le téléphone était venu m'interrompre. Comme cet engin peut être casse-pieds, et qu'il est rare qu'il sonne pour vous annoncer de bonnes nouvelles ! Les deux coups de fil d'aujourd'hui étaient une exception, cependant, et il me semblait que je pouvais garder le sourire. Après tout, j'avais travaillé, *travaillé* ! Quelque chose en moi n'en revenait pas que je sois assis ici, respirant librement, le cœur battant à un rythme normal, et sans la moindre menace d'une attaque d'angoisse pointant à l'horizon. J'écrivis :

    [ENSUITE : Rake va à Raiford. S'arrête au stand
    de fruits et légumes pour parler avec le type,
    un vieux de la vieille, trouver nom pitto-
    resque. Chapeau de paille. T-shirt Disney-
    world. Parlent de Shackleford.]

Je tournai le rouleau jusqu'à ce que l'IBM recrache la page, et pris une dernière note manuscrite. « Appeler Ted Rosencrief à propos de Raiford. » Rosencrief était un retraité de la Navy qui habitait Derry. Je l'avais employé comme assistant de recherches pour plusieurs de mes livres ; c'était lui qui m'avait trouvé tout ce que je voulais savoir sur la fabrication du papier, sur les habitudes migratoires de certains oiseaux communs, sur l'architecture de la salle contenant le tombeau, dans les pyramides. C'était toujours de quelques éléments dont j'avais besoin, jamais de « tout le foutu bazar ». En tant qu'écrivain, ma devise a constamment été de ne pas laisser les faits m'embrouiller. Les récits de fiction à la Arthur Hailey me dépassent — je suis déjà incapable de lire ce genre de livres, alors en écrire... Je veux en savoir juste assez pour pouvoir mentir avec vraisemblance. Rosencrief le savait, et notre collaboration s'était toujours bien passée.

Cette fois-ci, j'avais besoin de quelques informations sur la prison de Raiford, en Floride ; je voulais en particulier savoir de quoi avait l'air le couloir de la mort. J'avais aussi besoin de quelques tuyaux sur la psychologie des tueurs en série. Je me dis que Rosencrief serait content d'avoir de mes nouvelles... presque aussi content que moi d'avoir enfin une raison de faire appel à ses services.

Je pris les huit pages à double interligne que j'avais tapées et les étalai devant moi, encore émerveillé de leur existence. Le secret se serait-il toujours résumé à une vieille machine à écrire IBM et à une sphère de caractères Courrier ? Telle était bien l'impression que cela donnait.

Leur contenu était tout aussi stupéfiant. J'avais eu des idées, au cours de mes quatre années sabbatiques ; de ce point de vue, je n'avais pas connu de blocage. L'une d'elles avait vraiment été sensationnelle, du genre à pouvoir devenir un roman, si j'avais encore été capable d'en écrire. Entre huit et douze autres méritaient d'être classées parmi les « bonnes idées », de celles qui pouvaient à la rigueur servir en cas de besoin urgent, ou parfois se transformer de manière inattendue en une nuit, comme le haricot géant de Jack. Cela arrivait. La plupart n'étaient que de vagues notions, de petits « qu'est-ce qui arriverait si » allant et venant comme des étoiles filantes pendant que je me promenais, conduisais ou rêvassais le soir en attendant que vienne le sommeil.

The Red-Shirt Man était un « qu'est-ce qui arriverait si ». Un jour, j'avais vu un homme vêtu d'une chemise rouge vif qui lavait la vitrine du JC Penny de Derry — peu de temps avant que ce magasin n'aille s'installer dans le centre commercial. Un couple de jeunes gens passa sous l'échelle du laveur de carreaux... signe de malheur, selon une vieille superstition. Le jeune homme et sa compagne n'y avaient pas fait attention : ils se tenaient par la main et se regardaient intensément dans les yeux, aussi amoureux qu'on peut l'être à vingt ans, depuis que le monde est monde. L'homme était grand et son crâne passa à un cheveu — c'est le cas de dire — de la semelle du laveur de carreaux. S'il l'avait touché, il aurait très bien pu le faire tomber, avec tout son fourniment.

L'incident qui s'était déroulé sous mes yeux n'avait pas duré plus de cinq secondes. L'écriture de *The Red-Shirt Man* me prit cinq mois. Sauf qu'en réalité, le livre avait été conçu pendant cette seconde du « qu'est-ce qui arriverait si ». J'avais imaginé une collision au lieu de ce qui était réellement arrivé, c'est-à-dire rien. Tout le reste en découlait. L'écrire avait été un boulot de secrétaire.

L'idée sur laquelle je travaillais n'était ni une des Vraies Grandes Idées de Mike (avec majuscules, à en croire les intonations de Johanna) ni une « qu'est-ce qui arriverait si ». Il ne s'agissait pas non plus d'un de mes vieux récits gothiques à suspense ; pas de V.C. Andrews avec une queue, cette fois. Mais elle avait quelque chose de solide, de solide comme la réalité, et elle m'était venue aussi naturellement que ma respiration, ce matin.

Andy Rake était détective privé à Key Largo. Quarante ans, divorcé, père d'une petite fille de trois ans. Au début du roman, il se trouve au domicile d'une certaine Regina Whiting, à Key West. Mrs Whiting est également mère d'une fillette de cinq ans ; elle est l'épouse d'un richissime promoteur qui ignore ce que Rake, lui, sait : à savoir que, jusqu'en 1992, Regina Taylor Whiting a été l'une des call-girls les plus cotées de Miami.

Voilà le résumé de ce que j'avais écrit jusqu'au moment où le téléphone avait sonné. Et voici ce que je savais de la suite et du boulot de secrétaire que j'allais devoir faire au cours des semaines suivantes, en supposant que ma capacité d'écriture si merveilleusement retrouvée tienne le coup :

Un jour (la petite Karen avait alors trois ans), le

téléphone avait sonné pendant que Regina Whiting était avec sa fille dans le jacuzzi du patio. Regina avait un instant pensé demander à leur homme à tout faire de répondre, puis décidé d'aller décrocher elle-même. Leur employé habituel était souffrant et elle n'avait pas envie de demander un service à quelqu'un qu'elle ne connaissait pas. Disant à sa petite fille de ne pas bouger, Regina sortit de l'eau pour aller décrocher. Mais lorsque la petite Karen voulut se protéger des éclaboussures provoquées par sa mère, elle laissa tomber sa poupée. Dans le mouvement qu'elle fit pour la rattraper, ses cheveux furent pris dans l'une des puissantes prises d'eau du jacuzzi (c'est en lisant le récit d'un fait divers semblable que l'histoire m'était venue à l'esprit, deux ou trois ans auparavant).

L'homme à tout faire, un type en chemise kaki envoyé par une société de travail temporaire et dont personne ne connaissait seulement le nom, vit ce qui se passait. Il bondit à travers la pelouse, plongea tête la première dans le jacuzzi et arracha la fillette à la bouche d'aspiration, non sans qu'elle y laisse une bonne poignée de cheveux. Puis il lui fit la respiration artificielle jusqu'au moment où elle reprit connaissance (cela donnerait une merveilleuse scène de suspense et il me tardait d'y arriver). L'homme refuserait toutes les offres de récompense de la mère, et lui laisserait simplement son nom et son adresse, pour que le mari puisse lui parler. L'adresse et le nom — John Sanborn — allaient cependant se révéler faux.

Deux ans plus tard, l'ancienne prostituée de luxe menant une deuxième et respectable existence voit l'homme qui avait sauvé sa petite fille en première page d'un journal de Miami. Il s'appelle John Shackleford et a été arrêté pour le viol, suivi de meurtre, d'une fillette de neuf ans. Et, explique l'article, il est soupçonné de plus de quarante autres meurtres ; on compte beaucoup d'enfants parmi les victimes. « Avez-vous attrapé Baseball Cap ? demande un journaliste à la conférence de presse. John Shackleton est-il Baseball Cap ? »

« La police, elle, en est fichtrement certaine », dis-je en descendant l'escalier.

Trop de bateaux bourdonnaient sur le lac, cet après-midi, pour envisager de se baigner nu. J'enfilai donc mon maillot, jetai une serviette sur mon épaule et m'engageai dans le sentier, celui-là même que bordaient des lanternes japonaises dans mon rêve, pour aller me débarrasser de la sueur de mes cauchemars et de mes travaux inattendus de la matinée.

On compte vingt-trois traverses de chemin de fer faisant office de marches, entre Sara Laughs et le lac. Je n'en avais descendu que quatre ou cinq lorsque l'énormité de ce qui venait de m'arriver me tomba dessus. Mes lèvres se mirent à trembler. Les couleurs du ciel et des arbres se confondirent tandis que mes yeux se remplissaient de larmes. Un son sortit de ma bouche, une sorte de grognement étouffé. J'eus les jambes coupées au point que je fus obligé de m'asseoir sur une traverse. Je crus un instant que c'était terminé, rien qu'une fausse alerte, puis je me mis à pleurer. Je me fourrai l'extrémité de la serviette dans la bouche pendant le paroxysme de la crise, craignant que si les gens en bateau m'entendaient, depuis le lac, ils ne pensent que quelqu'un était en train de se faire assassiner.

Je pleurais de chagrin pour les années vides que j'avais passées sans Johanna, sans amis, sans mon travail. Je pleurais de gratitude car ces années paraissaient terminées. Il était trop tôt pour le dire avec certitude, car une hirondelle ne fait pas le printemps et huit pages de texte ne ressuscitent pas une carrière, mais je le pensais tout de même. Et je pleurais également de peur, comme on le fait toujours lorsqu'une affreuse expérience arrive enfin à son terme ou lorsqu'on vient d'échapper in extremis à un terrible accident. Je pleurais parce que je venais soudain de prendre conscience que j'avais marché sur la ligne blanche depuis la mort de Johanna, au beau milieu de la route. Par quelque miracle, avais-je été transporté hors de la zone mortelle, comme j'avais transporté Kyra ? Je n'avais aucune idée de ce qui m'avait tiré de là, mais ce n'était pas grave : la réponse à cette question pouvait attendre un jour de plus.

Je pleurai jusqu'à ne plus avoir de larmes à verser. Puis je descendis jusqu'au lac et m'avançai dans l'eau. Sa fraîcheur fut plus que simplement agréable pour mon corps surchauffé ; elle fut synonyme de résurrection.

CHAPITRE 15

« Veuillez donner vos nom et prénom.

— Noonan, Michael.

— Votre adresse ?

— Mon adresse permanente est à Derry, 14 Benton Street, mais j'ai également un domicile sur le TR-90, près du lac Dark Score. Boîte postale 832. La maison est sur le chemin 42, qui donne sur la route 68. »

Elmer Durgin, le subrogé tuteur de Kyra Devory, agita une main aux doigts boudinés devant son visage, soit pour chasser quelque insecte importun, soit pour me dire que cela suffisait. J'étais d'accord avec la deuxième proposition. Je me sentais un peu dans l'état d'esprit de la petite fille de *Our Town* qui donne comme adresse : Grover's Corners, New Hampshire, États-Unis, hémisphère Nord, la Terre, le système solaire, galaxie de la Voie lactée, l'esprit de Dieu. Avant tout, j'étais nerveux. J'avais atteint l'âge de quarante ans encore vierge en matière de procédures judiciaires, et même si nous n'étions que dans la salle de conférences de Durgin, Peters et Jarrette, cabinet d'avocats situé sur Bridge Street, à Castle Rock, il ne s'agissait pas moins d'une telle procédure.

Ces festivités comportaient un détail qui, par son étrangeté, mérite d'être mentionné. Le sténographe n'utilisait pas l'un de ces appareils qui ressemblent à d'antiques machines à calculer, mais un Stenomask, un gadget qui lui couvrait tout le bas du visage. Je n'en avais jamais vu ailleurs que dans de vieux films policiers en noir et blanc, dans le genre de ceux où l'on voit Dan Duryea ou John Payne roulant dans une Buick à prises d'air latérales, la mine sinistre, une Camel au bec. Découvrir, en se tournant vers un angle de la pièce, un type qui avait l'air d'un pilote de chasse réchappé de la bataille de Waterloo était déjà en soi suffisamment dérangeant, mais l'entendre répéter après vous chacune de vos paroles sur un ton monocorde étouffé l'était encore davantage.

« Merci, Mr Noonan. Mon épouse a lu tous vos livres et affirme que vous êtes son auteur préféré. Je tenais simplement à ce que cela figure dans l'enregistrement. » L'avocat partit d'un petit rire suffisant et gras. Pourquoi pas, au fond ? Il était gras. La plupart du temps, j'aime bien les gens un peu trop enveloppés ; ils ont une nature extravertie qui s'accorde bien à leur tour de taille. Il existe cependant une sous-espèce, que j'ai baptisée les Sales Petits Gros. Il est plus prudent de ne pas déconner avec les SPG ; ils sont capables de flanquer le feu à votre maison et de violer votre chien si on leur en offre la moindre occasion. Rares sont ceux qui dépassent un mètre cinquante-cinq (la taille de Durgin, selon mon estimation) et beaucoup n'atteignent pas les un mètre cinquante. En règle générale, ils haïssent les gens qui se voient les pieds simplement en baissant les yeux — comme dans mon cas, même si c'est de peu.

« Je vous prie de remercier votre épouse de ma part,

337

Mr Durgin. Je suis sûr qu'elle pourrait vous en recommander un pour commencer. »

Nouveau petit rire de l'avocat. À ses côtés, son assistante, une jolie jeune femme qui paraissait avoir décroché son diplôme depuis moins de dix minutes, pouffa aussi. À ma gauche, Romeo Bissonette pouffa. Dans le coin, le plus ancien pilote de F-111 du monde continuait de marmonner dans son Stenomask, imperturbable.

« J'attendrai la version sur grand écran », répondit Durgin. Il y eut une ignoble petite lueur dans son regard, comme s'il savait qu'on n'avait jamais tiré de films de mes livres — seulement une série télévisée à partir de *Being Two* dont l'audimat avait fait un score comparable au championnat du monde de capitonnage de canapé. J'espérais que nous avions satisfait aux exigences, en matière d'humour, de ce misérable tas de saindoux.

« Je suis le subrogé tuteur de Kyra Devory, reprit-il. Savez-vous ce que cela signifie, Mr Noonan ?

— Il me semble.

— Cela signifie, n'en continua pas moins l'avocat, que j'ai été désigné par le juge Rancourt pour décider, si je le puis, quel est l'intérêt de la jeune Kyra Devory, au cas où un jugement pour l'attribution de la garde deviendrait nécessaire. On n'exige pas du juge, dans ces cas-là, qu'il fonde sa décision sur les conclusions du subrogé tuteur, mais c'est cependant souvent ce qui se produit. »

Il me regarda, les mains croisées sur un bloc-notes totalement vierge. La jolie assistante, à côté de lui, griffonnait à toute vitesse. Peut-être n'avait-elle pas confiance dans le pilote de chasse. Durgin avait l'air d'attendre une salve d'applaudissements.

« Était-ce une question, Mr Durgin ? » demandai-je. Romeo Bissonette m'envoya un léger coup de pied dans la cheville, très bien dosé. Je n'eus pas besoin de le regarder pour savoir que ce n'était pas accidentel.

338

Durgin mit en cul de poule deux lèvres si humides et pulpeuses qu'on aurait dit qu'elles étaient vernies. Sur son crâne dégarni et brillant, deux douzaines de cheveux étaient soigneusement peignés en lignes incurvées. Il m'adressa un regard évaluateur et patient. Il contenait toute l'intransigeante laideur d'un Sale Petit Gros. Le préambule humoristique était terminé, pas de doute. On ne pouvait s'y tromper.

« Non, Mr Noonan, ce n'était pas une question. J'ai simplement pensé que vous aimeriez savoir pour quelle raison nous vous avons demandé de quitter votre lac si charmant par une matinée aussi agréable. J'ai peut-être eu tort. Cependant, si... »

On frappa à la porte. Un seul coup, mais péremptoire, suivi de l'entrée de notre ami commun, George Footman. La tenue Cleveland sport avait laissé place à un uniforme de shérif adjoint kaki, auquel ne manquaient ni le ceinturon ni l'arme de service. Il s'offrit une bonne plongée dans le décolleté de l'assistante, mis en valeur par une blouse de soie verte, puis lui tendit un classeur et une cassette audio. Il m'adressa un bref coup d'œil avant de partir. *Je t'ai pas oublié, mon pote. L'écrivain qui fait le malin. Le rancard minable.*

Romeo Bissonette inclina la tête vers moi et plaça une main entre sa bouche et mon oreille. « L'enregistrement de Devory. »

J'acquiesçai, puis reportai de nouveau mon attention sur Durgin.

« Mr Noonan, vous avez rencontré Kyra Devory et sa mère, Mary Devory, n'est-ce pas ? »

Comment transformait-on Mary en Mattie, voilà qui m'épatait... Puis je compris, de la même manière que j'avais su qu'elle portait un short et un T-shirt blanc sans manches. *Mattie* était la façon dont Kyra avait essayé de prononcer *Mary*.

« Mr Noonan, vous êtes toujours des nôtres ?

— Est-il besoin de se montrer sarcastique ? »

demanda Bissonette. Il avait parlé d'un ton conciliant, mais Elmer Durgin lui adressa un regard qui suggérait qu'au cas où les SPG atteindraient leur objectif, à savoir la domination du monde, Bissonette compterait au nombre des passagers, dans le premier wagon à bestiaux à destination du Goulag.

« Désolé, dis-je avant que l'avocat eût le temps de répondre. Quelque chose m'était venu à l'esprit.

— Une nouvelle idée de roman ? » voulut savoir Durgin, m'adressant son sourire verni au tampon. Il avait l'air d'un crapaud en veston sport. Il se tourna vers le pilote de chasse centenaire, lui dit de supprimer la question, puis répéta celle concernant Kyra et Mattie.

« Oui, dis-je, je les ai rencontrées.

— Une fois, ou plus d'une fois ?

— Plus d'une fois.

— Combien de fois, exactement ?

— Deux fois.

— Avez-vous également parlé à Mary Devory par téléphone ? »

La direction que prenaient ces questions me mettait déjà mal à l'aise.

« Oui.

— Combien de fois ?

— Trois. » La troisième datait de la veille, lorsqu'elle m'avait invité à se joindre à elle ainsi qu'à John Storrow, pour un pique-nique dans le parc de la ville, après ma déposition. Un déjeuner en plein centre, sous l'œil de Dieu et de tout le monde... mais quel mal y avait-il, cependant, avec un avocat new-yorkais comme chaperon ?

« Avez-vous parlé à Kyra Devory au téléphone ? »

Quelle question bizarre ! Personne ne m'y avait préparé ; sans doute était-ce en partie pour cette raison qu'il me l'avait posée.

« Mr Noonan ?

— Oui, une fois.

340

— Pouvez-vous nous dire quelle était la nature de cette conversation ?

— Eh bien... » Je me tournai vers Bissonette, mais je n'avais aucune aide à attendre de lui : il paraissait évident qu'il ignorait lui-même comment il fallait répondre. « Mattie...

— Je vous demande pardon ? » Durgin se pencha en avant autant qu'il le put. Du fond de leurs replis de chair rose, ses yeux me fixaient attentivement. « Mattie ?

— Mattie Devory. *Mary* Devory.

— Vous l'appelez Mattie ?

— Oui », dis-je, pris du besoin impulsif d'ajouter : *Au lit ! C'est au lit que je l'appelle comme ça ! Oh, Mattie, t'arrête pas, t'arrête pas, voilà ce que je lui crie !* « C'est le nom sous lequel elle s'est présentée à moi. Je l'ai rencontrée...

— Nous y viendrons plus tard, mais pour le moment, c'est votre conversation téléphonique avec Kyra Devory qui m'intéresse. Quand a-t-elle eu lieu ?

— Hier.

— Le 9 juillet 1998.

— En effet.

— Qui a appelé ?

— Ma... Mary Devory. » *Il va maintenant me demander pourquoi elle m'a téléphoné, et je vais lui dire qu'elle voulait avoir un nouveau marathon sexuel, dont les préliminaires consisteraient à se faire mutuellement manger des fraises nappées de chocolat, tout en regardant des photos de nains à poil et atteints de malformations.*

« Comment se fait-il que Kyra Devory vous ait parlé ?

— Elle a demandé la permission. Je l'ai entendue dire à sa mère qu'elle voulait me dire quelque chose.

— Et qu'avait-elle à vous dire ?

— Qu'elle avait pris son premier bain à bulles.

— A-t-elle aussi dit qu'elle avait toussé ? »

Je réussis à garder mon sang-froid tout en ne le quittant pas des yeux. À cet instant, je compris pourquoi on pouvait en venir à haïr les avocats, en particulier quand on s'était fait habilement baiser par l'un d'eux.

« Désirez-vous que je répète la question, Mr Noonan ?

— Non », dis-je, me demandant où il avait été pêcher cette information. Ces salopards auraient-ils mis le téléphone de Mattie sur écoute ? Ou le mien ? Ou les deux ? Je compris une deuxième chose, cette fois, et la compris à un niveau viscéral : ce que signifiait le fait de peser un demi-milliard de dollars. Avec tout ce pognon, on pouvait faire mettre sur écoute tout un tas de téléphones. « Elle m'a dit que sa mère lui avait soufflé des bulles dans la figure et qu'elle avait toussé. Mais elle était...

— Merci, Mr Noonan. À présent, abordons...

— Laissez-le terminer », intervint Bissonette. Quelque chose me disait qu'il avait déjà pris part à cet interrogatoire plus qu'il ne s'y était attendu, mais que cela ne le gênait pas particulièrement. L'air endormi, il avait une tête de chien de chasse à l'expression mélancolique et confiante. « Nous ne sommes pas dans un tribunal et il ne s'agit pas d'un contre-interrogatoire.

— J'ai la responsabilité du bien-être d'une petite fille », répliqua Durgin. Il réussit à avoir un ton à la fois pompeux et humble, combinaison qui allait aussi bien que du chocolat sur des sardines à l'huile. « Une responsabilité que je prends très au sérieux. Si je vous ai donné l'impression de vous harceler, Mr Noonan, je vous prie de m'en excuser. »

Je me gardai bien d'accepter ses excuses — nous aurions eu l'air idiot tous les deux. « Tout ce que je voulais dire est que la petite riait en me racontant cela. Elle a dit qu'elle et sa mère avaient fait une bataille de bulles. Quand sa mère a repris le téléphone, elle riait aussi. »

Durgin avait ouvert le dossier que lui avait apporté

Footman et le feuilletait rapidement pendant que je parlais, comme s'il n'écoutait pas un mot de ce que je lui disais. « Sa mère, Mattie, comme vous l'appelez...

— Oui, Mattie, comme je l'appelle. Et tout d'abord, comment êtes-vous au courant de cette conversation téléphonique ?

— Cela ne vous regarde pas, Mr Noonan. » Il choisit une feuille et referma le dossier. Il la tint un instant en l'air, comme un médecin qui examine une radiographie, et je vis qu'elle était couverte d'un texte tapé à la machine, à un seul interligne. « Intéressons-nous à votre première rencontre avec Mary et Kyra Devory. Elle a eu lieu le 4 juillet, n'est-ce pas ?

— Oui. »

Durgin opina du bonnet. « Le matin du 4. Et vous avez rencontré Kyra Devory en premier.

— Oui.

— Vous l'avez rencontrée parce que sa mère n'était pas avec elle à ce moment-là, n'est-ce pas ?

— C'est une question mal formulée, Mr Durgin, mais je crois que la réponse est oui.

— Je suis flatté de voir ma syntaxe corrigée par un homme dont le nom figure sur la liste des best-sellers », observa Durgin avec un sourire qui suggérait qu'il aurait aimé me réserver une place à côté de celle de Bissonette dans le premier wagon à destination du Goulag. « Parlez-nous de cette rencontre, tout d'abord avec Kyra Devory, puis avec Mary Devory. Ou Mattie, si vous préférez. »

Je lui racontai l'histoire. Une fois que j'eus terminé, Durgin plaça le magnétophone bien en face de lui. Les ongles de ses doigts boudinés paraissaient recouverts du même vernis que ses lèvres.

« Est-il exact, Mr Noonan, que vous auriez pu écraser Kyra ?

— Absolument pas. Je roulais à cinquante à l'heure, c'est-à-dire à la vitesse limite autorisée à hauteur des

magasins. J'ai eu tout le temps de la voir et de m'arrêter.

— Supposons que vous soyez arrivé dans l'autre
direction, c'est-à-dire venant du sud et non du nord ?
Auriez-vous eu tout votre temps pour vous arrêter ? »

La question était en vérité moins vicelarde que certaines autres qu'il m'avait posées. Un véhicule arrivant
dans l'autre sens aurait eu beaucoup moins de temps
pour réagir. Cependant...

« Oui », dis-je.

Les sourcils de l'avocat se soulevèrent. « Vous en
êtes bien sûr ?

— Oui, Mr Durgin. J'aurais peut-être dû freiner un
peu plus fort, mais sinon...

— En roulant à cinquante à l'heure.

— Oui, à cinquante. Je vous l'ai dit, c'est la vitesse
limite...

— Sur cette partie de la route 68, je sais, vous me
l'avez déjà expliqué. D'après ce que vous avez pu
constater, est-ce que les gens respectent la limitation
de vitesse sur ce tronçon de route ?

— Je ne suis guère venu dans le TR-90 depuis
1993, et je ne peux donc pas...

— Voyons, Mr Noonan. Nous ne sommes pas dans
un de vos romans. Répondez simplement à mes questions, si vous ne voulez pas que nous en ayons pour
toute la matinée.

— Je fais de mon mieux, Mr Durgin. »

Il soupira, comme s'il se trouvait trop bon. « Vous
possédez ce chalet du lac Dark Score depuis les années
quatre-vingt, n'est-ce pas ? Et la limitation de vitesse
dans le secteur du magasin Lakeview, du bureau de
poste et du garage All-Purpose de Dick Brooks — la
partie qu'on appelle Village-Nord — n'a pas tellement
changé depuis, si ?

— Non, pas tellement, dus-je admettre.

— Pour en revenir à ma question, selon ce que vous
avez vous-même constaté, est-ce que les conducteurs

observent en règle générale la limitation de vitesse à cinquante kilomètres à l'heure, sur ce tronçon de route ?

— Je ne saurais dire que la plupart le font, car je n'ai jamais procédé à un comptage, mais j'ai l'impression que beaucoup ne la respectent pas.

— Souhaitez-vous avoir le témoignage de l'adjoint du shérif du comté de Castle, George Footman, sur l'endroit où est donné le plus grand nombre de PV pour excès de vitesse, dans tout le TR-90, Mr Noonan ?

— Nullement, dis-je, tout à fait sincère.

— D'autres véhicules sont-il passés pendant que vous parliez tout d'abord avec Kyra Devory, puis avec Mary Devory ?

— Oui.

— Combien ?

— Je ne sais pas exactement. Un ou deux.

— Ne serait-ce pas plutôt trois ?

— C'est possible.

— Cinq ?

— Non, probablement pas autant.

— Mais vous ne le savez pas exactement, n'est-ce pas ?

— Non.

— Parce que Kyra Devory était bouleversée.

— En fait, elle faisait preuve de beaucoup de calme pour une...

— A-t-elle pleuré en votre présence ?

— Eh bien... oui.

— Est-ce sa mère qui l'a fait pleurer ?

— La question est injuste.

— Comme il est injuste de laisser une enfant de trois ans se promener au milieu d'une route où la circulation est intense, un matin de jour de congé, à votre avis, ou peut-être pas tout à fait aussi injuste ?

— Bon sang, arrêtez ça », intervint Bissonette d'un

ton calme. Il y avait de la détresse dans son regard d'épagneul breton.

« Je retire la question, dit Durgin.

— Laquelle ? » demandai-je.

Il me regarda d'un air fatigué, comme pour dire qu'il avait constamment affaire à des enfoirés dans mon genre et qu'il était habitué à ce type de comportement. « Combien de véhicules sont passés entre le moment où vous avez pris la petite Kyra pour la mettre en sûreté, et celui où vous avez quitté les Devory mère et fille ? »

Je détestai son *la mettre en sécurité*, mais alors même que je formulais ma réponse, le vieux type marmonnait déjà la question dans son Stenomask. Car c'était en réalité ce que j'avais fait. Il n'y avait pas moyen d'en sortir.

« Je vous l'ai dit, je ne sais pas exactement.

— Eh bien, donnez-moi votre auto-estimation. »

Auto-estimation... L'une des expressions les plus exécrables que je connaisse. Un terme à la Paul Harvey. « Il a pu en passer trois.

— Y compris Mary Devory elle-même ? Au volant d'une... » Il consulta la feuille qu'il avait prise dans le dossier. « D'une Jeep Scout modèle 1982 ? »

Je pensais à Ki me disant « Mattie va vite » et compris où Durgin voulait en venir, à présent ; il n'y avait rien que je puisse y faire.

« Oui, c'était bien elle, et elle conduisait en effet un Scout. De quelle année, je l'ignore.

— Roulait-elle en dessous de la limitation de vitesse, à la limitation de vitesse, ou au-dessus de la limitation de vitesse, lorsqu'elle est passée près de l'endroit où vous vous teniez avec Kyra dans les bras ? »

Elle roulait au moins à quatre-vingts, mais je pouvais dire à Durgin que je ne savais pas exactement. Il m'incita à lui donner une réponse précise — *Je sais que vous n'avez pas l'habitude de faire de nœuds cou-*

346

lants, Mr Noonan, mais je suis sûr que vous y parviendrez si vous voulez bien faire un effort — et je me dérobai aussi poliment que possible.

Il reprit la feuille de papier. « Seriez-vous surpris d'apprendre, Mr Noonan, que deux témoins, Richard Brooks, propriétaire du garage All-Purpose, et Royce Merrill, charpentier à la retraite, affirment que Mrs Devory roulait à beaucoup plus de cinquante à l'heure lorsqu'elle est passée à l'endroit précité ?

— Je ne sais pas. Je m'occupais avant tout de la petite fille.

— Seriez-vous surpris d'apprendre que Royce Merrill a estimé sa vitesse à au moins cent kilomètres à l'heure ?

— C'est ridicule. Elle aurait dérapé et se serait jetée dans le fossé en freinant.

— Les marques de freinage mesurées par l'adjoint Footman indiquent une vitesse d'au moins quatre-vingts kilomètres à l'heure », dit Durgin. Ce n'était pas une question, mais il m'adressait un regard provocateur, comme s'il m'invitait à me bagarrer encore un peu et à m'enfoncer davantage dans ce trou merdeux. Je ne dis rien. Durgin replia ses petites mains grassouillettes et se pencha vers moi. L'expression provocante avait disparu.

« Mr Noonan... si vous n'aviez pas porté Kyra Devory sur le bas-côté de la route — si vous ne l'aviez pas tirée de ce mauvais pas — sa propre mère n'aurait-elle pas pu l'écraser ? »

Là était la question chargée à la dynamite — comment devais-je y répondre ? Bissonette ne m'adressait pas le moindre signal, paraissant s'efforcer d'entrer en contact oculaire avec la jolie assistante. Je pensai à l'ouvrage que Mattie lisait en même temps que la nouvelle de Melville : *Silent Witness*[1] de Richard North Patterson. Contrairement à ceux de

---

1. « Témoin silencieux » (*N.d.T.*).

Grisham, les avocats de Patterson ont toujours l'air de savoir ce qu'ils font. *Objection, Votre Honneur, on ne peut demander au témoin de se livrer à des spéculations.*

Je haussai les épaules. « Désolé, maître. Peux pas vous le dire. J'ai laissé ma boule de cristal à la maison. »

Il y eut de nouveau cet éclair sinistre dans le regard de Durgin. « Je puis vous assurer, Mr Noonan, que si vous ne répondez pas à cette question, vous risquez d'être rappelé de Malibu, ou de Tahiti, ou de n'importe quel endroit où vous choisirez d'écrire votre prochain livre pour y répondre plus tard. »

Je haussai les épaules. « Si vous le dites... Je vous ai déjà expliqué que j'étais inquiet pour l'enfant. Je suis incapable de vous dire à quelle vitesse roulait la mère, ni si la vision de Royce Merrill est encore bonne, ni si ce sont bien les bonnes marques de freinage qu'a mesurées l'adjoint Footman. Ce n'est pas la gomme brûlée qui manque sur cette portion de route, ça, je peux vous le dire. Et à supposer qu'elle ait roulé à quatre-vingts à l'heure, ou même à quatre-vingt-cinq ? Elle a vingt ans, Durgin. À vingt ans, les réflexes d'un conducteur sont à leur sommet. Elle aurait probablement donné un coup de volant et l'aurait évitée sans problème.

— Je crois que cela suffira.

— Pourquoi ? Parce que vous n'avez pas eu ce que vous vouliez ? » Bissonette me donna un nouveau coup de pied, mais je l'ignorai. « Si vous êtes là pour prendre la défense de Kyra, comment se fait-il que vous ayez autant l'air d'être du côté de son grand-père ? »

Un sourire sinistre vint effleurer les lèvres de l'avocat. Le genre de sourire qui veut dire : *D'accord, gros malin. Tu veux faire joujou ?* Il tira légèrement le magnétophone à lui. « Puisque vous avez mentionné

348

le grand-père de Kyra, Mr Maxwell Devory de Palm Springs, nous pourrions peut-être parler de lui ?

— C'est vous qui menez les débats.

— Avez-vous jamais parlé avec Maxwell Devory ?

— Oui.

— En personne ou au téléphone ?

— Au téléphone. » Je fus sur le point d'ajouter qu'il s'était procuré illégalement mon numéro, pourtant sur liste rouge, puis me souvins que Mattie en avait fait autant, et je décidai de ne pas le mentionner.

« Quand était-ce ?

— Samedi soir. Le soir du 4 juillet. Il m'a appelé pendant que je regardais le feu d'artifice.

— Et le sujet de conversation a-t-il été votre petite aventure de la matinée ? » Tout en me posant la question, Durgin avait retiré une cassette audio de sa poche. Son geste avait quelque chose d'ostentatoire ; il me faisait l'effet d'un magicien de foire vous montrant les deux côtés d'un mouchoir de soie. Et il bluffait. Je n'avais rien pour étayer ma certitude, et j'en étais pourtant sûr... Devory avait enregistré notre conversation, bien entendu ; le bruit de fond avait été trop puissant, et à un certain niveau j'en avais eu conscience pendant que nous parlions. Je pensais que c'était vraiment la cassette de cet enregistrement que Durgin mettait dans le magnétophone... ce n'en était pas moins du bluff.

« Je ne m'en souviens pas », dis-je.

La main de l'avocat se pétrifia au moment de verrouiller le petit panneau transparent, sur la cassette. Il me regarda, l'air sincèrement incrédule. Mais il y avait aussi autre chose dans son expression, qui me parut être de la surprise mâtinée de colère.

« Vous ne vous en souvenez pas ? Voyons, Mr Noonan. Ne me dites pas qu'un écrivain ne s'est pas entraîné à retenir les conversations, et cette dernière ne date même pas d'une semaine. Dites-moi de quoi vous avez parlé.

— Je ne peux vraiment pas m'en souvenir », lui répondis-je d'un ton neutre et flegmatique.

Un instant, il parut presque pris de panique. Puis ses traits se détendirent. Un ongle impeccable se mit à errer au-dessus des touches — écoute, rembobinage avant, rembobinage arrière, enregistrement. « Comment Mr Devory a-t-il commencé la conversation ?

— Il m'a dit bonsoir », dis-je doucement ; il y eut un petit bruit étouffé en provenance du Stenomask. Le vieux pilote s'était peut-être éclairci la voix ; peut-être avait-il aussi étouffé un éclat de rire.

Des taches de couleur se mirent à fleurir sur les joues de Durgin. « Et après cela ? Que vous a-t-il dit ?

— Je ne m'en souviens pas.

— Ne vous a-t-il pas demandé ce qui s'était passé, ce matin-là ?

— Je ne m'en souviens pas.

— Ne lui avez-vous pas dit que Mary Devory et sa fille étaient ensemble, Mr Noonan ? Ensemble pour aller cueillir des fleurs ? N'est-ce pas ce que vous avez répondu à un grand-père inquiet quand il s'est enquis de l'incident dont parlait toute la ville, en ce 4 juillet ?

— Oh, bon sang ! » s'exclama Bissonette. Il leva une main dont il toucha la paume avec les doigts de l'autre, geste de l'arbitre qui siffle la fin du temps réglementaire.

Durgin le regarda. Il était plus rouge que jamais, et ses lèvres crispées découvraient de petites dents bien rangées. « Qu'est-ce que vous voulez ? dit-il d'un ton un rien agressif, comme si Bissonette venait juste de débarquer pour lui parler des mormons ou des Témoins de Jéhovah.

— Que vous arrêtiez de poser des questions plus que tendancieuses à mon client et que toute cette histoire de cueillette de fleurs disparaisse du compte rendu, répondit mon défenseur.

— Pourquoi ? gronda Durgin.

— Parce que vous essayez de faire mettre des

choses, dans ce compte rendu, que ce témoin ne dira pas. Si vous voulez bien procéder à une interruption de séance, nous allons appeler le juge Rancourt pour avoir son opinion...

— Je retire la question, le coupa le subrogé, me regardant en même temps avec une sorte de rage impuissante. Voulez-vous bien m'aider à faire mon travail, Mr Noonan ?

— Je souhaite aider Kyra Devory autant qu'il est possible.

— Très bien. » Il acquiesça comme si je n'avais pas répondu à côté de sa question. « Alors, s'il vous plaît, dites-moi de quoi vous et Max Devory avez parlé.

— Je n'arrive pas à m'en souvenir, dis-je, soutenant son regard. Vous pourriez peut-être me rafraîchir la mémoire, non ? »

Il y eut un instant de silence, de ceux qui se produisent au cours d'une partie de poker où l'on joue gros, juste avant que les joueurs n'abattent leurs cartes. Le vieux pilote de chasse lui-même se tenait tranquille, ne clignant même pas des yeux, au-dessus de son Stenomask. Puis Durgin repoussa le magnétophone du plat de la main (l'expression de sa bouche me disait qu'il éprouvait le même genre de ressentiment pour l'appareil que moi vis-à-vis du téléphone) et revint à la matinée du 4. Il ne me posa pas une seule question sur le dîner avec Mattie et Kyra du mardi soir, et ne revint jamais à ma conversation téléphonique avec Max — celle au cours de laquelle j'avais commis toutes ces maladresses et déclaré des choses dont on aurait pu facilement prouver la fausseté.

Je continuai de répondre jusqu'à onze heures trente, mais l'interrogatoire s'était en réalité achevé lorsque Durgin avait repoussé le magnétophone. Je le savais et j'étais à peu près certain qu'il le savait aussi.

« Mike, Mike ! Par ici ! »

Mattie m'adressait de grands signes, depuis une table de pique-nique située derrière le kiosque à musique, dans le parc central de la ville. Elle paraissait excitée et heureuse. Je levai à mon tour la main et l'agitai, puis me dirigeai vers elle au milieu des enfants qui se poursuivaient, obligé de contourner deux adolescents qui s'embrassaient à bouche-que-veux-tu dans l'herbe et d'éviter un frisbee qu'un berger allemand attrapa habilement d'un saut.

Il y avait un grand rouquin maigre avec elle, mais je n'eus guère le temps de le détailler. Mattie vint à ma rencontre alors que j'étais encore sur le sentier, me prit dans ses bras et me serra contre elle, dans une étreinte sans la moindre retenue ; et, pour couronner le tout, elle m'embrassa avec tant d'enthousiasme sur la bouche que mes lèvres s'écrasèrent sur mes dents. Il y eut un bruit de ventouse très net lorsqu'elle se désengagea. Elle se pencha un peu en arrière et me regarda, l'air absolument ravi. « Je parie que c'est le plus gros bécot que vous ayez jamais reçu !

— Le plus gros depuis au moins sept ans, répondis-je. Cela vous va-t-il ? » Et si elle ne s'éloignait pas de moi d'un ou deux pas dans les secondes qui venaient, elle allait avoir la preuve physique que je l'avais pleinement apprécié.

« Il va bien falloir, j'en ai peur. » Elle se tourna vers le rouquin, une amusante expression de défi sur le visage. « C'était correct, non ?

— Probablement pas, mais au moins, vous ne l'avez pas fait au nez et à la barbe de ces vieux chnoques du All-Purpose. Je suis John Storrow, Mike. Heureux de vous voir en chair et en os. »

Il me plut sur-le-champ, peut-être parce que je venais de le surprendre, dans son costume trois-pièces de yuppie new-yorkais, occupé à disposer des assiettes en carton sur une table de pique-nique, tandis que ses boucles frisées s'agitaient autour de sa tête comme des algues. Il avait la peau claire et tachée de son, le genre qui ne bronze jamais mais brûle et pèle en grandes plaques comme de l'eczéma. Il avait les yeux verts et lorsqu'il me serra la main, j'eus l'impression que la sienne n'était faite que d'articulations. Il devait avoir au moins trente ans mais il paraissait avoir l'âge de Mattie et il allait encore devoir attendre cinq ans, aurais-je juré, avant de pouvoir prendre un verre dans un bar sans devoir montrer sa carte d'identité auparavant.

« Asseyez-vous, dit-il. Nous avons un menu à cinq plats, dont il faut remercier le Castle Rock Variety — des amuse-gueule que l'on appelle sandwichs italiens, pour je ne sais quelle étrange raison... de la mozzarella en bâtonnets... des chips à l'ail... des Twinkies.

— Cela ne fait que quatre, dis-je.

— J'oubliais les boissons, évidemment, ajouta-t-il en sortant d'un sac en papier trois bouteilles à long col de bière sans alcool. Mangeons. Mattie a la responsabilité de la bibliothèque de quatorze à vingt heures, les vendredis et samedis, et ce n'est pas le moment, pour elle, de commettre une faute professionnelle.

— Comment s'est passé le cercle de lecture, hier au soir ? demandai-je. Je constate que Lindy Briggs ne vous a pas mangée toute crue. »

Elle rit et brandit les poings au-dessus de sa tête. « J'ai fait un tabac ! Un vrai malheur ! Je n'ai pas osé leur dire que toutes mes meilleures idées étaient de vous...

— Remercions Dieu pour ses petits cadeaux », dit Storrow. Il était occupé à dégager son sandwich de la ficelle et du papier sulfurisé qui l'entouraient, travaillant du bout des doigts avec un soin prudent, un peu sur ses gardes.

« Alors j'ai dit que j'avais consulté un livre ou deux et que je les avais trouvées là. C'était génial... J'avais l'impression d'être encore au lycée.

— Bien.

— Et Bissonette ? demanda John Storrow. Où est-il passé ? Je n'ai jamais rencontré de type s'appelant Romeo.

— Désolé, mais il m'a dit qu'il lui fallait retourner tout de suite à Lewiston.

— En fait, c'est tout aussi bien que nous restions à trois, au moins pour commencer. » Il mordit dans son sandwich — ils sont présentés en longs rouleaux — et me regarda, surpris. « Ce n'est pas mauvais.

— Au bout de trois, vous êtes accro à vie, observa Mattie en attaquant le sien avec entrain.

— Racontez-nous votre déposition », me demanda John, ce que je fis pendant qu'ils mangeaient. Lorsque j'eus terminé, je pris mon sandwich et entrepris de les rattraper. J'avais oublié à quel point ces sandwichs italiens peuvent être bons — à la fois doux, aigres et huileux. Évidemment, quelque chose qui a si bon goût ne peut pas être bénéfique pour la santé, c'est inévitable. J'imagine qu'on pourrait formuler un postulat similaire pour ce qui est des étreintes à bras-le-corps dont vous gratifient les jeunes filles ayant des ennuis avec la justice...

« Très intéressant, dit John. Vraiment très intéressant. » Il prit un bâtonnet à la mozzarella dans un sachet taché de graisse, le cassa en deux et regarda, avec une sorte d'horreur fascinée, la pâte gluante blanchâtre qui s'en écoulait. « On mange ce truc-là, par ici ?

— Les gens de New York mangent bien des vessies de poisson, répliquai-je. Crues.

— Si vous le dites. » Il plongea l'un des morceaux dans le récipient en plastique contenant la sauce spaghetti (rebaptisée sauce fromage, dans le Maine occidental) et le mangea.

« Eh bien ? demandai-je.

— Pas mauvais. Devrait être beaucoup plus épicé, à mon avis. »

Sur ce point, il avait raison. On a un peu l'impression, avec ces bâtonnets à la mozzarella froids, de manger de la morve congelée, observation que je préférai garder pour moi, par cette belle journée d'été.

« Mais si Durgin avait l'enregistrement, pourquoi ne l'a-t-il pas fait passer ? » s'étonna Mattie.

John s'étira, fit craquer ses articulations et la regarda avec bienveillance. « Nous ne le saurons probablement jamais avec certitude. »

Il pensait que Devory allait laisser tomber l'action en justice — on le lisait dans toute son attitude comme dans chaque inflexion de son accent new-yorkais tendance Bronx. Voilà qui donnait espoir, mais il aurait mieux valu que Mattie ne nourrisse pas trop d'espoirs. John Storrow n'était pas aussi jeune qu'il en avait l'air, ni sans doute aussi candide (du moins l'espérais-je), mais il était *jeune*. Et ni lui ni Mattie ne connaissaient l'histoire de la luge de Scooter Larribee. Et il n'avaient pas vu la tête de Bill Dean quand il la racontait.

« Vous voulez qu'on examine quelques possibilités ?

— Bien sûr », dis-je.

John reposa son sandwich, s'essuya les doigts et commença à énumérer les points. « En premier lieu, c'est lui qui a appelé. La valeur d'une conversation enregistrée dans de telles conditions est hautement contestable. En deuxième lieu, on ne peut pas dire qu'il ait pris des gants, n'est-ce pas ?

— En effet.

— En troisième lieu, vos mensonges vous mettent en cause, vous, Mike, mais nullement Mattie, n'est-ce pas ? Et au fait, cette histoire de Mattie envoyant des bulles dans la figure de Kyra, j'adore ça. Si c'est ce qu'ils ont de mieux en matière de mauvais traitements, ils feraient mieux de laisser tomber tout de suite l'affaire. En dernier lieu — et je pense que c'est là que gît probablement la vérité —, je crois Devory atteint de la maladie de Nixon.

— La maladie de Nixon ? s'étonna Mattie.

— Cet enregistrement que détient Durgin n'est sûrement pas le seul. Pas possible. Et votre beau-père redoute que s'il présente un enregistrement fait par un système quelconque au Warrington's, nous ne les faisions tous mettre sous séquestre. Et vous pouvez être sûr que je commencerais par là. »

Elle parut médusée. « Qu'est-ce qu'il pourrait y avoir dessus ? Et si c'est mauvais pour lui, il peut toujours les détruire, non ?

— Peut-être pas, remarquai-je. Il se peut qu'il en ait besoin pour d'autres raisons.

— Cela n'a pas réellement d'importance, dit John. Durgin bluffait, et c'est avant tout ça qui compte. » Il frappa légèrement la table de pique-nique. « Je crois qu'il va laisser tomber. Je le crois vraiment.

— Il est trop tôt pour tirer ce genre de conclusion », intervins-je aussitôt ; mais, je ne le voyais que trop bien sur les traits de Mattie, le mal était fait.

« Expliquez-lui tout ce que vous avez fait d'autre, demanda Mattie à John. Je vais devoir retourner bientôt à la bibliothèque.

— Que faites-vous de Kyra, les jours où vous travaillez ?

— C'est Mrs Cullum qui la garde. Elle habite trois kilomètres plus loin, sur Wasp Hill Road. En plus, en juillet, il y a l'école biblique, de dix heures du matin à quinze heures. Ki adore y aller, en particulier pour les chants et les histoires à dormir debout sur Noé et Moïse. Le bus la laisse au Arlene's, et je passe la reprendre vers neuf heures moins le quart. » Elle eut un petit sourire triste. « En général, elle dort à poings fermés sur la banquette. »

John tint le crachoir pendant les quelque dix minutes suivantes. Cela ne faisait pas longtemps qu'il était sur l'affaire, mais il avait déjà lancé pas mal de choses. Un type, en Californie, rassemblait des éléments sur Roger Devory et Morris Ridding (« rassemblait des éléments » sonnait tout de même mieux que « espionnait »). L'avocat tenait en particulier à se faire une idée du genre de relations qu'entretenaient le père et le fils Devory, et il voulait savoir si Roger était au courant, pour sa petite nièce du Maine. John avait également jeté les bases d'une campagne pour en apprendre le maximum sur les déplacements et les activités de Max Devory depuis que celui-ci était revenu dans le TR-90. Dans ce but, il avait obtenu le nom d'un détective privé auprès de Romeo Bissonette, mon avocat maison.

Tandis qu'il parlait, feuilletant rapidement un petit carnet de notes, je me souvins de ce qu'il avait dit à propos de Dame Justice et de tout ce qu'on pouvait lui faire : *Collez-lui des menottes aux poignets et scotchez-lui la bouche pour compléter le bandeau qu'elle a sur les yeux, violez-la et roulez-la dans la boue.* C'était sans doute un peu exagéré pour caractériser ce que nous faisions, mais j'estimais néanmoins que nous la bousculions passablement. J'imaginais le pauvre Roger Devory à la barre des témoins, ayant dû traverser le continent en avion pour venir parler de ses préférences sexuelles. Je fus obligé de me rappeler que c'était son père qui nous avait mis dans cette situation, pas Mattie ni John Storrow.

« Est-ce que la perspective d'une entrevue avec Devory et son conseiller particulier se précise ? demandai-je.

— Je ne sais pas vraiment. J'ai lancé le bouchon, la proposition est sur la table, la balle est dans leur camp — choisissez votre métaphore de prédilection, ou mélangez-les toutes si vous préférez.

— Vous avez mis vos fers au feu, proposa Mattie.

— Avancé votre pièce sur l'échiquier », ajoutai-je.

Nous nous regardâmes tous les deux avant d'éclater de rire. John eut une expression attristée, soupira, et reprit son sandwich pour le terminer.

J'avais une autre question à lui poser. « Il faut vraiment que vous le rencontriez en présence de sa cohorte d'avocats ?

— Avez-vous envie de gagner cette affaire, puis de découvrir que Devory peut nous obliger à tout recommencer à cause d'un manquement à la déontologie du conseiller juridique de Mary Devory ? répliqua John.

— Ne plaisantez pas là-dessus ! s'écria Mattie.

— Je ne plaisantais pas, dit l'avocat. Oui, je dois rencontrer son avocat. Je ne crois pas que ce soit pour tout de suite, plutôt pour ma prochaine venue. Je n'ai même pas encore aperçu ce vieux cornichon et je dois vous dire que je meurs de curiosité.

— Si c'est tout ce qu'il vous faut pour être heureux, pointez-vous derrière le backstop au terrain de softball, mardi prochain vers sept heures du soir, lui suggéra Mattie. Il y sera, dans son fauteuil roulant ultra-perfectionné, à rigoler et à battre des mains tout en tétant sa bon Dieu de bouteille d'oxygène tous les quarts d'heure.

— Ce n'est pas une mauvaise idée, convint John. Il faut que je retourne à New York pour le week-end — je partirai après Osgood — mais je tâcherai d'être de retour pour mardi. J'amènerai peut-être même mon gant de base-ball. » Sur ce, il entreprit de rassembler les reliefs de notre repas, et je lui trouvai de nouveau l'air gourmé et touchant à la fois — un Stan Laurel affublé d'un tablier de soubrette. Mattie le repoussa d'un geste et prit sa place.

« Personne n'a pris de Twinkies, remarqua-t-elle, un peu triste.

— Vous les donnerez à votre fille, dit John.

— Sûrement pas. Je ne la laisse pas manger des machins pareils. Quel genre de mère croyez-vous donc que je suis ? »

Elle vit nos expressions, repassa dans sa tête ce qu'elle venait de déclarer et éclata de rire. Nous en fîmes autant.

L'antique Jeep de Mattie était garée dans l'un des emplacements en épi, derrière le monument aux morts qui, à Castle Rock, représente un soldat de la Première Guerre mondiale dont le casque en forme de saladier est recouvert d'une généreuse couche de fientes. Une Taurus flambant neuve, portant le logo de Hertz au-dessus de la vignette, était rangée juste à côté. John jeta son porte-documents — à la minceur rassurante et nullement prétentieux — sur le siège arrière.

« Si je peux revenir dès mardi, je vous appellerai, dit-il à Mattie. Et si j'obtiens un rendez-vous avec votre beau-père par l'intermédiaire d'Osgood, je vous le ferai savoir aussi.

— J'achèterai des sandwichs italiens », répondit-elle.

Le jeune avocat sourit et nous prit chacun par un bras. Il avait l'air d'un prêtre qui vient juste d'être ordonné et s'apprête à unir son premier couple.

« Ne communiquez par téléphone qu'en cas de nécessité, tous les deux. N'oubliez jamais que vos lignes sont peut-être sur écoute. Retrouvez-vous au supermarché, au besoin. Vous pourriez aussi éprouver l'envie de passer à la bibliothèque prendre un livre, Mike.

— Pas tant que vous n'aurez pas renouvelé votre carte, ajouta Mattie avec un air de sainte nitouche.

— Mais plus de visite à la caravane de madame. Est-ce bien clair ? »

Je dis que oui, elle dit que oui. John Storrow ne paraissait pas entièrement convaincu. Je me demandai du coup s'il ne voyait pas quelque chose, dans nos yeux et dans nos corps, qui n'aurait pas dû s'y trouver.

« Ils ont choisi une ligne d'attaque qui est probablement vouée à l'échec, reprit-il. Nous ne pouvons pas risquer de leur donner l'occasion d'en changer. Cela signifierait des insinuations sur vous deux ; mais aussi des insinuations sur Mike et Kyra. »

L'expression scandalisée de Mattie lui donna de

nouveau l'air d'avoir douze ans. « Mike et Kyra ! De quoi parlez-vous ?

— D'allégations de sévices sur enfant avancées par des gens désespérés au point de tenter n'importe quoi.

— C'est ridicule, protesta-t-elle. Et si jamais mon beau-père voulait lancer des ragots aussi ignobles... »

John acquiesça. « Oui, nous serions obligés de lancer les nôtres. La presse nationale s'emparerait de l'histoire, elle ferait peut-être même une apparition sur la chaîne Court TV, Dieu nous vienne en aide. Nous ne voulons surtout pas de ça, s'il est possible de l'éviter. Ce n'est pas bon pour des adultes et c'est encore moins bon pour un enfant. »

Il se pencha vers Mattie et l'embrassa sur la joue.

« Je suis désolé pour... tout ça, ajouta-t-il, l'air on ne peut plus sincère. Que voulez-vous, les affaires de garde d'enfant, c'est toujours ainsi.

— Vous m'aviez déjà avertie, il me semble. C'est simplement que... que l'idée qu'on puisse faire une chose pareille uniquement parce que c'est le seul moyen de gagner...

— Permettez-moi de vous avertir encore », dit-il. Son visage prit une expression aussi dure que pouvaient le permettre, probablement, ses traits juvéniles de bon garçon. « Nous avons en face de nous un homme excessivement riche qui dispose de très peu d'atouts. Combinaison qui revient en somme à travailler avec un vieux stock de dynamite. »

Je me tournai vers Mattie. « Vous sentez-vous toujours aussi inquiète pour Kyra ? Avez-vous toujours cette impression qu'elle court un danger ? »

Je la vis qui envisageait de ne pas me répondre ouvertement — par pure réserve à la mode yankee, très vraisemblablement — puis décider que si. Décider, peut-être, qu'elle ne pouvait s'offrir le luxe de louvoyer.

« Oui. Mais ce n'est qu'une impression, vous savez. »

John fronça les sourcils. Sans doute l'hypothèse d'un Devory ayant recours à des moyens extra-légaux pour obtenir ce qu'il voulait lui était-elle aussi venue à l'esprit. « Surveillez-la d'aussi près que vous le pouvez, dit-il. Je respecte ce genre d'intuition. La vôtre se fonde-t-elle sur quelque chose de concret ?

— Non », répondit Mattie. Elle m'adressa en même temps un bref coup d'œil me demandant de garder le silence. « Pas vraiment. » Elle ouvrit la portière du Scout et y jeta le sac contenant les Twinkies ; en fin de compte, elle avait décidé de les garder. Puis elle se tourna vers John et moi avec une expression proche de la colère. « Je ne vois pas très bien comment suivre ce conseil, cependant. Je travaille cinq jours par semaine et, en août, quand nous ferons la mise à jour du fichier, ce sera six. En ce moment, Ki déjeune à l'école biblique et elle dînera chez Arlene Cullum. Je ne la vois que le matin. Le reste du temps... » Je savais ce qu'elle allait dire avant qu'elle eût parlé ; l'expression était ancienne. « Elle est sur le TR.

— Je pourrais vous trouver une jeune fille au pair, dis-je, pensant que ça serait fichtrement plus économique que John Storrow.

— Non », répondirent-ils à l'unisson — avant d'échanger un regard et d'éclater de rire. Mais, même pendant qu'elle riait, Mattie resta tendue et malheureuse.

« Pas question de laisser une piste de documents que Durgin ou les avocats de Devory s'empresseront d'exploiter, me fit remarquer John. Qui me paie est une chose. Qui paie l'aide à domicile que pourrait recevoir Mattie en serait une autre.

— Sans compter tout ce que je vous dois déjà, ajouta Mattie. Bien plus que ce qu'il m'est facile d'accepter, croyez-moi. Je ne vais pas aller en rajouter simplement parce que j'ai mes vapeurs. » Elle monta dans le Scout et referma la portière.

Je posai les mains sur la vitre baissée. Nous étions

à la même hauteur, à présent, et le regard que nous échangions avait une intensité déconcertante. « Je n'ai rien d'autre à quoi consacrer mon argent, Mattie. Vraiment.

— Pour ce qui est des honoraires de John, je suis d'accord. Parce qu'il s'agit de Ki. » Elle posa sa main sur la mienne et me la serra brièvement. « Le reste, ce serait pour moi. D'accord ?

— Oui. Mais il faudra dire à votre baby-sitter et aux personnes qui s'occupent du catéchisme que vous avez un sérieux problème de garde sur les bras, une affaire qui risque de mal tourner, et que Kyra ne doit partir avec personne, même avec quelqu'un qu'ils connaissent, sans votre autorisation expresse. »

Elle sourit. « C'est déjà fait. Sur le conseil de John. On garde le contact, Mike. » Elle me prit la main, la porta à ses lèvres et l'embrassa avec fougue, puis s'éloigna.

« Qu'en pensez-vous ? » demandai-je à John, pendant que nous suivions le Scout des yeux ; brûlant de l'huile, le véhicule venait de prendre la direction du pont qui enjambe la rivière de Castle Rock pour aller rejoindre la route 68.

« J'en pense que c'est génial, qu'elle ait un bienfaiteur suffisamment fortuné et un avocat talentueux », répondit-il, marquant un temps d'arrêt avant d'ajouter : « Il faut cependant que je vous avoue quelque chose. Elle me donne l'impression d'être née sous une mauvaise étoile. J'ai le sentiment que... je ne sais pas...

— Qu'il y a comme un nuage autour d'elle qu'on n'arrive pas à voir vraiment ?

— Peut-être. C'est bien possible. » Il passa la main dans la masse toujours en mouvement de sa tignasse rousse. « Je sais simplement que c'est quelque chose de triste. »

Je comprenais exactement ce qu'il voulait dire... si ce n'est qu'il y avait plus pour moi. Je désirais me retrouver au lit avec elle, qu'elle fût triste ou pas, que ce fût bien ou mal. Je désirais sentir ses mains sur moi, me palpant, me caressant, me pressant. J'avais envie de sentir l'odeur de sa peau et de ses cheveux. De sentir ses lèvres à mon oreille, son haleine chatouiller le duvet du pavillon tandis qu'elle me disait de lui faire tout ce que je voulais, absolument tout.

Je fus de retour à Sara Laughs peu avant quatorze heures et y entrai sans penser à autre chose qu'à mon bureau et à l'IBM avec la sphère Courrier. De nouveau, j'écrivais — j'écrivais ! J'avais encore du mal à le croire. J'allais travailler (même si je n'avais pas l'impression que c'était du travail, après quatre ans de chômage) jusque vers six heures à peu près, après quoi j'irais nager, puis je descendrais au Village Cafe pour y commander l'une des spécialités bourrées de cholestérol de Buddy.

Mais à l'instant même où je franchissais la porte, la cloche de Bunter se mit à retentir frénétiquement. Je m'arrêtai dans le vestibule, la main pétrifiée au-dessus du bouton de porte. Il faisait chaud, la maison était bien éclairée, sans un seul recoin dans l'ombre, mais la chair de poule qui me hérissait les bras me disait qu'il était minuit.

« Qui est là ? » lançai-je.

La cloche interrompit sa sonnerie. Il y eut un moment de silence, puis un hurlement de femme. Il me parvenait de partout à la fois, jaillissant de l'air ensoleillé dans lequel dansaient les poussières comme de la sueur d'une peau surchauffée. C'était un cri outragé dans lequel il y avait de la colère et du chagrin... mais surtout, je crois, de l'horreur. Ma réaction fut aussi de hurler. Je ne pus me retenir. J'avais été terrifié, quand je m'étais tenu sur l'escalier de la cave plongé dans les ténèbres, tendant l'oreille aux coups frappés contre l'isolant, mais ceci était bien pire.

Le hurlement ne s'acheva jamais : il alla en diminuant, comme les sanglots d'enfant étaient allés en diminuant ; à croire qu'on transportait rapidement la personne qui le poussait le long d'un corridor qui s'éloignait de moi.

Et finalement je n'entendis plus rien.

Je m'appuyai à la bibliothèque, pressant les mains contre ma poitrine, sentant mon cœur qui galopait en dessous. Je haletais, hors d'haleine, et mes muscles me donnaient cette bizarre impression que l'on ressent après avoir éprouvé une grande peur : l'impression d'avoir explosé.

Une minute s'écoula. Mes battements de cœur redevinrent normaux, ma respiration ralentit aussi. Je me redressai, avançai un pied hésitant et, constatant que mes jambes me portaient, fis deux pas de plus. Je me tenais dans l'encadrement de la porte donnant sur la cuisine, tourné vers le séjour. Au-dessus de la cheminée, les yeux de verre de Bunter me rendirent mon regard. À son cou, la cloche pendait, immobile et silencieuse, un éclat chaud de soleil brillant sur l'un des côtés. Le seul bruit était le tic-tac de ce crétin de Félix le Chat, dans la cuisine.

L'idée qui me vint à l'esprit, même sur le moment, fut que c'était Johanna que j'avais entendue hurler, que Sara Laughs était hantée par ma femme défunte, et que celle-ci souffrait. Morte ou non, elle souffrait.

« Jo ? dis-je d'un ton calme. Jo, est-ce toi qui... »

Les sanglots reprirent — les sanglots d'un enfant terrifié. Au même instant, ma bouche et mon nez s'emplirent du goût métallique du lac. Je portai la main à ma gorge, m'étouffant, effrayé, puis je me penchai sur l'évier et crachai. Ce fut comme la première fois ; au lieu d'expulser une grande gerbe d'eau, il ne sortit qu'un minuscule crachat de ma bouche. L'impression d'avoir de l'eau jusqu'au fond de la gorge disparut comme si elle n'avait jamais existé.

Je restai ou j'étais, agrippé au rebord et penché sur l'évier ; je devais probablement avoir l'air d'un ivrogne qui finit sa nouba en régurgitant le gros des joyeusetés en bouteille de la nuit précédente. Je me sentais aussi comme ça : hébété, rompu, trop survolté pour comprendre ce qui se passait.

Je finis par me redresser, pris le torchon posé au-dessus du lave-vaisselle et m'essuyai le visage. Il y avait du thé dans le frigo, et je n'avais qu'une envie, en avaler un grand verre rempli de glaçons. Je tendis la main vers la poignée et n'achevai pas mon geste. Les plots magnétiques en forme de fruits et de légumes formaient une fois de plus un cercle. Au milieu, il y avait ceci :

aide le noyé

La coupe est pleine, pensai-je. *Je fiche le camp d'ici. Tout de suite. Aujourd'hui même.*

Une heure plus tard, cependant, je me retrouvai dans la chaleur étouffante de mon bureau, un verre de thé posé à côté de moi sur le plan de travail (les glaçons ayant fondu depuis un bon moment), habillé de mon seul maillot de bain et perdu dans l'univers que je construisais — univers dans lequel un détective privé du nom d'Andy Rake essayait de prouver que John Shackleford n'était pas le tueur en série surnommé Baseball Cap.

C'est ainsi que nous fonctionnons : un jour à la fois, un repas à la fois, une souffrance à la fois, une respiration à la fois. Les dentistes ne vous insensibilisent qu'une dent à la fois ; les charpentiers de marine ne construisent qu'une coque à la fois. Quand on écrit un livre, on avance une page à la fois. Nous nous détournons de tout ce que nous savons et de tout ce que nous redoutons. Nous consultons des catalogues, regardons des parties de foot, choisissons telle marque de téléphone plutôt que telle autre. Nous comptons les oiseaux dans le ciel et nous ne nous détournons pas de la fenêtre lorsque nous entendons les pas de quelque chose qui s'approche dans le couloir ; nous disons : oui, en effet, les nuages ressemblent souvent à des choses — à des poissons, à des licornes ou à des cavaliers — mais ils n'en restent pas moins des nuages. Nous le disons alors même qu'ils sont traversés par la foudre, et reportons notre attention sur le prochain repas, la prochaine douleur, la prochaine respiration, la prochaine page. C'est ainsi que nous fonctionnons.

CHAPITRE 16

La grande affaire, le livre, non ? Une affaire majeure.

Je redoutais de seulement changer *de pièce* : alors pensez donc, emballer la machine à écrire et mon embryon de manuscrit pour retourner à Derry, il en était encore moins question. Aussi dangereux que de sortir en pleine tempête avec un bébé. Je restai donc, me réservant néanmoins le droit de déménager si les choses devenaient trop délirantes (tout comme les fumeurs se réservent le droit d'arrêter de fumer si leur toux devient trop violente), et une semaine s'écoula. Plusieurs événements eurent lieu, au cours de ces sept jours, mais jusqu'à ma rencontre avec Max Devory sur la Rue, le vendredi suivant (soit le 17 juillet), la chose la plus importante fut que je continuai à travailler à un roman qui, s'il arrivait à son terme, s'intitulerait *My Childhood Friend*[1]. Peut-être croyons-nous toujours que ce que nous avons perdu était justement ce qu'il y avait de meilleur... ou qui aurait été le meilleur. Je ne le sais pas avec certitude. En revanche, je sais que ce qu'il y eut de plus réel dans mon existence au cours de

1. « Mon ami d'enfance » (*N.d.T.*).

cette semaine eut avant tout à voir avec Andy Rake, John Shackleford et un personnage indistinct tapi dans l'ombre, à l'arrière-plan : Raymond Garraty, l'ami d'enfance de John Shackleford. Un homme qui portait parfois une casquette de base-ball.

Pendant cette période, les manifestations se poursuivirent dans la maison, mais à un degré moindre — il n'y eut plus rien de semblable au hurlement à glacer le sang. Parfois la cloche de Bunter sonnait, parfois les fruits et légumes reformaient leur cercle sur le réfrigérateur, mais jamais avec un mot à l'intérieur, cependant. Pas durant cette semaine. Un matin, en me levant, je trouvai le sucre en poudre renversé, ce qui me fit penser à l'histoire de Mattie avec la farine. Il n'y avait rien d'écrit dedans, mais on distinguait un tortillon

$$\mathord{\sim\!\!\sim\!\!\sim\!\!\sim}$$

— comme s'il y avait eu une tentative non réussie de tracer un mot. Si c'était le cas, je compatissais. Je savais l'effet que cela faisait.

Ma déposition devant le redoutable Elmer Durgin avait eu lieu le vendredi 14. Le mardi suivant, empruntant la Rue, je me rendis au terrain de softball du Warrington's, espérant pouvoir moi aussi observer Max Devory. Il était presque six heures du soir lorsque j'arrivai à portée d'oreille des cris, des encouragements et du bruit des balles frappées. Un sentier balisé par des panonceaux rustiques (des W torsadés pyrogravés dans des flèches en chêne) passait devant un abri à bateaux abandonné, deux hangars et une gloriette à moitié enfouie dans les ronces. Je finis par déboucher tout en fond de terrain, derrière la deuxième base. Des débris, sachets de chips, emballages de confiseries et canettes de bière attestaient que je n'étais pas le seul à venir observer les parties de cet endroit qui dominait le terrain. Je ne pouvais m'empêcher de penser à Johanna et à son mystérieux ami, l'homme au veston de sport aux coudes renforcés, le costaud qui avait passé un bras autour de sa taille lorsqu'ils avaient quitté la partie en riant, prenant la direction de la Rue. Par deux fois, pendant le week-end, j'avais été sur le point d'appeler Bonnie Amundson, pour voir s'il n'y avait pas moyen d'identifier ce type, de mettre un nom sur sa silhouette, et les deux fois j'y renonçai. Ne réveille pas le chat qui dort, m'étais-je dit. Le chat qui dort, Michael.

J'avais le secteur du fond du terrain pour moi tout seul, ce soir-là, et il me semblait que j'étais à la bonne distance du diamant, si l'on considérait que l'homme qui garait d'habitude son fauteuil roulant derrière le backstop m'avait traité de menteur et que je l'avais invité à ranger mon numéro de téléphone dans un endroit rarement éclairé par le soleil.

Je n'aurais pas dû me faire autant de souci. Ni Devory ni la délicieuse Rogette n'étaient là.

Je repérai en revanche Mattie, derrière le grillage assez mal entretenu qui entourait la butte du batteur. Elle était en compagnie de John Storrow, en jean et polo, sa crinière rousse presque entièrement prisonnière d'une casquette des Mets. Ils restèrent à regarder la partie et à bavarder comme de vieux amis pendant deux manches sans me voir — plus de temps qu'il n'en fallait pour que je me sente envieux de la place de John et même légèrement jaloux.

Finalement, quelqu'un expédia un coup très long droit devant, vers la partie du terrain où les arbres jouaient le rôle de limite naturelle. Le joueur du centre partit à reculons, mais la balle allait lui passer haut au-dessus de la tête pour venir atterrir à ma hauteur, un peu sur ma droite. Je me précipitai dans cette direction sans réfléchir, enjambai les broussailles qui s'épanouissaient entre la zone où l'herbe était tondue et les arbres, en espérant qu'il ne se trouvait pas de sumac vénéneux dedans. Je réussis à rattraper la balle de la main gauche et me mis à rire en entendant des spectateurs qui m'acclamaient. Le joueur du centre m'applaudit en frappant de la main droite dans son gant. Le batteur, entre-temps, faisait le tour des bases en toute sérénité, sachant qu'il avait frappé un *home run* dans les règles.

Je relançai la balle au joueur et, lorsque je revins à ma position initiale, je pus voir que Mattie et John me regardaient.

S'il y a bien quelque chose qui confirme l'idée que nous ne sommes rien de plus qu'une espèce animale parmi d'autres, simplement dotée d'un cerveau légèrement plus gros et nous faisant une très haute conception de notre place dans l'ordre des choses, c'est bien notre capacité à communiquer par gestes quand nous ne pouvons faire autrement. Mattie serra les mains contre sa poitrine, inclina la tête de côté et regarda vers le ciel — *Mon héros...* Je portai les mains à hauteur des épaules, paumes tournées en l'air — *Voyons, Madame, ce n'était rien...* Quant à John, il inclina la tête et porta le bout des doigts à son front — *Sacré veinard, va...*

Après cet échange de commentaires, je fis un geste en direction du backstop et posai ma question d'un haussement d'épaules. Mattie et John haussèrent les épaules en réponse. Une manche plus tard, un petit garçon qui avait tout d'une tache de rousseur géante après explosion courut jusqu'à moi ; il était affublé d'un maillot Michael Jordan trois fois trop grand pour lui qui lui battait les mollets comme une robe.

« Le type là en bas m'a donné cinquante cents pour que je vous dise qu'il faut l'appeler plus tard à son hôtel à Castle Rock, m'expliqua-t-il avec un geste vers John. Il a dit qu'il fallait me donner encore cinquante cents s'il y avait une réponse.

— Dis-lui que j'appellerai vers neuf heures et

demie. Malheureusement, je n'ai pas de monnaie. Tu prendras bien un billet d'un dollar, hein ?

— Hé, ouais, chouette ! » Il s'en empara, fit demi-tour — puis revint sur ses pas. Il sourit, révélant une dentition qui hésitait entre les actes I et II. Avec les joueurs de softball en arrière-plan, il avait l'air de l'archétype du petit Américain tel que Norman Rockwell l'a immortalisé. « Le type a aussi dit de vous dire que vous avez fait une fichue réception !

— Dis-lui qu'on disait tout le temps la même chose de Willie Mays.

— Willie qui ? »

Ah jeunesse ! Ah, *mores*... « Dis-le-lui, c'est tout, fiston. Il comprendra. »

Je regardai encore une manche, mais la partie commençait à traîner en longueur, Devory n'avait toujours pas fait d'apparition et je retournai chez moi par le même chemin qu'à l'aller. Je rencontrai un pêcheur qui lançait sa ligne d'un rocher et un couple de jeunes gens qui se promenaient sur la Rue, en direction du Warrington's, en se tenant par la main. Ils me saluèrent et je leur rendis leur salut. Je me sentais à la fois seul et heureux. Cette combinaison est une forme de bonheur rare, je crois.

Certaines personnes, en arrivant chez elles, commencent par vérifier leur répondeur ; cet été-là, je vérifiais régulièrement la porte du réfrigérateur. Tout juste si je ne chantonnais pas la comptine de Bull-winkle Moose destinée à faire parler les esprits : *Eenie-meenie-chili-beanie...* Ils étaient restés silencieux, cette nuit, même si les fruits et légumes s'étaient redisposés pour former un serpent ou peut-être une lettre S prise de somnolence :

Un peu plus tard, j'appelai John et il me répéta de vive voix ce qu'il m'avait déjà appris — mais beaucoup plus laconiquement —, par gestes. « C'est la première partie qu'il manque depuis qu'il est revenu. Mattie a essayé de demander à plusieurs personnes s'il allait bien, et il semblerait que ce soit le cas... dans la mesure où ces gens savent quelque chose.

— Que voulez-vous dire par elle a *essayé* de demander à plusieurs personnes ?

— Que certaines d'entre elles ont carrément refusé de lui parler. Lui ont battu froid, comme on aurait dit dans la génération de mes parents. »

Fais gaffe, mon pote, pensai-je sans le dire, *elle n'est pas si loin que ça de moi, ladite génération.*

« Finalement une de ses anciennes amies a consenti à lui répondre, mais il règne une attitude générale de réprobation vis-à-vis de Mattie Devory. Cet Osgood est peut-être un agent immobilier de merde, mais en tant qu'agent de désinformation pour le compte de Devory, il a parfaitement réussi son coup ; il a creusé un fossé entre Mattie et les autres habitants de la ville. Au fait, Mike, est-ce une ville, ici ? Je n'ai pas très bien saisi.

— C'est juste le TR, répondis-je automatiquement. On ne peut pas vraiment l'expliquer. Croyez-vous sincèrement que Devory arrose *tout le monde* ? Voilà qui mettrait à mal la vieille idée romantique d'innocence et de bonté pastorales, non ?

— Il distribue de l'argent et il se sert d'Osgood — et peut-être même de Footman — pour répandre des rumeurs. Et les gens du coin m'ont l'air tout aussi honnêtes que d'honnêtes politiciens.

— Vendus un jour, vendus toujours ?

— Exactement. Au fait, j'ai vu l'un des grands témoins potentiels de Devory dans l'Affaire de la Fillette Fugueuse. Royce Merrill. Il était du côté de la cabane où on range le matériel avec quelques-uns de ses potes. Vous ne l'avez pas aperçu ?

— Non.

— Il a au moins cent trente ans, ce type. Il se balade avec une canne dont le pommeau en or a la taille d'un trou de balle d'éléphant.

— C'est un cadeau du *Boston Post*. Elle est attribuée à la personne la plus âgée du secteur.

— Je suis bien tranquille qu'il ne l'a pas volée. Si jamais les avocats de Devory le font venir à la barre, je le désosse. » Il y avait quelque chose qui glaçait le sang dans la confiance jubilatoire dont il faisait preuve.

« Je n'en doute pas, dis-je. Comment Mattie a-t-elle pris ces rebuffades de la part de ses anciens amis ? » Je la revoyais me disant qu'elle détestait les mardis soir, détestait penser aux parties de softball se poursuivant toujours sur le terrain où elle avait rencontré son défunt mari.

« Elle s'en est bien sortie. Je crois qu'elle a renoncé à la plupart d'entre eux. Définitivement. » Je n'en étais pas aussi sûr que lui — il me semblait me rappeler que les choses définitives sont une spécialité, à vingt ans — mais n'en dis rien. « Elle s'accroche, reprit-il. Elle s'est sentie très seule et très effrayée, et je crois qu'au fond d'elle-même, elle avait peut-être même commencé à faire son deuil de Kyra ; mais elle a retrouvé presque toute sa confiance, à présent. Avant tout parce qu'elle vous a rencontré. Dans le genre coup de pot, difficile d'imaginer mieux. »

Voire. J'eus un flash de Frank, le frère de Johanna, me disant un jour qu'il ne croyait pas que la chance existât : seulement le destin et les choix inspirés. Puis me vint à l'esprit l'image du TR sillonné de câbles invisibles, de connexions secrètes mais aussi solides que de l'acier.

« Dites-moi, John, j'ai oublié de vous poser la question fondamentale l'autre jour, après ma déposition. Cette affaire de garde qui nous inquiète tous tellement... la date du jugement a-t-elle été fixée ?

— Bonne question. J'ai tout vérifié en large et en

travers, et Bissonette aussi. À moins d'imaginer que Devory et sa bande ont concocté un coup vraiment tordu, comme la déposition d'une plainte auprès d'une autre juridiction, je ne crois pas qu'elle ait été fixée.

— Ils pourraient faire ça ? Présenter l'affaire devant un autre tribunal ?

— Peut-être. Probablement pas sans que nous le sachions, cependant.

— Mais qu'est-ce que cela signifie, alors ?

— Que Devory est sur le point d'abandonner, répondit vivement John. Pour l'instant, je ne vois pas d'autre façon de l'expliquer. Je retourne dès demain matin à New York, mais je resterai en contact. S'il se produit quoi que ce soit, faites-en autant. »

Je lui dis que je n'y manquerais pas et allai me coucher. Il n'y eut aucune visite de femme dans mes rêves. Ce fut plutôt un soulagement.

Quand je redescendis au rez-de-chaussée remplir à nouveau mon verre de thé glacé, mercredi matin, Brenda Meserve avait installé le séchoir à linge circulaire sur le perron situé à l'arrière du chalet, et y suspendait mes vêtements. Elle les disposait comme sa mère lui avait appris à le faire, sans aucun doute, les pantalons et les chemises à l'extérieur et les sous-vêtements à l'intérieur, de manière que des promeneurs un peu trop curieux ne puissent voir ce que l'on portait à même la peau.

« Vous pourrez les rentrer vers quatre heures », me dit-elle au moment où elle s'apprêtait à partir. Elle me regardait avec cette expression effrontée et cynique d'une femme qui a passé toute sa vie à faire le ménage pour des messieurs fortunés. « Surtout, ne les oubliez pas. S'ils passent la nuit dehors, la rosée se mettra dessus et il faudra les relaver pour leur redonner l'aspect du propre. »

Très humblement, je lui promis de penser à rentrer

mes vêtements. Puis je lui demandai — avec l'impression d'être un espion qui profite d'une réception à l'ambassade pour soutirer des informations — si la maison lui faisait l'effet d'être normale.

« Normale comment ? répliqua-t-elle, soulevant un sourcil intrigué.

— Eh bien, j'ai entendu des bruits curieux, deux ou trois fois. Pendant la nuit. »

Elle renifla. « C'est un chalet en rondins, pas vrai ? En plus, construit par étapes, pour ainsi dire. Il se met en place, une aile après l'autre. C'est probablement ce que vous avez entendu.

— Pas de fantômes, alors ? demandai-je, prenant un air déçu.

— Moi, je n'en ai jamais vu, dit-elle d'un ton prosaïque d'expert-comptable, mais ma mère racontait qu'il y en avait plein, par ici. Paraît que tout le lac est hanté. Par les Indiens Micmacs qui vivaient dans la région avant d'être chassés par le général Wing, par tous les hommes qui sont allés se battre pendant la guerre de Sécession et qui sont morts dans le Sud — plus de six cents sont partis de chez nous, Mr Noonan, et moins de cent cinquante sont revenus... sur leurs jambes, en tout cas. Ma mère disait aussi que ce côté-ci de Dark Score était hanté par le fantôme du petit Noir qui était mort dans un accident, pauvre gosse. Il était le fils de l'un des Red-Tops, vous savez.

— Non. J'ai entendu parler de Sara et des Red-Tops, mais pas de cela... S'est-il noyé ?

— Non. Tombé dans un piège à loup. Il s'est débattu pendant presque toute une journée, hurlant à l'aide. Finalement on l'a trouvé. On lui a sauvé le pied, mais on aurait mieux fait de le lui couper. La gangrène s'y est mise et le gosse est mort. Ça s'est passé pendant l'été 1901. C'est pour cette raison qu'ils sont partis, je crois. C'était trop triste pour eux de rester. Mais ma mère prétendait que le petit, lui, était resté. Qu'il était toujours dans le TR. »

Je me demandai ce que Brenda dirait si je lui racontais que ce petit garçon avait très probablement été là pour m'accueillir lorsque j'étais arrivé de Derry, et qu'il était revenu faire un tour à plusieurs reprises, depuis.

« Puis il y a eu l'histoire du père de Kenny Auster, Normal, reprit-elle. Vous la connaissez, non ? Elle est vraiment terrible. » Elle avait l'air plutôt satisfaite, pour sa part — soit de savoir une histoire aussi terrible, soit d'avoir une occasion de la raconter.

« Non, répondis-je. Je connais Kenny, cependant. C'est lui qui possède le chien-loup, Blueberry.

— Exact. Il bricole le bois, il gardienne un peu, comme son père avant lui. Son père a gardienné pas mal de ces maisons, vous savez, et juste après la Seconde Guerre mondiale, Normal Auster a noyé le petit frère de Kenny dans sa cour, derrière chez lui. À l'époque, ils habitaient sur Wasp Hill, à l'endroit où la route fait une fourche pour aller d'un côté au ponton à bateaux et de l'autre à la marina. Pourtant, ce n'est pas dans le lac qu'il a noyé le gosse. Il l'a posé par terre, sous la pompe, et il l'a tenu jusqu'à ce qu'il soit plein d'eau et mort. »

Je restai là à la regarder, tandis que les vêtements claquaient derrière nous, sur le séchoir à linge. Je pensai à ce goût minéral qui m'avait empli le nez et la gorge, et qui aurait pu être de l'eau d'un puits comme celle du lac ; par ici, toute l'eau vient de la même nappe phréatique. Je pensai au message sur le réfrigérateur : *aide le noyé.*

« Il a laissé le bébé sous la pompe. Il avait une Chevrolet toute neuve, et il est venu ici avec, sur le chemin 42. Avec son fusil de chasse, aussi.

— Vous n'allez pas me dire que le père de Kenny Auster s'est suicidé chez moi, Mrs Meserve ? »

Elle secoua la tête. « Non. Il a fait ça sur la terrasse côté lac des Brickers. Il s'est assis sur la balancelle et s'est fait sauter sa tête d'assassin de bébé.

— Les Brickers ? Je ne vois pas...

— Vous ne pouvez pas. Il n'y a plus un seul Brickers sur le lac depuis les années soixante. Ils étaient du Delaware. Des gens de qualité. Les Washburn ont racheté le chalet ; ce nom vous dit peut-être quelque chose, bien qu'ils soient partis, eux aussi. Pour le moment, c'est inoccupé. De temps en temps ce grand crétin d'Osgood amène quelqu'un le visiter, mais il ne le vendra jamais au prix qu'il en demande. Vous pouvez me croire. »

J'avais connu les Washburn, en effet ; j'avais même joué au bridge avec eux une fois ou deux. Des gens tout à fait charmants, mais probablement pas ce que Mrs Meserve, avec son étrange snobisme provincial, appelait « de qualité ». Leur chalet se trouvait à moins de trois cents mètres au nord de Sara Laughs, le long de la Rue. Au-delà, il n'y a plus grand-chose. La pente donnant sur le lac devient trop forte et les bois sont envahis de broussailles et de ronces portant des mûres. La Rue continue jusqu'à la pointe de Halo Bay, à l'extrémité nord du Dark Score, mais à partir de l'endroit où le chemin 42 s'incurve pour rejoindre à nouveau la route 68, il est surtout utilisé par les cueilleurs de mûres en été et les chasseurs à l'automne.

Normal... Sacré prénom pour un type qui noie son bébé sous la pompe, dans sa cour.

« Il n'a pas laissé de mot ? Aucune explication ?

— Rien du tout. Mais il y en a qui disent que lui aussi hante le lac. La plupart des petites villes sont sans doute pleines de fantômes, mais moi je ne peux pas vous dire si c'est vrai, si c'est faux, ou entre les deux ; je n'ai pas le don. Tout ce que je sais pour votre maison, Mr Noonan, c'est que j'ai beau l'aérer tant et plus, elle sent toujours l'humidité. Les rondins, probablement. Les maisons en rondins à côté d'un lac, c'est pas l'idéal. L'humidité remonte dans le bois. »

Elle se pencha pour reprendre son sac à main, qu'elle avait posé entre ses chaussures. C'était un sac de femme de la campagne, noir et sans style (mis à part les attaches dorées qui retenaient les poignées), avant tout utilitaire. Elle aurait pu transporter une vraie batterie de cuisine dedans.

« Je ne peux pas rester à bavarder toute la matinée, Mr Noonan, même si ça me ferait plaisir. J'ai encore un ménage à faire avant de finir ma journée. C'est l'été qu'on engrange la récolte, dans cette partie du monde, voyez-vous. N'oubliez pas de rentrer votre linge avant la nuit. Qu'il ne prenne surtout pas la rosée.

— Je n'y manquerai pas. » Mais lorsque je sortis pour aller le décrocher, habillé de mon seul maillot de bain et couvert de transpiration à cause du four dans lequel j'avais travaillé (il fallait faire réparer la climatisation, il le fallait *absolument* !), je constatai des changements dans la disposition de Mrs Meserve. Mes jeans et mes T-shirts pendaient maintenant autour du poteau central tandis que les sous-vêtements et les chaussettes, pudiquement dissimulés à la vue quand Brenda avait quitté la maison dans sa vieille Ford, ornaient à présent les fils extérieurs. Un peu comme si mon hôte invisible — ou l'un de mes hôtes invisibles — disait : *ha-ha-ha.*

Je me rendis le lendemain à la bibliothèque et commençai par faire renouveler mon inscription. C'est Lindy Briggs en personne qui encaissa mes quatre dollars et enregistra mon nom sur le fichier, non sans m'avoir dit auparavant à quel point elle avait été désolée d'apprendre la mort de Johanna. Et, comme avec Bill, je sentis un certain reproche dans son ton : on aurait dit que c'était de ma faute, si elle n'avait pas pu me présenter ses condoléances dans des délais plus convenables. Elle avait sans doute raison.

« Possédez-vous une histoire de la région, Lindy ? demandai-je, lorsque nous eûmes terminé nos échanges de politesses concernant ma défunte épouse.

— Deux, même », répondit-elle en se penchant vers moi, par-dessus son bureau. De petite taille, elle portait une robe d'été sans manches au motif agressif ; ses cheveux lui faisaient une boule cotonneuse grise autour de la tête et ses yeux brillants semblaient deux poissons derrière ses lunettes à double foyer. D'un ton confidentiel, elle ajouta : « Aucune des deux n'est très bonne.

— Laquelle est la meilleure ? demandai-je, prenant à mon tour un ton de conspirateur.

— Probablement celle d'Edward Osteen. Il est venu ici tous les étés jusque dans le milieu des années cinquante, puis il y est resté quand il a pris sa retraite. Il a écrit *Dark Score Days* en 65 ou 66. Il l'a fait publier à compte d'auteur, car pas un éditeur n'a voulu le publier. Même pas ceux de la région. » Elle soupira. « Les gens du coin l'ont acheté, mais ça ne représente pas grand-chose, n'est-ce pas ?

— Non, probablement.

— Il n'avait rien d'un écrivain, que voulez-vous. Ni rien d'un photographe ; ses petits clichés en noir et blanc me font littéralement mal aux yeux. Il rapporte néanmoins quelques bonnes histoires. La retraite des Micmacs, le coup que leur a joué le général Wing, la tornade des années 1880, les incendies des années trente...

— Rien sur Sara et les Red-Tops ? »

Elle acquiesça avec un sourire. « Vous avez fini par vous intéresser à l'histoire de votre maison, je vois ? Cela me fait plaisir. Il a trouvé une vieille photo du groupe, et elle figure dans le livre. D'après lui, elle aurait été prise à la foire de Fryeburg, en 1900. Il disait qu'il aurait donné cher pour entendre un disque enregistré par ce groupe.

— Moi aussi, mais il n'en existe aucun. » Un haïku du poète grec George Séféris me vint brusquement à l'esprit. *Sont-ce les voix de nos amis défunts ou simplement le gramophone ?* « Qu'est-il arrivé à Mr Osteen ? Son nom ne me dit rien.

378

— Il est mort un an ou deux avant que Johanna et vous achetiez Sara Laughs, dit-elle. Cancer.

— Vous avez dit qu'il y avait une deuxième histoire ?

— Vous la connaissez probablement : *A History of Castle County and Castle Rock*. Une commande, faite pour le centenaire du comté, un livre aussi sec que de la poussière. Celui d'Eddie Osteen n'est pas très bien écrit, d'accord, mais il n'est pas sec. On doit lui reconnaître au moins cela. Vous devriez les trouver tous les deux par là. » Elle m'indiqua des étagères au-dessus desquelles un panonceau précisait : HISTORIOGRAPHIE RÉGIONALE. « Ils ne sortent jamais. » Puis son regard s'éclaira. « Bien entendu, nous encaisserions avec joie toutes les pièces que vous vous sentiriez le besoin de glisser dans notre photocopieuse. »

Mattie était assise dans le coin opposé, à côté d'un jeune garçon à la casquette tournée à l'envers, et lui expliquait le fonctionnement du lecteur de microfilms. Elle leva les yeux vers moi, sourit et articula en silence : *Belle prise !* Sans doute faisait-elle allusion à mon coup de chance de la veille, au Warrington's. Je jouai les modestes d'un haussement d'épaules avant de me diriger vers les étagères consacrées à l'« historiographie régionale ». Elle avait raison, toutefois, coup de chance ou pas, j'avais fait une jolie prise.

« Que cherchez-vous ? »

J'étais tellement plongé dans les deux livres d'histoire que la voix de Mattie me fit sursauter. Je me tournai et lui souris, me rendant tout d'abord compte qu'elle portait un parfum léger et agréable, puis que Lindy Briggs nous observait depuis son bureau, ayant perdu son sourire accueillant.

« Des informations sur l'histoire du coin où j'habite. Sur quelques événements anciens. Ma femme de ménage m'a dit des trucs qui ont éveillé mon intérêt. »

Puis j'ajoutai, à voix plus basse : « Le prof nous surveille. Ne vous tournez pas. »

Elle parut prise au dépourvu et aussi, eus-je l'impression, un peu effrayée. Il s'avéra que son inquiétude n'était pas sans fondement. D'une voix retenue mais néanmoins calculée pour porter au moins jusqu'au bureau de Briggs, elle me demanda si je voulais la laisser s'occuper de remettre les livres en place. Je les lui donnai. En les prenant, elle ajouta dans un murmure digne d'un taulard : « L'avocat qui vous a représenté vendredi dernier a trouvé un détective privé pour John. Il dit qu'ils ont peut-être dégoté quelque chose d'intéressant sur le subrogé tuteur. »

Je l'accompagnai jusqu'aux étagères d'historiographie locale, en espérant que je n'allais pas lui attirer d'ennuis, pour lui demander si elle savait de quoi il s'agissait. Elle secoua la tête, m'adressa un petit sourire professionnel de bibliothécaire, et s'éloigna.

Sur le trajet du retour, je repassai dans ma tête ce que j'avais appris, mais il n'y avait pas grand-chose, à vrai dire. Osteen était un mauvais écrivain ayant pris de mauvaises photos, et si ses histoires ne manquaient pas de pittoresque, elles n'étaient pas très solidement documentées. Il mentionnait Sara et les Red-Tops, d'accord, mais pour en parler comme d'un groupe « dixieland de huit musiciens », alors que même moi je savais que c'était faux. Ils avaient peut-être joué du dixieland, de temps en temps, mais c'était avant tout des musiciens qui pratiquaient le blues (les vendredis et samedis soir) et le gospel (dimanches matin et après-midi). Le résumé de deux pages qu'Osteen consacrait au séjour des Red-Tops dans le TR prouvait qu'il n'avait pratiquement eu aucune autre source d'informations sur la musique de Sara.

Il confirmait qu'un enfant était mort de gangrène à la suite d'une blessure faite par un piège à loup, anecdote qui ressemblait beaucoup à ce que m'avait raconté Brenda Meserve. Mais pourquoi s'en étonner ? Sans doute la tenait-il du père ou du grand-père de Brenda. Il faisait du garçon le fils unique de Sonny Tidwell et précisait que le guitariste s'appelait exactement Reginald Tidwell. Les Tidwell auraient quitté le quartier des prostitués, à La Nouvelle-Orléans — les célèbres rues mal famées du secteur qui portait à l'époque le nom de Storyville — pour gagner le nord.

On ne trouvait aucune mention de Sara et des Red-Tops dans l'histoire plus officielle du comté de Castle, et ni l'un ni l'autre ouvrage ne parlaient de la façon dont le petit frère de Kenny Auster s'était noyé. Juste avant que Mattie ne vienne me rejoindre, une idée délirante m'avait traversé l'esprit : à savoir que Sara et Sonny Tidwell avaient été mari et femme et que le petit garçon (Osteen n'en donnait pas le nom) était leur fils. J'avais trouvé la photo dont avait parlé Lindy Briggs, et je l'avais étudiée attentivement. On y voyait au moins une douzaine de Noirs, debout, raides, devant ce qui paraissait être une foire au bétail. On apercevait une grande roue d'un modèle antique à l'arrière-plan. La photo avait très bien pu être prise à la foire de Fryeburg, en effet, et en dépit de son ancienneté et de son aspect passé, il s'en dégageait une force simple et prenante que tous les clichés réunis d'Osteen n'avaient pas. Tout le monde a vu ces photos représentant des bandits de l'Ouest et des desperados de la Dépression ; on y retrouve la même authenticité surnaturelle — visages durs au-dessus de cravates serrées et de cols cassés, yeux qui se perdent presque dans l'ombre d'antiques chapeaux à large bord.

Debout au premier rang et au milieu, Sara était en robe noire et tenait sa guitare. On ne pouvait pas dire qu'elle souriait à l'objectif, mais il y avait tout de même comme un sourire dans ses yeux, des yeux faisant le même effet que dans certaines peintures — un regard qui vous suit où que vous alliez dans la salle. J'examinai la photo et pensai à sa voix presque malveillante dans mon rêve : *Qu'est-ce que tu veux savoir, mon chou ?* Ce que je voulais savoir... qui ils étaient, sans doute, quelles étaient leurs relations les uns avec les autres quand ils ne faisaient pas de musique, pourquoi ils étaient partis, où ils étaient passés.

On distinguait nettement ses deux mains, l'une posée sur les cordes de la guitare, l'autre les doigts disposés pour un accord en sol, en ce jour d'octobre de l'année 1900. Elle avait de longs doigts d'artiste dépourvus de la moindre alliance. Cela ne signifiait pas nécessairement qu'elle et Sonny Tidwell n'étaient pas mariés, évidemment, et même s'ils ne l'avaient pas été, le petit garçon tombé dans le piège à loup pouvait être leur fils. Si ce n'est que rôdait dans les yeux de Sonny Tidwell ce même sourire esquissé. La ressemblance était remarquable. L'idée qui me vint alors à l'esprit fut qu'ils avaient été frère et sœur, et non mari et femme.

Je repensais à tout cela en roulant vers Sara Laughs, je pensais au réseau de câbles que l'on ne voyait pas mais qu'on sentait, plutôt... mais surtout, je pensais à Lindy Briggs, à la manière dont elle m'avait souri, à la manière dont elle n'avait pas souri, plus tard, à sa jeune et intelligente aide-bibliothécaire titulaire d'un diplôme bien mince. Cela ne me plaisait pas.

Une fois de retour à la maison, je ne me souciai plus que d'une chose, mon histoire et ses personnages — les sacs d'os sur lesquels je mettais chaque jour un peu plus de chair.

C'est le vendredi soir que Michael Noonan, Max Devory et Rogette Whitmore jouèrent leur horrible petite comédie. Deux autres événements méritant d'être relatés se produisirent avant.

Le premier fut un coup de téléphone de John Storrow, le jeudi soir. J'étais assis devant la télé, regardant un match de base-ball, le son coupé (ce bouton que l'on trouve sur presque toutes les télécommandes est peut-être l'invention la plus astucieuse du siècle). Je pensais à Sara Tidwell, à Sonny Tidwell et au fils de Sonny Tidwell. Je pensais à Storyville, un nom paré de toutes les séductions, pour un écrivain. Et au fond de mon esprit, je pensais à ma femme, morte enceinte.

« Allô ?

— J'ai quelques grandes nouvelles, Mike, me dit l'avocat, d'un ton survolté. Romeo Bissonette est peut-être un nom bizarre, mais le détective qu'il m'a trouvé n'a rien de bizarre, lui. Il s'appelle George Kennedy, comme l'acteur. C'est un bon, et un rapide. Il pourrait très bien travailler à New York, ce type.

— Si c'est le plus grand compliment que vous pouvez faire, vous devriez sortir un peu plus souvent de votre patelin. »

Il poursuivit comme s'il n'avait pas entendu. « Officiellement, Kennedy travaille dans une boîte de sécurité ; le reste, c'est entièrement au noir. Ce qui est bien dommage, je vous le dis. Il a presque tout obtenu par téléphone. Je n'arrive pas à y croire.

— Plus spécifiquement, à quoi n'arrivez-vous pas à croire ?

— On a touché le jackpot, mon vieux. » Il avait retrouvé ce ton de satisfaction gourmande que je trouvais à la fois inquiétant et rassurant. « Voici ce qu'a fait Elmer Durgin depuis le mois de mai dernier : il a fini de payer sa voiture et son chalet des lacs Rangeley, et il a rattrapé environ quatre-vingt-dix ans de pension alimentaire...

— Personne ne peut devoir quatre-vingt-dix ans de pension alimentaire ! » m'exclamai-je. Mais je n'agitais ma langue que pour le plaisir... pour donner de l'espace à l'excitation croissante qui me gagnait, en fait. « Impossible, coco !

— Si, si vous avez eu sept enfants », répliqua John. Sur quoi il se mit à hurler de rire.

Je pensais à la trogne de Durgin suant l'autosatisfaction, au pli méprisant de sa bouche, aux ongles qui paraissaient vernis et efféminés. « C'est pas possible !

— Eh si ! » répondit John, riant toujours. À l'entendre, on aurait dit un fou en plein délire — je n'exagère pas. « Il en a vraiment sept ! Allant de qu...quatorze à t...t...trois ans ! Il doit avoir une petite queue très remuante, ce gaillard ! » Nouveaux éclats de rire incontrôlables. D'ailleurs, je m'esclaffais déjà moi-même sans retenue — frappé par la contagion. « Kennedy va me f...f...faxer des photos de tou...toute... sa... mar...marmaille ! » Le fou rire nous emporta tous les deux et nous hurlâmes en chœur à quelques centaines de kilomètres de distance. J'imaginai John Storrow seul dans son bureau de Park Avenue, rugissant comme un cinglé et faisant peur aux femmes de ménage.

« C'est sans importance, de toute façon, me dit-il quand il put de nouveau parler de manière cohérente. Je suppose que vous voyez ce qui compte, dans cette histoire ?

— Oui. Comment ont-ils pu être aussi stupides ? » Je parlais de Durgin aussi bien que de Devory, et John comprit tout de suite de qui il était question.

« Elmer Durgin est un petit avocat de rien du tout dans un patelin de rien du tout perdu au fin fond des forêts du Maine, c'est tout. Comment pouvait-il savoir qu'un ange gardien allait lui tomber du ciel avec de quoi effacer ses ardoises ? Au fait, il a même acheté un bateau. Il y a deux semaines. Un hors-bord à deux moteurs. Un gros, autrement dit. L'affaire est jouée, Mike. On vient de faire le coup gagnant dont un adversaire ne peut pas se remettre.

— Si vous le dites. » Ma main, cependant, réagit à sa manière et, refermée en poing, alla s'abattre sur la planche solide et épaisse de la table basse.

« Et au fait, la partie de softball n'a pas été une perte de temps, reprit John, ses propos encore entrecoupés de petites explosions de rire comme des ballons d'hélium.

— Ah bon ?

— J'en pince pour elle.

— Pour elle ?

— Pour Mattie, m'expliqua-t-il patiemment. Mattie Devory... Mike ? Vous êtes toujours en ligne ?

— Oui, dis-je. L'appareil m'avait glissé des mains. Désolé. » En fait, j'avais bien failli le lâcher, mais il n'était pas allé bien loin. Ma réponse me parut cependant suffisamment spontanée. Et puis, même si ce n'avait pas été le cas ? S'agissant de Mattie, je devais être — du moins aux yeux de John — au-dessus de tout soupçon. Comme le personnel du manoir dans un roman d'Agatha Christie. Il devait avoir entre vingt-huit et trente ans. L'idée qu'un homme ayant atteint la quarantaine puisse être sexuellement attiré par Mattie n'avait même pas dû, probablement, lui venir à l'esprit. Ou alors très fugitivement, dans le parc de Castle Rock, et il l'avait rejetée comme ridicule. De la même manière que Mattie avait trouvé ridicule qu'il puisse y avoir quelque chose entre Johanna et l'homme au veston marron.

« Je ne peux pas lui faire mon numéro de séduction pendant que je la représente, dit-il, pour des raisons déontologiques. Sans compter que ce serait dangereux. Plus tard, peut-être... on ne sait jamais.

— Non. » Ma voix me fit l'effet de sortir de la bouche de quelqu'un d'autre, comme toujours lorsqu'on est complètement pris au dépourvu. Ou de sortir de la radio, ou du tourne-disque. Sont-ce les voix de nos amis défunts, ou est-ce juste le gramophone ? J'évoquai les mains de John, ses doigts minces et longs dépourvus d'alliance. Comme les mains de Sara sur la vieille photo. « Non, on ne peut jamais dire. »

Nous raccrochâmes et je restai assis à regarder sans la voir la partie de base-ball réduite au silence. J'envisageai d'aller me chercher une bière, mais le réfrigérateur me parut beaucoup trop loin — un vrai safari. Je ressentis tout d'abord une sorte de blessure sourde, suivie d'une émotion plus acceptable : un soulagement affligé, si l'on veut. Était-il trop vieux pour elle ? Non

— sincèrement. Il avait même le bon âge. Le Prince Charmant n° 2 en costume trois-pièces, cette fois. Les malheurs de Mattie avec les hommes étaient peut-être enfin terminés, et si c'était le cas, je devais en être ravi. J'en *serais* ravi. Et soulagé. Car j'avais un livre à écrire, et foin des tennis immaculées et d'une robe rouge dans la pénombre grandissante, foin du brasillement de sa cigarette jouant les lucioles dans la nuit.

N'empêche, pour la première fois depuis que j'avais trouvé Kyra marchant au beau milieu de la route 68 en maillot de bain et tongs, je me sentais bien seul.

« Pauvre avorton, dit Strickland », lançai-je à la pièce vide. La réplique était sortie de ma bouche sans même que je sache que j'allais parler. Et au même instant, la télé changea de chaîne. Passant du base-ball à une redif de *All in the Family* puis à un autre feuilleton, *Ren and Stimpy*. Je jetai un coup d'œil à la télécommande. Elle était toujours là où je l'avais posée, sur la table basse. Nouveau changement de chaîne sur l'écran, et cette fois-ci, ce fut Humphrey Bogart et Ingrid Bergman qui apparurent. Il y avait un avion à l'arrière-plan, et je n'avais pas besoin de remettre le son pour savoir que Humphrey disait à Ingrid de prendre cet avion. Le film préféré de ma femme. Elle pleurait à chaque fois comme une madeleine, à la fin.

« Jo ? C'est toi, Jo ? »

La cloche de Bunter tinta une fois. Très faiblement. Plusieurs présences différentes s'étaient manifestées dans la maison, j'en étais convaincu ; mais ce soir, pour la première fois, j'avais la certitude que Johanna était là avec moi.

« Qui était-ce, Jo ? demandai-je. Le type du terrain de sport... qui était-ce ? »

La cloche resta silencieuse et immobile. Johanna était dans la salle, cependant. Je la sentais, comme une respiration que l'on retient.

Le petit message bien laid et railleur que j'avais

trouvé sur le frigo en revenant de la soirée avec Kyra et Mattie me revint à l'esprit : *rose bleue menteur ha ha.*

« Qui était-ce ? » Ma voix chevrotait, comme si j'avais été au bord des larmes. « Qu'est-ce que tu faisais là-bas avec ce type ? Est-ce que tu... » Mais je ne pus me résoudre à lui demander si elle m'avait menti, si elle m'avait trompé. J'étais incapable de le lui demander alors même que la présence que je ressentais, il faut bien le dire, n'existait peut-être que dans ma tête.

La télé passa de *Casablanca* à « Nick on Nite » et à Perry Mason, l'avocat préféré de tout le monde. La Némésis de Perry, Hamilton Burger, interrogeait une femme à l'air affolé et tout d'un coup le son revint, tonitruant, me faisant sursauter.

« Je ne suis pas une menteuse ! » s'écria une actrice de télé qui ne devait plus être toute jeune, à l'heure actuelle. Un instant, elle me regarda droit dans les yeux et je fus pétrifié sur place, le souffle coupé, de voir les yeux de Johanna Noonan dans ce visage en noir et blanc venu des années cinquante. « Je n'ai jamais menti, Mr Burger, jamais !

— J'affirme que si ! rétorqua Burger, fonçant sur elle, ricanant comme un vampire. J'affirme que vous... »

Puis la télé s'éteignit brusquement. La cloche de Bunter eut un tintement vif, un seul, et la sensation d'une présence, quelle que fût celle-ci, disparut. Mais je me sentais mieux. *Je ne suis pas une menteuse... Je n'ai jamais menti, jamais.*

Je pouvais le croire, il ne tenait qu'à moi.

Il ne tenait vraiment qu'à moi.

J'allai me coucher, et ne fis aucun rêve.

J'avais pris le pli de me mettre au travail de bonne heure, avant que la chaleur ne devienne trop insupportable dans le bureau. Je buvais un jus de fruits quelconque, avalais une ou deux tranches de pain grillé et restais assis devant l'IBM jusqu'à midi ou presque, regardant la sphère Courrier danser et tourbillonner tandis que les pages s'enroulaient docilement sur la machine et en sortaient avec des mots écrits dessus. Cette bonne vieille magie, si étrange, et absolument merveilleuse. Je n'avais jamais vraiment eu le sentiment de travailler, même si c'était ce que je disais ; j'avais l'impression de rebondir sur une sorte de bizarre trampoline mental. Des ressorts qui me mettaient en complète apesanteur pendant un moment.

J'arrêtais sur le coup de midi, me rendais en voiture à la graillonnerie de Buddy Jellison pour me goinfrer d'aliments bien ignobles ; je revenais ensuite travailler une heure ou deux. Après quoi j'allais nager, puis je faisais une longue sieste sans rêve dans la chambre de l'aile nord. C'est à peine si j'avais passé la tête par la porte, dans la chambre de maître de l'aile sud, et si Brenda Meserve avait trouvé cela bizarre, elle ne m'en avait rien dit.

Le vendredi 17, je m'arrêtai au Lakeview General pour y faire le plein, en retournant à Sara Laughs. Il y a aussi des pompes au All-Purpose Garage, et le prix du litre y est légèrement plus bas, mais l'ambiance ne m'y plaisait pas trop. Et tandis que le remplissage se faisait automatiquement et que j'attendais, devant le magasin, le regard perdu sur les montagnes, le Dodge de Bill vint se garer de l'autre côté de la batterie de pompes. Bill descendit et me sourit. « Ça va bien, Mike ?

— Pas mal du tout, merci.

— Brenda m'a dit que vous écriviez comme un fou.

— C'est vrai », dis-je, sur le point de lui demander où en était la pièce de rechange, pour le climatiseur. Mais la question ne dépassa pas le bout de ma langue. J'étais encore bien trop incertain, quant à mon aptitude retrouvée, pour désirer changer la moindre chose à l'environnement dans lequel elle fonctionnait. C'est peut-être stupide, mais il peut arriver que les choses marchent simplement parce qu'on pense qu'elles marchent. Il y a là une définition de la foi qui en vaut bien une autre.

« Eh bien, je suis content de l'apprendre. Très content. » Je ne doutais pas de sa sincérité, et cependant il n'avait pas son ton habituel. Ce n'était pas celui du Bill qui m'avait accueilli, en tout cas.

« Je me suis mis aussi à chercher les vieilles histoires qui concernent ma partie du lac, dis-je.

— Sara et les Red-Tops ? Vous vous y êtes toujours plus ou moins intéressé, il me semble.

— Oui, mais pas seulement à eux. Il y en a des tas d'autres. J'en parlais justement à Mrs Meserve, et elle m'a raconté ce qui était arrivé à Normal Auster, le père de Kenny. »

Bill ne se départit pas de son sourire, et il n'eut qu'un instant d'hésitation pendant qu'il dévissait le bouchon de son réservoir, mais je n'en eus pas moins l'impression très claire qu'il s'était intérieurement pétrifié. « Vous n'allez pas écrire quelque chose comme ça, tout de même, Mike ? Parce qu'il y a beaucoup de gens, ici, à qui ça ne plairait pas et qui le prendraient mal. J'avais dit la même chose à Johanna.

— À Jo ? » Je fus pris de l'envie de franchir l'îlot des pompes et d'aller l'attraper par le bras. « Qu'est-ce que Jo a à voir là-dedans ?

Il me regarda longuement, l'air circonspect. « Elle ne vous en a pas parlé ?

— Mais de quoi ?

— De son projet d'écrire un article sur Sara et les Red-Tops pour l'un des journaux de la région. » Bill avait choisi ses mots avec soin et parlé lentement. Je m'en souviens très bien, comme de la chaleur du soleil qui me brûlait le cou et de la netteté des ombres que nous projetions sur l'asphalte. Il commença le remplissage, et le bruit du moteur qui montait de la pompe était aussi très présent. « Il me semble même qu'elle a parlé d'une revue *Yankee*. Je me trompe peut-être là-dessus, mais je ne crois pas. »

Je restai sans voix. Pourquoi ne m'aurait-elle rien dit de son désir d'écrire quelque chose concernant une petite histoire locale ? Parce qu'elle aurait cru braconner sur mon territoire ? C'était ridicule. Elle me connaissait mieux que ça, non ?

« Quand avez-vous eu cette conversation, Bill ? Vous vous en souvenez ?

— Bien sûr. Le même jour que celui de la livraison. Vous vous rappelez, les hiboux en plastique. À part que c'est moi qui en ai parlé le premier, parce que les gens m'avaient dit qu'elle posait des questions.

— Des questions indiscrètes ?

— Je n'ai pas dit ça, répondit-il, un peu raide. C'est vous. »

Certes, mais je n'avais fait qu'exprimer sa pensée en ajoutant cet adjectif. « Continuez.

— Oh, rien de spécial. Je lui ai dit qu'il y avait des orteils fragiles, dans le secteur, comme il y en a partout, et qu'il valait mieux éviter de leur marcher dessus. Elle m'a dit qu'elle avait compris. C'est possible, mais c'est pas sûr. Tout ce que je sais, c'est qu'elle a continué à poser des questions. À écouter les histoires que lui racontaient des vieux fous qui avaient plus de temps à perdre que de bon sens.

— Quand était-ce ?

— Pendant l'automne 93 et le printemps 94. Elle est allée un peu partout — y compris jusqu'à Motton et Harlow — avec son carnet et son petit magnétophone. C'est tout ce que je sais, d'ailleurs. »

Je pris conscience d'une chose stupéfiante : Bill mentait. M'aurait-on demandé si une telle chose était possible, jusqu'à ce jour, j'aurais ri et répondu que Bill Dean était incapable de proférer le moindre mensonge. Et il ne devait pas en dire souvent, parce qu'il s'y prenait bien maladroitement.

Je fus pris de l'envie de le cuisiner, mais dans quel

but l'aurais-je fait ? J'avais besoin de réfléchir, et je ne pouvais le faire ici — c'était la pagaille dans ma tête. Avec un peu de temps, l'ordre finirait par se rétablir et j'en viendrais à me dire qu'il s'agissait de rien du tout, que ce n'était pas une grande affaire ; mais il me fallait un certain délai. Quand on se met à découvrir des choses inattendues concernant une personne aimée disparue depuis un certain temps, cela vous déstabilise. Croyez-moi.

Bill avait détourné les yeux ; il me regarda de nouveau. Il avait l'air à la fois tout à fait sérieux et — je l'aurais juré — un peu effrayé.

« Elle a posé des questions sur le petit Kerry Auster, et c'est un bon exemple de ce que je veux dire, question orteils sensibles. Ce n'est pas un truc pour mettre dans les journaux ou dans les magazines. Normal a pété les plombs, c'est tout. Personne ne sait pourquoi. Ça a été une tragédie terrible, absurde, et il y a encore des gens que cela pourrait blesser. Dans les petites villes, les choses sont plus ou moins reliées, sous la surface... »

Oui, comme des câbles qu'on n'arrive pas à distinguer nettement.

« ... et le passé meurt lentement. Sara et les autres, c'est un peu différent. Ils étaient juste des... des vagabonds... venus d'ailleurs. Johanna aurait pu s'en tenir à cette histoire et il n'y aurait pas eu de problème. Pour ce que j'en sais, d'ailleurs, c'est peut-être ce qu'elle a fait. Car je n'ai jamais vu nulle part une ligne de ce qu'elle a écrit. Si tant est qu'elle ait écrit quelque chose. »

Sur ce point il disait vrai, me semblait-il. Mais il y avait autre chose que je savais, et que je savais avec autant de certitude que j'avais su que Mattie portait un short blanc la fois où, profitant de son jour de congé, elle m'avait appelé. *Sara et les autres étaient juste des vagabonds venus d'ailleurs,* avait dit Bill, mais il avait hésité en formulant sa phrase, substituant le terme *vagabond* à celui qui lui était naturellement venu à l'esprit. Et ce terme était *nègres. Sara et les autres étaient juste des nègres venus d'ailleurs.*

Brusquement, me revint à l'esprit une ancienne histoire de Ray Bradbury, « Mars is Heaven[1] ». Les premiers voyageurs de l'espace, en arrivant sur Mars, découvrent qu'ils sont à Green Town, dans l'Illinois, et que leurs amis et leurs parents sont tous ici. Sauf qu'amis et parents sont en réalité des extraterrestres monstrueux et que, pendant la nuit, alors que les astronautes dorment dans les lits de leurs ascendants morts depuis longtemps, en un lieu qui ne peut être que le paradis, ils sont tous massacrés jusqu'au dernier.

« Dites-moi, Bill, vous êtes sûr qu'elle est venue plusieurs fois ici, en dehors de l'été ?

— Tout à fait sûr. Assez souvent, même. Une bonne douzaine de fois, sinon plus. Juste pour la journée.

— Vous n'avez jamais vu un type avec elle ? Un homme corpulent, aux cheveux noirs ? »

Il réfléchit. Je m'efforçais de respirer normalement. Finalement il secoua la tête. « Les quelques fois où je l'ai vue, elle était seule. Mais je ne l'ai pas rencontrée à chacune de ses visites. Il arrivait que j'entende dire qu'on l'avait vue alors qu'elle était déjà repartie. Par exemple, je l'ai vue en juin 94, qui roulait en direction de Halo Bay dans sa petite voiture. Elle m'a fait bonjour, je lui ai fait bonjour. Suis passé plus tard à Sara Laughs pour voir si elle avait pas besoin de quelque chose, elle n'y était déjà plus. Je ne l'ai pas revue. Lorsqu'elle est morte, l'été suivant, ç'a été un choc, pour Yvette et moi. »

Quelle que fût la chose qu'elle cherchait, elle n'a jamais rien dû écrire sur le sujet. J'aurais trouvé le manuscrit.

Était-ce si sûr ? Elle était venue souvent ici sans

---

1. « La troisième expédition », in *Chroniques martiennes*, trad. Robillot, Denoël, 1955 (*N.d.T.*).

chercher, apparemment, à le faire en cachette ; une fois, même, en compagnie d'un homme étrange. Et c'était accidentellement que je l'avais appris.

« C'est dur d'en parler, mais vu qu'on a commencé à se raconter des choses pas drôles, autant continuer jusqu'au bout. Quand on vit dans le TR, c'est comme lorsqu'on couchait, quand on était gosses, à quatre ou cinq dans un lit, en janvier, parce qu'il gelait à pierre fendre. Si tout le monde est bien tranquille, tout se passe bien. Mais s'il y en a un seul qui s'agite et se tourne dans tous les sens, personne ne peut dormir. Voilà comment les gens voient les choses. »

Il attendit pour voir comment j'allais réagir. Lorsque presque vingt secondes furent passées sans que j'aie lâché un mot (Harold Oblowski aurait été fier de moi), il se dandina sur place et continua.

« Il y a des gens, par ici, qui ne comprennent pas très bien l'intérêt que vous portez à Mattie Devory, par exemple. Ce n'est pas que je prétends qu'il y a quelque chose entre vous, même s'il y en a qui le disent, mais si vous voulez rester dans le TR, vous ne vous facilitez pas les choses.

— Pourquoi ?

— Ça revient à ce que je vous ai dit il y a une semaine. C'est une source d'ennuis.

— Si je m'en souviens bien, Bill, vous m'avez déclaré exactement qu'elle *avait* des ennuis. Et c'est le cas. J'essaie de l'aider à en sortir. C'est la seule chose qu'il y ait entre nous.

— Il me semble me rappeler aussi vous avoir dit que Max Devory était cinglé. Si vous le rendez fou furieux, c'est tout le monde qui en supportera les conséquences. » Le tuyau tressauta et la pompe s'arrêta. Il remit l'ajutage en place, puis soupira, leva les mains, les laissa retomber. « Vous croyez que ça m'est facile de vous dire cela ?

— Vous croyez que c'est facile pour moi de l'entendre ?

— Très bien, d'accord, on est dans le même bateau. Mais Mattie Devory n'est pas la seule, dans le TR, à vivre avec quatre sous. Il y en a d'autres qui ont des problèmes, vous savez. Vous devez bien comprendre ça, non ? »

Sans doute vit-il que je comprenais trop de choses et trop bien, car ses épaules s'affaissèrent.

« Si ce que vous me demandez c'est de me retirer et de laisser Devory prendre le bébé de Mattie sans me battre, vous perdez votre temps, Bill. J'espère bien qu'il ne s'agit pas de cela. Car je crois que je me sentirais obligé de rompre toute relation avec un homme capable de demander une chose pareille à un autre.

— Je ne vous le demanderais pas à présent, de toute façon, dit-il, de son accent tellement marqué qu'il en avait un côté méprisant. Ce serait trop tard, n'est-ce pas ? » Puis, de manière inattendue, il se radoucit. « Bon Dieu, mon vieux, c'est pour vous que je me fais du mouron. Que les autres aillent se faire pendre ailleurs. Là où les corbeaux pourront les becqueter. » Il mentait à nouveau, mais cette fois-ci sans que cela m'affecte, car j'avais l'impression qu'il se mentait à lui-même. « Il faut bien qu'on vous mette en garde, cependant. Quand je vous ai dit que Devory était cinglé, ce n'était pas une façon de parler. Ne vous imaginez pas que c'est la loi qui va l'arrêter, si la loi ne peut pas lui donner ce qu'il veut. Trois homme sont morts en combattant les incendies, en 1933. De braves types. L'un d'eux était de ma famille. Les feux ont détruit la moitié du foutu comté et ils avaient été allumés par Max Devory. Son cadeau de départ au TR. Ça n'a jamais pu être prouvé, mais c'est lui qui l'a fait. À l'époque, il n'avait pas vingt ans et il était sans le sou. La loi, il la mettait déjà dans sa poche avec son mouchoir par-dessus. D'après vous, qu'est-ce qu'il serait capable de faire, aujourd'hui ? »

Il m'observa d'un regard inquisiteur. Je ne répondis rien.

Bill acquiesça comme si j'avais parlé. « Pensez-y. Et rappelez-vous ceci, Mike : il faut vraiment que je sois inquiet pour votre compte, pour que je vous parle aussi directement que je l'ai fait.

— À quel point, directement, Bill ? » J'avais vaguement conscience de la présence d'un touriste descendu de sa Volvo et qui se dirigeait vers le magasin en nous regardant avec curiosité ; lorsque je repassai la scène dans ma tête, plus tard, je me rendis compte que nous avions eu l'air, probablement, de deux types sur le point d'en venir aux mains. Je me souviens d'avoir eu envie de pleurer de tristesse et d'incrédulité, ainsi que d'un sentiment mal défini d'avoir été trahi, mais aussi d'avoir été furieux contre ce vieil homme dégingandé, avec son tricot de peau en coton impeccablement blanc et son jeu complet de fausses dents. Si bien que nous étions presque à deux doigts de nous battre, sans que je m'en sois rendu compte sur le moment.

« Aussi directement qu'il m'a été possible, répondit-il en se tournant pour aller payer.

— Ma maison est hantée. »

Il s'arrêta, continuant de me montrer son dos, les épaules rentrées comme pour absorber un coup. Puis il fit lentement demi-tour. « Sara Laughs a toujours été hantée, Mike. Vous les avez réveillés. Vous devriez peut-être repartir pour Derry et les laisser se calmer. Je me demande si ce ne serait pas mieux. » Il se tut un instant, comme s'il se répétait ses deux dernières phrases pour voir s'il était d'accord avec, puis acquiesça. « Ouais, je crois que ce serait la meilleure solution. »

De retour à Sara Laughs, je passai un premier coup de fil à Ward Hankins. Puis je finis par me résoudre à appeler Bonnie Amudson. Quelque chose en moi aurait bien aimé qu'elle ne soit pas dans son agence de voyages d'Augusta, dont elle était propriétaire pour moitié, mais elle y était. J'étais encore en train de parler avec elle que déjà le fax recrachait des photocopies faites à partir des agendas de Johanna. Sur le premier, Ward avait griffonné : *J'espère que ça vous aidera.*

Je n'avais pas préparé ce que j'allais raconter à Bonnie. Quelque chose me disait que c'était la meilleure façon de courir au désastre. Je lui déclarai que Johanna avait écrit un article — ou une série d'articles — sur le patelin où nous passions nos vacances, et qu'apparemment certains des indigènes n'avaient pas trop apprécié sa curiosité. Quelques-uns en gardaient encore un certain ressentiment. Lui en avait-elle jamais parlé ? Ne lui aurait-elle pas montré un brouillon, par hasard ?

Bonnie parut sincèrement étonnée lorsqu'elle me répondit que non. « Elle me montrait souvent ses photos, et davantage d'échantillons d'herbe que j'avais envie d'en voir, pour tout dire, mais elle ne m'a jamais fait lire quoi que ce soit qu'elle aurait écrit. En fait, je me rappelle même l'avoir entendue dire, une fois, qu'elle avait décidé de vous abandonner le domaine de l'écriture et de se contenter...

— De grappiller un peu dans tout le reste, c'est ça ?

— Exactement. »

Le moment me semblait venu de mettre un terme à la conversation, mais les types du sous-sol ne paraissaient pas du même avis. « Voyait-elle quelqu'un, Bonnie ? »

Silence. D'une main qui me semblait située à un kilomètre, je retirai les fax du panier. Il y en avait dix. De novembre 1993 à août 1994. Avec des notes de l'écriture appliquée de Johanna. Possédions-nous seulement un fax, avant sa mort ? Je ne m'en souvenais pas. Il y avait tant de choses, bordel, dont je ne me souvenais pas !

« Bonnie ? Si vous savez quelque chose, il faut me le dire, je vous en prie. Jo est morte, mais pas moi. Je peux lui pardonner s'il le faut, mais je ne peux pas pardonner ce que je ne comp...

— Je suis désolée, dit-elle, partant d'un petit rire nerveux. C'est simplement que je n'avais pas compris, quand vous avez demandé si elle voyait quelqu'un. C'était si... si étranger à Jo... à la Jo que je connaissais... que je n'arrivais pas à voir de quoi vous vouliez parler. J'ai tout d'abord pensé à un psy, mais ce n'était pas ça, hein ? Ce que vous avez voulu dire, c'est voir un type... sortir avec lui ? Un petit ami ?

— Oui, c'est ce que j'ai voulu dire. » En même temps, je passais en revue les pages d'agenda faxées ; ma main n'était toujours pas à la bonne distance de mon œil mais elle se rapprochait, elle se rapprochait. J'éprouvais du soulagement, devant la sincère stupéfaction que traduisait la voix de Bonnie, mais pas autant que je l'avais espéré. Parce que je savais déjà. Je n'avais même pas eu besoin, en fait, de la femme protestant de sa sincérité dans cette vieille série intitulée *Perry Mason* — pas vraiment. C'était de Johanna que nous parlions, après tout. De Johanna.

Bonnie disait quelque chose, très doucement, comme si j'étais devenu fou. « Elle vous aimait, Mike. C'était *vous* qu'elle aimait.

— Oui, je suppose que oui. » D'après les pages de l'agenda, Johanna avait été très occupée. Très affairée. Les SP, les Soupes populaires du Maine... WomShel, un réseau de refuges pour femmes battues inter-comtés... TeenShel, la même chose pour des adolescents... les Amis des Bibliothèques du Maine... Elle participait à deux ou trois réunions par mois — à deux ou trois par semaine, parfois — et je m'en étais à peine rendu compte. Trop occupé, sans doute, par les dangers que couraient mes héroïnes. « Je l'aimais aussi, Bonnie, mais il se mijotait quelque chose, au cours des dix derniers mois de sa vie. N'a-t-elle jamais fait allusion à quoi que ce soit, pendant vos longs déplacements, lorsque vous alliez à vos réunions des Soupes populaires ou des Amis des Bibliothèques du Maine ? »

Nouveau silence à l'autre bout du fil.

« Bonnie ? »

J'écartai le téléphone de mon oreille pour vérifier si le signal BATTERIE DÉCHARGÉE ne s'était pas allumé, mais il m'en parvint un couinement — mon nom.

« Bonnie ? Qu'est-ce qu'il y a, Bonnie ?

— Il n'y a eu aucun long déplacement pendant ces neuf ou dix derniers mois. Nous nous sommes téléphoné et je me souviens que nous nous sommes retrouvées une fois à Waterville pour déjeuner, mais il n'y a eu aucun long déplacement. Elle avait démissionné. »

Je parcourus de nouveau les pages d'agenda. Partout, des dates de réunion notées de la main même de Johanna. Y compris des Soupes populaires du Maine.

« Je ne comprends pas. Elle avait démissionné du conseil d'administration des SP ? »

Encore un silence, que Bonnie rompit en pesant ses mots. « Non, Mike. Elle avait démissionné de partout. Elle a arrêté de siéger aux Woman Shelters et aux Teen Shelters vers la fin 93, à l'époque où son mandat s'achevait. Les deux autres, Soup Kitchens et Friends of Maine Libraries... elle en avait démissionné en octobre ou novembre 93. »

Or des réunions étaient notées sur toutes les feuilles que m'avait envoyées Ward. Des douzaines de réunions. Des réunions dans des conseils d'administration où elle ne siégeait plus. Elle était donc venue ici. À chaque fois qu'elle s'était rendue à ses soi-disant réunions, elle était venue dans le TR. J'aurais parié ma tête là-dessus.

Oui, mais pour quelle raison ?

398

Devory était fou, vraiment fou, aussi fou que le chapelier d'*Alice*, et il n'aurait pu me cueillir à un pire moment : jamais je n'avais été aussi faible, aussi terrifié. Et j'ai la conviction que ce qui se produisit par la suite avait été plus ou moins prédéterminé. Entre notre confrontation et la terrible tempête dont on parle encore dans la région, les événements s'enchaînèrent comme dans une avalanche.

Je me sentis très bien pendant le reste de l'après-midi de vendredi ; ma conversation avec Bonnie laissait certes beaucoup de questions en suspens, mais elle n'en avait pas moins eu un effet tonique. Je me préparai une poêlée de légumes (histoire d'expier mes dernières orgies de cholestérol au Village Cafe) que je mangeai en regardant les informations du soir. Le soleil descendait vers les montagnes, de l'autre côté du lac, et inondait la salle de séjour de ses rayons dorés. Lorsque le présentateur, Tom Brokaw, ferma boutique, je décidai de faire une petite balade en empruntant la Rue en direction du nord ; je pouvais aller aussi loin que je voulais et revenir néanmoins sans problème, même dans le noir. J'en profiterais pour réfléchir aux choses que Bill Dean et Bonnie Amundson m'avaient dites. J'utiliserais la même technique, en somme, que celle que j'employais parfois pour résoudre les problèmes d'intrigue que me posait un livre en cours.

Je descendis donc l'escalier en traverses, me sentant toujours parfaitement bien (les idées confuses, mais bien) et, arrivé à la Rue, m'arrêtai pour observer la Dame Verte. Même sous l'éclairage direct et intense du soleil couchant, j'avais du mal à ne voir en elle que ce qu'elle était : un simple bouleau derrière lequel un pin à moitié mort tendait une branche qui lui faisait un bras. On aurait cru que la Dame Verte me disait : *Pars pour le nord, jeune homme, pars pour le nord !* Bon, je n'étais plus exactement un jeune homme, mais je pouvais partir vers le nord. Au moins le temps d'une promenade.

Je ne me décidai cependant pas tout de suite, scrutant, un peu anxieux, le visage que je devinais dans le buisson, n'aimant pas trop la manière dont les petites bouffées de brise paraissaient faire ricaner ce qui avait presque l'apparence d'une bouche. Je crois que c'est à ce moment-là que j'ai commencé à me sentir un peu moins bien, mais j'étais trop préoccupé pour m'en rendre compte. Je pris donc la direction du nord, me demandant ce que Johanna avait bien pu écrire ; car j'en étais au stade où je commençais à croire qu'elle avait peut-être écrit quelque chose, en fin de compte. Sinon, pourquoi aurais-je retrouvé ma vieille machine à écrire dans son atelier ? J'allais fouiller la pièce. La fouiller de fond en comble, et...

aide le noyé

La voix provenait du bois, de l'eau, de moi-même. Telle une lame de fond, une onde d'étourdissement me traversa la tête, balayant et dispersant mes pensées comme feuilles au vent. Je m'immobilisai. Tout d'un coup, je me sentis mal, totalement désespéré, comme jamais je ne m'étais senti de ma vie. Ma poitrine était serrée. Mon estomac se repliait sur lui-même comme une sensitive. Mes yeux se remplirent d'une eau glacée qui n'avait rien à voir avec des larmes, et je sus ce qui allait arriver. *Non*, essayai-je de dire, mais rien ne sortit de ma bouche.

Au lieu de cela, elle se remplit du goût froid de l'eau du lac, de tous ces minéraux sombres qu'elle contient ; les arbres se mirent brusquement à ondoyer devant mes yeux comme si je les regardais à travers un liquide clair, tandis que la pression sur ma poitrine se localisait, effrayante, et prenait la forme de mains. Des mains qui me clouaient sur place.

« Est-ce qu'il ne va pas arrêter de faire ça ? » demanda quelqu'un — s'écria quelqu'un, plutôt. En dehors de moi, il n'y avait personne sur la Rue, et cependant j'entendais distinctement cette voix. « Est-ce qu'il ne va pas arrêter un jour de faire ça ? »

Puis ce ne fut plus une voix venue de l'extérieur mais des pensées ne m'appartenant pas qui s'agitèrent dans ma tête. Elles battaient contre les parois de mon crâne comme des papillons de nuit pris dans un abat-jour... ou dans une lanterne japonaise.

aide je suis noyé

   aide je suis noyé

      homme casquette bleue dit j'taurai

         homme casquette bleue dit il m'laissera pas jacter

      aide je suis noyé

      perdu mes mûres sur le chemin

     lui me tient

        son visage brouillé méchant

   lâche-moi lâche-moi oh mon Dieu lâche-moi

   dites pouce je vous en prie dites pouce

  POUCE *allez-vous-en arrêtez,* POUCE

elle crie mon nom

elle le crie si FORT

Je me pliai en deux, pris d'une intense panique, ouvris la bouche et de mes lèvres écartées, distendues, jaillit un flot glacé de...

De rien du tout.

L'horreur du moment passa et ne passa pas. J'avais encore l'estomac affreusement à l'envers, comme si j'avais mangé quelque chose que mon organisme ne pouvait que rejeter violemment, par exemple de la poudre antifourmi ou un champignon vénéneux, du genre de ceux qui étaient encadrés de rouge dans le guide de Johanna. J'avançai d'une demi-douzaine de pas vacillants, m'étouffant à sec, la gorge encore convaincue qu'elle débordait d'eau. Il y avait un autre bouleau sur la partie de la rive donnant à pic sur le lac, ployant gracieusement son tronc blanc au-dessus de l'eau, comme pour admirer son reflet dans la lumière flatteuse du crépuscule. Je l'étreignis comme un ivrogne étreint un lampadaire.

La pression sur ma poitrine se mit à diminuer, mais elle laissa derrière elle une douleur aussi réelle que la pluie. Je restai adossé à l'arbre, le cœur battant la chamade, et pris soudain conscience que quelque chose empestait l'air — une odeur diabolique, polluée, pire que celle d'une fosse septique obstruée qui aurait mijoté tout un été sous un soleil brûlant. Puanteur accompagnée de la sensation qu'elle émanait d'une présence hideuse, de quelque chose qui aurait dû être mort et ne l'était pas.

Oh, arrête, pouce, pouce, je ferai n'importe quoi mais arrête, essayai-je de dire, mais je n'arrivais toujours pas à émettre le moindre son. Puis tout disparut. Je ne sentais rien d'autre que les odeurs qui montaient du lac et des bois... mais je voyais quelque chose, cependant : un noyé, un petit garçon à la peau sombre flottant sur le dos. Il avait les joues boursouflées. La bouche ouverte, relâchée. Les yeux aussi blancs que ceux d'une statue.

Ma bouche s'emplit de nouveau du goût métallique impitoyable du lac. *Aide-moi, laisse-moi remonter, aide-moi, je me noie, Seigneur Jésus, laisse-moi remonter*. Je me penchai, hurlant dans ma tête, hurlant devant ce visage mort, puis je me rendis compte que c'était moi que je regardais, qu'à travers les miroitements roses du soleil couchant, ce visage contemplait un homme blanc en jean et polo vert agrippé à un bouleau agité de frémissements, essayant de hurler, visage liquide en mouvement, les yeux un instant brouillés par le passage d'une petite perche poursuivant un insecte appétissant, j'étais en même temps le petit garçon à la peau sombre et l'homme blanc, se noyant dans l'eau et se noyant dans l'air, si c'est vrai, si c'est ce qui arrive, un coup pour oui, deux coups pour non.

Je ne rejetai qu'un minuscule crachat et, sous mes yeux incrédules, un poisson sauta pour l'attraper. Ils se

402

jettent sur n'importe quoi au coucher du soleil ; il doit y avoir quelque chose, dans cette lumière déclinante, qui les rend fous. Le poisson retomba dans l'eau à environ deux mètres de la rive, créant une vaguelette argentée circulaire, et tout disparut — le goût dans ma bouche, l'odeur épouvantable, le visage de noyé scintillant du petit nègre — un nègre, c'est ainsi qu'il se serait lui-même désigné — dont le nom devait certainement avoir été Tidwell.

Je regardai à ma droite et vis le front grisâtre d'un rocher dépassant de l'humus. *C'est là, exactement là,* me dis-je ; et comme pour m'en donner confirmation, une horrible bouffée putride me fut soufflée au visage, paraissant monter du sol.

Je fermai les yeux, toujours agrippé au bouleau comme si ma vie en dépendait, me sentant affaibli, nauséeux et malade ; c'est à ce moment-là que Max Devory, le fou furieux, éleva la voix dans mon dos. « Hé, dites-moi, monsieur le maquereau, où est votre pute ? »

Je me tournai et il était là, Rogette Whitmore à côté de lui. Ce fut la seule fois que je le rencontrai mais cela me suffit. Croyez-moi, une fois suffisait amplement.

Son fauteuil roulant, à la vérité, n'avait pas grand-chose d'un fauteuil roulant. On aurait dit le croisement d'une moto à side-car avec un véhicule d'exploration lunaire. Six roues chromées de chaque côté. Des roues plus grandes — quatre en tout, me sembla-t-il — étaient montées à l'arrière. Elles paraissaient toutes être à des niveaux légèrement différents et je compris que chacune disposait de son propre système de suspension. Devory aurait pu cheminer sur un terrain bien plus accidenté que la Rue sans en être incommodé. Le compartiment fermé destiné au moteur était situé au-dessus des roues arrière. Les jambes du vieillard disparaissaient dans une nacelle en fibre de verre, noire à raies rouges, décoration qu'on aurait très bien vue sur une voiture de course. Au milieu du véhicule, il y avait un gadget qui me fit penser à ma parabole pour satellite... sans doute un système de guidage commandé par ordinateur. Voire même un pilote automatique. Les appuis-bras étaient larges et couverts de manettes. Une bouteille d'oxygène de plus d'un mètre de long était logée sur la gauche de cet engin ; un tuyau en partait, relié à un tube-accordéon en plastique transparent, lui-même fixé à un masque posé sur les genoux de Devory. Le masque me rappela un peu le Stenomask du vieux pilote. Étant donné ce qui venait de se produire, j'aurais pu considérer que cette apparition à la Tom Clancy était une hallucination, s'il n'y avait eu sur la nacelle un autocollant vantant les mérites des Dodgers.

Ce soir-là, la femme que j'avais déjà vue au Warrington's devant le Sunset Bar portait une blouse blanche à manches longues et des pantalons noirs, des fuseaux si étroits qu'on aurait dit que ses jambes étaient deux épées dans leur fourreau. Son visage mince et ses joues creuses la faisaient plus que jamais ressembler à la hurleuse d'Edvard Munch. Ses cheveux blancs lui entouraient le visage comme un capuchon aplati. Son rouge à lèvres était si éclatant qu'on avait l'impression qu'elle saignait de la bouche.

Vieille et laide, cette femme était cependant une beauté, comparée au beau-père de Mattie. Maigre à faire peur, les lèvres bleues, la peau d'une nuance de violet tirant sur le noir autour des yeux et aux commissures des lèvres, il avait l'air du genre de truc que les archéologues trouvent dans les chambres mortuaires des pyramides, entouré de ses femmes et de ses animaux favoris momifiés, orné de ses bijoux préférés. Quelques rares mèches de cheveux blancs s'accrochaient encore à son cuir chevelu écailleux ; des touffes de poils surgissaient de ses énormes oreilles, lesquelles donnaient l'impression de sculptures en cire qu'on aurait partiellement laissé fondre au soleil. Il portait un large pantalon en coton blanc et une ample chemise bleue. Ajoutez à cela un petit béret noir, et il aurait pu avoir l'air d'un artiste français du siècle dernier à la fin d'une très longue vie.

En travers de ses genoux était posée une canne en bois noir. Elle se terminait par une poignée de bicyclette en caoutchouc rouge vif. Les doigts qui s'y agrippaient paraissaient avoir de la force, mais ils prenaient la nuance noire de la canne. Sa circulation sanguine se dégradait, et je préférai ne pas imaginer de quoi ses pieds et ses jambes avaient l'air.

« La pute a fichu le camp et vous a planté là, c'est ça ? »

Je voulus dire quelque chose. Je ne réussis à émettre qu'un croassement. Je me tenais toujours au bouleau ; je le lâchai et tentai de me redresser, mais j'avais encore les jambes en coton et je dus de nouveau m'y adosser.

Devory appuya sur une manette argentée et le fauteuil avança de quelques mètres, divisant par deux la distance qui nous séparait. Le véhicule, qui émettait un susurrement soyeux, avait quelque chose de diaboliquement magique dans sa manière de se déplacer — comme un tapis volant. Ses nombreuses roues s'adaptaient au terrain indépendamment les unes des autres et lançaient des éclairs, reflets du soleil couchant tirant maintenant sur le rouge. Je ressentis ce qu'était cet homme, tandis qu'il se rapprochait de moi. Son corps pouvait bien se décomposer sous lui, il n'en émanait pas moins une force indéniable, intimidante, comme celle d'une tempête électrique. La femme suivit le mouvement, me regardant en silence, l'air amusé. Elle avait les yeux rosâtres ; je supposai sur le coup qu'ils étaient gris et avaient pris cette nuance à cause du soleil couchant, mais je pense maintenant qu'elle était en réalité albinos.

« J'ai toujours bien aimé les morues, dit-il en étirant

le mot, qui devint presque *m'horrreu*. N'est-ce pas, Rogette ?

— Oui, monsieur. Pourvu qu'elles restent à leur place.

— Et parfois leur place est sur ma figure ! s'exclama-t-il avec une sorte de désinvolture démente, comme si la Whitmore venait de le contredire. Où est-elle, jeune homme ? Sur quelle figure est-elle assise, en ce moment, je me le demande ! Sur celle de ce brillant petit avocat que vous vous êtes trouvé ? Oh, je sais tout de lui, jusqu'au blâme dont il a fait l'objet lorsqu'il était en troisième année de droit. C'est mon métier de savoir les choses. C'est même le secret de mon succès. »

Faisant un énorme effort, je me redressai. « Qu'est-ce que vous fichez ici ?

— Je fais ma promenade de santé, comme vous. Ce n'est pas interdit par la loi, que je sache ! La Rue appartient à tous ceux qui ont envie de l'utiliser. Cela ne fait pas longtemps que vous êtes ici, monsieur le jeune maquereau, mais assez tout de même pour le savoir. C'est notre version locale du pré communal. C'est l'endroit où les chiens bien dressés et les bâtards errants peuvent marcher côte à côte. »

Utilisant toujours la main qui n'agrippait pas la poignée de bicyclette, il prit le masque à oxygène, inspira profondément et le laissa retomber sur ses genoux. Il sourit, d'un immonde sourire de complicité qui révéla des gencives couleur de teinture d'iode.

« Elle est bonne au lit, cette petite *m'horrreu* ? Ça doit, pour avoir gardé mon fils prisonnier dans cette saleté de caravane où elle habite. Et voilà que vous rappliquez alors que les vers n'ont même pas fini de ronger les yeux de mon fils. C'est bon, de lui brouter la chatte ?

— Fermez-la. »

Rogette Whitmore renversa la tête en arrière et éclata de rire. On aurait dit les couinements d'un lapin dans les serres d'un hibou, et je sentis ma peau se hérisser. Il me vint à l'esprit qu'elle devait être aussi cinglée que lui. Grâce au ciel, ils étaient vieux. « Vous avez visé juste, Max, dit-elle.

— Qu'est-ce que vous voulez ? » Je pris une profonde inspiration... et aspirai une nouvelle bouffée putride. Je m'étouffai, m'étranglai à nouveau, sans pouvoir résister.

Devory se redressa dans son fauteuil et inspira profondément, comme pour se ficher de moi. En cet instant, il me fit penser à Robert Duvall, dans *Apocalypse Now*, allant et venant sur la plage en disant au monde entier à quel point il aimait l'odeur du napalm, le matin. Son sourire s'élargit. « Ravissant endroit ici, n'est-ce pas ? Le lieu idéal pour venir méditer — qu'en dites-vous ? » Il regarda autour de lui. « C'est bien ici que c'est arrivé, exact.

— Que le petit garçon s'est noyé. »

J'eus l'impression que le sourire de Rogette Whitmore avait un instant de flottement. Pas celui de Devory. Il agrippa son masque à oxygène transparent d'une main de vieillard qui serre trop, avec des doigts qui griffent plus qu'ils ne saisissent. On voyait de petites bulles de mucus collées au plastique. Il aspira de nouveau profondément et reposa le masque.

« Au moins trente personnes se sont noyées dans ce lac, et encore, ce ne sont que les cas connus, dit-il. Un garçon de plus ou de moins, quelle différence ?

— Je ne comprends pas. Deux jeunes Tidwell seraient donc morts ici ? Celui qui a eu la gangrène et celui...

— Vous souciez-vous de votre âme, Mr Noonan ? De votre âme immortelle ? Le papillon de Dieu pris dans un cocon de chair qui bientôt puera autant que le mien ? »

Je ne répondis rien. L'étrangeté de ce qui s'était passé avant son arrivée s'atténuait. Remplacée par son incroyable magnétisme personnel. Jamais de ma vie je

407

n'avais ressenti autant de force brute. Elle n'avait rien de surnaturel, et *brute* est un adjectif qui convient parfaitement. J'aurais pu m'enfuir. En d'autres circonstances, il est évident que je l'aurais fait. Ce n'est en tout cas pas le courage qui me fit rester ; j'avais encore les jambes en coton et je redoutais de tomber.

« Je vais vous donner une chance de sauver votre âme, reprit Devory, brandissant un index osseux pour bien illustrer le concept. Allez-vous-en, monsieur le maquereau. Tout de suite, dans les vêtements que vous portez. Ne prenez pas la peine de faire votre valise, ne prenez même pas le temps de vérifier si vous avez coupé le gaz. Partez. Laissez la morue et sa morette.

— Que je *vous* les laisse, c'est ça ?

— Exact, que vous me les laissiez. Je ferai tout le nécessaire. Les âmes, c'est réservé aux diplômés ès lettres, Noonan. Moi, j'étais ingénieur.

— Allez vous faire foutre. »

Rogette Whitmore lança de nouveau son couinement de lapin piégé.

Le vieillard, tête inclinée, m'adressait son sourire bilieux, l'air d'être sorti d'entre les morts. « Êtes-vous sûr que vous voulez jouer ce rôle, Noonan ? Peu importe pour elle, vous savez. Vous ou moi, ça revient au même à ses yeux.

— J'ignore de quoi vous parlez. » Je pris une autre profonde inspiration, et cette fois-ci l'air avait son odeur habituelle. Je m'éloignai d'un pas du bouleau ; mes jambes me portaient normalement. « Et je m'en fiche. Vous n'aurez jamais Kyra. Jamais, dans ce qui vous reste de misérable vie à vivre. Je ne le verrai jamais se produire.

— Mon vieux, vous verrez plein de choses, répliqua-t-il en exhibant à nouveau ses gencives violacées. Avant la fin du mois de juillet, vous en aurez sans aucun doute tellement vu que vous regretterez de ne pas vous être plutôt crevé les yeux en juin.

— Je retourne chez moi. Laissez-moi passer.

« — Eh bien, rentrez chez vous, je ne peux pas vous en empêcher, n'est-ce pas ? La Rue appartient à tout le monde. » Il saisit une fois de plus son masque à oxygène et aspira une bonne bouffée. Après l'avoir laissé retomber sur ses genoux, il posa la main gauche sur le bras de son fauteuil à la Buck Rogers.

Je m'avançai vers lui lorsque, me prenant presque par surprise, il jeta le fauteuil roulant sur moi. Il aurait pu me renverser et me faire très mal — me casser une jambe, sinon les deux, j'en suis certain — mais il s'arrêta juste à temps. Je fis un bond en arrière — parce qu'il le voulut bien. La Whitmore riait encore.

« Qu'est-ce qui ne va pas, Noonan ?

— Sortez de mon chemin. Je vous avertis.

— La morue vous rend nerveux, c'est ça ? »

Je m'élançai sur la gauche, avec l'intention de le contourner par ce côté, mais en un éclair il avait fait pivoter son fauteuil et était venu me couper le chemin.

« Fichez-le camp du TR, Noonan. C'est un bon conseil que je vous... »

Je me précipitai sur la droite, autrement dit du côté du lac, cette fois, et je l'aurais évité facilement, sans le poing, très petit et très dur, qui m'atteignit au côté du visage. La garce aux cheveux blancs portait une bague dont la pierre m'entailla douloureusement la peau, derrière l'oreille. Je sentis la chaleur du sang qui coulait. Je pivotai sur place et la repoussai des deux mains. Elle tomba sur les aiguilles de pin qui tapissaient le chemin avec un couinement de surprise scandalisé. Au même instant, quelque chose me frappa à l'arrière du crâne. Une lueur orangée m'aveugla momentanément. Je partis à reculons, moulinant des bras pour ne pas perdre l'équilibre, comme au ralenti, et Devory entra de nouveau dans mon champ de vision. Il se tenait tourné dans son siège, la mâchoire en avant sous son crâne écailleux, la canne avec laquelle il m'avait frappé encore brandie. Je crois que s'il avait eu dix ans de moins, il m'aurait fracturé l'occiput au lieu de provoquer un éblouissement passager.

Je me heurtai à mon vieux copain le bouleau. Portant la main à mon oreille, je vis, incrédule, du sang qui me barbouillait le bout des doigts. Le coup de canne me laissait une sensation de douleur très vive à l'arrière de la tête.

Rogette Whitmore se relevait comme elle pouvait, chassant de la main les aiguilles de pin sur son pantalon ; elle me regardait avec un sourire où il n'y avait que de la fureur. Ses joues avaient légèrement rosi, ses lèvres trop rouges s'étiraient sur de petites dents. Dans la lumière du couchant, ses yeux paraissaient brûler.

« Sortez de mon chemin, dis-je, d'une voix qui me parut étranglée et faible.

— Non », répondit Devory, posant la canne en travers de la nacelle qui s'incurvait sur le devant de son fauteuil. Je voyais à présent le petit garçon bien déterminé à se procurer le traîneau de son camarade, et peu importait les coupures qu'il s'était faites aux mains. Je le voyais même très bien. « Non, espèce de tapette baiseur de putes. Jamais. »

Il poussa de nouveau la manette argentée et le fauteuil se précipita une fois de plus en silence sur moi. Serais-je resté où je me trouvais, qu'il m'aurait embroché de sa canne aussi sûrement que les méchants ducs se font embrocher dans un roman d'Alexandre Dumas. Sans doute se serait-il aussi broyé les os de la main droite et déboîté le bras dans la collision, tant il était fragile, mais cet homme ne s'était jamais soucié de ces détails ; ces calculs mesquins n'étaient bons que pour les minables. Si j'avais hésité, du fait de mon état de choc ou de mon incrédulité, je suis convaincu qu'il m'aurait tué. Je roulai sur la gauche. Mes tennis glissèrent quelques instants sur la berge couverte d'aiguilles de pin ; puis ils perdirent contact avec le sol. Je tombais.

410

Je touchai l'eau après un plongeon disgracieux, et bien trop près du bord. Mon pied gauche heurta une racine immergée et se tordit. La douleur fut horrible, comme un coup de tonnerre. J'ouvris la bouche pour hurler et l'eau du lac y pénétra — avec son goût froid et métallique, cette fois pour de vrai. Je la recrachai, toussant, éternuant, pataugeant pour m'éloigner de l'endroit où j'avais dégringolé dans l'eau. *Le garçon, le petit garçon s'est noyé ici ! Et s'il m'attrapait et m'entraînait ?*

Je me mis sur le dos, me débattant et toussant de plus belle, conscient du poids de mon jean gorgé d'eau autour de ma taille et de mes jambes, pensant comme un idiot à mon portefeuille — non pas à cause des cartes de crédit ou de mon permis de conduire, mais j'y gardais deux bonnes photos de Johanna et elles allaient être en piteux état.

Je vis que Devory avait bien failli basculer par-dessus la berge, lui aussi, et je crus même un instant qu'il allait me suivre. L'avant de son fauteuil surplombait l'endroit d'où j'avais fait ma chute ; je devinai les courtes traces laissées par mes chaussures de sport, juste à gauche des racines du bouleau. Les roues avant touchaient encore le sol, mais celui-ci s'émiettait sous leur pression et il en partait deux petites avalanches qui dévalaient la pente et tombaient dans l'eau avec de petits *plip-plop*, créant tout un réseau de vaguelettes entrecroisées. Whitmore s'agrippait à l'arrière du fauteuil et tirait dessus, mais il était beaucoup trop lourd pour elle ; si Devory voulait s'en sortir, il ne devait compter que sur lui-même. Debout dans le lac, de l'eau jusqu'à la taille et mes vêtements flottant autour de moi, j'aurais été ravi de le voir passer par-dessus bord.

La griffe violacée de sa main gauche retrouva la manette argentée au bout de plusieurs tentatives. Il la crocheta d'un doigt et la tira en arrière, et le fauteuil s'éloigna de la berge après une dernière avalanche de terre et de cailloux. Rogette Whitmore sauta maladroitement de côté pour qu'il ne lui roule pas sur les pieds.

Devory tripota d'autres boutons, fit pivoter le fauteuil pour se trouver face à l'endroit où je me tenais (soit à un peu plus de deux mètres du bouleau), et l'avança jusqu'au bord de la Rue, tout en restant à distance raisonnable du surplomb. Rogette Whitmore nous tournait le dos et se tenait penchée en avant, le derrière pointant dans ma direction. J'ignore si je me suis demandé ce qu'elle faisait, sur le moment, mais si c'est le cas, j'ai dû penser qu'elle reprenait son souffle.

C'est Devory qui paraissait le plus en forme de nous trois ; il n'eut même pas besoin de prendre une bouffée d'oxygène. La lumière du couchant l'éclairait directement, si bien qu'il ressemblait à une citrouille évidée de Halloween à demi pourrie, qu'on aurait remplie d'essence et incendiée.

« Alors, l'eau est bonne ? » me demanda-t-il. Puis il éclata de rire.

Je regardai autour de moi, espérant voir un couple de promeneurs ou peut-être un pêcheur à la recherche d'un endroit d'où jeter sa ligne une dernière fois avant la nuit... tout en espérant en même temps qu'il n'y aurait personne. J'étais en colère, j'avais mal et j'étais effrayé. Mais surtout, je me sentais ridicule. J'avais été précipité dans le lac par un vieillard impotent... un homme qui avait l'air bien décidé à continuer de me harceler.

Je partis en pataugeant vers ma droite, autrement dit vers le sud et Sara Laughs. J'avais de l'eau jusqu'à la taille ; elle n'était pas très chaude, mais je la trouvais presque rafraîchissante, maintenant que j'y étais habitué. Mes tennis dérapaient sur les rochers et les branches. Ma cheville tordue me faisait encore mal, mais elle arrivait à me soutenir. Rien ne prouvait qu'elle pourrait encore en faire autant une fois que je serais hors de l'eau.

Devory se remit à tripoter les commandes de son

engin ; celui-ci pivota et se mit à rouler le long de la Rue, n'ayant aucun mal à rester à ma hauteur.

« Je n'ai pas fait les présentations convenablement avec Rogette, me lança-t-il. C'était une championne d'athlétisme, pendant ses études, savez-vous. Le soft-ball et le hockey sur gazon étaient ses spécialités et il lui reste encore quelque chose de son ancienne adresse. Veux-tu donner des preuves de ton talent à ce jeune homme, Rogette ? »

Whitmore dépassa le fauteuil roulant par la gauche, si bien qu'elle fut un instant cachée à ma vue. Quand elle réapparut, je n'eus pas de mal à comprendre ce qu'elle tenait à la main. Elle ne s'était pas penchée pour reprendre son souffle.

Souriante, elle s'avança jusqu'à la limite du sur-plomb, le bras gauche replié contre son estomac pour retenir les cailloux qu'elle avait ramassés sur le bord du chemin. Elle en choisit un, de la taille d'une balle de golf, leva le bras et me le lança. Avec force. Il me frôla la tempe gauche avec un sifflement et alla tomber dans l'eau, derrière moi.

« Hé ! » criai-je, davantage surpris qu'effrayé. Même après tout ce qui avait précédé, j'avais du mal à croire que cela arrivait vraiment.

« Qu'est-ce qui ne va pas, Rogette ? demanda Devory sur le ton de la réprimande. Je ne t'ai jamais vue lancer comme une fille. Vise juste ! »

Le deuxième caillou me passa à quatre ou cinq centi-mètres au-dessus de la tête. Le troisième aurait pu me coûter quelques dents, si je ne l'avais pas écarté de la main en poussant un cri où se mêlaient peur et colère ; ce n'est que plus tard que je constatai la présence d'une entaille dans ma paume. Sur le moment, je n'avais conscience que de ce visage souriant et haineux à la fois — le visage d'une femme qui a payé ses deux dollars dans un lancer d'adresse, à la foire, et entend bien repartir avec le gros ours en peluche, même si elle doit pour cela tirer ses balles toute la nuit.

En plus, elle lançait vite. Les cailloux pleuvaient autour de moi, et ceux que je voyais toucher l'eau à ma gauche ou à ma droite soulevaient de petits geysers rougis par le couchant. Je partis en marche arrière, redoutant de lui tourner le dos pour me mettre à nager, redoutant qu'elle en profite pour m'en expédier un particulièrement gros dès que je ne la surveillerais plus. Il fallait cependant que je me mette hors de portée. Devory, lui, riait d'un rire éraillé de vieillard, ses traits en ruine contractés sur eux-mêmes comme ceux d'une poupée de chiffon que l'on aurait piétinée.

Un des cailloux m'atteignit durement à la clavicule avant de rebondir en l'air. La douleur me fit pousser un cri, auquel la Whitmore répondit par un autre, de triomphe celui-ci, comme un karatéka qui vient de réussir un bon coup.

Plus question de battre en retraite en ordre. Je fis demi-tour et nageai vers des eaux plus profondes. C'est à ce moment-là que cette salope m'atteignit à la tête. Les deux premiers cailloux qu'elle me lança, une fois que je lui eus tourné le dos, avaient sans doute pour but d'évaluer la distance. Il y eut une pause, un moment pendant lequel j'eus le temps de me dire *je vais y arriver, je suis hors de portée de...* puis je reçus le coup à l'arrière du crâne. Je le sentis et l'entendis de la même façon, avec une sorte de *clonk !* digne d'une bande dessinée de Batman.

La surface du lac passa de l'orangé éclatant au rouge éclatant, puis à l'écarlate sombre. Vaguement, j'entendais Devory qui gueulait sa satisfaction et l'étrange rire glapissant de Whitmore. Ma bouche se remplit à nouveau de l'eau au goût métallique ; j'étais tellement sonné que je dus faire un effort pour me rappeler qu'il fallait la recracher, et non pas l'avaler. Mes pieds alourdis m'empêchaient de nager ; mes foutues tennis paraissaient peser une tonne. Je voulus les poser sur le fond pour reprendre mon souffle, mais ne le trouvai pas : je n'avais plus pied. Je regardai en direction de

414

la rive. La vue était spectaculaire ; dans le flamboie-ment du soleil couchant, on aurait dit une scène éclai-rée uniquement par des projecteurs rouges ou orangés. J'étais à une dizaine de mètres de la rive, à présent, et Devory et Whitmore me regardaient depuis le bord de la Rue. On aurait dit papy et mamie sur une toile de Grant Wood. Devory utilisait son masque, une fois de plus, mais je voyais qu'il souriait à l'intérieur. Rogette Whitmore souriait, elle aussi.

Une gorgée d'eau m'entra dans la bouche. J'en recrachai l'essentiel, mais en avalai un peu, suffisam-ment pour me faire tousser et presque vomir. Je commençais à couler et me débattis pour remonter à la surface, non pas en nageant, mais avec des mouve-ments violents qui me firent dépenser dix fois l'énergie suffisante pour me maintenir la tête hors de l'eau. J'eus ma première bouffée de panique ; elle vint me titiller avec ses petites dents effilées de rat, grignotant ce qui n'était pour l'instant que simple effarement. Je pris conscience que j'entendais un bourdonnement aigu et doux. Combien de coups ma pauvre tête avait-elle reçus ? Un du poing de Whitmore... un de la canne de Devory... un caillou... ou deux, non ? Bon Dieu, je n'arrivais même plus à m'en souvenir.

Reprends-toi, pour l'amour du ciel, calme-toi ! Tu ne vas tout de même pas le laisser gagner de cette façon ? Tu ne vas pas te noyer comme s'est noyé ce petit garçon ?

Non, pas si je pouvais faire autrement.

Tout en brassant l'eau, je passai ma main gauche sur l'arrière de mon crâne. Juste au-dessus de la nuque, je tombai sur un œuf de belle taille qui gonflait encore. Lorsque mes doigts le touchèrent, la douleur faillit à la fois me faire vomir et me faire perdre connaissance. Des larmes me vinrent aux yeux et roulèrent sur mes joues. Il n'y avait que de légères traces de sang lorsque j'examinai mes doigts, mais il est toujours difficile d'évaluer une blessure ouverte, lorsqu'on est dans l'eau.

« Vous avez tout l'air d'une marmotte surprise par la pluie, Noonan ! » Sa voix me parvenait maintenant comme si elle roulait jusqu'à moi, venant d'une grande distance.

« Allez vous faire foutre ! Je vous ferai mettre en prison pour ça ! »

Il regarda la Whitmore. Elle le regarda avec une expression identique, et ils éclatèrent de rire tous les deux. Si j'avais eu une Uzi à portée de main, à cet instant, je les aurais tués sans hésitation et j'aurais même demandé un deuxième chargeur pour canarder leur cadavre.

Mais sans pistolet mitrailleur à ma disposition, je pris la direction du sud, pataugeant comme un chien. Ils me suivirent par la Rue, lui dans son fauteuil au susurrement soyeux, elle marchant à côté de lui, solennelle comme un pasteur, s'arrêtant ici et là pour ramasser un caillou lui paraissant de la bonne taille.

Je n'avais pas assez nagé pour être fatigué, mais j'étais néanmoins épuisé. Cela devait surtout tenir à mon état de choc, je suppose. Finalement, je voulus prendre une grande respiration au mauvais moment, avalai un peu plus d'eau et paniquai complètement. Je me mis à nager vers la rive, cherchant à atteindre un endroit où j'avais pied. Rogette Whitmore commença aussitôt à m'expédier ses cailloux, utilisant tout d'abord ceux qu'elle tenait sur son bras gauche replié, puis le petit stock qu'elle avait constitué sur les genoux de Devory. Elle s'était échauffée et ne lançait plus comme une fille ; la précision de ses coups était mortelle. Les cailloux pleuvaient autour de moi. J'en repoussai un autre de la main — un gros, qui m'aurait sans aucun doute ouvert le crâne s'il m'avait atteint — mais le suivant me toucha au biceps et y fit une profonde entaille. C'était trop. Je roulai sur moi-même et repartis à la nage au-delà de sa portée, haletant, à bout

416

de souffle, essayant de garder la tête hors de l'eau en dépit de la douleur de plus en plus vive qui montait de ma nuque.

Quand je fus en lieu sûr, je me retournai pour les regarder. Whitmore était descendue jusqu'au bord de l'eau, afin de se rapprocher le plus possible, et de ne pas perdre ne fût-ce qu'un seul centimètre. Devory avait garé son fauteuil juste derrière elle. Ils souriaient tous les deux et ils avaient à présent le visage aussi rouge que deux démons surgis de l'enfer. Ciel rouge du soir, pour le marin espoir... Dans une vingtaine de minutes, il ferait nuit noire. Serais-je capable de garder la tête hors de l'eau pendant encore vingt minutes ? J'avais l'impression que oui, pourvu que je ne panique pas une fois de plus ; mais guère plus longtemps. Je pensais à ce que je ressentirais en me noyant dans l'obscurité, avec pour ultime vision, avant de couler pour de bon, Vénus à l'horizon — et le rat-panique me donna un nouveau coup de dents. Le rat-panique était pire que Rogette et ses cailloux, bien pire.

Mais pas pire que Max Devory.

J'étudiai la Rue dans les deux directions, tous les endroits où elle quittait l'abri des arbres sur quelques mètres ou quelques dizaines de mètres. Peu m'importait de me sentir ridicule, à présent ; cependant, je ne vis personne. Mais, doux Jésus, où étaient-ils donc tous passés ? Tout le monde avait-il rallié le Mountain View de Fryeburg pour une pizza, ou le Village Cafe pour un milk-shake ?

« Qu'est-ce que vous voulez ? lançai-je à Devory. Que j'arrête de m'occuper de vos affaires ? D'accord, j'arrête ! »

Il se contenta de rire.

Je ne m'étais pas attendu à le convaincre. Même si j'avais été sincère, il ne m'aurait pas cru.

« On veut juste savoir combien de temps vous pouvez tenir dans l'eau », dit Whitmore en me lançant un caillou — un long jet paresseux, trop court d'environ deux mètres.

Ils sont décidés à me tuer... tout à fait décidés...

Oui. Et en outre, ils pourraient même échapper à la justice. Une idée folle, à la fois plausible et invraisemblable, me vint à l'esprit. Je m'imaginai Rogette Whitmore agrafant une feuille de papier sur le panneau INFORMATIONS LOCALES, devant le Lakeview General :

À TOUS LES MARTIENS DU TR 90, SALUT !

Mr MAXWELL DEVORY, le Martien préféré de tout un chacun, donnera CENT DOLLARS à chacun des résidents du TR qui n'utilisera pas la Rue dans la soirée du VENDREDI 17 JUILLET, entre DIX-HUIT et VINGT HEURES. Éloignez-en aussi nos AMIS ESTIVANTS ! Et n'oubliez pas : les BONS MARTIENS sont comme les BONS SINGES : Ils ne VOIENT pas le mal, n'ENTENDENT pas le mal, ne RAPPORTENT pas le mal !

Je ne pouvais pas réellement y croire, même dans la situation dans laquelle je me trouvais, et cependant je n'en étais pas loin. À tout le moins, j'étais obligé de lui reconnaître une chance diabolique.

Fatigué. Mes tennis plus lourdes que jamais. J'essayai de me débarrasser de l'une d'elles avec la pointe du pied, mais ne parvins qu'à avaler une nouvelle rasade d'eau. Ils ne bougeaient pas de leur place, Devory se contentant d'aspirer de temps en temps une bouffée revivifiante dans son masque.

Je ne pouvais attendre la nuit. Si le soleil disparaît relativement vite dans cette région du Maine, comme dans toutes les régions montagneuses, je suppose, les crépuscules y sont longs et très progressifs. Le temps qu'il fasse assez noir à l'ouest pour que je puisse me déplacer sans être vu, la lune se serait levée à l'est.

Je me pris à imaginer la notice nécrologique qui me

serait consacrée dans le *New York Times*, et dont le titre serait probablement : UN AUTEUR DE ROMANS POPULAIRES SE NOIE DANS LE MAINE. Debra Weinstock leur fournirait la photo qui devait accompagner mon prochain ouvrage, *Helen's Promise* ; Harold Oblowski dirait toutes les choses qu'on dit dans ces cas-là et n'oublierait pas de faire publier une notice nécrologique modeste par le propos mais non par la taille dans le *Publisher's Weekly*. Il en partagerait les frais avec Putnam et...

Je coulai, avalai encore de l'eau et la recrachai. Je ne pus m'empêcher de me débattre avec de grands moulinets, et dus me forcer pour m'arrêter. J'entendis le rire glapissant de Rogette Whitmore. *Espèce de salope*, dis-je en moi-même, *espèce de vieille salope dégueulasse...*

Écoute, Mike, fit la voix de Johanna.

Elle était dans ma tête, mais ce n'était pas celle que je me fabriquais lorsque j'imaginais quelque dialogue mental avec elle, ou quand simplement elle me manquait et que j'éprouvais le besoin de la réveiller pendant un petit moment. Comme pour souligner ces réflexions, il y eut un bruit d'éclaboussement à ma droite, assez fort. Je tournai la tête, ne vis aucun poisson, pas même une ride sur l'eau. En revanche, j'aperçus notre ponton, qui flottait à une centaine de mètres de moi, dans l'eau rougie par le couchant.

« Je ne vais jamais pouvoir nager aussi loin, mon chou, croassai-je.

— Qu'est-ce que vous racontez, Noonan ? » me lança Devory depuis la rive. Il porta, moqueur, une main à l'espèce d'entonnoir de cire qui lui servait d'oreille. « J'ai pas réussi à comprendre ! Vous m'avez l'air hors d'haleine ! » Nouveaux glapissements de Whitmore. S'il était Johnny Carson, elle était Ed McMahon.

Si, tu peux y arriver. Je t'aiderai.

Je compris que le ponton était peut-être ma seule

chance. Il n'y en avait pas d'autre, le long de cette partie du lac, et il était ancré largement au-delà du meilleur lancer de Whitmore. Je me mis à patauger dans cette direction, avec l'impression d'avoir maintenant les bras aussi lourds que les jambes. Chaque fois que je sentais ma tête sur le point de s'enfoncer sous la surface, je m'arrêtais, brassant l'eau sur place, me rappelant que j'étais physiquement en forme et que j'avais pris la bonne décision, me disant de garder mon calme et que tout irait bien si je ne paniquais pas. La vieille salope et le salopard encore plus crevard reprirent leur progression parallèle, mais ils s'arrêtèrent de rire quand ils virent vers où je me dirigeais. Ils arrêtèrent aussi de me narguer.

Longtemps le ponton me fit l'effet d'être toujours aussi loin. Je me dis que cela tenait à la lumière déclinante, à la couleur de l'eau qui passait du rouge au mauve puis à une nuance presque noire — celle des gencives de Devory — mais plus ma respiration se faisait courte et plus mes bras se faisaient lourds, moins cette explication me paraissait convaincante.

J'en étais encore à trente mètres lorsqu'une crampe me paralysa la jambe gauche. Je roulai de côté comme un voilier capelé par une lame, essayant d'atteindre le muscle tétanisé de la main. De l'eau m'entra dans la gorge. J'essayai de la recracher, toussai et fus pris de haut-le-cœur ; je disparus sous l'eau, l'estomac toujours secoué de spasmes, ma main tâtonnant encore pour trouver l'endroit, au-dessus du genou.

Cette fois, je me noie vraiment, pensai-je, étrangement calme maintenant que l'heure avait sonné. *C'est ainsi que cela arrive, voilà...*

Puis je sentis une main qui me saisissait par la nuque, me tirant sans ménagement par les cheveux. La douleur eut pour effet de me ramener en un éclair à la réalité — bien mieux qu'une piqûre d'adrénaline. Une deuxième main vint se refermer sur ma jambe gauche ; j'éprouvai une sensation très brève mais terrifiante de chaleur. La crampe cessa et je crevai la surface en nageant, en nageant vraiment cette fois, pas en barbotant comme un petit chien, et au bout de ce qui me parut ne durer que quelques secondes, je m'agrippais à l'échelle du ponton, aspirant de grandes goulées d'air, haletant, me demandant si j'allais retrouver mon souffle ou bien si mon cœur n'allait pas exploser dans ma poitrine comme une grenade dégoupillée. Mes poumons finirent par se rembourser l'oxygène qui leur avait manqué, et tout commença à reprendre une allure normale. J'attendis encore une minute avant de sortir de l'eau, dans ce qui était maintenant les dernières lueurs du crépuscule. Je restai un moment face à l'ouest, plié en deux, mains sur les genoux, dégoulinant d'eau. Puis je me tournai, bien décidé à ne pas leur montrer mon majeur dressé, mais les deux. Il n'y avait personne à qui adresser ce geste. La Rue était vide. Devory et Rogette Whitmore étaient partis.

Étaient *peut-être* partis. Il n'aurait pas été prudent d'oublier qu'une bonne partie du chemin se dissimulait dans la végétation.

Je m'assis en tailleur sur le ponton jusqu'au lever de la lune, guettant le moindre mouvement. Une demi-heure durant, d'après mon estimation ; trois quarts d'heure tout au plus. Je consultai ma montre, mais je n'avais plus rien à en attendre ; de l'eau s'y était infiltrée et elle s'était arrêtée sur dix-huit heures quarante-cinq. Entre autres satisfactions, Devory pouvait maintenant ajouter le prix d'une Timex Indiglo — soit 29,95 dollars, hé trou du cul, aboule le fric.

Finalement je redescendis l'échelle, me glissai dans l'eau et pris la direction de la rive en nageant la brasse la plus silencieuse possible. J'étais reposé, ma tête ne me faisait plus mal (même si la bosse, à l'arrière de mon crâne, m'élançait toujours), et je ne me sentais plus pris au dépourvu et incrédule. D'une certaine manière, c'était ce qu'il y avait eu de pire : essayer non seulement de tenir le coup devant l'apparition du garçon noyé, la grêle de cailloux et les eaux du lac, mais de résister au sentiment récurrent que rien de tout cela ne pouvait arriver, que les rois de l'informatique n'essaient pas de noyer les romanciers qui se fourvoient dans leur paysage.

Mon aventure de la soirée se résumait-elle seulement au fait que je me serais fourvoyé dans le paysage de Devory, cependant ? La rencontre avait-elle été une pure coïncidence, rien de plus ? N'était-il pas probable qu'il m'ait fait surveiller, à partir du 4 juillet, peut-être depuis l'autre côté du lac, par des gens équipés d'un matériel optique surpuissant ? Délires parano, aurais-je dit... aurais-je dit, du moins, avant que ces deux zombies ne tentent de me noyer dans le lac Dark Score comme un bateau en papier dans une flaque.

Je décidai que peu m'importait que l'on m'observe ou non de l'autre rive. Que peu m'importait qu'ils soient planqués dans l'un des tronçons invisibles de la Rue. Je nageai jusqu'au moment où je sentis les algues m'effleurer les chevilles et où je vis le croissant plus clair de mon bout de plage. Je me redressai, et la sensation de l'air glacé sur ma peau mouillée me fit grimacer. Je me traînai jusqu'à la berge, une main levée à tout hasard pour écarter une éventuelle rafale de cailloux, mais rien ne vint. Je restai quelques instants sur la Rue, le jean et le polo dégoulinants, et étudiai le chemin dans les deux directions. On aurait dit que j'avais cette minuscule partie du monde à moi tout seul. Finalement, je me tournai vers le lac, où un faible clair de lune dessinait un chemin ondoyant entre le ponton et la plage.

« Merci, Jo », dis-je. Sur quoi, j'attaquai les marches rudimentaires qui conduisent à la maison. À mi-chemin, je dus m'arrêter et m'asseoir. Je n'avais jamais été autant recru de fatigue de toute ma vie.

CHAPITRE 18

J'escaladai les marches conduisant à la terrasse au lieu de contourner le chalet pour passer par l'entrée, me déplaçant toujours lentement, sous l'effet de la stupéfiante impression que mes jambes pesaient deux fois leur poids normal. En pénétrant dans le séjour, je regardai autour de moi avec les yeux écarquillés de quelqu'un qui serait parti dix ans et retrouverait, à son retour, les choses dans l'état exact où elles étaient à son départ : Bunter l'Orignal accroché au mur, le *Boston Globe* sur le canapé, une compilation de mots croisés (niveau coriace) sur la table basse, l'assiette sur le comptoir avec le reste de la poêlée de légumes. Tout cela provoqua une brutale et intense prise de conscience : j'étais parti faire une promenade, laissant un désordre ordinaire derrière moi, et j'avais bien failli ne jamais en revenir. J'avais été à deux doigts d'être assassiné.

Je me mis à trembler. J'entrai dans la salle de bains de l'aile nord, enlevai mon polo mouillé et le jetai dans la baignoire — *splash !* Puis, toujours secoué de frissons, je me tournai pour me regarder dans le miroir, au-dessus du lavabo. J'avais la tête du type qui a pris part à une bagarre dans un bar et qui a perdu. Une longue estafilade bordée de sang caillé ornait l'un des mes biceps. Un bleu violacé tirant sur le noir étendait ses ailes sombres sur ma clavicule gauche. Un sillon ensanglanté courait depuis derrière mon oreille jusqu'à ma joue, là où la délicieuse Rogette m'avait atteint avec la pierre de sa bague.

Je pris le miroir à main pour m'inspecter l'occiput. « Ne vas-tu pas te rentrer ça dans ton crâne épais ? » nous criait ma mère, à mon frère Sid et à moi, quand nous étions enfants. Je me pris à remercier Dieu que maman ait eu apparemment raison sur cette soi-disant épaisseur, au moins dans mon cas. L'endroit atteint par la canne de Devory avait l'aspect d'un cratère de volcan éteint depuis peu. Quant au caillou de la Whitmore, il avait laissé une entaille sanguinolente qu'il allait falloir recoudre si je voulais éviter d'en garder la cicatrice. Une fine pellicule de sang couleur rouille s'étalait sur ma nuque, à la limite des cheveux. Dieu seul savait combien de sang j'avais perdu par cette déplaisante bouche rouge, combien de mon sang était allé se diluer dans le lac.

Je fis couler de l'eau oxygénée dans le creux de ma main, me raidis, et la projetai sur la plaie comme une lotion après-rasage. La sensation de morsure fut monstrueuse et je dus serrer les lèvres pour ne pas crier. Lorsque la douleur fut un peu moins insupportable, j'imbibai du coton hydrophile avec le même produit et nettoyai les autres plaies.

Je pris une douche, enfilai un T-shirt et un jean propres, puis passai dans l'entrée pour téléphoner au shérif du comté. Nul besoin de prendre l'annuaire ; les numéros de la police locale figuraient tous sur la carte EN CAS D'URGENCE punaisée au tableau d'affichage, à côté de ceux des pompiers, du service d'ambulance et du numéro d'appel permettant d'avoir la réponse aux mots croisés du *New York Times*, moyennant un dollar cinquante.

Je composai rapidement les trois premiers chiffres, puis ralentis. J'en étais à 955-960 lorsque je m'arrêtai complètement. Debout dans l'entrée, le combiné à l'oreille, j'imaginai une nouvelle manchette, non pas sur la première page du sérieux *New York Times*, cette fois, mais sur celle d'une feuille à scandale comme le *Post* : LE ROMANCIER AU ROI IMPOTENT DE L'INFORMATIQUE : « GROS MÉCHANT ! » Manchette accompagnée de deux photos côte à côte : une de moi, faisant à peu près mon âge, et une de Max Devory, l'air d'avoir à peu près cent sept ans. Le *Post* allait beaucoup s'amuser à raconter à ses lecteurs comment Devory (et sa garde-malade, une septuagénaire qui devait bien peser quarante et un kilos toute mouillée) avait flanqué une correction à un romancier de quarante ans, un type qui, du moins à voir sa photographie, paraissait raisonnablement costaud et en forme.

Le téléphone en eut assez de n'avoir, dans son cerveau rudimentaire, que six chiffres à se mettre sous la dent au lieu des sept requis ; il produisit un double *clic* et la ligne redevint ouverte. J'éloignai le combiné de mon oreille, le regardai quelques instants, et le reposai doucement sur sa fourche.

Je ne redoute pas particulièrement les attentions, parfois superficielles, parfois détestables, dont je peux être l'objet de la part de la presse, mais je suis prudent, comme je le serais en présence, par exemple, d'un mammifère à fourrure ayant mauvais caractère. L'Amérique a transformé les gens chargés de nous distraire en grandes putes bizarroïdes, et les médias adorent tympaniser toute « célébrité » qui ose se plaindre de la manière dont ils la traitent. « Arrête de pleurnicher ! » Tel est le cri unanime des articles de ragots ou des émissions de télé correspondantes, sur un ton de triomphe et d'indignation mêlés. « Est-ce que tu t'imagines réellement qu'on te paie des sommes faramineuses juste pour pousser la chansonnette ou taper dans une balle ? Tu t'fourres le doigt dans l'œil, trouduc ! On te file tout ce fric pour qu'on puisse s'extasier quand tu le fais bien — quoi que ce soit de spécial que tu fasses, vieux — mais aussi parce que c'est gratifiant quand tu te plantes. Tu sais ce que t'es, en vérité ? Une marchandise. Si tu cesses d'être amusant, on a toujours la ressource de te tuer et de te bouffer. »

Nous bouffer, c'est une figure de style, évidemment. Ils peuvent publier une photo de vous, chemise déboutonnée, en disant que vous prenez du poids ; énumérer tout ce que vous buvez et toutes les petites pilules que vous avalez, ou faire des gorges chaudes sur la soirée où vous avez pris une starlette sur vos genoux et essayé de lui mettre la langue dans l'oreille, au Spago, mais ils ne peuvent pas vraiment vous manger. Si bien que ce ne fut pas la perspective d'être traité de chochotte par le *Post* ou de devenir le prochain sujet du monologuiste Jay Leno qui me fit reposer le téléphone ; ce fut de me rendre compte que je n'avais aucune preuve. Personne ne nous avait vus. Je pris aussi conscience que trouver un alibi pour lui-même et son assistante personnelle serait la chose du monde la plus aisée pour Max Devory.

Sans parler de cette chute, qu'il m'était facile d'imaginer : le shérif du comté envoyant son adjoint George Footman, alias « Papa », prendre ma déposition et les détails du coup de canne que le méchant vieillard avait donné à ce pauvre Mike Noonan, l'expédiant dans le lac. Ce qu'ils allaient rigoler, tous les trois !

Au lieu de cela, j'appelai John Storrow, désirant qu'il me dise que je faisais bien, que je faisais la seule chose sensée à faire. Désirant qu'il me rappelle que seuls les hommes désespérés en arrivent à employer des moyens aussi désespérés (et j'oublierais, au moins pour le moment, comment cet inénarrable duo avait ri, à croire qu'ils avaient toute la vie devant eux), et que rien n'avait changé en ce qui concernait Kyra Devory, que la tentative d'en obtenir la garde par son grand-père continuait à prendre l'eau de toutes parts.

Je tombai sur le répondeur de John, à son domicile, et lui laissai pour message de me rappeler, ajoutant qu'il n'y avait pas urgence, mais qu'il se sente libre de me joindre même tard. Puis je composai le numéro de son bureau, m'inspirant de l'Évangile selon John Grisham : les jeunes avocats travaillent jusqu'à ce qu'ils tombent. J'eus droit au répondeur de son cabinet, qui me donna pour instruction de taper STO sur mon clavier, les trois premières lettres de son nom.

Il y eut un cliquetis, puis ce fut la voix de John, mais enregistrée, malheureusement. « Salut, c'est John Storrow. Je suis allé à Philadelphie pour le week-end, voir mon papa et ma maman. Je serai de retour au bureau lundi ; pour le reste de la semaine, je serai en déplacement. De mardi à vendredi, vous aurez sans doute davantage de chance de me joindre au... »

Le numéro qu'il donnait commençait par 207-955, ce qui signifiait Castle Rock. Sans doute l'hôtel où il était descendu la première fois, celui avec la jolie vue sur le lac. « Mike Noonan, dis-je. Appelez-moi dès que vous pourrez. J'ai aussi laissé un message à votre domicile. »

J'allai dans la cuisine prendre une bière, mais me contentai de rester planté devant le frigo, jouant avec les plots magnétiques. Il m'avait traité de maquereau. *Hé, dites-moi, monsieur le maquereau, où est votre pute ?* Une minute plus tard, il m'offrait de sauver mon âme. Tout à fait comique, en réalité. Un alcoolique vous proposant de s'occuper de votre cave, en somme. *Il se sent un peu votre parent*, m'avait dit Mattie. *Votre arrière-grand-père et son arrière-grand-père chiaient dans le même trou...*

J'abandonnai le frigo et la bière bien au frais, à l'intérieur, pour retourner décrocher le téléphone et appeler Mattie.

« Salut », fit une autre voix de toute évidence enregistrée. C'était mon jour. « C'est moi, mais je ne suis pas là ou je ne peux pas venir répondre pour le moment. Laissez un message, d'accord ? » Il y eut un silence, occupé seulement par le chuintement du micro, puis Kyra, si fort qu'elle faillit me crever le tympan : « Laissez un message rigolo ! » Le tout suivi de leurs deux rires, coupés par le bip.

« Salut, Mattie, c'est Mike Noonan. Je voulais simplement... »

J'ignore ce que j'allais dire ensuite, car je n'eus pas à le dire. Il y eut un cliquetis et ce fut Mattie elle-même qui parla.

« Hello, Mike. » Il y avait une telle différence entre le ton abattu avec lequel elle venait de répondre et celui, tout joyeux, de l'enregistrement, que j'en restai un instant silencieux. Puis je lui demandai ce qui n'allait pas.

« Rien, dit-elle, se mettant à pleurer. Tout. J'ai perdu mon travail. Lindy m'a fichue à la porte. »

Ce n'était évidemment pas l'expression qu'avait employée Lindy. Elle avait parlé de « contraintes budgétaires », mais c'était bien d'une mise à la porte qu'il s'agissait, et je savais que si j'examinais l'origine des fonds qui faisaient exister la bibliothèque, je découvrirais que l'un des principaux donateurs était un certain Max Devory. Et qu'il continuerait à l'être... si, bien entendu, Lindy Briggs jouait le jeu.

« Nous n'aurions pas dû parler alors qu'elle pouvait nous voir, dis-je, sachant cependant que même si je n'avais pas mis les pieds à la bibliothèque, Mattie en aurait tout de même été chassée. Et nous aurions dû y penser.

— John Storrow l'a vu venir, lui. » Elle pleurait toujours, mais faisait des efforts pour reprendre son sang-froid. « Il m'a dit que Max Devory allait probablement faire tout son possible pour que je me trouve dans la mouise la plus complète avant l'audience. Qu'il allait s'arranger pour que je sois obligée de répondre que j'étais au chômage, lorsque le juge me demanderait quelles étaient mes ressources. J'ai répondu à John que Mrs Briggs ne ferait jamais quelque chose d'aussi ignoble, en particulier à une de ses employées qui avait fait un exposé aussi brillant sur Bartleby. Savez-vous ce qu'il m'a répondu ?

— Non.

— Que j'étais très jeune. J'ai trouvé ça bien condescendant, mais il avait raison, n'est-ce pas ?

— Mattie...

— Qu'est-ce que je vais faire, Mike ? Qu'est-ce que je vais faire ? » Le rat-panique venait de rappliquer à Wasp Hill Road, on aurait dit.

Très froidement, je pensai : *Pourquoi ne pas devenir ma maîtresse ? Ton titre sera « assistante de recherches », un emploi tout à fait comme un autre, aux yeux du fisc. Tu auras des fringues, une ou deux cartes de crédit, une maison — adieu, l'espèce de baraque en carton-pâte pourrie sur Wasp Hill Road — et quinze jours de congés. Février aux Bahamas, qu'est-ce que t'en penses ? Sans compter l'école pour Kyra, évidemment, et une jolie prime en liquide à la fin de l'année. Je serai également prévenant. Prévenant et discret. Une ou deux fois par semaine, et toujours après avoir attendu que la petite soit profondément endormie. Tu n'auras rien d'autre à faire que dire oui et me donner une clef. Rien d'autre à faire que t'allonger et me laisser faire tout ce que je voudrai dans le noir, toute la nuit, me laisser te toucher là où j'en aurai envie, me laisser faire ce que j'aurai envie de faire, ne jamais dire non, ne jamais dire arrête.*

Je fermai les yeux.

« Mike ? Vous êtes là, Mike ?

— Bien sûr. » Je portai la main à la plaie douloureuse qui pulsait à l'arrière de mon crâne et grimaçai. « Vous allez vous en sortir, Mattie. Vous...

— Je n'ai même pas fini de payer la caravane ! se lamenta-t-elle. Je suis en retard de deux mois pour le téléphone, et ils menacent de me le couper ! La Jeep a un problème de transmission, et aussi dans le train arrière ! Je pourrai encore payer la dernière semaine de Kyra à l'école biblique, je crois, parce que Mrs Briggs m'a donné trois semaines de salaire en guise de préavis, mais comment je vais lui acheter ses nouvelles chaussures ? Elle grandit tellement vite... Tous ses shorts sont troués et la plupart de ses f...f...fichus sous-vêtements sont... »

Elle s'était remise à pleurer.

« Je vais m'occuper de vous jusqu'à ce que vous soyez remise sur pied, dis-je.

— Non, je ne peux pas vous laisser...

— Si, vous le pouvez. Et pour le bien de Kyra, vous le ferez. Plus tard, si vous y tenez, vous me rembourserez. On fera le compte de chaque dollar et du moindre centime que j'aurai dépensés pour vous. Mais je ne vais pas vous laisser tomber. » *Et vous ne vous déshabillerez jamais quand je serai avec vous. C'est une promesse, une promesse que je tiendrai.*

« Vous n'êtes pas obligé de faire cela, Mike.

— Peut-être, ou peut-être pas. De toute façon, je vais le faire. Inutile d'essayer de m'en empêcher. » J'avais appelé pour lui raconter ce qui m'était arrivé — en lui donnant la version humoristique —, mais cela me paraissait tout d'un coup la plus mauvaise idée qui soit. « Cette affaire de garde sera réglée le temps de le dire, et si vous ne trouvez personne d'assez courageux pour vous donner du travail ici, eh bien, je trouverai des gens à Derry qui vous en proposeront. Sans compter — soyez franche — qu'il est peut-être temps pour vous de changer un peu de décor, non ? »

Elle s'arracha un petit rire. « C'est le moins qu'on puisse dire, je crois.

— Des nouvelles de John, aujourd'hui ?

— Oui. Il est parti voir ses parents à Philadelphie, mais il m'a laissé leur numéro. Je l'ai appelé. »

John m'avait dit qu'il en pinçait pour elle. Peut-être en pinçait-elle aussi pour lui ? Je me dis que l'espèce de petite crispation acide qui m'avait traversé à cette idée était purement imaginaire. Du moins, j'essayai de me le dire. « Comment a-t-il réagi, en apprenant que vous aviez perdu votre travail de cette façon ?

— Comme vous. Mais lui ne m'a pas rassurée. Vous, si. Je ne sais pas pourquoi. » Moi, je le savais. J'étais plus âgé et c'est ce qui attire les femmes, dans ces cas-là : nous leur apportons un sentiment de sécurité. « Il va revenir mardi matin. Nous devons déjeuner ensemble. »

D'un ton parfaitement uni, sans le moindre tremblement dans la voix, je proposai : « Je pourrais peut-être me joindre à vous... »

Il y eut davantage de chaleur dans la voix de Mattie, lorsqu'elle me répondit ; son acceptation immédiate provoqua chez moi, paradoxalement, un sentiment de culpabilité. « Ce serait génial ! Vous devriez l'appeler et lui proposer de vous retrouver tous les deux ici. Et si je refaisais un barbecue ? Je pourrais peut-être garder Ki avec moi — nous serions quatre, comme ça. Elle espère bien que vous lui lirez une autre histoire. Elle était ravie, l'autre fois.

— Riche idée. » J'étais sincère. Avec Kyra, les choses paraissaient plus naturelles, j'avais moins l'impression d'arriver en intrus, comme un prétendant venant troubler leur jeu. On ne pourrait pas non plus accuser John de s'intéresser à sa cliente de manière peu déontologique. En fin de compte, il me remercierait probablement. « Il me semble que Ki pourrait être prête pour passer à *Hansel et Gretel*. Comment vous sentez-vous, Mattie. Mieux ?

— Oui, beaucoup mieux, après ce que vous m'avez dit.

— Bien. Les choses vont s'arranger.

— Promettez-le-moi.

— C'est exactement ce que je viens de faire. »

Il y eut une courte pause. « Et vous, Mike, ça va ? Je vous trouve quelque chose... d'un peu bizarre... dans la voix.

— Non, je vais bien », répondis-je. Et c'était vrai : pour quelqu'un qui avait bien cru se noyer moins d'une heure avant, j'allais bien. « Puis-je vous poser une dernière question, Mattie ? C'est un truc qui n'arrête pas de me travailler.

— Bien sûr.

— Le soir où nous avons dîné ensemble, vous m'avez dit que, d'après Devory, son arrière-grand-père et le mien auraient été parents ou presque.

— Oui. Ils auraient chié dans le même trou, pour reprendre son élégante expression.

— N'a-t-il rien dit d'autre ? Réfléchissez bien. »

Ce qu'elle fit, mais sans rien trouver. Je lui dis de m'appeler si un autre détail de cette conversation lui revenait, ou si elle se sentait seule ou effrayée, ou encore si quelque chose se mettait soudain à l'inquiéter.

L'idée d'en parler ne me plaisait pas beaucoup, mais j'avais déjà décidé d'avoir une franche conversation avec John sur ma dernière aventure. Il pourrait être prudent de demander au détective privé de Lewiston (George Kennedy, comme l'acteur) d'envoyer un homme ou deux sur le TR pour qu'ils surveillent discrètement Mattie et Kyra. Max Devory était fou, comme l'avait affirmé mon gardien. Je n'avais pas compris, sur le moment, mais à présent je savais qu'il n'avait pas exagéré. Au moindre doute, je n'aurais qu'à me toucher l'occiput.

Je retournai au frigo et oubliai une fois de plus de l'ouvrir. Au lieu de cela, je me mis à manipuler les plots magnétiques, à les déplacer, regardant les mots se former, se défaire, se reformer. C'était un genre particulier d'écriture... mais c'était de l'écriture. Je m'en rendais compte, à la manière dont j'étais gagné par la transe.

Cet état de demi-hypnose est quelque chose que l'on cultive jusqu'au moment où l'on peut y entrer et en sortir à volonté. La partie intuitive de l'esprit se déverrouille, quand on se met au travail, et s'élève à une hauteur d'environ deux mètres (peut-être trois, les bons jours). Une fois là, elle se contente de faire du surplace et de vous envoyer de sombres messages magiques et des images fulgurantes. En dehors des moments où elle se met en branle, cette partie demeure coupée du reste de la machinerie et reste passablement oubliée... sauf à de certaines occasions, où elle se libère spontanément et où la transe vous prend de manière inattendue, l'esprit se mettant à produire des associations qui n'ont rien à voir avec des pensées rationnelles et des images fortes et inattendues. D'une certaine manière, c'est l'aspect le plus étrange du processus créatif. Les muses sont des fantômes, et il leur arrive d'entrer en scène sans y être invitées.

Ma maison est hantée.

Sara Laughs a toujours été hantée... vous les avez réveillés.

Réveillés, écrivis-je sur le réfrigérateur. Mais ça ne convenait pas, et je fis donc un cercle de fruits et de légumes autour. Voilà qui était mieux, beaucoup mieux. J'examinai le tout pendant un moment, me tenant bras croisés comme lorsque j'étais devant ma machine à écrire ou mon ordinateur, à la recherche d'un mot ou d'une phrase qui ne venait pas ; puis j'enlevai *réveillés* que je remplaçai par *hantée*.

« C'est un cercle hanté », dis-je à haute voix. J'entendis, à peine audible, un léger tintement de cloche, comme si Bunter était d'accord.

J'enlevai les lettres, tout en me disant qu'il était curieux d'avoir comme avocat un prénommé Romeo...

(*romeo* prit place dans le cercle)

... et un détective qui s'appelait George Kennedy

(*george* alla rejoindre *romeo*)

... je me demandai si Kennedy ne pourrait pas m'aider à propos d'Andy Rake...

(*rake* sur le frigo)

... me donner peut-être quelques tuyaux. Je n'avais jamais écrit d'histoires de détectives privés, jusqu'ici, et ce sont les petits détails...

(*détails* remplaça *rake*)

... qui font la différence. Je mis un 3 à l'horizontale et à l'envers et le plaçai en dessous, en faisant un diapason. Le diable est dans les détails.

À partir de là je me rendis ailleurs. Où exactement, je l'ignore, parce que j'étais en pleine transe, cette partie intuitive de mon esprit envolée à une telle hauteur qu'aucune fouille systématique n'aurait pu mettre la main dessus. Planté devant le frigo je jouais avec les lettres, alignant des mots doués de sens sans même y penser. Vous allez peut-être protester que ce n'est pas possible, mais tout écrivain vous dirait que si.

Ce qui me tira de cet état fut le rayon de lumière qui, à travers les fenêtres, vint balayer l'entrée. Je levai les yeux et aperçus la forme d'une automobile qui venait de se ranger derrière la Chevrolet. Un spasme de terreur me tordit le ventre. J'aurais donné tout ce que je possédais, à ce moment-là, pour avoir un pistolet chargé à la main. Parce que c'était Footman. Ça ne pouvait être que lui. Devory l'avait appelé dès son retour au Warrington's, lui avait dit que Noonan refusait de se comporter en bon Martien, et ordonné d'aller lui régler son compte.

Je poussai un soupir de relatif soulagement lorsque la portière s'ouvrit, allumant le plafonnier, et que je vis l'homme qui descendait du véhicule. J'ignorais son identité, mais il ne s'agissait en tout cas certainement pas de « Papa ». Ce type n'aurait même pas été capable de venir à bout d'une mouche avec un journal roulé, à le voir... même si, je suppose, des tas de gens avaient commis la même erreur en face d'un tueur en série comme Jeffrey Dahmer.

Il y avait, au-dessus du frigo, plusieurs bombes aérosol, toutes périmées et probablement fort dommageables pour la couche d'ozone. J'ignorais pour quelle raison Brenda Meserve les avait laissées là, mais j'en étais bien content. Je pris la première sur laquelle se posa ma main (Blag Flag, excellent choix), fis sauter le capuchon, et la glissai dans ma poche gauche. Puis je m'approchai des tiroirs, à côté de l'évier. Le premier contenait des couverts. Le deuxième, ce que Johanna appelait le « fourniment » : tous ces ustensiles de cuisine qui vont du thermomètre de cuisson à ces gadgets qu'on plante dans les épis de maïs pour ne pas se brûler les doigts. Le troisième contenait un généreux échantillonnage de couteaux à steak dépareillés. J'en pris un, le glissai dans la poche avant droite de mon jean, et me rendis dans l'entrée.

L'homme qui se tenait sur mon perron sursauta lorsque j'allumai la lumière extérieure, puis cligna des yeux comme un lapin myope derrière la vitre de la porte. Un maigrichon, pâlot, d'un mètre soixante tout au plus. Il portait une coupe de cheveux qui était à la mode, si je m'en souvenais bien, quand j'étais adolescent, sous le nom de « wiffle ». Il avait des yeux bruns, protégés par des lunettes à monture d'écaille dont les verres paraissaient malpropres. Il se tenait les bras ballants, un petit porte-documents plat en cuir dans une main, un rectangle de bristol dans l'autre. Je n'eus pas l'impression que mon destin était d'être assassiné par un homme qui se présentait avec sa carte de visite à la main, et j'ouvris donc la porte.

Le type sourit, de ce genre de sourire anxieux qu'arborent toujours les gens, semble-t-il, dans les films de Woody Allen. Il portait également la tenue Woody Allen classique, chemise à carreaux fanée, trop courte aux poignets, pantalon qui pochait à hauteur de l'entrejambe. *Ma parole, on a dû lui parler de la ressemblance, y a pas de doute...*

« Mr Noonan ?

— Oui. »

Il me tendit sa carte. NEXT CENTURY REAL ESTATE, y lisait-on en lettres d'or en relief. En dessous, en caractères noirs plus modestes, figurait le nom de mon visiteur.

« Je suis Richard Osgood », dit-il, comme si je n'avais pas su lire, puis il me tendit la main. Le réflexe de serrer une main tendue est très fortement inscrit chez tout mâle américain normal, mais ce soir-là j'y résistai. Sa petite patte rose resta en l'air encore quelques instants, puis il l'abaissa et l'essuya nerveuse-

435

ment à son pantalon. « J'ai un message pour vous. De la part de Mr Devory. »

J'attendis.

« Puis-je entrer ?

— Non. »

Il recula d'un pas, s'essuya de nouveau la main sur son pantalon, et parut se reprendre. « Je ne pense vraiment pas qu'il soit nécessaire d'être agressif, Mr Noonan. »

Je n'étais pas agressif. Si j'avais voulu l'être, je l'aurais accueilli avec une bonne bouffée d'insecticide à cafards. « Max Devory et sa bonniche ont essayé de me noyer dans le lac, ce soir. Si mes manières vous paraissent un peu brutales, la raison en est probablement à chercher là. »

L'expression de stupeur d'Osgood me parut authentique. « Vous devez sans doute travailler trop dur sur votre dernier manuscrit, Mr Noonan. Max Devory va avoir quatre-vingt-six ans à son prochain anniversaire, en admettant qu'il y arrive, ce qui me paraît personnellement douteux. Le pauvre vieux peut à peine aller de son fauteuil à son lit. Et pour ce qui est de Rogette...

— Je vois ce que vous voulez dire. En fait, je l'ai même vu tout seul, il y a une vingtaine de minutes. J'avais du mal à y croire moi-même, et pourtant, j'étais là. Donnez-moi ce que vous avez à me donner.

— Très bien », dit-il d'un ton pincé, l'air de sousentendre : si c'est comme ça que vous le prenez... Il ouvrit la fermeture Éclair, sur le devant de son portedocuments, et en retira une enveloppe blanche scellée, taille commerciale. Je la pris, espérant qu'il ne se rendait pas compte à quel point mon cœur cognait dans ma poitrine. Devory faisait mouvement à une vitesse phénoménale, pour un type qui se promenait avec une bonbonne d'oxygène. Mais de quel genre de mouvement s'agissait-il, telle était la question.

« Merci, dis-je, voulant refermer la porte. Je vous

aurais bien donné un pourboire, mais mon portefeuille est dans une autre pièce.

— Attendez ! En principe, vous devez lire ce document et me donner la réponse. »

Je soulevai les sourcils. « Je ne sais pas où Devory a pris l'idée qu'il pouvait me donner des ordres, mais je n'ai aucune intention de me conformer à celui-ci. Barrez-vous. »

Ses lèvres s'abaissèrent, creusant de profondes fossettes aux commissures, et il ne ressembla plus du tout à Woody Allen, tout d'un coup. Il avait à présent la tête d'un agent immobilier quinquagénaire ayant vendu son âme au diable et ne pouvant plus supporter de voir quiconque tirer sur la queue fourchue de son patron. « Un petit conseil amical, Mr Noonan. Ce serait prudent d'ouvrir cette lettre. On ne fait pas l'idiot avec Max Devory.

— Fort heureusement pour moi, je ne fais pas l'idiot. »

Je refermai la porte et restai dans le vestibule, l'enveloppe à la main, pour observer Mr Immobilier du Prochain Siècle. Il avait l'air vexé et hésitant ; je me dis que cela faisait un bon moment qu'on n'avait pas dû lui botter les fesses. Voilà qui ne lui ferait peut-être pas de mal. Qui l'aiderait à relativiser les choses. Qui lui rappellerait que Max Devory ou pas, Richard Osgood ne mesurerait jamais plus d'un mètre soixante. Même avec des bottes de cow-boy aux pieds.

« Mr Devory veut une réponse ! cria-t-il à travers la porte fermée.

— Je téléphonerai », répliquai-je. Puis je levai mes deux majeurs, lui adressant le double *va te faire foutre* que j'aurais aimé faire à Max et Rogette un peu plus tôt. « En attendant, vous pouvez toujours lui rapporter ça. »

Je m'attendais presque à le voir enlever ses lunettes et se frotter les yeux. Il se contenta de repartir vers sa voiture, dans laquelle il s'engouffra après avoir jeté le porte-documents sur le siège. Je le suivis des yeux pendant qu'il manœuvrait, jusqu'à ce qu'il ait disparu. Puis je retournai dans la salle de séjour et ouvris l'enveloppe. Elle ne contenait qu'une seule feuille de papier, légèrement parfumée du même parfum qu'utilisait ma mère quand j'étais encore petit. White Shoulders — je crois que c'était son nom. En en-tête, en caractères élégants et féminins, frappés en léger relief, il y avait :

ROGETTE D. WHITMORE

Et en dessous, le message suivant, rédigé d'une écriture féminine légèrement tremblée :

20h30

Cher Mr Noonan,

Max souhaite que je vous fasse savoir à quel point il a été content de vous rencontrer ! Je me dois de me faire l'écho de ce sentiment. Vous êtes quelqu'un d'extrêmement distrayant et amusant ! Vous ne pouvez savoir à quel point nous avons apprécié votre numéro.

Voici ce qui m'amène. Max vous propose un marché très simple : si vous promettez d'arrêter de poser des questions à son sujet, et si vous promettez de cesser toute action juridique — autrement dit, si vous lui permettez de reposer en paix, si je puis m'exprimer ainsi —, Mr Devory vous promet pour sa part de cesser tout effort pour obtenir la garde de sa petite-fille. Si cela vous convient, il vous suffira de dire à Mr Osgood : « Je suis d'accord. » Il nous fera parvenir le message ! Max espère retourner en Californie en jet privé très prochainement, car il a des affaires à régler là-bas qui ne peuvent attendre, mais il a beaucoup apprécié le temps qu'il a passé ici et vous a trouvé particulièrement intéressant. Il tient à vous rappeler que la garde d'un enfant

438

implique des responsabilités, et vous prie instamment de ne pas oublier qu'il vous l'a dit.

Rogette

P.-S. Il me rappelle que vous n'avez pas répondu à sa question : est-ce bon de lui brouter la chatte ? Max est très curieux de le savoir.

R.

Je relus ce mot, une première fois, puis une deuxième. Je le posai sur la table, puis le lus pour la quatrième fois. J'avais l'impression que son sens m'échappait. Je dus me retenir pour ne pas me précipiter sur le téléphone et appeler Mattie sur-le-champ. C'est fini, Mattie, lui dirais-je. Vous faire flanquer à la porte et tenter de me noyer dans le lac auront été les deux derniers boulets tirés de cette guerre. Il laisse tomber.

Non. Pas tant que je n'en serais pas absolument sûr.

Ce fut donc le numéro du Warrington's que je composai, tombant sur mon quatrième répondeur de la soirée. Devory et Whitmore ne s'étaient pas embarrassés de corser leur message de fioritures ou de traits d'humour ; une voix aussi glacée que l'intérieur d'un congélateur m'invita simplement à laisser mon message après le bip.

« Noonan à l'appareil », dis-je. Avant que je puisse ajouter quelque chose, il y eut un *clic* et on décrocha.

« Alors, agréable, cette baignade ? » me demanda Rogette Whitmore d'une voix voilée au ton moqueur. Si je ne l'avais pas vue en chair et en os, j'aurais imaginé une pin-up à la Barbara Stanwyck, le summum de la froideur question séduction, pelotonnée sur un canapé de velours rouge dans une robe de soirée couleur pêche, tenant le téléphone d'une main, un porte-cigarettes en ivoire de l'autre.

« Si j'avais pu vous rattraper, Mrs Whitmore, je

439

vous aurais fait connaître mes sentiments de manière très précise.

— Ooooo, roucoula-t-elle. J'en ai des picotements dans les cuisses.

— Je vous en prie, épargnez-moi l'image de vos guiboles.

— Vous n'en mourriez pas, Mr Noonan, dit-elle sans paraître s'émouvoir. À quoi dois-je le plaisir de votre appel ?

— J'ai renvoyé Mr Osgood sans réponse.

— Max l'avait envisagé. Il a dit exactement : "Notre jeune maquereau croit à la valeur d'une réponse faite en personne. Il suffit de l'observer pour s'en rendre compte."

— Il est en rogne lorsqu'il perd, n'est-ce pas ?

— Mr Devory ne perd *jamais*. » La température de sa voix avait chuté d'au moins vingt degrés et toute sa bonne humeur moqueuse s'était évaporée en cours de route. « Il lui arrive de changer d'objectifs, mais il ne perd pas. C'est plutôt vous qui aviez l'air d'un perdant, ce soir, Mr Noonan, quand vous barbotiez dans le lac en poussant de grands cris. Vous avez eu peur, n'est-ce pas ?

— Oui. Très peur.

— C'était justifié. Je me demande si vous mesurez la chance que vous avez eue.

— Puis-je vous dire quelque chose ?

— Bien sûr, Mike — si vous permettez.

— Non. Restez-en plutôt à Mr Noonan. Vous m'écoutez ?

— Je suis suspendue à vos lèvres.

— Votre patron est vieux, il est cinglé, et je soupçonne qu'il n'est même plus capable de tenir le compte de ses points, dans une partie de Yahtzee — alors gagner un procès en garde d'enfant... Il l'a perdu depuis une semaine.

— C'est tout ?

— Non. Et faites bien attention à ce que je vous

440

dis : si jamais vous ou lui faisiez la moindre tentative pour recommencer ce cirque, je retrouverai ce vieil enfoiré et je lui enfoncerai sa saloperie de masque plein de morve dans le troufignon, si haut qu'il pourra se ventiler les poumons par le bas. Et si jamais je vous vois sur la Rue, Mrs Whitmore, ce ne sont pas les pierres qui manquent sur mon terrain. Me suis-je bien fait comprendre ? »

Je m'arrêtai, haletant, stupéfait mais aussi quelque peu honteux. Je l'aurais pris de haut, si l'on m'avait dit que j'étais capable de tenir de tels propos.

Comme le silence se prolongeait, je repris : « Toujours en ligne, Mrs Whitmore ?

— Oui, toujours. » J'aurais aimé qu'elle soit furieuse, mais son ton était celui de l'amusement. « Qui est-ce qui est en rogne, en ce moment, Mr Noonan ?

— Moi, dis-je, et ayez soin de ne pas l'oublier, espèce de salope qui avez tenté de m'assassiner.

— Quelle est votre réponse à Mr Devory ?

— J'accepte son marché. Je la ferme, les avocats la ferment, il n'interfère plus dans la vie de Kyra et Mattie. Si, par ailleurs, il continue de...

— Je sais, je sais, vous lui tombez dessus et vous l'assommez. Je me demande comment vous allez vous sentir dans une semaine, stupide et prétentieux personnage ! »

Avant d'avoir eu le temps de répliquer — j'étais sur le point de lui dire que même dans le meilleur des cas, elle lançait toujours comme une gonzesse — elle avait raccroché.

Je restai quelques secondes le téléphone à la main, puis en fis autant. Y avait-il un piège ? Il me semblait en flairer un, sans cependant y croire vraiment. Il fallait parler de tout cela à John. Il n'avait pas laissé le numéro de ses parents sur son répondeur, mais Mattie l'avait. Néanmoins, si je la rappelais, je serais obligé de lui raconter ce qui venait de se passer. Ce ne serait peut-être pas plus mal de remettre ce coup de fil à demain. De passer la nuit là-dessus.

Je me fourrai machinalement la main dans la poche et faillis m'empaler sur le couteau à steak que j'y avais dissimulé. Je l'avais complètement oublié, celui-là. Je le sortis et le rapportai dans la cuisine pour le ranger. Puis je récupérai l'aérosol et me tournai pour le poser sur le haut du frigo en compagnie de ses vieux potes, et m'arrêtai. À l'intérieur du cercle de fruits et légumes, il y avait ceci :

all

vers

19n

Avais-je disposé moi-même ces lettres ? M'étais-je enfoncé si profondément dans ma transe que j'avais créé un embryon de mots croisés sur le réfrigérateur sans m'en souvenir ?

C'est peut-être quelqu'un d'autre qui en est l'auteur... l'un de mes hôtes invisibles.

« Aller vers 19n », dis-je à haute voix, effleurant les lettres du bout des doigts. Un cap, sur une boussole ? À moins que cela ne fût *aller à 19 verticalement*. On retombait sur un problème de mots croisés. Il arrive parfois, dans une grille, que la définition soit un simple renvoi à une autre : *Voir 19 verticalement* ou *horizontalement*. Si tel était le sens ici, quelle grille devais-je aller consulter ?

« Un petit coup de main ne me ferait pas de mal », dis-je, mais il n'y eut pas de réponse — ni sur le plan astral ni au fond de ma tête. Je finis par prendre la bière que je m'étais promise, et repartis avec pour le canapé. J'ouvris mon recueil de mots croisés « niveau coriace » et regardai la grille sur laquelle je m'escrimais en ce moment. Le thème général en était l'alcool et il était rempli de ces stupides jeux de mots que seuls les accros de mots croisés trouvent amusants. Acteur

442

ivre ? Marlon Brandy. Roman du Sud alcoolisé ? *Autant en emporte le vin*. Ce qui pousse un procureur à boire ? Le talent des avodkas... Quant à la définition du 19 verticalement, c'était « infirmière orientale », autrement dit une « amah », comme tout le monde le sait. Il n'y avait rien dans cette grille imbibée, pour autant que je pouvais le voir, qui soit relié à ce qui se passait dans ma vie.

Je parcourus le recueil, regardant quelques-unes des grilles à *19 verticalement*. Outil de marbrier (ciseau)... Le rêve du journaliste (scoop)... Ester d'éthanol (Isomère). Je jetai le bouquin, dégoûté. Et d'ailleurs, qu'est-ce qui me prouvait que la solution figurait parmi ces grilles-ci plutôt que dans un autre recueil ? Il y en avait probablement une cinquantaine qui traînaient dans la maison, et au moins quatre ou cinq rien que dans le tiroir de la table sur laquelle était posée ma bière. Je m'enfonçai dans le canapé et fermai les yeux.

J'ai toujours bien aimé les morues... et parfois leur place est sur ma figure !

C'est l'endroit où les chiens bien dressés et les bâtards errants peuvent marcher côte à côte.

Aucun ivrogne ici, chacun prend son tour.

C'est ici que ça s'est passé. Exact.

Je m'endormis pour me réveiller trois heures plus tard, la nuque raide, avec des élancements terribles à l'arrière du crâne. Le tonnerre grondait sourdement au-dessus des Montagnes Blanches, et je trouvai qu'il faisait très chaud dans la maison. Lorsque je quittai le canapé, la toile du jean resta plus ou moins collée contre mes cuisses. Je me traînai jusque dans l'aile nord comme un vieillard, aperçus mes vêtements mouillés (j'avais fini par les jeter dans un coin), envisageai d'aller les ranger dans la lingerie pour décider finalement que si je continuais à me pencher en avant, ma tête allait exploser.

« Dites, les fantômes, si vous vous en occupiez ? grommelai-je. Vous avez bien été capables de changer mes vêtements de place sur le séchoir, alors pourquoi ne pas mettre ceux-là dans le panier ? »

J'urinai, pris trois aspirines et allai me coucher. Je m'éveillai une deuxième fois au cours de la nuit et entendis sangloter l'enfant.

« Calme-toi, dis-je. Calme-toi, Kyra. Personne ne va t'enlever à ta maman. Tu es en sécurité. » Puis je me rendormis.

CHAPITRE 19

Le téléphone sonnait. Noyé dans un rêve où je n'arrivais pas à retrouver ma respiration, je m'élevai vers lui, grimpai dans le soleil du matin, avec une grimace de douleur tant ma nuque me fit mal lorsque je posai les pieds par terre. Il allait s'arrêter de sonner le temps que je m'y rende, comme presque toujours dans ces cas-là, sur quoi je retournerais m'allonger et resterais dix minutes à me demander qui avait pu appeler avant de me lever pour de bon.

Dringgg... dringgg... dringgg...

Dix fois ? Douze ? J'en avais perdu le compte. Un obstiné. J'espérais qu'il ne venait pas m'annoncer des ennuis, tout en me disant qu'en général les gens s'entêtent moins lorsque les nouvelles sont bonnes. Je me touchai délicatement la nuque du bout des doigts. Elle était encore très douloureuse, mais la pulsation profonde et pénible de la veille semblait s'être évanouie. Et je n'avais pas de sang sur les doigts lorsque je les examinai.

J'arrivai dans le vestibule et décrochai. « Allô ?

— Eh bien, vous n'avez plus à vous inquiéter d'aller témoigner, dans l'affaire pour la garde de la petite, au moins.

444

— Bill ?

— Tout juste.

— Mais comment savez-vous... ? » Je me penchai par la porte pour jeter un coup d'œil à ce crétin de Félix le Chat. Sept heures vingt du matin, et la chaleur était déjà oppressante. Plus chaud que dans un four, comme disent les Martiens du TR. « Comment savez-vous qu'il a décidé...

— Je ne sais strictement rien de ses affaires, répondit Bill, l'air un peu vexé. Il ne m'a jamais appelé pour me demander des conseils, et je n'ai jamais appelé pour lui en donner.

— Mais enfin, qu'est-ce qui est arrivé ? Qu'est-ce qui se passe ?

— Vous n'avez pas encore vu, à la télé ?

— Je n'ai même pas encore pris mon café. »

Il ne fallait pas attendre d'excuses de la part de Bill ; pour lui, les gens qui se levaient après six heures du matin n'avaient que ce qu'ils méritaient. J'étais cependant bien réveillé, à présent. Et je commençais à me faire ma petite idée sur ce qui allait suivre.

« Devory s'est suicidé, la nuit dernière, Mike. Il s'est foutu dans une baignoire d'eau chaude et a enfilé un sac en plastique sur sa tête. Ça n'a pas dû lui prendre longtemps, vu l'état dans lequel étaient ses poumons. »

Non, probablement, me dis-je. En dépit de la chaleur estivale moite qui s'était déjà installée dans la maison, je frissonnai.

« Qui l'a trouvé ? La femme ?

— Tout juste, pardi.

— Quand ça ?

— Peu avant minuit, d'après ce qu'ils ont raconté aux infos de Canal 6. »

Au moment, à très peu de chose près, où je m'étais réveillé sur le canapé et étais allé me mettre au lit, raide et endolori.

« Est-elle impliquée ?

— Vous pensez qu'elle lui a donné un coup de main ? Ils n'ont rien dit dans ce sens, à la télé. Le moulin à cancans du Lakeview doit tourner à plein régime, à l'heure actuelle, mais je n'ai pas encore été chercher mon sac de farine. Si jamais elle l'a aidé, ça m'étonnerait qu'elle ait des ennuis pour autant — vous ne croyez pas ? Il avait quatre-vingt-cinq ans et n'allait pas très bien.

— Savez-vous s'il doit être enterré ici ?

— Non, en Californie. Elle a dit que les funérailles auraient lieu à Palm Springs, mardi prochain. »

Je fus submergé par un sentiment d'étrangeté comme je n'en avais jamais connu, en prenant conscience que l'origine des problèmes de Mattie allait sans doute se retrouver gisant dans une chapelle remplie de fleurs au moment même où les amis de Kyra Devory digéreraient leur déjeuner et s'apprêteraient à se lancer le frisbee. *Voilà quelque chose à célébrer*, me dis-je. *Je ne sais pas comment ils vont organiser la cérémonie, dans la petite chapelle Notre-Dame-des-Micro-Puces, à Palm Springs, mais sur Wasp Hill Road, on va danser, lever les bras au ciel et exulter.*

Jamais de ma vie je ne m'étais réjoui à l'annonce de la mort de quelqu'un ; je fus cependant content d'apprendre celle de Max Devory. J'étais désolé d'éprouver un tel sentiment, mais il était indéniable. Ce vieux salopard m'avait expédié dans le lac... la nuit n'était pas terminée, cependant, que c'était lui qui se noyait. La tête dans un sac en plastique et le corps plongé dans un bain d'eau tiède.

« Comment se fait-il que les types de la télé aient été aussi rapidement sur le coup ? Vous avez une idée ? » Ils n'avaient pas été spécialement rapides, puisqu'il s'était écoulé sept heures entre la découverte du corps et le bulletin d'information, mais les gens de la télé ont tendance à être un peu paresseux.

« Whitmore les a appelés. Elle a tenu une conférence de presse à deux heures du matin, dans le hall du Warrington's. Elle a répondu aux questions sur ce gros canapé rouge, celui que Johanna aurait bien vu comme peinture dans un saloon, avec une fille nue dessus. Vous vous rappelez ?

— Ouais.

— J'ai aperçu deux adjoints du shérif qui se promenaient dans le secteur, et un type qui venait du salon funéraire de Motton, le Jaquard's.

— C'est bizarre.

— Exact. Le corps était sans doute encore à l'étage pendant que Whitmore sortait son baratin... mais elle affirme qu'elle ne faisait que suivre les ordres du patron. Paraît qu'il aurait laissé un enregistrement dans lequel il dit qu'il avait choisi un vendredi soir pour ne pas affecter le cours des actions de sa société ; qu'il voulait que Rogette convoque la presse tout de suite pour déclarer officiellement que la société était solide, qu'entre son fils et le conseil d'administration, tout allait se passer nickel. C'est ensuite qu'elle a expliqué que les funérailles auraient lieu à Palm Springs.

— Il se suicide, puis tient une conférence de presse par personne interposée pour calmer les actionnaires...

— Tout juste. C'est bien de lui, ça. »

Il se fit un silence. J'essayai de réfléchir, sans y parvenir. Je n'avais qu'une envie, monter au premier et me mettre au travail, mal au crâne ou pas. Qu'un désir, rejoindre Andy Rake, John Shackleford et l'ami d'enfance de celui-ci, l'horrible Ray Garraty. Il y avait de la folie dans mon histoire, mais c'était une folie que je comprenais.

« Dites-moi, Bill, finis-je par demander, sommes-nous toujours amis ?

— Bon Dieu, oui ! répondit-il vivement. Mais si vous constatez que les gens n'ont pas trop envie de causer avec vous, vous saurez pourquoi, n'est-ce pas ? »

Et comment. Nombreux allaient être ceux qui me reprocheraient la mort du vieux Devory. C'était du délire, étant donné son état physique, et cette opinion ne serait nullement majoritaire, mais elle acquerrait un certain crédit, au moins à court terme. J'en étais aussi sûr que je l'étais de la vérité, en ce qui concernait Ray Garraty.

Les gosses, il était une fois une poule revenue vivre dans le petit coin de terre où elle avait été un simple poussin couvert de duvet. Elle se mit à pondre des œufs en or un peu partout et les gens du pays étaient aux petits soins pour elle afin de recevoir chacun leur part. Malheureusement, cette poule passa à la casserole, et il fallut bien en attribuer la faute à quelqu'un. On allait m'accuser, mais la pression serait encore plus grande sur Mattie ; elle avait eu la témérité de se battre pour garder son enfant au lieu de le donner gentiment et de la fermer comme on le lui demandait.

« Profil bas pendant les quelques semaines qui viennent, me conseilla Bill. C'est mon idée. En fait, si vous aviez des affaires à régler ailleurs que dans le TR jusqu'à ce que les choses se soient calmées, ce serait encore mieux.

— J'apprécie l'intention qu'il y a derrière ces suggestions, Bill, mais je ne peux pas. J'écris un livre. Si je prenais mes cliques et mes claques pour aller l'achever ailleurs, je risquerais de ne pas écrire une page de plus. C'est un truc qui m'est déjà arrivé, et je ne tiens pas à ce que ça recommence.

— C'est une bonne histoire, hein ?

— Pas mal, mais ce n'est pas le problème. C'est... disons, si vous le voulez bien, que ce bouquin-ci est important pour moi pour d'autres raisons.

— Le problème serait le même, si vous n'alliez pas plus loin que Derry ?

— Essaieriez-vous de vous débarrasser de moi, William ?

— J'essaie de veiller à ce que les choses se passent bien, c'est tout. Le gardiennage, c'est mon boulot, vous savez. Mais n'allez pas raconter que vous n'avez pas été averti ; je vous le dis, ça va bourdonner, dans la ruche. Deux histoires courent sur votre compte, Mike. L'une dit que vous couchez avec Mattie Devory. L'autre, que vous êtes revenu ici pour écrire une histoire très sanglante sur le TR. En sortant tous les vieux squelettes possibles des placards.

— Pour finir le boulot commencé par Jo, en d'autres termes. Qui raconte cette histoire, Bill ? »

Il garda le silence. Nous étions de nouveau sur un terrain glissant, plus glissant que jamais, même.

« Je suis en train d'écrire un roman, Bill. Qui se déroule en Floride.

— Ah bon ? »

Je n'aurais jamais pensé ces deux syllabes capables de contenir autant de soulagement.

« Ne croyez-vous pas que vous pourriez peut-être faire passer le mot ?

— Pourquoi pas ? Mais si vous en parlez à Brenda Meserve, il passera encore plus vite et ira encore plus loin.

— Très bien, je le ferai. Pour ce qui est de Mattie...

— Mike, vous n'avez aucune raison de...

— Je ne couche pas avec elle. Il n'en a jamais été question. La question est celle-ci : vous tournez le coin de la rue et vous voyez un grand costaud qui flanque une correction à un petit maigrichon — vous faites quoi ? » Je marquai un temps d'arrêt. » Elle et son avocat ont décidé de faire un barbecue chez elle, mardi midi. J'ai prévu de me joindre à eux. Est-ce que les gens du coin vont penser que nous dansons sur la tombe de Devory ?

— Certains, oui. Merrill, par exemple. Dickie Brooks aussi. Les vieilles femmes en pantalon, comme les appelle Yvette.

— Eh bien, qu'ils aillent se faire foutre, tous autant qu'ils sont.

— Je comprends ce que vous ressentez, mais conseillez-lui de ne pas s'installer sous le nez des gens,

449

dit-il sur un ton qui suppliait presque. Faites au moins cela, Mike. Elle n'en mourra pas, tout de même, de mettre son barbecue derrière la caravane, hein ? Là, au moins, les gens qui la surveillent depuis le magasin ou le garage ne verront rien, à part la fumée.

— Je ferai passer le message. Et si je participe aux agapes, je transporterai moi-même le barbecue derrière.

— Ce serait aussi bien qu'on ne vous voie pas trop souvent en compagnie de cette femme et de sa petite fille. Vous pouvez me répondre que c'est quelque chose qui ne me regarde pas, mais je vous parle comme un vieil oncle ; ce que je dis, c'est pour votre bien. »

Un flash de mon rêve me revint alors. L'exquise sensation de la pénétrer. Les petits seins à la pointe durcie. Sa voix dans l'obscurité, me disant de lui faire tout ce que je voulais. Mon corps réagit presque sur-le-champ. « Je le sais, Bill.

— Très bien. » Il parut soulagé que je ne me fâche pas — que je ne lui fasse pas la leçon, comme il aurait dit. « Je vais vous laisser prendre votre petit déjeuner.

— Merci de m'avoir appelé, en tout cas.

— J'ai bien failli ne pas le faire. C'est Yvette qui m'a convaincu. Elle m'a dit : "T'as toujours préféré Mike et Jo Noonan à tous ceux que t'as gardiennés. Tu vas pas te mettre mal avec lui maintenant qu'il est revenu."

— Dites-lui que j'apprécie. »

Je raccrochai, mais restai dans la contemplation du téléphone, songeur. Nous étions de nouveau en bons termes... mais pas exactement amis, me semblait-il. En tout cas pas comme nous l'avions été. Mes sentiments avaient changé lorsque je m'étais rendu compte qu'il me mentait à propos de certaines choses et gardait le silence sur d'autres ; changé aussi lorsque j'avais compris le nom qu'il avait failli donner à Sara et aux Red-Tops.

Tu ne peux pas condamner un homme sur ce qui n'est peut-être que le produit de ton imagination.

Certes, et j'essaierai de ne pas le faire... mais je n'en savais pas moins ce que je savais.

J'allai dans le séjour, branchai la télé et la coupai aussitôt. Je pouvais recevoir une bonne cinquantaine de chaînes, via le satellite, mais aucun émetteur local. Il y avait une petite télé portable dans la cuisine, cependant, et si je dirigeais ses oreilles de lapin vers le lac, je capterais WMTW, la filiale d'ABC, dans le Maine occidental.

Je pris le mot de Rogette, passai dans la cuisine, et allumai le petit Sony placé sous le placard de la cafetière. C'était l'heure de *Good Morning America*, mais le décrochage pour les nouvelles régionales n'allait pas tarder. Entre-temps je parcourus la lettre, me concentrant cette fois sur le mode d'expression davantage que sur le sens du message auquel, la veille, j'avais accordé toute mon attention.

Max espère retourner en Californie en jet privé très prochainement...

Il a des affaires à régler là-bas qui ne peuvent attendre...

Si vous lui permettez de reposer en paix...

Ni plus ni moins le mot que laisse un candidat au suicide.

« Tu le savais, dis-je, passant le gras du pouce sur les lettres en relief de son nom. Tu le savais quand tu l'as écrit, et probablement aussi quand tu me lançais tes cailloux. Mais pourquoi ? »

La garde d'un enfant implique des responsabilités, avait-elle aussi écrit, *et il vous prie instamment de ne pas oublier qu'il vous l'a dit.*

L'affaire de la garde de Kyra était terminée, non ? Même un juge stipendié, vendu, ne pouvait accorder la garde d'un enfant à un homme décédé.

Puis *Good Morning America* laissa place aux informations locales, dont le principal sujet était le suicide de Max Devory. L'image était neigeuse, mais je reconnus le canapé rembourré dont Bill avait parlé, et Rogette Whitmore, assise dessus, digne, les mains croisées sur les genoux. Parmi les policiers, à l'arrière-plan, je crus reconnaître George Footman, mais l'image était trop mauvaise pour que je puisse en être absolument sûr.

Mr Devory avait souvent parlé de mettre un terme à ses jours au cours des huit derniers mois, disait Rogette Whitmore. Il était en très mauvaise santé. Il lui avait demandé de sortir se promener avec lui la veille, et elle se rendait compte maintenant qu'il avait voulu voir un dernier coucher de soleil. Il a été superbe, ajouta-t-elle. J'aurais pu le confirmer ; je me souvenais fort bien de ce coucher de soleil, ayant failli me noyer dans ses rougeoiements.

Rogette lisait la déclaration de Devory lorsque mon téléphone sonna à nouveau. C'était Mattie, qui pleurait avec de grands hoquets.

« Les nouvelles, dit-elle. Mike, est-ce que vous avez vu... est-ce que vous savez... »

Elle ne put rien dire de plus cohérent, au début. Je lui répondis que j'étais au courant, que Bill Dean m'avait appelé et que je venais de regarder les nouvelles locales. Elle essaya de répondre, mais resta incapable de parler. La culpabilité, le soulagement, l'horreur, même l'hilarité — il y avait tout cela dans ses sanglots. Je lui demandai où se trouvait Kyra. Je comprenais très bien ce qu'elle ressentait — jusqu'à ce qu'elle écoute les informations, ce matin, elle avait toujours cru que le vieux Max Devory était son plus farouche ennemi —, mais je n'aimais pas trop l'idée d'une fillette de trois ans voyant sa mère dans cet état.

« Dehors, réussit-elle à dire. Elle a pris son petit déjeuner. Et elle fait un pique-nique de p...p...p, de p...p...

— De poupée. Oui. Bien. Laissez-vous aller, dans ce cas. Complètement. Faites tout sortir. »

Elle pleura ainsi pendant au moins deux minutes, sinon plus longtemps. J'attendis debout, le téléphone collé à l'oreille, transpirant dans la chaleur de juillet, m'efforçant de ne pas m'impatienter.

Je vais vous donner une chance de sauver votre âme, avait dit Devory. Mais, ce matin, c'était lui qui était mort et lui dont l'âme se trouvait là où elle était, où que ce soit. Il était mort, Mattie était libre et j'écrivais. J'aurais dû trouver la vie merveilleuse — eh bien, non.

Finalement, elle commença à retrouver un peu de son sang-froid. « Je suis désolée. Je n'avais pas pleuré comme ça — vraiment pleuré, je veux dire — depuis la mort de Lance.

— C'est compréhensible, et vous en avez parfaitement le droit.

— Venez déjeuner, dit-elle. Je vous en prie, venez déjeuner avec moi, Mike. Ki doit passer l'après-midi avec une copine dont elle a fait la connaissance au catéchisme, et nous pourrons parler. J'ai besoin de parler à quelqu'un... Mon Dieu, j'en ai la tête qui tourne. Dites oui, je vous en prie.

— J'en serais absolument ravi, mais c'est une mauvaise idée. En particulier si Kyra n'est pas là. »

Je lui rapportai la version expurgée des propos que m'avait tenus Bill Dean. Elle m'écouta attentivement. Je m'attendais plus ou moins à une explosion de colère de sa part, mais j'avais oublié un fait tout simple : Mattie Stanchfield Devory avait vécu toute sa vie ici. Elle savait comment ça se passait.

« Je me doute bien que les choses s'arrangeront plus vite si je garde les yeux baissés, la bouche fermée et les genoux serrés, dit-elle, et je ferai de mon mieux pour ne pas me faire remarquer, mais il ne faut pas m'en demander trop, tout de même. Ce sale bonhomme a essayé de m'enlever ma fille, bon sang, est-ce qu'ils ne peuvent pas comprendre cela, dans leur foutu magasin ?

— Je l'ai compris, moi.

— Je sais. Et c'est pour cette raison que je voulais vous parler.

— Et que diriez-vous si nous dînions de bonne heure, dans le parc de Castle Rock ? Au même endroit que vendredi dernier ? Vers cinq heures, disons ?

— Je serais obligée d'emmener Kyra...

— Encore mieux. Dites-lui donc que je connais l'histoire de *Hansel et Gretel* par cœur et que je ne demande qu'à la lui raconter. Allez-vous appeler John à Philadelphie ? Lui donner les détails ?

— Oui, mais je vais attendre une petite heure avant. Mon Dieu, je suis si heureuse ! Je sais que c'est mal, mais je suis si heureuse que je pourrais exploser !

— On est deux dans ce cas, alors. » Il y eut un silence à l'autre bout de la ligne, puis je l'entendis qui reprenait sa respiration, avec un dernier sanglot. « Mattie ? Ça ne va pas ?

— Si, si... mais comment annonce-t-on à une gamine de trois ans que son grand-père est mort ? »

Dites-lui que ce vieux chnoque a glissé et est tombé la tête la première dans un sac-poubelle, pensai-je. Je fus obligé de me plaquer la main sur la bouche pour étouffer la crise de fou rire que je sentais monter.

« Je ne sais pas, mais il faudra le faire dès qu'elle va rentrer.

— Ah bon ? Et pourquoi ?

— Parce qu'elle va vous voir. Elle va voir la tête que vous devez avoir. »

Je tins exactement deux heures dans le bureau du premier mais la chaleur finit par m'en chasser ; à dix heures, le thermomètre du perron affichait déjà trente-cinq degrés. Il devait bien en faire cinq de plus au premier étage.

Espérant que je ne commettais pas une erreur, je débranchai l'IBM et la transportai au rez-de-chaussée.

J'étais torse nu et, en traversant le séjour, la machine glissa le long de mon corps à cause de la transpiration, si bien que je faillis me flanquer cette saleté d'antiquité sur les orteils. Ce qui me fit penser à ma cheville, celle que je m'étais tordue en tombant dans le lac. Je posai la machine à écrire pour m'examiner. La peau avait pris des nuances noires, violacées et rougeâtres sur les bords, mais je n'avais pas l'articulation tellement enflée. Je supposai que mon immersion prolongée dans l'eau fraîche avait dû avoir un effet inhibiteur.

Je déposai l'IBM sur la table de la terrasse, réussis à trouver un prolongateur, allai le brancher sous l'œil vigilant de Bunter et m'assis face au lac, d'où montait une brume gris-bleu. J'attendis que se produise une des mes anciennes crises d'angoisse — l'estomac qui se noue, les yeux qui pulsent et, pis que tout, cette sensation d'avoir la poitrine prise dans un étau, et de ne plus pouvoir respirer. Rien de tel n'arriva. Les mots me venaient aussi facilement ici qu'au premier étage, et mon torse nu appréciait pleinement la brise qui soufflait de temps en temps du lac, par petites bouffées. J'oubliai Max Devory, Mattie Devory, Kyra Devory. J'oubliai Johanna Noonan et Sara Tidwell. Je m'oubliai moi-même. Pendant deux heures, je fus de retour en Floride. L'heure de l'exécution approchait, pour John Shackleton. Andy Rake courait contre la montre.

C'est le téléphone qui me fit redescendre sur terre et, pour un fois, je ne fus pas fâché de l'interruption. Sinon, j'aurais pu continuer à écrire jusqu'à ce que je me liquéfie et qu'il ne reste plus de moi qu'une flaque de transpiration sur la terrasse.

C'était mon frère. Nous parlâmes de maman — de l'avis de Siddy, ce n'était plus quelques tuiles qui lui manquaient, mais tout le toit — et de sa sœur Francine, qui s'était fracturé le col du fémur en juin. Sid me demanda comment j'allais ; je lui dis que j'allais très bien, que j'avais eu quelques petits problèmes avec mon nouveau livre mais que tout semblait rentré dans l'ordre, à présent (dans ma famille, le seul moment décent pour parler de ses ennuis, c'est quand ils sont terminés). Et comment allait le fiston ? « Ça baigne », me répondit-il, ce qui, supposai-je, voulait dire qu'il allait bien ; mon neveu a douze ans, et l'argot de Siddy est par conséquent plus à jour que le mien. Son boulot d'expert-comptable commençait à rendre, mais il avait eu la frousse pendant un moment (c'était la première fois que j'en entendais parler, évidemment). Il ne pourrait jamais me remercier assez pour le prêt-relais que je lui avais consenti en novembre dernier. Je lui fis remarquer que c'était le moins que je pouvais faire, ce qui était la vérité absolue, en particulier quand je songeais à tout le temps qu'il passait avec notre mère, par rapport à moi, en personne comme au téléphone.

« Bon, je vais te laisser », me dit-il après un dernier échange de plaisanteries ; il ne me dit jamais : « Au revoir » ou « À bientôt », quand il est au téléphone, mais toujours : « Bon, je vais te laisser », comme s'il me retenait en otage. « T'as intérêt à rester planqué au frais, Mike. D'après la météo, il paraît qu'il va faire une chaleur d'enfer pendant tout le week-end, en Nouvelle-Angleterre.

— Il y a toujours le lac, si ça devient trop insupportable. Hé dis, Sid...

— Hé dis quoi ? » Comme le « Bon, je vais te laisser », « Hé dis » remontait à notre enfance. Cela avait quelque chose de réconfortant, mais aussi d'un peu inquiétant.

« Nos ancêtres venaient tous de Prout's Neck, n'est-ce pas ? Du côté de papa, bien sûr. » Maman, elle, venait d'un monde entièrement différent : un monde où les hommes portaient des polos Lacoste, les femmes de vastes culottes sous leurs robes, et où tout le monde connaissait les paroles de l'hymne national. Elle avait rencontré mon père à Portland, où elle était venue pour une compétition de majorettes. La mater familias appartenait au gratin de Memphis, ma chère, et elle ne vous laissait pas l'oublier.

« Il me semble bien, répondit-il. Ouais. Mais ne va pas me poser de questions sur l'arbre généalogique des Noonan, Mike. Je ne sais toujours pas quelle est la différence entre un neveu et un cousin, comme je l'avais dit à Jo.

— Tu l'as dit à Jo ? » Je venais d'être envahi par un grand silence intérieur... mais je n'étais pas étonné. Je n'étais plus étonné.

« Tiens, bien sûr.

— Qu'est-ce qu'elle voulait savoir ?

— Tout ce que je savais, moi. C'est-à-dire pas grand-chose. J'aurais bien pu lui parler de l'arrière-arrière-grand-père de maman, celui qui a été tué par les Indiens, mais ce côté de la famille ne paraissait pas l'intéresser.

— Ça remonte à quand ?

— Est-ce important ?

— Pourrait l'être.

— D'accord. Voyons... Il me semble me rappeler que c'était au moment de l'appendicite de Patrick. Ouais, j'en suis sûr. En février 94. Ou à la rigueur en mars, mais plus probablement en février. »

Six mois avant le parking de la pharmacie. Johanna s'avançant dans l'ombre de sa propre mort comme une femme qui s'avance dans l'ombre d'une marquise. Pas enceinte, cependant, pas encore. Johanna faisant des allers et retours au TR dans la journée. Johanna posant des questions, dont certaines avaient le don de mettre les gens mal à l'aise, à en croire Bill Dean — elle n'en avait pas moins continué à les poser. Ouais. Parce que lorsqu'elle s'était mis quelque chose dans la tête, Jo était comme un bull-terrier qui tient un chiffon entre ses mâchoires. Avait-elle posé des questions à l'homme corpulent en veston de sport marron ? Et *qui* était cet homme en veston de sport marron ?

« Pat était à l'hôpital, j'en suis sûr. Le Dr Alpert

nous avait assuré que tout s'était très bien passé, mais lorsque le téléphone a sonné, il m'a tout de même fait sursauter — je m'attendais à moitié à ce que ce soit lui, Alpert, me disant qu'il y avait des complications.

— Au nom du ciel, Sid, de qui tiens-tu ce sens de la catastrophe imminente ?

— Je n'en sais rien, vieux, mais c'est comme ça. Bref, ce n'était pas Alpert, mais Johanna. Elle voulait savoir si nous n'avions pas des ancêtres, à trois ou même quatre générations de nous, qui auraient vécu là où tu es en ce moment, ou dans le secteur. Je lui ai répondu que je l'ignorais, mais que toi, tu le savais peut-être. Sur quoi elle m'a dit qu'elle ne voulait pas te le demander pour te faire la surprise. Tu l'as eue, ta surprise ?

— Et comment... Mais papa était pêcheur de homards...

— Veux-tu bien te taire ! C'était un *artiste* — un primitif côtier —, c'est ce que disait toujours maman. » Sid était presque sérieux.

« Déconne pas, il fabriquait des tables basses avec de vieux casiers à homards et des macareux en bois pour décorer les pelouses, et il s'est mis à vendre sa camelote aux touristes, quand il a eu trop de rhumatismes pour aller remonter ses casiers dans la baie.

— Je sais, mais c'est la version revue et corrigée de son mariage par maman, comme on fait pour les films qui passent à la télé. »

On ne peut plus exact. Notre version familiale de Blanche Dubois. « Papa état pêcheur de homards à Prout's Neck. Il...

— Papa était une pierre qui roule, chanta Sid, horriblement faux, de sa voix de ténor. Et partout où il accrochait son chapeau il était chez lui...

— Arrête, c'est sérieux. C'était son propre père qui lui avait légué son premier bateau, non ?

— C'est ce que dit l'histoire. Le *Lazy Betty* de Jack Noonan, dont le premier propriétaire avait été Paul

Noonan. Également de Prout's Neck. Un bateau qui en a sacrément bavé pendant l'ouragan Donna, en 1960. » C'était bien Donna, non ?

L'année de ma naissance. « Sur quoi papa l'a mis en vente l'année suivante.

— Ouais. Je ne sais pas ce qu'il est devenu ensuite, mais tout a commencé avec papy Paul, c'est sûr. Tu te souviens de tous ces ragoûts de homard que nous avons pu manger quand on était gosses, Mikey ?

— L'ordinaire de la côte... », répondis-je, la tête ailleurs. Comme tous ceux qui ont grandi le long de la côte du Maine, je ne peux m'imaginer commandant du homard dans un restaurant : c'est bon pour les continentaux. Je pensais à papy Paul, qui était né dans les années 1890. Paul Noonan avait donné naissance à Jack Noonan et Jack Noonan à Mike et Sid Noonan ; à cela se résumait tout ce que je savais de façon certaine, mis à part le fait que les Noonan avaient tous vécu bien loin de l'endroit où j'étais en train de me triturer les méninges.

Ils chiaient dans le même trou.

Devory s'était trompé, voilà tout ; quand nous autres, Noonan de la dernière génération, ne portons pas de polos de marque et n'appartenons pas au gratin de Memphis, nous sommes de Prout's Neck. Il était bien peu probable que l'arrière-grand-père de Max Devory et le mien, en outre, aient pu avoir des relations dans ce genre ; le vieux chnoque était deux fois plus vieux que moi, ce qui signifiait que les générations ne correspondaient pas.

S'il avait eu tout faux sur toute la ligne, cependant, qu'est-ce que Johanna avait bien pu rechercher ?

« Mike ? Toujours là ?

— Ouais.

— Tu vas bien ? À t'entendre, ce n'est pas très évident, je dois te le dire.

— C'est la chaleur. Sans parler de ton sens de la catastrophe imminente. Merci d'avoir appelé, Siddy.

— Merci d'être là, grand frère.

— Ça baigne », dis-je.

J'allai dans la cuisine pour y prendre un verre d'eau fraîche. Tandis que je le remplissais, j'entendis les plots magnétiques qui glissaient sur la porte du frigo. Je fis volte-face, renversant une partie de l'eau sur mes pieds nus sans y prêter attention. J'étais aussi excité qu'un môme qui se croit sur le point d'apercevoir le Père Noël avant qu'il ne disparaisse dans la cheminée.

J'eus tout juste le temps de voir neuf lettres de plastique foncer vers l'intérieur du cercle, venant de toutes les directions : CARLADEAN. Mais cela ne dura qu'une seconde. Une présence, démesurée mais invisible, me frôla comme un obus. Pas un cheveu ne se déplaça sur ma tête, mais j'eus l'impression très vive d'être secoué, comme on l'est par le déplacement d'air d'un train express lorsqu'il passe à toute vitesse dans une gare et que l'on se tient trop près de la ligne jaune, sur le quai. Je poussai un cri de surprise et reposai mon verre à tâtons sur le comptoir, renversant presque tout ce qui restait d'eau. Je n'éprouvais plus aucun besoin de me rafraîchir, d'ailleurs, car la température de Sara Laughs venait de dégringoler furieusement.

Ma respiration se mit à former un petit nuage de vapeur, comme par une journée froide de janvier. Une bouffée, deux peut-être, puis il n'y eut plus rien — mais je n'avais pas rêvé et, pendant ce qui dura peut-être cinq secondes, la transpiration dont j'étais couvert me donna l'impression que j'étais enrobé de glace.

CARLADEAN explosa dans tous les sens — on aurait dit la destruction d'un atome dans un dessin animé. Lettres, fruits et légumes magnétiques se mirent à sauter du frigo et à pleuvoir dans la cuisine. Pendant quelques instants, l'explosion de violence à l'origine de cet éparpillement emplit l'air au point que j'arrivais presque à la sentir, comme l'odeur de la poudre à canon.

Puis quelque chose céda devant cette tempête et s'éloigna avec un soupir, un murmure mélancolique que j'avais déjà entendu : *Oh, Mike... Oh, Mike...* La même voix que celle qu'avait enregistrée le magnétophone, et si je n'en avais pas été sûr alors, je l'étais maintenant : la voix de Johanna.

Mais l'autre ? Qui était l'autre ? Et pourquoi avait-il dispersé les lettres ?

Carla Dean. Pas la femme de Bill, qui s'appelait Yvette. Sa mère ? Sa grand-mère ?

Je parcourus lentement la cuisine, récupérant les plots magnétiques comme des surprises dans une chasse au trésor, et les recollai par poignées entières sur le Kenmore. Rien ne vint me les arracher des mains ; la sueur ne devint pas glacée sur ma nuque ; la cloche de Bunter ne retentit pas. Et cependant, je n'étais pas seul, je le savais.

CARLA DEAN : Johanna avait voulu que je sache.

Quelque chose d'autre ne l'avait pas voulu. Quelque chose m'avait frôlé comme l'homme-obus de la foire, essayant de disperser les lettres avant que j'aie le temps de lire le message.

Il y avait Johanna ; il y avait un jeune garçon qui pleurait dans la nuit, aussi.

Et quoi d'autre ?

Quoi d'autre encore se trouvait sous mon toit ?

CHAPITRE 20

Je ne les vis pas, sur le coup, ce qui n'avait rien de surprenant ; on aurait dit que la moitié des habitants de Castle Rock était venue se réfugier dans le parc public, en cette fin d'après-midi d'un samedi étouffant. La lumière présentait cette brillance embrumée des jours d'été humides, et c'est dans cette atmosphère que les jeunes se massaient sur les aires de jeux, qu'un certain nombre d'hommes âgés en veston rouge vif — sans doute membres d'un même club — jouaient aux échecs, et qu'un groupe de jeunes gens, allongés sur l'herbe, écoutait un adolescent aux cheveux retenus par un catogan s'accompagner à la guitare pendant qu'il chantait un vieil air guilleret de Ian et Sylvia :

> *Ella Speed was havin her lovin fun,*
> *John Martin shot Ella with a Colt forty-one...*

Je ne vis aucun joggeur, pas plus que le moindre chien courant après un frisbee. Il faisait fichtrement trop chaud pour cela, tout simplement.

Je me tournai vers le kiosque à musique, où un groupe de huit musiciens, les Castle Rockers, était en train de s'installer (« In the Mood », j'en ai bien peur, était ce qui se rapprochait le plus de leur idée du rock and roll), lorsqu'une personne de très petite taille me heurta par-derrière, me saisissant juste au-dessus des genoux et manquant de peu me faire perdre l'équilibre.

« J't'ai eu ! s'écria le petit bout de chou avec une joie non dissimulée.

— Kyra ! lança Mattie d'un ton à la fois amusé et irrité. Tu as failli le faire tomber ! »

Je me tournai, posai au sol le sac McDonald's graisseux que je tenais à la main et soulevai la fillette. Geste naturel qui me fit une impression merveilleuse. On ne se rend pas compte du poids d'un enfant en bonne santé tant qu'on n'en a pas pris un dans ses bras, pas plus qu'on ne peut comprendre pleinement à quel point ils vibrent d'énergie et de vie. Je n'allai pas jusqu'à sombrer dans le sentimentalisme (« Ne te mets pas à chialer sur mon épaule », me murmurait parfois Siddy quand nous étions gosses, au moment d'un passage triste qui me mettait les larmes aux yeux, au cinéma), mais je dois dire néanmoins que je pensai à Johanna. Et à l'enfant qu'elle portait lorsqu'elle était tombée dans ce stupide parking — oui, à cela aussi.

Kyra glapissait et riait, les bras tendus, les cheveux attachés en couettes amusantes par deux barrettes représentant Raggedy Ann et Andy.

« On ne renverse pas son propre quarterback ! » protestai-je, souriant. Et, à mon grand ravissement, elle me répondit sur le même ton : « On renverse pas son prop' aterback ! On renverse pas son prop' aterback ! »

Je la remis sur ses pieds ; elle riait autant que moi et, voulant reculer d'un pas, elle tomba sur le derrière, si bien qu'elle se mit à s'esclaffer plus fort que jamais. Une pensée peu glorieuse me vint alors à l'esprit — brièvement, mais on ne peut plus sincère : si seulement le vieux crocodile pouvait voir à quel point on regrettait sa disparition... À quel point nous étions tristes...

Mattie se rapprocha. Elle était, ce soir, telle que je l'avais vaguement imaginée lors de notre première rencontre : semblable à ces ravissants enfants des classes privilégiées que l'on voit dans les country clubs faisant les idiots avec leurs amis, ou assis bien sagement autour d'une table, avec leurs parents. Elle portait une robe sans manches et des talons plats ; ses cheveux lui retombaient librement sur les épaules et elle ne s'était mis qu'une légère touche de rouge à lèvres. Ses yeux avaient un éclat que je n'y avais encore jamais vu. Quand elle me serra dans ses bras, je humai son parfum et sentis la pression de ses petits seins fermes.

Je l'embrassai sur la joue ; elle posa un baiser haut sur ma pommette, et le bruit qu'il fit à mon oreille se propagea tout le long de mon dos. « Dites-moi que tout va aller bien, à présent, murmura-t-elle sans me lâcher.

— Tout va même aller très bien », dis-je, et elle me serra plus fort contre elle. Puis elle s'écarta d'un pas.

« J'espère que grand gaillard a apporté beaucoup

nourriture, car nous femmes beaucoup affamées. N'est-ce pas, Kyra ?

— Z'ai renversé mon prop' aterback ! répondit la fillette, qui s'appuya des coudes sur le sol et continua à gazouiller son rire, tournée vers le ciel à la brume lumineuse.

— Allez, viens », dis-je en la soulevant par la taille. Je la trimbalai ainsi jusqu'à la table de pique-nique la plus proche, tandis qu'elle gigotait de tous ses membres, riant toujours. Je l'assis sur le banc mais elle se laissa glisser sous la table, souple comme une anguille — et sans cesser de rire.

« Ça suffit comme ça, Kyra, dit Mattie. Assieds-toi et montre-nous ton bon côté.

— Zentille fille, zentille fille, chantonna-t-elle en s'installant à côté de moi. C'est mon bon côté, Mike.

— Je n'en doute pas. » À l'intérieur du sac, il y avait des Big Mac et des frites pour Mattie et moi et, pour Kyra, une boîte bariolée sur laquelle cabriolaient Ronald McDonald et ses complices.

« Mattie ! Z'ai un Happy Meal ! Mike m'a apporté un Happy Meal ! Y a des z'ouets dedans !

— Eh bien, voyons ce qu'il y a dans le tien. »

La fillette ouvrit la boîte, souleva quelque chose et sourit. Tout son visage en fut éclairé. Elle exhiba un objet qui me fit l'effet, sur le coup, d'un gros mouton de poussière. Pendant une horrible seconde, je fus de nouveau dans mon rêve, celui dans lequel Johanna était étendue sous le lit, le livre sur la figure. *Donne-moi ça,* avait-elle grondé. *C'est mon attrape-poussière.* Il y eut aussi autre chose, une autre association, peut-être liée à un autre rêve. Je ne pus la retenir.

« Mike ? » fit Mattie. Il y avait de la curiosité dans sa voix, et peut-être un début d'inquiétude.

« C'est un toutou ! dit Ki. Z'ai gagné un toutou dans mon Happy Meal ! »

Oui, évidemment, un chien. Un petit chien en peluche. Il était gris, et non pas noir... La raison pour laquelle je m'étais interrogé sur la couleur, cependant, m'échappait.

« Quel joli cadeau ! » dis-je en le prenant. Il était doux au toucher, ce qui était bien, et gris, ce qui était encore mieux. Pour je ne sais quelle raison, le fait d'être gris signait sa perfection. Idée folle, mais indéniable. Je le lui rendis avec un sourire.

« Comment il s'appelle ? demanda Ki en faisant sautiller la peluche par-dessus la boîte de son Happy Meal. C'est quoi, le nom du chien-chien, Mike ? »

Sans réfléchir, je répondis : « Strickland. »

Je pensai qu'elle allait avoir l'air intriguée, mais il n'en fut rien. Elle paraissait au contraire enchantée. « Stri'lan ! s'écria-t-elle en lui faisant faire des bonds de plus en plus hauts au-dessus de la boîte. Stri'lan ! Stri'lan !

— Qui est donc ce Strickland ? voulut savoir Mattie, souriant un peu, tandis qu'elle déballait son hamburger.

— Un personnage dans un livre de Somerset Maugham, répondis-je, regardant Ki jouer avec son chien en peluche. Pas quelqu'un de réel. »

« Mon papy est mort », dit-elle cinq minutes plus tard.

Nous étions toujours attablés, mais la nourriture avait presque complètement disparu, et Strickland était chargé de monter la garde devant les frites restantes. J'avais observé les allées et venues des gens, me demandant s'il n'y avait pas, parmi eux, des natifs du TR qui nous auraient remarqués et brûleraient de retourner là-bas répandre la nouvelle que nous pique-niquions ensemble. Je ne vis personne que je connaissais, mais cela ne signifiait pas grand-chose, étant resté si longtemps loin de cette partie du monde.

Mattie posa ce qui restait de son hamburger et regarda sa fille avec un peu d'inquiétude, mais il me semblait que Ki allait très bien ; elle avait donné une information, et non exprimé du chagrin.

« Oui, dis-je, je le sais.

— Papy était très, très vieux. » Elle pinça deux frites entre ses petits doigts potelés, porta le tout à sa bouche et *hop*, les fit disparaître. « Il est avec le Seigneur Zésus, à présent. On nous a tout raconté sur le Seigneur Zésus au catéchisme. »

Oui, Kyra, me dis-je, *en ce moment même, papy Max est probablement en train d'apprendre au Seigneur Jésus comment on se sert du Pixel Easel et de lui demander s'il n'aurait pas une pute sous la main.*

« Le Seigneur Zésus a marché sur l'eau et il a aussi changé le vin en macaronis.

— Oui, si l'on veut... C'est triste quand les gens meurent, non ?

— Ce serait triste si Mattie mourait, et ce serait triste si tu mourais, mais papy était vieux. » Elle me dit cela comme si je n'avais pas tout à fait compris l'idée, la première fois. « Au ciel, il sera tout réparé.

— Voilà une bonne manière de voir les choses, ma puce », dis-je.

Mattie remit en place les barrettes de sa fille, sur le point de se détacher ; elle opérait avec soin, et avec une sorte d'amour inconscient. Elle me faisait l'effet de rayonner dans la lumière de l'été, et sa peau lisse et bronzée était mise en valeur par la robe blanche qu'elle avait sans doute achetée dans une solderie ; je compris que je l'aimais. C'était peut-être très bien ainsi.

« Je regrette nana blanche », reprit Kyra, et cette fois-ci, elle eut l'air triste. Elle prit le chien en peluche, essaya de lui faire manger une frite, le reposa. Il y avait une expression pensive sur son joli petit visage, à présent, et j'y découvrais quelque chose de son grand-père. Quelque chose de très vague et lointain, mais de bien présent, de perceptible — encore un fantôme. « Maman dit que nana blanche est repartie en Californie avec la dépouille modèle de papy.

— La dépouille mortelle, Ki chérie, dit Mattie. Ça veut dire son corps.

— Nana blanche, elle reviendra me voir, Mike ?

— Je ne sais pas, Ki.

— On zouait à un zeu... On faisait des rimes. » Elle était plus pensive que jamais.

« Ta maman m'en a parlé.

— Elle ne va pas revenir », soupira-t-elle, répondant à sa propre question. Une seule et très grosse larme roula sur sa joue droite. Elle reprit « Stri'lan », le fit tenir une seconde sur les pattes arrière, puis le remit en sentinelle. Mattie passa un bras autour de ses épaules, mais Ki ne parut pas y faire attention. « Nana blanche ne m'aimait pas vraiment. Elle faisait zuste semblant. C'était son travail. »

Nous échangeâmes un regard, Mattie et moi.

« Qu'est-ce qui te le fait dire ? demandai-je.

— Ze sais pas. » Du côté de l'adolescent guitariste, un jongleur au visage passé au blanc avait commencé son numéro et lançait une demi-douzaine de balles brillamment colorées. Kyra esquissa un sourire. « Maman-minette, est-ce que ze peux aller voir le monsieur rigolo tout blanc ?

— Tu as fini de manger ?

— Ouais, z'ai plus faim.

— Remercie Mike, alors.

— On renverse pas son prop' aterback ! dit-elle avec un petit rire qui signifiait que c'était juste pour s'amuser. Merci, Mike !

— C'est pas un problème », répondis-je, et comme cela me paraissait un peu démodé, j'ajoutai : « Ça baigne !

— Tu peux aller jusqu'à l'arbre, mais pas plus loin, lui dit Mattie. Et tu sais pourquoi.

— Parce que comme ça, tu peux me voir. D'accord. »

Elle s'empara de Strickland et commença à courir, puis s'arrêta et se tourna vers moi. « Ze crois que c'était les bonshommes du frigéateur », dit-elle. Puis, avec le plus grand sérieux, elle se reprit : « Les bonshommes du ré-fri-gé-ra-teur. » Mon cœur eut une brutale accélération dans ma poitrine.

« Et qu'est-ce qu'ils ont fait, ces bonshommes du réfrigérateur, Ki ? demandai-je.

— Ils ont dit que nana blanche ne m'aimait pas vraiment. » Sur quoi elle courut vers le jongleur, insensible à la chaleur.

Mattie la suivit des yeux, puis se tourna vers moi. « Je n'ai jamais parlé à personne des bonshommes du frigéateur de Ki. Elle non plus, jusqu'à aujourd'hui. Ce n'est pas de bonshommes qu'il s'agit, simplement du fait que les lettres ont l'air de se déplacer d'elles-mêmes, comme dans ce jeu de divination, le Ouija.

— Est-ce qu'elles forment des mots ? »

Elle resta un long moment sans répondre. Puis elle acquiesça. « Pas toujours, mais des fois... La plupart du temps, en réalité. Ki dit que c'est le courrier des bonshommes dans le réfrigérateur. » Elle sourit, mais il y avait un peu d'angoisse dans ses yeux. « Est-ce que ce serait des lettres magnétiques spéciales, d'après vous ? Ou bien y aurait-il un esprit malin genre Poltergeist qui hanterait le lac ?

— Je ne sais pas. Je suis désolé de les lui avoir offertes, s'il y a un problème.

— Ne soyez pas ridicule. C'était un cadeau adorable, et vous êtes devenu la grande affaire de sa vie. Elle n'arrête pas de parler de vous. Elle était beaucoup plus préoccupée de la tenue qu'elle allait porter ce soir que de la mort de son grand-père. Elle a insisté pour que moi aussi je porte quelque chose de joli. Elle n'est pas comme ça avec les gens, d'habitude. Elle est gentille quand ils sont là et elle les oublie quand ils sont partis. Je me dis des fois que ce n'est pas plus mal pour elle, de grandir de cette façon.

— Vous êtes toutes les deux habillées de manière ravissante, voilà au moins ce que je peux dire.

— Merci. » Elle eut un regard plein de tendresse pour Kyra ; celle-ci, à côté de l'arbre, regardait le jongleur qui avait remplacé les balles par des massues. Puis Mattie revint vers moi. « Vous avez fini ? »

Je répondis d'un signe de tête et elle se mit à ranger les reliefs du repas dans le sac en papier. Je voulus l'aider et, quand nos doigts se touchèrent, elle me prit la main et la serra. « Merci, dit-elle. Pour tout ce que vous avez fait. Un sacré grand merci. »

Je lui rendis sa pression et la lâchai.

« Vous savez, il m'est venu à l'esprit que c'était peut-être Kyra elle-même qui faisait bouger les lettres. Mentalement.

— Par télékinésie ?

— Je crois que c'est le terme technique. Le seul problème, c'est qu'elle ne sait guère écrire que "rat" et "chat".

— Et qu'est-ce qu'on lit, sur le frigo ?

— Des noms, surtout. Une fois, c'était le vôtre. Une autre fois, celui de votre femme.

— Jo ?

— Non, tout le prénom, JOHANNA. Il y a eu NANA — Rogette, sans doute. J'ai vu JARED deux ou trois fois, et BRIDGET. Il y a eu un KITO. » Elle épela ce dernier.

« Kito... » *Kyra, Kia, Kito... D'où il vient, celui-ci ?* pensai-je. « C'est un prénom de garçon, n'est-ce pas ?

— En effet. C'est du swahili, et ça veut dire "enfant précieux". Il figure dans mon livre des prénoms. » Elle continua de surveiller sa précieuse enfant du coin de l'œil tandis que nous allions jeter le sac dans la poubelle la plus proche.

« D'autres noms dont vous vous souvenez ? »

Elle réfléchit. « J'ai dû voir REG une ou deux fois. Et CARLA, une fois. N'oubliez pas que ce sont autant de mots que Kyra ne sait même pas lire : elle a été obligée de me demander de le faire pour elle.

— N'avez-vous pas pensé qu'elle aurait pu les recopier sans les comprendre dans un livre ou un journal ?

469

Qu'elle apprend à écrire à l'aide des lettres magnétiques du frigo au lieu de se servir de papier et de crayons ?

— C'est bien possible... » Elle n'avait cependant pas l'air d'y croire. Rien d'étonnant : je n'y croyais pas moi-même.

« Vous n'allez pas me dire que vous avez vu les lettres bouger toutes seules sur le frigo, tout de même ? » J'espérais avoir eu un ton aussi dégagé, en posant ma question, que celui que j'avais voulu prendre.

Elle eut un petit rire nerveux. « Seigneur, non !

— Rien d'autre ?

— Il arrive que les bonshommes du frigéateur laissent des messages comme SALUT, AU REVOIR et GENTILLE. Il y en a eu un, hier, que j'ai noté pour vous le montrer. C'est Kyra qui me l'a suggéré. Il est vraiment bizarre.

— Qu'est-ce qu'il dit ?

— Je préfère que vous le voyiez, mais je l'ai laissé dans la boîte à gants du Scout. Rappelez-moi de vous le montrer quand nous partirons. »

Elle pouvait compter là-dessus.

« Ce sont tout de même des trucs pas très rassurants, *señor*, reprit-elle. Comme la fois où il y avait quelque chose d'écrit dans la farine. »

J'envisageai de lui parler de mes propres « bonshommes du frigéateur », mais m'en abstins. Elle avait déjà suffisamment de quoi se faire de la bile... ou, du moins, est-ce la justification que je me donnai.

Nous nous tenions debout côte à côte, regardant Kyra regarder le jongleur. « Avez-vous appelé John ?

— Vous pensez !

— Sa réaction ? »

Elle se tourna vers moi, l'œil rieur. « Vous savez ce qu'il a fait ? Il a chanté le début de cette comptine, "Ding, dong, la sorcière est morte" !

— À part le sexe, c'est exactement ça. »

Elle acquiesça, et ses yeux se tournèrent de nouveau

vers Kyra. Elle était très belle, toute mince dans sa robe blanche, avec des traits extrêmement purs, touchant à la perfection.

« Il n'était pas fâché que je me sois invité pour le déjeuner ? demandai-je.

— Pas du tout. Il était ravi à l'idée de cette petite fête. »

Il était ravi... Je commençais à me sentir bien mesquin.

« Il a même proposé qu'on invite votre avocat de vendredi dernier. Mr Bissonette, c'est bien ça ? Et le détective privé engagé sur la recommandation de Mr Bissonette. Vous êtes d'accord ?

— C'est parfait. Et vous, Mattie ? Les choses se passent bien ?

— Pas trop mal, répondit-elle en se tournant vers moi. J'ai juste eu quelques coups de téléphone de plus que d'habitude, aujourd'hui. Me voilà tout d'un coup très recherchée. Dans la plupart des cas on raccrochait, mais un gentleman a pris le temps de me traiter de connasse, et une dame avec un accent yankee très prononcé celui de me dire : "Espèce de salope, tu l'as tué. T'es contente, maintenant ?" Elle a raccroché avant que j'aie pu lui répondre qu'en effet j'étais très contente. » Mattie, cependant, n'avait pas l'air satisfait : elle avait l'air malheureux et coupable, comme si elle avait réellement souhaité sa mort.

« Je suis désolé.

— Oh, ce n'est pas grave. Vraiment pas. Cela fait un bon moment que nous sommes très seules, Kyra et moi, et j'ai passé presque tout ce temps à avoir peur. Je me suis fait de nouveaux amis, à présent. Si quelques coups de fil anonymes sont le prix à payer, c'est dans mes moyens. »

Elle était tout près, les yeux levés vers moi, et je fus incapable de me retenir. Je pourrais accuser l'été, son parfum, quatre années sans femme. Dans cet ordre. Je glissai les bras autour de sa taille ; je me rappelle encore parfaitement la texture de sa robe sous mes mains, le renflement de la fermeture Éclair dans son dos. Je me rappelle la sensation du coton bougeant contre sa peau, juste en dessous. Alors je l'embrassai, très doucement mais sans aucune retenue — tant qu'à faire une chose qui plaît, autant la faire à fond ! — et elle me rendit mon baiser exactement dans le même esprit, la bouche curieuse, mais nullement effrayée. Ses lèvres étaient chaudes et tendres et il s'en dégageait un léger goût sucré. Un goût de pêche, je crois.

Nous nous arrêtâmes en même temps, nous écartant légèrement l'un de l'autre. Ses mains étaient restées sur mes épaules, les miennes sur sa taille, juste au-dessus des hanches. Si elle maîtrisait l'expression de son visage, jamais ses yeux n'avaient été aussi brillants, et une coloration nouvelle gagnait ses joues, remontant jusqu'aux pommettes.

« Oh, bon sang, dit-elle. Ce que j'en avais envie... J'en avais envie depuis l'instant où Ki s'est jetée sur vous et où vous l'avez prise dans vos bras.

— John ne serait pas particulièrement content de nous voir nous embrasser en public. » J'avais parlé d'une voix qui n'était pas très assurée, et mon cœur battait à tout rompre. Sept secondes, un baiser, et déjà j'avais le corps en alerte rouge. « En fait, il serait furieux. Vous lui avez fait de l'effet, vous savez.

— Oui, je sais. Mais moi, c'est *vous* qui m'avez fait de l'effet. » Elle se tourna pour regarder Kyra, qui se tenait toujours bien sagement près de l'arbre, fascinée par le jongleur. Qui pouvait bien nous observer, *nous* ? Un quidam venu du TR par une chaude soirée d'été afin de s'offrir une crème glacée au Johnny's Tas-T-Freeze, et de profiter un peu de la musique et du monde, dans le parc de Castle Rock ? Un quidam ayant l'habitude de faire ses courses au Lakeview et d'y échanger les derniers potins ? Ou bien un habitué du All-Purpose Garage ? C'était du délire et restait du délire, quelle que soit la façon dont on présentait les choses. Je lui lâchai la taille.

« On pourrait mettre notre photo dans le dictionnaire pour illustrer *provocation*, Mattie. »

Ses mains quittèrent mes épaules et elle recula d'un pas, mais sans détacher un seul instant ses yeux des miens. « Je le sais. Je suis jeune, mais pas complètement idiote.

— Je n'ai jamais voulu dire... »

Elle leva la main pour me faire taire. « Je mets Ki au lit vers neuf heures. On dirait qu'elle ne peut dormir que lorsqu'il fait noir. Moi, je me couche plus tard. Venez, si vous le désirez. Vous pourrez vous garer derrière. » Elle esquissa un sourire ; un sourire tendre, mais aussi incroyablement sexy. « Une fois la lune couchée, c'est le royaume de la discrétion.

— Vous pourriez être ma fille, Mattie.

— Peut-être, mais je ne le suis pas. Et on peut parfois beaucoup perdre à être trop discret. »

Mon corps, lui, savait au plus haut point ce qu'il désirait. Eussions-nous été dans la caravane, en cet instant, qu'il n'y aurait pas eu de discussion. Puis quelque chose me vint à l'esprit, à propos des ancêtres de Devory et des miens : les générations ne correspondaient pas. N'était-ce pas ce qui se produisait en ce moment ? D'autant que je ne partage pas l'idée voulant que les gens aient automatiquement le droit d'avoir ce qu'ils désirent, quelle que soit l'intensité de leur désir. Toutes les soifs n'ont pas à être apaisées. Certaines choses ne sont tout simplement pas acceptables — je crois que c'est ce que j'essaie de dire. Je n'étais pas sûr, cependant, d'être dans ce cas de figure et je la désirais, incontestablement. Je la désirais tellement... Je n'arrêtais pas de penser au glissement du tissu sur son corps, lorsque je l'avais prise par la taille, à la chaleur de sa peau, juste en dessous. Et effectivement, elle n'était pas ma fille.

« Vous m'avez remercié, dis-je d'une voix étranglée. Et cela suffit. Vraiment.

— Vous croyez qu'il s'agit de gratitude ? demandat-elle d'une voix basse et tendue, insistant sur le mot gratitude. Vous avez quarante ans, Mike, pas quatrevingts. Vous n'êtes pas Harrison Ford, mais vous êtes plutôt bel homme. Sans compter que vous avez du talent et que vous êtes intéressant. Vous ne pouvez pas savoir à quel point vous me plaisez. Je veux être avec vous. Faut-il que je vous le demande poliment ? Très bien. Je vous en prie, prenez-moi avec vous. »

Oui, il s'agissait de plus que de la gratitude ; j'avais dû le savoir moi-même quand je l'avais suggéré. J'avais su qu'elle portait un short blanc et un T-shirt sans manches quand elle m'avait téléphoné, le jour où je m'étais remis au travail. Avait-elle su aussi comment j'étais habillé ? Avait-elle rêvé qu'elle était au lit avec moi et que nous baisions comme des forcenés pendant que brillaient les lumières de la fête et que Sara Tidwell jouait sa version personnelle du jeu de rimes de nana blanche, toute cette histoire insensée autour de Manderley — Sanderley — Banderley ? Mattie avaitelle rêvé qu'elle me disait de lui faire tout ce qu'elle voulait ?

Sans compter les bonshommes du frigéateur. Une autre chose que nous partagions, nettement plus inquiétante, celle-ci. Je n'avais pas réussi à trouver le courage de lui parler de la mienne, mais qui sait si elle n'était pas au courant ? Tout au fond de sa tête ? Tout au fond de sa tête, là où s'activent les types en bleu de chauffe. Ces types en bleu de chauffe et les miens, tous membres d'un même et bizarre syndicat. Et peut-être qu'il ne s'agissait nullement d'un problème moral en soi. Il y avait quelque chose dans cette affaire — en *nous* — qui donnait une impression de danger.

Mais qui était si attirant...

« J'ai besoin de temps pour réfléchir, dis-je.

— Là n'est pas la question. La question est de savoir ce que vous ressentez pour moi.

— C'est si fort que ça me fait peur. »

Avant que j'aie pu ajouter autre chose, mon oreille perçut une série de changements d'accords. Je me tournai vers l'ado à la guitare. Après avoir chanté une série d'anciens airs de Bob Dylan, il venait de passer à un tempo plus marqué et vif, un rythme qui donnait envie de sourire et de frapper dans ses mains.

> *Do you want to go fishin*
> *here in my fishin hole ?*
> *Said do you want to fish some, honey,*
> *here in my fishin hole ?*
> *You want to fish in my pond, baby,*
> *you better have a long pole* [1].

« Fishin' Blues ». Écrit par Sara Tidwell, première version jouée par Sara et les Red-Tops, puis par tout le monde, depuis Ma Rainey jusqu'à Lovin, Spoonful. La gaudriole avait été sa spécialité, avec des allusions si transparentes qu'on aurait pu lire le journal au travers... même si la lecture n'avait pas été la passion majeure de Sara, à en juger par le niveau de ses textes.

Avant que l'ado ait le temps d'enchaîner sur le couplet suivant (dans lequel il était question de se tortiller sans s'entortiller et enfonce-moi ce gros machin-là), les Castle Rockers lancèrent trois notes vibrantes sur les cuivres, annonçant clairement qu'il fallait faire silence car ils entraient en scène. L'ado cessa de jouer et de chanter ; le jongleur rattrapa ses massues et les aligna adroitement sur l'herbe. Les Rockers se lancèrent dans une marche de Sousa tout ce qu'il y avait de plus diabolique, le genre de musique qui ferait un bon

---

1. « Veux-tu venir pêcher ici dans mon trou à poissons ? Dis, tu veux pêcher quelque chose, mon chou, ici dans mon trou à poissons ? Si tu veux pêcher dans mon étang, baby, t'es mieux d'avoir une grande gaule » (*N.d.T.*).

fond sonore pour des meurtres en série, et Kyra revint vers nous en courant.

« Le jon'leur a fini. Tu vas me raconter mon histoire, Mike ? *Hansel et Panzel* ?

— Non, *Hansel et Gretel*, dis-je. Avec plaisir. Mais allons d'abord dans un endroit plus calme, d'accord ? Ces musiciens me donnent mal à la tête.

— La musique te fait mal à la tête ?

— Un petit peu, oui.

— On n'a qu'à aller à côté de la voiture à Mattie.

— Bonne idée. »

Kyra courut s'emparer d'un banc aux limites du parc. Mattie m'adressa un long regard plein de chaleur et me tendit la main. Je la lui pris. Nos doigts s'entrecroisèrent comme si nous faisions ce geste depuis des années. J'aimerais que nous allions lentement, que nous bougions à peine, pensai-je. Au début, en tout cas. Et est-ce que je n'apporterais pas ma plus belle et ma plus longue gaule ? Tu pourrais compter là-dessus, je crois. Ensuite, nous parlerions. Jusqu'à ce que les meubles sortent de l'ombre et que nous puissions voir les premières lueurs de l'aube. Lorsqu'on est au lit avec une personne aimée, en particulier pour la première fois, cinq heures du matin est une heure qui touche presque au sacré.

« Vous avez besoin de congédier un moment les idées qui vous trottent dans la tête, observa Mattie. Je parie que c'est ce que font tous les écrivains, de temps en temps.

— C'est probablement vrai.

— Si on était à la maison, dit-elle avec une intensité dont je n'aurais su dire si elle était réelle ou feinte, je vous embrasserais jusqu'à ce que cette conversation n'ait plus de sens. Et que vous soyez dans mon lit au moment où vous vous demanderez si vous n'auriez pas dû y penser à deux fois... »

Je me tournai vers le rougeoiement du soleil couchant, à l'ouest. « Ici ou là, à cette heure-ci, Ki serait encore debout.

— Exact, dit-elle avec un air renfrogné inhabituel, tout à fait exact. »

Kyra atteignit un banc près du panneau annonçant l'entrée du parking voisin du parc et grimpa dessus, tenant son petit chien en peluche à la main. Je voulus dégager ma main de celle de Mattie, mais elle résista. « Pas de problème, Mike. Au catéchisme, ils se tiennent la main entre eux partout où ils vont. C'est les grandes personnes qui en font une affaire. »

Elle s'arrêta et se tourna vers moi.

« Il y a quelque chose que je tiens à ce que vous sachiez. Ce n'est peut-être pas important pour vous, mais ça l'est à mes yeux. Il n'y a eu personne avant Lance, et personne depuis. Si vous venez chez moi, vous serez le second. Je ne vous en reparlerai jamais. Dire "je vous en prie", ça va, mais je ne vous supplierai pas.

— Je ne...

— Il y a un pot avec un plant de tomate, à côté de la porte de la caravane. Je laisserai une clef dessous. Ne réfléchissez pas. Venez.

— Pas ce soir, Mattie. Je ne peux pas.

— Si, vous pouvez.

— Dépêchez-vous, traînards ! nous cria Kyra, s'agitant sur son banc.

— C'est lui qui traîne ! » lui répondit Mattie en m'enfonçant les doigts dans les côtes. Puis, à voix basse, elle ajouta : « Et c'est vrai, que vous traînez. » Elle détacha sa main de la mienne et courut vers sa fille, ses jambes brunes se croisant vivement sous l'ourlet de sa robe.

Dans ma version de *Hansel et Gretel*, la sorcière s'appelle Depravia. Kyra me regarda avec de grands yeux quand j'en arrivai au moment où Depravia

477

demande à Hansel de tendre un doigt pour voir s'il est devenu bien tendre.

« Ça ne te fait pas trop peur ? » demandai-je.

La fillette secoua vigoureusement la tête. Je jetai un coup d'œil à Mattie. Elle acquiesça et, de la main, me fit signe de continuer. J'achevai donc l'histoire. Depravia entra dans le four et Gretel trouva la cachette secrète des billets de loterie gagnants. Les enfants achetèrent un Jet-Ski et vécurent longtemps heureux sur l'autre rive du lac Dark Score. À ce stade, le groupe des Castle Rockers était en train de massacrer Gershwin et le soleil sur le point de se coucher. Je portai Kyra jusqu'au Scout et l'installai dans son siège. Je me souvins de la première fois où j'avais aidé Mattie à faire ce geste, et de la façon dont je lui avais involontairement effleuré le sein.

« J'espère que tu ne feras pas de mauvais rêve à cause de cette histoire », dis-je. Ce n'est qu'en entendant sortir les mots de ma bouche que je me rendis compte à quel point, cependant, *Hansel et Gretel* est fondamentalement horrible.

« Ze ne ferai pas de mauvais rêve, me répondit tranquillement la fillette. Les bonshommes du frigéateur les empêcheront de venir. » Puis, prononçant avec soin, elle se reprit : « Ré-fri-gé-ra-teur. Montre-lui les mots crochets, maman-minette, ajouta-t-elle en se tournant vers sa mère.

— On dit les mots croisés, ma chérie. Merci, sinon j'aurais oublié. » Mattie ouvrit la boîte à gants et en sortit une feuille de papier pliée en deux. « C'était sur le frigo, ce matin. Je l'ai recopié, parce que Kyra m'a dit que vous en comprendriez le sens. D'après elle, vous feriez des mots croisés. Enfin des mots crochets — mais j'ai compris l'idée générale. »

Avais-je dit à Kyra que je faisais des mots croisés ? J'étais presque certain que non. Sûr et certain, même. Je pris la feuille de papier, l'ouvris et découvris ceci :

« C'est des mots croisés ? me demanda Kyra.

— Je crois. Des mots croisés très simples. Quant à savoir ce qu'ils veulent dire, aucune idée. Puis-je les garder ?

— Bien sûr », me répondit Mattie.

Je la raccompagnai jusqu'à sa portière et lui pris la main en chemin. « Donnez-moi simplement un peu de temps. Je sais bien qu'en principe c'est la réplique de la dame, dans ce genre de situation, mais...

— Prenez votre temps, me coupa-t-elle, mais pas trop, c'est tout. »

Je n'avais aucune envie d'en prendre, en réalité, et c'était là le problème. Faire l'amour serait sensationnel, je le savais déjà. Mais après ?

Car il pouvait y avoir un après. Je ne l'ignorais pas, et elle non plus. Avec Mattie, *après* devenait une possibilité très réelle. L'idée était un peu effrayante, un peu merveilleuse.

Je l'embrassai sur le coin des lèvres. Elle rit et m'attrapa par l'oreille. « Vous pouvez faire beaucoup mieux », dit-elle. Puis elle regarda vers Kyra qui, assise dans son siège pour bébé, nous observait avec intérêt. « Mais pour cette fois, ça ira.

— Embrasse Ki ! » s'écria la fillette, me tendant les bras. Je refis donc le tour de la voiture et allai l'embrasser.

Sur la route de la maison, ayant mis mes lunettes noires contre l'éclat du soleil couchant, l'idée me vint que je pouvais peut-être devenir le père de Kyra Devory. Perspective qui me paraissait presque aussi séduisante que d'aller au lit avec sa mère ; c'est dire que j'y étais plongé jusqu'au cou. Et que, peut-être, je continuais à m'enfoncer.

Encore plus profondément.

Sara Laughs me parut particulièrement vide après avoir tenu Mattie dans mes bras. Une sorte de belle au bois dormant sans rêves. Je vérifiai les lettres, sur le frigo, ne vis rien qu'un désordre normal, et pris une bière. Je sortis la boire sur la terrasse pour regarder la fin du coucher de soleil. J'essayai de penser aux bonshommes du frigéateur et aux mots crochets qui avaient fait leur apparition sur les deux appareils. Aller vers dix-neuf, sur le chemin 42, mais vers quatre-vingt-douze sur Wasp Hill Road. Des vecteurs différents selon les endroits ? Des points différents sur la Rue ? Merde, comment savoir ?

J'essayai aussi de penser à John Storrow et à ce que serait sa réaction s'il apprenait — pour citer Sara Laughs, qui avait trouvé cette image bien avant John Mellancamp — qu'il y avait une autre mule qui ruait dans l'enclos de Mattie Devory. Mais je pensais surtout à ce qui s'était passé ; je l'avais tenue dans mes bras pour la première fois, embrassée pour la première fois. Il n'y a aucun instinct humain plus puissant que l'instinct sexuel, et les images qui provoquent son éveil sont des emblèmes chargés d'émotion qui ne nous quittent jamais. Pour moi c'était la sensation de sa peau nue et douce, à la taille, sous la robe d'été. La sensation lisse du tissu...

Je fis brusquement demi-tour et fonçai vers l'aile nord, courant presque et me déshabillant en chemin. Je mis la douche sur « froid » et restai dessous cinq minutes, frissonnant. Lorsque j'en sortis, je me sentis un peu plus comme un être humain normal et un peu moins comme un paquet de nerfs secoué de tressaillements. Tandis que je séchais, une autre idée me vint. À un moment donné, j'avais pensé à Frank, le frère de Johanna, me disant que s'il y avait quelqu'un d'autre que moi capable de sentir la présence de Johanna dans

Sara Laughs, ce serait bien lui. Je n'avais jamais pu me résoudre à l'inviter ici et je n'étais plus sûr, à présent, d'en avoir envie. J'étais devenu étrangement possessif, presque jaloux, de ce qui se passait ici. Et cependant, si Jo avait écrit quelque chose en douce, Frank devait être au courant. Évidemment, elle ne lui avait pas parlé de sa grossesse, mais...

Je consultai ma montre. Neuf heures et quart. Dans la caravane, non loin du carrefour de Wasp Hill Road et de la route 68, Kyra dormait sans doute déjà... et sa mère avait peut-être déjà mis un double de sa clef sous le pot de fleurs. Je me la représentai dans sa robe blanche, pensai au renflement de ses hanches sous mes mains, aux effluves de son parfum, puis repoussai ces images. Je n'allais pas passer la nuit à prendre des douches froides. Il n'était pas trop tard, à neuf et quart, pour appeler Frank Arlen.

Il décrocha à la deuxième sonnerie, et me parut à la fois heureux de m'entendre et en avance de trois ou quatre bières sur moi, qui n'en avais jusqu'ici bu qu'une. Nous échangeâmes les plaisanteries habituelles — de la pure invention dans mon cas, découvris-je avec consternation — et il mentionna qu'un de mes célèbres voisins venait de casser sa pipe, d'après les nouvelles. L'avais-je rencontré ? Oui, répondis-je, me souvenant de la façon dont Max Devory m'avait foncé dessus avec son véhicule futuriste. Oui, je l'avais rencontré. Frank voulut savoir de quoi il avait l'air. Difficile à dire, dus-je admettre, le pauvre vieux était cloué dans un fauteuil roulant et souffrait d'emphysème.

« Il était plutôt limite, hein ? remarqua Frank, non sans sympathie.

— Ouais. Écoute, Frank, je t'appelle à propos de Jo. Figure-toi qu'en allant faire un tour dans son atelier, j'ai trouvé mon ancienne machine à écrire. Depuis, je me suis plus ou moins mis dans la tête qu'elle écrivait quelque chose. Elle avait pu commencer par une histoire de notre maison, puis le sujet s'était élargi.

Comme tu dois le savoir, le chalet porte le nom de Sara Tidwell, la chanteuse de blues. »

Il y eut un long silence avant que Frank ne réponde : « Oui, je sais, d'une voix grave et préoccupée.

— Que sais-tu d'autre, Frank ?

— Qu'elle avait peur. Je crois qu'elle avait trouvé quelque chose qui lui faisait peur. Ce qui me le fait surtout penser... »

C'est à cet instant précis que la lumière se fit. J'aurais probablement pu deviner, avec la description de Mattie, j'aurais même *dû* deviner, si je n'avais pas été aussi bouleversé. « Tu es venu ici avec elle, n'est-ce pas ? En juillet 1994. Vous êtes allés voir la partie de softball, puis vous êtes retournés à la maison par la Rue.

— Comment es-tu au courant ? s'écria-t-il, aboyant presque.

— Quelqu'un vous a vus. Une de mes connaissances, ici. » J'essayai de garder un ton calme, mais sans succès. J'étais furieux, mais c'était la colère du soulagement — comme lorsqu'on voit les gosses arriver enfin à la maison, l'air penaud, alors qu'on est sur le point d'appeler la police.

« Écoute, Mike, j'espère que tu ne t'étais pas fait des idées...

— Quoi ? Des idées malsaines ? J'ai cru qu'elle avait eu une liaison, c'est pas une idée malsaine, ça ? Tu peux me traiter d'ignoble individu si tu veux, mais j'avais quelques bonnes raisons d'y penser. Il y avait beaucoup de choses qu'elle ne m'avait pas dites. Qu'est-ce qu'elle t'a dit, à toi ?

— À peu près rien.

— Savais-tu qu'elle avait démissionné de tous ses conseils d'administration et comités ? Qu'elle l'avait fait sans m'en dire un mot ?

— Non. » Je le crus. Je ne voyais pas pourquoi il m'aurait menti, alors que les faits remontaient à si longtemps. « Bordel, Mike, si j'avais su que...

482

— Que s'est-il passé, le jour où tu es venu ici ? Raconte-moi ça.

— J'étais à l'imprimerie, à Sanford. Jo m'a appelé de... je ne me souviens plus. D'une aire de repos de l'autoroute, je crois.

— Entre Derry et le TR ?

— Ouais. Elle se rendait à Sara Laughs et me demandait de la retrouver là-bas. Elle m'a dit de me garer dans l'allée si j'arrivais le premier, mais de ne pas rentrer dans la maison... comme j'aurais pu le faire, puisque je savais où était caché le double de la clef. »

Bien sûr, qu'il le savait : dans une boîte de sucrettes, sous les marches. C'était moi qui lui avais montré la cachette.

« T'a-t-elle dit pourquoi elle ne voulait pas que tu rentres dans la maison ?

— Ça va te paraître dingue.

— Non, pas du tout. Crois-moi.

— Elle a dit que la maison était dangereuse. »

Quelques instants, les mots restèrent suspendus en l'air. Puis je demandai : « Es-tu arrivé le premier ?

— Ouais.

— Et tu as attendu dehors ?

— Oui.

— As-tu vu ou senti quelque chose de dangereux ? »

Il y eut un nouveau et long silence. Puis finalement, il le rompit. « Il y avait beaucoup de monde sur le lac ; des gens en hors-bord, des skieurs, tu vois ce que je veux dire — mais tous les bruits de moteur, les cris et les rires paraissaient.... comment dire... s'arrêter brusquement aux portes de la maison. Tu n'as jamais remarqué que tout semble plus calme ici, même quand ça ne devrait pas l'être ? »

Je l'avais remarqué, bien entendu. Sara donnait le sentiment d'exister dans une zone de silence qui lui était propre. « Mais as-tu éprouvé une sensation de danger ?

— Non, admit-il, presque à contrecœur. Moi, non, en tout cas. Cependant, j'avais tout de même l'impression que la maison n'était pas vide. Je me sentais... bordel, je me sentais *observé*. Je me suis assis sur une traverse de chemin de fer et j'ai attendu ma frangine. Finalement, elle est arrivée. Elle s'est garée derrière ma voiture et elle m'a embrassé... mais pas un instant elle n'a quitté la maison des yeux. Je lui ai demandé ce qui se passait et elle m'a répondu qu'elle ne pouvait pas me le dire, et qu'il ne fallait pas que tu saches que nous nous étions retrouvés là. Elle m'a dit un truc du genre : "S'il trouve de son côté, alors, c'est que c'était prévu. De toute façon, il faudra que je lui dise, tôt ou tard. Mais je ne peux pas en ce moment, car j'aurais besoin de toute son attention. Et je ne l'ai jamais quand il est en plein travail." »

Je sentis que je rougissais. « Elle a dit ça ?

— Oui. Puis qu'il fallait qu'elle rentre dans la maison faire quelque chose. Elle tenait à ce que je l'attende dehors. Que si elle appelait, je devais arriver tout de suite. Sinon, je devais juste rester où j'étais.

— Elle voulait que quelqu'un soit là au cas où les choses se passeraient mal.

— Ouais, mais il fallait une personne qui ne pose pas de questions auxquelles elle n'avait pas envie de répondre. Moi, par exemple. En fait, ça a toujours été moi.

— Et ?

— Elle est entrée. J'ai attendu, assis sur le capot de ma voiture, en fumant une ou deux cigarettes. Je fumais encore à l'époque. Pour tout te dire, j'ai commencé à ressentir que quelque chose clochait. Comme s'il y avait eu quelqu'un dans la maison qui l'avait attendue, quelqu'un qui ne l'aimait pas. Quelqu'un qui voulait peut-être lui faire du mal. Je devais probablement être influencé par l'attitude de Jo, c'est tout ; elle paraissait à cran, et elle avait eu cette façon curieuse de regarder la maison par-dessus mon épaule en m'embrassant... mais il n'y avait pas que ça. On aurait dit... Je ne sais pas... qu'il y avait...

— Des vibrations ?

— Oui ! s'écria-t-il. Des vibrations. Mais pas de bonnes vibrations, comme dans la chanson des Beach Boys. De mauvaises vibrations.

— Qu'est-ce qui s'est passé ?

— J'ai attendu. Je n'ai fumé que deux cigarettes, si je me souviens bien, et ça n'a donc pas dû durer plus de vingt minutes, une demi-heure maximum, mais j'ai trouvé le temps long. Je n'arrêtais pas de remarquer la façon dont les sons paraissaient escalader une partie de la colline puis... s'évanouir tout d'un coup. Et aussi que je n'entendais aucun oiseau, sinon à une certaine distance.

« Puis elle est sortie. J'ai entendu la porte de la terrasse qui claquait, et le bruit de ses pas sur les marches, de l'autre côté. Je l'ai appelée, en lui demandant si tout allait bien, et elle m'a dit que oui, pas de problème. Elle paraissait un peu hors d'haleine, comme si elle avait porté quelque chose ou venait de faire des efforts.

— Est-elle allée dans son atelier ou au bord du lac ?

— Je ne sais pas. Il s'est passé encore un quart d'heure à peu près — le temps pour moi de fumer une autre clope — puis elle est ressortie par la porte donnant sur l'allée. Elle l'a soigneusement fermée à clef et elle s'est approchée de moi. Elle avait l'air beaucoup mieux. Soulagée. La tête de celle qui vient de faire une sale besogne qu'elle n'a cessé de remettre à plus tard et qui est maintenant achevée. Elle m'a proposé de descendre par ce que vous appelez la Rue jusqu'à l'espèce de country club...

— Le Warrington's.

— C'est ça. Elle voulait me payer une bière et un sandwich. Nous nous sommes installés pour casser la croûte à l'extrémité de ce ponton... »

Le Sunset Bar, là où j'avais aperçu Rogette pour la première fois.

« Et vous vous êtes ensuite rendus à la partie de softball.

— C'est Jo qui en a eu envie. Elle avait descendu trois bières pendant que j'en buvais une, et elle a insisté. Elle a dit que quelqu'un allait expédier une longue balle dans le décor, elle en était sûre. »

Je pouvais me faire maintenant un tableau précis de la partie de l'histoire telle que Mattie me l'avait rapportée. Johanna avait fait *quelque chose* et, sa tâche terminée, en avait été presque ivre de soulagement. Elle s'était aventurée dans la maison, pour commencer. Elle avait mis les esprits au défi de l'empêcher de faire ce qu'elle avait à faire, et elle avait survécu. Elle avait bu trois bières pour célébrer l'événement et perdu son sens de la discrétion — même si elle ne s'était pas particulièrement cachée lors de ses précédentes expéditions au TR. Frank se souvenait de l'avoir entendue dire que si je découvrais quelque chose, c'est que c'était prévu — *que sera sera...* Ce n'était pas l'attitude d'une femme qui cherche à cacher une liaison ; je me rendais compte, à présent, qu'elle avait eu le comportement de celle qui devait garder un secret pendant un certain temps. Elle m'aurait tout raconté une fois mon stupide bouquin terminé, si elle avait vécu. Si...

« Vous avez regardé la partie pendant un certain temps, puis vous êtes retournés à Sara Laughs par la Rue.

— Oui.

— L'un de vous deux est-il à nouveau rentré dans la maison ?

— Non. Le temps de revenir, elle avait retrouvé ses esprits et elle me paraissait en état de conduire. Elle a ri pendant la partie de softball, mais elle ne riait plus en arrivant à la maison. Elle l'a regardée et m'a dit : "J'en ai terminé avec elle. Je ne refranchirai jamais cette porte, Frank." »

Je ressentis une sensation de froid, puis ma peau qui se hérissait.

« Je lui ai demandé ce qui n'allait pas, ce qu'elle avait trouvé. Je savais qu'elle écrivait quelque chose, elle m'avait au moins confié cela...

— Elle l'avait confié à tout le monde sauf à moi », dis-je, mais sans réelle amertume. Je savais à présent qui était l'homme au veston de sport marron, et ce que j'aurais pu éprouver d'amertume ou de colère — colère contre Johanna, colère contre moi-même — ne tenait pas devant le soulagement que je ressentais. Ce n'était que maintenant que je me rendais compte à quel point ce type-là m'avait obsédé.

« Elle devait avoir ses raisons, observa Frank. Tu t'en doutes bien, n'est-ce pas ?

— Elle ne te les a pas confiées, cependant.

— Tout ce que je sais, c'est que les choses — mais lesquelles, au juste ? — ont commencé avec les recherches qu'elle a faites pour un article. Tu parles d'une blague, Jo se prenant pour Nancy Drew... Je suis à peu près sûr qu'elle ne t'en a pas parlé, au début, pour te faire la surprise. Elle a lu des livres, mais surtout, elle a parlé aux gens ; elle a écouté les histoires du bon vieux temps, elle s'est arrangée pour qu'ils recherchent de vieilles correspondances, des journaux intimes... Pour cela, je crois qu'elle savait s'y prendre. Très bien, même. Tu n'en avais aucune idée ?

— Aucune », répondis-je à contrecœur. Johanna n'avait pas eu de liaison, mais elle n'aurait pas eu de mal, si elle avait voulu en avoir une. Elle aurait pu coucher avec Tom Selleck et faire les choux gras de la presse à scandale, que j'aurais continué à pianoter sur mon traitement de texte, béatement inconscient.

« Quoi qu'elle ait pu découvrir, reprit Frank, je crois qu'elle est tombée dessus par hasard.

— Et tu ne m'en as jamais parlé. En quatre ans, tu n'en as pas soufflé mot.

— C'est la dernière fois que je l'ai vue, répondit-il,

d'un ton où je ne décelai ni excuse ni gêne. Et la dernière chose qu'elle m'a demandée fut de ne pas te dire que nous nous étions retrouvés à la maison du lac. Elle m'a promis qu'elle te dirait tout lorsqu'elle serait prête, puis elle est morte. Après, j'ai pensé que c'était sans importance. C'était ma sœur, Mike. C'était ma sœur et je le lui avais promis.

— Très bien, je comprends. » Et je comprenais, certes, mais pas tout. Qu'avait-elle découvert ? Que Normal Auster avait noyé son bébé sous une pompe ? Qu'au début du siècle, on avait posé un piège à loup en un endroit où un petit garçon noir avait des chances de passer et de s'y faire prendre ? Qu'un autre garçon, peut-être le fils incestueux de Sonny et Sara Tidwell, avait été noyé par sa mère dans le lac, tandis qu'elle poussait son rire frénétique de folle en lui tenant la tête sous l'eau ? Faut s'tortiller sans s'entortiller, mon chou, et enfonce-moi ce gros machin-là.

« Si tu veux que je te présente des excuses, Mike, considère que c'est fait.

— Non, pas du tout. Te rappelles-tu autre chose qu'elle aurait pu dire ce soir-là, Frank ? Même un détail ?

— Qu'elle savait comment tu avais trouvé la maison.

— Elle a dit quoi ?

— Que quand la maison t'avait voulu, elle t'avait appelé. »

Je fus incapable de réagir, sur le coup, car Frank Arlen venait de réduire à néant l'un des piliers sur lesquels avait reposé ma vie d'homme marié ; l'une de ces choses qui nous semblent si fondamentales qu'on n'envisagerait même pas de les remettre en question. La gravité vous colle au sol. La lumière permet de voir. L'aiguille de la boussole indique le nord. Des trucs comme ça.

Ce pilier, cette chose tenue pour acquise, était que c'était Johanna et non moi qui avait voulu acheter Sara

Laughs lorsque nous avions touché les premières sommes vraiment substantielles de ma carrière d'écrivain, tout simplement parce que c'était Jo, dans notre couple, qui s'occupait du secteur « maison », tout comme c'était moi qui m'occupais du secteur « voiture ». C'était elle qui avait choisi les appartements à l'époque où nous ne pouvions nous offrir que des appartements, elle qui accrochait un tableau ici et me demandait de poser une étagère là. C'était elle qui était tombée amoureuse de la maison de Derry et qui avait vaincu ma résistance, fondée sur le fait que cette maison était trop grande, trop mal fichue et en trop mauvais état. Johanna avait été celle qui s'occupait du nid.

Que quand la maison t'avait voulu, elle t'avait appelé.

Et c'était probablement vrai. Non ; je pouvais faire mieux que ça, à condition de renoncer aux faux-fuyants de la paresse intellectuelle et de la mémoire sélective. C'était *certainement* vrai. C'était moi qui, le premier, avais lancé l'idée d'une résidence secondaire dans le Maine. C'était moi qui avais accumulé les brochures sur l'immobilier, moi qui les avais rapportées à la maison. Je m'étais mis à acheter des journaux locaux comme *Downeast,* que je commençais toujours par la dernière page, où se trouvaient les annonces immobilières. C'était moi qui avais vu le premier une photo de Sara Laughs dans une luxueuse revue de « demeures de charme » intitulée *Maine Retreats*, et encore moi qui avais appelé l'agence mentionnée dans l'annonce, puis Marie Hingerman, après avoir réussi à arracher son nom à l'homme qui m'avait répondu.

Johanna était aussi tombée sous le charme de Sara Laughs — je crois que n'importe qui serait tombé sous ce charme, en la voyant pour la première fois sous le soleil de l'automne, dans le flamboiement des arbres parés des couleurs de la saison et les tourbillons de feuilles mortes sur la Rue — mais c'était moi qui avais été actif dans la recherche de cette maison.

Sauf que c'était encore faire la part belle à la paresse intellectuelle et à la mémoire sélective. N'est-ce pas ? C'était Sara qui m'avait cherché.

Mais alors... comment se faisait-il que je n'en avais rien su jusqu'à aujourd'hui ? Et comment avais-je été jadis conduit jusqu'ici, dans ma joyeuse ignorance ?

Une seule réponse suffisait aux deux questions ; suffisait même à expliquer par quel concours de circonstances Johanna avait pu découvrir quelque chose d'angoissant concernant la maison, le lac et peut-être même tout le TR, puis mourir sans avoir eu le temps de me le dire. J'avais été ailleurs, c'est tout. En transe, plongé dans un autre monde, occupé à écrire l'un de mes stupides petits bouquins. J'avais été hypnotisé par les fantasmes qui se poursuivaient dans ma tête et il est facile de manipuler un homme hypnotisé.

« Mike ? Tu es toujours là, Mike ?

— Oui, toujours, Frank. Mais que je sois pendu si je sais ce qui a bien pu lui faire peur à ce point.

— Elle a mentionné un autre nom qui m'est revenu : Royce Merrill. D'après elle, c'était lui qui se souvenait du plus de choses, à cause de son âge. Et elle a dit : "Je préfère que Mike ne lui parle pas. J'ai peur que ce vieux bonhomme ne mange le morceau et ne lui en raconte plus qu'il ne doit savoir." As-tu une idée de ce qu'elle a voulu dire ?

— Eh bien... j'ai cru comprendre qu'une branche de l'arbre généalogique aurait fait un détour par ici ; mais les ancêtres de ma mère venaient de Memphis et si ceux des Noonan étaient bien du Maine, ce n'était pas de ce coin-ci. » Cependant, je n'en étais plus tout à fait aussi sûr.

« Dis-moi, Mike, ça n'a pas l'air d'aller fort.

— Si, si, je vais bien. Mieux qu'avant, même.

— Et tu comprends pourquoi je ne t'ai pas parlé de tout ça auparavant ? Évidemment, si je m'étais douté que tu... si j'avais pensé que...

— Je crois que je comprends. Ces idées ne m'ont

même pas effleuré, au début ; mais une fois qu'elles ont commencé à se glisser dans ta tête...

— Lorsque je suis retourné à Sanford, le soir même, je crois que je me suis dit que c'était encore un coup de Jo du genre : *Oh, zut ! Il y a une ombre sur la lune, personne ne sortira demain.* Elle a toujours été superstitieuse, elle touchait du bois, jetait du sel par-dessus son épaule si elle en renversait un peu, et ces trèfles à quatre feuilles qu'elle avait comme boucles d'oreilles...

— Ou son refus de porter un chandail si elle l'avait enfilé à l'envers par inadvertance, dis-je. Elle prétendait que sa journée en serait sens dessus dessous.

— Et ce n'était pas vrai ? » Il y avait un sourire dans la voix de Frank.

Je fus brusquement submergé par le souvenir de Jo, la revoyant telle qu'elle était, y compris les petites paillettes dorées dans son œil gauche, et je ne désirais personne d'autre. Personne d'autre ne pourrait faire l'affaire.

« Elle pensait qu'il y avait quelque chose de mauvais dans la maison, reprit Frank. Cela, j'en suis sûr. »

J'attirai une feuille de papier à moi et écrivis *Kia* dessus. « Oui. Et à ce moment-là, elle soupçonnait peut-être qu'elle était enceinte. Elle a pu craindre... des influences. » Il y avait des influences, ici, incontestablement. « D'après toi, elle a tiré ces renseignements surtout de Royce Merrill ?

— Non, c'est simplement un nom qu'elle a mentionné. Elle a dû parler à des douzaines de personnes. Connais-tu un type du nom de Kloster ? Gloster ? Un truc comme ça ?

— Auster. » Sous *Kia,* mon crayon dessinait une série de grosses boucles qui auraient pu être autant de *l*, ou des rubans à cheveux. « Kenny Auster. C'est ça ?

— Je crois. De toute façon, tu sais bien comment elle était, une fois qu'elle s'était mis dans la tête de faire quelque chose. Mike ? Veux-tu que je vienne ? »

Non. C'était une certitude, à présent. Ni lui ni Harold Oblowski. Quelque chose se passait ici ; il s'y déroulait un processus aussi délicat et organique que de la pâte à pain levant dans une pièce chaude. Frank aurait risqué d'interrompre ce processus... ou d'en subir des conséquences dangereuses pour lui.

« Non, répondis-je. Je voulais juste éclaircir cette histoire. Sans compter que j'écris, en ce moment. C'est difficile pour moi d'avoir des gens dans la maison, dans ces cas-là.

— M'appelleras-tu si je peux faire quelque chose ?

— Certainement. »

Je raccrochai, pris l'annuaire du téléphone et relevai les coordonnées de Royce Merrill, sur Deep Bay Road. Je composai le numéro et attendis pendant une douzaine de sonneries. Pas de répondeur dernier cri chez Royce. Je me demandai un instant où il pouvait bien se trouver. Quatre-vingt-quinze ans, c'est tout de même pas un âge pour aller danser au Country Barn de Harrison, en particulier un soir où l'établissement était fermé.

Je regardai la feuille de papier. Sous les grosses boucles en forme de *l*, j'écrivis *Kyra*, et me souvins que la première fois que j'avais entendu la fillette prononcer son nom, j'avais entendu *Kia*. Puis sous *Kyra* j'écrivis *Kito*, hésitai, et ajoutai *Carla*. J'encadrai l'ensemble de ces prénoms d'un trait. À côté, j'alignai *Johanna, Bridget* et *Jared*. Les bonshommes du frigéateur. Les gens qui voulaient que je descende au dix-neuf, que je descende au quatre-vingt-douze.

« Descends, Moïse, descends vers la Terre promise... », chantonnai-je à la pièce vide, que je parcourus des yeux. Il n'y avait que moi, Bunter et Félix le Chat... sauf que non.

Quand la maison t'a voulu, elle t'a appelé.

J'allai me chercher une autre bière. Fruits et légumes s'étaient de nouveau disposés en cercle. Au milieu, on lisait :

lye stille

Comme sur certaines anciennes pierres tombales : *Dieu fasse qu'il (ou elle) repose en paix.* Longtemps, je regardai ces lettres. Puis je me rappelai que l'IBM était toujours dehors. J'allai la chercher, la posai sur la table de la salle à manger et me mis à travailler sur mon stupide petit livre actuel. Au bout d'un quart d'heure, j'étais ailleurs, à peine conscient que l'orage grondait quelque part au-dessus du lac, à peine conscient du frémissement, de temps en temps, de la cloche au cou de Bunter. Lorsque je retournai au frigo prendre une autre bière, environ une heure plus tard, il y avait un mot de plus dans le cercle :

ony lye stille

C'est à peine si j'y fis attention. À ce moment-là, peu m'importait qu'ils reposent en paix ou dansent le hucklebuck au clair de lune. Shackleford avait commencé à se souvenir de son passé et du seul ami que lui, John, avait eu dans son enfance. Le malheureux petit Ray Garraty.

J'écrivis jusqu'à minuit. Le tonnerre s'était éloigné mais la chaleur demeurait toujours aussi étouffante, pesante comme une couverture. Je coupai l'IBM et allai me coucher... ne pensant, pour autant que je me souvienne, à rien. Pas même à Mattie, allongée dans son propre lit, à seulement quelques kilomètres de là. L'écriture avait chassé toute pensée concernant le monde réel, au moins temporairement. J'estime que c'est à cela qu'elle sert, en fin de compte. Bonne ou mauvaise, elle fait passer le temps.

CHAPITRE 21

Je marchais dans la Rue, en direction du nord. Les lanternes japonaises qui bordaient le chemin étaient toutes éteintes, car nous étions en plein jour et il faisait un temps superbe. Ce n'était plus l'atmosphère de juillet, brouillée par l'humidité ; le ciel avait cette nuance saphir soutenu caractéristique du mois d'octobre. En dessous, le lac, piqueté des flèches étincelantes du soleil, était de l'indigo le plus profond. Les arbres venaient à peine de dépasser l'acmé de leurs couleurs d'automne et flamboyaient comme des torches. Le vent du sud chassait les feuilles mortes entre mes jambes, en rafales bruyantes et chargées d'odeurs plaisantes. Les lanternes japonaises se balançaient comme si elles acquiesçaient au charme de la saison. Devant, j'entendais une musique, faible et lointaine. Sara et les Red-Tops. Sara beuglait sa chanson, entrecoupant les paroles de son rire, comme elle l'avait toujours fait... sauf que... comment un rire pouvait-il ressembler autant au grognement d'un chien qui montre les dents ?

« Petit Blanc, je n'ai jamais tué l'un de mes enfants. Comment as-tu pu seulement l'imaginer ! »

Je fis volte-face, m'attendant à la voir juste derrière moi, mais il n'y avait personne. Enfin...

Il y avait bien la Dame Verte, à ceci près qu'elle avait changé sa livrée d'été pour celle de l'automne, devenant ainsi la Dame Jaune. La branche de pin dénudée, derrière elle, indiquait toujours la même direction : pars pour le nord, jeune homme, pars pour le nord. À quelque distance, sur le chemin, se trouvait un autre bouleau, celui sur lequel je m'étais appuyé lorsque j'avais été à nouveau assailli par cette affreuse sensation de noyade.

J'attendais qu'elle se reproduise, j'attendais que le goût métallique du lac envahisse ma bouche et ma gorge, mais rien ne se produisit. Je me tournai de nouveau vers la Dame Jaune puis regardai, au-delà, Sara Laughs. La maison était bien là, mais réduite de beaucoup : ni aile nord, ni aile sud, ni premier étage. Aucune trace de l'atelier de Johanna sur le côté, non plus. Aucune de ces extensions n'avait été encore construite. La Dame Verte avait fait le voyage avec moi depuis l'année 1998 ; de même que le bouleau qui s'inclinait sur le lac. Sinon...

« Où suis-je ? » demandai-je à la Dame Jaune et aux lanternes japonaises qui branlaient du chef. Puis une meilleure question me vint à l'esprit : « *Quand* suis-je ? » Pas de réponse. « C'est un rêve, n'est-ce pas ? Je suis dans mon lit et je rêve. »

Quelque part, sur le filet étincelant d'or du lac, un plongeon arctique cria. Deux fois. *Un cri pour oui, deux pour non*, pensai-je. *Non ce n'est pas un rêve, Michael. Je ne sais pas exactement ce que c'est — un voyage spirituel dans le temps, peut-être — mais ce n'est pas un rêve.*

« Est-ce que cela se produit vraiment ? » lançai-je au jour, et de quelque part au milieu des arbres, de l'endroit où un sentier qui finirait pas être connu sous le nom de chemin 42 serpentait jusqu'à une route de terre qui finirait par être connue sous le nom de route 68, un corbeau croassa. Juste une fois.

J'allai jusqu'au bouleau, passai un bras autour du tronc (ce geste éveilla fugitivement le souvenir de mes mains qui glissaient autour de la taille de Mattie et sentaient la robe glisser contre sa peau), et me mis à scruter l'eau, cherchant des yeux le petit garçon noyé, tout en redoutant de le voir. Il n'y avait là aucun enfant, cependant, même si quelque chose gisait à cet endroit du fond, entre les rochers, les racines et les algues. Je plissai les yeux, et à cet instant précis le vent se calma, immobilisant les reflets sur l'eau. C'était une canne, une canne avec un pommeau d'or. Une canne du *Boston Post*. Enroulés autour d'elle en spirale, leurs extrémités oscillant paresseusement, il y avait deux rubans, blancs avec des bordures d'un rouge éclatant. La vue de la canne de Royce ainsi décorée me fit penser aux remises de diplôme, au lycée, et au bâton que brandit le maître de cérémonie quand il conduit les nouveaux titulaires en robe jusqu'à leur siège. Je comprenais maintenant pourquoi le vieux crocodile n'avait pas répondu au téléphone. Il n'y avait plus de répondeur au numéro de Royce Merrill. Je le savais ; je savais aussi que je me retrouvais à une époque où Royce n'avait même pas encore vu le jour. Sara Tidwell était là, je l'entendais chanter, et lorsque Royce était né, en 1903, cela faisait déjà deux ans que la chanteuse était partie, avec toute sa famille.

« Descends, Moïse, dis-je à la canne enrubannée au fond de l'eau. Descends, la Terre promise t'attend. »

Je me dirigeai vers la musique, revigoré par la fraîcheur de l'air, fouetté par le vent. Je distinguais à présent les voix, une multitude de voix ; on parlait, on criait, on riait. S'élevant au-dessus d'elles au rythme d'un piston de machine, montaient les rugissements rauques d'un aboyeur de foire : « Entrez, entrez, mesdames et messieurs ! Pressons-nous ! Le spectacle est à l'intérieur, mais il faut vous dépêcher ! Dépêchons-nous, pressons-nous ! La représentation commence dans dix minutes ! Venez voir Angelina, la femme-serpent, elle ondule, elle frissonne, elle vous ensorcelle l'œil et vous vole le cœur, mais ne l'approchez pas trop, car le poison de sa morsure est mortel ! Venez voir Hando, le garçon à tête de chien, terreur des mers du Sud ! Venez voir le squelette humain ! Venez voir le monstre de Gila, relique des temps anciens ! Venez voir la femme à barbe et les Martiens tueurs ! Tout cela est à l'intérieur, messieurs-dames, alors dépêchons, dépêchons ! »

J'entendais aussi l'orgue à vapeur d'un manège et le tintement de la cloche au sommet du poteau, lorsque quelque bûcheron, ayant prouvé sa force d'un grand coup de masse, remportait une peluche qu'il offrait à sa petite amie. Aux cris de ravissement féminins qui suivaient, on comprenait qu'il avait frappé tellement fort que la cloche avait failli se décrocher. Il y avait les claquements des carabines de 22 long rifle, venus du stand de tir, et les meuglements d'une vache primée... C'est alors que commencèrent à me parvenir les effluves que j'avais toujours associés aux foires de comté, depuis mon enfance : beignet qui frit, poivrons et oignons grillés, barbe à papa, crottin, foin. J'accélérai le pas en entendant les accords de la guitare et le martèlement de la basse se faire plus présents, et mon cœur se mit à battre deux fois plus vite. J'allais les voir jouer, j'allais voir Sara et les Red-Tops sur scène, réellement ! Ce n'était pas un rêve délirant dû à la fièvre, non plus. Tout cela arrivait en ce moment même, alors dépêchons, dépêchons !

Disparue, la maison Whasburn, celle qui serait toujours la maison Bricker pour Brenda Meserve ; au-delà de son futur emplacement, s'élevant le long de la pente raide à l'est de la Rue, je vis une volée de marches en bois d'une grande largeur. Elles me rappelèrent celles qui vont du parc d'attractions à la plage, à Old Orchard. Ici, les lampes japonaises étaient allumées en dépit de la lumière du jour, et la musique jouait plus fort que jamais. Sara chantait « Jimmy Crack Corn ».

J'escaladai l'escalier en direction des rires et des cris, de la musique des Red-Tops et de l'orgue, des odeurs de friture et de bétail. Les marches aboutissaient à une arche en bois sur laquelle on lisait :

BIENVENUE À LA FOIRE DE FRYEBURG
BIENVENUE AU XXᵉ SIÈCLE

Sous mes yeux, un petit garçon en culottes courtes et une femme portant un chemisier et une robe en lin qui lui cachait les chevilles franchirent l'arche et se dirigèrent vers moi. Ils se mirent à ondoyer comme un mirage, à devenir brumeux. Un instant, je vis leur

497

squelette et le sourire de tête de mort que dissimulaient leurs expressions rieuses. Encore quelques secondes, et ils disparurent.

Deux fermiers, l'un arborant un chapeau de paille, l'autre gesticulant avec sa pipe en épi de maïs, firent leur apparition du côté foire sortant de l'arche, exactement de la même façon. Cela me permit de comprendre qu'il existait une barrière entre la Rue et la foire. Néanmoins, j'avais l'impression que cette barrière ne me concernait pas. J'étais une exception.

« C'est bien cela ? demandai-je. Puis-je y aller ? »

La cloche au sommet du poteau TESTEZ VOTRE FORCE retentit bruyamment, sonore et claire. Un tintement pour oui, deux pour non. Je poursuivis mon chemin.

Je voyais à présent la grande roue qui tournait sur le fond brillant du ciel ; cette même roue que l'on apercevait à l'arrière-plan, sur la photo du livre d'Osteen, *Dark Score Days*. Elle était construite en métal, mais les nacelles, peintes de couleurs vives, étaient en bois. On accédait à l'attraction par un large chemin sur lequel était répandue de la sciure, et qui me fit penser à l'allée conduisant à l'autel, dans une église. La sciure avait sa raison d'être : presque tous les hommes que je voyais chiquaient du tabac.

Je fis halte quelques instants au sommet de l'escalier, me tenant toujours du côté du lac par rapport à l'arche. Je redoutais ce qui pourrait m'arriver si je le franchissais. Je redoutais de mourir ou de disparaître, oui, mais encore plus de ne jamais être capable de retrouver mon chemin, d'être condamné à errer pour l'éternité au milieu de la foire qui s'était tenue à Fryeburg, au début du siècle. Voilà qui rappelait aussi une histoire de Ray Bradbury, maintenant que j'y songeais.

En fin de compte, ce qui me poussa à entrer dans cet autre monde fut Sara Tidwell. Il fallait que je la voie de mes propres yeux. Il fallait que je la voie chanter. Il le fallait absolument.

Je ressentis un picotement lorsque je passai sous

l'arche et un soupir parvint à mes oreilles, émis, aurait-on dit, par un million de voix, très loin de moi. Soupir de soulagement ? Soupir d'effroi ? Je n'aurais pu le dire. Je savais seulement que se trouver de l'autre côté était différent : la différence qui existe entre regarder à travers une vitre et être réellement sur place, la différence entre observer et participer.

Les couleurs me sautèrent aux yeux comme si elles s'étaient tenues en embuscade. Les odeurs que j'avais trouvées douces, évocatrices et nostalgiques, côté lac, étaient à présent agressives et sexy, de la prose et non plus de la poésie. Il montait de la foire de puissants remugles de saucisse et de bœuf grillé, et les vastes arômes ténébreux du chocolat en ébullition. Deux gosses passèrent à côté de moi, tenant chacun une barbe à papa d'une main, et de l'autre le mouchoir noué dans lequel ils gardaient le peu de monnaie qu'ils avaient. « Hé, les mômes ! » lança un aboyeur en chemise bleu marine. Il portait des remonte-manches et son sourire révélait une splendide dent en or. « Venez renverser les bouteilles de lait et gagner un prix ! Personne n'a perdu de la journée ! »

Un peu plus haut, les Red-Tops se lancèrent dans « Fishin' Blues ». J'avais trouvé que l'ado, dans le parc de Castle Rock, l'avait bien joué, mais cette version rendait la sienne vieillotte, traînante et quelconque. Elle n'était pas jolie, pourtant ; elle n'évoquait pas ces anciennes photos de dames relevant leur jupe à hauteur des genoux pour danser une variante convenable du black bottom ne montrant que le bas de leur pantalon. Ce n'était pas le genre de ce qu'Alan Lomax avait réuni dans sa collection de chansons folkloriques, un simple papillon américain poussiéreux de plus dans un présentoir en contenant mille autres ; les paroles enrobaient la grivoiserie d'un minimum de vernis, de manière à éviter à tout le fichu groupe de se retrouver en prison. Sara Tidwell chantait le boogie cochon, et j'étais prêt à parier que tous ces fermiers en salopette et chapeau de paille, la chique à la bouche, les mains calleuses et ensabotés, rêvaient de s'envoyer en l'air avec elle, d'aller direct là où la sueur s'accumule dans les plis de la peau, là où la chaleur devient brûlante, là où le rose luit en secret.

Je partis dans cette direction, au milieu du meuglement des vaches et du bêlement des moutons, dans les étables de l'exposition — version à la dimension de la foire du jeu de mon enfance, le Hi-Ho Dairy-O. Je passai devant le stand de tir, puis devant celui du lancer d'anneaux et celui du lancer de pièces ; je me retrouvai finalement face à une scène sur laquelle les sirènes d'Angelina ondulaient au rythme lent d'une danse serpentine en s'étreignant les mains, tandis qu'un gaillard enturbanné et au visage passé au cirage soufflait dans une flûte. La peinture qui ornait la toile de la baraque laissait entendre qu'à côté d'Angelina — que l'on pouvait voir à l'intérieur pour la modique somme d'un dixième de dollar — ces deux-là n'étaient qu'une vieille paire de bottes. Je passai ensuite devant l'Allée des Monstres, devant la rôtissoire à maïs, devant la Maison aux Revenants, où une autre toile peinte représentait des fantômes surgissant de fenêtres brisées et de cheminées écroulées. *Tout est mort là-dedans,* me dis-je... j'entendais cependant, venant de l'intérieur, des enfants qui avaient l'air on ne peut plus vivants, à en croire leurs rires et leurs glapissements, tandis qu'ils se heurtaient à des choses dans le noir. Les plus âgés d'entre eux devaient sans doute échanger des baisers furtifs. Je passai devant le poteau TESTEZ VOTRE FORCE, avec ses gradations : PRENDS TON BIBERON MON BÉBÉ — FILLETTE — RECOMMENCE — SOLIDE GAILLARD — GRAND COSTAUD, et juste en dessous de la cloche de cuivre : HERCULE ! Au milieu d'une petite foule, un jeune rouquin retirait sa chemise, révélant un torse puissamment musclé. Un forain, cigare au bec, lui tendit la lourde masse. Je passai devant le stand des travaux de couture, devant une tente où des gens, assis sur des bancs, jouaient au loto, devant le lancer de balles de base-ball. Je passai devant toutes ces attractions, et c'est à peine si je les remarquai. J'avais pénétré dans la zone, j'étais en transe. « Vous feriez mieux de le rappeler plus tard, avait parfois répondu Johanna à Harold, au téléphone. Michael est parti faire un tour au pays des Grandes Chimères. » Si ce n'est qu'ici rien n'avait l'air faux, et que la seule chose intéressante pour moi était la scène dressée au pied de la grande roue. Il y avait bien huit Noirs dessus, sinon dix. Et devant eux se tenait Sara Tidwell, malmenant sa guitare avec entrain pour accompagner l'air qu'elle chantait. Une Sara Tidwell bien vivante, dans tout l'éclat de sa jeunesse. Elle renversa la tête en arrière et adressa son grand rire au ciel d'octobre.

Ce qui me tira de cet état d'hypnose fut un cri lancé derrière moi : « Attends, Mike ! Attends ! »

Je me tournai et vis Kyra qui courait vers moi, zigzaguant entre les promeneurs, les joueurs et les badauds, levant haut ses petites jambes potelées. Elle portait une robe blanche à bordures rouges et un chapeau de paille entouré d'un ruban bleu marine. Elle serrait Strickland d'une main et, lorsqu'elle m'atteignit, elle s'élança vers moi, sachant parfaitement que j'allais la saisir et la soulever dans mes bras. Ce que je fis, et lorsque son chapeau menaça de tomber au sol, je le rattrapai et le lui enfonçai sur la tête.

« J'ai encore renversé mon prop' aterback ! dit-elle.

— Presque. Tu es aussi terrible que le vieux Joe Green. » Je portais une salopette (l'extrémité d'un foulard d'un bleu délavé dépassait de la poche ventrale) et des bottes en caoutchouc couvertes de crottin. Je regardai les socquettes blanches de Kyra et constatai qu'elles avaient été tricotées à la main. Je n'aurais trouvé aucune étiquette discrète disant « Made in Mexico » ou « Made in China », si j'avais regardé à l'intérieur de son chapeau de paille ; il avait été très probablement fabriqué à Motton, par une femme de

paysan aux mains rouges et aux articulations doulou-
reuses.

« Où est Mattie, Ki ?

— À la maison, ze crois. Elle pouvait pas venir.

— Et toi, comment es-tu venue ici ?

— Par l'escalier. Il a beaucoup de marches. T'aurais
dû m'attendre. T'aurais pu me porter, comme l'autre
fois. Z'ai envie d'écouter la musique.

— Moi aussi. Tu sais qui chante, là ?

— Oui, répondit-elle, la maman de Kito. Dépêche-
toi, traînard ! »

Je repris la direction de la scène, pensant que nous
serions obligés de nous tenir à l'arrière de la foule,
mais celle-ci s'écarta devant moi et Kyra — quelle
délicieuse impression de la sentir peser dans mes bras,
une vraie petite fille à la Gibson dans sa robe blanche
et sous son chapeau orné d'un ruban. Elle m'avait
passé un bras autour du cou, et les gens s'écartaient
comme les flots de la mer Rouge devant Moïse.

Ils ne se tournaient pas pour nous regarder, cependant. Ils applaudissaient, frappaient des pieds et
accompagnaient la musique de leurs braillements,
complètement pris par elle. Ils se déplaçaient d'un pas
sans y faire attention, comme si jouait une forme de
magnétisme — deux pôles positifs se repoussant. Les
quelques rares femmes de la foule rougissaient mais
s'amusaient manifestement beaucoup, et l'une d'elles
riait tellement fort qu'elle en avait les joues ruisse-
lantes de larmes. Elle devait avoir tout au plus vingt-
deux ou vingt-trois ans. Kyra me la montra du doigt et
me dit tranquillement : « Tu connais la chef de maman
à la bibothèque ? C'est sa mamie. »

*La grand-mère de Lindy Briggs, fraîche comme une
rose,* pensai-je. *Bon Dieu...*

Les Red-Tops étaient éparpillés sur toute la scène,
sous des oriflammes rouge, blanc et bleu, comme un
groupe de rockers voyageurs du temps. Je les reconnus
tous — c'était bien ceux de la photo, dans le livre

d'Edward Osteen. Les hommes portaient des chemises blanches à remonte-manches, des vestons et des pantalons sombres. Sonny Tidwell, à l'autre bout de la scène, avait sur la tête le même chapeau melon que sur la photo. Sara, cependant...

« Pourquoi la dame a la robe de Mattie ? me demanda Kyra, se mettant à trembler.

— Je ne sais pas, ma chérie. Je ne sais pas. » Impossible de lui dire qu'elle se trompait : c'était bien la robe d'été que Mattie avait portée pour notre pique-nique dans le parc.

Profitant d'une pause instrumentale, les musiciens se mirent à fumer. Reginald « Sonny » Tidwell se dirigea vers Sara, esquissant un pas de danse, les mains voltigeant à toute allure sur les cordes et les touches de sa guitare, et elle se tourna pour lui faire face. Ils se mirent front contre front, lui sérieux comme un pape, elle riant ; ils se regardaient dans les yeux et essayaient de se pousser mutuellement à l'erreur dans leur jeu, sous les applaudissements et les cris d'encouragement de la foule, tandis que le reste du groupe s'esclaffait. En les voyant ainsi, je compris que je ne m'étais pas trompé : ils étaient bien frère et sœur. La ressemblance était trop criante pour pouvoir être ignorée. Mais ce que je regardais, surtout, c'était la façon dont les hanches et les fesses de Sara bougeaient, sous cette robe blanche. Kyra et moi portions peut-être des vêtements de campagne du début du siècle, mais Sara était une mignonne tout à fait moderne. Pas de culotte longue bouffante pour elle, pas de jupons, pas de bas de coton. Personne ne semblait remarquer que sa robe s'arrêtait au-dessus du genou — autrement dit qu'elle était pratiquement nue, selon les normes de l'époque. Et sous la robe de Mattie, il y avait des sous-vêtements comme ces gens n'en avaient jamais vu : un soutien-gorge en Lycra et une culotte en nylon à coupe brésilienne. Et si je l'avais prise par la taille, la robe n'aurait pas glissé sur les reliefs baleinés et décourageants d'un corset, mais contre sa peau nue. Sa peau brune, et non pas blanche. *Qu'est-ce que tu veux, mon chou ?*

Sara s'éloigna de Sonny, riant et agitant son popotin libre de toutes contraintes corsetières. Tandis que le guitariste repartait dans son coin, elle se tourna vers la foule, et l'orchestre reprit le chorus. Elle chanta le couplet suivant en me regardant droit dans les yeux :

> *Before you start in fishin*
> *you better check your line.*
> *Said before you start in fishin, honey,*
> *you better check your line.*
> *I'll pull on yours, darlin,*
> *and you best tug on mine* [1].

La foule rugit de joie. Dans mes bras, Kyra tremblait plus que jamais. « J'ai peur, Mike, dit-elle. J'aime pas la dame. Elle me fait peur. Elle a volé la robe de Mattie. Je veux rentrer à la maison. »

On aurait dit que Sara l'avait entendue, en dépit du vacarme de la musique. Elle renversa la tête en arrière, ses lèvres s'écartèrent largement et elle lança son vaste rire vers le ciel. Elle avait de grandes dents jaunes. On aurait dit celles d'un animal affamé et je décidai que j'étais d'accord avec Kyra : elle faisait peur, la dame.

« D'accord, ma puce, murmurai-je dans l'oreille de Ki. On s'en va d'ici. »

Mais avant que j'aie pu bouger, la sensation que donnait la femme — je ne vois pas comment expliquer ça autrement — me tomba dessus et me retint. Je comprenais à présent quelle était la chose qui m'avait frôlé à toute allure, dans la cuisine, pour aller disperser les lettres CARLADEAN ; la sensation de froid glacial était

---

1. « Avant de te mettre à pêcher vaut mieux vérifier ta ligne. Avant de te mettre à pêcher, chéri, vaut mieux vérifier ta ligne. J'vais tirer sur la tienne, chéri, et tu vas bien tirer sur la mienne » (*N.d.T.*).

la même. C'était un peu comme lorsqu'on identifie quelqu'un à son pas.

Elle entraîna l'orchestre dans un nouveau chorus, puis dans un nouveau couplet. Mais un couplet qui n'existe dans aucune version écrite de la chanson :

> *I ain't gonna hurt her, honey,*
> *not for all the treasure in the worl'*
> *Said I wouldn't hurt your baby,*
> *not for diamonds or for pearls.*
> *only one black-hearted bastard*
> *dare to touch that little girl*[1].

La foule rugit comme si elle n'avait jamais rien entendu d'aussi drôle, mais Kyra se mit à pleurer. Sara la vit et, tendant ses seins (des seins bien plus gros que ceux de Mattie), les secoua dans sa direction en éclatant de son rire si particulier. Il y avait une froideur parodique dans ce geste... et une sorte de vide aussi. De la tristesse. Je n'éprouvai cependant aucune compassion pour elle. À croire qu'on lui avait brûlé le cœur et que la tristesse qui demeurait n'était qu'un fantôme de plus, le souvenir de l'amour venu hanter les os de la haine.

Et comme les dents qu'exhibait son rire ressemblaient à celles d'un chien menaçant...

Sara leva les bras au-dessus de la tête et se secoua, cette fois, de la tête aux pieds, comme si elle lisait dans mes pensées et se moquait de moi. Tout comme de la gelée sur une assiette, ainsi que le disait une autre chanson de l'époque. Son ombre ondula sur la toile de fond, qui représentait Fryeburg, en la regardant, je pris conscience que je venais de trouver la Forme de

---

1. « Je n'lui ferais pas de mal, mon chou, pas pour tous les trésors du monde. Je ne ferais pas de mal à ton bébé, ni pour des diamants, ni pour des perles. Seul un salaud au cœur noir oserait toucher cette petite fille » (*N.d.T.*).

mes rêves de Manderley. C'était Sara, évidemment. Sara en était la Forme, elle l'avait toujours été.

Non, Mike, tu n'en es pas loin, mais ce n'est pas cela.

Que j'aie eu raison ou tort, j'en avais assez. Je fis demi-tour, plaçant une main sur la tête de Kyra pour lui appuyer le visage contre ma poitrine. Elle avait passé ses deux bras autour de mon cou et m'étreignait avec une énergie nourrie de panique.

Je craignis de devoir m'ouvrir un chemin de force au milieu de la foule — on nous avait laissés passer très facilement, mais peut-être ne nous laisserait-on pas repartir de même. *Faites pas les cons avec moi, les gars*, pensai-je. *Surtout, ne faites pas les cons.*

Et ils ne le firent pas. Sur scène, Sonny Tidwell avait fait passer l'orchestre de *mi* en *la* sans même un temps d'arrêt, l'un d'eux se mit à frapper un tambourin et Sara passa de « Fishin' Blues » à « Dog my Cats » sans reprendre son souffle. Au pied de la scène, cependant, la foule s'écarta à nouveau de moi et de ma petite fille sans nous regarder ni manquer une mesure, tandis qu'ils frappaient dans leurs mains calleuses de travailleurs. Un jeune homme arborant une tache de vin en travers de la figure ouvrit la bouche — à vingt ans, il lui manquait déjà la moitié des dents — et poussa un « Ya-hou ! » assourdissant autour d'une chique de tabac ramollie. Buddy Jellison, du Village Cafe, me rendis-je compte. Buddy Jellison magiquement revenu en arrière, âgé de dix-huit ans et non plus de cinquante-huit. Puis je remarquai que les cheveux n'étaient pas de la bonne couleur — brun clair et non pas noirs (alors qu'il approchait de la soixantaine, que par ailleurs il faisait largement, Buddy n'avait toujours pas un seul cheveu blanc). Ce n'était pas Buddy, mais son grand-père, voire même son arrière-grand-père. Je m'en foutais d'ailleurs totalement. Je n'avais qu'une envie, sortir d'ici.

« Excusez-moi, dis-je en le frôlant.

— Il n'y a pas d'ivrogne chez nous, espèce de sale fouineur, dit-il sans me regarder un instant ni manquer une seule mesure. Chacun prend son tour. »

C'est un rêve, en fin de compte. C'est un rêve et en voilà la preuve.

Mais l'odeur du tabac dans son haleine n'était pas un rêve, l'odeur de la foule n'était pas un rêve, et le poids de l'enfant effrayée que je tenais dans mes bras n'était pas non plus un rêve. Ma chemise était mouillée et chaude à hauteur de son visage. Elle pleurait.

« Hé, l'Irlandais ! » lança Sara depuis la scène ; sa voix ressemblait tellement à celle de Johanna que j'en aurais crié. Elle voulait m'obliger à me retourner — je sentais sa volonté peser contre mes joues comme des doigts — mais je m'y refusais.

Je contournai trois paysans qui faisaient circuler entre eux une bouteille en céramique, et sortis de la foule. L'allée s'étendait devant nous, aussi large que la Cinquième Avenue, avec à l'autre bout l'arche, l'escalier, la Rue, le lac. La maison. Si je parvenais à atteindre la Rue, nous serions en sécurité. J'en avais la certitude.

« Tu y es presque, l'Irlandais ! » me cria Sara. Elle paraissait en colère, mais pas au point de ne plus rire. « Tu finiras par avoir ce que tu veux, mon mignon, tout le réconfort dont t'as besoin, mais laisse-moi régler mes affaires. Tu m'entends, mon gars ? Te mêle pas de mes affaires ! Fais gaffe à ce que je te dis ! »

J'accélérai le pas en repartant par où j'étais arrivé, caressant la tête de Kyra que je tenais toujours contre moi. Elle perdit son chapeau de paille, mais je ne pris pas la peine de le ramasser. Il fallait sortir d'ici.

Sur notre gauche, il y avait le jeu de base-ball et un petit garçon qui criait : « Johnny a lancé par-dessus la barrière ! Johnny a lancé par-dessus la barrière ! » d'une voix monocorde à la régularité exaspérante. Nous passâmes devant le loto, où une femme hurlait qu'elle avait gagné la dinde, Seigneur Dieu, elle avait toutes les cases couvertes par les bons numéros et elle avait gagné la dinde ! Dans le ciel, le soleil passa derrière un nuage et tout devint terne. Nos ombres disparurent. L'arche, à l'autre bout, ne se rapprochait qu'avec une désespérante lenteur.

« Ça y est ? On est à la maison ? me demanda Kyra d'une voix gémissante. Je veux aller à la maison, Mike, s'il te plaît, ramène-moi à la maison chez ma maman.

— Je vais t'y ramener. Tout va très bien se passer, tu vas voir. »

Devant le poteau TESTEZ VOTRE FORCE, le jeune rouquin remettait sa chemise. Il me regarda avec un mépris non dissimulé — la méfiance instinctive d'un type du coin pour tout ce qui vient d'ailleurs, peut-être — et je me rendis compte que lui aussi, je le connaissais. Il avait un petit-fils du nom de Dickie, lequel, vers la fin du siècle que cette foire était censée fêter, posséderait le All-Purpose Garage, au bord de la route 68.

Une femme sortit de la tente des couturières, s'arrêta et pointa l'index dans ma direction. Sa lèvre supérieure se souleva en même temps en un ricanement canin. Je connaissais aussi ce visage. D'où venait-il ? De quelque part dans le secteur. Peu importait, et de toute façon j'aimais autant ne pas le savoir.

« On n'aurait jamais dû venir ici, gémit Kyra.

— Tu m'en diras tant. Seulement voilà, je crois que nous n'avons pas le choix, ma puce. Nous... »

Ils surgirent de l'Allée des Monstres, à une vingtaine de mètres devant nous. Je m'immobilisai en les voyant. Ils étaient sept en tout, sept hommes avançant à grands pas, en tenue de bûcheron, mais quatre d'entre eux ne comptaient pas ; ces quatre-là présentaient un aspect atténué, délavé, fantomatique. En piteux état, peut-être même morts et pas plus dangereux que des daguerréotypes. Les trois premiers, en revanche, étaient bien réels. Aussi réels que cet endroit, en tout cas. Le meneur était un vieil homme portant un calot élimé bleu, celui de l'armée de l'Union. Il m'observait avec des yeux que je connaissais. Des yeux que j'avais vus m'évaluer par-dessus un masque à oxygène.

« Pourquoi on s'arrête, Mike ?

— Tout va bien, Kyra. Garde la tête baissée, c'est tout. C'est juste un rêve. Tu te réveilleras demain matin dans ton lit.

— OK. »

Les gros bras s'alignèrent au milieu du chemin, côte à côte, botte contre botte, nous interdisant le passage. Le vieux Calot-Bleu au milieu. Les autres étaient beaucoup plus jeunes, peut-être même d'un demi-siècle, pour certains. Deux des trois plus pâles, les trois qui n'avaient presque pas de présence, se tenaient côte à côte à la droite du vieux, et je me demandai si je ne pourrais pas forcer le barrage à cet endroit. Ils me donnaient l'impression de ne pas avoir plus de chair que la chose qui avait cogné contre l'isolant, dans mon sous-sol... mais si je me trompais ?

« Rends-la-moi, fiston », dit le vieux. La voix était rauque, le ton implacable. Il tendit les mains. C'était Max Devory, il était revenu, et jusque dans la mort il réclamait la garde ! Ce n'était pas lui, cependant. Je le savais. Son visage avait quelque chose de légèrement différent, les joues étaient plus émaciées, les yeux d'un bleu plus éclatant.

« Où suis-je, *moi* ? » lui lançai-je, accentuant le dernier mot fortement. Devant la baraque d'Angelina, l'homme au turban (un Hindou qui arrivait probablement tout droit du fin fond de l'Ohio) posa sa flûte et se mit à nous observer. Les danseuses-serpents arrêtèrent d'onduler et nous regardèrent, elles aussi, se tenant par la taille et se serrant l'une contre l'autre pour se rassurer. « Où suis-je, Devory ? Si nos arrière-grands-parents chiaient dans le même trou, où suis-je, moi ?

— Ch'uis pas là pour répondre à tes questions. Rends-la-moi.

— Tu veux que je la prenne, Jared ? » demanda l'un

509

des jeunes hommes — un de ceux qui étaient réellement ici. Il regardait Devory avec une sorte d'adoration canine qui m'écœura, surtout parce que je savais de qui il s'agissait : du père de Bill Dean. Cet homme qui était devenu l'un des anciens les plus respectés du comté de Castle léchait sordidement les bottes de Devory.

Ne lui en veux pas trop, murmura la voix de Johanna, *ne leur en veux pas trop à tous. Ils étaient très jeunes.*

« Te mêle pas de ça », lui répondit Devory. Il y avait de l'irritation dans sa voix ; Fred Dean parut décontenancé. « Il va nous la donner tout seul. Et sinon, on la lui prendra tous ensemble. »

Je jetai un coup d'œil à l'homme qui se tenait à l'extrême gauche, le troisième de ceux qui paraissaient totalement réels, totalement présents. Était-ce moi ? Il ne me ressemblait pas. Il y avait bien quelque chose dans son visage qui me paraissait familier, mais...

« Rends-la-nous, l'Irlandais. Dernière sommation.

— Jamais. »

Devory acquiesça, comme s'il s'était attendu à ce que je réponde exactement cela. « Alors, nous allons la prendre. Il faut en finir. Venez, les gars. »

Ils commencèrent à se diriger vers moi et je sus à cet instant-là quelle était la personne que me rappelait l'homme à l'extrémité de la ligne, avec ses bottes matelassées de feutre et ses pantalons en flanelle de bûcheron : Kenny Auster, dont le chien-loup engloutissait des pâtisseries jusqu'à en exploser. Kenny Auster, dont le petit frère, encore bébé, avait été noyé sous une pompe par leur père.

Je regardai derrière moi. Les Red-Tops jouaient toujours, Sara riait en ondulant des hanches, les bras au ciel, et la foule des spectateurs bloquait plus que jamais l'issue orientale de la grande allée. De toute façon, ce n'était pas la bonne solution. Si j'allais par là, je finirais par me retrouver à élever une petite fille au début du XXe siècle, m'efforçant de gagner ma vie en écrivant des récits d'épouvante à quatre sous. Ce ne serait pas si terrible... mis à part qu'il y aurait une femme, à quelques kilomètres et à des années d'ici, à qui manquerait sa petite fille. À qui nous manquerions peut-être même tous les deux.

Me retournant à nouveau, je vis que les gros bras n'étaient plus qu'à quelques pas. Certains plus présents que d'autres, plus animés, mais tous morts. Tous damnés. Je regardai l'homme aux cheveux filasse dont Kenny Auster serait le descendant, et je lui demandai : « Qu'est-ce que vous avez donc fait ? Au nom du ciel, qu'est-ce que vous avez bien pu faire, tous ? »

Il tendit les mains. « Donne-la-nous, l'Irlandais. C'est tout ce que tu as à faire. Toi et la femme, vous pourrez en avoir d'autres. Elle est jeune, elle va te les pondre comme une poule pond ses œufs. »

J'étais hypnotisé, et ils nous auraient faits prisonniers, s'il n'y avait eu Kyra. « Qu'est-ce qui se passe ? cria-t-elle contre ma chemise. Y a quelque chose qui sent mauvais ! Quelque chose qui sent très mauvais ! Oh, Mike, allons-nous-en ! »

Je me rendis compte que moi aussi je sentais l'odeur. Une odeur de viande avariée et de gaz méphitiques. De tissus et d'entrailles laissés à mijoter au soleil. Devory était le plus vivant de tous et il se dégageait de lui le même magnétisme brutal mais puissant que j'avais ressenti chez son arrière-petit-fils ; il n'en était pas moins tout aussi mort que les autres et, comme il s'approchait, je pus voir les minuscules asticots qui festoyaient dans ses narines et dans les coins rosâtres de ses yeux. *Tout est mort ici en bas...*, pensai-je. *Ma propre femme ne me l'a-t-elle pas dit ?*

Ils tendirent leurs mains de ténèbres, pour toucher Kyra, tout d'abord, puis pour la prendre. Je reculai d'un pas, regardai à ma droite, vis d'autres spectres, certains sortant de fenêtres brisées, certains surgissant de cheminées en briques. Tenant fermement Kyra, je bondis vers la Maison aux Revenants.

« Attrapez-le ! cria Jared Devory, surpris. Attrapez-le, les gars ! Attrapez-moi ce salopard, bon Dieu de Dieu ! »

Je courus jusqu'aux marches de bois, vaguement conscient d'un objet doux frottant contre ma joue — le petit chien en peluche de Ki, qu'elle agrippait toujours d'une main. J'aurais bien voulu me retourner pour voir s'ils se rapprochaient, mais je n'osai pas. Si jamais je trébuchais...

« Hé ! » protesta la femme préposée aux billets. Auréolée d'une crinière rousse, on aurait dit qu'elle s'était maquillée à la truelle ; mais fort heureusement, elle ne ressemblait à personne que je connaissais. Elle n'était qu'une simple foraine, qui ne faisait que passer dans ce lieu béni des dieux. Quelle chance elle avait ! « Hé, monsieur, vous n'avez pas pris votre billet ! »

Pas le temps, madame, pas le temps.

« Arrêtez-le ! cria Devory. C'est un voyou, un voleur ! C'est pas sa fille ! Arrêtez-le ! » Mais personne ne s'interposa et je me précipitai dans l'obscurité de la Maison aux Revenants avec Kyra dans les bras.

L'entrée donnait sur un passage tellement étroit que je dus me tourner de côté pour pouvoir le franchir. Des yeux phosphorescents nous menaçaient dans la pénombre d'où montaient des claquements de planches entrechoquées, un tapage anarchique ponctué de bruits de chaînes. Et de derrière nous parvenait un tonnerre de bottes — celles des bûcherons se bousculant maladroitement dans l'escalier, à l'extérieur. La foraine rouquine gueulait contre eux, à présent, leur disant que s'ils cassaient quelque chose à l'intérieur, ils devraient payer pour ça. « Écoutez ce que je vous dis, bande de voyous ! cria-t-elle. C'est une attraction pour les gosses, pas pour des types comme vous ! »

Le bruit de planches venait de devant. Quelque chose tournait. Je ne compris pas, sur le coup, de quoi il s'agissait.

« Pose-moi, Mike ! me demanda Kyra, soudain excitée. Je veux passer toute seule ! »

Je la mis sur ses pieds, puis jetai un coup d'œil nerveux par-dessus mon épaule. La lumière qui filtrait par l'entrée était bouchée par la masse de nos poursuivants.

« Tas de crétins ! hurlait Devory. Pas tous en même temps, bordel de Dieu ! » Il y eut un bruit de gifle et quelqu'un poussa un cri. Je me retournai juste à temps pour voir Kyra franchir comme une flèche la cuve tournante, bras écartés pour garder l'équilibre. Je n'en revenais pas : elle riait.

Je la suivis, arrivai à mi-chemin, et tombai lourdement par terre.

« Hou là là ! » s'exclama Kyra, de l'autre côté. Puis elle se mit à pouffer de rire tandis que j'essayais de me relever, perdais l'équilibre à nouveau, et roulais en tous sens. Le foulard tomba de la poche de ma salopette. Un sac de bonbons d'une autre poche. Je regardai à nouveau derrière moi, pour voir s'ils avaient réussi à s'organiser pour passer. Du coup, la cuve me fit exécuter un nouveau saut périlleux involontaire. Je savais maintenant ce que ressentait le linge dans une machine à laver.

C'est à quatre pattes que je gagnai l'autre bord de cette roue d'écureuil ; je me relevai, pris la main de Kyra et l'entraînai encore plus loin dans la Maison aux Revenants. À peine avions-nous parcouru quelques mètres, cependant, que la fillette se trouva environnée de blancheur, comme dans un lys ; elle cria. Un animal feula bruyamment — il s'agissait d'un gros félin, à en juger par le son qu'il produisit. Je sentis une giclée d'adrénaline me passer dans le sang et j'étais sur le point de soulever Kyra pour la ramener à moi lorsque le feulement se reproduisit. De l'air chaud s'enroula autour de mes chevilles et la robe de Ki se gonfla de

513

nouveau en forme de cloche autour d'elle. Cette fois-ci elle rit au lieu de crier.

« Vas-y, Ki, vite ! »

Nous franchîmes l'évent d'air chaud pour poursuivre notre chemin dans un corridor où s'alignaient des miroirs qui nous transformèrent tout d'abord en nains trapus puis en ectoplasmes squelettiques aux traits exsangues et étirés de vampires. Je dus de nouveau pousser Kyra ; elle voulait se faire des grimaces. Derrière nous, j'entendis les bûcherons qui juraient en essayant de négocier la cuve tournante. Devory jurait, lui aussi, mais il ne me paraissait plus... comment dire... aussi *imminent*.

Il y eut ensuite une glissière qui nous éjecta sur la toile d'un coussin géant en produisant un énorme bruit de pet ; Kyra rit tellement fort qu'elle en eut les larmes aux yeux, se roulant en tous sens, donnant des coups de pied de jubilation. Je la pris sous les aisselles et la soulevai.

« On renverse pas son prop' aterback ! » me dit-elle, puis elle se remit à rire. La peur qu'elle avait éprouvée semblait avoir complètement disparu.

Nous nous engageâmes dans un nouveau corridor étroit. Il s'en dégageait une odeur agréable de résine, provenant du bois avec lequel on l'avait construit. Derrière l'une des parois, deux « revenants » agitaient leurs fers aussi mécaniquement que des ouvriers sur une chaîne de montage, parlant de ce qu'ils allaient faire ce soir avec leur petite amie et de quelqu'un chargé d'apporter un mystérieux « bidule pour faire le pet ». Je n'entendais plus rien derrière nous. Sûre d'elle, Kyra ouvrait la marche et me tirait, sa menotte dans ma grosse main. Lorsque nous arrivâmes à une porte sur laquelle étaient peintes des flammes bien rouges sous l'inscription ROUTE DE L'HADÈS, elle la poussa sans la moindre hésitation. Il tombait du plafond, fait en dalles de mica, une lumière rosée qui me parut bien trop plaisante pour être celle de l'Hadès.

Nous continuâmes d'avancer ainsi pendant un temps qui me parut fort long ; je me rendis compte, tout d'un coup, que je n'entendais plus l'orgue du manège, ni le solide *bong !* de la cloche du TESTEZ VOTRE FORCE, pas plus que Sara et les Red-Tops. Ce qui n'était pas réellement surprenant. Nous avions parcouru au moins quatre cents mètres. Mais par quel mystère la Maison aux Revenants d'une simple foire de comté pouvait-elle être aussi grande ?

Nous nous retrouvâmes alors devant trois portes, une à gauche, une à droite, et une tout au fond du corridor. Sur l'une d'elles on voyait représenté un petit tricycle rouge. Sur celle qui lui faisait face, ma machine à écrire IBM verte. Le dessin, sur la porte du fond, paraissait plus ancien ; il était maladroit et décoloré. Il représentait une petite luge. *C'est celle de Scooter Larribee*, pensai-je. *Celle que Devory a volée.* Je sentis la chair de poule me hérisser la peau des bras et du dos.

« Voilà, fit gaiement Kyra. C'est nos jouets ! » Elle brandit Strickland, sans doute pour qu'il puisse admirer le tricycle.

« Ouais. Tu dois avoir raison.

— Merci de m'avoir emportée. Les hommes m'ont fait peur mais la maison des fantômes était rigolote. Bonne nuit. Stri'lan aussi te dit bonne nuit. » Elle prononça « nuit » de manière exotique, très proche de *tiu,* le terme vietnamien signifiant « sublime bonheur ».

Je n'eus pas le temps de lui répondre : elle avait poussé la porte au tricycle et l'avait franchie. Le battant se referma sèchement derrière elle et je vis alors le ruban de son chapeau. Il avait dû se détacher quand elle avait perdu son couvre-chef et rester raccroché à elle depuis. Il gisait en tas, sur le sol. Je le ramassai, puis tentai de tourner la poignée de la porte par laquelle elle venait de disparaître. Elle ne bougea pas, et lorsque je frappai de la main contre le battant, j'eus l'impression de me cogner contre un métal d'une fabuleuse densité. Je reculai d'un pas et fis face à la direction par laquelle nous étions arrivés. Il n'y avait rien. Le silence était total.

C'est l'entre-temps... Lorsqu'on parle de « passer par maille », c'est ce qu'on veut dire. C'est l'endroit où l'on va réellement.

Tu ferais mieux d'y aller toi-même, intervint alors la voix de Johanna. *Si tu ne veux pas te retrouver prisonnier de cet endroit, peut-être pour l'éternité, tu ferais mieux de te bouger.*

J'essayai la poignée de la porte sur laquelle était représentée la machine à écrire. Elle tourna facilement. Derrière, s'ouvrait encore un corridor étroit, toujours avec des parois en pin sentant bon la résine. Je n'avais pas envie de m'y engager, il me faisait un peu penser à un long cercueil, mais il n'y avait rien d'autre à faire, aucun autre endroit où aller. Lorsque je m'avançai, la porte claqua derrière moi.

Bon Dieu, pensai-je, *me voilà dans le noir, et dans un endroit fermé... c'est le bon moment pour que Michael Noonan nous pique une de ses célèbres crises de panique...*

Mais aucun cerceau de fer ne vint m'encercler la poitrine et si mon pouls resta rapide, si mes muscles étaient encore shootés à l'adrénaline, je ne perdis pas mon sang-froid pour autant. Je me rendais également compte que l'obscurité n'était pas totale. Je n'y voyais guère, mais j'arrivais tout de même à distinguer les parois et le plancher. Machinalement, j'enroulai le ruban de Ki autour de mon poignet, fourrant l'extrémité dans ma manche pour qu'il ne se défasse pas. Puis j'avançai.

Je marchai ainsi pendant un long moment ; le corridor tournait dans un sens puis dans l'autre, comme au hasard. J'avais l'impression d'être un microbe circulant dans un intestin de bois. Finalement, j'arrivai devant deux entrées en forme d'arche. Je m'arrêtai devant, me demandant laquelle était la bonne, puis je me rendis compte que j'entendais tinter faiblement la cloche de Bunter par celle située à ma gauche. Je m'engageai donc dans cette voie ; le son de la cloche devenait plus fort au fur et à mesure que j'avançais. À un moment donné, s'ajoutèrent à ce bruit les grondements de l'orage. L'air avait perdu sa fraîcheur automnale et était de nouveau très chaud, étouffant même. Je vis aussi que je ne portais plus ma salopette ni mes grosses bottes crottées, mais des sous-vêtements chauds et des chaussettes qui me grattaient.

Par deux fois encore je dus choisir mon chemin ; à chaque fois je pris l'ouverture par laquelle j'entendais le mieux la cloche de Bunter. Au moment où j'arrivais devant les deux dernières arches, j'entendis une voix dire quelque part, dans l'obscurité : « Non, la femme du président n'a pas été touchée. C'est le sang du président qu'on voit sur ses bas. »

Je repris ma progression puis m'arrêtai, constatant que mes chevilles ne me démangeaient plus, que mes cuisses n'étaient plus prisonnières d'un caleçon long molletonné. Je portais le caleçon court dans lequel je dormais d'habitude. Je relevai la tête et vis que je me trouvais dans ma salle de séjour, m'avançant prudemment entre les meubles comme on le fait dans le noir pour ne pas se cogner les orteils contre les fichus pieds de table. Je distinguais un peu mieux les choses ; une lumière laiteuse encore faible filtrait par les fenêtres. J'atteignis le comptoir qui séparait le séjour de la cuisine et jetai un coup d'œil à Félix le Chat. Il était cinq heures cinq du matin.

J'allai jusqu'à l'évier et fis couler l'eau. En tendant la main vers un verre, je vis que j'avais encore le ruban de Kyra autour du poignet. Je le déroulai et le posai sur le comptoir, entre la machine à café et la télé de la cuisine. Puis je me servis de l'eau bien fraîche, la bus et, marchant avec précaution, regagnai l'aile nord à la seule lueur jaunâtre de la veilleuse, dans la salle de bains. Je pissai (j'u-ri-nai, aurait dit Ki) et allai dans ma chambre. Les draps étaient en désordre, mais le lit ne présentait pas cet aspect de lendemain d'orgie qu'il avait eu après mon rêve avec Sara, Mattie et Johanna. Pourquoi l'aurait-il eu, d'ailleurs ? Je n'avais fait que me lever et partir pour une petite promenade somnambulique. Un rêve extraordinairement réaliste de la foire de Fryeburg.

Sauf que tout cela n'était que du baratin, et pas seulement à cause du ruban en soie bleu de Kyra. Le souvenir qui me restait n'avait rien à voir avec ce qui reste d'un rêve au réveil, quand tout ce qui avait paru plausible devient immédiatement ridicule et quand toutes les couleurs — les plus brillantes comme les plus menaçantes — se fanent tout de suite. Je levai les mains contre mon nez, et respirai à fond. Le pin. Et quand je les regardai, je vis même un peu de résine sur un de mes doigts.

Assis sur le lit, j'envisageai un instant d'enregistrer au magnétophone ce que je venais de vivre, pour me laisser finalement tomber sur les oreillers. J'étais trop fatigué. Le tonnerre grondait à voix basse. Je fermai les yeux et commençai à m'enfoncer dans le sommeil, lorsqu'un hurlement déchira le silence de la maison. Aussi effilé que le col d'une bouteille cassée. Je me mis sur mon séant en poussant un cri, les mains agrippées à la poitrine.

C'était Johanna. Je ne l'avais jamais entendue hurler ainsi, pendant toutes les années que nous avions passées ensemble, mais je n'en éprouvais pas moins la certitude que c'était elle. « Arrêtez de lui faire du mal ! criai-je dans l'obscurité. Qui que vous soyez, arrêtez de lui faire du mal ! »

Elle hurla une deuxième fois, comme si quelque chose armé d'un couteau, d'une pince ou d'un tisonnier prenait un malin plaisir à me désobéir. Il me fit l'effet d'arriver de très loin, cette fois, et son troisième hurlement, même s'il trahissait toujours autant d'angoisse, parut me parvenir d'une plus grande distance encore.

Ils diminuaient comme avaient diminué les sanglots du petit garçon.

Un quatrième hurlement flotta dans le noir, puis le silence retomba sur Sara Laughs. Hors d'haleine, la maison respirait autour de moi. Vivante dans la chaleur, consciente dans les grondements atténués du tonnerre matinal.

CHAPITRE 22

Je parvins finalement à pénétrer dans la zone, sans pouvoir y faire quoi que ce soit une fois sur place. Je traçai de petits gribouillis sur le carnet de sténo que je garde toujours à portée de la main pour y prendre mes notes — liste des personnages, références des pages, chronologie des événements —, mais la feuille de papier glissée dans l'IBM demeura blanche. Pas de battements de cœur frénétiques, pas de pulsations dans les yeux ni de difficultés à respirer — aucune crise de panique, en d'autres termes, mais pas d'histoire non plus. Andy Rake, John Shackleford, Ray Garraty et la belle Regina Whiting restèrent le dos tourné, refusant de parler et de bouger. Le manuscrit était posé à sa place habituelle, à ma gauche, les pages retenues par un superbe morceau de quartz que j'avais trouvé sur l'allée, mais rien ne se passait. Zéro.

Je concède que la chose présente un côté ironique, sinon même moral. Pendant des années, j'avais fui les problèmes du monde réel, me réfugiant dans les recoins les plus reculés de mon imagination. Or le monde réel en avait profité pour se couvrir de fourrés anarchiques dans lesquels rôdaient parfois des choses avec des dents, et je me retrouvais enfermé dehors.

Kyra, avais-je écrit, en entourant le nom d'une forme

censée représenter une rose pompon. En dessous, j'avais dessiné un morceau de pain avec un béret perché crânement dessus. L'idée que Noonan se faisait d'une tartine grillée à la française. Les lettres L.B. entourées de fioritures. Une chemise avec un canard approximatif représenté dessus. COIN-COIN en lettres majuscules à côté. Et en dessous de COIN-COIN j'avais ajouté : *Faudrait s'envoler bien loin, « bon voyage*[1] *».*

À un autre endroit de la feuille, j'avais écrit *Dean, Auster* et *Devory.* Ceux qui m'avaient semblé les plus présents, les plus dangereux. Parce qu'ils avaient des descendants ? Mais ces sept brutes devaient tous en avoir eu, non ? À cette époque, presque toutes les familles étaient des familles nombreuses. Et où est-ce que je m'étais trouvé, là-dedans ? avais-je voulu savoir. Devory, cependant, avait refusé de me répondre.

Cela ne me faisait plus du tout l'effet d'un rêve qui aurait eu lieu à neuf heures et demie, par un dimanche matin chaud et humide. Que restait-il, dans ce cas-là ? Fallait-il parler d'une vision ? D'un voyage dans le temps ? Et si ce voyage avait eu un but, quel était-il ? Quel était le message, et qui cherchait à me le faire parvenir ? Je me rappelais clairement ce que j'avais dit juste avant de sortir du rêve au cours duquel, dans une crise de somnambulisme, j'étais allé chercher la machine à écrire dans l'atelier de Johanna : *Je ne crois pas à ces mensonges.* Je n'y croirais pas davantage maintenant. Tant que je ne distinguerais pas au moins une partie de la vérité, il valait peut-être mieux ne rien croire du tout.

En haut de la page sur laquelle s'étalaient mes gribouillis, j'écrivis le mot DANGER ! en majuscules épaisses, puis entourai le mot d'un cercle. De là, je traçai une flèche jusqu'au nom de Kyra. Et de son nom,

---

1. En français dans le texte (*N.d.T.*).

520

une autre flèche jusqu'à *Faudrait s'envoler bien loin,* *« bon voyage »,* y ajoutant MATTIE.

Sous le pain au béret, je dessinai un petit téléphone, avec au-dessus une bulle dans laquelle j'inscrivis D-R-R-R-RING ! À peine avais-je terminé que le téléphone sans fil sonna. Il était posé sur le garde-fou de la terrasse. J'encerclai MATTIE et décrochai.

« Mike ? » Elle paraissait excitée. Heureuse. Soulagée.

« Ouais. Comment ça va ?

— Sensationnel ! »

J'encerclai L.B. sur le bloc-notes.

« Lindy Briggs vient de m'appeler. Je raccroche à l'instant. Elle me reprend à la bibliothèque, Mike ! N'est-ce pas merveilleux ? »

Et comment ! Merveilleux comme cela l'obligeait à rester sur place... Je barrai *Faudrait s'envoler bien loin, « bon voyage »,* sachant qu'elle ne partirait pas. Pas à présent. Et comment lui demander de partir ? *Si seulement j'en savais un peu plus,* pensai-je à nouveau.

« Mike ? Êtes-vous...

— C'est tout à fait merveilleux », répondis-je. Je me la représentais, debout dans sa cuisine, tripotant le cordon entortillé de son téléphone ; je voyais son short en toile, ses jambes longues et nerveuses, le T-shirt qu'elle portait, blanc avec un canard jaune barbotant devant. « J'espère que Lindy a eu la bonne grâce de paraître honteuse de ce qu'elle avait fait. » J'encerclai le T-shirt que je venais de dessiner.

« Oui. Elle a été franche au point de... comment dire ? Ça m'a désarmée. Elle m'a dit que la Whitmore lui avait parlé au début de la semaine dernière. Qu'elle n'y avait pas été par quatre chemins : je devais être renvoyée immédiatement. Dans ce cas-là, le flot d'argent et de matériel informatique qui inondait la bibliothèque grâce à Devory continuerait à couler. Sinon, il s'arrêterait sur-le-champ. Elle m'a dit qu'elle avait été obligée de choisir entre le bien de la collectivité et ce qu'elle savait être une injustice... que c'était l'une des décisions les plus difficiles qu'elle avait jamais eu à prendre...

— Hum... » Ma main semblait glisser d'elle-même sur la feuille de papier, comme la planchette sur une table de divination Ouija. Elle écrivit : JE VOUS EN PRIE NE PUIS-JE JE VOUS EN PRIE. « Ce n'est probablement pas entièrement faux, Mattie... mais combien croyez-vous que gagne Lindy ?

— Je ne sais pas.

— Je parie que c'est plus que les salaires réunis de trois autres bibliothécaires n'importe où dans le Maine. »

J'entendis la voix de Ki, à l'arrière-plan ; elle voulait me parler.

« Dans une minute, ma chérie », lui répondit Mattie, ajoutant à mon intention : « Peut-être. Tout ce que je sais, c'est que j'ai retrouvé mon travail, et que j'aime autant passer l'éponge sur ce qui est arrivé. »

Je dessinai un livre. Puis une série de cercles plus ou moins enchaînés qui le reliaient au T-shirt orné d'un canard.

« Ki voudrait vous parler, reprit Mattie en riant. Elle prétend que vous avez été ensemble à la foire de Frye-burg, la nuit dernière.

— Hein ? J'aurais eu rendez-vous avec une jolie fille et au lieu de ça j'aurais dormi ?

— On dirait bien. Vous êtes prêt ?

— Prêt.

— Très bien, je vous passe Radio-Kyra. »

Il y eut les bruits habituels d'un téléphone changeant de mains, puis la voix de Ki. « Ze t'ai attrapé à la foire, Mike ! On renverse pas son prop' aterback !

— Vraiment ? C'était un sacré rêve, n'est-ce pas, Ki ? »

Il y eut un long silence à l'autre bout du fil. Je n'eus pas de peine à m'imaginer Mattie se demandant ce qui arrivait à Radio-Kyra. « Tu y étais aussi, toi. » *Tiu*.

« On a vu les danseuses-serpents... le poteau avec la closse, en haut... on est entrés dans la maison des revenants... t'es tombé dans le tonneau ! C'était pas un rêve... si ? »

J'aurais pu la convaincre que c'en était un, mais cela me parut tout d'un coup une mauvaise stratégie, une stratégie qui présentait ses propres dangers. « Tu portais un joli chapeau et une jolie robe.

— Ouais ! » Elle paraissait énormément soulagée. « Et toi, tu avais...

— Arrête, Kyra. Écoute-moi. »

Elle se tut aussitôt.

« Il vaut mieux ne pas trop parler de ce rêve, je crois, ni à maman ni à personne d'autre — sauf à moi.

— Sauf à toi.

— Oui. C'est pareil avec les bonshommes du réfrigérateur, d'accord ?

— D'accord. Dis, Mike, y avait une dame avec les affaires de Mattie.

— Je sais. » C'était bien qu'elle puisse en parler, j'en étais sûr, mais je lui demandai néanmoins : « Dis-moi, où est Mattie ?

— Elle arrose les fleurs. On a des tas de fleurs, au moins un million. Il faut que ze nettoie la table. C'est une corvée ! Ça m'est égal, pourtant. Z'aime bien les corvées. On a manzé des toasts français. On en manze touzours le dimanche matin. C'est bon, surtout avec du sirop de fraise.

— Je sais, répondis-je, dessinant une flèche se rendant jusqu'au pain coiffé d'un béret. Les toasts français, c'est génial. Dis-moi, Kyra, as-tu parlé à Mattie de la dame qui portait sa robe ?

— Non. Ze crois qu'elle aurait eu peur. » Elle continua un ton plus bas. « Elle arrive !

— Pas de problème... mais nous avons un secret, tous les deux, n'est-ce pas ?

— Oui.

— Bon, veux-tu me repasser Mattie, maintenant ?

— OK. » Sa voix s'éloigna un peu. « Maman-
minette, Mike veut te parler... Tu viendras nous voir
auzourd'hui ? demanda-t-elle, s'adressant de nouveau
à moi. On pourrait faire encore un pique-nique.

— Je ne peux pas aujourd'hui, Ki. J'ai du travail.

— Mattie, elle travaille zamais le dimanche.

— Vois-tu, quand j'écris un livre, je travaille tous
les jours. Je suis obligé, sinon j'oublie mon histoire.
Mais on fera peut-être un pique-nique mardi prochain.
Un barbecue, chez toi.

— C'est long, jusqu'à mardi ?

— Pas très long. Pas demain, le jour après demain.

— C'est long, d'écrire un livre ?

— Assez long, oui. »

J'entendis Mattie demander à sa fille de lui passer
le téléphone.

« Oui, oui, zuste une seconde. Mike ?

— Je suis toujours là, Ki.

— Ze t'aime. »

Je fus à la fois touché et terrifié. Un instant, j'eus
la certitude que ma gorge allait se verrouiller comme
se bloquait ma poitrine lorsque j'essayais d'écrire,
naguère. Puis elle se dégagea et je répondis : « Je
t'aime aussi, Ki.

— Ze te passe Mattie. »

Il y eut de nouveau les bruits d'un téléphone changeant de mains, puis Mattie me dit : « Est-ce que cela
a ravivé vos souvenirs de ce rendez-vous avec ma fille,
cher monsieur ?

— En tout cas, répondis-je, les siens ont été ravi-
vés. » Il existait un lien entre Mattie et moi, mais il
n'allait pas jusque-là, j'en étais sûr.

Elle riait. J'adorais la voir de cette humeur, et
n'avais aucune envie de lui gâcher sa journée. Mais je
ne tenais pas non plus à ce qu'elle confonde, elle aussi,
la ligne blanche du milieu de la route avec le passage
pour piétons.

« Vous devez encore vous montrer prudente, Mattie,

d'accord ? Ce n'est pas parce que Lindy Briggs vient de vous rendre votre travail que tout le monde, dans le patelin, est tout d'un coup redevenu ami avec vous.

— Je le sais bien. » Une fois de plus, l'idée me vint de lui demander si elle ne pourrait pas partir avec Kyra à Derry pendant un certain temps ; elles n'auraient qu'à habiter chez moi, passer là-bas le reste de l'été — pourquoi pas, si c'était ce qu'il fallait pour que les choses reprennent leur cours normal ici ? Si ce n'est qu'elle allait refuser. Lorsqu'il s'était agi d'accepter ma proposition d'engager un avocat new-yorkais prestigieux (et cher), elle n'avait pas eu le choix. Mais ici, elle l'avait. Ou du moins, elle pensait l'avoir, et comment aurais-je pu la faire changer d'avis ? Je n'avais aucune objection logique et cohérente à formuler ; rien qu'une vague forme sombre, comme un objet qui serait dissimulé sous une épaisse couche de glace recouverte de neige.

« Je tiens à ce que vous fassiez attention à deux hommes en particulier, dis-je. Le premier est Bill Dean, et le second Kenny Auster. C'est celui...

— Avec le grand chien qui a un foulard autour du cou. Il...

— C'est Bouberry ! s'exclama Ki, d'un peu plus loin. Bouberry m'a léché la figure !

— Va donc jouer dehors, ma chérie, dit Mattie.

— Ze ranze la table.

— Tu pourras finir plus tard. Va dehors. » Il y eut un silence, pendant que Mattie suivait sa fille des yeux ; Kyra sortit en emportant Strickland. Même lorsque la petite ne fut plus dans la caravane, Mattie parla d'une voix retenue, comme si elle ne voulait pas être entendue. « Est-ce que vous essayez de me faire peur, Mike ?

— Pas du tout, dis-je en encerclant à plusieurs reprises le mot DANGER ! Mais je voudrais que vous soyez prudente. Bill et Kenny ont peut-être fait partie de l'équipe de Devory, comme Footman et Osgood.

Ne me demandez pas comment je le sais, parce que je n'aurais aucune réponse satisfaisante à vous offrir. Ce n'est qu'une intuition, mais depuis que je suis de retour dans le TR, mes intuitions sont différentes.

— Que voulez-vous dire ?

— Ne portez-vous pas un T-shirt avec un canard jaune dessus ?

— Comment le savez-vous ? C'est Kyra qui vous l'a dit, n'est-ce pas ?

— Ne vient-elle pas de sortir à l'instant en emportant le petit chien en peluche de son Happy Meal ? »

Le silence se prolongea longtemps. « Mon Dieu, dit-elle finalement d'une voix si basse que je la distinguais à peine. Mais comment...

— Je ne sais pas. Je ne sais pas non plus si vous êtes dans une... une mauvaise situation, ni pour quelle raison vous pourriez être dans une telle situation, mais j'en ai l'intuition. Que vous êtes toutes les deux dans une mauvaise situation. » J'aurais pu en dire davantage, mais je craignais qu'elle ne pense que je déraillais complètement.

« Mais il est mort ! explosa-t-elle. Ce vieux bonhomme est mort ! Il ne peut pas nous laisser en paix, à la fin ?

— C'est peut-être ce qu'il fait. Il n'est pas impossible que je me trompe sur toute la ligne. Mais il n'y a pas de mal à être prudent, n'est-ce pas ?

— Non, dit-elle. En général, c'est vrai.

— En général ?

— Pourquoi ne passez-vous pas me voir, Mike ? Nous pourrions aller à la foire ensemble, non ?

— Nous irons peut-être bien à l'automne. Tous les trois.

— Ça me plairait.

— En attendant, je pense à la clef.

— Vous pensez trop, Mike, c'est déjà la moitié de votre problème », répliqua-t-elle en éclatant de rire. Mais d'un rire mélancolique, me sembla-t-il. Et je voyais bien ce qu'elle voulait dire. Ce qu'elle ne paraissait pas comprendre, c'est que ce que j'éprouvais était l'autre moitié du problème. C'est une fronde qui finit par expédier la plupart d'entre nous à la mort.

Je travaillai un moment, puis ramenai l'IBM dans la maison et laissai le manuscrit posé dessus. J'en avais fini avec ce texte, au moins pour le moment. Plus question de reprendre le chemin de la zone ; il fallait laisser tomber Andy Rake, John Shackleford et les autres, tant que tout cela ne serait pas terminé. Et tandis que j'enfilais un pantalon et boutonnais une chemise pour la première fois depuis ce qui me paraissait des semaines, il me vint à l'esprit que peut-être quelque chose, je ne sais quelle force, avait essayé de m'endormir avec l'histoire que je me racontais, avec ma capacité d'écrire retrouvée. Voilà qui tenait debout ; le travail avait toujours été ma drogue préférée, bien meilleure que la bouteille ou le Mellaril dont j'avais toujours une plaquette dans l'armoire à pharmacie. À moins que le travail n'ait été que le système de livraison, la piquouze contenant tous les rêves et les songes. Qui sait si la véritable drogue n'était pas la zone elle-même ? Le fait d'être dans la zone ? Là où je retrouvais mes sensations, comme on l'entend dire parfois aux joueurs de basket-ball. J'étais dans la zone et j'avais retrouvé mes sensations.

Je regardai machinalement le frigo en prenant les clefs sur le comptoir. Les plots magnétiques étaient de nouveau disposés en cercle. Avec au milieu un message que j'avais déjà vu, mais qui était maintenant tout de suite compréhensible, grâce aux lettres supplémentaires :

aide la

« Je fais de mon mieux », dis-je. Puis je sortis.

À cinq kilomètres au nord, le long de la route 68, sur la partie connue autrefois sous le nom de route de Castle Rock, se trouve une jardinerie complétée par des serres. Elle s'appelle Slips' n Green, et Johanna y venait souvent autrefois, pour acheter des accessoires de jardinage ou bien simplement pour bavarder avec les deux femmes qui géraient la boutique. L'une d'elles était Helen Auster, la femme de Kenny.

Je m'arrêtai devant le magasin vers dix heures, ce dimanche matin-là (il était ouvert, bien entendu : pendant la saison touristique, tous les commerçants du Maine deviennent des païens), et me garai à côté d'une grosse bagnole immatriculée dans l'État de New York. J'attendis, le temps d'avoir les prévisions météo à la radio — chaud et humide pendant encore au moins deux jours — et descendis. Une femme sortit du magasin, habillée d'un short par-dessus un maillot de bain et disparaissant sous un chapeau de soleil rouge gigantesque, tenant un sac de mousse des tourbières dans les bras. Elle m'adressa un petit sourire. Je le lui rendis avec un intérêt de dix-huit pour cent. Elle était de New York, ce qui signifiait qu'au moins elle n'était pas martienne.

Il faisait encore plus chaud et humide dans le magasin que dans l'air lessivé du matin, dehors. Lila Proulx, la copropriétaire, était au téléphone. Elle se tenait directement devant un petit ventilateur posé à côté de la caisse qui faisait onduler le devant de sa blouse sans manches. Elle me vit et me salua d'un petit geste du bout des doigts. Je lui rendis son salut de la même façon, me sentant comme quelqu'un d'autre. Travail ou pas, je zonais encore. La sensation était toujours présente.

Je fis le tour du magasin, prenant quelques trucs au hasard, surveillant Lila du coin de l'œil pour pouvoir aller lui parler dès qu'elle en aurait fini avec le téléphone. Et pendant tout ce temps-là je continuais à dériver paisiblement en surmultipliée. Finalement elle raccrocha, et je me rapprochai du comptoir.

« Michael Noonan ! s'exclama-t-elle, quel plaisir de vous voir ! » Elle commença à taper mes achats sur sa caisse. « J'ai été absolument navrée, pour Johanna. Je dois vous le dire bien franchement. Jo était la gentillesse même.

— Merci, Lila.

— Je vous en prie. Pas la peine d'en rajouter, mais devant un drame pareil, il faut dire les choses franchement. C'est ce que j'ai toujours pensé, et ce que je penserai toujours. Franchement. Alors, on va faire un peu de jardinage ? demanda-t-elle avec cet accent traînant du Maine qui élide les *r*.

— Si la température veut bien baisser, oui.

— Oh là là ! C'est terrible, non ? » Elle agita le haut de sa blouse pour montrer à quel point c'était terrible. Puis elle indiqua du doigt l'un de mes achats. « Je vais vous mettre celui-ci dans un sac spécial, peut-être. Prudence est mère de sûreté, comme je dis toujours. »

J'acquiesçai, puis regardai le petit tableau noir posé contre le comptoir. MYRTILLES FRAÎCHES, y lisait-on, écrit à la craie. ELLES VIENNENT D'ARRIVER !

« Je vais prendre aussi une livre de myrtilles, dis-je, du moins si elles ne datent pas de vendredi. On doit pouvoir faire mieux, non ? »

Elle opina vigoureusement du chef, comme pour souligner qu'effectivement on pouvait faire beaucoup mieux. « Elles étaient encore sur leur buisson hier. C'est assez frais pour vous ?

— C'est parfait. Au fait, Blueberry [1] est bien le nom du chien de Kenny, non ?

— Est-il drôle, celui-là ! Bon sang, j'adore les gros chiens, quand ils se tiennent bien. » Elle se tourna vers le frigo pour y prendre une livre de myrtilles qu'elle plaça dans un autre sac.

---

1. Myrtille, en anglais (*N.d.T.*).

« Où est Helen ? demandai-je. C'est son jour de congé ?

— Oh, c'est pas son genre. Quand elle est dans le secteur, y a pas moyen de la faire sortir d'ici autrement qu'à coups de bâton. Non, elle est partie avec Kenny et les gosses dans le Taxachusetts. Ils louent une villa au bord de la mer avec la famille de son frère pendant quinze jours, tous les étés. Ils y sont tous. Le vieux Blueberry va courir après les mouettes jusqu'à ce qu'il en tombe par terre. » Elle partit d'un grand rire cordial qui me fit penser à Sara Tidwell. Ou peut-être était-ce la façon dont Lila me regarda pendant qu'elle riait. Car il n'y avait aucune trace d'amusement dans ses yeux. Ils étaient plissés, inquisiteurs, froidement curieux.

Vas-tu arrêter à la fin, pour l'amour du ciel ? me sermonnai-je. *Ils ne peuvent pas être tous dans le coup, tout de même !*

Et pourquoi pas ? La conscience collective au niveau d'une ville, cela existe : qui en doute n'a qu'à assister à une réunion de conseil municipal, n'importe où en Nouvelle-Angleterre. Et là où se trouve une conscience, n'est-il pas vraisemblable qu'il y ait aussi un subconscient ? De plus, si Kyra et moi pouvions faire le bon vieux coup de la télépathie, pourquoi d'autres personnes du TR n'auraient-elles pas pu le faire, éventuellement à leur insu ? Nous partagions tous le même air, la même terre ; nous partagions le lac et la nappe phréatique qui irrigue toute la région, une eau enfouie au goût minéral de silex. Nous partagions également la Rue, cet endroit où les chiens bien élevés et les fouilleurs de poubelles ont le droit de marcher côte à côte.

Au moment où je m'apprêtais à repartir, mes achats bien rangés dans un sac de toile, Lila dit : « Quel malheur, pour Royce Merrill. Vous êtes au courant ?

— Non.

— Il est tombé dans l'escalier de sa cave, hier au soir. Ce qu'un vieillard de son âge pouvait bien fabri-

530

quer à descendre des marches aussi raides, voilà qui me dépasse, mais je suppose que quand on est très vieux, on a ses propres raisons de faire certaines choses. »

Est-il mort ? faillis-je demander. Puis je reformulai ma question. Ce n'était pas ainsi qu'on la posait, dans le TR. « Est-ce qu'il a passé ?

— Pas encore. L'ambulance de Motton l'a emmené à l'hôpital du comté. Il est dans le coma. » Elle prononça plutôt quelque chose comme *combat*. « Ils ont dit qu'il ne se réveillerait probablement jamais, le pauvre vieux. C'est tout un pan d'histoire qui va mourir avec lui.

— C'est probablement vrai. » *Et bon débarras*, ajoutai-je à part moi. « Est-ce qu'il a des enfants ?

— Non. Il y a eu des Merrill pendant deux cents ans dans le TR. L'un d'eux est mort à la bataille de Seminary Ridge. Mais toutes les vieilles familles du coin disparaissent les unes après les autres. Bonne journée, Mike. » Elle sourit, mais ses yeux gardèrent leur expression neutre et songeuse.

Je me mis au volant de la Chevy, posai mes emplettes sur le siège du passager puis restai assis là un moment, le temps que la climatisation me rafraîchisse le visage et le cou. Kenny Auster était dans le Massa — non, le Taxachusetts. Une bonne chose. Un pas dans la bonne direction.

Restait néanmoins mon gardien de maison.

« Bill n'est pas là », me dit Yvette. Elle se tenait sur le pas de la porte, bloquant l'entrée du mieux qu'elle pouvait (ce qui n'est pas évident quand on mesure un mètre cinquante-cinq et qu'on pèse dans les quarante-deux kilos) et m'étudiait avec l'expression peu amène d'un videur de boîte de nuit qui voit se pointer à nouveau un ivrogne qu'il a déjà dû flanquer à la porte *manu militari*.

J'étais sur le porche de la maison de style Cape Cod, d'une propreté digne de la marine de guerre, qui s'élève au sommet de Peabody Hill et dont la vue s'étend jusqu'au Vermont par-dessus l'arrière-cour du New Hampshire. Les hangars où Bill entreposait son matériel s'alignaient à la gauche de la maison, tous peints de la même nuance de gris, portant chacun un panneau : DEAN CARETAKING, n° 1, n° 2, n° 3. Le Dodge de Bill était garé devant le n° 2. Je regardai le véhicule, puis Yvette. Ses lèvres se serrèrent un peu plus. Encore un cran, et elles allaient disparaître complètement.

« Il est parti pour North Conway avec Butch Wiggins, dit-elle. Ils ont pris le camion de Butch. Pour aller...

— Inutile de mentir à ma place, mon cœur », dit Bill derrière elle.

On était encore au beau milieu de la matinée et un dimanche, de surcroît, mais jamais je n'avais entendu voix d'homme aussi fatiguée. Il remonta le couloir d'un pas lourd et lorsqu'il passa de l'ombre à la lumière — le soleil avait fini par percer, laborieusement, l'atmosphère brumeuse —, je constatai que Bill faisait maintenant son âge. Tout son âge, sinon même dix ans de plus. Il portait sa tenue habituelle, pantalon et chemise kaki — Bill resterait un militaire jusqu'à son dernier souffle —, mais il se tenait le dos voûté, l'air d'avoir une épaule luxée comme s'il avait passé une semaine à trimbaler des charges trop pesantes pour lui. L'affaissement de son visage avait finalement commencé, cet indéfinissable quelque chose qui fait que les yeux paraissent trop grands, que la mâchoire semble trop proéminente, la bouche trop relâchée. Il avait l'air vieux. Lui non plus n'avait aucun descendant pour poursuivre la lignée ; toutes les anciennes familles disparaissaient, comme l'avait remarqué Lila Proulx. Et ce n'était peut-être pas plus mal.

« Bill... », commença-t-elle. Mais il leva l'une de ses

imposantes paluches aux doigts calleux. Ceux-ci tremblaient légèrement.

« Va faire un tour dans ta cuisine, tu veux ? J'ai
quelque chose à dire à mon *compadre*. J'en n'aurai pas
pour longtemps. »

Yvette le regarda, et lorsqu'elle se tourna de nouveau vers moi, ses lèvres avaient atteint le degré zéro,
question surface. À leur place ne restait qu'une ligne,
un simple trait de crayon noir. Je compris, de manière
on ne peut plus claire, qu'elle me haïssait.

« Ne le fatiguez pas, surtout, me dit-elle. Il a très
mal dormi. C'est la chaleur. » Elle battit en retraite
dans le vestibule, le dos raide et les épaules tendues,
et disparut dans une pénombre que j'imaginai fraîche.
Il semble toujours faire plus frais chez les personnes
âgées, vous n'avez pas remarqué ?

Bill s'avança sur le porche et se mit les mains dans
les poches sans m'avoir tendu la droite. « Je n'ai rien à
vous dire, en fait, sinon que vous et moi, c'est terminé.

— Mais pourquoi, Bill ? Pourquoi est-ce terminé ? »

Il regarda vers l'est, vers les collines qui s'enfon-
çaient dans la brume de chaleur pour y disparaître
avant d'être devenues montagnes, et ne répondit pas.

« J'essaie simplement d'aider cette jeune femme. »

Il m'adressa, du coin de l'œil, un regard que je n'eus
aucun mal à déchiffrer. « Exact. Vous l'aidez à enfiler
son falzar. J'ai déjà vu des hommes qui arrivaient de
New York ou du New Jersey avec des jeunesses.
Week-ends d'été ou week-ends d'hiver, aucune importance. Les hommes qui vont avec des filles de cet âge
sont tous pareils, la langue qu'arrête pas de s'agiter
même lorsqu'ils ferment la bouche. Vous me faites le
même effet, à présent. »

Je me sentais à la fois en colère et gêné, mais je
résistai à la tentation de lui rétorquer quelque chose.
C'était exactement ce qu'il voulait.

« Qu'est-ce qui s'est passé, ici ? demandai-je.

Qu'est-ce que vos pères, vos grands-pères et vos arrière-grands-pères ont bien pu faire à Sara Tidwell et à sa famille ? Vous ne vous êtes pas contentés de les obliger à partir, hein ?

— Pas eu besoin. » Il m'avait répondu le regard perdu sur les collines, dans mon dos. Il avait les yeux humides et paraissait presque sur le point de pleurer, mais il gardait les mâchoires serrées. « Ils ont déménagé tout seuls. Les nègres ont toujours des fourmis dans les pieds, disait mon père.

— Le piège qui a tué le fils Tidwell... qui donc l'avait posé ? Était-ce votre père, Bill ? Était-ce Fred ? »

Ses yeux bougèrent, mais pas ses mâchoires. « J'sais pas de quoi vous voulez parler.

— Je l'ai entendu pleurer dans ma maison. Pouvez-vous imaginer quel effet ça fait, d'entendre un petit enfant pleurer dans sa maison ? Y a un salopard qui l'a pris au piège comme une vulgaire belette et moi, je l'entends qui pleure dans ma putain de baraque !

— Vous allez avoir besoin d'un nouveau gardien. J'peux plus gardienner pour vous. J'veux plus. Tout ce que j'veux, c'est que vous fichiez le camp de chez moi.

— Mais enfin, qu'est-ce qui se passe ? Aidez-moi, bon Dieu !

— Je vais vous aider du bout de mon soulier si vous ne partez pas tout seul. »

Je le regardai encore un instant, m'imprégnant de la vision de son regard humide et de sa mâchoire serrée, qui trahissaient ses sentiments contradictoires.

« J'ai perdu ma femme, espèce de vieux salopard. Une femme que vous aimiez beaucoup, paraît-il ! »

Ses mâchoires finirent par se desserrer et il y avait de la surprise blessée dans son regard. « Ça n'est pas arrivé *ici*, protesta-t-il. Ça n'a rien à voir avec *ici*. Elle pouvait très bien ne pas être dans le TR parce que... elle avait tout simplement ses raisons de ne pas être dans le TR... mais elle a eu une attaque, c'est tout. Ça aurait pu arriver n'importe où. *N'importe où !*

— Je n'y crois pas. Et vous non plus, à mon avis. *Quelque chose* l'a suivie jusqu'à Derry, peut-être parce qu'elle était enceinte... »

Ses yeux s'écarquillèrent. Je lui laissai une chance de réagir, mais il ne la saisit pas.

« ... Ou peut-être parce qu'elle en savait trop.

— Elle a eu une attaque, fit Bill d'une voix mal assurée. Je l'ai lu dans la notice nécrologique. Elle a eu une simple attaque.

— Qu'est-ce qu'elle avait trouvé ? Dites-le-moi, Bill, je vous en prie. »

Il laissa le silence se prolonger. Jusqu'au dernier moment, je m'offris le luxe de croire qu'il allait enfin craquer.

« Je n'ai qu'une seule chose à vous dire, Mike. Faites machine arrière. Pour le salut de votre âme, faites machine arrière et laissez les choses aller leur cours. C'est de toute façon ce qui arrivera, que vous le vouliez ou non. Ce fleuve-là est presque arrivé à la mer ; ni vous ni vos semblables ne pourront y faire barrage. Laissez tomber, Mike. Pour l'amour du Christ. »

Vous souciez-vous de votre âme, Mr Noonan ? De votre âme immortelle ? Le papillon de Dieu pris dans un cocon de chair qui bientôt puera autant que le mien ?

Bill fit demi-tour et regagna sa porte, le talon de ses bottes cognant pesamment sur les planches peintes.

« Et vous, n'approchez pas de Mattie et Ki, dis-je. Si jamais je vous vois tourner autour de la caravane... »

Il fit volte-face et le soleil embrumé fit briller les traces humides, sous ses yeux. Il prit un foulard dans sa poche et s'essuya les joues. « J'bougerai pas de cette maison. Vous pouvez pas savoir ce que je regrette d'avoir écourté mes vacances. D'autant que si je l'ai fait, c'est avant tout pour vous, Mike. Ces deux-là, à

Wasp Hill Road, n'ont rien à craindre de moi. Non. Rien à craindre de moi. »

Il entra et referma la porte. Je restai planté là, plein d'un sentiment d'irréalité, n'arrivant pas à croire que j'avais pu avoir avec Bill Dean une conversation aussi chargée de menaces mortelles. Bill, qui m'avait reproché de ne pas avoir partagé mon chagrin avec lui avec l'espoir de l'alléger un peu — mon chagrin après la mort de Johanna... Bill, qui m'avait accueilli si chaleureusement...

Puis il y eut un claquement. Si ça se trouvait, Bill n'avait jamais fermé cette porte à clef de toute sa vie, mais aujourd'hui, si. Le *clac* avait été très clair dans l'air immobile de juillet. Il disait tout ce que j'avais à savoir sur ce qu'il en était de ma longue amitié avec Bill Dean. Je fis demi-tour et regagnai ma voiture, la tête basse. Je ne me retournai pas quand j'entendis une fenêtre à guillotine remonter derrière moi.

« Et ne remettez jamais les pieds ici, espèce de sale citadin ! cria Yvette à travers la cour. Vous lui avez brisé le cœur ! Ne remettez jamais les pieds ici ! Jamais ! Jamais ! »

« Je vous en prie, dit Brenda Meserve. Ne me posez plus de questions, Mike. Je n'ai pas les moyens de me fâcher avec Bill Dean. Pas plus que ma mère ne pouvait se fâcher avec Normal Auster ou Fred Dean. »

Je changeai l'écouteur d'oreille. « Tout ce que je veux savoir, c'est si...

— Dans ce coin du monde, on peut dire que ce sont les gardiens de maison qui dirigent à peu près tout. S'ils disent à un estivant qu'il faut engager tel charpentier ou tel électricien, eh bien, c'est celui-là que l'estivant engage. Ou bien si un gardien dit qu'il faut virer Untel parce qu'on ne peut pas compter sur lui, Untel est viré. Ou Unetelle. Parce que ce qui vaut pour les plombiers, les jardiniers et les électriciens, ça vaut deux fois plus pour les femmes de ménage. Depuis toujours. Si vous voulez être recommandé, et le demeurer, vous avez intérêt à rester copain avec les gens comme Fred et Bill Dean, ou Normal et Kenny Auster. Vous comprenez, non ? ajouta-t-elle, d'un ton presque suppliant. Lorsque Bill a su que je vous avais raconté ce qu'avait fait Normal Auster, ooooh, il était furieux contre moi.

— Le frère de Kenny Auster, celui que Normal a noyé sous la pompe... il s'appelait bien Kerry, n'est-ce pas ?

— Exact. Y a des tas de gens qui appellent leurs gosses presque pareil. Ils trouvent ça mignon. Tenez, j'ai été à l'école avec un frère et une sœur qui s'appelaient Roland et Rolanda Therriault, Roland est à Manchester maintenant, je crois, et Rolanda s'est mariée avec ce garçon de...

— Brenda, soyez gentille, répondez simplement à une seule question. Je n'en parlerai à personne. Je vous en prie... »

J'attendis, retenant ma respiration, le *clic* qui allait se produire lorsqu'elle reposerait le téléphone. Mais au lieu de cela, elle me demanda quelle était cette question, d'une voix douce et presque chargée de regrets.

« Qui était Carla Dean ? »

J'attendis, pendant que se prolongeait un nouveau silence, mes mains jouant avec le ruban tombé du chapeau fin de siècle de Ki.

« Vous ne direz rien à personne, n'est-ce pas ? demanda-t-elle enfin.

— Promis.

— Carla était la sœur jumelle de Bill. Elle est morte il y a soixante-cinq ans pendant les incendies. » Ces incendies qui, à en croire Bill, auraient été allumés par le grand-père de Kyra, en cadeau d'adieu au TR. « Je ne sais pas exactement comment ça s'est passé. Bill n'en parle jamais. Si jamais vous lui dites que vous tenez cette histoire de moi, je ne ferai plus jamais un seul lit dans le TR. Il y veillera. » Puis, d'une voix teintée de désespoir, elle ajouta : « Il l'apprendra peut-être tout de même. »

En me fondant sur mes expériences personnelles et mes soupçons, elle avait peut-être raison, même sur ce dernier point. Auquel cas, elle recevrait néanmoins un chèque de ma part jusqu'à ce qu'elle prenne sa retraite. Je n'avais cependant aucune intention de lui dire cela par téléphone — j'aurais crucifié son âme de Yankee. Je me contentai de la remercier, de l'assurer de nouveau de ma discrétion, et je raccrochai.

Je restai assis un moment devant la table, regardant Bunter sans le voir, puis je dis : « Qui est là ? »

Il n'y eut pas de réponse.

« Allons... Trêve de timidité. Descendons au dix-neuf ou au quatre-vingt-douze. Et sinon, parlons. »

Toujours pas de réponse. Même pas la plus petite oscillation de la cloche pendue au cou de l'orignal empaillé. J'aperçus les notes que j'avais griffonnées pendant que je parlais au frère de Johanna et les tirai à moi. J'avais écrit *Kia, Kyra, Kito* et *Carla*, noms que j'avais encadrés d'un trait. J'ajoutai *Kerry* au-dessus de la ligne du bas de l'encadré. *Y a des tas de gens qui appellent leurs gosses presque pareil,* avait dit Brenda. *Ils trouvent ça mignon.*

Moi, je ne trouvais pas ça mignon, mais inquiétant.

Je remarquai qu'au moins deux de ces presque homonymes s'étaient noyés : Kerry Auster sous une pompe et Kia Noonan dans le ventre de sa mère défunte, alors qu'elle n'était pas plus grosse qu'une graine de tournesol. Et j'avais vu le fantôme d'un troi-sième enfant noyé dans le lac. Kito ? Ce dernier ne serait-il pas Kito ? Ou Kito était-il celui qui était mort de la gangrène ?

Ils appellent leurs gosses presque pareil, ils trouvent ça mignon...

Combien de ces enfants quasi homonymes comptait-on, pour commencer ? Combien en restait-il ? La réponse à la première question me paraissait sans importance, et il me semblait connaître celle de la seconde. *Ce fleuve est presque arrivé à l'océan,* avait dit Bill.

Carla, Kerry, Kito, Kia... tous disparus. Ne restait plus que Kyra Devory.

Je me levai avec une telle brusquerie que j'en renversai ma chaise. Ce tapage soudain, dans le silence qui régnait, me fit pousser un cri. J'allais ficher le camp, et tout de suite. Terminé de donner des coups de fil, terminé de jouer les Andy Rake et les détectives privés, terminées les dépositions et la drague sans conviction de la reine du bal. J'aurais dû écouter mon instinct et prendre la poudre d'escampette dès le premier soir. Eh bien, j'allais le faire maintenant, sauter dans la Chevy et décamper pour Der...

La cloche se mit à tinter frénétiquement. Je me tournai et la vis qui bondissait au cou de Bunter comme si une main invisible l'agitait. La porte-écran donnant sur la terrasse se mit à s'ouvrir et à claquer comme si elle était accrochée à une poulie. Le livre de mots croisés (niveau coriace) posé sur le canapé s'ouvrit, ainsi que le guide des programmes télé, leurs pages se mettant à défiler. Il y eut une série de coups sonores contre le plancher, comme si une chose énorme se précipitait vers moi, donnant du poing dans sa reptation.

Une bouffée d'air — non pas froide mais chaude, comme celles qu'engendre le métro par un soir d'été — me bouscula au passage. J'entendis en même temps une voix étrange qui paraissait en provenir et qui disait *Bye-BY, bye-BY, bye-BY,* comme si on me souhaitait un bon voyage de retour. Puis, tandis qu'il me venait à l'esprit que la voix avait dit en réalité *Ki-Ki, Ki-Ki, Ki-Ki,* je fus violemment frappé dans le dos et propulsé en avant par ce qui me fit l'effet d'être un poing gigantesque et mou. Je basculai sur la table, renversai le présentoir du sel et du poivre, le porte-serviette et le petit vase que Brenda Meserve avait rempli de pâque-

539

rettes. Le vase roula et alla se briser au sol. La télé de la cuisine commença à gueuler — un politicien expliquant que l'inflation reprenait. Le lecteur de CD se mit en marche, noyant la voix du politicien avec les Rolling Stones dans un remake du « I Regret You, Baby » de Sara Tidwell. Un détecteur de fumée se déclencha au premier étage, puis un deuxième, puis un troisième, les trois bientôt rejoints par l'alarme de la Chevy. La cacophonie la plus totale régnait.

Je fus saisi au poignet par quelque chose de chaud à la consistance d'oreiller. Ma main, propulsée en avant, atterrit brutalement sur le bloc-notes. Je la vis le tripoter avec maladresse, à la recherche d'une page blanche, puis attraper le crayon posé à côté. Elle s'en saisit comme d'une dague et quelque chose se mit à écrire par ce truchement, non pas en guidant ma main, mais en la violant. Elle se déplaça lentement au début, pratiquement à l'aveuglette, puis prit de la vitesse et finit par voler, déchirant presque le papier, à la fin.

Aide-la pars pas aide-la
pars pas aide-la aide-la
pars pas chéri pars pas
aide-la aide-la
aide-la

J'avais quasiment atteint le bas de la page lorsque le froid retomba, ce froid extérieur qui était comme une averse de grésil en janvier, me glaçant la chair et pétrifiant la morve dans mon nez, tandis que de ma bouche sortaient, dans un hoquet, deux bouffées blanches. Ma main se crispa et le crayon se cassa en deux. Derrière moi, la cloche eut une dernière et furieuse convulsion et se tut. Toujours dans mon dos, il y eut aussi un étrange double *pop !* comme si deux bouchons de champagne venaient de sauter. Puis ce fut terminé. J'étais de nouveau seul.

Je coupai la musique juste au moment où Mick et Keith en arrivaient à une version rolling-stonienne de « Howling Wolf », puis je courus au premier pour remettre les détecteurs de fumée en position veille. Je me penchai par la fenêtre de la grande chambre d'amis, pendant que j'étais là-haut, braquai le porte-clefs en direction de la Chevrolet et appuyai sur la télécommande. L'alarme s'arrêta.

Le plus gros du boucan stoppé, j'entendis la télé qui continuait à caqueter dans la cuisine. Je descendis, la coupai, mais restai la main pétrifiée sur la commande, regardant cette stupide horloge Félix le Chat, achat de Johanna. La queue avait fini par arrêter ses allées et venues, et ses gros yeux en plastique gisaient sur le sol. Ils avaient littéralement jailli de sa tête.

J'allai dîner au Village Cafe, récupérant le dernier numéro restant du *Sunday Telegram* (MORT DE MAX DEVORY, ROI DES ORDINATEURS, DANS SA VILLE NATALE DU MAINE, disait la manchette) avant d'aller m'asseoir au comptoir. La photo qui accompagnait l'article était un travail de professionnel datant à première vue d'au moins trente ans. Il souriait. La plupart des gens souriaient naturellement. Devory avait l'air de se forcer.

Je commandai une assiette des lingots qui restaient de la fête au haricot que Buddy Jellison organisait le samedi soir. Les aphorismes n'étaient pas le fort de mon père — dans la famille, c'était ma mère qui tenait le rôle de dispensatrice de ces parcelles de sagesse — mais lorsque papa faisait réchauffer les lingots au four, le dimanche après-midi, il nous répétait invariablement que le ragoût de bœuf aux haricots était meilleur le deuxième jour. J'avais fini par adopter cette vérité. Le seul autre échantillon de la sapience paternelle dont je me souvienne est un conseil : toujours se laver les mains après avoir coulé un bronze dans une gare routière.

Pendant que je lisais l'article consacré à Devory, Audrey vint me dire que Royce Merrill « avait passé » sans reprendre connaissance. L'enterrement devait avoir lieu mardi, à la Grace Baptist Church. À peu près tout le TR allait y assister, rien que pour voir, pour bon nombre d'entre eux, Ila Meserve recevoir la canne du *Boston Post*. Est-ce que j'envisageais d'y aller ? Non, dis-je, probablement pas. Je crus prudent de ne pas ajouter que j'allais plus vraisemblablement célébrer une certaine victoire chez Mattie Devory, pendant que se dérouleraient un peu plus loin les funérailles de Royce.

Il y eut le flot habituel de clients pour un dimanche soir, pendant que je mangeais ; les gens commandaient des hamburgers, d'autres des haricots, d'autres des sandwiches poulet salade, d'autres achetaient des packs de bière. Certains étaient du TR, mais pas tous. Je ne fis attention à personne ou presque, et personne ne m'adressa la parole. Je n'ai aucune idée de l'identité de celui qui a laissé la serviette en papier sur mon journal, mais lorsque je posai la section des informations générales pour prendre les pages des sports, à droite de mon coude, il était là. Je la pris, simplement pour la mettre de côté, et vis alors ce qui était écrit dessus, en grosses lettres noires : BARRE-TOI DU TR.

Je ne sus jamais qui m'avait laissé ce message. Il aurait pu s'agir de n'importe qui.

CHAPITRE 23

La brume se leva de nouveau, transformant le crépuscule de ce dimanche soir en un spectacle à la beauté décadente. Le soleil se mit à rutiler de plus en plus au fur et à mesure qu'il descendait vers les collines, et la brume, s'emparant de ce rougeoiement, fit de tout le ciel occidental un grand saignement de nez. Je le contemplai depuis la terrasse, tout en essayant de résoudre une grille de mots croisés dans laquelle je n'avançais guère. Quand le téléphone sonna, je laissai tomber le recueil « niveau coriace » sur mon manuscrit et allai décrocher. J'en avais assez de voir le titre de mon livre à chaque fois que je passais à côté.

« Allô ?

— Alors, qu'est-ce qui se passe dans le coin ? » demanda John Storrow, sans prendre la peine de dire seulement bonsoir. Il ne paraissait cependant pas en colère — plutôt complètement épuisé. « Ma parole, je manque les meilleurs morceaux du feuilleton !

— Je me suis invité à déjeuner, mardi prochain, dis-je. J'espère que vous n'y voyez pas d'inconvénient.

— Non, au contraire, plus on est de fous... » Il paraissait tout à fait sincère. « Quel été, hein, quel été ! Quoi de neuf, pour ces derniers jours ? Un tremblement de terre ? Une éruption volcanique ? Suicides en masse ?

— Pas de suicides en masse, mais le vieux est mort.

— Merde, le monde entier sait que Max Devory vient de casser sa pipe. Surprenez-moi, Mike ! Laissez-moi sur le cul ! Que je m'exclame : *pas possible !*

— Non, pas lui, l'autre vieux. Royce Merrill.

— Je ne vois pas qui — attendez ! C'est pas ce type à la canne en or qui ressemble à une pièce de musée sortie de *Jurassic Park* ?

— Bingo.

— La vieille fripouille. Sinon... ?

— Sinon, on contrôle la situation. » Sur quoi je pensai aux yeux du chat qui avaient explosé, et je faillis éclater de rire. Ce qui m'en empêcha fut la quasi-certitude que Monsieur Bonne Humeur faisait simplement un numéro ; que John avait appelé pour savoir une chose et une seule — s'il se passait quoi que ce soit entre moi et Mattie. Et qu'allais-je lui répondre ? Rien, pour le moment ? Juste un baiser, une trique en acier chromé pendant une minute, les règles fondamentales du jeu en voie de s'appliquer ?

John avait d'autres choses en tête. « Écoutez, Michael, si je vous ai appelé, c'est que j'ai des informations à vous donner. Je crois que vous allez être amusé et stupéfait à la fois.

— État d'esprit dont nous rêvons tous. Lâchez le morceau.

— Rogette Whitmore m'a appelé, et... ce ne serait pas vous qui lui auriez donné le numéro de téléphone de mes parents, par hasard ? Je vous appelle de New York, mais c'est à Philadelphie qu'elle m'a contacté.

— Je n'avais pas le numéro de vos parents. Vous ne l'aviez laissé sur aucun de vos deux répondeurs.

— Ah, c'est vrai. » Il ne s'excusa pas ; il paraissait trop excité pour se soucier de ces petites règles de courtoisie. Je commençais moi-même à me sentir excité, alors que je n'avais aucune idée de ce qu'il allait m'annoncer. « Je l'avais donné à Mattie. Croyez-vous que la Whitmore aurait pu l'appeler pour le lui demander ? Et que Mattie le lui aurait donné ?

— Je crois que si jamais Mattie tombait sur Rogette en flammes dans une impasse, elle ne lui pisserait même pas dessus pour éteindre le feu.

— Vulgaire, Michael, très vulgaire. » Cela ne l'empêchait pas de rire. « La Whitmore l'a peut-être eu de la même façon que Devory a eu le vôtre.

— Probablement. J'ignore ce qui va se passer dans les quelques mois à venir, mais je suis sûr que, pour l'instant, elle a encore accès à tous les leviers de contrôle du vieux Max. Et que s'il y a quelqu'un qui sait comment les manœuvrer, c'est fort probablement elle. Est-ce qu'elle a appelé de Palm Springs ?

— Oui. Elle m'a expliqué qu'elle venait d'avoir une réunion préliminaire avec les avocats du groupe, concernant le testament de Devory. D'après elle, Papy Max laisserait quatre-vingts millions à Mattie Devory. »

J'en restai muet de stupéfaction. Je n'étais pas encore amusé, mais j'étais certainement sidéré.

« Ça vous en bouche un coin, hein ? ricana joyeusement John.

— Vous voulez dire qu'il les a laissés à Kyra, marmonnai-je enfin. Et que celle-ci étant mineure...

— Non. C'est justement ce qu'il n'a pas fait. J'ai obligé Rogette Whitmore à me le répéter plusieurs fois, mais vers la troisième, j'ai commencé à comprendre. Il y a une certaine méthode dans sa folie. Pas beaucoup, mais un peu. Car voyez-vous, il a assorti le legs d'une condition. S'il avait laissé l'argent à l'enfant mineure et non à la mère, la condition n'aurait eu aucune valeur. C'est d'autant plus drôle, si l'on pense que Mattie elle-même était mineure il n'y a pas si longtemps.

— Très drôle », concédai-je, pensant au glissement, sous ma main, de la robe sur sa peau nue et douce. Je pensai également à Bill Dean disant que les hommes qui sortaient avec des filles de cet âge avaient tous la même allure, qu'ils avaient la langue qui s'agitait même s'ils avaient la bouche fermée. « Et quelle est cette condition ?

— Que Mattie reste sur le TR pendant un an à dater de sa mort — autrement dit jusqu'au 17 juillet 1999. Elle peut le quitter pour la journée, mais elle doit se retrouver tous les soirs chez elle à vingt et une heures, sinon elle perd tout. Avez-vous jamais entendu parler d'une telle connerie ? Mis à part dans les vieux films de George Sanders, évidemment ?

— Non », dis-je, me souvenant du tour que j'avais fait à la foire de Fryeburg avec Kyra. *Même mort, il en réclamait la garde*, avais-je pensé. C'était évidemment de cela qu'il s'agissait. Il les voulait toutes les deux ici. Même mort, il voulait qu'elles restent sur le TR. « Le testament ne risque-t-il pas d'être contesté ?

— Bien sûr que non. Ce vieux cinglé aurait pu tout aussi bien exiger qu'elle porte des slips bleus pendant un an pour qu'elle touche ses quatre-vingts millions. Mais elle va les toucher, faites-moi confiance. J'y suis bien décidé. J'ai déjà parlé à trois de nos spécialistes en patrimoine, et... si j'en amenais un avec moi mardi ? Qu'est-ce que vous en pensez ? Will Stevenson sera notre éclaireur pendant la phase préliminaire, si Mattie est d'accord. » Il en bafouillait presque. J'étais certain qu'il n'avait pas bu une seule goutte, mais toutes ces perspectives l'enivraient littéralement. Pour lui, nous en étions à l'étape « et ils furent heureux et vécurent longtemps » du conte de fées ; Cendrillon revient à la maison après le bal au milieu d'un nuage de billets verts.

« ... évidemment, Will n'est plus tout jeune, poursuivait John, il doit bien frôler les cent ans et ce n'est pas lui qui va faire l'animation, mais...

— Je pense qu'il vaut mieux qu'il reste à la maison, John. On aura tout le temps de s'intéresser au testament de Devory ensuite. D'autant que dans l'immédiat, j'ai l'impression que Mattie n'aura pas la moindre difficulté à respecter cette condition à la con. N'oubliez pas qu'elle a retrouvé son travail.

— Ouais, le grand bison blanc est tombé raide mort et tout le troupeau se disperse ! exulta John. Et la toute nouvelle multimillionnaire va retourner remplir des fiches et envoyer des lettres de rappel aux retardataires ! Entendu, mardi, on fait la fête, seulement la fête.

— Bien.

— Une fête à tout casser, jusqu'à en gerber.

— Euh... si nous autres, gens d'âge moyen, pouvions

546

en rester au stade où l'on est juste un peu incommodé, est-ce que cela vous conviendrait tout de même ?

— Sans problème. J'ai déjà appelé Romeo Bissonette, et il nous amènera George Kennedy, le privé qui nous a dégoté toutes ces conneries bidonnantes sur Durgin. Il paraît, d'après Bissonette, que Kennedy est à mourir de rire avec un ou deux verres dans le nez. J'avais pensé apporter des steaks de chez Peter Luger, je ne vous l'avais pas dit ?

— Il ne me semble pas.

— Ce sont les meilleurs du monde. Vous vous rendez compte de ce qui arrive à cette jeune femme, Michael ? *Quatre-vingts millions !*

— Elle va pouvoir remplacer Scoutie...

— Hein ?

— Rien. Allez-vous arriver demain soir, ou mardi ?

— Mardi matin, vers dix heures, à l'aéroport de Castle County. New England Air. Ça va bien, Mike ? Je vous trouve quelque chose de bizarre.

— Je vais bien. Je fais ce que je suis supposé faire. Je réfléchis.

— Ce qui veut dire, pour être plus précis ? »

Je m'étais avancé jusque sur la terrasse. Le tonnerre grondait au loin. Il faisait plus chaud qu'en enfer et il n'y avait pas le moindre souffle de brise. Le soleil, en se couchant, avait laissé derrière lui des restes de lumière sinistres ; à l'ouest, le ciel avait la couleur d'yeux injectés de sang.

« Je ne sais pas, mais j'ai dans l'idée que la situation va se clarifier d'elle-même.

— Très bien », dit-il, avant d'ajouter d'une voix retenue trahissant une sorte de révérence : « Quatre-vingts millions de bon Dieu de dollars américains, Mike !

— C'est un beau champ de blé, j'en conviens », dis-je ; puis je lui souhaitai une bonne nuit.

Je pris du café noir accompagné de toasts, le lendemain matin, en regardant le Monsieur Météo de la télé. Comme un certain nombre de ses confrères, de nos jours, il avait un côté légèrement déjanté, à croire que toutes ces images radar Doppler les conduisent aux limites de quelque chose. J'ai donné à ce phénomène une appellation : le syndrome *jeu vidéo du millénaire*.

« Nous en avons encore pour trente-six heures à souffrir dans ce bouillon, après quoi devrait intervenir un important changement », disait-il en indiquant une espèce de tache magmatique grise qui rôdait au-dessus du Midwest. De minuscules éclairs dansaient à l'intérieur — on aurait dit des bougies d'allumage défectueuses. Au-delà de la tache magmatique et des éclairs, les États-Unis paraissaient jouir d'un ciel limpide jusqu'aux zones désertiques, et les températures indiquées étaient plus basses de huit ou neuf degrés. « Il faudra compter avec des températures d'environ trente-cinq degrés aujourd'hui, et on ne doit pas s'attendre à une baisse significative au cours de la nuit ni dans la matinée de demain. Dans l'après-midi, cependant, ce front orageux atteindra le Maine occidental et je crois que tout le monde devrait vérifier s'il est bien équipé contre le mauvais temps. Avant de pouvoir jouir d'un ciel clair et de températures plus clémentes, mercredi prochain, nous allons avoir probablement droit à de violentes tempêtes, accompagnées de pluies diluviennes et même parfois de grêle. Les tornades sont rares dans le Maine, mais le risque qu'il s'en produise dans certaines régions du centre et de l'ouest de l'État est bien réel. Earl, je vous rends l'antenne. »

Earl, le présentateur du journal matinal, avait la mine innocente et l'aspect solidement musclé d'un Chippendale qui viendrait de prendre sa retraite ; de plus, il lisait son téléprompteur comme personne. « Houlà, Vince, ce sont de sacrées prévisions que vous nous donnez là, risque de tornades ! »

548

« Houlà, dis-je, répète donc *houlà*, Earl. C'est trop mignon. »

« Bon sang ! » s'exclama le présentateur — juste pour me contrarier — et le téléphone sonna. J'allai y répondre, jetant un coup d'œil au passage à Félix le Chat. La nuit avait été tranquille : ni sanglots, ni cris, ni aventures somnambuliques, mais la vue de cette stupide horloge avait néanmoins quelque chose qui mettait mal à l'aise. Accrochée au mur, détraquée et les yeux vides, on aurait dit le messager de je ne sais quelles mauvaises nouvelles.

« Allô ?

— Mr Noonan ? »

Je reconnus la voix, mais restai un instant sans savoir à qui elle appartenait. Tout cela parce qu'elle m'avait appelé *Mr Noonan*. Pour Brenda Meserve, cela faisait presque quinze ans que j'étais Mike.

« Mrs Meserve ? Brenda ? Qu'est-ce...

— Je ne peux plus venir faire le ménage chez vous, dit-elle précipitamment. Je suis désolée de ne pas pouvoir vous donner le préavis normal, je n'ai jamais arrêté de travailler chez quelqu'un sans donner mon préavis, pas même quand j'ai eu affaire à ce vieil ivrogne de Mr Croyden, mais je n'ai pas le choix. Je vous en prie, comprenez-moi.

— Bill a-t-il appris que je vous ai appelée ? Je vous jure sur tout ce qu'il y a de plus sacré, Brenda, que je n'ai pas dit un traître mot à...

— Non. Je ne lui ai pas parlé, il ne m'a pas parlé. Je ne peux tout simplement pas revenir à Sara Laughs. J'ai fait un mauvais rêve, la nuit dernière. Un rêve terrible. J'ai rêvé que... que quelque chose était furieux contre moi. Que si je revenais, je pourrais avoir un accident. Que ça aurait l'air d'un accident, en tout cas... mais ce n'en serait pas un. »

C'est ridicule, Mrs Meserve, avais-je envie de dire. *Vous n'avez certainement plus l'âge de croire à des histoires de revenants et de loups-garous bonnes pour les feux de camp, tout de même.*

Chose, évidemment, que je ne pouvais pas lui dire. Ce qui se passait dans ma maison n'était pas une histoire pour feux de camp. Je le savais, et elle savait que je le savais.

« Si vous avez des ennuis à cause de moi, Brenda, j'en suis sincèrement désolé.

— Allez-vous-en, Mr Noonan... Mike. Retournez à Derry et restez-y un certain temps. C'est ce que vous avez de mieux à faire. »

J'entendis les lettres qui glissaient sur le réfrigérateur et je me tournai. Cette fois-ci, le cercle de fruits et de légumes se constitua sous mes yeux, restant ouvert assez longtemps au sommet pour que cinq lettres aient le temps d'y pénétrer. Puis un petit citron en plastique vint obturer cette ouverture. Le cercle était complet.

etser

disaient les lettres ; sur quoi elles se mirent à échanger leur place pour devenir

reste

Puis cercle et lettres se dispersèrent.

« Mike, *je vous en prie*, gémissait Brenda Meserve. On enterre Royce demain. Tous ceux qui comptent dans le TR — tous les anciens — seront présents. »

Bien sûr qu'ils allaient être présents. Les vieux, les sacs d'os qui savaient ce qu'ils savaient et le gardaient pour eux. Si ce n'est que certains d'entre eux avaient parlé à ma femme. Royce lui-même lui avait parlé. Et maintenant il était mort. Elle aussi.

« Ce serait mieux que vous soyez parti. Vous pourriez même peut-être emmener la jeune femme avec vous. Avec sa petite fille. »

550

Le pouvais-je, cependant ? Je n'arrivais pas vraiment à y croire. J'avais la conviction que nous ne pourrions pas quitter le TR, tous les trois, tant que toute cette histoire ne serait pas terminée... et je commençais à avoir mon idée du moment où la question serait réglée. Une tempête approchait. Un gros orage d'été. Voire même une tornade.

« Merci de m'avoir appelé, Brenda. Je ne vais pas vous laisser tomber. D'ailleurs, nous n'avons qu'à parler d'une absence temporaire, d'accord ?

— Parfait... tout ce que vous voudrez. Allez-vous au moins réfléchir à ce que je vous ai dit ?

— Oui. En attendant, il me semble qu'il vaut mieux ne dire à personne que vous m'avez appelé, n'est-ce pas ?

— Surtout pas ! dit-elle, l'air horrifié. Mais ils le sauront tout de même. Bill et Yvette... Dickie Brooks et le garage... Le vieux Anthony Weyland, Buddy Jellison et tous les autres... ils le sauront. Au revoir, Mr Noonan. Vous ne pouvez pas imaginer à quel point je suis désolée. Pour vous et votre femme. Votre pauvre femme. Tellement désolée... » Puis elle raccrocha.

Je gardai longtemps le combiné à la main. Puis je le posai et, me déplaçant un peu comme dans un rêve, traversai la pièce pour aller décrocher l'horloge brisée du mur. Je la jetai à la poubelle et descendis ensuite jusqu'au lac pour me baigner, me rappelant la nouvelle de W.F. Harvey intitulée « Chaleur d'août », celle qui s'achève sur cette phrase : « La chaleur suffit à rendre un homme fou. »

Je suis plutôt bon nageur, à condition qu'on ne me bombarde pas de cailloux, mais mon premier aller et retour entre la rive et le ponton fut hésitant et sans rythme — raté —, car je m'attendais constamment à ce que quelque chose monte du fond pour m'attraper. Le petit garçon noyé, par exemple. Le deuxième aller et retour fut meilleur et, au troisième, je commençai à prendre plaisir aux battements accélérés de mon cœur et à la fraîcheur soyeuse de l'eau qui s'écoulait le long de ma peau. Au quatrième, je grimpai à l'échelle et m'affalai sur le ponton ; jamais je ne m'étais senti aussi bien depuis ma rencontre avec Devory et Rogette Whitmore, le vendredi précédent. J'étais toujours dans la zone, éprouvant par-dessus le marché une glorieuse poussée d'adrénaline. Dans cet état, même la déception que j'avais ressentie en apprenant que Mrs Meserve démissionnait finit par s'atténuer. Elle reviendrait quand tout serait terminé ; bien entendu, qu'elle reviendrait. Entre-temps, il valait mieux qu'elle ne se montre pas ici.

J'ai rêvé que quelque chose était furieux contre moi... que je pourrais avoir un accident...

En effet. Elle pourrait se couper. Tomber dans l'escalier de la cave. Avoir même une hémorragie cérébrale en courant à travers un parking.

Je m'assis et regardai Sara Laughs à flanc de colline, la terrasse surplombant la pente, les traverses de chemin de fer qui descendaient jusqu'à la Rue. Cela ne faisait que quelques minutes que j'étais sorti de l'eau, mais déjà la chaleur poisseuse du jour me collait à la peau et me dépossédait de mon plaisir. L'eau était aussi lisse qu'un miroir. Je voyais la maison s'y refléter. Les fenêtres de Sara Laughs, dans ce reflet, devinrent des yeux attentifs.

L'épicentre du phénomène, pensai-je — l'œil du cyclone —, se trouvait très vraisemblablement sur la Rue, entre la véritable Sara Laughs et son reflet noyé dans l'eau. *C'est ici que ça s'est passé*, avait dit Devory. Et les anciens ? La plupart d'entre eux savaient sans doute comme moi que l'on avait assassiné Royce Merrill. Et n'était-il pas possible — probable, même — que la chose qui l'avait tué vienne parmi eux pendant qu'ils seraient rassemblés à l'église ou autour de la tombe, ensuite ? Que cette chose leur vole une partie de leur force — de leur culpabilité, de leurs souvenirs, de leur « TR-ité » — pour finir le travail ?

J'étais très content à l'idée que John serait avec nous demain, ainsi que Romeo Bissonette et George Kennedy — lequel était si rigolo avec un ou deux verres dans le nez. Très content de ne pas me retrouver seul avec Mattie et Kyra pendant que la tribu des anciens accompagnerait Royce Merrill à sa dernière demeure. Je ne m'intéressais plus beaucoup à ce qui avait pu arriver à Sara et les Red-Tops, ni même à ce qui hantait ma maison. Ce qui m'importait, c'était de franchir la journée de demain. Nous allions déjeuner avant la pluie, avant que n'éclatent les orages prévus. Il me semblait que si nous pouvions tenir pendant que les éléments se déchaînaient, nos vies et notre avenir se clarifieraient peut-être avec le retour du beau temps.

« Est-ce bien ça ? » demandai-je. Je ne m'attendais pas à une réponse — j'avais pris l'habitude de parler à voix haute depuis mon retour ici — mais quelque part dans les bois, à l'est de la maison, un hibou ulula. Seulement une fois, comme pour me dire que oui, c'était ça : il fallait franchir l'étape de la journée de demain, et les choses s'éclairciraient. Ce ululement me rappela également autre chose, mais si vaguement que je ne pus expliciter l'association. J'eus beau me creuser la tête, tout ce qu'il en sortit fut le titre d'un merveilleux et ancien roman, *J'ai entendu le hibou lancer mon nom*.

Je me laissai rouler du ponton en m'étreignant les genoux pour entrer dans l'eau, comme les enfants qui jouent à l'obus. Je restai sous la surface aussi longtemps que je le pus, jusqu'à ce que l'air, dans mes poumons, commence à me faire l'effet d'un liquide chaud en bouteille, puis je remontai à l'air libre. Je parcourus une trentaine de mètres sans me presser, le temps de retrouver mon souffle, avant de prendre la direction de la Dame Verte et de regagner la rive à la brasse.

J'étais sorti de l'eau et m'engageais déjà sur les marches lorsque je m'arrêtai et fis demi-tour. Je me tins quelques instants dans la Rue, rassemblant tout mon courage, puis m'avançai jusqu'au bouleau qui s'incurvait gracieusement au-dessus de l'eau. J'agrippai le tronc argenté comme je l'avais fait le vendredi soir et regardai dans l'eau. J'étais sûr d'y voir l'enfant, sûr que les yeux morts de sa figure boursouflée allaient se tourner vers moi, sûr que ma bouche et ma gorge allaient une fois de plus se remplir du goût du lac : *Aide-moi, laisse-moi remonter, aide-moi, je me noie, seigneur Jésus, laisse-moi remonter.* Mais il n'y avait rien. Aucun enfant mort, pas de canne du *Boston Post* entourée d'un ruban, et le goût du lac n'avait pas envahi ma bouche.

Je me tournai et scrutai le rocher grisâtre qui dépassait de l'humus. Je pensai : *oui, ici, exactement ici,* mais ce n'était qu'une idée consciente, sans rien de spontané, mon esprit évoquant seulement un souvenir. L'odeur de la pourriture et la certitude que quelque chose d'épouvantable s'était passé ici avaient disparu.

Quand je retournai à la maison, ce fut pour découvrir, en allant prendre un soda, qu'il n'y avait plus rien sur la porte du réfrigérateur. Il ne restait pas un seul plot magnétique, lettre, fruit ou légume. Je ne les ai jamais retrouvés. J'aurais sans doute pu, j'y serais sans doute même arrivé, si j'avais eu le temps, mais en ce lundi matin, c'était précisément cela qui me manquait.

Je m'habillai puis appelai Mattie. Nous parlâmes de la petite fête de demain, de Kyra, qui était très excitée à cette perspective, puis de Mattie elle-même, qui était nerveuse à celle de retourner travailler vendredi ; elle redoutait que les gens du pays ne soient méchants avec elle, mais, d'une manière étrange et féminine, elle craignait encore plus qu'ils ne se montrent froids et ne la snobent. Il fut aussi question de l'argent, et je me rendis rapidement compte qu'elle n'y croyait pas. « Lance m'a souvent dit que son père était du genre à montrer un morceau de viande à un chien affamé avant de le manger lui-même. Mais tant que j'aurai mon travail, au moins nous ne crèverons pas de faim, Ki et moi.

— Mais si vraiment vous touchiez cet argent... ?

— Voyons, Mike, soyez sérieux ! dit-elle en riant. Vous me prenez pour une idiote ?

— Mais non. Au fait, qu'est-ce qui se passe, avec les bonshommes du frigéateur de Ki ? Ont-il écrit quelque chose de nouveau ?

— C'est le plus bizarre de l'histoire. Ils ont disparu.

— Les bonshommes du frigéateur ?

— Eux, je ne sais pas, mais les aimants, sûrement. Quand j'ai demandé à Ki ce qu'elle en avait fait, elle s'est mise à pleurer et m'a dit que c'était Allamagoosalum qui les avait emportés. Qu'il les aurait mangés pendant la nuit, pendant que tout le monde dormait.

— Allamagoosalum ?

— Oui, Allamagoosalum, répondit Mattie, une note d'amusement fatigué dans la voix. Encore un petit cadeau de son grand-père. Une version déformée d'un terme mic-mac pour *croque-mitaine* ou *démon* — j'ai vérifié à la bibliothèque. Kyra a fait pas mal de cauchemars dans lesquels intervenaient des démons, des wendigos et cet Allamagoosalum, pendant l'hiver et le printemps derniers.

— Quel délicieux vieux grand-père elle avait, commentai-je d'un ton sentimental.

— Oui, le papy idéal. Elle était malheureuse d'avoir perdu ses lettres ; j'ai eu tout juste le temps de la calmer avant l'arrivée du car scolaire qui l'emmenait au catéchisme. Ce qui me fait penser qu'elle voudrait savoir si vous allez venir à la petite fête qu'ils font pour les enfants, vendredi après-midi. Avec sa copine

Billy Turgeon, elles vont mimer l'histoire du sauvetage de Moïse.

— Je ne voudrais pas manquer cela », répondis-je. Mais évidemment, je l'ai manqué. Nous l'avons tous manqué.

« Aucune idée de l'endroit où ces lettres pourraient se trouver, Mike ?

— Non.

— Vous avez toujours les vôtres ?

— Toujours, mais bien entendu, les miennes n'écrivent pas toute seules. » Je regardais en même temps la porte vide de mon *frigéateur*. J'avais le front en sueur. Je sentais les gouttes qui coulaient subrepticement dans mes sourcils, huileuses. « Est-ce que vous... comment dire... est-ce que vous ne ressentez rien de spécial ?

— Vous voulez savoir si je n'ai pas entendu le méchant voleur d'alphabet magnétique se glisser par la fenêtre ?

— Vous savez ce que je veux dire.

— Sans doute... J'ai l'impression d'avoir entendu quelque chose pendant la nuit, d'accord... Vers trois heures du matin. Je me suis levée et j'ai été dans l'entrée. Il n'y avait rien. Vous savez la chaleur qu'il fait, en ce moment.

— Oui.

— Eh bien, pas dans ma caravane. Pas la nuit dernière. On y gelait. Je jurerais avoir vu la vapeur de mon haleine. »

Je la croyais sans peine. Après tout, j'avais bien vu la mienne. « Les lettres étaient-elles encore sur le frigo, à ce moment-là ?

— Aucune idée. Je ne me suis pas avancée suffisamment pour voir jusque dans la cuisine. J'ai jeté un coup d'œil autour de moi et je suis retournée me coucher. Je courais presque. Il arrive qu'on se sente parfois plus en sécurité au lit, n'est-ce pas ? ajouta-t-elle avec un petit rire nerveux. C'est un truc de gosse. Les couvertures, c'est de la kryptonite pour les croquemitaines. Sauf que sur le coup, quand je me suis glissée entre les draps... j'ai cru un instant qu'il y avait déjà quelqu'un... comme si ce quelqu'un s'était caché en dessous, et... s'était mis dedans quand j'avais été voir ce qui se passait dans l'entrée... et pas un quelqu'un très sympathique, en plus. »

Donne-moi mon attrape-poussière, pensai-je avec un frisson.

« Quoi ? fit vivement Mattie. Qu'avez-vous dit ?

— Je vous ai demandé si vous aviez une idée de ce que c'était... Quel est le premier nom qui vous est venu à l'esprit ?

— Max Devory. *Lui*. Mais il n'y avait personne. J'aurais aimé qu'il y ait quelqu'un, ajouta-t-elle après un silence. Vous.

— J'aurais aimé y être.

— Je suis contente. Dites, Mike, avez-vous une idée de tout ce que cela veut dire ? Ça me fait très peur

— Je crois que peut-être... » Un instant, me semble-t-il, je fus sur le point de lui raconter ce qui était arrivé à mes propres lettres. Si je commençais à parler, cependant, où allais-je m'arrêter ? Et qu'est-ce qu'elle allait croire, dans tout cela ? « Kyra a peut-être pris les lettres elle-même. Une crise de somnambulisme, au cours de laquelle elle serait allée les jeter sous la caravane, ou dans un endroit dans ce genre. Cela ne vous paraît-il pas possible ?

— L'idée de Kyra se baladant dans son sommeil me plaît encore moins que celle d'un fantôme à l'haleine glacée dérobant les lettres du frigo, répondit-elle.

— Prenez-la ce soir au lit avec vous », dis-je, sentant sa pensée revenir sur moi comme une flèche : *J'aimerais autant que ce soit vous.*

Ce qu'elle dit cependant, après un bref silence, fut : « Passerez-vous aujourd'hui ?

— Je ne crois pas. » Elle prenait de petites bouchées d'un yaourt aromatisé tout en parlant. « Nous nous verrons demain, pour le barbecue.

— J'espère qu'on aura le temps de manger avant la tempête. Il paraît qu'elle devrait être très violente.

— Si, on aura le temps.

— Et vous réfléchissez toujours ? Je vous pose la question parce que j'ai rêvé de vous lorsque j'ai fini par me rendormir. J'ai rêvé que vous m'embrassiez.

— Je réfléchis toujours. Très sérieusement. »

En réalité, je ne me rappelle pas avoir réfléchi très sérieusement à quoi que ce soit, ce jour-là. Tout ce dont je me souviens, c'est de cette impression de m'enfoncer de plus en plus profondément dans ce que j'appelle la zone, et que j'ai si mal décrite. Un peu avant le crépuscule, je partis pour une longue marche, en dépit de la chaleur, parcourant tout le chemin 42 jusqu'à l'endroit où il rejoint la route 68. Au retour, je m'arrêtai à hauteur du lieu dit Tidwell's Meadow, pour regarder la lumière baisser peu à peu dans le ciel et écouter le tonnerre qui roulait quelque part au-dessus du New Hampshire. Une fois de plus, j'éprouvais cette impression d'une réalité presque impalpable, pas seulement ici, mais partout ; je sentais à quel point elle s'étirait comme une peau, nous dissimulant le sang et les chairs d'un corps que nous ne pouvons jamais connaître clairement dans cette vie. Je regardai les arbres et vis des bras ; je regardai les buissons et vis des visages. Des fantômes, avait dit Mattie. Des fantômes à l'haleine glacée.

Le temps me paraissait aussi sans épaisseur. Kyra et moi avions été réellement à la foire de Fryeburg, ou d'une version de la foire de Fryeburg ; nous avions réellement rendu visite à l'année 1900. Et au pied de cette pente, les Red-Tops étaient presque revenus dans leurs jolis petits chalets. C'est tout juste si je n'entendais pas leurs guitares, le murmure de leurs voix, leurs rires ; c'est tout juste si je n'apercevais pas leurs lanternes qui brillaient, si je ne sentais pas l'odeur de bœuf et de porc grillés. *Dis, chéri, tu t'souviens de moi ?* disait une de leurs chansons. *J'suis plus ta chérie comme autrefois...*

Il y eut un bruit de froissement en provenance du sous-bois, sur ma gauche. Je me tournai, m'attendant à voir Sara sortir du bois, vêtue de la robe de Mattie et de ses tennis blanches. Dans la pénombre qui régnait, ils auraient eu l'air de flotter tout seuls, jusqu'au moment où elle se serait rapprochée de moi.

Il n'y avait bien entendu personne ; c'était sans aucun doute Tototte la Marmotte qui rentrait à la maison après une dure journée au bureau, mais je n'avais plus aucune envie de rester ici, à regarder la lumière s'évacuer du jour et la brume monter du sol. Je repartis pour la maison.

Au lieu d'entrer dans le chalet, je me rendis directement à l'atelier de Johanna ; je n'y étais pas retourné depuis la nuit où j'en avais rapporté l'IBM au cours d'un rêve. Des éclairs de chaleur illuminaient le chemin par intermittence.

Il faisait chaud dans l'atelier, mais il ne sentait pas le renfermé. Je détectai même un arôme poivré qui avait quelque chose d'agréable, et je me demandai si cela ne venait pas de l'herbier de Johanna. Il y avait un climatiseur qui fonctionnait, ici ; je le branchai et restai planté devant pendant un moment. Tout cet air froid sur mon corps surchauffé ne devait pas être très sain, mais me procurait une sensation merveilleuse.

En dehors de cela, je ne me sentais pas merveilleusement bien, à vrai dire. Je regardai autour de moi avec le sentiment de plus en plus fort que ce que je ressentais était trop lourd pour être simplement de la tristesse ; qu'il s'agissait de désespoir. Cela tenait au contraste, je crois, entre le peu qui restait de Johanna à Sara Laughs et tout ce qui, au contraire, me parlait d'elle ici. Je voyais notre mariage comme une sorte de théâtre — et n'est-ce pas ce que sont les mariages, pour l'essentiel : une salle de spectacle ? — dans lequel seulement la moitié de nos affaires seraient restées. Retenues par de petits aimants ou des câbles cachés. Quelque chose était venu et avait attrapé notre théâtre par un coin — rien de plus facile, et je suppose que je devais être reconnaissant envers ce quelque chose de ne pas avoir décidé d'envoyer un bon coup de pied au milieu pour tout éparpiller. La chose s'était contentée de ce coin. Mes affaires n'avaient pas bougé, mais toutes celles de Johanna avaient glissé...

... pour sortir de la maison et se retrouver ici.

« Jo ? »

Je m'assis dans son fauteuil. Il n'y eut pas de réponse. Aucun coup frappé au mur. Aucun corbeau ne croassa, aucun hibou ne ulula dans les bois. Je posai la main sur son petit bureau, là où s'était trouvée la machine à écrire, et la fis glisser, récupérant la pellicule de poussière.

« Tu me manques, ma chérie », dis-je, me mettant à pleurer.

La crise de larmes passée — une de plus —, je m'essuyai les yeux avec un pan de mon T-shirt, comme un enfant, et regardai de nouveau autour de moi. Il y avait la photo de Sara Tidwell sur un mur et, sur un autre, un cliché dont je ne me souvenais pas ; il était très ancien, couleur sépia, desséché. Son sujet principal était une croix en bois de bouleau de la taille d'un homme, fichée dans une clairière, sur une pente dominant un lac. Clairière qui devait très probablement avoir disparu depuis longtemps, à présent, et être envahie d'arbres.

Je regardai ses collections d'herbes et de champignons, parcourus ses classeurs, explorai son matériel de tricot. Le tapis vert sur le sol. Le pot de crayons sur son bureau, des crayons qu'elle avait touchés, utilisés. J'en tins un pendant quelques instants juste au-dessus d'une feuille blanche, mais rien ne se produisit. J'avais le sentiment d'une présence vivante dans cette pièce, l'impression aussi d'être observé... mais pas celui d'être *aidé*.

« Je sais un certain nombre de choses, mais pas assez. De toutes celles que j'ignore, la plus importante est peut-être l'identité de celui ou celle qui a écrit *aide la* sur le frigo. Était-ce toi, Jo ? »

Pas de réponse.

Je restai assis encore quelque temps, espérant contre tout espoir, j'imagine, puis je me levai, coupai le climatiseur et retournai à la maison, marchant dans le bégaiement des éclairs erratiques et atténués qui éclairaient mon chemin. Je restai longtemps sur la terrasse, regardant la nuit. À un moment donné, je me rendis compte que j'avais sorti le ruban de soie bleue de ma poche et que je le roulais et le déroulais vivement autour de mes doigts, essayant vaguement de l'entrecroiser comme dans le jeu du berceau. Provenait-il réellement de l'an 1900 ? Cette idée paraissait à la fois complètement folle et complètement logique. La chaleur était écrasante, le silence oppressant. J'imaginais tous les anciens du TR — et peut-être même aussi ceux de Motton et de Harlow — préparant leur tenue pour les funérailles, demain. Dans la double caravane de Wasp Hill Road, Kyra, assise par terre, regardait une cassette du *Livre de la jungle* à la télé. Baloo et Mowgli chantaient « The Bare Necessities ». Mattie, allongée sur le canapé, lisait le dernier Mary Higgins Clark, tout en fredonnant en même temps. Elles étaient toutes les deux en pyjamas courts, rose pour Ki, blanc pour Mattie.

Au bout d'un moment, je perdis la vision que j'avais d'elles ; elle s'évanouit comme certains signaux radio, tard, la nuit. Je me rendis dans l'aile nord, me déshabillai et m'allongeai sur le drap de dessus du lit, resté défait. Je m'endormis presque sur-le-champ.

Je m'éveillai au milieu de la nuit, tandis que le doigt d'une main brûlante montait et descendait dans mon dos. Je roulai sur moi-même et, à la lueur d'un éclair, je vis qu'il y avait une femme au lit avec moi. C'était Sara Tidwell. Elle souriait. Ses yeux ne possédaient pas de pupilles. « Oh, mon chou, je suis presque de retour », murmura-t-elle dans le noir. J'eus la sensation qu'elle tendait de nouveau la main vers moi, mais à l'éclair suivant, ce côté du lit était vide.

CHAPITRE 24

L'inspiration ne vient pas forcément grâce à des fantômes s'amusant à déplacer des plots magnétiques sur les portes des réfrigérateurs, et le mardi matin, elle me toucha d'un éclair caractéristique. J'étais en train de me raser et ne pensais à rien de plus qu'aux bières que je ne devais pas oublier d'apporter pour notre petite fête. Et cet éclair d'inspiration, comme toujours quand ils sont bons, jaillit de nulle part.

Je fonçai dans le séjour, courant presque, tout en essuyant le reste de crème à raser de mon menton avec la serviette. Je jetai un coup d'œil en passant au recueil de mots croisés « niveau coriace », toujours posé sur mon manuscrit. C'était là-dedans que j'avais tout d'abord cherché, pour tenter de déchiffrer « descendez à dix-neuf », puis « descendez à quatre-vingt-douze ». Point de départ assez logique, au fond, mais quel rapport avait ce recueil de mots croisés avec le TR-90 ? Je l'avais acheté dans une librairie de Derry, et sur la trentaine de grilles que j'avais remplies, je n'en avais fait qu'une demi-douzaine à Sara Laughs. Difficile d'imaginer que des fantômes aient pu s'intéresser à cette compilation de mots croisés venue d'ailleurs. L'annuaire du téléphone, en revanche...

Je m'en emparai vivement. Il avait beau couvrir toute la région méridionale du comté de Castle — Motton, Harlow et Kashwakamak, en plus du TR —, il n'était pas bien épais. Je commençai par vérifier s'il comportait au moins quatre-vingt-douze pages. C'était le cas. Les Y et les Z fermaient le ban à la page quatre-vingt-dix-sept.

La réponse était là. Ne pouvait être que là.

« Je la tiens, n'est-ce pas ? demandai-je à Bunter. C'est forcément ici. »

Rien, pas le moindre tintement de cloche.

« Va te faire foutre — et d'abord, qu'est-ce qu'une tête d'orignal empaillée y connaît en annuaire ? »

Descendre au dix-neuf. J'ouvris l'annuaire à la page dix-neuf, consacrée aux noms commençant par F. Je me mis à faire courir mon doigt le long de la colonne, mais mon excitation se dissipa rapidement. Le dix-neuvième nom de la page dix-neuf était Harold Failles. Il ne signifiait rien pour moi. Il y avait également des Felton et des Fenner, une demi-douzaine de Flaherty et une bonne tripotée de Fosse. Le dernier nom de la page était Framingham. Lui non plus n'avait aucun sens spécial pour moi, mais....

Framingham, Kenneth P.

Je restai quelques instants à contempler ce patronyme, tandis qu'une idée germait peu à peu dans ma tête. Elle n'avait rien à voir avec les messages du réfrigérateur.

Tu ne vois pas ce que tu penses voir, pensai-je. *C'est exactement comme lorsqu'on achète une Buick bleue...*

« On voit des Buick bleues partout, poursuivis-je à voix haute. On est pratiquement obligé de fermer les yeux pour ne plus en voir. Ouais, c'est ça. » Mes mains n'en tremblaient pas moins lorsque j'allai à la page quatre-vingt-douze.

Là se trouvaient les T du comté de Castle Sud, ainsi que quelques U, comme Alton Ubeck et Catherine Udell, pour clore la liste. Je ne pris pas la peine de vérifier quel était le quatre-vingt-douzième nom de la page ; en fin de compte, l'annuaire n'était pas la clef de l'énigme des plots magnétiques. N'empêche, il laissait entrevoir quelque chose d'énorme. Je le refermai, le gardai quelques instants à la main (brandissant un râteau à myrtilles, des gens souriaient sur la couverture), puis l'ouvris au hasard ; je tombai sur les M. Et une fois qu'on savait ce que l'on cherchait, ça vous sautait aux yeux.

Tous ces K.

Certes, on trouvait des Steven, des John et des Martha ; un ou une Meserve, G., un ou une Messier, V. et un ou une Jayhouse, T. Et cependant, je ne cessais de voir l'initiale K., là où les gens n'avaient pas cru bon de faire figurer leur prénom en toutes lettres. On trouvait au moins vingt de ces K sur la page cinquante, plus une douzaine de C. Quant aux prénoms entiers...

Je comptai douze Kenneth sur cette page prise au hasard, y compris trois Kenneth Moore et deux Kenneth Munter ; quatre Catherine et deux Katherine. Il y avait aussi un Casey, une Kiana et un Keifer.

« Bon Dieu, c'est une avalanche ! » murmurai-je.

Je continuai à feuilleter l'annuaire, incapable de croire à ce que je découvrais, mais obligé de me résigner à l'évidence. Il y avait des Kenneth, des Katherine et des Keith partout. Je vis aussi des Kimberley, des Kim et des Kym. Également des Cammie, des Kia (et nous qui avions cru être originaux !), des Kiah, des Kendra, des Kaela, des Keil et des Kyle. Des Kirby et des Kirk. Je trouvai une femme du nom de Kissy Bowden et un homme appelé Kito Rennie — Kito, le même prénom que celui de l'un des « bonshommes du frigéateur » de Kyra. Partout, dépassant largement en nombre les initiales d'ordinaire les plus courantes comme S, T et E, il y avait ces K. J'en avais presque mal aux yeux.

Je levai la tête vers l'horloge murale — je ne voulais surtout pas faire poireauter John Storrow à l'aéroport, bon sang — mais il n'y avait plus d'horloge. Évidemment. Ce bon vieux Félix le Chat s'était explosé les yeux pendant un événement parapsychique. Je partis d'un braiment bruyant qui ne me rassura guère — ce rire avait quelque chose de légèrement dément.

« Reprends ton sang-froid, Mike, dis-je. Inspire à fond, lentement. »

J'inspirai, retins ma respiration un instant et soufflai. Puis je consultai l'horloge numérique, sur le four à micro-ondes. Huit heures et quart. J'avais tout le temps de me rendre à l'aéroport. Je revins à l'annuaire et me mis à le feuilleter rapidement. Je venais d'avoir une deuxième intuition — pas à un mégawatt comme la première, mais qui se révéla beaucoup plus précise.

Le Maine occidental est une région relativement isolée — le pays des collines de la frontière sud, en quelque sorte — mais qui a toujours connu une immigration de gens venus d'ailleurs (désignés parfois péjorativement comme « ceux de la plaine » par les gens du coin) et qui, au cours du dernier quart du siècle, est devenue de plus en plus recherchée par les jeunes retraités ayant envie de consacrer leurs loisirs à la pêche ou au ski nautique. L'annuaire est très pratique pour distinguer les nouveaux venus des résidants de toujours. Les Babicki, Paretti, O'Quindlan, Donahue, Smolnack, Dvorak et Blindermeyer — tous viennent d'ailleurs. Des « gens de la plaine ». Les Jalbert, Meserve, Pillsbury, Spruce, Therriault, Perrault, Stanchfield, Dubay, en revanche, sont tous du comté de Castle. Vous voyez où je veux en venir, n'est-ce pas ? Quand on découvre toute une colonne de Bowie sur la page douze, on comprend que ces gens ont eu tout le temps de se détendre et de répandre leurs gènes.

Il y avait bien quelques prénoms commençant par K chez les Paretti et les Smolnack, mais ils étaient rares. Les fortes concentrations ne concernaient que les familles installées ici depuis assez longtemps pour s'être imprégnées de l'atmosphère. Pour avoir eu le temps d'inhaler les retombées. Sauf qu'il ne s'agissait pas exactement de retombées radioactives...

J'imaginai soudain une gigantesque pierre tombale, plus haute que le plus grand arbre du lac, un monolithe qui jetterait son ombre sur la moitié du comté. Image si claire et si effrayante que je me cachai les yeux et laissai retomber l'annuaire sur la table. Je la fuis, pris de frissons. Mais cela ne faisait que rendre l'image plus précise : cette stèle funéraire était tellement énorme qu'elle dissimulait le soleil ; le TR-90 gisait à son pied, telle une couronne mortuaire ou une colombe morte, victime d'un sacrifice. Le fils de Sara Tidwell s'était noyé dans le lac Dark Score... ou on l'avait noyé dedans. Mais Sara avait imposé sa marque à cette disparition. L'avait commémorée. Je me demandai si quelqu'un, dans le TR, avait déjà remarqué ce que je venais d'observer. Cela ne me paraissait pas particulièrement vraisemblable ; lorsqu'on ouvre un annuaire, c'est en général parce qu'on y cherche un renseignement précis, pas pour y lire des colonnes entières de noms sans sauter une ligne. Je me demandai si Johanna, elle, l'avait remarqué, si elle avait compris que presque toutes les familles installées depuis longtemps dans cette partie du monde avaient, d'une manière ou d'une autre, donné à leur enfant un prénom inspiré de celui du fils défunt de Sara Tidwell.

Johanna n'était pas sotte. J'en conclus qu'elle avait sans doute fait le rapprochement.

Je retournai dans la salle de bains, me remis de la mousse à raser et repris tout le processus à partir de zéro. Cela fait, j'allai décrocher le téléphone ; je composai les trois premiers chiffres — puis m'arrêtai, le regard perdu sur le lac. Mattie et Kyra étaient levées ; elles portaient toutes les deux un tablier et se tenaient dans la cuisine, manifestement tout excitées. Il allait y avoir une fête ! Elles allaient porter des vêtements neufs et il y aurait de la musique grâce au lecteur de CD ! Ki aidait sa mère à fabriquer des tartelettes à la fraise ; pendant que les gâteaux cuiraient au four, elles prépareraient des salades. Si j'appelais Mattie pour lui dire : « Faites votre valise, vous allez passer une semaine à Disneyworld, toutes les deux », elle allait penser que je plaisantais et me répondrait de me presser pour aller chercher John à l'aéroport. Si j'insistais, elle m'objecterait que Lindy lui avait offert de reprendre son poste, mais que cette offre serait immanquablement caduque si elle ne se présentait pas à la bibliothèque vendredi à quatorze heures. Et si je m'entêtais, elle refuserait, purement et simplement.

Parce que je n'étais pas le seul à m'aventurer dans la zone, n'est-ce pas ? Je n'étais pas le seul à ressentir réellement cela.

Je reposai le combiné sur sa base, puis retournai dans la chambre. Le temps de finir de m'habiller, la transpiration mouillait déjà ma chemise propre, sous les bras ; il faisait aussi chaud ce matin que depuis une semaine, sinon davantage. Je disposais cependant de tout le temps pour me rendre à l'aéroport. J'avais moins que jamais envie de faire la fête, mais j'y participerais tout de même. En première ligne, le Mikey — c'était moi tout craché, ça. La bon Dieu de première ligne.

John ne m'avait pas donné son numéro de vol mais ce genre de raffinement ne présente guère d'intérêt au Castle County Airport. Ses installations comportent, pour faire face à l'afflux trépidant des vols, trois hangars et un terminal qui n'est rien d'autre qu'une ancienne station-service de la marque Flying A ; sous bonne lumière, on peut encore voir sur la façade nord, entre les coulures de rouille, la trace de ce A en forme d'aile. Il n'y a qu'une piste. La sécurité est assurée par Lassie, la vieille chienne collie de Breck Pellerin, une bête qui passe son temps vautrée sur le lino, dressant une oreille à chaque fois qu'un avion décolle ou atterrit.

Je passai la tête par l'entrebâillement de la porte, dans le bureau de Pellerin, et lui demandai si le dix heures de Boston serait à l'heure. Il me répondit, avec son accent traînant qui mangeait à peu près tous les *r*, que oui, il n'y avait aucun retard de prévu, mais qu'il espérait que la personne que j'attendais avait prévu de repartir avant le milieu de l'après-midi ou de passer la nuit sur place. Vu qu'on annonçait un sacré mauvais temps, bon sang de sort ! Un mauvais temps dont Breck Pellerin parla d'ailleurs comme d'un temps *électrique*. Je compris néanmoins ce qu'il voulait dire, car mon système nerveux paraissait avoir anticipé l'arrivée de cette électricité.

Je me rendis dans la partie du terminal qui donnait sur la piste et m'assis sur un banc qui faisait la publicité du Cormier's Market (LES MEILLEURES VIANDES DU MAINE ATTERRISSENT AU CORMIER'S !). Le soleil se réduisait à un bouton d'argent posé sur la pente est d'un ciel blanc incandescent. Un temps à migraine, aurait dit ma mère, mais un temps qui, paraît-il, devait changer. Je m'agrippai à l'espoir de ce changement du mieux que je pouvais.

À dix heures dix, j'entendis un bourdonnement de guêpe en provenance du sud. À dix heures et quart, un bimoteur surgit de la brouillasse, se posa lourdement et roula jusqu'au terminal. Il n'en descendit que quatre passagers, John Storrow en tête. Je souris en le voyant. Impossible de faire autrement. Il portait un T-shirt noir avec imprimé dessus WE ARE THE CHAMPIONS et un short kaki qui exhibait une paire de guiboles on ne peut plus citadines : blanches et osseuses. Il avait du mal avec ses bagages, comprenant entre autres une glacière portable et son porte-documents. J'attrapai la glacière quelques secondes avant qu'il ne la lâche et me la calai sous le bras.

« Mike ! s'écria-t-il, levant la main, paume ouverte.

— John ! » répondis-je sur le même ton (*évohé* est le mot qui vient immédiatement à l'esprit d'un aficionado des mots croisés, dans ce cas-là), en lui tapant dans la paume. Son visage sympathique se fendit d'un grand sourire, et je ressentis une petite pointe de culpabilité. Mattie ne lui avait marqué aucune préférence particulière — c'était même plutôt le contraire — et il n'avait rien eu à faire, jusqu'ici, pour résoudre le problème qu'elle avait ; en se suicidant, Max Devory avait coupé l'herbe sous les pieds de John avant que celui-ci ait eu la moindre chance d'agir. N'empêche, je n'en ressentais pas moins ce mesquin petit sentiment.

« Allons-y, dit-il. Fuyons cette chaleur. Vous avez la climatisation, dans votre voiture ?

— Bien entendu.

— Vous avez un lecteur de cassettes, aussi ? J'aimerais que vous écoutiez quelque chose qui devrait vous faire glousser de rire.

— Voilà une expression que je ne crois pas avoir jamais entendue dans une conversation, John. »

Un grand sourire éclaira de nouveau son visage, et je remarquai alors toutes les taches de rousseur dont il était constellé. On aurait dit Opie, le fils du shérif Andy, enfin en âge de servir au bar. « Que voulez-vous, je suis avocat. J'emploie des expressions qui n'ont même pas encore été inventées. Vous avez un lecteur de cassettes ?

— Bien entendu. » Je soulevai la glacière. « Les steaks ?

— Et comment. De chez Peter Luger. Ce sont...

— Les meilleurs du monde, vous me l'avez déjà dit. »

Au moment où nous retournions dans le terminal, une voix m'interpella : « Michael ? »

C'était Romeo Bissonette, l'homme qui m'avait chaperonné pendant que je faisais ma déposition. Il tenait à la main une boîte emballée dans un papier cadeau rouge retenu par un ruban blanc. À côté de lui, venant

569

de quitter un siège avachi, se tenait un type de haute taille avec une courte tignasse de cheveux grisonnants. Il portait un costume marron, une chemise bleue et une cravate ficelle ornée d'une pince en forme de club de golf. Il ressemblait davantage à un paysan venu à une foire aux bestiaux qu'à un marrant qu'un verre ou deux suffisent à dérider, mais il s'agissait, j'en étais sûr, du détective privé. Il enjamba le clébard comateux et vint me serrer la main. « George Kennedy, Mr Noonan. Enchanté de faire votre connaissance. Ma femme a lu tous vos livres, sans exception.

— Vous la remercierez pour moi.

— Je n'y manquerai pas. J'en ai un dans la voiture. Un grand format... » Il parut intimidé, comme le sont bien souvent les gens quand ils sont sur le point de demander quelque chose. « Je me disais... pourriez-vous le lui dédicacer, à un moment ou un autre ?

— J'en serais ravi. Autant le faire tout de suite, pour que je n'oublie pas. » Je me tournai vers Romeo. « Cela me fait plaisir de vous voir, Romeo.

— Appelez-moi donc Rommie. Moi, aussi, je suis content de vous voir. » Il brandit le paquet qu'il tenait. « George et moi nous nous sommes cotisés pour vous offrir ceci. Nous avons estimé que c'était la moindre des choses, pour un chevalier volant au secours des demoiselles en détresse. »

George Kennedy avait maintenant la tête du type qui peut en effet être rigolo après deux ou trois verres. Le genre à qui prend soudain l'envie de sauter sur une table pour y danser la gigue en s'entourant les reins d'une nappe en guise de kilt. Je regardai John, qui eut ce haussement d'épaules signifiant : je ne suis au courant de rien, moi.

Je défis le ruban de satin, glissai un doigt sous le scotch qui retenait l'emballage, puis relevai les yeux. Je surpris Rommie en train de donner un coup de coude à Kennedy. Ils souriaient tous les deux.

« Vous n'avez tout de même pas mis un truc là-dedans qui va me sauter à la figure en faisant *hou !* n'est-ce pas, les gars ?

— Non, absolument pas », répondit Rommie, dont le sourire s'élargit encore.

Je peux me montrer aussi beau joueur qu'un autre. Enfin, j'espère. Je déballai le paquet, ouvris le carton — un carton blanc ordinaire — et retirai une masse enveloppée de coton. J'avais gardé mon sourire jusqu'ici, mais celui-ci se figea et mourut sur mes lèvres. J'eus aussi l'impression que quelque chose me remontait dans le dos en se tordant et je crois que je fus sur le point de lâcher la boîte.

Elle contenait le masque à oxygène que Devory avait sur les genoux lorsque je l'avais rencontré dans la Rue, celui dans lequel il avait reniflé de temps à autre pendant que Rogette et lui m'escortaient en essayant de m'empêcher de regagner la rive, pour que je me noie. Rommie Bissonette et George Kennedy me l'avaient apporté comme le scalp d'un ennemi mort, et attendaient de moi que je trouve cela *drôle*...

« Mike ? demanda Rommie d'une voix inquiète. Ça ne va pas, Mike ? C'était juste une blague... »

Je clignai des yeux et me rendis compte que ce n'était nullement un masque à oxygène que je tenais — comment avais-je pu être assez stupide pour confondre ? L'objet était beaucoup plus gros que l'appareil de Devory, pour commencer, et constitué en outre d'un matériau opaque et non transparent. C'était...

J'eus une amorce de rire. Rommie Bissonette parut extrêmement soulagé. Kennedy aussi. John semblait seulement intrigué.

« Marrant, dis-je, on dirait un cache-sexe en caoutchouc. » Je pris le petit micro placé à l'intérieur et le laissai pendre. Il se mit à se balancer, me rappelant la queue de Félix ce crétin de Chat.

« Qu'est-ce que c'est que ce foutu machin ? s'exclama John.

— Ah, les avocats new-yorkais, dit Rommie à George, forçant sur son accent au point que *new-yorkais* devenait *nou-yokééé*, ou quelque chose comme ça. Z'avez jamais 'ien vu d'pareil, l'ami ? Ben sûr, jamais, j'parie. » Puis il reprit une diction normale, à mon grand soulagement. J'ai passé toute ma vie dans le Maine, et ce que l'accent yankee poussé à ses limites peut avoir de burlesque a de moins en moins d'effet sur moi. « C'est un Stenomask. Le sténo qui a pris la déposition de Mike en portait un. Mike n'arrêtait pas de le regarder...

— Il me fichait les boules, dis-je, ce vieux type assis dans son coin à marmonner dans son masque de Zorro.

— Gerry Bliss flanque les boules à des tas de gens, commenta Kennedy d'une voix de basse grondante. Il est le dernier à s'en servir, par ici. Il lui en reste dix ou douze en réserve. Je le sais d'autant mieux que c'est moi qui lui ai acheté celui-ci.

— Il aurait dû vous le coller sur le nez, dis-je.

— J'ai pensé que, comme souvenir, ça ne serait pas mal, se défendit Romeo, mais pendant un instant, j'ai bien cru que je vous avais donné la boîte avec la main coupée — j'ai horreur de mélanger mes cadeaux. C'est quoi, le problème ?

— Un long mois de juillet trop chaud... mettons », répondis-je. Le masque se balançait à mon index, suspendu par sa courroie.

« Mattie a demandé que nous soyons là-bas à onze heures, dit John. On boira quelques bières et on jouera au frisbee.

— Je suis aussi doué pour descendre les unes que pour lancer l'autre », observa Kennedy.

Dehors, dans le minuscule parking, George alla ouvrir la portière d'une Altima poussiéreuse, fouilla à l'arrière, et en revint avec un exemplaire défraîchi de *The Red-Shirt Man*. « Frieda m'a confié celui-ci. Elle a les autres, mais c'est son préféré. Désolé qu'il soit dans cet état, mais elle l'a lu au moins six fois.

— Moi aussi, c'est mon préféré, répondis-je, ce qui était vrai. Et j'aime bien les bouquins qui ont pas mal d'heures de vol. » Cette réflexion était vraie, elle aussi. J'ouvris le livre, eus un regard approbateur pour la tache de chocolat séchée depuis longtemps, sur la page de garde, et écrivis : *Pour Frieda Kennedy, dont le mari répondit présent lorsque j'ai eu besoin d'un coup de main. Merci de me l'avoir prêté, et merci de me lire, Mike Noonan.*

C'était de ma part une longue dédicace : d'ordinaire, je me contente d'un simple *Avec les compliments de l'auteur* ou de *Bonne chance*, mais je tenais à me faire pardonner l'expression figée qu'ils avaient vue sur mon visage, lorsque j'avais ouvert leur innocent cadeau-gag. Pendant que je griffonnais, George me demanda si je travaillais à un nouveau roman.

« Non, répondis-je en lui rendant le livre, je recharge les batteries, pour le moment.

— Voilà qui ne va pas plaire à Frieda.

— Oui, mais elle peut toujours relire *The Red-Shirt Man*...

— Nous vous suivrons », dit Rommie. À ce moment-là, il y eut un grondement lointain en provenance de l'ouest. Pas plus fort que le tonnerre qui avait roulé de temps en temps au cours de la semaine passée, mais il ne s'agissait plus d'éclairs de chaleur, cette fois. Nous le savions tous, et nous regardâmes tous les quatre dans cette direction.

« Vous croyez qu'on aura le temps de manger avant que ça se mette à dégringoler ? me demanda George.

— Oui, mais ça va être juste. »

Je roulai jusqu'à la sortie du parking, où je regardai à droite pour vérifier si la voie était libre. Je vis que John m'observait d'un air pensif.

« Quoi ?

— Mattie m'a dit que vous écriviez, c'est tout. Vous en avez eu marre du bouquin, ou il y a autre chose ? »

My Childhood Friend avait une intrigue aussi brillante que dans mes livres précédents, à vrai dire... et cependant, il ne serait jamais achevé. Je le savais, ce matin-là, aussi clairement que je savais qu'il allait pleuvoir. Les gars du sous-sol, pour une raison connue d'eux seuls, avaient décidé de le faire disparaître de la circulation. Demander quelle était cette raison risquait de ne pas être une bonne idée. La réponse aurait pu être désagréable.

« Autre chose. Je ne sais pas quoi exactement. » Je m'engageai sur la grand-route, et vérifiai, d'un coup d'œil dans le rétroviseur, que Rommie et George me suivaient dans l'Altima. L'Amérique est pleine, de plus en plus, de grands gaillards roulant dans des bagnoles minuscules. « Qu'est-ce que vous vouliez me faire écouter ? Si c'est pour une séance de karaoké maison, j'aime autant pas. La dernière chose dont j'aie envie est de vous entendre vous égosiller sur "Bubba Shot the Jukebox Last Night".

— Oh, c'est beaucoup mieux que ça, répondit-il. Bougrement mieux. »

Il ouvrit son porte-documents et en sortit une cassette dans son boîtier de plastique. Elle portait l'inscription 20/7/98 ; autrement dit, elle datait d'hier. « J'adore ça », dit-il en se penchant pour glisser la cassette dans le lecteur.

J'espérais avoir atteint mon quota journalier, en matière de surprises désagréables, mais je me trompais.

« Désolé, mais j'avais un appel sur une autre ligne », fit la voix de John par l'intermédiaire des haut-parleurs de la Chevy ; il avait le ton « avocat super-pro » le plus suave dont on puisse rêver. J'aurais parié un million de dollars qu'il n'exhibait pas ses guibolles maigrichonnes au moment de ce coup de fil.

574

Il y eut un rire rauque et enfumé. Je sentis mon estomac se nouer. Je la revis telle que je l'avais vue la première fois, devant le Sunset Bar, portant un short noir par-dessus un maillot de bain noir. Debout là devant, l'air de la rescapée d'un régime amaigrissant à zéro calorie par jour.

« Vous voulez dire que vous aviez oublié de brancher votre magnétophone », dit-elle. Cette fois-ci, je me souviens de la manière dont l'eau m'avait paru changer de couleur lorsqu'elle m'en avait expédié un bon en plein crâne. Passant de l'orangé éclatant à l'écarlate sombre. Puis j'avais entrepris de boire le lac. « Pas de problème. Enregistrez tout ce que vous voulez. »

Brusquement, John se pencha et éjecta la cassette. « Vous n'avez pas besoin d'écouter ça, m'expliqua-t-il. C'est sans intérêt. Je pensais que tout ce baratin vous amuserait, mais... vous faites une tête épouvantable, mon vieux. Voulez-vous que je conduise ? Vous êtes blanc comme un linge, bon Dieu !

— Non, ça ira... continuez. Je vous raconterai ensuite la petite aventure que j'ai eue, vendredi soir. Mais il faudra la garder pour vous. Ils n'ont pas besoin d'être au courant. » (Du pouce, j'indiquai l'Altima, derrière nous.) « Ni Mattie. Surtout pas Mattie. »

Il tendit de nouveau la main, puis hésita. « Vous en êtes sûr ?

— Ouais. C'est juste d'entendre soudain sa voix au moment où je ne m'y attendais pas. Le timbre de sa voix. Bordel, la restitution est fidèle !

— On prend toujours ce qu'il y a de mieux, chez Avery, McLain & Berstein. Je dois ajouter que le règlement maison est très strict sur ce que nous pouvons enregistrer ou pas. Au cas où vous vous poseriez la question.

— Je ne me la posais pas. J'imagine que, de toute façon, rien de tout cela n'aurait force de preuve devant un tribunal.

— Un juge peut parfois admettre un enregistrement,

à titre exceptionnel, mais ce n'est pas pour cette raison que nous en faisons. Un enregistrement comme celui-ci a sauvé la vie d'un homme, il y a quatre ans ; je venais tout juste d'entrer dans la boîte. Le type est maintenant un témoin protégé.

— Passez-le. »

Il acheva son geste et appuya sur la commande.

John : C'est comment le désert, Ms Whitmore ?

Whitmore : Chaud.

John : Pas trop de problèmes avec les dispositions à prendre ? Je n'ignore pas combien ces moments peuvent être...

Whitmore : Vous ignorez beaucoup de choses, cher maître, croyez-moi. On peut arrêter de tourner autour du pot ?

John : Considérez que c'est fait.

Whitmore : Avez-vous transmis les conditions du testament de Mr Devory à sa belle-fille ?

John : Oui, madame.

Whitmore : Sa réaction ?

John : Je n'ai pas à vous la donner pour l'instant. Je vous en parlerai peut-être lorsque le testament de Mr Devory aura été confirmé. Mais vous savez certainement que les codicilles comme celui-ci sont très rarement acceptés par un tribunal.

Whitmore : Eh bien, c'est ce que nous verrons, si la petite dame quitte la région, n'est-ce pas ?

John : Sans doute.

Whitmore : À quand la fête, pour célébrer la victoire ?

John : Je vous demande pardon ?

Whitmore : Oh, je vous en prie. J'ai plus de soixante rendez-vous aujourd'hui, plus mon patron à enterrer demain. Vous allez vous rendre là-bas pour fêter ça avec elle et la gamine, hein ? Savez-vous qu'elle a invité l'écrivain ? Son pote au plumard ?

John se tourna vers moi, rigolard. « Vous avez entendu comme elle est en pétard ? Elle essaie de le cacher, mais elle n'y arrive pas. Ça la bouffe par-dedans ! »

À peine fis-je attention à sa réflexion. J'étais passé dans la zone avec ce que Rogette Whitmore venait de dire

(*son pote au plumard*)

et avec ce que cela sous-entendait. Un certain ton. *On veut juste savoir combien de temps vous pouvez tenir dans l'eau,* m'avait-elle lancé pendant mon bain forcé.

John : J'estime sincèrement que ce que je vais faire ou ce que les amis de Mattie vont faire ne vous regarde pas, Ms Whitmore. Puis-je respectueusement vous suggérer que vous et vos amis fassiez la fête de votre côté et laissiez Mattie Devory la faire avec qui elle...

Whitmore : Transmettez-lui ce message.

À qui donc ? À moi, pardi. Puis je me rendis compte que c'était encore plus personnel que ça : c'était à moi qu'elle s'adressait. Elle pouvait bien se trouver, physiquement, à l'autre bout du pays, mais sa voix et son esprit, son humeur dépitée, étaient avec nous, ici, dans la voiture.

Et avec les dernières volontés de Max. Pas les stupides âneries que ses avocats avaient couchées sur le papier, mais *sa* volonté. Le vieux salopard était aussi mort que Damoclès, et pourtant il cherchait encore, incontestablement, à obtenir la garde.

John : Lui transmettre un message, Ms Whitmore ?

Whitmore : Dites-lui qu'il n'a jamais répondu à la question de Mr Devory.

John : Quelle question ?

C'est bon, de lui brouter la chatte ?

Whitmore : Demandez-le-lui. Il saura.

John : Si c'est de Mike Noonan que vous parlez, posez-lui donc votre question vous-même. Vous aurez probablement l'occasion de le rencontrer lors de l'audience d'homologation, au tribunal du comté, l'automne prochain.

Whitmore : J'en doute fort. Le testament de Mr Devory a été rédigé ici, devant témoins.

John : Il n'empêche que le jugement sera rendu dans le Maine, là où il est mort. J'en fais une affaire personnelle. Et la prochaine fois que vous quitterez le comté de Castle, Rogette, vous aurez considérablement enrichi vos connaissances en matière pénale.

Pour la première fois, elle répondit sur le ton de la colère, la voix plus rauque que jamais.

Whitmore : Si vous vous imaginez...

John : Je ne m'imagine rien. Je sais. Au revoir, Ms Whitmore.

Whitmore : Vous feriez bien de ne pas vous mêler...

Il y eut un déclic, le chuintement d'une ligne ouverte, puis une voix mécanique dit : « Neuf heures quarante... heure avancée de l'Est... 20 juillet. » John appuya sur EJECT, reprit sa cassette et la rangea.

« J'ai raccroché à ce moment-là. » Il avait l'intonation de celui qui vous raconte son premier saut en chute libre. « Vous vous rendez compte ? Elle était furieuse contre moi, n'est-ce pas ? Vous ne trouvez pas qu'elle était salement furieuse ?

— Ouais. » C'était ce qu'il avait envie que je lui réponde, pas ce que je croyais vraiment. Furieuse, aucun doute. Mais sérieusement ? Peut-être pas. Car les faits et gestes de Mattie n'étaient pas ce qui intéressait Rogette ; elle avait appelé pour me parler. Pour me dire ce qu'elle pensait de moi. Pour raviver le souvenir des impressions que l'on ressent à se débattre dans l'eau, à moitié assommé, le sang pissant par le crâne. Pour me flanquer la frousse. Ce en quoi elle avait réussi.

« Quelle était cette question à laquelle vous n'avez pas répondu ? me demanda John.

— Je ne vois pas ce qu'elle a voulu dire. En revanche, je peux vous expliquer pour quelle raison le fait d'entendre sa voix m'a fait perdre mes couleurs. À condition de rester discret, et que vous ayez envie de le savoir.

— Il nous reste plus de vingt-cinq kilomètres à parcourir. Je vous écoute. »

Je lui racontai ce qui s'était passé vendredi soir. Je m'abstins d'inclure, dans cette version, des histoires de visions ou de phénomènes psychiques ; je ne parlai que de Michael Noonan parti se promener sur la Rue au moment du coucher de soleil. Alors que je me tenais près d'un bouleau surplombant le lac, regardant l'astre du jour se rapprocher des montagnes, ils s'étaient approchés de moi. À partir du moment où Devory m'avait chargé avec son fauteuil roulant jusqu'à celui où j'avais finalement retrouvé la terre ferme, je restai très proche de la vérité.

Mon récit terminé, John demeura tout d'abord plongé dans un profond silence. C'est dire à quel point il était désarçonné ; en temps normal il était aussi bavard que la petite Kyra.

« Eh bien ? lui demandai-je. Pas de commentaires ? Pas de questions ?

— Soulevez vos cheveux, que je voie ça. »

Je m'exécutai, lui révélant un gros pansement adhésif et une zone tuméfiée assez considérable. Il se pencha pour l'étudier de plus près, comme un petit garçon examinerait la blessure de son meilleur copain après une bagarre. « Sainte merde », finit-il par dire.

Ce fut à mon tour de garder le silence.

« Ces deux vieilles saloperies ont essayé de vous noyer ! »

Je ne dis toujours rien.

« Et tout ça, parce que vous aidiez Mattie. »

Cette fois, je ne dis *vraiment* rien.

« Et vous n'avez pas porté plainte ?

— J'ai été sur le point de le faire, puis je me suis rendu compte que j'aurais eu l'air d'un parfait crétin, pleurnichard de surcroît. Et aussi d'un menteur, très vraisemblablement.

— Osgood sait-il quelque chose ?

— Sur le fait qu'ils ont essayé de me noyer ? Rien. C'est juste le type qui fait les commissions. »

Il y eut encore quelques secondes de ce silence inhabituel chez lui. Puis il tendit la main et vint toucher la bosse, à l'arrière de mon crâne.

« Aïe !

— Désolé... Bon Dieu ! Et ensuite, il est retourné au Warrington's pour y passer l'arme à gauche. Bon Dieu de bon Dieu... ! Je n'aurais jamais passé cette bande, Michael, si j'avais su...

— Ça ira. Mais pas question d'en parler à Mattie. Si je porte les cheveux rabattus sur l'oreille, c'est pour cette raison.

— Croyez-vous que vous finirez par lui raconter cette histoire, un jour ?

— C'est possible. Lorsqu'il aura été mort depuis assez longtemps pour qu'on puisse trouver comique que je me sois baigné tout habillé.

— Cela risque de prendre du temps.

— Ouais, pas mal. »

Nous roulâmes en silence pendant un moment. Je sentais que John se creusait la tête pour trouver quelque chose qui rétablirait l'ambiance de fête, et je lui en étais reconnaissant. Finalement il brancha la radio, et tomba sur un air tapageur et agressif des Guns' n Roses — bienvenue dans la jungle, ma cocotte, tu vas voir comme on va se marrer.

« Une bringue à tout casser, dit-il. D'accord ? »

Je souris. J'eus un peu de mal, avec le timbre de voix de la vieille femme qui me collait encore au tympan comme une matière gluante, mais j'y parvins. « Si vous y tenez.

— J'y tiens. J'y tiens absolument.

— Vous êtes plutôt un type bien pour un avocat, John.

— Et vous, vous n'êtes pas si mal pour un écrivain », répliqua-t-il.

Cette fois-ci, le sourire qui s'afficha sur mon visage fut plus spontané et y resta plus longtemps. Nous passâmes devant le panneau indiquant TR-90 ; à cet instant précis, le soleil ouvrit une brèche dans la brume et inonda le monde de lumière. Je voulus y voir un présage de bon augure, jusqu'au moment où je regardai vers l'ouest. Là-bas, encore plus noirs dans l'éclat du jour, les cumulus s'amoncelaient au-dessus des Montagnes Blanches.

CHAPITRE 25

Je crois que pour les hommes l'amour est fait, à parts égales, de concupiscence et d'étonnement. L'étonnement, les femmes le comprennent ; la concupiscence, elles pensent seulement la comprendre. Rares sont les femmes — une sur vingt, peut-être — qui se font une idée juste de ce qu'elle est réellement ou de la profondeur à laquelle elle s'active. C'est d'ailleurs probablement aussi bien, pour la qualité de leur sommeil comme pour leur tranquillité d'esprit. Et je ne parle pas de la concupiscence des satyres, des violeurs, ou des délinquants sexuels ; je parle de celle des employés de bureau et des directeurs de collège.

Pour ne pas mentionner celle des écrivains et des avocats.

Nous entrâmes dans la cour, devant la caravane, à onze heures moins dix et, tandis que je garais la voiture à côté de la Jeep rouillée, Mattie fit son apparition dans l'encadrement de la porte. J'en eus la respiration coupée et sentis que John, à côté de moi, avait eu la même réaction.

Jamais je n'avais vu une femme aussi ravissante de toute ma vie. Elle portait un short rose et un débardeur assorti. Le short n'était pas court au point d'être vulgaire (comme aurait dit ma mère) mais bien assez pour être provocant. Quant au débardeur, retenu aux épaules par des nœuds, il laissait voir juste assez de bronzage pour avoir de quoi rêver. Ses cheveux retombaient librement dans son dos. Elle sourit et nous fit signe de la main. *Elle y est arrivée,* me dis-je. *Il suffirait de la faire entrer telle qu'elle est habillée maintenant dans le restaurant du country club, et elle éclipserait tout le monde.*

« Oh, Seigneur, dit John avec une sorte de nostalgie pleine de désir dans la voix. Ça et une chaumière...

— Ouais... Remettez-vous les yeux dans la tête, mon gars. »

Il fit semblant de m'obéir, les mains en coupe. Pendant ce temps, George était arrivé et venait de ranger l'Altima juste à côté de la Chevy.

« Allons-y, dis-je en ouvrant ma portière. Que la fête commence.

— J'oserai jamais la toucher, Mike. Je vais fondre.

— Allez, venez, espèce d'idiot. »

Mattie descendit les marches et passa à côté du pot au plant de tomate. Kyra la suivait, habillée d'une tenue semblable à celle de sa mère, mais dans des tons vert foncé. Je vis qu'elle avait retrouvé sa timidité ;

elle se tenait d'une main à la jambe de Mattie et suçait son pouce.

« Les hommes sont arrivés, les hommes sont arrivés ! » s'exclama Mattie, avant de se jeter en riant dans mes bras. Elle me serra très fort et m'embrassa au coin des lèvres. Je lui rendis son étreinte et l'embrassai sur la joue. Puis elle se tourna vers John, admira son T-shirt, qu'elle salua d'un battement de mains, et le serra dans ses bras. Je trouvai qu'il lui rendait son embrassade avec beaucoup d'enthousiasme, pour quelqu'un qui craignait de fondre ; il la souleva de terre et la fit tournoyer pendant qu'elle s'accrochait à son cou en riant.

« Vive la riche héritière, la riche héritière, la riche héritière ! chantonna-t-il.

— Vive la libre héritière, la libre héritière, la libre héritière ! » répondit-elle. Avant qu'il ait le temps de répliquer quelque chose, elle l'embrassa carrément sur la bouche. Il déplaça les bras pour la prendre par la taille, mais elle se coula entre eux pour se tourner vers George et Rommie, qui se tenaient debout côte à côte, l'air de deux types prêts à tout vous expliquer sur l'Église mormone.

J'avançai d'un pas avec l'intention de faire les présentations, mais John s'en chargeait déjà et l'un de ses bras, en fin de compte, finit par accomplir sa mission : il encercla la taille de la jeune femme pour la diriger vers les deux hommes.

Une menotte, entre-temps, s'était glissée dans ma main. Je baissai les yeux, et vis que Kyra avait les siens levés vers moi. Tout aussi ravissante que sa mère, son expression était grave et son visage pâle. Ses cheveux blonds, qui venaient d'être lavés et brillaient, étaient retenus par un nœud de velours.

« Ze crois que les bonshommes du frigéateur m'aiment plus », dit-elle. Son humeur n'était pas aux rires et à l'insouciance, au moins pour le moment. Elle paraissait sur le point de pleurer. « Toutes mes lettres sont parties ! »

Je la soulevai et la plaçai dans le creux de mon bras, comme le jour où je l'avais trouvée arpentant le milieu de la route 68, en costume de bain. Je déposai un baiser sur son front, puis sur le bout de son nez. Sa peau était la plus parfaite des soies. « Je sais, dis-je. Je t'en achèterai d'autres.

— Promis ? » demanda-t-elle. Il y avait une expression de doute dans les yeux bleu foncé qui me fixaient.

« Promis. Et je t'apprendrai des mots spéciaux comme *zygote* et *atrabilaire*. Je connais des tas de mots spéciaux.

— Combien ?

— Cent quatre-vingts. »

À l'ouest, le tonnerre gronda. Il ne me fit pas exactement l'effet d'être plus fort, mais plus concentré, en quelque sorte. Ki regarda dans cette direction, puis revint à moi. « Z'ai peur, Mike.

— Tu as peur ? Mais de quoi ?

— De ze sais pas quoi. De la dame avec la robe de Mattie. Des hommes qu'on a vus. » Puis elle regarda par-dessus mon épaule. « Voilà maman. » J'ai entendu plus d'une actrice donner la réplique classique *Pas devant les enfants* exactement de la même manière. La fillette se mit à se tortiller dans mes bras. « Pose-moi. »

Je la posai. Mattie, John, Rommie et George Kennedy vinrent nous rejoindre. Ki courut jusqu'à sa mère, qui la prit dans ses bras et nous parcourut des yeux comme un général passant ses troupes en revue.

« Vous avez la bière ? me demanda-t-elle.

— Affirmatif. Une caisse de Budweiser et une douzaine de sodas divers, sans parler de quelques limonades.

— Parfait. Mr Kennedy...

— George, madame.

— George, d'accord. Mais si vous m'appelez encore madame, je vous colle mon poing dans la figure. Moi, c'est Mattie. Pourriez-vous aller en voiture jusqu'au Lakeview (du geste, elle indiqua le magasin général de la route 68, à environ huit cents mètres d'ici) et nous rapporter un peu de glace ?

— Pas de problème.

— Mr Bissonette...

— Rommie.

— Vous trouverez un bout de jardin de l'autre côté de la caravane, Rommie. Pouvez-vous aller nous y cueillir deux belles laitues ?

— Je m'en sens capable.

— John, allez mettre la viande au frigo. Quant à vous, Michael... (elle me montra le barbecue). Les briquettes s'allument toutes seules. Il suffit de laisser tomber une allumette dessus et de reculer d'un pas. Faites votre devoir !

— À vos ordres, gente dame ! » m'exclamai-je en tombant à genoux devant elle. Attitude qui finit par arracher un petit rire à Kyra.

Riant aussi, Mattie me prit par la main pour m'aider à me relever. « Dépêchons, sire Galaad. Il va bientôt pleuvoir. J'aime autant me retrouver à l'intérieur et trop repue pour avoir à courir à ce moment-là. »

En ville, les réceptions de ce genre commencent par un accueil à la porte, le rangement des manteaux quelque part, et ces petits baisers incongrus donnés dans le vide (quand exactement cette bizarrerie sociale s'est-elle établie ?). À la campagne, elles débutent par l'accomplissement de quelque corvée. On va chercher ceci, on transporte cela, on part à la recherche d'ustensiles comme des pincettes à barbecue et des gants isolants. L'hôtesse enrôle deux hommes pour déplacer la table de pique-nique, avant de décider finalement qu'elle était mieux à son emplacement d'origine et de leur demander de la remettre là où elle était. Et à un moment donné, on se rend compte qu'on s'amuse beaucoup.

J'empilai les briquettes jusqu'à ce qu'elles ressemblent à peu près à la pyramide dessinée sur le sac, puis jetai mon allumette enflammée. Elles prirent feu de manière satisfaisante et je reculai d'un pas, m'essuyant le front de l'avant-bras. Un air plus frais et une atmosphère plus claire étaient peut-être prévus pour dans pas longtemps, mais on n'en était pas encore là. Le soleil avait percé la brume et on était passé d'un temps brouillé à un jour éblouissant ; à l'ouest, cependant, les cumulus, noirs et satinés, continuaient à s'empiler. À croire qu'un vaisseau sanguin nocturne avait claqué dans le ciel, de ce côté-là.

« Mike ? »

Kyra se tenait derrière moi.

« Qu'est-ce qu'il y a, ma chérie ?

— Tu t'occuperas de moi ?

— Oui », répondis-je sans la moindre hésitation.

Un instant, quelque chose dans ma réaction — peut-être simplement la vitesse à laquelle elle s'était produite — parut la troubler. Puis elle sourit. « OK. Tiens, voilà le monsieur de la glace ! »

George, en effet, revenait du magasin. Il se gara et descendit de voiture. Je me dirigeai vers lui ; Kyra m'avait pris la main et la balançait d'un geste possessif. Rommie nous rejoignit, jonglant avec ses trois laitues — mais il n'arrivait pas à la cheville du type qui avait fasciné Kyra à Castle Rock, samedi dernier.

Le détective privé ouvrit le coffre de l'Altima et en sortit deux sacs de glaçons. « Le magasin était fermé, me dit-il. Comme il y avait écrit sur la porte qu'il n'allait pas rouvrir avant cinq heures de l'après-midi, j'ai trouvé que c'était un peu long. Alors je me suis servi et j'ai mis l'argent dans la boîte aux lettres. »

Ils avaient fermé pour les obsèques de Royce Merrill, évidemment. Renonçant à pratiquement une journée de travail, en pleine saison touristique, pour

586

accompagner le vieux bonhomme jusqu'à sa dernière demeure. Le geste avait quelque chose de touchant. Mais aussi d'un peu inquiétant, trouvai-je.

« Ze peux porter la glace ? demanda Kyra.

— Oui, si tu veux, mais fais attention à ne pas te congélissifier, répondit George en posant délicatement un sac de deux kilos dans les bras tendus de la fillette.

— Con-zé-lissifier », répéta-t-elle en pouffant. Elle partit en direction de la caravane, d'où sa mère sortait à l'instant. John était derrière Mattie et la regardait avec des yeux de chien battu. « Maman ! Regarde, ze me conzélissifie ! »

Je pris l'autre sac. « Je sais bien que le bac à glace est à l'extérieur, mais il me semblait qu'il y avait un cadenas dessus, non ?

— Je suis copain avec la plupart des cadenas.

— Oh, je vois.

— Mike ! Attrapez ! » John venait de me lancer un frisbee rouge, qui flotta vers moi, mais un peu haut. Je sautai, réussis à le saisir, et brusquement, Max Devory fut dans ma tête : *Qu'est-ce qui ne va pas, Rogette ? Je ne vous ai jamais vue lancer comme une fille. Visez juste !*

Je vis que Kyra me regardait. « Il faut pas penser à des choses tristes », me dit-elle.

Je lui souris et lui tendis le frisbee. « D'accord, pas de choses tristes. Vas-y, mon cœur. Lance-le à ta maman. Voyons si tu y arrives. »

Elle me rendit mon sourire, se tourna et fit un lancer rapide et précis en direction de Mattie — à une telle vitesse, même, que celle-ci faillit le manquer. Pour le reste, je ne savais pas, mais on pouvait déjà dire que Kyra Devory était une championne en herbe au frisbee.

Mattie lança l'engin à George, qui se tourna (les pans de son ridicule veston marron lui battirent les hanches) et l'attrapa habilement dans son dos. Mattie rit et applaudit, l'ourlet de son débardeur flirtant avec son nombril.

« Frimeur ! lui lança John depuis les marches.

— La jalousie est un sentiment mesquin », répliqua le détective en lançant le frisbee à Romeo, qui le réexpédia lui-même à John ; mais Bissonette rata son lancer et la rondelle de plastique alla heurter la caravane. Pendant que John descendait précipitamment pour aller le récupérer, Mattie se tourna vers moi. « La stéréo portable se trouve sur la table basse, dans le séjour, avec une pile de disques compacts. Ils sont plutôt anciens, pour la plupart, mais au moins c'est de la musique. Voulez-vous aller chercher tout ça ?

— Bien sûr. »

J'entrai dans la caravane ; la chaleur y était accablante, en dépit des trois ventilateurs, stratégiquement disposés, qui faisaient des heures sup. Je regardai le sinistre mobilier de pacotille, m'attardant sur les efforts déployés par Mattie pour lui donner un peu d'âme : la reproduction de Van Gogh qui aurait dû paraître déplacée et qui cependant faisait très bien dans une kitchenette de caravane, le bar nocturne mélancolique d'Edward Hopper, au-dessus du canapé, les rideaux imprimés qui auraient fait rire Johanna. Il y avait là-dedans un courage qui me rendait triste pour elle et à nouveau furieux contre Max Devory. Mort ou pas, j'aurais bien aimé lui botter les fesses.

J'allai dans le séjour et vis le dernier Mary Higgins Clark posé sur la table d'angle, à côté du canapé, un marque-page dépassant de la couverture. Deux ou trois rubans à cheveux étaient posés en tas à côté. Des rubans de petite fille qui avaient quelque chose de familier, sans que je puisse me souvenir les avoir vus sur la tête de Kyra. Je restai là encore quelques instants, les sourcils froncés, puis je pris le portable et les compacts, et ressortis. « Hé, les gars, lançai-je. Ça va swinguer ! »

Je me sentis très bien jusqu'au moment où elle dansa. J'ignore si c'est important pour vous, mais pour moi, si. Donc je me sentis très bien jusqu'au moment où elle dansa. Après quoi, je fus perdu.

Nous partîmes jouer au frisbee derrière la caravane, en partie pour ne pas provoquer, par les manifestations bruyantes de notre liesse et de notre bonne humeur, les gens du coin se rendant aux funérailles, mais avant tout parce que l'arrière-cour de Mattie était un excellent terrain de jeux, au sol régulier et à l'herbe rase. Après avoir manqué un ou deux coups, Mattie se débarrassa de ses chaussures chic, fonça pieds nus vers la maison et en revint chaussée de ses tennis. Après quoi elle se montra beaucoup plus adroite.

Nous nous sommes lancé le frisbee, nous nous sommes couverts d'insultes, nous avons bu de la bière, au milieu de rires sans fin. Ki n'était guère habile pour rattraper, mais elle avait un bras phénoménal, pour une fillette de moins de quatre ans, et elle jouait avec délectation. Rommie avait installé la stéréo portable sur les marches, à l'arrière de la caravane, et nous eûmes droit à une avalanche de musique du début des années quatre-vingt-dix : U2, Tears for Fears, les Eurythmics, Crowded House, A Flock of Seagulls, Ah-Hah, les Bangles, Melissa Etheridge, Huey Lewis et les News. J'avais l'impression de connaître tous les airs, toutes les reprises.

Nous avons transpiré et couru sous la lumière de midi. Nous louchions sur les longues jambes bronzées de Mattie, on écoutait les cascades de rire de Kyra. Rommie tomba à un moment donné cul par-dessus tête, toute sa monnaie lui dégringolant des poches, et John s'esclaffa tellement fort qu'il dut s'asseoir, tandis que les larmes lui coulaient des yeux. Kyra courut jusqu'à lui et se laissa tomber sur ses genoux. En fait, pas exactement sur ses genoux. Le rire de John s'interrompit aussitôt. « Houlà ! » s'exclama-t-il, me regardant d'un œil brillant à l'expression souffreteuse, tandis que ses couilles écrasées cherchaient, sans aucun doute, à remonter dans son bas-ventre.

« Kyra ! s'écria Mattie, offusquée, regardant John avec appréhension.

— Z'ai renversé mon prop' aterback ! » répondit triomphalement la fillette.

John lui adressa un sourire incertain et se remit sur ses pieds. « Oui, dit-il, exactement. Et l'arbitre te donne une pénalité de quinze mètres pour bousculade.

— Tout va bien, mon vieux ? demanda George d'une voix dont l'intonation était inquiète, même si son regard pétillait.

— Tout va bien, tout va bien, répondit l'avocat en lui lançant le frisbee, qui traversa mollement la cour à petite allure. Voyons un peu ce que vous avez dans le ventre. »

Le tonnerre gronda plus fort, mais les nuages noirs se tenaient encore tous à l'ouest ; au-dessus de nous, le ciel était d'un bleu humide d'aspect inoffensif. Les oiseaux chantaient toujours, les sauterelles stridulaient dans l'herbe. Des ondes de chaleur montaient au-dessus du barbecue, et le moment de faire griller les steaks de John n'allait pas tarder à arriver. Le frisbee continuait à voler, rouge sur le fond vert de l'herbe et des arbres, ou sur le fond bleu du ciel. J'étais toujours en proie à la concupiscence, mais tout allait parfaitement bien — il y a des millions d'hommes en rut de par le monde, sinon en permanence du moins presque, et les calottes glaciaires n'en fondent pas pour autant. Mais elle dansa, et tout en fut changé.

C'était une chanson pas toute jeune de Don Henley, un air mené à train d'enfer par un effrayant chorus de guitare.

« Bon sang ! s'exclama Mattie, j'adore ce morceau ! » Le frisbee vola jusqu'à elle ; elle l'attrapa, le laissa tomber à terre, se plaça dessus comme si c'était le rond dessiné par un spot dans une boîte de nuit, et commença à onduler. Elle mit les mains tour à tour derrière sa nuque, puis sur ses hanches, puis dans son dos. Elle dansait avec la pointe de ses tennis posée sur le frisbee. Elle dansait sans se déplacer. Elle dansait comme dans la chanson, comme une vague de l'océan.

Le gouvernement a mis des micros
dans les toilettes hommes
de la boîte disco,
Mais elle tout ce qu'elle demande c'est danser, danser...
Pour empêcher les gars de vendre
Tous les flingues qu'ils piquent,
Mais elle, tout ce qu'elle a envie de faire, c'est danser.

Les femmes sont sexy quand elles dansent — incroyablement sexy —, mais ce n'est pas à cela que je réagis, ni la façon dont je réagis. Il y avait bien ce désir physique auquel je tenais tête, mais il s'agissait d'autre chose que de concupiscence, d'une chose à laquelle j'étais incapable de résister. Quelque chose qui m'empêchait de respirer et me donnait l'impression d'être complètement à sa merci. En cet instant, elle n'était pas la chose la plus belle que j'aie jamais vue, pas simplement une jolie fille en short et débardeur dansant sur un frisbee, mais Vénus révélée. Elle était tout ce qui m'avait manqué pendant ces quatre dernières années, pendant que j'étais tellement à côté de mes pompes que je ne me rendais même pas compte que je manquais de quelque chose. Elle fit fondre les dernières résistances que je pouvais éprouver. La différence d'âge n'avait plus d'importance. Si je devais regarder les gens avec la langue pendante même la bouche fermée, qu'il en soit ainsi. Si je devais perdre ma dignité, ma fierté, le sentiment de mon identité, qu'il en soit ainsi. Quatre années passées dans la solitude m'avaient appris qu'il y avait bien pire à perdre.

Combien de temps dansa-t-elle ainsi ? Je l'ignore. Pas très longtemps, probablement, même pas une minute ; puis elle prit conscience que nous la regardions, fascinés — car à un certain degré, les trois autres voyaient ce que je voyais et éprouvaient ce que j'éprouvais. Pendant cette minute, ou du moins ce laps de temps, nous n'avons pas dû consommer beaucoup d'oxygène, tous les quatre.

Elle s'écarta du frisbee, riant et rougissant en même temps, confuse, mais pas vraiment mal à l'aise. « Je suis désolée, dit-elle. C'est simplement... j'aime cet air.

— Tout ce dont elle a envie, c'est danser, remarqua Rommie.

— Oui, parfois c'est tout ce dont elle a envie, répondit Mattie, rougissant plus fort que jamais. Excusez-moi, il faut que j'aille aux toilettes. » Elle me lança le frisbee et fonça vers la caravane.

Je pris une profonde inspiration et m'efforçai de reprendre pied dans la réalité ; je vis John faire la même chose. George Kennedy arborait une expression un rien hébétée, comme si on lui avait administré un sédatif léger dont les premiers effets se faisaient sentir seulement à présent.

Le tonnerre roula. Paraissant plus près, cette fois-ci.

J'expédiai le frisbee à Rommie. « À quoi pensez-vous ?

— Je pense que je suis amoureux », avoua-t-il. Sur quoi il me donna l'impression de s'ébrouer mentalement — à quelque chose que je vis dans son regard. « Je pense aussi que c'est le moment de mettre ces steaks à cuire si nous voulons manger dehors. Vous me donnez un coup de main ?

— Volontiers.

— Moi aussi », dit John.

Nous partîmes pour le devant de la caravane, laissant George jouer avec Kyra. Celle-ci était en train de lui demander s'il avait déjà attrapé des *crinimels*. Dans la cuisine, Mattie sortait les steaks du frigo et les disposait sur une planche à découper. « Vous faites bien d'arriver, les gars. J'étais sur le point de ne plus y tenir et d'en avaler un tout cru. Je n'en ai jamais vu d'aussi beaux.

— Vous êtes la plus belle chose que j'aie jamais vue », dit John. Il était tout à fait sincère, mais le sourire qu'elle lui adressa était distrait et un peu amusé. Je pris mentalement note de ne jamais faire un compliment à une femme sur sa beauté pendant qu'elle tient deux steaks crus à la main. L'effet est à coup sûr raté.

« Vous vous y connaissez, pour ce qui est de griller de la viande au barbecue ? me demanda-t-elle. Dites-moi la vérité, car ils sont fichtrement trop beaux pour être gâchés.

— Je me débrouille plutôt bien.

— Bon, engagé. John, vous l'assisterez. Et vous, Rommie, vous m'aiderez pour les salades.

— Avec plaisir. »

George et Ki étaient revenus sur le devant de la caravane et s'étaient installés dans des chaises longues, tels deux vieux potes dans leur club londonien. George lui racontait la fusillade de la rue de Lisbonne, en 1993, quand il poursuivait Rolfe Nedeau et les Grands Méchants Gangsters.

« Hé, George, lui lança John, qu'est-ce qui arrive à votre nez ? On dirait qu'il s'allonge.

— Et alors ? Vous ne voyez pas que nous sommes en grande conversation ?

— Mr Kennedy a attrapé des tas de méchants crinimels, intervint Kyra. Il a attrapé les Grands Méchants Gangsters et les a coffrés en Supermax.

— Ouais, dis-je, en sécurité super-maximum. Mr Kennedy a également remporté un Oscar pour son rôle dans un film intitulé *Luke la Main Froide.*

— C'est tout à fait exact, confirma George en levant une main aux deux doigts croisés. Moi et Paul Newman. Dans cet ordre.

— On a sa sauce 'paghetti[1] », observa Ki grave-

_____

1. On ne peut comprendre la réplique de Kyra que si l'on sait que Paul Newman commercialise sous son nom différentes sauces d'accompagnement (*N.d.T.*).

ment, et John éclata de nouveau de rire. La réplique ne m'amusa pas autant que lui, mais le rire a quelque chose de communicatif ; le seul fait de voir John s'esclaffer suffit à m'en faire faire autant au bout de deux ou trois secondes. On ululait encore comme deux barjots en retournant les steaks sur le gril. Un miracle que nous ne nous soyons pas brûlé les mains.

« Pourquoi ils rient ? s'étonna Kyra.

— Parce que ce sont deux fous avec un cerveau comme un petit pois, répondit George. Écoute bien maintenant, Kyra. Je les ai tous attrapés — tous sauf Sam le Cinglé. Il a sauté dans sa voiture, et moi dans la mienne. Les détails de cette poursuite ne sont pas destinés aux oreilles d'une petite fille... »

George ne l'en régala pas moins des détails en question, pendant que John et moi, le sourire aux lèvres, l'écoutions tout en surveillant le barbecue. « Sensationnel, non ? » remarqua John. J'acquiesçai.

Mattie arriva, portant des épis de maïs enveloppés dans du papier d'aluminium ; elle était suivie de Rommie, qui tenait un grand saladier dans les bras et négociait prudemment l'escalier en essayant de regarder, par-dessus le récipient, où il posait les pieds.

Nous nous assîmes à la table de pique-nique, George et Rommie d'un côté, John et moi encadrant Mattie de l'autre. Kyra était installée au haut bout de la table, perchée sur une chaise de jardin rehaussée d'une pile de vieilles revues. Mattie lui attacha un torchon à vaisselle autour du cou, indignité qu'elle ne subit que parce que a) elle portait des vêtements neufs, et que b) un torchon à vaisselle n'est pas, au moins techniquement, un bavoir de bébé.

Nous mangeâmes à satiété — salade, steaks (John avait raison, je n'en avais jamais goûté de meilleurs), maïs grillé, et tartelettes aux fraises en dessert. Le temps d'en arriver là, les cumulus s'étaient sensiblement rapprochés et une brise chaude s'était mise à souffler en rafales irrégulières.

« Si je ne fais plus jamais de repas aussi bon de toute ma vie, Mattie, je n'en serai pas surpris, dit Rommie. Je ne sais comment vous remercier de m'avoir invité.

— C'est moi qui vous remercie », répondit-elle. Elle prit ma main d'un côté et celle de John de l'autre, et les serra. « Merci à vous tous. Si vous saviez comment se présentaient les choses pour Ki et moi, il y a à peine une semaine... » Elle secoua la tête, nous étreignit les mains une dernière fois et nous lâcha. « Mais c'est terminé, à présent.

— Regardez la petite », dit George, amusé.

Affalée dans sa chaise, la fillette nous regardait, la paupière lourde. Ses cheveux s'étaient presque tous échappés du nœud de velours et retombaient en mèches sur ses joues. Elle avait un peu de crème fouettée sur le nez et un unique grain de maïs au milieu du menton.

— Z'ai lancé le frisbee *fî-fan* mille fois, dit-elle d'une voix distante et déclamatoire. Ze suis fatiguée. »

Mattie voulut se lever, mais je lui posai une main sur le bras. « Je peux ? »

Elle acquiesça avec un sourire. « Si vous voulez. »

Je pris Kyra dans mes bras et me dirigeai vers la caravane. Le tonnerre gronda à nouveau, un long roulement grave qui faisait penser au grognement de menace d'un très gros chien. Je regardai vers les nuages qui s'amoncelaient et, ce faisant, j'aperçus un mouvement du coin de l'œil. Une vieille voiture bleue s'était engagée sur Wasp Hill Road et roulait vers le lac. Je la remarquai pour la seule raison qu'elle arborait l'un de ces stupides autocollants que l'on trouve au Village Cafe : KLAXON CASSÉ. ATTENTION AU BRAS D'HONNEUR.

Je dus m'effacer en franchissant la porte pour ne pas heurter la tête de Kyra au chambranle. « Occupe-toi de moi », dit-elle dans son sommeil. Il y avait une tristesse, dans son intonation, qui me glaça. On aurait dit qu'elle demandait l'impossible et le savait. « Occupe-toi de moi, ze suis petite, maman dit que ze suis un petit bout de chou.

— Je m'occuperai de toi, répondis-je en déposant de nouveau un baiser sur son front soyeux. Ne t'inquiète pas, Ki, tu peux dormir. »

Je la portai jusque dans sa chambre et l'allongeai sur le lit. Elle dormait déjà profondément. J'essuyai la crème qui lui tachait le nez et décollai le grain de maïs de son menton. Je consultai ma montre ; il était deux heures moins dix. Le service religieux n'allait pas tarder à commencer, à la Grace Baptist Church. Bill Dean portait une cravate grise. Buddy Jellison, un chapeau sur la tête, faisait le pied de grue derrière l'église avec quelques autres hommes pour fumer une cigarette avant d'entrer.

Je me tournai. Mattie se tenait dans l'encadrement de la porte. « Mike, dit-elle, venez un peu par ici. »

Je m'approchai d'elle. Il n'y avait pas de vêtement entre mes mains et sa taille, cette fois. Sa peau était chaude et aussi soyeuse que celle de sa fille. Elle leva les yeux vers moi et ses lèvres s'écartèrent. Ses hanches vinrent se frotter contre les miennes et quand elle sentit combien j'étais dur, elle se pressa encore plus fort.

« Mike... »

Je fermai les yeux. J'avais l'impression de venir d'arriver à l'entrée d'une pièce brillamment éclairée, pleine de gens qui bavardaient et riaient. Et qui dansaient. Parce que parfois, c'est tout ce que l'on a envie de faire.

J'ai envie d'entrer, pensai-je. *Voilà ce que j'ai envie de faire, tout ce que j'ai envie de faire. Laisse-moi faire ce que j'ai envie de faire. Laisse-moi...*

Je me rendis compte que je parlais à voix haute, murmurant rapidement les mots à son oreille tandis que mes mains, allant et venant dans son dos, la serraient contre moi ; puis mes doigts coururent le long de sa colonne vertébrale, effleurèrent ses omoplates et vinrent s'arrondir autour de ses petits seins.

« Oui, dit-elle, ce dont on a envie tous les deux. Oui. C'est bien. »

Je reculai un peu. Lentement, elle vint essuyer, du gras du pouce, le dessous humide de mes yeux. « La clef... »

Elle esquissa un sourire. « Vous savez où je la mets.

— Je viendrai ce soir.

— Bien.

— Je me suis trouvé... » Je dus m'éclaircir la gorge. Je jetai un coup d'œil à Kyra, qui dormait toujours profondément. « Je me suis trouvé très seul. Je crois que je ne m'en rendais pas compte, mais j'étais très seul.

— Moi aussi. Mais je m'en rendais compte. Pour deux. Embrassez-moi. »

Je l'embrassai. Je crois que nos langues se touchèrent, mais je ne sais plus exactement. Ce dont je me souviens le plus clairement, c'est de *la vie* qui l'animait. Elle était comme un toton tourbillonnant légèrement entre mes bras.

« Hé, là-dedans ! » nous lança John depuis dehors. Nous nous séparâmes précipitamment. « Vous n'avez pas besoin d'un coup de main ? Il va pleuvoir !

— Merci de vous être finalement décidé », me dit-elle à voix basse. Puis elle fit demi-tour et s'éloigna d'un pas rapide dans l'étroit couloir. Elle ne m'adressa la parole qu'une fois de plus, mais je ne suis pas sûr qu'elle savait à qui elle parlait. Ni où elle se trouvait. Car quand elle prononça ces quelques mots, elle se mourait.

« Attention, vous allez réveiller la petite », l'entendis-je dire à John, qui s'excusa aussitôt.

Je restai un moment immobile sur place, reprenant mon souffle, puis passai dans la salle de bains et m'aspergeai le visage d'eau froide. Je me rappelle avoir vu une baleine en plastique bleu dans la baignoire en me tournant pour prendre une serviette. Je me rappelle avoir pensé qu'elle devait relâcher des bulles bleues par son évent, et je me rappelle même qu'une amorce d'idée m'était fugitivement passée par la tête — une histoire pour enfant mettant en scène une baleine souffleuse. L'aurais-je appelée Willie ? Non, trop évident. Wilhelm, plutôt — voilà qui sonnait bien, qui était à la fois noble et comique. Wilhelm la Baleine Souffleuse.

Je me rappelle le coup de tonnerre. Je me rappelle la joie qui m'avait envahi, ma décision finalement prise, à la perspective de la soirée. Je me rappelle le murmure des voix masculines, le murmure des réponses que leur faisait Mattie, leur disant où ranger les affaires. Puis je les entendis tous sortir à nouveau.

Je m'examinai et constatai qu'une certaine bosse, dans mon pantalon, se résorbait. Je me rappelle avoir pensé que rien n'avait l'air aussi ridicule qu'un homme en érection et je savais avoir déjà eu cette idée, dans un rêve, peut-être. Je sortis de la salle de bains, allai jeter un dernier coup d'œil à Kyra qui, roulée de côté, dormait toujours à poings fermés, puis je m'engageai dans le couloir. Je venais juste d'atteindre le séjour lorsque la fusillade éclata, à l'extérieur. Pas une seconde je n'en ai confondu le bruit avec le tonnerre. Un instant, mon esprit joua avec l'idée qu'il s'agissait d'une pétarade, celle qu'aurait pu produire un pot d'échappement trafiqué — puis je compris. Une partie de moi-même s'était attendue à ce que quelque chose arrive... mais s'était plutôt attendue à l'apparition de fantômes qu'à des coups de feu. Une erreur fatale.

C'était le rapide *pan-pan-pan !* d'une arme automatique — un Glock 9 mm, comme je l'appris par la suite. Mattie poussa un hurlement — un cri aigu, perçant, qui me glaça le sang. J'entendis John hurler aussi de douleur et George Kennedy qui aboyait : « À terre, à terre ! Pour l'amour du ciel, couchez-la à terre ! »

Puis on eût dit qu'une violente averse de grêle s'abattait contre la caravane — une série de bruits secs allant d'ouest en est. L'air se déchira devant moi — je l'entendis. Il y eut un son presque musical, *sproïng !* comme une corde de guitare qui se rompt. Sur la table de la cuisine, le saladier que l'on venait d'apporter explosa.

Je courus jusqu'à la porte et c'est tout juste si je ne plongeai pas pour franchir les marches. Le barbecue était renversé et les braises éparpillées avaient déjà mis le feu aux rares touffes d'herbes de la cour. Rommie Bissonette, assis par terre, contemplait sa cheville couverte de sang, une expression stupide sur le visage. Mattie était à quatre pattes à côté du barbecue, les cheveux lui retombant sur le visage — on aurait dit qu'elle s'apprêtait à récupérer les charbons brûlants avant qu'ils ne fassent trop de dégâts. John se dirigea vers moi en titubant, la main tendue ; son bras, au-dessus, dégoulinait de sang.

C'est alors que je vis la voiture que j'avais déjà aperçue — la berline banale avec l'autocollant soi-disant humoristique. Elle avait fait demi-tour après un premier passage destiné à s'assurer de notre présence. Le tireur était toujours penché à la fenêtre, côté passager, tenant à la main l'arme encore fumante. Une arme avec une crosse constituée d'un gros fil de fer. Les traits de l'homme se réduisaient à une tache bleue crevée de deux grosses orbites béantes : un masque de ski.

Dans le ciel, le tonnerre poussa un long rugissement d'avertissement.

George Kennedy se dirigeait vers la voiture, sans se presser, chassant au fur et à mesure les charbons de son chemin à coups de pied, nullement soucieux de la tache rouge sombre qui s'agrandissait de plus en plus sur la jambe droite de son pantalon ; puis il se passa une main dans le dos, toujours sans se presser, même lorsque le tireur se retira et cria : « Barrons-nous, barrons-nous ! » au chauffeur, lequel portait aussi un masque bleu ; non, George ne se pressait pas, il ne se pressait pas du tout, et même avant que j'aie pu voir le pistolet dans sa main, j'avais compris pourquoi il n'avait jamais ôté son absurde veston Pa Kettle, pourquoi il l'avait même gardé pour jouer au frisbee.

La voiture bleue (qui s'avéra être une Ford 1987, appartenant à une certaine Sonia Belliveau, laquelle en avait déclaré le vol la veille) était montée sur le bas-côté mais sans cesser complètement de rouler. Elle accéléra, soulevant un nuage de poussière ocre, chassant de l'arrière, et démolit au passage la boîte aux lettres de Mattie qu'elle expédia sur la chaussée.

George ne se pressait toujours pas. Il vint renforcer la prise de son arme en la prenant à deux mains, et tira par cinq fois, tranquillement, visant de manière délibérée. Les deux premières balles atteignirent le coffre ; je vis les trous se former. La troisième fit exploser la vitre arrière et il y eut un hurlement de douleur. Je ne sais où atterrit la quatrième. Quant à la cinquième, elle creva le pneu arrière gauche. La Ford dérapa dans cette direction. Le chauffeur fut sur le point de redresser, puis perdit complètement le contrôle de sa trajectoire. La voiture alla labourer le fossé, à une trentaine de mètres en contrebas de la caravane, et se renversa sur le côté. Il y eut une explosion sourde — *umpf !* — et l'arrière du véhicule s'embrasa. L'une des balles devait avoir percé le réservoir. Le tireur s'efforçait de sortir par la vitre ouverte.

« Ki... sortez Ki de là... », fit une voix étranglée et faible.

Mattie rampait dans ma direction. Un côté de sa tête — le droit — présentait un aspect normal, mais le gauche était en capilotade. Un œil bleu sidéré me regardait entre des mèches de cheveux ensanglantées. Des fragments de boîte crânienne s'étaient émiettés sur son épaule bronzée, semblables à des débris de vaisselle brisée. Comme j'aurais aimé pouvoir vous dire ne rien me rappeler, comme j'aimerais que quelqu'un puisse vous affirmer que Michael Noonan était mort avant d'avoir vu tout cela, mais je ne le puis. *Hélas* est le mot qui correspond, dans les grilles de mots croisés, à un mot de cinq lettres exprimant un grand chagrin.

« Ki... Mike... Ki... »

Je m'agenouillai et passai les bras autour d'elle. Elle se débattit. Elle était jeune et forte, et même alors que la matière grise saillait de son crâne défoncé, elle se débattait contre moi, pleurant pour sa fille, voulant la rejoindre, la protéger, la mettre en sécurité.

« Ça va aller, Mattie », dis-je. Très loin, à la Grace Baptist Church, tout au fond de la zone dans laquelle je venais de pénétrer, ils chantaient un hymne qui parlait de miséricorde, mais la plupart des yeux des chanteurs étaient vides de toute expression, aussi vides d'expression que celui qui me scrutait à travers les mèches de cheveux collées par le sang. « Ne bouge pas, Mattie, repose-toi, ça va aller...

— Ki... va chercher Ki... ne les laisse pas...

— Ils ne lui feront pas de mal, Mattie, je te le promets. »

Elle glissa contre moi, gluante comme un poisson, et hurla le nom de sa fille, tendant ses mains ensanglantées vers la caravane. Le short rose et le débardeur assorti étaient maintenant d'un rouge éclatant. Des gouttes de sang tombaient dans l'herbe tandis qu'elle se débattait. Puis il se produisit une détonation gutturale : le réservoir de la Ford venait d'exploser. Une colonne de fumée noire monta vers le ciel noir. Il y eut un long et puissant roulement de tonnerre, comme si le ciel disait : *Ah, vous voulez du bruit ? Eh bien, je vais vous en donner, moi.*

« Dites-moi que Mattie n'a rien, Mike ! me cria John d'une voix qui chevrotait. Oh, mon Dieu, dites-moi qu'elle est... »

Il tomba à genoux, ses yeux roulèrent et je n'en vis plus que le blanc. Il tendit la main vers moi, m'agrippa par l'épaule, et déchira ma chemise pratiquement en deux lorsqu'il perdit la bataille, dans son effort pour demeurer conscient, et s'effondra à côté de Mattie. Une bulle de matière blanchâtre vint crever au coin de ses lèvres. À quelques mètres de nous, à côté du barbecue renversé, Rommie s'efforçait de se remettre debout, serrant les dents contre la douleur. George, debout au milieu de Wasp Hill Road, rechargeait son arme ; il prenait les cartouches dans un petit sac qu'il devait apparemment avoir gardé dans une poche, et surveillait le tireur qui s'efforçait de sortir du véhicule renversé avant que le feu ne l'embrase entièrement. Toute la jambe droite du pantalon de George était à présent imbibée de sang. *Il survivra peut-être, mais il ne le portera plus jamais,* me dis-je.

Je n'avais pas lâché Mattie. J'approchai mon visage du sien, plaçai la bouche contre l'oreille qui lui restait et dis : « Kyra va bien. Elle dort. Elle va très bien. Je te promets. »

Elle parut comprendre. Elle arrêta de se débattre contre moi et s'effondra sur l'herbe, tout le corps secoué de tremblements. « Ki... Ki... » Ce furent ses dernières paroles en ce bas monde. Une de ses mains se mit à chercher quelque chose à tâtons, agrippa une touffe d'herbe et l'arracha.

« Viens par ici ! entendis-je George dire. Viens par ici, espèce d'ordure, et fais bien attention à pas me tourner le dos ! »

« Comment va-t-elle ? » demanda Rommie, qui arrivait en boitillant. Il était blanc comme un linge. Je n'eus pas le temps de lui répondre. « Oh, mon Dieu ! Oh, Marie, mère de Dieu, priez pour nous, pauvres pécheurs, à l'heure de notre mort. Que soit béni le fruit de vos entrailles. Oh, Marie, née en dehors du péché, priez pour nous qui faisons appel à votre miséricorde. Oh non, Mike, oh non ! » Il se remit à réciter le rosaire, mais cette fois dans le français vernaculaire de Lewiston, ce que les anciens appellent « la Parle ».

« Arrêtez ça », lui dis-je — et il m'obéit. À croire

qu'il n'attendait que cet ordre. « Allez dans la maison voir si Kyra va bien. Vous en êtes capable ?

— Oui. » Il prit la direction de la caravane, se tenant la jambe et traînant la patte. À chaque pas, il laissait échapper un jappement aigu de douleur, mais il n'en avançait pas moins. Je sentais l'odeur d'herbe brûlée. Je sentais les rafales de vent de plus en plus fortes chargées d'électricité. Et, entre mes mains, je sentais la giration légère du toton qui ralentissait peu à peu.

Je la retournai et, la tenant dans mes bras, me mis à la bercer. À la Grace Baptist Church, le prêtre lisait le psaume 139 à la mémoire de Royce : *Si je dis, au moins les ténèbres me recouvriront, la nuit devient lumière autour de moi...* Le prêtre lisait et les Martiens l'écoutaient. Je la berçais dans mes bras sous les cumulus noirs de l'orage. Il était prévu que je vienne à elle ce soir, que je me serve de la clef cachée sous le pot. Elle avait dansé, la pointe de ses tennis posée sur les bords du frisbee rouge, elle avait dansé comme une vague sur l'océan, et à présent elle mourait entre mes bras pendant que l'herbe brûlait par petites touffes et que l'homme qui s'était peut-être autant épris d'elle que moi gisait inconscient à côté d'elle, le bras gauche barbouillé de rouge depuis l'emmanchure de son T-shirt WE ARE THE CHAMPIONS jusqu'à son poignet osseux couvert de taches de rousseur.

« Mattie, dis-je, Mattie, Mattie, Mattie... » Je la berçais et lui caressais le front de la main : sur toute la partie droite, miraculeusement, il n'y avait pas une seule goutte de sang. Ses cheveux retombaient sur le côté gauche, massacré, de son visage. « Mattie, Mattie, oh, Mattie... »

Il y eut un éclair, le premier que je voyais. Il tendit un arc irrégulier, d'un bleu éclatant, sur l'horizon occidental. Mattie tremblait violemment entre mes bras, tremblait depuis le cou jusqu'aux orteils. Elle avait les lèvres serrées et les sourcils froncés comme si elle se concentrait. Sa main s'éleva et parut vouloir me saisir par la nuque, comme on s'agrippe à l'aveuglette à n'importe quoi lorsqu'on tombe d'une falaise, ne serait-ce que pour tenir encore quelques instants. Puis elle la laissa retomber et s'immobiliser dans l'herbe, paume mollement ouverte. Elle eut un ultime tressaillement — tout son corps délicat trembla entre mes bras — puis elle ne bougea plus.

CHAPITRE 26

Après quoi, je restai presque tout le temps dans la zone. J'en sortis seulement de temps en temps — lorsque ce bout de généalogie raturé tomba d'un de mes vieux blocs sténo, par exemple — mais ces interludes ne durèrent pas. D'une certaine manière, c'était comme dans mon rêve avec Mattie, Johanna et Sara ; d'une certaine manière, c'était comme le terrible épisode de fièvre que j'avais vécu enfant, lorsque j'avais failli mourir de la rougeole. Mais avant tout, cela ne ressemblait à rien de connu. C'était juste la zone. Je l'éprouvais. Dieu me pardonne, j'aurais mieux aimé ne jamais connaître ça.

George s'approcha, poussant l'homme masqué devant lui. Le détective boitait, à présent, et méchamment. Il régnait une odeur d'huile chaude, d'essence et de pneus brûlés. « Elle est morte ? Mattie est-elle morte ?

— Oui.

— John ?

— Sais pas », dis-je. Sur quoi l'intéressé tressaillit et poussa un grognement. Il était vivant, mais il avait beaucoup saigné.

« Écoutez, Mike », commença George ; mais avant

qu'il ait pu continuer, un cri effrayant monta de la voiture qui brûlait dans le fossé. Le conducteur. Il cuisait, là-dedans. Le tireur voulut repartir par là, mais George braqua son arme sur lui. « Un pas de plus et je te descends.

— On ne peut pas le laisser crever comme ça, protesta le tireur, derrière son masque. On ne laisserait même pas un chien mourir comme ça.

— Il est déjà mort, répondit Kennedy. Il serait impossible d'approcher à moins de trois mètres de cette voiture sans une tenue ignifugée. » Il tituba un instant. Il avait le visage aussi blanc que la crème fouettée que j'avais enlevée à Ki, sur le bout de son nez. Le tireur fit mine de ne pas vouloir obéir, mais George releva son pistolet. « La prochaine fois que tu bouges, ne t'arrête surtout pas. Car je n'hésiterai pas, je te le garantis. Et maintenant, enlève ce masque.

— Non.

— J'en ai ras le bol de faire joujou, mon gros. Mes amitiés à Dieu le Père, répliqua George en amorçant le chien de son arme.

— Bordel ! » s'écria le tireur en arrachant son masque. C'était George Footman. Pas énorme, la surprise. Derrière lui, le conducteur poussa un ultime glapissement, dans la Ford complètement ensevelie dans les flammes, puis garda le silence. La fumée s'élevait en volutes noires. Le tonnerre roula.

« Allez à l'intérieur et trouvez quelque chose pour l'attacher, Mike, me dit George Kennedy. Je peux le tenir en joue pendant encore une minute, deux s'il le faut, mais je saigne comme un porc. Essayez de trouver de l'adhésif. Ce truc-là aurait paralysé Houdini lui-même. »

Footman nous regarda tour à tour à plusieurs reprises, George et moi, sans bouger de là où il était. Puis il se tourna vers la route 68, étrangement déserte. Ou peut-être n'était-ce pas si étrange que cela ; la météo avait multiplié les avertissements sur la tempête

605

qui se préparait. Les touristes et les estivants s'étaient mis à couvert. Quant aux indigènes...

Les indigènes, eux... tendaient l'oreille, en quelque sorte. C'est l'image qui s'en rapprochait le plus. Le prêtre parlait de Royce Merrill, de sa vie, longue et fructueuse, de l'homme qui avait servi sa patrie en temps de paix comme en temps de guerre, mais les anciens ne l'écoutaient pas. Ils nous écoutaient, *nous*, de la même façon qu'ils se rassemblaient jadis autour de la caque aux cornichons du Lakeview General pour suivre un match de boxe à la radio.

Bill Dean tenait Yvette par le poignet et la serrait tellement qu'il en avait les ongles blancs. Il lui faisait mal, mais elle ne se plaignait pas. Elle *voulait* qu'il s'accroche à elle. Pour quelle raison ?

« Mike ! fit George d'une voix sensiblement affaiblie. Je vous en prie, mon vieux, aidez-moi. Ce type est dangereux.

— Laissez-moi partir, dit Footman. Vous feriez mieux, vous ne croyez pas ?

— Rêve toujours, sale con », lui rétorqua George.

J'allongeai le corps de Mattie sur le sol, me levai, passai devant le pot dissimulant la clef, gravis les parpaings faisant office d'escalier. Un éclair explosa dans le ciel, suivi d'un roulement de tonnerre.

Rommie se tenait assis à la table de la cuisine. Il était encore plus pâle que George. « La gosse va bien, murmura-t-il, se forçant à parler. Mais on dirait qu'elle va se réveiller... j'peux plus marcher. Ma cheville est complètement foutue. »

Je fis un geste vers le téléphone.

« Pas la peine. » Il parlait d'une voix rauque et tremblotante. « J'ai essayé. Fonctionne plus. La tempête a déjà dû toucher le secteur... Fait sauter un relais... Bordel, j'ai jamais eu aussi mal de toute ma vie. »

J'allai fouiller les tiroirs de la cuisine, les ouvrant brutalement l'un après l'autre, à la recherche d'un gros ruban adhésif, de corde à linge, de n'importe quel fichu machin pouvant faire office de lien. Si Kennedy s'évanouissait à force de perdre du sang, pendant ce temps, l'autre George lui prendrait le pistolet, le tuerait, puis tuerait John, qui gisait inconscient dans l'herbe. Et cela fait, il viendrait ici nous abattre, Rommie et moi. Il terminerait avec Kyra.

« Non, pas Kyra, dis-je à voix haute. Il la laissera en vie. »

Ce qui serait peut-être encore pire.

Les couverts, dans le premier tiroir. Des sachets à sandwiches, des sacs-poubelles et des bons d'achat d'épicerie soigneusement ficelés par catégorie dans le deuxième. Des gants de protection et des ustensiles de cuisine dans le troisième...

« Mike ? Où est Mattie, Mike ? »

Je me tournai, me sentant aussi coupable que si j'avais été surpris à préparer des drogues illicites. Kyra se tenait dans l'entrée donnant sur le séjour, ses cheveux en désordre encadrant des joues bouffies par le sommeil, le ruban en velours élastique qui les retenait passé autour de son poignet. Il y avait de la panique dans ses yeux écarquillés. Ce n'était pas les détonations qui l'avaient réveillée, ni même, probablement, les hurlements de sa mère. Mais moi. Mes pensées l'avaient réveillée.

Je voulus les lui cacher quand je m'en rendis compte, mais il était trop tard. Elle les avait détectées assez clairement, quand j'avais évoqué Devory, pour me dire de ne pas penser à des choses tristes ; et elle avait découvert ce qui était arrivé à sa mère avant que j'aie pu l'empêcher de lire dans mon esprit.

Sa bouche s'ouvrit, ses yeux s'écarquillèrent encore plus. Elle poussa un hurlement, comme si elle venait d'être prise dans un étau, et courut vers la porte.

« Non, Kyra, non ! » Je traversai la kitchenette à toute vitesse, manquant de peu trébucher contre Rommie (lequel me regardait avec l'expression d'incompréhension hébétée de celui qui n'est plus pleinement conscient), et je l'attrapai juste à temps. Je vis en même temps Buddy Jellison qui quittait l'église par une porte latérale. Deux des hommes avec qui il avait fumé précédemment l'accompagnaient. Je comprenais, à présent, pourquoi Bill s'accrochait de manière aussi furieuse à Yvette, et je le lui en sus gré. Je leur en sus gré à tous les deux. Quelque chose voulait qu'il aille avec Buddy et les autres... mais Bill résistait.

Kyra se débattait dans mes bras avec des mouvements convulsifs tous dirigés vers la porte, haletant pour reprendre son souffle puis se remettant à hurler : « Lâche-moi, ze veux voir maman, lâche-moi, ze veux voir maman, lâche-moi, ze veux... »

Je criai son nom sur le seul ton qui, je le savais, l'atteindrait vraiment, le ton que je ne pouvais employer qu'avec elle. Elle se détendit progressivement et me regarda. Ses yeux immenses, brillant de larmes, exprimaient la plus grande confusion. Elle me fixa encore quelques instants puis parut comprendre qu'il ne fallait pas qu'elle sorte. Je la posai à terre. Elle resta un moment sur place, puis recula jusqu'à ce que ses fesses s'appuient contre le lave-vaisselle. Elle se laissa alors glisser au sol, le long de la façade blanche et lisse. Puis elle se mit à gémir, avec la plus effrayante expression de chagrin que j'aie jamais entendue. Elle avait tout compris, voyez-vous, tout. J'avais dû lui en montrer suffisamment pour qu'elle reste à l'intérieur, il l'avait fallu... et parce que nous étions tous les deux dans la zone, la communication avait été possible.

Buddy et ses amis s'étaient entassés dans une camionnette pick-up et roulaient vers Wasp Hill Road. BAMM CONSTRUCTION, lisait-on sur le côté du véhicule.

« Mike ! » cria soudain George. Il y avait de la panique dans sa voix. « Grouillez-vous, Mike !

— Tenez bon ! Tenez bon, George ! »

Mattie et les autres avaient commencé à empiler la vaisselle du pique-nique près de l'évier, mais je suis à peu près certain qu'il n'y avait rien eu de posé sur la surface en Formica du comptoir, au-dessus des tiroirs, au moment où je m'étais précipité pour rattraper Kyra. Plus maintenant. La boîte jaune contenant le sucre en poudre était renversée, et, tracé d'une écriture tremblée dans la traînée poudreuse, on lisait :

pars maintenant

« Cause toujours », grommelai-je, avant de vérifier les autres tiroirs. Ni adhésif ni cordage. Pas même la moindre paire de menottes, comme il devrait s'en trouver dans toutes les bonnes cuisines. Puis j'eus une idée. Je regardai dans le placard situé sous l'évier. Quand je ressortis de la caravane, John oscillait sur place et Footman le regardait avec une attention de prédateur.

« Vous avez trouvé de l'adhésif ? me demanda George Kennedy.

— Non, j'ai mieux. Dis-moi, Footman, qui donc te paie, en réalité ? Devory ou Whitmore ? Ou peut-être n'en sais-tu rien ?

— Va chier. »

Je gardai la main droite derrière mon dos. De la gauche, je fis un geste en direction de la colline et m'efforçai d'adopter une expression de surprise. « Qu'est-ce que Osgood vient foutre ici ? Dis-lui de se barrer ! »

Footman regarda instinctivement — il ne put s'en empêcher — dans cette direction et j'abattis, sur l'arrière de son crâne, le marteau que j'avais trouvé dans la boîte à outils sous l'évier. Le bruit fut horrible, le jet de sang qui gicla au milieu des cheveux en désordre fut horrible, mais le pire fut la sensation du crâne cédant sous le métal — un effondrement spongieux qui remonta par le manche jusque dans mes doigts. Le flic véreux s'effondra comme un sac de sable et je lâchai le marteau, l'estomac révulsé.

« Très bien, dit George. Pas joli-joli, d'accord, mais

vu les circonstances, c'était sans doute la chose à...
à... »

Il ne dégringola pas comme Footman — sa chute fut plus lente, plus contrôlée, presque gracieuse — mais il perdit tout autant connaissance. Je lui pris son pistolet, le regardai et le lançai dans les buissons, de l'autre côté du chemin. Je n'avais surtout pas besoin d'une arme en ce moment ; elle ne serait qu'une source d'ennuis supplémentaire.

Deux autres hommes venaient de quitter l'église, ainsi qu'une pleine voiture de femmes en robes et voiles noirs. Il fallait faire encore plus vite. Je défis la ceinture de George et lui enlevai son pantalon. La balle l'avait atteint à la cuisse, entamant les chairs, mais le sang, sur la plaie, donnait l'impression de se coaguler. Le bras de John, en revanche, était beaucoup plus inquiétant ; il perdait toujours son sang à un rythme effrayant. Je lui arrachai sa ceinture et en entourai son bras en serrant autant qu'il me fut possible. Puis je lui donnai une claque. Ses yeux s'ouvrirent, et il me regarda avec une expression hébétée, comme s'il ne me reconnaissait pas.

« Ouvrez la bouche, John ! » Il se contenta de me fixer. Je me penchai sur lui jusqu'à ce que nos nez se touchent presque et je hurlai : *« Ouvrez la bouche ! Tout de suite ! »* Il s'exécuta comme un gosse quand le médecin lui dit de faire « aaah ». Je plaçai l'extrémité de la ceinture entre ses dents. « Fermez ! » Il ferma la bouche. « Et maintenant, serrez ! Même si vous tombez dans les pommes, serrez ! »

Je n'avais pas le temps de vérifier s'il avait vraiment compris. Je me relevai et, au moment où je redressai la tête, l'univers se transforma en quelque chose d'un bleu éblouissant. J'eus l'impression, pendant un instant, d'être dans un tube de néon. Il y avait, suspendu au-dessus de ma tête, une rivière noire qui se tordait et roulait sur elle-même comme un panier de serpents. Jamais je n'avais vu ciel aussi menaçant.

Bondissant par-dessus les parpaings, je retournai dans la caravane ; Rommie s'était effondré sur la table, la tête dans les bras. Sans le saladier brisé et les débris de laitue qu'il avait dans les cheveux, il aurait eu l'air d'un pion coinçant la bulle dans un lycée. Kyra était toujours adossée au lave-vaisselle, secouée de sanglots hystériques.

Je la pris dans mes bras et me rendis compte qu'elle s'était fait pipi dessus. « Il faut partir à présent, Kyra.

— Ze veux Mattie, ze veux ma maman ! Ze veux ma Mattie, faut plus qu'elle a mal ! faut plus qu'elle est morte ! »

Je repartis vivement vers la porte. Au passage, je vis le livre de Mary Higgins Clark posé sur la tablette. Je remarquai à nouveau les rubans emmêlés, des rubans qu'elles avaient peut-être essayés avant notre arrivée et auxquels elle avaient renoncé au profit du nœud élastique en velours. Des rubans blancs bordés de rouge. Jolis. Je m'en saisis dans la foulée et les fourrai dans la poche de mon pantalon, puis je fis passer Ki sur mon autre bras.

« Ze veux Mattie ! Ze veux maman ! Fais revenir maman ! » Elle se mit à me frapper pour tenter de m'arrêter, puis se mit de nouveau à se tortiller dans tous les sens. Une grêle de petits coups de poing s'abattit contre ma tempe. « Pose-moi ! Pose-moi ! Pose-moi !

— Non, Kyra.

— Pose-moi par terre ! Pose-moi par terre ! Pose-moi par terre ! » Elle hurlait, maintenant.

Je la perdais. Puis, au moment où j'abordais les marches, elle cessa brusquement de se débattre. « Donne-moi Stricken ! Ze veux Stricken ! »

Sur le moment, je ne compris pas ce qu'elle voulait dire, mais j'avais suivi des yeux la direction qu'elle m'indiquait. Posée sur l'allée, non loin du pot avec le plant de tomate sous lequel aurait dû se dissimuler la clef, se trouvait la peluche que Kyra avait gagnée au

McDonald's. Strickland avait beaucoup servi, à voir la couche de poussière grise dont il était couvert, mais si ce jouet pouvait la calmer, autant le lui donner. Je n'avais pas le temps de me soucier de la crasse et des microbes.

« Je te donnerai Strickland si tu me promets de fermer les yeux et de ne les rouvrir que lorsque je te le dirai. Tu me le promets ?

— Ze te promets. » Elle tremblait dans mes bras, et deux grosses larmes rondes — du genre de celles qu'on voit dans les illustrations de contes de fées, mais jamais dans la vie réelle — gonflèrent dans ses yeux avant de déborder et de couler le long de ses joues. Il régnait une odeur d'herbe brûlée et de steak calciné. Pendant un affreux moment je crus que j'allais vomir, mais je réussis à me contrôler.

Ki ferma les yeux. Deux autres larmes en coulèrent et tombèrent sur mon bras. Elles étaient brûlantes. Elle tendit une main à tâtons. Je descendis les marches, attrapai le chien en peluche, puis hésitai. Tout d'abord les rubans, et maintenant le chien. Pas de problème avec les rubans, en principe, mais j'avais l'impression qu'il ne fallait pas lui donner la peluche. Que quelque chose clochait là-dedans...

Elle est grise, l'Irlandoche, d'accord, murmura la voix d'ovni. *Mais pas la peine de s'inquiéter de cette couleur grise. Le jouet en peluche de ton rêve était noir.*

Je ne voyais pas exactement de quoi la voix voulait parler, et je n'avais pas le temps de me creuser la cervelle. Je mis le chien dans la main ouverte de Kyra. Elle le serra contre sa figure et embrassa la fourrure poussiéreuse, gardant les yeux fermés.

« Peut-être Stricken peut guérir maman, Mike. Stricken est un chien magique.

— Garde bien les yeux fermés. Je te dirai quand tu pourras les rouvrir. »

Elle enfouit son visage dans mon cou, et je la portai,

dans cette position, jusqu'à ma voiture. Je l'installai sur le siège du passager, à l'avant. Elle s'allongea, les bras par-dessus la tête, étreignant le chien en peluche crasseux de sa main potelée. Je lui dis de ne pas bouger, de rester comme ça allongée sur le siège. Elle ne fit rien pour me montrer qu'elle avait compris, mais je savais qu'elle m'obéirait.

Nous devions nous dépêcher : la bande des anciens arrivait. Les anciens qui voulaient en finir, qui voulaient que la rivière arrive enfin à la mer. Et il n'y avait qu'un endroit où nous pouvions nous réfugier, qu'un endroit où nous serions en sécurité : Sara Laughs. J'avais cependant quelque chose à faire auparavant.

J'ai en permanence une couverture, dans le coffre de la Chevy. Vieille mais propre. Je la pris et allai la déployer au-dessus du corps de Mattie Devory. Le renflement qu'elle forma une fois posée avait quelque chose de pitoyablement frêle. Je tournai la tête et vis John qui me regardait. Il avait encore le regard vitreux, à cause de son état de choc, mais il reprenait conscience. Il tenait toujours la ceinture serrée entre ses dents, l'air d'un drogué sur le point de se faire un shoot.

Il grommela quelques mots à peine articulés. « J'arrive pas y croire », compris-je au bout d'un instant. Je savais très bien ce qu'il ressentait.

« Les secours vont arriver dans quelques minutes. Tenez le coup. Je dois partir.

— Où ça ? »

Je ne répondis pas. Je n'avais pas le temps. Je m'arrêtai auprès de George Kennedy pour lui prendre le pouls. Lent, mais fort. À côté de lui, Footman, toujours inconscient, marmonnait d'une voix épaisse. Pas mort le moins du monde. Des coriaces, les types comme George Footman. Les rafales de vent soufflaient dans ma direction la fumée de la voiture en flammes ; j'y détectais à présent une odeur de chair calcinée en plus de celle de la viande grillée. Je sentis mon estomac se nouer à nouveau.

Je courus jusqu'à la Chevy, me laissai tomber derrière le volant et partis en marche arrière dans l'allée. Je jetai un dernier coup d'œil au corps dissimulé sous la couverture, aux trois hommes à terre, à la caravane et à son alignement irrégulier de trous noirs — les balles —, à sa porte grande ouverte. John s'était redressé sur son bon coude, tenant toujours l'extrémité de sa ceinture entre les dents, et me regardait avec une expression d'incompréhension. Il y eut un éclair tellement aveuglant que je portai la main à mes yeux ; mais le temps de me les cacher, la lumière s'était évanouie et le jour était devenu aussi sombre que la fin du crépuscule.

« Reste couchée, Ki. Surtout, ne bouge pas.

— Ze peux pas t'entendre, dit-elle d'une voix si enrouée et étranglée de larmes que j'eus du mal à distinguer les mots. Ki fait dodo avec Stricken.

— Très bien, dis-je, parfait. »

Je passai devant la Ford en flammes et atteignis le pied de la colline, où je m'arrêtai près du panneau stop rouillé et grêlé de coups de fusil. Je regardai à droite et vis le pick-up garé sur l'accotement. BAMM CONSTRUCTION. Les trois hommes entassés dans la cabine m'observaient. Celui qui se tenait à la fenêtre, côté passager, était Buddy Jellison. Je le reconnaissais à son chapeau. Très lentement, très délibérément, je tendis la main droite dans leur direction, le majeur levé. Aucun d'eux ne réagit, aucune expression n'apparut sur les trois visages pétrifiés ; mais le pick-up se mit à rouler lentement dans ma direction.

Je tournai à gauche, sur la route 68, et pris la direction de Sara Laughs sous un ciel anthracite.

À trois kilomètres de l'endroit où le chemin 42 donne sur la grand-route et oblique à l'ouest vers le lac, on voit une vieille grange abandonnée sur laquelle on distingue encore une inscription décolorée : DONCASTER DAIRY. Au moment où nous en approchions, toute la partie est du ciel se transforma en un bubon d'un blanc violacé. Je poussai un cri et l'avertisseur de la Chevy se déclencha de lui-même — j'en suis absolument certain. Une pointe griffue se détacha de l'éclair-bubon et vint frapper la grange. Un instant, le vieil édifice eut une présence formidable, rayonnant comme s'il était radioactif, puis il se vomit violemment lui-même dans toutes les directions. Je n'avais jamais rien vu de tel, ni même d'approchant, sauf dans les films de série B. Le coup de tonnerre qui suivit eut l'intensité d'une bombe de gros calibre. Kyra poussa un hurlement et se coula sur le plancher de la voiture, les mains appuyées contre les oreilles. Elle n'avait pas lâché le petit chien en peluche.

Une minute plus tard, j'arrivai au sommet de Sugar Ridge. L'embranchement du chemin 42 est situé au bas de la pente nord de cette hauteur. Du sommet, on distingue une vaste portion du TR-90 — bois, champs, fermes, et même quelques reflets venus du lac. Le ciel était aussi noir que de la poussière de charbon, et des éclairs se déclenchaient en permanence à l'intérieur des nuages. L'atmosphère avait une coloration ocre perceptible. Chaque bouffée d'air avait le goût de la cendre. Le relief, au-delà de la hauteur, se détachait avec une précision irréelle qu'il me sera impossible d'oublier. Un sentiment de mystère m'envahit le cœur et l'esprit — cette impression que le monde est une mince pellicule sur des os et des gouffres insondables.

Je jetai un coup d'œil au rétroviseur et constatai que deux autres voitures s'étaient jointes au pick-up ; l'une d'elles avait les plaques spéciales réservées aux vétérans ayant appartenu à des unités de combat. Si je ralentissais, ils ralentissaient. Si j'accélérais, ils accéléraient. Je doutais cependant qu'ils me suivraient quand je m'engagerais sur le chemin 42.

« Ki ? Ça va, Ki ?

— Ze dors, répondit-elle.

— Très bien. »

J'entamai la descente conduisant au bas de la colline. C'est tout juste si je distinguai les catadioptres de bicyclette qui marquaient le début du chemin ; à ce moment-là, la grêle commença à tomber, de gros morceaux de glace qui dégringolaient du ciel, tambourinaient sur le toit comme des doigts de géant et rebondissaient sur le capot.

« Qu'est-ce que c'est ? s'écria Kyra.

— De la grêle, c'est tout. Ça ne peut pas nous faire mal. » À peine avais-je fait cette réponse qu'un grêlon de la taille d'un petit citron vint rebondir sur le côté du pare-brise, y laissant une marque blanche d'où rayonnait tout un réseau de fines craquelures. John et George Kennedy gisaient-ils, impuissants, sous cette mitraille ? Je tournai mon esprit dans cette direction, mais ne sentis rien.

Lorsque je pris à gauche pour m'engager sur le chemin 42, l'averse de grêle était si intense que je ne voyais presque plus rien. Les ornières débordaient de glace. La marée blanche s'atténuait cependant sous les arbres ; j'allumai les phares en m'engageant sous leur couvert. Les rayons découpèrent des cônes brillants dans l'avalanche de grêle.

Au moment où nous passions sous les arbres, le bubon violacé se remit à briller et mon rétroviseur devint si aveuglant que je ne pouvais plus le regarder. Il y eut un craquement assourdissant, un violent bruit de déchirure. Kyra hurla de nouveau. Je vis, derrière la voiture, qu'un énorme et vieux sapin s'effondrait lentement en travers du chemin ; son tronc fendu brûlait. Il avait entraîné les lignes électriques avec lui.

Passage bloqué, pensai-je. *À cette extrémité, et aussi à l'autre, probablement. Pour le meilleur ou pour le pire, nous sommes coincés ici.*

Les ramures formaient une canopée au-dessus du

chemin, sauf à l'endroit où celui-ci longeait Tidwell's Meadow. Le vacarme de la grêle, dans les bois, était comme un immense craquement qui ne s'arrêterait jamais. D'ailleurs les arbres craquaient et se fendaient vraiment ; ce fut la chute de grêle la plus catastrophique jamais tombée dans cette partie du monde ; et bien qu'elle n'ait duré qu'un quart d'heure, elle suffit à détruire toutes les récoltes.

Il y eut un éclair au-dessus de nous. Je levai la tête et vis une grosse boule de feu orangée poursuivie par une autre plus petite. Elles zigzaguèrent entre les arbres, sur notre gauche, mettant le feu à quelques-unes des plus hautes branches. Nous passâmes brièvement par l'espace dégagé, le long de Tidwell's Meadow, et la grêle se changea à ce moment-là en pluie torrentielle. Je n'aurais pas pu continuer de conduire si nous n'avions pas retrouvé tout de suite l'abri relatif du bois ; la canopée nous protégeait juste assez pour me permettre d'avancer au pas, penché sur le volant, et scrutant le rideau de pluie argenté qui ondulait dans le faisceau des phares. Le tonnerre grondait en permanence. Le vent se leva alors, se ruant au milieu des arbres avec des intonations querelleuses. Devant moi, une branche couverte de feuillage tomba sur le chemin. Je roulai dessus et l'entendis cogner et frotter contre le châssis.

Je vous en prie, rien de plus gros, me dis-je, et peut-être priai-je vraiment. *Je vous en prie, faites que j'arrive à la maison. Laissez-nous arriver jusqu'à la maison...*

Le temps d'atteindre l'allée, le vent s'était changé en ouragan. Avec les arbres qui se tordaient et les trombes d'eau qui s'abattaient autour de nous, on aurait dit que le monde était sur le point de se métamorphoser en une sorte de gruau sans substance. La pente de l'allée s'était transformée en rivière, mais j'y engageai tout de même la Chevrolet sans hésitation : impossible

617

de rester là dehors. Si un arbre assez gros tombait sur la voiture, nous serions écrasés comme des punaises.

Je me gardai bien d'utiliser les freins ; le véhicule se serait mis en travers et aurait tout aussi bien pu être entraîné jusque dans le lac, en terminant par une série de tonneaux. Au lieu de cela, je mis la boîte automatique sur le rapport le plus court, serrai de deux crans le frein à main et laissai le moteur faire le travail, pendant que la pluie continuait à marteler le pare-brise, transformant en fantôme la masse du chalet de rondins. À ma stupéfaction, j'y vis de la lumière ; elle brillait comme à travers les hublots d'un bathyscaphe plongé dans trois mètres d'eau. Le générateur fonctionnait donc encore... au moins pour le moment.

Le javelot d'un éclair traversa le lac, feu vert-bleu illuminant un puits noir à la surface duquel moutonnaient des vagues. L'un des pins centenaires qui s'élevaient à la gauche des traverses de chemin de fer était tombé, et sa tête plongeait dans l'eau. Quelque part derrière nous, un nouvel arbre s'effondra dans un terrible fracas. Kyra se couvrit les oreilles des mains.

« Ça va aller, ma chérie, lui dis-je. On est arrivés, on a réussi. »

J'arrêtai le moteur, coupai les phares. Sans eux, je ne distinguais plus grand-chose ; toute la lumière du jour paraissait avoir disparu. Je voulus ouvrir ma portière, et n'y parvins pas. Je poussai plus fort. Non seulement elle s'ouvrit, cette fois, mais elle me fut arrachée des mains. Je sortis et, à la faveur d'un éclair particulièrement brillant, je vis Kyra qui rampait vers moi sur le siège ; son visage était blême de panique et ses yeux exorbités débordaient de terreur. La porte se referma et vint me frapper violemment les fesses — au point de me faire mal. Je n'y prêtai pas attention. Je pris Kyra dans mes bras et fis demi-tour. La pluie, froide, nous trempa sur-le-champ — j'avais davantage l'impression de m'avancer sous une cascade que sous de la pluie.

« Mon petit chien ! » se mit à hurler Kyra. Elle avait beau s'époumoner, c'est à peine si je l'entendais. Je voyais cependant son visage, et ses mains vides. « Stricken ! Z'ai fait tomber Stricken ! »

Je regardai autour de nous et, en effet, je le vis qui flottait sur le macadam et passait devant le perron. Un peu plus loin, l'eau débordait du revêtement pour s'écouler sur la pente ; si Strickland était entraîné jusque-là, il terminerait probablement sa course quelque part dans les bois, sinon dans le lac.

« Stricken, pleurnicha Ki. Mon petit chien ! »

Soudain, plus rien n'eut d'importance pour elle comme pour moi, sinon cette stupide peluche. Je me lançai à sa poursuite, Ki dans les bras, ayant oublié la pluie, le vent et les éclairs. Et cependant il allait me distancer ; le courant dans lequel il était pris était trop rapide pour que je puisse le rattraper.

Ce qui l'arrêta au bord du revêtement ? Trois tournesols que le vent secouait sauvagement. On aurait dit des fidèles pris de transes lors d'une cérémonie de *revival* : *Oui, Jésus ! Merci, mon Dieu !* Ils avaient aussi un aspect familier. Il ne pouvait évidemment pas s'agir des trois mêmes tournesols que ceux qui avaient poussé entre les marches du perron dans mon rêve (et que j'avais vus sur la photo prise par Bill Dean avant mon arrivée), et cependant c'étaient eux ; sans aucun doute c'étaient eux. Trois tournesols comme les trois sorcières démentes dans *Macbeth*, trois tournesols avec des têtes comme des projecteurs. J'étais revenu à Sara Laughs ; j'étais passé dans la zone ; j'étais retourné dans mon rêve et, cette fois, il avait pris possession de moi.

« Stricken ! » Ki se tortillait et se débattait comme une anguille dans mes bras, au risque de tomber. « S'il te plaît, Mike ! »

Le coup de tonnerre, au-dessus de nous, fut pareil à l'explosion d'une charge de nitroglycérine. Nous hurlâmes tous les deux. Mettant un genou en terre, j'attra-

619

pai la peluche. Kyra l'agrippa et la couvrit de baisers frénétiques. Je me remis avec peine sur pied tandis que le tonnerre roulait à nouveau, claquant comme un titanesque coup de fouet liquide. Je regardai les tournesols, qui parurent me rendre mon regard : *Salut l'Irlandoche, ça fait une paie, tu trouves pas ?* Puis, après avoir calé Ki dans mes bras du mieux possible, je fis demi-tour et pris en pataugeant la direction de la maison. La progression était difficile ; j'enfonçais jusqu'aux chevilles dans une eau pleine de grêlons en train de fondre. Une branche nous frôla pour aller s'abattre pratiquement à l'endroit où je m'étais agenouillé. Il y eut un craquement suivi d'une série de coups sourds : une grosse branche venait de tomber sur le toit et roulait dessus.

Je courus jusqu'au perron, m'attendant à moitié à voir la Forme se ruer sur nous pour nous accueillir, ses non-bras au drapé faseyant brandis au-dessus de sa non-tête dans un salut épouvantablement amical, mais je ne vis rien. Il n'y avait que la tempête, ce qui suffisait largement.

Kyra étreignait le chien, et c'est sans la moindre surprise que je constatai que la combinaison de la pluie et de toute la crasse accumulée pendant qu'elle avait joué avec dehors l'avait transformé en une peluche noire. C'était donc bien ce que j'avais vu dans mon rêve.

Trop tard, à présent. Je n'avais nulle part où aller, sinon ici ; Sara Laughs était notre seul abri contre la tempête. J'ouvris la porte et entrai avec Kyra Devory.

La partie centrale de la maison, qui en était toujours le cœur, datait de près d'un siècle et avait tenu tête à bon nombre de tempêtes. Celle qui s'abattait sur le lac Dark Score, en cet après-midi de juillet, était peut-être la pire de toutes, mais j'eus le sentiment, dès que nous fûmes à l'intérieur, haletant tous les deux comme si nous avions failli nous noyer, que Sara Laughs allait

certainement résister aussi à celle-ci. Les murs de rondins étaient tellement épais qu'on avait l'impression
d'entrer dans une sorte de casemate. Le vacarme se
réduisait à un fort grondement régulier, ponctué de
temps en temps par un coup de tonnerre ou par le bruit
d'une branche tombant sur le toit. Quelque part, sans
doute au sous-sol, une porte mal fermée n'arrêtait pas
de claquer. On aurait dit la détonation à blanc d'un
pistolet. La chute d'un petit pin avait cassé la fenêtre
de la cuisine. Son faîte hérissé d'aiguilles oscillait au-
dessus de la gazinière ; j'envisageai tout d'abord de
le scier, puis changeai d'avis. Au moins bouchait-il le
trou.

Je transportai la fillette dans le séjour, d'où nous
regardâmes le lac et ses eaux noires saupoudrées de
pointes de diamant surréalistes sous le ciel noir. Les
éclairs zébraient les nuages en permanence ou presque,
et lançaient leurs coups de projecteur sur les berges où
les arbres dansaient et se tordaient, pris de frénésie. En
dépit de sa solidité, la maison gémissait sourdement
sous les assauts d'un vent décidé, apparemment, à l'expédier au bas de la colline.

Il y eut un tintement doux. Kyra leva la tête et
regarda par-dessus mon épaule. « T'as un orignal, dit-
elle.

— Oui, c'est Bunter.

— Il mord ?

— Non, ma chérie, il ne mord pas. Il est comme...
comme une poupée, en quelque sorte.

— Pourquoi la cloche sonne ?

— Il est content que nous soyons là. Il est content
que nous ayons réussi à nous en sortir. »

Je vis son désir d'être contente, vis aussi qu'elle prenait conscience que Mattie n'était pas là pour se réjouir
avec nous. Je vis de plus que l'idée que Mattie ne serait
plus jamais là pour se réjouir avec nous lui effleurait
l'esprit... et je sentis qu'elle la repoussait. Au-dessus

de nos têtes, une branche énorme s'écrasa sur le toit ; les lumières vacillèrent et Kyra se remit à pleurer.

« Non, ma chérie, dis-je, me mettant à aller et venir avec elle. Non, ma chérie, non, Ki, il ne faut pas. Arrête, ma chérie, arrête...

— Ze veux ma maman ! Ze veux Mattie ! »

Je la promenai comme on est censé le faire avec les bébés qui ont la colique. Elle comprenait trop de choses pour une fillette de quatre ans et ses souffrances étaient par conséquent plus terribles que ce qu'elles auraient dû être pour une fillette de cet âge. Je la tins donc dans mes bras et la promenai, dans son short mouillé d'urine et d'eau de pluie ; elle avait noué ses bras brûlants de fièvre autour de mon cou, ses joues étaient gluantes de morve et de larmes, ses cheveux formaient une masse mouillée à la suite de notre bref passage sous la cataracte, son haleine sentait l'acétone et son jouet se réduisait à une chose spongieuse régurgitant une eau sale entre ses articulations, tellement elle l'étreignait fort. Je la promenai. Je fis les cent pas dans le séjour de Sara Laughs, je fis les cent pas dans la faible lumière de la pièce. L'éclairage produit par un générateur n'est jamais tout à fait régulier ; on dirait qu'il respire et soupire. Je fis les cent pas tandis que la cloche de Bunter tintait doucement sans jamais s'interrompre, musique venue de cet univers que nous frôlons parfois mais ne voyons jamais vraiment. Les cent pas dans le vacarme de la tempête. Je crois que je lui chantai quelque chose et je sais que je la touchai avec mon esprit, que nous nous enfonçâmes de plus en plus profondément ensemble dans la zone. Au-dessus de nous, les nuages galopaient et la pluie dégringolait, étouffant les incendies déclenchés par la foudre dans la forêt. La maison grognait et haletait au rythme des courants d'air que les rafales envoyaient par la fenêtre cassée, mais je n'en éprouvais pas moins un sentiment désolé de sécurité. L'impression d'être retourné dans mon foyer.

Elle cessa peu à peu ses pleurs. Sa lourde tête s'appuyait de tout son poids contre mon épaule, sur laquelle elle avait calé sa joue, et lorsque nous passâmes devant la baie vitrée donnant sur le lac, je la vis qui regardait sans ciller, l'œil agrandi, la tempête et ses couleurs de plomb fondu. Un homme de haute taille aux cheveux clairsemés la portait. Je me rendis compte que j'apercevais la table de la salle à manger à travers nos reflets. *Notre image est déjà fantôme*, pensai-je.

« Ki ? Veux-tu manger quelque chose ?

— Z'ai pas faim.

— Veux-tu un verre de lait ?

— Non. Du chocolat. Z'ai froid.

— Oui, bien sûr, tu as froid. J'ai du chocolat. »

Je voulus la poser à terre mais elle s'agrippa à moi avec force, terrorisée, me martelant de ses petites cuisses rebondies. Je la repris aussitôt, la mettant à califourchon sur une hanche, cette fois, et elle se calma.

« Qui est là ? demanda-t-elle, se mettant à frissonner. Qui est avec nous ?

— Je ne sais pas.

— Il y a un garçon. Je l'ai vu là. » Elle brandit Strickland en direction des portes coulissantes donnant sur la terrasse (où tous les sièges gisaient sens dessus dessous dans les coins ; il en manquait une paire, vraisemblablement expédiée par-dessus la rambarde). « Il était noir comme dans la série rigolote que ze regarde avec Mattie. Y avait d'autres gens noirs. Une dame avec un grand chapeau. Un homme, il avait un pantalon bleu. Les autres, ze les voyais pas bien. Mais ils regardent. Ils nous regardent. Tu les vois pas ?

— Ils ne peuvent pas nous faire de mal.

— T'es sûr ? T'es vraiment sûr ? »

Je ne répondis pas.

Je trouvai une boîte de cacao Swiss Miss cachée derrière la farine, déchirai l'une des doses et la versai dans une tasse. Le tonnerre explosa. Ki tressaillit contre moi et laissa échapper un long gémissement de détresse. Je la serrai un peu plus et l'embrassai.

« Me pose pas, Mike, z'ai peur.

— Je ne te poserai pas, Kyra. T'es mon petit bout de chou.

— Z'ai peur du garçon et du monsieur en pantalon bleu et de la dame. Je crois que c'est la dame qui portait la robe de Mattie. C'est des fantômes ?

— Oui.

— Ils sont méchants, comme les monsieurs de la foire ?

— Je ne le sais pas vraiment, Kyra. Et là, je te dis la vérité.

— Mais on va l'apprendre.

— Hein ?

— C'est ce que tu as pensé. *Mais on va l'apprendre.*

— Oui. C'est ce que je pensais, il me semble. Quelque chose comme ça. »

J'emmenai Kyra dans la chambre principale pendant que l'eau chauffait dans la bouilloire, espérant qu'il resterait bien des vêtements féminins que je pourrais lui mettre, mais tous les tiroirs de Johanna étaient vides. J'installai Kyra debout sur le lit dans lequel je n'avais même pas fait une sieste depuis mon retour, et la déshabillai avant d'aller dans la salle de bains l'enrouler dans une grande serviette de toilette. La fillette la serra contre elle, frissonnante, les lèvres décolorées. Avec une autre serviette, je lui séchai les cheveux du mieux que je pus ; pendant tout ce temps, pas un instant elle ne lâcha le jouet en peluche, qui commençait à perdre son rembourrage par une des coutures.

J'allai fouiller dans l'armoire à pharmacie et finis par y trouver ce que je cherchais, sur l'étagère du haut : le Benadryl que Johanna utilisait contre son allergie aux plantes. L'idée m'effleura de vérifier la date de péremption, mais je faillis éclater de rire. Quelle différence, de toute façon ? J'installai Ki sur le couvercle des toilettes, la laissant s'accrocher à mon cou pendant que j'extrayais quatre petites gélules rose et blanc de leur protection. Puis je rinçai le verre à dents et le remplis d'eau froide. Pendant que je faisais ça, je vis un mouvement dans le miroir dans lequel se reflétait la chambre, à travers l'encadrement de la porte. Je me dis qu'il devait s'agir de l'ombre projetée par les arbres secoués par le vent. Je tendis les gélules à Kyra. Elle esquissa le geste de les prendre, puis hésita.

« Vas-y, dis-je, c'est un médicament.

— Pour quoi faire ? demanda-t-elle, sa petite main toujours en suspens.

— C'est un remède contre la tristesse. Tu sais avaler les pilules, Ki ?

— Bien sûr. Z'ai appris quand z'avais deux ans. »

Elle hésita encore un instant — me regardant et regardant *en* moi, me sembla-t-il, pour s'assurer que je croyais vraiment à ce que je lui disais. Ce qu'elle vit ou ressentit dut la satisfaire, car elle prit les gélules et les avala l'une après l'autre. Elle les fit passer avec de minuscules gorgées d'eau. « Je me sens toujours triste, dit-elle ensuite.

— Il faut un moment pour qu'elles fassent de l'effet. »

En fouillant dans un de mes tiroirs, je finis par trouver un vieux T-shirt Harley-Davidson qui avait rétréci. Il était encore dix fois trop grand pour elle, mais après avoir fait un nœud sur un côté, il se transforma en une sorte de sarong et ne glissa plus de ses épaules. C'était presque mignon.

Je sortis le peigne que j'ai toujours dans ma poche revolver et lui dégageai le front et les tempes. Elle commençait à redevenir elle-même, mais il lui manquait encore quelque chose. Quelque chose ayant un rapport avec Royce Merrill. C'était délirant, non... n'est-ce pas ?

« Mike ? Quelle canne ? C'est quoi, cette canne à laquelle tu penses ? »

Puis ça me revint. « À ces sucettes comme des bâtons... tu sais, celles qui ont des bandes multicolores. » Je pris les deux rubans restés dans ma poche. Leur bordure rouge avait quelque chose de violent dans l'éclairage incertain. « Comme ceux-ci. » J'attachai ses cheveux en deux petites couettes. Elle avait ses rubans, à présent ; elle avait son chien noir ; les tournesols avaient migré quelque peu vers le nord, mais ils étaient là eux aussi. Tout était à peu près comme c'était supposé être.

Le tonnerre explosa, un arbre tomba quelque part, et les lumières s'éteignirent. Au bout de cinq secondes, pendant lesquelles nous restâmes plongés dans une pénombre grise, elles se rallumèrent. Je retournai avec Kyra dans la cuisine et quand nous passâmes devant la porte donnant sur la cave, quelque chose se mit à rire derrière. Je l'entendis, et Ki aussi. Je le vis dans ses yeux.

« Occupe-toi de moi, dit-elle. Occupe-toi de moi, parce que ze suis zuste un petit bout de chou. T'as promis.

— Je m'occuperai de toi.

— Je t'aime très fort, Mike.

— Moi, aussi, je t'aime très fort, Ki. »

La bouilloire chantait. Je remplis la tasse à moitié et complétai le mélange avec du lait pour le refroidir et l'enrichir. Puis je retournai jusqu'au canapé du séjour avec Kyra. En passant devant la table de la salle à manger, je jetai un coup d'œil à la machine à écrire, avec le manuscrit et les mots croisés posés dessus. Tout ces objets me paraissaient vaguement idiots, vaguement tristes, comme des gadgets qui n'auraient jamais très bien fonctionné et qui, à présent, seraient définitivement hors d'usage.

Un éclair illumina tout le ciel, emplissant la maison de son éclat mauve. Dans sa violente lumière, les arbres malmenés me firent l'effet de doigts qui hurle-raient et, tandis que la lueur passait des portes coulis-santes à la terrasse, je vis une femme qui se tenait derrière nous, près de la cuisinière à bois. Elle portait effectivement un chapeau de paille dont le bord avait la taille d'une roue de charrette.

« Pourquoi tu te dis que la rivière est presque arrivée à l'océan ? »

Je m'assis et lui tendis la tasse. « Bois ton chocolat.

— Pourquoi les monsieurs, ils ont fait mal à ma maman ? Ils voulaient pas qu'elle s'amuse ?

— Sans doute pas. » Je me mis à pleurer. Je la tins serrée contre moi, m'essuyant les yeux du revers de la main.

« Toi aussi, t'aurais dû prendre les pilules contre la tristesse. » Elle me tendit la tasse. Ses rubans, que j'avais attachés en deux gros nœuds maladroits, se balançaient à chacun de ses mouvements. « Tiens, bois un peu. »

Je pris une gorgée de chocolat. De l'aile nord de la maison nous parvint un grand craquement prolongé. Le grondement bas du générateur bégaya et la maison retomba dans la pénombre grise. Des ombres couraient sur le petit visage de Kyra.

« Tiens bon, lui dis-je. Essaie de ne pas avoir peur. La lumière va peut-être revenir. » Ce qu'elle fit quelques secondes plus tard ; mais le grondement de la gégène était devenu irrégulier et plus rauque, et la lumière vacillait de manière plus marquée.

« Raconte-moi une histoire. Raconte-moi Cen-grillon.

— Cendrillon.

— Oui, c'est ça.

— Entendu, mais il faut payer les conteurs. » Je ten-dis les lèvres et émis un petit bruit, comme si je lapais.

Elle me tendit la tasse. Le chocolat était doux et bon. La sensation d'être observé, en revanche, était pesante et nullement douce. Mais qu'ils nous observent donc ! Qu'ils nous observent autant qu'ils veulent !

« Une petite fille du nom de Cendrillon...

— Il était une fois ! C'est comme ça que ça commence ! Ça commence toujours comme ça !

— Tu as raison. J'avais oublié. Il était une fois une petite fille très jolie du nom de Cendrillon. Elle avait trois vieilles demi-sœurs très méchantes. Elles s'appelaient... Tu t'en souviens ?

— Tammi, Faye et Vanna.

— Ouais, les Reines de l'Indéfrisable. Elles obligeaient Cendrillon à faire toutes les corvées pénibles, comme nettoyer la cheminée et enlever les crottes de chien dans la cour. Or, on apprit que le célèbre groupe de rock Oasis devait se produire au palais, et alors qu'elles avaient été invitées toutes les quatre... »

J'allai jusqu'au moment où sa bonne marraine la fée attrapait des souris et les transformait en chevaux pour le carrosse, avant que le Benadryl ne fasse effet. C'était vraiment un remède contre la tristesse. Quand je la regardai, Ki dormait à poings fermés dans mes bras, la tasse de chocolat penchant dangereusement côté bâbord. Je la dégageai de ses doigts et la posai sur la table basse, puis je repoussai les mèches retombées sur le front de la fillette.

« Ki ? »

Rien. Elle était partie pour le pays des yeux fermés. Aidée, probablement, par le fait que sa sieste avait été interrompue presque avant de commencer.

Je l'emmenai jusque dans la chambre de l'aile nord ; ses pieds oscillaient mollement à chacun de mes pas, et l'ourlet du T-shirt en faisait autant à hauteur de ses genoux. Je l'allongeai sur le lit et tirai l'édredon jusqu'à son menton. Le tonnerre roulait comme un barrage d'artillerie, mais elle ne tressaillait même pas. L'épuisement, le chagrin, le Benadryl... tout cela l'avait entraînée très loin, au-delà des fantômes et des chagrins, et c'était bien ainsi.

Je me penchai sur elle et déposai un baiser sur sa joue, qui avait enfin retrouvé sa fraîcheur. « Je m'occuperai de toi, murmurai-je. Je te l'ai promis, et je tiendrai ma promesse. »

Comme si elle m'avait entendu, elle se tourna de côté, glissa la main qui tenait Strickland sous son menton et poussa un petit soupir. Ses cils étaient noirs comme du charbon, sur ses joues pâles, et formaient un contraste frappant avec ses cheveux blonds. En la regardant, je me sentis balayé par une vague d'amour, qui me secoua comme on est secoué par un spasme.

Occupe-toi de moi, ze suis zuste un petit bout de chou...

« Promis, ma Kinette, promis. »

J'allai dans la salle de bains remplir la baignoire, comme je l'avais remplie une fois dans mon sommeil. Elle dormirait pendant tout ce temps. J'espérais obtenir suffisamment d'eau chaude avant que le générateur ne tombe définitivement en panne. Je regrettai de ne pas avoir de jouets de bain à lui donner, au cas où elle se réveillerait, un truc comme Wilhelm la Baleine Souffleuse, par exemple ; elle avait cependant toujours son chien et ne voudrait sans doute pas s'en séparer. Pas question d'un baptême à l'eau glacée sous une pompe pour Kyra. Je n'étais ni cruel ni fou.

Je n'avais que des rasoirs jetables ; insuffisants, pour la tâche que j'avais à accomplir. Pas assez efficaces. L'un des couteaux de cuisine ferait l'affaire, cependant. En remplissant la baignoire d'eau suffisamment chaude, je ne sentirais rien du tout. La lettre T tracée sur chaque bras, la barre supérieure en travers des poignets...

Un instant, je sortis de la zone. Une voix — la mienne, mais s'exprimant comme si elle combinait celle de Johanna et de Mattie — s'écria : *Mais à quoi veux-tu en venir ? Oh, Mike, au nom du ciel, à quoi penses-tu ?*

Puis le tonnerre retentit, les lumières vacillèrent et

la pluie redoubla de violence, poussée par le vent. Je retournai dans l'endroit où tout était limpide, où ma ligne de conduite était indiscutable. Que j'en termine avec tout cela : le chagrin, la douleur, la peur. Je ne voulais plus revoir Mattie danser, la pointe de ses chaussures sur le frisbee, comme si c'était un rond de lumière. Je ne voulais plus être là lorsque Kyra se réveillerait, je ne voulais pas voir la souffrance remplir son regard. Je ne voulais pas avoir à vivre la nuit prochaine, ni le jour qui suivrait, ni les jours qui viendraient après. Chacun n'était qu'un wagon du vieux train fantôme. La vie était une maladie. J'allais lui donner un bon bain chaud et l'en guérir. Je levai les bras. Dans le miroir de l'armoire à pharmacie, une silhouette imprécise — une Forme — les leva aussi, comme en un salut facétieux. C'était moi. Cela avait toujours été moi, et c'était très bien ainsi. Parfaitement bien.

Je mis un genou au sol et vérifiai la température de l'eau. Elle était idéale. Bien. Même si le générateur s'arrêtait, à présent, elle le resterait. La baignoire était d'un modèle ancien, profond. En me rendant à la cuisine pour y prendre le couteau, j'envisageai de me mettre dans la baignoire avec elle une fois que je me serais entaillé les poignets dans l'eau bien chaude. Non, me dis-je. Cela pourrait être mal interprété par les gens qui viendraient plus tard ici, des gens à l'esprit mal tourné et prêts à supposer le pire. Ceux qui viendraient lorsque la tempête serait terminée et les arbres tombés en travers du chemin dégagés de la chaussée. Non, après son bain, je la sécherais et la remettrais au lit avec Strickland à la main. Je m'assiérais dans un coin de la chambre, par exemple dans le rocking-chair, à côté de la fenêtre. J'étendrais une serviette sur mes genoux pour qu'il y ait le moins de sang possible sur mon pantalon, et finalement je m'endormirais, moi aussi.

La cloche de Bunter sonnait toujours. Beaucoup plus fort, maintenant. Le bruit me tapait sur les nerfs, et si ça continuait, allait même réveiller la petite. Je décidai de la détacher et de la réduire définitivement au silence. À l'instant où je traversais la pièce, une bouffée d'air passa devant moi. Il ne s'agissait pas d'une rafale en provenance de la fenêtre cassée, dans la cuisine, mais, une fois encore, de l'air chaud du métro. Il expédia le recueil de mots croisés sur le sol ; le presse-papiers empêcha cependant les pages du manuscrit de se disperser. Au moment où je regardais par là, la cloche de Bunter se tut.

Une voix soupira, dans la pièce faiblement éclairée. Des mots que je ne pus distinguer. Mais quelle importance ? Quel intérêt pouvait avoir une manifestation de plus, une bouffée d'air chaud en provenance du Grand Au-Delà ?

Le tonnerre gronda et la voix soupira de nouveau. Cette fois-ci, au moment où le générateur calait et où les lumières s'éteignaient, un mot me parvint clairement :

Dix-neuf.

Je fis volte-face, décrivant un cercle presque complet. Qui se termina lorsque, dans la pièce plongée dans la pénombre, mon regard tomba sur le manuscrit de *My Childhood Friend*. La lumière se fit. *Eurêka.*

Ce n'était pas le recueil de mots croisés. Ni l'annuaire.

Mais mon livre. Mon manuscrit.

Je m'en approchai, ayant vaguement conscience que l'eau s'était arrêtée de couler dans la baignoire. Lorsque le générateur avait calé, la pompe en avait fait autant. Pas de problème, il y en avait déjà bien assez. Et elle était chaude. J'allais donner son bain à Kyra, mais auparavant, j'avais quelque chose à faire. Aller jusqu'à dix-neuf, après quoi il me faudrait peut-être bien aller jusqu'à quatre-vingt-douze. C'était possible, puisque mon manuscrit comptait un peu plus de cent vingt pages ; tout à fait possible. Je pris la lanterne à batterie rechargeable, sur le haut du cabinet où je conservais encore quelques centaines de disques en vinyle, la branchai et la posai sur la table. Elle jetait sur le manuscrit un cercle lumineux qui, par cet après-midi noir, était aussi brillant que celui d'un projecteur.

Sur la page dix-neuf de *My Childhood Friend*, Tiffi Taylor, la call-girl qui s'était refait une virginité sous le nom de Regina Whiting, était assise dans son atelier en compagnie d'Andy Rake, évoquant le jour où John Sanborn (alias John Shackleford) avait sauvé sa petite fille Karen de la noyade. Voici le passage que je lus, tandis que le tonnerre grondait et que la pluie battait contre les portes-fenêtres :

```
        FRIEND / Noonan / p. 19
heure, j'en étais sûre, dit-elle. Mais en ne voyant cette
idiote nulle part, j'allai regarder dans le jacuzzi ».
Blême, elle alluma une cigarette. « Ce que je vis fut un
objet d'épouvante, Andy. Karen était sous l'eau.
Une seule chose dépassait, sa main... ses ongles
si mignons étaient devenus violets... après quoi j'ai
ôté la bonde, je ne sais, j'ai plongé. Je me trouvais dans
un état second. À partir de ce moment, je fus comme
sous l'emprise d'un rêve où tout se mélange
avec violence. Le jardinier — Sanborn — m'a vivement
tiré de côté et a plongé. Son pied m'a frappé à la gorge
et je n'ai pas pu avaler pendant une semaine.
Levant Karen par le bras, j'ai bien cru, pendant un
instant, qu'il allait le lui arracher. Mais il la tenait
                                              bien et
elle n'avait rien.
Rake, dans la pénombre, vit qu'elle pleurait...
```

Je compris tout de suite, mais je n'en plaçai pas moins une feuille vierge le long de la marge de gauche pour mieux voir. En lecture verticale, on obtenait l'équivalent d'une réponse de mots croisés : la première lettre de chaque ligne formait un message qui se trouvait là quasiment dès le moment où j'avais commencé à écrire ce livre : *hibou sous atelier*. Il manquait seulement le pluriel à *hibou*, mais le texte n'en était pas moins clair.

Bill Dean est assis au volant de sa camionnette. Il a rempli les deux missions qu'il s'était fixées quand il est venu ici : m'accueillir dans le TR et me mettre en garde contre Mattie Devory. Il est maintenant prêt à partir. Il me sourit, exhibant ses grandes dents choisies sur catalogue. « Si vous en avez l'occasion, cherchez donc ces hiboux, me dit-il. Ces hiboux en plastique. » Je lui demande pourquoi diable Johanna aurait voulu acheter des hiboux en plastique et il me répond qu'ils empêchent les corbeaux de conchier les lieux. J'accepte cette idée, j'ai d'autres soucis en tête, mais... « À croire qu'elle était venue uniquement pour cela », ajoute-t-il. Il ne me vient pas à l'esprit — pas sur le moment, en tout cas — que, dans le folklore indien, les hiboux jouent un autre rôle : ils servent à chasser les mauvais esprits. Si Johanna savait que les hiboux faisaient peur aux corbeaux, elle devait aussi connaître cette légende. C'était tout à fait le genre d'information qu'elle recueillait et mettait de côté. Ma farfouilleuse de femme. Ma superstitieuse de femme.

Le tonnerre gronda. Un éclair rongea les nuages comme s'ils débordaient d'un acide brillant. Je me tenais devant la table de la salle à manger, le manuscrit tremblant dans les mains.

« Bon Dieu, Jo, murmurai-je, qu'est-ce que tu as bien pu découvrir ? »

Et pourquoi ne m'en as-tu rien dit ?

Mais j'avais l'impression de connaître la réponse à cette question. Elle ne m'en avait pas parlé parce que j'étais un peu comme Max Devory ; Max Devory, dont l'arrière-grand-père avait chié dans le même trou que mon arrière-grand-père. Cela n'avait aucun sens, mais il fallait pourtant faire avec. Et elle ne l'avait pas dit non plus à son grand frère. Voilà qui me procurait une sorte de réconfort bizarre.

Je me mis à feuilleter le manuscrit, sentant ma peau se hérisser.

Andy Rake, dans *My Childhood Friend,* de Michael Noonan, a rarement le front plissé ou la mine renfrognée ; il fronce plutôt les sourcils. Il fronce les sourcils parce qu'il y a un hibou dans tout froncement de sourcils. Avant de venir en Floride, il avait travaillé dans un *atelier* de Californie. La première fois que Rake rencontre Regina Whiting, c'est dans l'*atelier* de celle-ci. La dernière adresse connue de Ray Garraty était rue de l'*Atelier* à Key Largo. La meilleure amie de Regina s'appelait Steffie Souate, et le mari de celle-ci Abou Souate, et Abou Souate se trouvait à un moment donné ficelé, lié — *Abou Souate lié* — deux pour le prix d'un, pas mal, non ?

Hibou sous atelier.

C'était partout, sur chaque page, comme les noms commençant par K dans l'annuaire. Une sorte de monument édifié non pas par Sara Tidwell, celui-ci, mais par Johanna Arlen Noonan. J'en étais sûr. Ma femme me passant des messages dans le dos des gardiens, priant avec tout son vaste cœur pour que je voie et comprenne.

Page quatre-vingt-douze, Shackleford parle à Rake, dans le parloir de la prison ; il est assis, les poignets entre les genoux, les yeux fixés sur la chaîne qui relie ses chevilles, refusant de regarder Rake en face.

FRIEND / Noonan / p. 92

hier comme aujourd'hui, j'ai rien à dire. Ou le
contraire. C'est pas une
insulte, non ? La vie est un jeu et j'ai perdu. À présent
je suis à
bout. Vous voulez que je vous raconte comment j'ai foncé
comme un
obus pour sortir une petite fille de l'eau, comment je
l'ai ranimée ?
Un cœur d'enfant, ça repart tout seul, voilà. Je suis ni

Il y en avait plus, mais il était inutile de tout lire ; le message, à savoir *hibou sous atelier*, courait dans la marge, comme page dix-neuf. Comme il le faisait sans doute dans un certain nombre d'autres pages. Je me rappelai combien j'avais exulté de joie en découvrant que mon blocage avait disparu, que je pouvais de nouveau écrire ! D'accord, il avait disparu, mais pas parce que je l'avais vaincu ou parce que j'avais trouvé un moyen de le contourner. C'était Johanna qui l'avait fait disparaître. C'était elle qui l'avait vaincu. La poursuite de ma carrière comme auteur de romans à suspense de second ordre avait été le dernier de ses soucis quand elle avait agi. Et tandis que je me tenais dans l'éclairage bégayant des éclairs qui se succédaient, sentant la présence de mes invités invisibles, les sentant tourner autour de moi dans l'air agité, je me souvins de Mrs Moran, ma première institutrice. Quand nos efforts pour reproduire les courbes parfaites des lettres de l'alphabet (méthode Palmer) sur le tableau noir demeuraient vains ou insuffisants, elle posait sa grande main compétente sur la nôtre et la dirigeait.

Ainsi Johanna m'avait-elle aidé.

Je feuilletai le manuscrit et vis les mots clefs partout, parfois placés de manière à être lus sur plusieurs colonnes différentes. Avec quelle opiniâtreté avait-elle essayé de faire passer son message... et je n'avais pas l'intention de faire autre chose que chercher, tant que je n'aurais pas découvert pour quelle raison.

Je laissai tomber le manuscrit sur la table, mais avant que j'aie eu le temps de reposer le presse-papiers dessus, une violente rafale d'un air glacé m'arracha les pages des mains et les dispersa dans toute la pièce, comme une tornade. Si cette force avait été capable de les réduire en miettes, je suis sûr qu'elle l'aurait fait.

Non ! cria la chose quand je soulevai la lanterne. *Non, finis le travail !*

J'étais assailli par des bouffées d'air glacé, comme si quelqu'un que je n'arrivais pas à distinguer, se tenant devant moi, me soufflait son haleine polaire au visage, battant en retraite quand j'avançais, s'époumonant comme le loup devant la maison des trois petits cochons.

Je suspendis la lanterne à mon bras, tendis les mains et les frappai sèchement. Les bouffées d'air glacé cessèrent. Il n'y avait plus que les courants d'air occasionnels, parfois tourbillonnant, en provenance de la fenêtre brisée mais partiellement bouchée, dans la cuisine. « Elle dort, dis-je à l'intention de ce que je savais se tenir là. On a le temps. »

Je sortis par la porte de derrière et le vent se jeta aussitôt sur moi ; je vacillai et c'est tout juste s'il ne me renversa pas. Dans la houle des arbres, je vis des visages verts, les visages des morts. Il y avait là Devory, Royce, Sonny Tidwell. Mais surtout Sara.

Partout, Sara.

Non ! Retourne-t'en ! Tu n'as rien à faire à t'occuper de hiboux, mon mignon ! Retourne-t'en ! Finis ton boulot ! Fais ce que tu es venu faire !

« Je ne sais pas ce que je suis venu faire, protestai-je. Et tant que je ne l'aurai pas trouvé, je ne ferai rien. »

Le vent hurla au scandale, et une branche énorme se détacha du pin situé à droite de la maison. Elle tomba sur le toit de ma Chevrolet au milieu d'une gerbe d'eau, et l'enfonça avant de rouler au sol, de mon côté.

Frapper dans mes mains, ici, aurait été aussi efficace que lorsque le roi Knut avait commandé à la marée de redescendre. J'étais dans le monde de Sara, non dans le mien, et encore, seulement à ses marges : chaque pas qui me rapprochait de la rue et du lac me rapprocherait du cœur de cet univers, où le temps était sans consistance et où régnaient les esprits. Mon Dieu, que s'était-il produit pour provoquer cela ?

Le sentier conduisant à l'atelier de Johanna s'était transformé en ruisseau. J'avais parcouru une dizaine de mètres lorsqu'une pierre roula sous mon pied. Je tombai lourdement de côté. Un éclair lacéra le ciel, puis quelque chose tomba vers moi. Je me protégeai la tête des mains et roulai sur la droite, hors du chemin. La branche atterrit juste derrière moi et je dégringolai une partie de la pente, glissant sur les aiguilles de pin. Finalement, je pus me remettre sur mes pieds. Le rameau qui venait de s'abattre était encore plus gros que celui tombé sur la Chevy et m'aurait enfoncé le crâne, s'il m'avait touché.

Retourne-t'en ! siffla le vent d'un ton vindicatif.

Finis ton boulot ! fit la voix trémulante et gutturale du lac qui s'acharnait sur les rochers et la berge, en dessous de la Rue.

Occupe-toi de tes affaires ! Là, c'était la maison elle-même, grondant de toutes ses fondations. *Occupe-toi de tes affaires et laisse-moi m'occuper des miennes !*

Mais mes affaires, c'était justement Kyra. Kyra était ma fille.

Je ramassai la lanterne. Une des parois de verre était craquelée, mais l'ampoule brillait d'un éclat soutenu — un point pour moi. Plié en deux pour lutter contre le vent vociférant, une main levée pour parer toute nouvelle branche qui tomberait, je repris ma progression, non sans tituber et glisser, vers l'atelier de ma défunte femme.

CHAPITRE 27

La porte refusa tout d'abord de s'ouvrir. La poignée tournait bien, sous ma main, ce qui indiquait qu'elle n'était pas fermée à clef, mais la pluie avait dû faire gonfler le bois... ou alors, avait-on poussé quelque chose de lourd contre le battant ? Je reculai d'un pas, fis le gros dos et m'élançai, l'épaule en avant. Cette fois-ci, je la sentis céder légèrement.

C'était elle. Sara. Qui, de l'intérieur, essayait de m'empêcher d'entrer. Comment y parvenait-elle ? Comment donc, au nom du ciel ? Elle n'était qu'un maudit fantôme !

L'idée du pick-up BAMM CONSTRUCTION me vint à l'esprit... et comme si cela avait eu un effet magique, j'arrivai presque à le voir, garé sur le bas-côté de la route 68, à l'intersection du chemin 42. La berline des vieilles dames s'était rangée derrière, ainsi que trois ou quatre autres véhicules. Tous avec les essuie-glaces allant et venant comme des métronomes, les phares trouant des cônes de lumière vite tronqués, dans la violente averse. Ils étaient alignés comme pour une vente sauvage de parking. Mais ce n'était pas pour cela qu'ils étaient rassemblés ; à l'intérieur, les vieux ne bougeaient pas, ne disaient rien. Des vieux qui étaient dans la zone, exactement comme moi. Des vieux qui envoyaient leurs vibrations.

Elle y puisait ses forces. Elle les leur volait. Elle avait fait de même avec Devory, et avec moi, bien entendu. Bon nombre des manifestations dont j'avais été victime depuis mon retour avaient vraisemblablement été créées à partir de mon énergie psychique. Amusant, quand on y pensait.

À moins que « terrifiant » n'ait été l'adjectif, en réalité, que je cherchais.

« Aide-moi, Johanna », dis-je sous la pluie battante. Un éclair métamorphosa un bref instant les cataractes en coulées d'argent. « Si tu m'as jamais aimé, c'est le moment de m'aider. »

Je pris de nouveau mon élan et heurtai la porte. Il n'y eut aucune résistance, cette fois, et je me trouvai propulsé à l'intérieur ; je me cognai le tibia contre le chambranle et tombai à genoux. Je n'avais pas lâché la lanterne, cependant.

Il y eut quelques instants de silence. Je sentais des forces monter en puissance, des présences se rassembler. Rien ne paraissait bouger alors que, derrière moi, dans ces bois où Johanna avait tant aimé se promener (en ma compagnie ou non), la pluie continuait à tomber et le vent à hurler, jardinier impitoyable se taillant un passage au milieu d'arbres déjà morts ou sur le point de mourir, accomplissant en une heure turbulente le travail de dix patientes années. Puis la porte claqua et le pandémonium commença. Je vis tout cela à la lueur de la lanterne, qui avait tenu le coup ; mais sur le moment je ne compris pas ce que je voyais, sinon qu'un Poltergeist s'acharnait à détruire tous les trésors rassemblés par ma femme, tous les objets sortis de ses mains.

La tapisserie encadrée se décrocha du mur et se mit à voler en tous sens, d'un coin à l'autre de l'atelier, jusqu'au moment où son cadre en chêne explosa. Les têtes en plastique des poupées, dans les collages-bébés, sautèrent comme des bouchons de champagne au cours d'une soirée bien arrosée. La suspension vola en éclats et je fus bombardé de débris de verre. Le vent se mit à souffler, un vent froid, bientôt rejoint par un autre, chaud celui-ci, presque brûlant, pour former un cyclone. Sa valse folle vint tourbillonner autour de moi comme une réplique de la tempête qui se déchaînait toujours à l'extérieur.

La maquette de Sara Laughs, sur la bibliothèque, celle qui paraissait faite en cure-dents et bâtons de sucette, se désintégra dans un nuage d'éclats de bois. La pagaie de kayak appuyée au mur s'éleva dans les airs, se mit à pagayer furieusement le vide, puis se propulsa vers moi comme une lance. Je me jetai à plat ventre sur le tapis pour l'éviter et sentis les éclats de verre de la suspension m'entailler les mains. Je sentis aussi autre chose ; une forme en relief sous le tapis. La pagaie heurta le mur opposé avec tant de force qu'elle se fendit en deux.

Ce fut alors au tour du banjo (dont Johanna n'avait jamais maîtrisé la technique) de s'élever en l'air ; il tourna par deux fois sur lui-même et joua une brillante série de notes désaccordées mais néanmoins tout à fait reconnaissables — *Ah, si j'étais au pays du coton...* La mélodie s'acheva sur un *blonk !* métallique qui rompit les cinq cordes. Le banjo tourna sur lui-même une troisième fois, ses parties métalliques renvoyant des éclats de lumière en écailles de poisson sur les murs, puis s'autodétruisit en allant s'écraser au sol ; la caisse explosa et les clefs sautèrent du manche comme des dents.

Le bruit de l'air en mouvement se mit alors — comment exprimer cela ? — à se *concentrer*, en quelque sorte, à se ramasser sur lui-même pour devenir un bruit de voix, des voix haletantes, des voix d'outre-tombe pleines de fureur. Elles auraient hurlé si elles avaient eu des poumons. L'air chargé de poussière tourbillonnait dans la lumière de la lanterne, créant des formes hélicoïdales comme autant de couples de valseurs, avant de se disperser à nouveau. Un bref instant, j'entendis Sara qui grondait de sa voix rauque de fumeuse : *Barre-toi, salope ! Barre-toi, j'te dis ! Ce truc-là ne te regarde...* Puis il y eut un étrange bruit sourd, mais sans substance, comme si de l'air venait d'entrer en collision avec de l'air. Il fut suivi d'un cri — poussé, aurait-on dit, à l'intérieur d'un tunnel de soufflerie — que je reconnus : je l'avais entendu au milieu de la nuit. Johanna hurlait. Sara lui faisait mal, Sara la punissait parce qu'elle intervenait, et Johanna hurlait.

« Non ! criai-je en me remettant debout. Fiche-lui la paix ! Laisse-la tranquille ! » J'avançai dans la pièce, balançant la lanterne devant moi, comme si je pouvais ainsi la chasser. Des bouteilles se mirent à voler autour de moi ; certaines contenaient des fleurs séchées, d'autres des champignons soigneusement découpés, d'autres des herbes de la forêt. Elles explosaient sur le mur opposé avec un bruit acide de xylophone. Aucune ne me toucha ; à croire qu'une main invisible les détournait de moi.

Puis le bureau à cylindre de Johanna s'éleva du sol. Il devait peser facilement plus de cent cinquante kilos, avec ses tiroirs remplis comme ils l'étaient, mais il n'en flottait pas moins comme une plume, s'inclinant d'un côté puis de l'autre, dans les courants d'air en conflit.

Johanna hurla de nouveau, de colère plus que de peur, cette fois, et je battis maladroitement en retraite vers la porte fermée avec le sentiment d'avoir été vidé de toute énergie. Sara n'était pas la seule, apparemment, à savoir s'emparer de la force des vivants. Une matière séminale blanchâtre — ectoplasmique, je suppose — se mit à s'écouler des compartiments du bureau en une douzaine de petits courants, et le meuble s'élança brusquement à travers la pièce. Tellement vite qu'on avait du mal à le suivre des yeux. Quiconque se serait trouvé sur sa trajectoire aurait été écrabouillé. Il y eut un hurlement de protestation, aigu à crever les tympans — il provenait de Sara, cette fois, j'en étais sûr — et le lourd projectile alla s'écraser contre la paroi, qu'il enfonça, laissant la pluie et le vent pénétrer dans la pièce. Le rouleau se dégagea de son cylindre et se mit à pendre comme une langue démesurée. Tous les tiroirs jaillirent de leur logement. Des bobines de fil, des pelotes de laine, des livres d'identification de la faune et de la flore, des dés, des carnets de notes, des aiguilles à tricoter, des plantes séchées — les dépouilles « modèles » de Jo, aurait pu dire Kyra. Les objets volaient en tous sens, comme les os et les fragments de cheveux d'un cercueil profané dont on disperserait cruellement le contenu.

« Arrêtez ça, croassai-je. Arrêtez de vous battre, toutes les deux. Ça suffit ! »

Mais il était inutile de les supplier. J'étais seul dans l'atelier en ruine, à présent, avec la tempête comme unique compagnie. La bataille était terminée. Au moins pour le moment.

Je m'agenouillai et repliai le tapis en y recueillant, avec soin, le plus de verre brisé possible. En dessous se trouvait la trappe donnant sur une petite remise dont le profil triangulaire était dû à la pente sur laquelle était construit l'atelier. La forme en relief que j'avais sentie n'était autre que l'un des gonds de cette trappe. Je connaissais l'existence de ce local et j'avais eu l'intention d'y chercher les hiboux. Puis les événements s'étaient précipités et j'avais oublié.

Un anneau était prévu dans un logement en creux ; je le saisis, m'attendant à une certaine résistance, mais la trappe se souleva facilement. L'odeur qui monta du local me laissa pétrifié sur place. Ce n'était pas celle de la moisissure, mais de Red, le parfum préféré de Johanna. Il persista quelques instants, puis disparut. Remplacé par l'odeur de la pluie, des racines, de la terre mouillée. Pas très agréable, mais j'avais eu droit à bien pire, au bord du lac, près du foutu bouleau.

J'éclairai les trois marches. J'aperçus une forme compacte, un vieux siège de toilette que, je m'en souvenais vaguement, Bill et Kenny Auster avaient rangé là-dessous en 1990 ou 1991. Il y avait aussi des boîtes métalliques — en réalité, des tiroirs de classeurs — emballées dans du plastique et empilées sur des palettes. D'anciens disques, de vieux papiers. Un magnétophone huit pistes, lui aussi dans son emballage en plastique, tout comme le vieux magnétoscope, à côté. Et là-bas, dans le coin...

Je m'assis, jambes pendantes dans le vide, et sentis quelque chose me frôler la cheville, celle que je m'étais tordue dans le lac. Je tins la lanterne au-dessus de mes genoux et, un instant, vis un petit garçon noir.

Mais pas le gosse qui s'était noyé dans le lac ; celui-ci était plus âgé et beaucoup plus grand, et devait avoir entre douze et quatorze ans. Le petit noyé avait huit ans tout au plus.

L'adolescent découvrit ses dents et siffla comme un chat. Ses yeux n'avaient pas de pupilles ; comme ceux du petit noyé, ou comme ceux d'une statue, ils étaient entièrement blancs. Et il secouait la tête. *Ne viens pas ici, homme blanc. Laisse les morts reposer en paix.*

« Mais tu ne reposes pas en paix », dis-je, braquant le rayon de lumière sur lui. J'aperçus brièvement quelque chose de véritablement hideux. Je pouvais voir à travers lui, mais aussi en lui : les restes en putréfaction de la langue dans sa bouche, les yeux dans leurs orbites, la cervelle, gluante comme un œuf cassé, dans sa boîte crânienne. Puis il disparut, et il n'y eut plus que les tourbillons de poussière.

Je descendis, tenant haut la lanterne. En dessous, des recoins pleins d'ombres ondulaient et paraissaient tendre des membres.

Ce local de rangement (qui n'était rien de plus qu'un vide sanitaire aménagé, en réalité) avait été recouvert au sol de palettes afin de garder au sec ce que nous y entreposions. L'eau coulait à présent entre elles en flots réguliers et avait suffisamment raviné le sol pour qu'il ne soit pas facile d'y avancer, même plié en deux. Les effluves de parfum avaient complètement disparu, laissant place à de nauséabonds remugles de fond de rivière ; peu vraisemblable, étant donné les circonstances, mais ils étaient bien là, avec leurs légers relents de cendre mouillée et de choses carbonisées.

Je vis presque tout de suite ce que j'étais venu chercher. Les hiboux commandés par Johanna, ceux dont elle avait pris livraison en personne en novembre 1993, étaient rangés dans l'angle nord-est, où il y avait à peine soixante centimètres entre la palette et le plancher de l'atelier. *Ils avaient l'air plus vrais que nature*, avait commenté Bill Dean, et du diable s'il n'avait pas eu raison : à la lumière de la lanterne, on aurait dit que l'on avait emmailloté les malheureux oiseaux et qu'ils s'étaient étouffés dans leur emballage de plastique transparent. Leurs yeux ressemblaient à des alliances en or cernant leurs grandes pupilles noires. Leur plumage de plastique avait la couleur vert sombre des aiguilles de pin et leur ventre était orange bistre. Je rampai jusqu'à eux sur les palettes qui glissaient et émettaient des bruits de succion, le rayon de lumière dansant de l'un à l'autre ; j'essayai de ne pas me demander si l'ado noir ne se tenait pas derrière moi, lancé à mes trousses. Quand je fus à la hauteur des hiboux, je me redressai en oubliant où j'étais, et me cognai la tête à l'isolant dont était tapissé le dessous du plancher. *Frappe un coup pour oui, crétin !* me dis-je.

J'enfonçai l'index en crochet dans l'emballage de plastique des hiboux et les tirai à moi. Je n'avais qu'une envie, ressortir au plus vite d'ici. L'eau qui courait juste en dessous des palettes me faisait un effet étrange et désagréable. De même que l'odeur de brûlé, de plus en plus forte en dépit de l'humidité qui régnait. Et si l'atelier brûlait ? Et si Sara avait réussi à y mettre le feu ? J'allais rôtir ici, pendant que le ruissellement boueux de la tempête m'imbiberait les jambes et le ventre.

Je vis que l'un des hiboux était monté sur un socle de plastique — pour le poser plus facilement sur votre terrasse, cher monsieur, afin d'en chasser les corbeaux —, mais le deuxième n'en possédait pas. Je battis en retraite vers la trappe, tenant la lanterne d'une main et tirant le sac en plastique de l'autre ; chaque coup de tonnerre m'arrachait une grimace. Je n'avais parcouru qu'une petite partie de la distance lorsque l'adhésif humide qui tenait l'emballage céda. Le hibou dépourvu de socle s'inclina lentement vers moi, ses yeux cernés d'or me fixant d'un air fasciné.

Un tourbillon d'air. Une légère et réconfortante exhalaison de parfum Red. Je tirai le hibou par l'un des toupets de plumes qui faisaient comme deux cornes à son front et le mis à l'envers. À l'endroit qui aurait dû le rattacher au socle, il ne restait plus que deux chevilles de part et d'autre d'un trou. À l'intérieur se trouvait une petite boîte en tôle que je reconnus avant même d'avoir glissé la main dans l'évidement pour la retirer. Je la plaçai dans le faisceau de la lanterne, sachant déjà ce que j'allais voir : JO'S NOTIONS, écrit en lettres gothiques dorées. Elle avait trouvé cette boîte, me rappelai-je vaguement, chez un brocanteur de la région.

Je l'examinai, le cœur battant la chamade. Le tonnerre canonnait plus fort que jamais. La trappe était toujours ouverte, mais j'avais oublié de remonter. J'avais tout oublié, sinon cette petite boîte métallique que je tenais à la main ; elle avait à peu près la taille d'une boîte à cigares, sans être tout à fait aussi profonde. J'ouvris le couvercle.

Je vis plusieurs feuilles de papier pliées en deux, au-dessus de deux blocs sténo à spirales, du même genre que ceux dont je me servais pour prendre mes notes ou établir des listes de personnages. Un élastique les maintenait ensemble. Sur le tout était posé un rectangle noir et brillant. Il fallut que je le prenne et le présente devant la lumière de la lanterne pour comprendre qu'il s'agissait d'un négatif.

Fantomatique, dans une nuance orangée, je vis l'image inversée de Johanna dans son maillot de bain deux pièces. Debout sur le ponton, les mains derrière la tête.

« Jo... », dis-je, mais ma voix s'étrangla. J'étouffais de sanglots. Je tins le négatif encore un moment devant la lumière, me refusant à rompre le contact, puis je le replaçai dans la boîte au milieu des autres documents.

C'était pour cela qu'elle était venue à Sara Laughs en juillet 1994 ; pour rassembler ces objets et les cacher du mieux qu'elle le put. Elle avait transporté les hiboux depuis la terrasse (Frank avait entendu claquer la porte) jusqu'à l'atelier. Je n'avais aucun mal à l'imaginer détachant l'un des socles et fourrant la boîte dans ce trou de balle inattendu, puis emballant les deux volatiles dans du plastique et les traînant enfin jusque dans le vide sanitaire aménagé — tout ça pendant que son frère fumait quelques cigarettes et éprouvait les vibrations du coin. Les mauvaises vibrations. Je ne pensais pas découvrir un jour tout ce qui avait pu motiver ses agissements, ni ce qu'avait été son état d'esprit... mais elle avait presque certainement estimé que je finirais un jour ou l'autre par arriver jusqu'ici. Sinon, pourquoi aurait-elle laissé le négatif ?

Les feuilles étaient pour la plupart des photocopies de coupures de presse venues du *Castle Rock Call* et du *Weekly News*, le journal qui avait apparemment précédé le *Call*. Chacune portait une date, de l'écriture bien lisible et ferme de ma femme. L'article le plus ancien datait de 1865 et était intitulé SAIN ET SAUF À LA MAISON. Le soldat revenu de la guerre était un certain Jared Devory, âgé de trente-deux ans. Soudain, je compris l'une des choses qui m'avaient intrigué : les générations qui paraissaient ne pas correspondre. Une chanson de Sara Tidwell me vint à l'esprit pendant que j'étais là, accroupi sur une palette, la lanterne éclairant des caractères imprimés à une autre époque. Une ritournelle disant : *Les vieux le font et les jeunes aussi. Et les vieux montrent aux jeunes exactement ce qu'il faut faire...*

À l'époque où Sara et les Red-Tops firent leur apparition dans le comté de Castle pour s'installer à l'emplacement actuellement connu sous le nom de Tidwell's Meadow, Jared Devory devait avoir environ soixante-sept ans. Âgé, mais encore alerte. Un vétéran de la guerre de Sécession. Le genre d'ancien qui pouvait faire l'admiration des plus jeunes. Et la chanson de Sara disait juste : les vieux montrent aux jeunes comment s'y prendre.

Qu'avaient-ils donc fait, exactement ?

Les coupures concernant Sara et les Red-Tops restaient muettes sur la question. Je n'avais fait que les parcourir, à vrai dire, mais le ton dans lequel elles étaient rédigées ne m'en fit pas moins un sale effet. Je le décrirai comme un mépris aussi absolu que jovial. On y parlait des musiciens comme de « nos merles du Sud » ou encore de « noirauds fous de rythme », « pleins d'une bonne humeur genre basané » ; Sara elle-même était « une merveilleuse négresse, tout à fait typique avec son nez épaté, ses grosses lèvres et son noble front », qui « fascinait les siens, hommes et femmes, avec son entrain animal, son sourire éclatant et son rire tapageur ».

Il s'agissait, Dieu nous ait en sa sainte garde, de comptes rendus de presse. De bons comptes rendus, si vous vous moquiez de vous faire traiter de merles du Sud ou de noirauds.

Je les parcourus rapidement, à la recherche de tout ce qui aurait pu expliquer dans quelles circonstances « nos merles du Sud » étaient repartis. Je ne trouvai rien, sinon un article du *Call* daté du 19 juillet (descendre au dix-neuf, pensai-je) 1933 et dont la manchette disait : UN VÉTÉRAN DANS L'INCAPACITÉ DE SOUSTRAIRE SA FILLE AUX FLAMMES. D'après le papier, Fred Dean aurait été occupé à lutter contre les incendies, dans la partie est du TR, avec deux cents autres volontaires, lorsque le vent avait subitement tourné ; le feu menaçait maintenant le nord du lac, considéré jusqu'alors comme sûr. À cette époque, de nombreuses personnes du coin possédaient là-haut des cabanes de chasse ou de pêche, comme je l'avais d'ailleurs toujours su. Il y avait même un magasin général et le lieu avait un nom : Halo Bay. La femme de Fred, Hilda, s'y trouvait avec les deux jumeaux du couple, William et Carla, âgés de trois ans, pendant que son mari boulottait de la fumée. Beaucoup d'autres épouses passaient aussi l'été à Halo Bay avec leurs enfants.

Les incendies s'étaient rapidement propagés lorsque le vent avait tourné — « à la vitesse d'un cheval au galop », précisait l'article. Les flammes sautèrent l'unique pare-feu que les hommes avaient prévu dans cette direction, et s'élancèrent vers la pointe nord du lac. Il n'y avait aucun homme pour prendre les choses en main à Halo Bay et apparemment aucune femme capable ou disposée à le faire. Prises de panique, elles coururent charger leur voiture de leurs affaires et, les enfants installés à l'arrière, allèrent s'agglutiner sur l'unique route qui partait de Halo Bay. Finalement, un véhicule plus ancien que les autres tomba en panne et, tandis que l'incendie se rapprochait à vive allure au milieu de forêts qui n'avaient pas vu une goutte de pluie depuis la fin avril, les femmes parties les dernières trouvèrent la voie complètement bloquée.

Les pompiers volontaires arrivèrent à temps, mais lorsque Fred Dean retrouva son épouse parmi un groupe de femmes qui essayaient de pousser une lourde Ford dans le fossé, il fit une terrible découverte. Le petit Bill, allongé sur le plancher, à l'arrière de la voiture, dormait à poings fermés, mais Carla avait disparu. Hilda les avait évidemment fait monter tous les deux ; la dernière fois qu'elle avait jeté un coup d'œil sur eux, ils étaient sagement assis sur le siège arrière, se tenant comme toujours par la main. Mais à un moment donné, alors que son frère s'était laissé glisser sur le plancher pour y faire la sieste et que Hilda fourrait encore quelques derniers objets dans le coffre, Carla avait dû se rappeler qu'elle avait oublié une poupée ou un jouet et était retournée le chercher dans la cabane. Pendant ce temps, la mère était montée dans la vieille DeSoto et était partie sans vérifier la présence des enfants. La petite Carla Dean était soit dans la cabane de Halo Bay, soit sur la route, à pied. Dans un cas comme dans l'autre, elle ne pourrait échapper au feu.

La route était trop étroite pour permettre à un véhicule de faire demi-tour et trop embouteillée pour que celles qui auraient été pointées dans la bonne direction puissent se frayer un passage. Si bien que Fred Dean, un héros à sa manière, était parti en courant vers l'horizon noir de fumée que crevaient de temps en temps des rubans d'un orangé éclatant. Poussées par le vent, les flammes avaient couru à sa rencontre, comme autant d'amantes.

Agenouillé sur une palette, je lisais cette histoire à la lueur de la lanterne, lorsque brusquement l'odeur de brûlé s'intensifia. Je toussai et... ma toux fut noyée dans l'eau au goût de fer qui m'emplit soudain la bouche et la gorge. Une fois de plus, ce coup-ci dans ce local exigu, j'eus l'impression que je me noyais. Une fois de plus, je me penchai pour n'expulser qu'un minuscule crachat.

Je me tournai et vis le lac. Les plongeons arctiques poussaient leur cri, posés sur sa surface embrumée ; ils se dirigeaient vers moi, alignés, battant l'eau de leurs ailes. Le bleu du ciel avait disparu. Une odeur de charbon de bois et de poudre à canon emplissait l'air. Des cendres commençaient à retomber. La partie est du Dark Score était en flammes et on entendait de temps en temps l'explosion produite par un arbre creux. On aurait dit des mines sous-marines.

Je baissai les yeux, désirant me libérer de cette vision, sachant que si je la laissais se prolonger encore de quelques secondes, elle perdrait son caractère lointain et deviendrait aussi réelle que la balade que j'avais faite avec Kyra à la foire de Fryeburg. Au lieu d'un hibou en plastique aux yeux bordés d'or, je voyais maintenant une petite fille aux yeux bleus. Assise à une table de pique-nique, tendant ses bras potelés et pleurant. Je la vis aussi distinctement que je vois mon visage dans le miroir quand je me rase le matin. Je vis qu'elle était à peu près

de l'âge de Kyra mais beaucoup plus rondouillarde et qu'elle est brune et non pas blonde. Ses cheveux sont de la même nuance que celle que conservera son frère jusqu'à ce qu'il se mette finalement à grisonner, au cours de l'été fabuleusement lointain de 1998, une année qu'elle ne verra jamais si personne ne vient la sortir de cet enfer. Elle porte une robe blanche et des chaussettes montantes rouges et elle me tend les bras, m'appelant « Papa, papa ! ».

Je me dirige vers elle, puis il y a une charge de chaleur structurée qui me fend en deux pendant un instant — c'est moi qui suis le fantôme, dans cette histoire, et Fred Dean vient de me traverser en courant. « Papa ! » crie la petite, mais pas à moi. « Papa ! » Et elle le serre dans ses bras, se moquant bien de la suie qui vient salir sa robe de soie blanche et sa bouille ronde, et elle l'embrasse encore tandis que les cendres retombent, plus denses que jamais, et que les plongeons arctiques foncent à tire-d'aile vers la rive, avec des cris de lamentation qui sont comme des pleurs.

« Papa, le feu arrive ! crie-t-elle tandis qu'il l'enlève dans ses bras.

— Je sais, sois courageuse. On va s'en sortir, ma puce, il faut que tu sois courageuse. »

L'incendie n'arrive pas, il est déjà arrivé. Toute la partie est de Halo Bay s'est embrasée et les flammes progressent vers eux, dévorant les unes après les autres les petites cabanes où les hommes aimaient bien s'enivrer après une partie de chasse ou de pêche sur la glace. Derrière celle de Frank LeRoux, le linge que Marguerite a étendu ce matin brûle, pantalons, robes et sous-vêtements sont en flammes sur des fils eux-mêmes transformés en lignes incandescentes. Feuilles et fragments d'écorce tombent en pluie ; une braise rougeoyante atteint Carla au cou et elle hurle de dou-

leur. Fred chasse le tison tout en courant le long de la pente, en direction de l'eau.

Je crie : Ne fais pas ça ! *Je sais qu'il est hors de mon pouvoir de changer le cours des choses, mais je le lui crie néanmoins, je tente néanmoins de le changer.* Rebelle-toi ! Pour l'amour du ciel, rebelle-toi !

« Papa, qui c'est, le monsieur ? » *demande Carla, me montrant du doigt pendant que le toit aux bardeaux verts d'une cabane — la leur — prend feu à son tour.*

Fred regarde dans la direction qu'elle indique et je vois passer sur son visage un spasme de culpabilité. Il sait ce qu'il fait, c'est cela qui est terrible — tout au fond de lui, il sait exactement ce qu'il fait ici à Halo Bay, là où vient aboutir la Rue. Il le sait, et il a peur que son geste ait un témoin. Mais il ne voit rien.

Ou bien voit-il quelque chose ? Ses yeux s'écarquillent un bref instant, comme s'il avait aperçu... un bizarre tourbillon d'air, peut-être. Ou bien sent-il ma présence ? N'est-ce pas cela ? N'a-t-il pas senti, fugitivement, une bouffée d'air froid au milieu de toute cette chaleur ? Une bouffée d'air comme des mains dans un geste de protestation, des mains qui le retiendraient si seulement elles avaient de la substance ? Puis il détourne les yeux ; puis il s'avance dans l'eau à côté de son bout de ponton.

Je crie : Fred ! Pour l'amour du ciel, regarde-la ! Crois-tu que c'est un accident si sa mère lui a mis sa belle robe blanche ? Est-ce ainsi qu'on habille un enfant pour aller jouer dehors ?

« Pourquoi on va dans l'eau, papa ?

— Pour ne pas être brûlés par le feu, ma puce.

— Je sais pas nager, papa !

— Ce ne sera pas nécessaire », *répond-il — et quel frisson glacé me parcourt ! Parce qu'il ne ment pas ; elle n'aura pas besoin de savoir nager, elle n'aura jamais besoin de savoir nager. Mais au moins la façon dont s'y prend Fred sera-t-elle plus miséricordieuse que celle choisie par Normal Auster, quand le tour* d'Auster arrivera, plus miséricordieuse que la pompe et ses grincements, les litres d'eau glacée.

La robe blanche flotte autour d'elle comme un lys. Ses chaussettes rouges font deux taches vives sous l'eau. Elle le serre par le cou, et ils se retrouvent au milieu des plongeons en fuite, les plongeons qui frappent la surface de l'eau de leurs ailes puissantes, soulevant des tourbillons d'écume et regardant l'homme et l'enfant de leurs yeux rouges affolés. L'air est saturé de fumée et le ciel a disparu. Je me précipite derrière eux, je patauge, je sens la fraîcheur de l'eau et pourtant je ne fais pas la moindre vague, je ne laisse aucun sillage. Les rives nord et est du lac sont à présent en feu ; nous sommes entourés d'un croissant incandescent, tandis que Fred Dean s'avance plus loin dans l'eau avec sa fille, qu'il porte comme dans quelque rite de baptême. Et pendant tout ce temps il se raconte qu'il essaie de la sauver, seulement de la sauver, tout comme Hilda, pendant tout le reste de sa vie, se racontera que la fillette était simplement retournée en douce chercher un jouet dans la cabane, qu'elle n'avait pas fait exprès de la laisser, de la laisser avec sa robe blanche et ses chaussettes rouges pour qu'elle soit trouvée par son père, lequel a fait autrefois quelque chose d'innommable. Ceci est le passé, ceci est le Pays de Jadis, le pays où les péchés des pères retombent sur la tête des enfants jusqu'à la septième génération, laquelle n'est pas encore advenue.

Il l'entraîne en eau plus profonde et elle commence à hurler, à pousser des cris aigus qui se mêlent à ceux des plongeons, jusqu'à ce qu'il les arrête d'un baiser sur sa bouche terrifiée. « Je t'aime, papa aime sa petite puce », dit-il, puis il l'enfonce sous l'eau. C'est un baptême par immersion totale, sauf qu'il n'y a aucun chœur, sur la rive, pour chanter « Shall We Gather at the River », et personne pour crier « Alléluia ! » et qu'il ne la laisse pas remonter. Elle se débat furieusement, dans la corolle blanche de sa robe sacrificielle, et au bout d'un moment, il ne supporte plus de la regarder ; il se tourne vers l'autre rive du lac, celle que l'incendie a épargnée et n'atteindra jamais, vers l'ouest, là où le ciel est encore bleu. Les cendres tourbillonnent autour de lui comme une pluie noire et les larmes coulent de ses yeux et, tandis qu'elle se débat frénétiquement entre ses mains, il se dit, c'était un accident, juste un terrible accident, je l'ai emportée jusque dans le lac parce que c'était le seul endroit où je pouvais la conduire, le seul endroit qui restait, et elle a été prise de panique, elle a commencé à se débattre, elle était toute mouillée et glissante et j'ai perdu prise, j'ai complètement perdu prise et alors...

J'oublie que je suis un fantôme. Je crie : « Kia ! Tiens bon, Ki ! » et plonge. Je l'atteins, je vois son visage terrifié, ses yeux bleus exorbités, son bouton de rose de bouche d'où un chapelet de bulles argentées monte vers la surface, vers Fred qui a encore pied mais tout juste et qui la maintient sous l'eau tout en se répétant sans fin qu'il essaie de la sauver, que c'est la seule façon, qu'il essaie de la sauver, que c'est la seule façon. Je tente vainement d'attraper l'enfant, je tente je ne sais combien de fois d'attraper ma petite fille, ma Kia (mes enfants s'appellent tous Kia, les garçons comme les filles, ils sont tous ma fille), et à chaque fois mes bras passent à travers elle. Pire, oh, bien pire encore, c'est elle qui me tend maintenant les bras, ses petits bras à fossettes flottent vers moi, appelant à l'aide, suppliant. Ses mains se mêlent aux miennes. Nous ne pouvons nous toucher, parce que c'est moi qui suis le fantôme, cette fois. Je suis le fantôme et, tandis qu'elle s'affaiblit, je me rends compte que je ne peux pas, oh, je ne peux

pas respirer — je me noyais.

Je me pliai en deux, ouvris la bouche, et cette fois une grande gerbe d'eau du lac en jaillit et vint asperger le hibou en plastique que j'avais posé sur la palette, devant moi. Je serrai la boîte JO'S NOTIONS contre ma poitrine, ne voulant pas en abîmer le contenu, mais le mouvement déclencha un autre spasme. Cette fois-ci, l'eau jaillit aussi de mon nez ; je pris une profonde inspiration et me mis à tousser.

« Il faut que cela finisse », dis-je. Mais de toute façon, c'était la fin. Car Kyra était la dernière.

Je remontai dans l'atelier et m'assis à même le plancher jonché de débris pour reprendre mon souffle. Le tonnerre grondait et la pluie tombait toujours, à l'extérieur, mais j'avais l'impression que le moment le plus violent de la tempête était passé. Ou bien peut-être n'était-ce qu'un vœu pieux.

Je me reposai, les jambes pendant par l'ouverture de la trappe — plus de fantômes, là en bas, pour venir me frôler les chevilles, même si j'ignorais comment je le savais —, et défis les élastiques qui retenaient les deux carnets de notes ensemble. J'ouvris le premier et le feuilletai ; l'écriture de Johanna le remplissait presque entièrement, et il y avait en plus des feuilles pliées, tapées à la machine en simple interligne : le fruit de tous ses voyages clandestins au TR entre l'automne 93 et le printemps 94. Des notes fragmentaires, pour l'essentiel, et des retranscriptions d'enregistrement qui se trouvaient peut-être bien là en dessous, quelque part dans le local. Rangées près du magnétophone huit pistes, peut-être. Je n'en avais cependant pas besoin. Le moment voulu — si ce moment arrivait jamais —, j'étais sûr de trouver l'essentiel de l'histoire ici. Ce qui était arrivé, qui avait fait quoi, comment l'affaire avait été étouffée. Pour l'instant, ça m'était égal. Pour l'instant, je n'avais qu'un désir, m'assurer que Kyra était en sécurité et qu'elle allait y rester. Il n'y avait qu'une façon de faire.

Ne pas broncher.

Je voulus remettre les élastiques autour des deux carnets, mais celui que je n'avais pas ouvert glissa de mes mains moites. En tombant sur le plancher, il laissa échapper une feuille de papier verte. Voici ce qu'elle contenait :

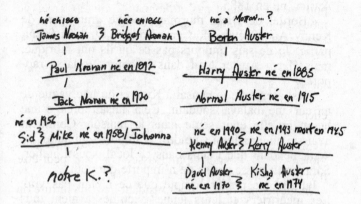

Un instant, je sortis de cet étrange état de conscience suraigu dans lequel j'étais plongé, et le monde retrouva ses dimensions habituelles. Les couleurs étaient néanmoins encore trop vives, les objets débordaient encore trop de présence. Je me sentais comme un soldat, au moment où le champ de bataille est illuminé par l'explosion blême d'une fusée éclairante qui fait tout ressortir dans les moindres détails.

La famille de mon père venait bien de Prout's Neck, j'avais eu raison sur ce point ; mon arrière-grand-père, à en croire ce document, s'appelait James Noonan et n'avait jamais chié dans le même trou que Jared Devory. Soit Max Devory avait menti à sa belle-fille, soit il avait été mal informé, soit il avait simplement confondu avec quelqu'un d'autre, comme cela arrive quand on dépasse les quatre-vingts ans. Même un type comme Max Devory, qui avait conservé un esprit très vif, n'était pas à l'abri de ce genre de petit accident. D'autant qu'il ne s'était pas trompé de beaucoup. Car, à en croire ce brouillon d'arbre généalogique, mon arrière-grand-père avait eu une sœur, plus âgée que lui, du nom de Bridget. Et Bridget avait épousé...

Mon index passa à la ligne suivante, soit à Harry Auster. Fils de Benton Auster et de Bridget Noonan Auster, né en 1885.

« Bordel de Dieu, murmurai-je. Le grand-père de Kenny Auster était mon grand-oncle. Et il en faisait partie. Je ne sais toujours pas ce qu'ils ont fabriqué, mais Harry Auster était dans le coup. Voilà le rapport. »

C'est alors que je pensai à Kyra et qu'une vague de terreur me balaya soudain. Cela faisait près d'une heure qu'elle était seule dans la maison. Comment avais-je pu être aussi stupide ? N'importe qui aurait pu venir pendant que j'étais dans ce local, sous l'atelier. Sara aurait pu se servir de n'importe qui pour...

Puis je me rendis compte que ce n'était pas vrai. Les meurtriers et leurs jeunes victimes avaient tous un lien de sang ; or ce lien s'était amenuisé, la rivière avait presque atteint l'océan. Il y avait bien Bill Dean, mais il se tenait à l'écart de Sara Laughs. Il y avait aussi Kenny Auster, mais Kenny était parti passer ses vacances au Taxachusetts avec sa famille. Et les plus proches parents de Kyra, son père, sa mère et son grand-père, étaient tous morts.

J'étais le seul qui restait. J'étais le seul à avoir un lien de sang avec elle. Seul moi pouvais le faire. À moins que...

Je fonçai vers la maison aussi vite que je le pus, glissant je ne sais combien de fois sur le sentier détrempé, voulant désespérément m'assurer qu'elle allait bien. Je ne pensais pas Sara capable de lui faire elle-même du mal, quelles que soient les vibrations qu'elle arrachait à la bande des vieux chnoques... mais si je me trompais ?

Si jamais je me trompais ?

CHAPITRE 28

Kyra dormait profondément, dans la position dans laquelle je l'avais laissée, sur le côté, étreignant toujours la peluche crasseuse sous son menton. Elle s'était sali le cou, mais je n'eus pas le cœur de la déranger pour la laver. J'entendais, venant de la salle de bains, les *plink-plonk-plink* de l'eau fuyant par le robinet de la baignoire. Un air frais et soyeux vint se couler autour de moi, me caressant les joues au passage et provoquant un petit frisson, dans mon dos, qui n'avait rien de désagréable. Dans le séjour, la cloche de Bunter tinta une seule fois, faiblement.

L'eau est encore assez chaude, mon chou, murmura Sara. *Sois gentil pour elle, deviens un père pour elle. Vas-y, maintenant. Fais ce que je veux. Fais ce que nous voulons tous les deux.*

Et c'était vrai que je le voulais ; raison pour laquelle, au début, Johanna avait cherché à me tenir éloigné du TR-90 et de Sara Laughs. Raison pour laquelle elle ne m'avait pas parlé de son éventuelle grossesse, aussi. C'était comme si elle avait découvert un vampire dissimulé en moi, une créature qui se moquait bien de ce qui n'était pour elle que baratin et moralité de pacotille. Une créature qui n'avait qu'un désir, que je conduise Kyra dans la salle de bains, où je la plongerais dans la baignoire et la maintiendrais sous l'eau, regardant briller les rubans blancs bordés de rouge comme avaient brillé la robe blanche et les chaussettes rouges de Carla Dean, tandis que brûlait la forêt, tout autour d'elle et de son père. Une créature, en moi, qui n'avait qu'un désir, payer l'ultime traite de cette vieille dette.

« Mon Dieu, marmonnai-je, me passant une main tremblante sur la figure. Elle connaît tellement de tours... Et elle est tellement *forte*, la salope ! »

La porte de la salle de bains tenta de se refermer sur

moi avant que je puisse entrer, mais je la repoussai sans avoir à vaincre beaucoup de résistance. L'armoire à pharmacie s'ouvrit brutalement et le miroir monté sur le battant explosa contre le mur. Le contenu se mit à en jaillir, me prenant pour cible, mais l'attaque n'était pas très dangereuse ; la plupart des missiles, cette fois, se réduisaient à un tube de dentifrice, des brosses à dents, des bouteilles en plastique et quelques vieux inhalateurs Vicks. Très faiblement, je l'entendis crier de frustration lorsque je tirai sur la bonde de la baignoire et laissai l'eau s'échapper en gargouillant. Il y avait eu assez de noyades dans le TR depuis un siècle, bon Dieu. Et toutefois, un instant, j'éprouvai le besoin incroyablement violent de remettre la bonde en place pendant qu'il restait encore assez d'eau pour faire le boulot. Au lieu de cela, je l'arrachai de la chaîne et la jetai dans le couloir. La porte de l'armoire à pharmacie se referma dans un claquement qui fit dégringoler ce qui restait du miroir.

« Combien en as-tu eu ? lui demandai-je. Combien, en plus de Carla Dean, de Kerry Auster et de notre petite Kia ? Deux ? Trois ? Cinq ? Combien t'en faudra-t-il, avant que tu trouves le repos ? »

Il me les faut tous ! fut la réplique qui me vint instantanément. Et pas seulement avec la voix de Sara, mais aussi avec la mienne. Elle était entrée en moi, elle s'était faufilée par le sous-sol comme un voleur... et déjà je me disais que même si la baignoire était vide et la pompe temporairement hors d'usage, il restait toujours le lac.

Je les veux tous ! s'écria de nouveau la voix. *Absolument tous, mon chou !*

Évidemment. Cela seul la satisferait. Jusque-là, il n'y aurait aucun repos pour Sara Laughs.

« Je t'aiderai à trouver la paix de l'âme, dis-je. Je te le promets. »

La baignoire finit de se vider... mais il restait toujours le lac, en effet, si jamais je changeais d'avis. Je sortis de la salle de bains et allai voir Kyra. Elle n'avait pas bougé, la sensation d'avoir Sara en moi avait disparu et la cloche de Bunter s'était tue... je me sentais néanmoins mal à l'aise ; il me répugnait de laisser la fillette seule. Il le fallait, cependant, si je voulais achever ma tâche ; j'avais même intérêt à ne pas traîner. Les flics du comté ou de l'État finiraient par arriver, tempête ou pas, arbres en travers de la chaussée ou pas.

Oui, mais...

J'allai dans le couloir et regardai autour de moi, toujours mal à l'aise. Le tonnerre grondait, avec moins d'insistance toutefois. Le vent faiblissait aussi. Ce qui ne s'atténuait pas, en revanche, était cette sensation que quelque chose me surveillait, quelque chose qui n'était pas Sara. J'hésitai encore deux ou trois secondes, essayant de me dire que c'était seulement l'odeur de brûlé qui montait de mes nerfs survoltés, puis je me rendis jusqu'à l'entrée.

J'ouvris la porte donnant sur le perron... puis fis vivement volte-face, comme si je m'attendais à voir quelqu'un ou quelque chose tapi derrière la bibliothèque. Une Forme, peut-être. Une Forme voulant récupérer son attrape-poussière. Mais j'étais la seule Forme restante, au moins dans cette partie du monde, et le seul mouvement que je voyais était l'ondoiement produit par la pluie coulant le long des vitres.

Il pleuvait encore suffisamment fort pour que je sois de nouveau trempé, le temps d'aller du perron à l'allée, mais je n'y fis pas attention. Je venais de me trouver avec une petite fille en train de se noyer, j'avais fichtrement été sur le point de me noyer moi-même il n'y avait pas si longtemps, et ce n'était pas la pluie qui allait m'arrêter. Je ramassai la branche qui avait cabossé le toit de la voiture et la jetai de côté, puis j'ouvris la porte arrière.

Les articles que j'avais achetés au Slips' n Green se trouvaient toujours sur le siège arrière, toujours dans le sac de toile à poignées que Lila Proulx m'avait donné. Le déplantoir et le couteau à greffer étaient bien visibles, mais le troisième objet se trouvait dans un emballage en plastique. *Je vais vous mettre celui-ci dans un sac spécial, peut-être. Prudence est mère de sûreté*, comme avait dit Lila. Et plus tard, au moment où j'avais été sur le point de partir, elle m'avait raconté comment Blueberry, le chien de Kenny, aimait à poursuivre les mouettes, concluant sa remarque d'un grand rire chaleureux. Ses yeux, cependant, n'avaient pas souri. Peut-être est-ce ainsi que l'on distingue les Martiens des Terriens : les Martiens ne savent pas rire avec les yeux.

Je vis le cadeau de Rommie et de George, sur le siège avant : le Stenomask, que j'avais tout d'abord pris pour le masque à oxygène de Devory. Les gars du sous-sol élevèrent alors la voix — ou du moins murmurèrent-ils — et je me penchai par-dessus le siège pour attraper l'engin par sa bride élastique, sans avoir la moindre idée de la raison qui me poussait à l'emporter. Je le laissai tomber dans le sac de commissions, refermai la portière, puis pris la direction de l'escalier descendant vers le lac. Je m'arrêtai en passant pour me faufiler sous la terrasse, où nous entreposions depuis toujours quelques outils. Il n'y avait pas de pic, mais je trouvai une pelle acceptable pour un fossoyeur. Puis, pour ce que j'espérais être la dernière fois, je suivis le cours de mon rêve jusqu'à la Rue. Je n'avais pas besoin que Johanna me montre l'endroit, la Dame Verte me l'avait indiqué depuis le début. Même si elle n'avait pas été là, et même si Sara Tidwell n'avait pas toujours pué jusqu'au ciel, je crois que j'aurais su. Je crois que j'aurais été conduit là par la hantise qui m'étreignait le cœur.

Un homme se tenait entre moi et l'endroit où le front gris du rocher gardait l'entrée du chemin. Et lorsque je m'immobilisai sur la dernière traverse de chemin de fer, il me héla de cette voix rauque que je ne connaissais que trop bien.

« Dites-moi, monsieur le maquereau, où est votre pute ? »

Il se tenait au milieu de la Rue, sous la pluie battante, mais sa tenue de bûcheron — pantalon de flanelle grise, chemise de laine à carreaux — et sa casquette d'un bleu délavé de l'armée de l'Union, tout cela était sec, car la pluie tombait plutôt à travers lui que sur lui. Il paraissait solide, mais il n'avait pas plus de consistance que Sara elle-même. J'avais beau me répéter cela avec insistance tandis que je lui faisais face, mon cœur n'en battait pas moins de toutes ses forces, cognant contre ma poitrine tel un marteau enveloppé dans du coton.

Il portait les vêtements de Jared Devory, mais n'était pas Jared Devory. C'était à son arrière-petit-fils, Max, que j'avais affaire ; Max, qui avait commencé sa carrière par le vol d'une luge et l'avait achevée en se suicidant... mais non sans avoir auparavant pris ses dispositions pour le meurtre de sa petite-fille, qui avait eu la témérité de le refuser, alors que lui l'avait tellement désirée.

Je m'avançai vers lui et il se déplaça de façon à me bloquer le passage. Je sentais le froid qui émanait de lui, qui en montait comme une cuisson à froid — je ne fais que vous dire exactement ce que j'ai ressenti, le plus clairement qu'il m'est possible : je le sentais cuire de froid. Et c'était bien Max Devory, mais attifé comme un bûcheron sur son trente et un, l'air d'avoir l'âge qu'il avait à la naissance de son fils Lance. Âgé, mais vert. Le genre d'homme qu'admirent volontiers les jeunes gens. Et à présent, comme s'il venait de battre le rappel, je distinguai vaguement les autres alignés derrière lui en travers du chemin, dans une sorte de chatoiement indistinct. La fine équipe qui s'était trouvée avec Jared à la foire de Fryeburg et dont l'identité de certains ne m'était plus inconnue : Fred Dean, bien entendu âgé seulement de dix-neuf ans en 1901, à trente ans encore du jour où il allait noyer sa fillette. Et celui qui m'avait paru me ressembler était Harry Auster, le premier-né de ma grand-tante. Il devait avoir seize ans, à peine l'âge de quelques poils au menton, mais assez grand, cependant, pour aller travailler dans les bois avec Jared. Assez grand pour chier dans le même trou que Jared. Pour prendre le poison de Jared pour de la sagesse. L'un des autres tourna la tête et plissa en même temps les yeux ; j'avais déjà vu ce tic quelque part. Mais où ? Puis cela me revint : au Lakeview General. Ce jeune homme était le père de feu Royce Merrill. J'ignorais qui étaient les autres et m'en moquais.

« Pas question de passer, dit Devory, levant les deux mains. Essaie même pas. C'est pas vrai, les gars ? »

Ils acquiescèrent de quelques grognements — le genre de ceux qu'on doit entendre de nos jours dans n'importe quelle bande de voyous ou de tagueurs, sans doute — mais leurs voix étaient distantes, et l'intonation plus triste que menaçante. Il y avait une certaine substance dans l'homme portant les vêtements de Jared Devory, peut-être à cause de la fabuleuse vitalité dont il avait fait preuve, vivant, ou peut-être parce qu'il venait de mourir très récemment, mais les autres n'étaient rien de plus que des projections d'images.

Je m'avançai, pénétrant dans ce froid cuisant, dans l'odeur qui montait de lui — ces mêmes odeurs d'infirme qui l'avaient entouré lors de notre première rencontre.

« Où voulez-vous donc aller ? s'écria-t-il.

— Moi ? Me promener. Aucune loi ne l'interdit... La Rue est l'endroit où les chiens bien dressés et les bâtards errants peuvent marcher côte à côte — c'est vous-même qui l'avez dit.

— Vous ne comprenez pas, objecta Max-Jared. Et

vous ne comprendrez jamais. Vous n'êtes pas de ce monde. Ce monde est le nôtre. »

Je m'arrêtai et l'examinai avec curiosité. Je manquais de temps et il me tardait d'en terminer... mais il fallait que je sache, et je sentais Devory prêt à me parler.

« Eh bien, aidez-moi à comprendre. Tâchez de me convaincre en quoi un monde peut être votre monde. » Je reportai mon regard sur les silhouettes vacillantes et translucides, derrière lui, gaze de chairs sur des os brillants. « Dites-moi ce que vous avez fait.

— Tout était différent, à l'époque, répondit-il. Quand vous avez débarqué ici, Noonan, on pouvait encore marcher jusqu'à Halo Bay sans rencontrer plus d'une douzaine de personnes, le long de la Rue. Après la fête du Travail, il arrivait même qu'on ne voie personne. De ce côté du lac, il faut passer au milieu des buissons qui ont poussé de manière anarchique et contourner les arbres tombés — il ne va pas en manquer, après cette tempête —, sans parler d'un ou deux fourrés de broussailles inextricables parce que, aujourd'hui, les gens du coin ne se regroupent plus pour entretenir le chemin, comme autrefois. Mais de mon temps ! Les bois étaient plus vastes, Noonan, les distances plus grandes et nous avions de vrais rapports de voisinage. La vie elle-même était autre chose. À l'époque, ce chemin était vraiment une rue. Vous ne voyez pas ? »

Si, je voyais. Si je regardais à travers les fantômes, à travers Fred Dean, Harry Auster et les autres, je voyais. Ils n'étaient pas juste des fantômes, mais des fenêtres aux verres miroitants donnant sur un autre temps. Je vis

un après-midi d'été de l'année... 1898 ? 1902, peut-être ? 1907 ? Peu importe. C'est une période où tous les temps sont en apparence les mêmes, comme si le temps s'était arrêté. C'est une période dont les anciens se souviennent comme d'une sorte d'âge d'or. C'est le

Pays de Jadis, le Royaume de Quand-J'étais-Petit. Le soleil revêt toute chose d'or fin, dans ce mois de juillet interminable ; le lac est aussi bleu qu'un rêve, piqueté de millions de reflets scintillants. Et la Rue ! Il y pousse une herbe aussi douce qu'un gazon de pelouse et elle a la largeur d'un boulevard. C'est un boulevard, je le vois bien, un lieu où la communauté se réalise pleinement. C'est la voie principale de communication, le câble primaire d'un réseau qui court sous tout le secteur. J'avais senti la présence de ces câbles depuis le début ; même lorsque Johanna était en vie, je les avais devinés, sous la surface, et ici se trouve leur point d'origine. Le gens se promènent sur la Rue, ils se promènent par petits groupes tout le long de la rive est du Dark Score, ils rient et bavardent sous un ciel d'été nuageux, et c'est ici que tous les câbles ont leur origine. Je regarde, et je me rends compte à quel point je me suis trompé en les considérant comme des Martiens, comme des extraterrestres cruels et calculateurs. À l'est de leur promenade ensoleillée commence la pénombre de la forêt, le mystère des clairières et des vallons où toutes sortes de malheurs vous guettent — d'un pied écrabouillé dans un accident, lors d'une coupe, à un accouchement qui se passe mal, entraînant la mort d'une jeune mère avant que le médecin puisse arriver de Castle Rock, dans sa voiture à cheval. Ce sont des gens qui n'ont pas l'électricité, pas le téléphone, pas de pompiers, qui ne peuvent compter sur personne, sinon les uns sur les autres et sur un Dieu en qui certains commencent à ne plus avoir confiance. Ils habitent dans la forêt et dans les ombres de la forêt mais, par les beaux après-midi d'été, ils viennent au bord du lac. Ils viennent se promener sur la Rue et ils se regardent les uns les autres, ils rient ensemble, ils sont vraiment du TR — dans ce que j'ai fini par me représenter comme la zone. Ce ne sont pas des Martiens, mais des petites existences, vivotant aux marges de la nuit, c'est tout.

Je vois les estivants du Warrington's, les hommes habillés de flanelle blanche, deux femmes en robes longues de tennis, leur raquette encore à la main. Un type juché sur un tricycle à la roue avant gigantesque zigzague maladroitement entre les gens. Les estivants se sont arrêtés pour bavarder avec un groupe de jeunes gens du coin ; ils aimeraient pouvoir jouer au base-ball avec eux, le mardi soir, au Warrington's. Ben Merrill, le futur père de Royce, répond avec un accent à couper au couteau : « Ben ouais, pardi, mais on va pas y aller doucement vu que vous êtes de Nou-Yooo » — ce qui fait rire les jeunes estivants et les joueuses de tennis.

*Un peu plus loin, deux garçons s'exercent à lancer avec une de ces balles de base-ball grossières faites maison qu'on appelle un « horsey ». Ailleurs, de jeunes mamans réunies en colloque parlent avec le plus grand sérieux de leurs bébés, lesquels sont bien en sécurité dans leur poussette, au milieu d'elles. Des hommes en salopette discutent prévisions météo et récoltes, politique et récoltes, impôts et récoltes. Un professeur de lycée est assis sur la pierre grise que je connais si bien, et donne patiemment des conseils à un garçon boudeur qui préférerait mille fois être ailleurs et faire n'importe quoi d'autre. Il me semble que ce jeune homme est en passe de devenir un jour le père de Buddy Jellison (*Klaxon cassé, attention au bras d'honneur*).*

Des pêcheurs jettent leur ligne tout le long de la Rue et attrapent tout ce qu'ils veulent ; black-bass, truites et brochetons abondent dans le lac. Un artiste, un estivant à en juger par son sarrau et son béret coquet, a installé son chevalet et peint les montagnes sous l'œil respectueux de deux dames. Un chapelet de fous rires juvéniles signale le passage d'adolescentes parlant garçons, fringues et école. Devory a raison de dire que c'est un monde que je n'ai jamais connu.

« Superbe, dis-je en m'arrachant, non sans difficulté, à ma contemplation. Mais où voulez-vous en venir ?

— Où je veux en venir ? » Son étonnement a quelque chose de presque comique. « Elle a cru qu'elle avait le droit de se promener là au milieu comme n'importe qui, c'est là où je veux en venir ! Qu'elle pourrait faire comme si elle était une bonne femme blanche ! Avec ses grandes dents, ses gros nichons et son air morveux ! Elle se prenait pour quelqu'un de spécial, mais on lui a donné une leçon. Elle a essayé de forcer le passage et comme on l'en empêchait, elle a posé ses sales pattes sur moi et m'a poussé. Mais ce n'était pas grave ; on lui a appris à se tenir, n'est-ce pas, les gars ? »

Ils acquiescèrent d'un grognement, mais j'eus l'impression que certains d'entre eux — le jeune Harry Auster, notamment — paraissaient mal à l'aise.

« On lui a appris à rester à sa place, reprit Devory. On lui a appris qu'elle n'était rien qu'une

négresse. Voilà le mot qu'on utilise tout le temps, alors qu'ils sont dans les bois pendant cet été-là, l'été de 1901, l'été où Sara et les Red-Tops sont devenus le groupe de musiciens à la mode dans ce coin du monde. Elle, son frère et toute leur smala de nègres ont été invités à jouer au Warrington's pour les estivants ; on leur a offert le champagne et des huîtres... du moins est-ce ce que Jared Devory raconte à sa petite troupe de fidèles, tandis qu'ils consomment un repas frugal de sandwiches à la viande et de concombres salés, pris dans la gamelle que leur a préparée leur mère (aucun de ces jeunes gens n'est marié ; seul Oren Peebles est fiancé).

Ce n'est cependant pas sa renommée grandissante qui irrite Jared Devory. Ce n'est pas le fait, non plus, qu'elle a été au Warrington's ; ça ne lui fait ni chaud ni froid qu'elle et son frère se soient assis à la même table que des Blancs, qu'ils aient partagé le même pain, le touchant de leurs doigts noirs de nègres. Les gens du *Warrington's* sont de la plaine, après tout, et Devory raconte à son auditoire silencieux et attentif qu'il a entendu dire que dans des villes comme New York et Chicago, des femmes blanches baisaient même parfois avec des salopards de nègres !

« Mais non ! proteste Harry Auster, regardant nerveusement autour de lui, comme s'il s'attendait à voir des femmes blanches sortir du bois ici, à Bowie Ridge. Jamais une femme blanche baiserait un nègre ! C'est des histoires ! »

Devory se contente de lui adresser un regard qui signifie : tu verras quand t'auras mon âge, jeune blanc-bec... D'ailleurs, il se fiche pas mal de ce qu'ils font à New York ou Chicago ; il a vu toutes les plaines qu'il a voulu pendant la guerre... et, comme il aime s'en vanter, il ne s'est pas battu pour libérer ces foutus esclaves. Ils peuvent bien avoir tous les esclaves qu'ils veulent, là-bas, dans le pays du coton, et pour l'éternité, même : Jared Lancelot Devory n'y voit aucun inconvénient. Non, lui s'est battu pour apprendre à ces fils de pute, au sud de la ligne Mason/Dixon, qu'on ne quitte pas la partie simplement parce que les règles du jeu ne vous plaisent plus. Il est allé moucher le nez crasseux de Johnny Reb. Vouloir quitter les États-Unis d'Amérique ? Seigneur, je rêve !

Il se fiche pas mal des esclaves, il se fiche pas mal du pays du coton, il se fiche pas mal des nègres qui chantent des chansons ordurières pour être ensuite gavés de champagne et d'huîtres (il a une manière sarcastique de prononcer z'huîtres) comme salaire pour leur prestation. Il se fiche de tout ce qu'on veut — tant qu'ils restent à leur place, du moins, et le laissent à la sienne.

Mais elle, elle n'a pas joué le jeu. Cette négresse prétentieuse s'y est refusée. On l'avait avertie, on lui avait dit de ne pas venir sur la Rue, mais elle n'a rien voulu entendre. Elle y est tout de même venue, elle s'y est promenée dans sa robe blanche comme si elle-

même était blanche, parfois avec son fils, qui a un nom de nègre d'Afrique et pas de papa — le papa a dû passer une nuit avec la maman dans une meule de foin quelque part en Alabama et maintenant elle se promène en exhibant le résultat, fière comme pas une. Elle se balade dans la Rue comme si elle avait le droit d'y être, alors que pas une âme ne lui adresse la parole...

« Sauf que cela n'est pas vrai, n'est-ce pas ? demandai-je à Devory. C'est ça qui lui est particulièrement resté en travers du gosier, à l'arrière-grand-papa, hein ? On lui adressait la parole. Elle avait quelque chose de particulier — son rire, peut-être. Les hommes lui parlaient des récoltes et les femmes lui montraient leur bébé. En fait, elles lui laissaient même prendre leurs enfants dans ses bras, et quand elle riait, les enfants lui rendaient son rire. Les filles lui demandaient des conseils sur les garçons. Les garçons... les garçons se contentaient de la lorgner. Mais de quelle façon ! Ils s'en mettaient plein les mirettes et je parie que la plupart d'entre eux pensaient à elle quand ils allaient dans leur chiotte s'astiquer le manche. »

Devory s'empourpra. Il vieillissait sous mes yeux ; les rides se creusaient de plus en plus sur son visage ; il devenait l'homme qui m'avait jeté dans le lac parce qu'il ne supportait pas qu'on s'oppose à lui. Et au fur et à mesure qu'il vieillissait, il devenait de plus en plus ténu.

« C'était cela que Jared détestait le plus, n'est-ce pas ? Qu'on ne lui tourne pas le dos, qu'on ne lui batte pas froid. Elle se promenait sur la Rue, et personne ne la traitait comme une négresse. On la traitait comme une voisine. »

Jamais je ne m'étais avancé aussi profondément dans la zone ; j'avais atteint l'endroit où l'inconscient de la ville coulait, comme une rivière souterraine. Je pouvais y boire pendant cette descente, je pouvais remplir ma bouche, ma gorge et mon ventre de son goût froid et minéral.

Jared Devory avait passé tout l'été à leur faire la leçon. Ils étaient plus que son équipe, ils étaient ses hommes : Fred, Harry, Ben, Oren, George ; Draper Finney, aussi, qui allait se rompre le cou et se noyer l'été suivant en voulant plonger depuis Eades Quarry alors qu'il était ivre. À ceci près que cet accident n'était pas tout à fait dû au hasard. Draper Finney avait bu beaucoup, entre juillet 1901 et août 1902 ; c'était le seul moyen qu'il avait trouvé pour dormir. Le seul moyen de se sortir la main de l'esprit, cette main qui dépassait de l'eau, se serrant et se desserrant jusqu'à ce qu'on ait envie de crier, *Mais il va pas s'arrêter ? Il va donc jamais s'arrêter ?*

Pendant tout l'été, Jared Devory les bassina avec cette salope noire, cette salope prétentieuse. Pendant tout l'été, il leur parla de leurs responsabilités d'hommes, de leur devoir : qu'il fallait préserver la pureté de la communauté, qu'ils devaient voir en face ce que les autres ne voulaient pas voir, et faire ce que les autres ne voulaient pas faire.

Cela s'était passé un dimanche après-midi du mois d'août, à une heure où les promeneurs, sur la Rue, se raréfiaient considérablement. Plus tard, à partir de cinq heures, l'animation allait reprendre et, entre six heures et le coucher du soleil, le large chemin serait envahi par la foule. Mais à trois heures de l'après-midi, il était quasi désert. Les méthodistes étaient réunis à Harlow pour chanter les hymnes dominicaux ; au Warrington's, les estivants venus de la plaine digéraient leur copieux repas — poulet ou rôti de porc ; et dans tout le TR, les gens du coin étaient attablés pour leur festin du dimanche. Ceux qui avaient déjà fini somnolaient dans la chaleur du jour — dans un hamac, quand c'était possible. Sara aimait cette heure tranquille. Elle l'adorait, même. Elle avait passé une grande partie de sa vie à arpenter les foires et à courir les caboulots enfumés, hurlant ses chansons pour couvrir le tapage d'ivrognes aux têtes apoplectiques, et si une partie d'elle-même aimait l'excitation et l'imprévisibilité d'une telle existence, l'autre partie appréciait la sérénité de ce début d'après-midi. La paix qui régnait alors. Elle ne rajeunissait pas, après tout ; elle avait un fils qui avait laissé le plus clair de son enfance derrière lui, à présent. Ce dimanche après-midi-là, elle avait peut-être même trouvé la Rue un peu trop calme. Elle avait parcouru près de deux kilomètres sans rencontrer une âme ; même Kito n'était pas avec elle, car il s'était arrêté pour cueillir des mûres. À croire que tout le secteur avait été

déserté. Elle sait évidemment que l'Eastern Star doit tenir son banquet ce soir à Kashwakamak, puisqu'elle y a même apporté sa contribution sous la forme d'une tarte aux champignons ; elle s'est liée d'amitié avec certaines dames de l'association. Elles sont toutes en train de se préparer. Ce qu'elle ignore, en revanche, c'est qu'aujourd'hui a lieu la cérémonie de consécration, à la nouvelle Grace Baptist Church, la première véritable église à avoir été construite dans le TR. Pas mal de gens du coin, croyants ou païens, y sont allés. Elle entend faiblement, lui parvenant depuis l'autre côté du lac, les méthodistes qui chantent « The Old Rugged Cross ». Une musique douce et belle ; la distance et l'écho ont gommé toutes les fausses notes.

Elle ne fait pas attention aux jeunes gens — de très jeunes gens pour la plupart, de ceux qui, dans des circonstances ordinaires, n'osent pas la regarder autrement que du coin de l'œil — jusqu'à ce que le plus âgé d'entre eux prenne la parole. « Tiens-tiens, une pute noire en robe blanche et ceinture rouge ! Je trouve que ça fait un tout petit peu trop de couleurs pour le bord du lac. Quelque chose qui va pas, la pute ? On n'aime pas les remarques ? »

Elle se retourne vers lui ; elle a peur mais ne le montre pas. Elle en est à sa trente-sixième année sur cette terre, elle sait ce qu'ont les hommes et où ils veulent le mettre depuis qu'elle a onze ans, elle sait aussi que lorsque des hommes sont ainsi en groupe, bien imbibés de gnôle (elle la sent d'ici), ils renoncent à penser par eux-mêmes et se transforment en une meute de chiens. Si on laisse voir sa peur, ils vous tombent dessus comme une meute de chiens et ont des chances de vous mettre en pièces, comme des chiens.

En plus, ils l'attendaient en embuscade. Il n'y a pas d'autre explication à leur soudaine apparition.

« Quelles remarques, mon chou ? » demande-t-elle, leur tenant tête. Mais où sont les gens ? Où peuvent-ils bien être ? Nom d'un chien ! De l'autre côté du lac, les méthodistes attaquent à présent « Trust and Obey », une rengaine de première.

« Que t'as rien à faire ici, à te promener sur la promenade des Blancs », dit Harry Auster. Sa voix encore adolescente se casse en un couinement de souris sur le dernier mot, et elle éclate de rire. Elle sait que ce n'est pas très malin, mais elle ne peut pas s'en empêcher — elle n'a jamais pu s'empêcher de rire, pas plus qu'elle n'a jamais pu empêcher les hommes comme ceux-ci de lui lorgner les seins et les fesses. La faute à Dieu.

« Hé, je me promène où je veux, répond-elle. On m'a dit que la Rue appartenait à tout le monde, personne n'a le droit de m'en chasser. Personne ne l'a fait. Vous avez vu quelqu'un le faire ?

— Vous nous voyez nous, maintenant », dit George Armbruster, s'efforçant de prendre un ton de dur.

Sara le regarde avec une sorte de mépris bon enfant, et George a l'impression qu'il se recroqueville intérieurement. Ses joues s'empourprent. « Fiston, dit-elle, vous êtes tous ici uniquement parce que les gens honnêtes sont ailleurs. Pourquoi laissez-vous ce vieux type vous dire ce que vous avez à faire ? Comportez-vous correctement et laissez passer les dames. »

Je vois tout. Alors que Devory devient de plus en plus indistinct, pour finir par se réduire à deux yeux sous une casquette bleue, dans la pluie de l'après-midi (j'aperçois à travers lui les restes de mon ponton réduit en pièces drossé contre la rive), je vois tout. Je vois Sara qui

s'avance droit sur Jared Devory. Si elle reste là à échanger des « remarques », il va se passer quelque chose de malsain. Elle le sent, et elle ne remet jamais ce qu'elle sent en question. Et si elle s'en prend à l'un des autres, « not'maît' » va lui foncer dessus et entraînera le reste de la bande. Not'maît' avec sa petite casquette bleue est le chien dominant, celui qu'elle doit affronter. Elle en est capable. Il est fort, assez fort pour faire de ces garçons une seule créature, sa créature, au moins temporairement, mais il ne possède pas sa force à elle, son énergie, sa détermination. D'une certaine manière, elle est soulagée que la confrontation ait lieu. Reg l'a avertie, lui a dit de faire attention, de ne pas brusquer les choses ni d'essayer de se faire de véritables amis tant que les ploucs (que Reggie appelle les « crocodiles ») ne se seront pas montrés, tant qu'elle ne sait pas combien ils sont et à quel point ils sont cinglés, mais elle suit sa voie, elle fait confiance à ses instincts les plus profonds. Et voilà qu'ils sont devant elles, seulement sept, et ils ne comptent en réalité qu'un seul crocodile.

Je suis plus forte que vous, not'maît', pense-t-elle en se dirigeant vers lui. Elle le fixe dans les yeux et ne cille pas ; c'est lui qui détourne les siens, c'est sa bouche qui tressaille aux commissures, incertaine, c'est sa langue qui surgit, aussi preste que celle d'un lézard, et vient humecter ses lèvres, et tout cela est bien... encore mieux, il recule d'un pas. À ce moment-là, les autres sont séparés en deux groupes de trois et le tour est joué, un passage s'ouvre pour elle. Lointain et doux est le chant des méthodistes, une musique exprimant la foi, portée par la surface calme du lac. Un hymne rengaine, certes, mais adouci par la distance.

672

Quand nous marchons avec le Seigneur
Dans la lumière de Sa parole,
De quelle gloire Il sème notre chemin...

*Je suis plus forte que toi, tel est le message silen-
cieux qu'elle envoie, je suis plus vacharde que toi, t'es
peut-être le crocodile de la bande, mais moi je suis la
reine des abeilles et si tu veux échapper à mon aiguil-
lon, t'as intérêt à dégager le chemin.*

*« Espèce de salope », gronde-t-il, mais sa voix est
faible ; il se dit déjà que ce n'est pas le jour, qu'elle a
quelque chose en elle qu'il n'a vu que depuis qu'elle
est très près de lui, un truc de négresse qu'il n'a pas
ressenti jusqu'à ce jour, vaut mieux attendre une autre
occasion, vaut mieux...*

*Puis il trébuche sur une racine ou un rocher (peut-
être ce même rocher sous lequel elle finira par reposer) et tombe. Il perd sa casquette, exhibant une calvitie avancée sur le sommet de son crâne. Et son
pantalon se déchire tout le long de la couture. C'est
alors que Sara commet une erreur majeure. Peut-être
a-t-elle sous-estimé la force véritable de Jared Devory,
qui est considérable, ou peut-être ne peut-elle tout simplement pas s'en empêcher : le pantalon s'est déchiré
avec un bruit de pet peu discret. Toujours est-il qu'elle
éclate de rire, de ce rire sonore et éraillé par le tabac
qui n'appartient qu'à elle. Ce rire qui scelle son destin.*

*Devory ne réfléchit pas. Il se contente de ruer dans
la position dans laquelle il est : ses pieds chaussés
de lourdes bottes de bûcheron renforcées d'une coque
partent comme deux pistons. Il l'atteint là où elle est
le plus vulnérable et offre le moins de résistance, à
hauteur des chevilles. La gauche se casse et elle
pousse un grand cri où se mêlent douleur et stupéfaction. Elle tombe à son tour, lâchant l'ombrelle repliée
qu'elle tenait à la main. Elle reprend sa respiration
pour crier à nouveau, et Jared lance, toujours à terre :
« Ne la laissez pas faire ! Ne la laissez pas crier ! »*

Ben Merrill se jette sur elle de tout son poids, soit pas loin de quatre-vingt-dix kilos. L'air qu'elle vient d'inspirer à fond pour crier ressort en un souffle creux, à peine plus fort qu'un soupir. Ben, qui n'a jamais pris une femme dans ses bras, même pas pour danser, et qui s'est encore moins retrouvé couché ainsi sur quelqu'un du sexe opposé, est instantanément excité de la sentir se débattre. Il se tortille sur elle en riant, et quand elle le griffe au visage, c'est à peine s'il ressent quelque chose. Il a l'impression de n'être plus qu'une grande queue d'un mètre de long. Lorsqu'elle essaie de se dégager en roulant de côté, il suit le mouvement, il la laisse venir sur lui ; et sa surprise est totale lorsqu'elle lui assène un coup de boule. Il voit des étoiles, mais il a dix-huit ans, jamais il ne sera aussi fort, et il ne perd ni conscience, ni son érection.

Oren déchire le dos de la robe, riant lui aussi. « On joue à monte-cochon ! » lance-t-il vivement entre les dents, se laissant tomber sur elle. Il la saute à sec de derrière pendant que Ben Merrill la saute à sec d'en dessous avec tout autant d'enthousiasme, un vrai bouc, sans faire attention au sang qui coule de la blessure, au milieu de son front, et elle sait que si elle n'arrive pas à crier, elle est perdue. Si elle parvient à retrouver sa voix, Kito l'entendra, il courra chercher de l'aide, il trouvera Reg...

Mais avant qu'elle ait pu retrouver son souffle, not' maît' se retrouve accroupi à côté d'elle, brandissant un coutelas. « Pas un bruit, ou je te coupe le nez ! » dit-il. C'est à cet instant qu'elle renonce. Ils ont réussi à la faire tomber, d'ailleurs, en partie parce qu'elle a ri au mauvais moment, en partie par un fichu coup de malchance. Il n'y a plus moyen de les arrêter, à présent, et il vaut mieux que Kito ne voie pas ça — mon Dieu, faites qu'il reste là où il est, c'était plein de mûres, il en avait bien pour une heure sinon plus. Harry Auster lui renverse la tête en la tirant par les cheveux, déchire sa robe à hauteur d'une de ses épaules et se met à l'embrasser dans le cou.

Not'maît' est le seul à ne pas participer à la curée. Not'maît' se tient en retrait et scrute la Rue dans les deux directions, les yeux réduits à une fente, sur ses gardes ; not'maît' a l'allure d'un vieux loup gris efflanqué qui aurait boulotté quatre générations de poulets d'élevage sans jamais se faire prendre dans les pièges qu'on lui a tendus. « Hé, l'Irlandais, lâche-la une minute, dit-il à Harry, avant de regarder les autres de son air de type à la coule. Emmenez-la dans le sous-bois, bande de crétins. Le plus loin possible dans les fourrés. »

Ils n'en font rien. Ils sont trop pressés de l'avoir. Ils la traînent de force derrière un rocher et estiment que cela suffit. Ce n'est pas souvent qu'elle prie, mais c'est pourtant ce qu'elle fait. Elle prie pour qu'ils lui laissent la vie sauve. Elle prie pour que Kito ne s'approche pas, pour qu'il continue à remplir tranquillement son seau en mangeant une mûre sur trois. Elle prie pour que, si jamais Kito se met en tête de la rattraper, il comprenne ce qui se passe et parte en courant dans l'autre sens en silence pour aller chercher Reg.

« Prends ça dans ta bouche, halète George. Et t'avise pas de me mordre, salope. »

Ils la prennent par en haut et par en bas, par-devant et par-derrière, deux ou trois à la fois. Ils la prennent à un endroit où quiconque arrivant sur le chemin ne pourrait faire autrement que de les voir, et not'maît' se tient toujours un peu à l'écart, regardant les jeunes gens essoufflés, agglutinés autour d'elle, le pantalon sur les genoux, les cuisses égratignées par les buissons sur lesquels ils la besognent, puis il se tourne vers la Rue, le regard fou et inquiet. Chose incroyable, l'un d'eux — Fred Dean — dit : « Désolé, m'dame », après avoir déchargé, se croyant à mi-chemin du ciel.

Comme s'il lui avait donné accidentellement un coup de pied en croisant les jambes.

Et ça n'en finit pas. Elle a du foutre dans la bouche, du foutre qui lui coule entre les fesses, le plus jeune l'a mordue et elle saigne du sein gauche, et ça n'en finit pas. Ils sont jeunes, et le temps que le dernier en ait terminé, le premier, oh, Seigneur, le premier est de nouveau d'attaque. De l'autre côté du lac, les méthodistes chantent maintenant « Blessed Assurance, Jesus is Mine », et lorsque not'maît' approche, elle pense : c'est terminé, tiens-toi tranquille et ce sera terminé. Il s'adresse au rouquin et à celui qui n'arrête pas de la lorgner et de secouer la tête, et leur dit de surveiller le chemin, qu'il va prendre son tour à présent qu'elle est matée.

Il déboucle sa ceinture, il déboutonne sa braguette, il baisse son caleçon — noir de crasse aux genoux et jaunâtre à hauteur de l'entrejambe — et lorsqu'il s'agenouille à califourchon sur elle, elle constate que le p'tit maît' de not'maît' est aussi ramolli qu'un serpent à qui on a cassé le cou, si bien qu'elle n'a pas le temps de se retenir, elle éclate de son rire bruyant, la première surprise, même allongée ici, couverte de la jute chaude de tous ses violeurs, elle ne peut s'empêcher de voir le côté comique de la chose.

« La ferme ! gronde Devory en lui allongeant une violente taloche qui lui casse l'os malaire et le nez. Arrête de gueuler !

— J'parie qu'elle serait plus raide si t'avais sous les yeux le cul tout rose d'un de tes mignons tourné en l'air, pas vrai, mon chou ? » demande-t-elle. Sur quoi, pour la dernière fois de sa vie, Sara éclate de rire.

Devory lève déjà la main pour la frapper à nouveau, son bas-ventre dénudé appuyé au bas-ventre dénudé de Sara, mais son pénis toujours aussi mou qu'un ver entre eux. Avant qu'il ait le temps de frapper, cependant, une voix d'enfant s'élève : « M'man ! Qu'est-ce qu'ils te font, m'man ? Laissez ma maman tranquille, salopards ! »

Elle réussit à s'asseoir, en dépit du poids de Devory, son rire s'éteint, ses yeux écarquillés cherchent Kito et le trouvent, un garçonnet tout mince de huit ans ; il se tient sur la Rue, habillé d'une salopette et d'un chapeau de paille, portant des chaussures de toile flambant neuves, un petit seau métallique à la main. Ses lèvres sont bleuies par le jus de mûre. Il ouvre de grands yeux dans lesquels on lit la confusion et la peur.

« Cours, Kito, hurle-t-elle. Cours bien v... »

Une explosion écarlate lui envahit la tête ; elle s'évanouit dans les buissons, entendant la voix de not' maît' qui lui parvient de très loin : « Chopez-le. Ne le laissez surtout pas s'échapper ! »

Puis elle descend une longue rampe sombre, elle se perd dans un corridor de palais des fantômes qui ne fait que s'enfoncer encore plus profondément dans ses propres entrailles convolutées ; et de ce lieu d'abîme elle l'entend, elle l'entend, son fils chéri, il

hurlait. Et moi aussi je l'entendis crier tandis que je m'agenouillais à côté du rocher grisâtre et posais mon sac à côté de moi, ignorant comment je me retrouvais ici, sans le moindre souvenir d'avoir marché jusqu'à cet endroit. Choqué, horrifié et apitoyé à la fois, je pleurais. Pas étonnant qu'elle soit devenue folle. Fichtrement pas étonnant. La pluie tombait avec régularité, mais ce n'était plus le déluge. Pendant quelques secondes, je contemplai mes mains à la blancheur de poisson posées sur le rocher, puis regardai autour de moi. Devory et les autres avaient disparu.

La puanteur gazeuse et opulente de la putréfaction m'emplit les narines — une véritable agression physique. Je fouillai dans le sac, trouvai le Stenomask que m'avaient offert Rommie et George en guise de plaisanterie, et le mis en place sur le bas du visage avec des doigts qui me paraissaient engourdis, lointains. Je respirai quelques courtes bouffées expérimentales. C'était mieux. Pas beaucoup mieux, mais suffisamment pour m'empêcher de m'enfuir — certainement ce qu'elle désirait.

« Non ! » cria-t-elle quelque part derrière moi tandis que, saisissant la pelle, je me mettais à creuser. J'ouvris une grande bouche dans le sol à ma première pelletée, et les suivantes ne firent que l'élargir et l'approfondir. La terre était molle et cédait aisément sous le fer, qui n'avait pas de peine à s'ouvrir un chemin dans les fins réseaux de racines tissés sous la surface.

« Non ! Je ne te permets pas ! »

Je refusai de tourner la tête, de lui donner la moindre chance de me détourner de ma tâche. Elle était plus forte, ici, peut-être à cause de ce qui s'y était produit. Était-ce possible ? Je l'ignorais et m'en moquais. Je n'avais qu'un but, en terminer. Quand les racines devenaient plus grosses, je les coupais avec le couteau à greffer.

« Fiche-moi la paix ! »

Cette fois-ci je tournai la tête, je risquai un coup d'œil à cause des craquements anormaux qui avaient accompagné sa protestation et semblaient à présent être devenus sa voix. La Dame Verte avait disparu. Le bouleau s'était métamorphosé mystérieusement en Sara Tidwell : son visage se dessinait peu à peu au milieu de l'entrecroisement des branches et des feuilles brillantes. La tête inondée de pluie ondoyait, se dissolvait, se recomposait, se dissolvait à nouveau, réapparaissait. Pendant quelques instants, tout le mystère dont j'avais senti la présence ici me fut révélé. Ses yeux humides, changeants étaient on ne peut plus humains. Ils me regardaient avec une expression de haine et de supplication.

« J'en ai pas fini ! me cria-t-elle de sa voix éraillée qui s'étranglait. Il était le pire de tous, ne comprends-tu pas ? Il était le pire de tous et c'est son sang qui coule en elle, et je n'aurai pas de repos tant que je ne l'aurai pas éliminé ! »

Il y eut un bruit épouvantable de branches qui se déchiraient ; elle était venue occuper le bouleau, l'avait transformé en un corps doué d'une certaine présence physique et avait l'intention de s'arracher du sol. Si elle y parvenait, elle se jetterait sur moi ; et si elle le pouvait, elle me tuerait, m'étranglerait de ses membres ligneux. M'étoufferait de ses feuilles, jusqu'à ce que je ressemble à une décoration de Noël.

« C'était peut-être le plus monstrueux des êtres, mais Kyra n'a rien à voir avec ce qu'il a fait, dis-je, et vous ne l'aurez pas.

— Si, je l'aurai ! » hurla la Dame Verte. Les grincements se firent plus forts, plus déchirants que jamais. Je ne me tournai pas. Je *n'osais pas* me tourner. Je me mis à creuser encore plus vite. « Oui, je l'aurai ! » criat-elle. Sa voix était plus près. Elle venait vers moi, mais je refusais de regarder ; quand il est question d'arbres et de buissons qui marchent, je m'en tiens à la version de *Macbeth*, grand merci. « Je l'aurai ! Il m'a pris mon petit et je vais lui prendre le sien !

— Va-t'en », fit une nouvelle voix.

Je faillis bien lâcher la pelle. Je me tournai et vis Johanna, un peu plus loin sur ma droite. Elle regardait Sara — l'hallucination d'un dément qui se serait matérialisée, une chose monstrueuse d'un noir verdâtre glissant à chaque pas qu'elle tentait de faire sur la Rue. Elle avait fini par laisser le bouleau à sa place tout en lui empruntant quelque chose de sa vitalité (l'arbre luimême, derrière elle, n'était plus qu'une carcasse recroquevillée, noire et morte). La fiancée de Frankenstein sculptée par Picasso, telle apparaissait la créature qui en était issue ; le visage de Sara, au milieu, se dissolvait et se recomposait, se dissolvait et se recomposait.

La Forme, pensai-je. *Elle a toujours été réelle... et si elle a toujours été moi, elle a toujours été elle, aussi.*

Johanna était habillée de la blouse blanche et du

pantalon bleu qu'elle portait le jour de sa mort. Contrairement à ce qui s'était passé avec Devory et ses jeunes camarades, je ne pouvais voir le lac à travers son corps ; elle s'était complètement matérialisée. J'éprouvais une curieuse sensation de me vider à hauteur de la nuque et crus comprendre pourquoi.

« Tire-toi, salope ! » rugit la chose. Elle leva les bras vers Sara comme elle l'avait fait dans mes pires cauchemars.

« Sûrement pas », répondit Johanna d'une voix calme. Elle se tourna vers moi. « Dépêche-toi, Mike. Il faut faire vite. Ce n'est plus elle, plus du tout elle. Elle s'est laissé envahir par l'un des Extérieurs et ils sont très dangereux.

— Je t'aime, Jo.

— Je t'aime aus... »

Sara hurla et se mit à tourbillonner sur elle-même. Feuilles et branches se brouillèrent et perdirent toute consistance ; on aurait cru voir des éléments solides se liquéfier dans un mixer. L'entité qui n'avait eu jusqu'ici qu'une vague ressemblance avec une femme jeta complètement son masque. Une chose élémentaire et grotesquement inhumaine commença à se former dans ce maelström et bondit sur ma femme. Quand elle la heurta, Johanna perdit toute couleur et toute solidité, comme si une main gigantesque venait de la frapper. Elle se transforma en un fantôme qui luttait avec une chose hurlante, délirante, toutes griffes dehors.

« Dépêche-toi, Mike, cria Johanna. Dépêche-toi ! »

Je me remis au travail.

La pelle toucha quelque chose qui n'était ni de la terre, ni une pierre, ni du bois. Je raclai l'objet et fis apparaître un morceau de grosse toile, sale et incrusté de moisissures. Je creusais maintenant comme un fou pour dégager le plus possible la chose enterrée, pour augmenter le plus possible mes chances de réussir. Derrière moi, la Forme laissait échapper des hurlements de fureur, ma femme des hurlements de douleur.

Sara avait renoncé à une partie de son moi désincarné pour assouvir sa vengeance, s'était laissé envahir par quelque chose que Johanna avait appelé l'Extérieur. Je n'avais aucune idée de ce que c'était et préférais toujours rester dans l'ignorance. Sara lui servait de vecteur, j'avais au moins compris cela. Et si je parvenais à régler son cas à temps...

De la main, je chassai la terre mouillée par la pluie, au fond du trou. Des lettres inscrites au pochoir, à peine distinctes, apparurent sur la toile : J.M. MCCURDIE SAWMILL. La scierie de McCurdie avait brûlé au cours des incendies de 1933 ; j'avais vu quelque part des photos des bâtiments en flammes. Lorsque je saisis la toile, mes doigts la crevèrent et laissèrent passer une volute verdâtre de puanteur. C'est alors que j'entendis grogner. Que j'entendis

Devory. Il est allongé sur elle et grogne comme un porc. Sara est à moitié consciente et marmonne des propos inintelligibles entre des lèvres tuméfiées, brillantes de sang. Devory jette un coup d'œil, derrière lui, à Draper Finney et Fred Dean. Ils ont poursuivi le garçon et l'ont ramené, mais le gosse n'arrête pas de hurler, de hurler comme pour ameuter tout le secteur, comme pour réveiller les morts, et si eux peuvent entendre les méthodistes chanter « How I Love to Tell the Story », depuis ici, alors les méthodistes risquent d'entendre le négrillon pousser ses hurlements. Devory dit : « Flanquez-le dans l'eau, faites-le taire. » C'est à croire qu'il vient de prononcer une formule magique car aussitôt sa queue commence à se raidir.

« Qu'est-ce que tu veux dire ? demande Ben Merrill.

— Tu le sais foutrement bien », rétorque Jared. Il crache sa réponse, donnant en même temps un coup de hanches. Son derrière étroit brille dans la lumière de l'après-midi. « Il nous a vus ! Tu préfères lui couper la gorge, avoir du sang partout ? Ça me va très bien. Tiens, prends mon couteau, fais comme chez toi !

— Non, non, Jared ! » s'écrie Ben, horrifié ; il

donne l'impression de se recroqueviller à la vue de la lame.

Il est finalement prêt. Ça lui prend un petit peu plus longtemps, c'est tout ; il n'est plus un gamin, lui. Mais alors ! Il oublie qu'elle a une grande gueule, il oublie son rire insolent, il oublie toute la population du coin. Qu'ils se pointent tous et le regardent faire, si ça leur chante. Il se glisse en elle, ce qu'il a désiré depuis le début — et ce que désirent toutes celles dans son genre. Il se glisse en elle et s'enfonce profondément. Il continue à donner des ordres tout en la violant. Son derrière monte et descend, hop, hop, comme la queue d'un chat qui se balance. « Occupez-vous de lui, bon Dieu ! Vous préférez peut-être passer quarante ans à pourrir en taule à cause des racontars d'un négro ? »

Ben prend Kito Tidwell par un bras, Oren Peebles par l'autre, mais le temps d'arriver au bord de l'eau, ils ont perdu tout courage. Violer une grande gueule de Noire qui a eu le culot de rire lorsque Jared a déchiré son pantalon en tombant est une chose. Mais noyer un môme terrorisé comme on noie un chaton dans une flaque... c'est complètement différent.

Ils desserrent leur étreinte, échangent un regard où rôde déjà le remords, et Kito se libère.

« Cours ! lui crie Sara. Cours vite et va cher... » Jared referme les mains sur la gorge de la femme et commence à l'étouffer.

Le garçon trébuche contre son seau de mûres et tombe lourdement sur le sol. Harry et Draper n'ont pas de mal à le rattraper. « Qu'est-ce que tu vas faire ? » demande Draper d'un ton gémissant, presque désespéré. Et Harry répond :

« Ce que j'ai à faire. » Voilà ce qu'il avait répondu, et j'allais faire maintenant, moi aussi, ce que j'avais à faire, en dépit de la puanteur, en dépit de Sara, en dépit des hurlements de ma femme défunte. Je retirai la toile enroulée du trou. Les cordes qui en fermaient les deux extrémités tinrent bon, mais la toile elle-même se fendit par le milieu avec un son hideux de rot.

« Dépêche-toi ! me cria Johanna. Je ne pourrai pas tenir longtemps ! »

La chose rugit ; on aurait dit un chien fou de rage qui retrousse sauvagement les babines. Il y eut un craquement de bois assourdissant, comme une porte claquée avec tellement de violence qu'elle en explose, et Johanna se mit à gémir. Je saisis le sac marqué Slips' n Green et l'ouvris brutalement tandis que

Harry, celui que les autres appelaient l'Irlandais à cause de ses cheveux poil-de-carotte, attrape le gamin et le serre maladroitement dans ses bras pour sauter dans le lac avec lui. L'enfant se débat plus farouchement que jamais ; il perd son chapeau de paille, qui se met à flotter sur l'eau. « Attrape ça ! » halète Harry. Fred Dean s'agenouille et repêche le couvre-chef dégoulinant. Fred a dans les yeux l'expression hébétée d'un boxeur à un round de s'étaler sur le ring. Derrière eux, Sara émet de profonds bruits de gorge et de poitrine, des sons qui hanteront Draper Finney jusqu'à son plongeon final à Eades Quarry. Jared enfonce un peu plus ses doigts, malaxant et étouffant en même temps ; il ruisselle de sueur. Aucun lavage n'arrivera jamais à chasser cette odeur de transpiration de ses vêtements, et quand il commencera à y penser comme à l'« odeur du meurtre », il les brûlera pour en terminer définitivement.

Harry Auster voudrait bien en avoir terminé, lui aussi, en avoir terminé et ne plus jamais revoir ces hommes, Jared Devory encore moins que les autres, Devory qui, dans son esprit, est Satan incarné. Harry sera incapable de retourner chez lui et de regarder son père en face tant que ce cauchemar ne sera pas terminé, enterré. Et sa mère ! Comment pourra-t-il lever les yeux sur elle, sur sa maman bien-aimée, Bridget Auster, avec sa bonne bouille d'Irlandaise, ses cheveux grisonnants, ses rondeurs généreuses ; Bridget qui a toujours eu un mot de consolation ou une caresse apaisante pour lui, Bridget Auster, qui a été Sauvée, Baignée dans le Sang de l'Agneau, Bridget Auster qui, en ce moment même, sert des tartes pour le pique-nique ayant suivi la consécration de la nouvelle église, Bridget Auster, sa maman... comme pourra-t-il la regarder — et elle le regarder — s'il doit passer devant la justice, accusé d'avoir battu et violé une femme, même une femme noire ?

Si bien qu'il écarte violemment le garçon qui s'accroche à lui — Kito le griffe une fois, rien qu'une simple petite égratignure au cou ; ce soir Harry dira à sa maman qu'il s'est pris par inadvertance dans un buisson et il lui laissera déposer un baiser dessus — et le plonge dans le lac. Kito lève les yeux sur lui, le visage ondoyant, et un petit poisson passe à toute vitesse. Une perche, pense Harry. Un instant, il se demande ce que peut bien voir le garçonnet, en regardant ainsi, à travers la surface argentée, le visage du type qui l'enfonce sous l'eau, le visage du type qui le noie, mais Harry repousse cette pensée. C'est rien qu'un nègre, se force-t-il à se rappeler, en désespoir de cause. C'est rien que ça, un morveux de nègre. Pas quelqu'un comme nous.

Un des bras de Kito crève la surface, un petit bras très brun dégoulinant d'eau. Harry a un mouvement de recul, il n'a pas envie de se faire griffer, mais la main ne cherche pas à le toucher, elle ne fait que se dresser, toute droite. Les doigts se replient en poing, s'ouvrent à nouveau, se replient, s'ouvrent, se replient. Le garçonnet se débat plus faiblement, ses coups de pied sont moins violents, les yeux qui regardent toujours Harry commencent à prendre une expression curieusement rêveuse ; et cependant, le petit bras brun se tend toujours hors de l'eau, la main continue de s'ouvrir et de se refermer. Draper Finney pleure sur la rive, certain que quelqu'un va venir, que quelqu'un va voir la chose terrible qu'ils ont faite, la chose ter-

rible qu'en réalité ils font encore. « Sois assuré que ton péché t'atteindra, dit-on dans le Livre sacré. Sois-en assuré... » Il ouvre la bouche pour dire à Harry d'arrêter, peut-être n'est-il pas encore trop tard, qu'il le lâche, qu'il le laisse vivre, mais pas un son ne franchit ses lèvres. Derrière lui, Sara pousse un ultime soupir. Devant, l'enfant de cette femme tend sa main qui se ferme et s'ouvre, se ferme et s'ouvre, et son reflet ondule dans le miroir brisé de l'eau. Et Draper pense : il ne va pas s'arrêter, bon Dieu, il ne va pas s'arrêter de faire ça ? Et comme s'il était enfin répondu à sa prière, le coude rigide du garçonnet commence à se replier, son bras à retomber ; les doigts tentent une dernière fois de former un poing et s'immobilisent. Un instant, la main hésite, puis

je me donnai une claque sur le front pour chasser tous ces fantômes. Derrière moi, j'entendis des craquements et des grincements frénétiques de bois mouillé : Johanna et la chose qu'elle affrontait continuaient de lutter. Je plaçai la main dans la déchirure de la toile et tirai ; il y eut un bruit râpeux désagréable et la fente se prolongea dans les deux sens.

Leurs restes étaient à l'intérieur : deux crânes jaunis, front à front comme s'ils étaient plongés dans une conversation intime, une ceinture de femme en cuir rouge terni, des restes moisis de vêtements... et un tas d'ossements. Deux cages thoraciques, une grande et une petite. Deux paires de jambes, des longues et des courtes. Les dépouilles « modèles », comme aurait dit Kyra, de Sara et Kito Tidwell, enterrées ici, bientôt du lac, depuis bientôt un siècle.

Le plus grand des deux crânes pivota et me foudroya de ses orbites vides. Ses dents claquèrent comme s'il s'apprêtait à me mordre, et le reste des os fut pris d'une agitation chaotique, ténébreuse. Certains se rompirent tout de suite ; tous étaient mous et grêlés de trous. La ceinture rouge se tordait nerveusement et sa boucle rouillée s'éleva comme une tête de serpent.

« Mike ! cria Johanna. Fais vite ! »

Je sortis la bouteille de plastique du sac de commissions. *Lye stille*[1], tel avait été le message des plots magnétiques ; encore un petit jeu de mots. Encore une autre information passée dans le dos du gardien sans qu'il soupçonne quoi que ce soit. Sara Tidwell était une créature redoutable, mais elle avait sous-estimé Johanna... et sous-estimé nos capacités télépathiques, après dix ans de vie commune. J'étais allé dans la jardinerie, j'avais acheté une bouteille de soude caustique et c'est celle-ci que j'ouvris pour en répandre le contenu sur les restes de Sara et de son fils.

Il y eut un sifflement semblable à celui d'une boisson gazeuse, bière ou soda, que l'on ouvre. La boucle de ceinture fondit. Les os blanchirent et se désagrégèrent comme s'ils étaient en sucre — me revint, cauchemardesque, l'image d'un petit Mexicain mangeant des sucres d'orge en forme de cadavre, le jour de la fête des Morts. Les orbites de Sara s'agrandirent sous l'effet de la soude venue remplir le vide obscur dans lequel avaient jadis résidé son esprit, son prodigieux talent et son âme rieuse. Ce qui lui donna tout d'abord une expression d'étonnement, puis de chagrin.

La mâchoire inférieure se détacha ; les alvéoles des dents se désagrégèrent.

Le sommet du crâne s'effondra.

Les os de ses mains tressaillirent, puis fondirent.

« *Ohhhhhhh...* »

Le murmure se coula entre les arbres dégoulinant d'eau comme s'élèverait un vent nouveau... si ce n'est que le vent était tombé, à croire qu'il reprenait son souffle avant un nouveau déchaînement. Un murmure dans lequel il y avait un chagrin indicible, une effrayante nostalgie, mais aussi le renoncement. Je n'y sentis aucune haine ; la haine avait disparu, brûlée par

---

1. Jeu de mots sur *lye* (soude caustique), homonyme de *to lie* (reposer) (*N.d.T.*).

l'acide corrosif que j'avais acheté dans la boutique de Helen Auster. La lamentation de Sara s'éloignant fut remplacée par le chant plaintif, presque humain d'un oiseau, et cet appel me réveilla, m'arracha complètement et définitivement à la zone. Je me remis debout sur des jambes flageolantes, me tournai et regardai vers la Rue.

Johanna s'y trouvait toujours, silhouette indistincte à travers laquelle j'apercevais à présent le lac, ainsi que les nuages noirs du prochain orage surgissant au-dessus des montagnes. Il y eut une agitation colorée, derrière elle — l'oiseau risquant une sortie hors de son abri pour aller jeter un coup d'œil sur les transformations de l'environnement —, mais c'est à peine si je l'enregistrai. C'était Johanna que je voulais voir, Johanna venue de Dieu seul savait où et ayant souffert Dieu seul savait quoi pour m'aider. Elle semblait épuisée, tourmentée et fondamentalement diminuée. Mais l'autre chose — l'Extérieur — avait disparu. Debout au milieu d'un cercle constitué de feuilles de bouleau tellement mortes qu'elles en paraissaient carbonisées, Johanna se tourna vers moi et me sourit.

« On a réussi, Jo ! »

Ses lèvres bougèrent. J'entendis bien des sons, mais ils paraissaient provenir de très loin et étaient trop indistincts pour que je puisse distinguer les mots. Elle était à quelques pas, et c'était comme si elle m'appelait depuis l'autre bord d'un vaste canyon. Néanmoins, je compris. Je lus les paroles sur ses lèvres, si vous préférez une explication rationnelle, directement dans son esprit si vous aimez mieux la version romantique. Moi, j'ai un faible pour celle-ci. Le mariage aussi est une zone, voyez-vous. Oui, le mariage est une zone.

C'est une bonne chose de faite, alors, non ?

Je jetai un coup d'œil dans la toile éventrée et n'y vis rien que des fragments et des éclats rongés dépassant d'un magma chargé de miasmes. Une bouffée parvint jusqu'à moi et me fit tousser et reculer d'un pas, en dépit du Stenomask. Ce n'était pas la putréfaction, mais la soude caustique.

« Jo ! Attends, Jo ! »

Peux pas t'aider... Peux pas rester...

Des mots qui me parvenaient d'une autre galaxie, à peine entrevus sur des lèvres qui s'estompaient. Elle était maintenant réduite à deux yeux flottant dans la lumière sourde, deux yeux qui paraissaient émaner du lac, derrière.

Pressée...

Elle s'évanouit. Je m'avançai en glissant et en trébuchant jusqu'à l'endroit où elle s'était tenue, dans le crissement des feuilles mortes sous mes pieds, et ne saisis que du vide. Je devais avoir l'air d'un parfait dément, trempé jusqu'aux os, le Stenomask de travers sur la figure, m'efforçant d'étreindre l'air gris et humide.

Je sentis la plus ténue des bouffées de son parfum... puis il n'y eut plus que l'odeur de la terre mouillée, celle de l'eau du lac, et la puanteur ignoble de la soude caustique pervertissant tout le reste. Au moins l'odeur de putréfaction avait-elle disparu ; elle n'avait pas été plus réelle que...

Que quoi, au fait ? Ou bien elle avait été réelle, ou bien rien de tout cela ne l'avait été. Et si rien ne l'avait été, c'est que j'avais perdu l'esprit et que j'étais bon pour la camisole de force, à Juniper Hill. Je regardai vers le rocher grisâtre et me rendis compte que le sac d'os que j'avais retiré du sol détrempé faisait l'effet d'une dent gâtée. De paresseuses volutes de fumée en montaient encore. Cela au moins était bien réel. Tout comme l'était la Dame Verte, transformée à présent en Dame Noire couleur de suie, aussi morte que la branche morte, derrière elle, celle qui semblait indiquer une direction.

Peux pas t'aider... Peux pas rester... Pressée...

M'aider en quoi ? De quelle aide avais-je encore besoin ? La tâche était pourtant achevée, non ? Sara était partie, l'esprit avait suivi les ossements, bonne nuit, gente dame, Dieu lui accorde de reposer en paix.

Et cependant, une sorte de terreur puante, pas tellement différente de l'odeur de putréfaction qui était montée du sol, paraissait exsuder de l'air ; le nom de Kyra se mit à retentir rythmiquement dans ma tête, *Ki-Ki, Ki-Ki, Ki-Ki,* comme l'appel de quelque oiseau tropical. J'attaquai l'escalier de la maison et, en dépit de mon épuisement, je me mis à escalader les marches quatre à quatre quand je fus à mi-chemin.

J'entrai par la terrasse. Le chalet paraissait n'avoir pas changé — mis à part la cime de l'arbre foudroyé qui entrait par la fenêtre de la cuisine. Sara Laughs avait très bien supporté la tempête, mais n'empêche, quelque chose clochait. Quelque chose que je pouvais presque sentir... et peut-être le sentais-je bien, un remugle âcre et faible. Qui sait si la folie ne s'accompagne pas de ses propres effluves nauséabonds ? Voilà le genre de choses auxquelles je ne veux même pas penser.

Je m'arrêtai dans l'entrée ; des livres de poche gisaient en désordre sur le plancher, des Elmore Leonard et des Ed McBain. Comme si, en passant, une main les avait fait tomber de leur étagère. Une main battant l'air, peut-être. Je voyais aussi les traces que j'avais laissées, en entrant et en ressortant. Elles avaient déjà commencé à sécher. Elles auraient dû être les seules, puisque je portais Kyra dans mes bras. Elles auraient dû, mais ce n'était pas le cas. Les autres étaient plus petites, mais pas au point que je les prenne pour les empreintes laissées par un enfant.

Je me précipitai dans le couloir menant à l'aile nord, criant son nom, et j'aurais pu tout aussi bien crier *Mattie, Jo* ou *Sara*. En sortant de ma bouche, le nom de Kyra sonnait comme celui d'un cadavre. L'édredon avait été jeté sur le sol. En dehors du chien en peluche, le lit n'avait plus d'occupant. Et Kyra avait disparu.

CHAPITRE 29

Je cherchai à rejoindre Kyra avec cette partie de mon esprit qui, au cours des dernières semaines, avait su ce qu'elle portait comme vêtement, dans quelle pièce de la caravane elle se trouvait et ce qu'elle y faisait. Il n'y eut rien, bien entendu : ce lien s'était également dissous.

J'appelai Johanna, mais elle aussi était partie. Je ne pouvais compter que sur moi-même. Que Dieu me vienne en aide. Que Dieu nous vienne en aide, à tous les deux. Je sentais la panique qui me gagnait et je dus lutter pour la repousser. Il me fallait garder l'esprit clair. Si je n'arrivais pas à réfléchir, mes chances de retrouver Kyra — si j'en avais — seraient nulles. Je retournai rapidement dans le vestibule, m'efforçant de faire abstraction de la voix geignarde, au fond de ma tête, qui me disait que j'avais déjà perdu Kyra, qu'elle était déjà morte. Mais je n'en savais strictement rien et ne pouvais rien en savoir, maintenant que le lien était rompu entre nous.

Je regardai la pile de livres, puis la porte. La nouvelle série d'empreintes était arrivée et repartie par là. Un éclair fendit le ciel et le tonnerre gronda. Le vent se levait à nouveau. Je tendais déjà la main vers la poignée de la porte, lorsque j'interrompis mon geste. Je venais de voir quelque chose, coincé entre le battant et le chambranle, quelque chose d'aussi fin et léger que le fil tendu par une araignée.

Un unique cheveu blanc.

Je l'examinai sans la moindre surprise, écœuré. J'aurais dû m'en douter, évidemment, et s'il n'y avait eu la tension et les chocs successifs que j'avais subis au cours de cette effrayante journée, j'y aurais pensé. Tout se trouvait sur l'enregistrement que John m'avait passé ce matin... à une époque qui me paraissait déjà avoir été vécue par un autre homme.

En premier lieu, il y avait eu le repère chronologique automatique, lorsque John avait raccroché : « Neuf heures quarante, heure avancée de l'Est », avait dit la voix de robot ; ce qui signifiait que Rogette avait appelé à six heures quarante du matin — en admettant qu'elle ait réellement donné son coup de fil de Palm Springs. La chose n'avait rien d'impossible ; si elle m'était venue à l'esprit pendant que nous roulions entre Castle Rock et le TR, je me serais dit qu'il y avait des insomniaques en Californie comme ailleurs, et qu'ils préféraient finir de régler les affaires qu'ils avaient sur la côte Est avant que le soleil ne soit haut sur l'horizon, pour leur plus grand bien. Mais il y avait autre chose, que je ne pouvais expliquer aussi facilement.

John, à un moment donné, avait éjecté la cassette. Il l'avait fait, avait-il dit, parce que j'étais devenu blanc comme un linge au lieu d'avoir l'air amusé. Je lui avais demandé de continuer ; je voulais écouter le reste, j'avais seulement été surpris d'entendre cette voix. Surpris, et frappé par la qualité de l'enregistrement. À ce détail près qu'en réalité c'étaient les gars du sous-sol, mes co-conspirateurs inconscients, qui avaient réagi. Et ce n'était pas la voix de Rogette qui les avait effrayés au point de me faire pâlir, mais le bruit de fond. Le bruit de fond caractéristique qui accompagne tous les appels qui transitent par le TR, ceux que l'on passe comme ceux que l'on reçoit.

Rogette Whitmore n'avait jamais quitté le TR. Si le fait de ne pas l'avoir compris ce matin devait coûter la vie à Kyra Devory cet après-midi, je ne pourrais plus continuer à vivre. Je répétai cela à Dieu comme une litanie pendant que je dévalais à nouveau les marches en traverses de chemin de fer, me jetant dans les bras d'une tempête qui venait de trouver un second souffle.

C'est un pur miracle si je ne fis pas un vol plané par-dessus la rive. La moitié de mon ponton s'y était échouée, et j'aurais très bien pu m'empaler sur l'une des planches cassées en biseau — et mourir là comme un vampire se tortillant autour du pieu qu'il a dans le cœur. Charmante perspective.

Il n'est pas recommandé de courir quand on est sur le point de céder à la panique ; c'est comme se gratter lorsqu'on a été touché par du sumac vénéneux. Le temps de lancer un bras pour m'agripper à l'un des pins, au bas des marches, et j'étais sur le point de perdre toute cohérence dans ma tête. Le nom de Ki y pulsait à nouveau, tellement fort qu'il ne restait guère de place pour autre chose.

Puis un éclair creva le ciel sur ma droite et acheva de détruire un énorme sapin qui devait probablement déjà se dresser ici lorsque Sara et Kito étaient encore en vie. Si j'avais regardé directement par là, j'aurais été aveuglé ; même avec la tête tournée aux trois quarts, je me retrouvai avec une grande tache bleue devant les yeux, comme si cinquante appareils photo avaient déclenché leur flash en même temps. Il y eut une série de craquements et de grincements, et les soixante mètres du géant s'abattirent dans le lac, soulevant un immense rideau d'écume qui resta quelques instants suspendu entre le ciel gris et les eaux grises. La souche brûlait sous la pluie, brûlait comme un chapeau de sorcière.

La foudre me fit l'effet d'une claque ; elle m'éclaircit l'esprit et me donna une dernière chance d'utiliser mon cerveau. Je m'obligeai à inspirer profondément à plusieurs reprises. Et d'abord, pourquoi avoir foncé ici ? Pourquoi avoir pensé que Rogette était partie vers le lac avec Kyra, où moi-même je me trouvais alors, au lieu de s'éloigner de moi par l'allée et le chemin 42 ?

Ne sois pas stupide. Elle est descendue vers la rive parce que la Rue est l'itinéraire normal pour retourner au Warrington's, et le Warrington's est l'endroit où elle est restée toute seule depuis qu'elle a renvoyé le corps de son patron en Californie, dans son jet privé.

Elle s'était introduite dans la maison pendant que j'étais dans l'atelier de Johanna et récupérais la boîte, dans le hibou, contenant mon ébauche d'arbre généalogique. Elle aurait emporté Ki si je lui en avais laissé l'occasion. Mais j'étais revenu à toute vitesse, redoutant quelque chose, redoutant que quelqu'un ne cherche à s'emparer de la fillette...

Rogette l'avait-elle réveillée ? Ki l'avait-elle vue et avait-elle essayé de m'avertir avant de replonger dans le sommeil ? Était-ce cela qui m'avait fait revenir si vite ? Peut-être. Je naviguais alors dans la zone car le lien existait encore, entre nous. Rogette s'était certainement trouvée dans la maison lors de mon retour inopiné. Peut-être s'était-elle même glissée dans la penderie de la chambre et m'avait-elle observé par la porte entrouverte. Quelque chose en moi avait dû le savoir ; quelque chose en moi avait dû sentir sa présence, senti une présence, en tout cas, qui n'était pas Sara.

Puis j'étais reparti. Prenant au passage le sac de toile de Slips' n Green avant de venir ici. Pour tourner à droite, tourner vers le nord. Vers le bouleau, le rocher, le sac d'os. J'avais accompli la tâche que j'avais à accomplir et, pendant ce temps, Rogette avait descendu l'escalier derrière moi et tourné à gauche sur la Rue. Vers le sud et le Warrington's. Avec un creux dans l'estomac, je me rendis compte que j'avais probablement entendu Kyra... que je l'avais peut-être vue. Cet oiseau qui s'était manifesté timidement pendant l'accalmie n'avait jamais été un oiseau. Ki s'était réveillée, elle m'avait vu, peut-être même avait-elle vu Johanna, et elle avait tenté de m'appeler. Elle avait réussi à émettre cet unique et faible piaulement avant que Rogette ne lui couvre la bouche.

À combien de temps cela remontait-il ? À une éternité, avais-je l'impression, mais quelque chose me disait qu'il s'était en réalité écoulé peu de temps, moins de cinq minutes, sans doute. Cependant, il faut bien peu de temps pour noyer un petit enfant. L'image du bras de Kito pointant en l'air essaya de s'imposer — avec cette main qui se fermait et s'ouvrait spasmodiquement, comme s'il essayait de respirer avec, ses poumons ne pouvant le faire — mais je la chassai. Je résistai également à l'envie de sprinter sans réfléchir davantage en direction du Warrington's. C'était le meilleur moyen de paniquer.

Jamais, depuis sa mort, je n'avais désiré la présence de Johanna avec autant d'amère intensité. Mais elle était partie ; d'elle il ne me restait même pas un murmure. Obligé de compter sur mes seules forces, je pris la direction du sud. Les arbres jonchaient la Rue ; je les contournais quand je pouvais ou rampais dessous quand ils bloquaient entièrement le chemin, ne choisissant de les franchir en les escaladant dans le tapage des branches cassées qu'en dernier ressort. Tout en progressant, je prononçais, j'imagine, toutes les prières que l'on formule dans une telle situation, mais aucune d'elles ne put effacer de mon esprit l'image de Rogette Whitmore. L'image de son visage impitoyable et hurlant.

Je me rappelle avoir pensé : *C'est la version en extérieur-jour de la Maison aux Revenants.* Et il ne fait aucun doute que les bois me paraissaient hantés, tandis que je m'ouvrais péniblement un chemin ; d'autant plus pénible que les arbres que le premier passage de la tempête avait seulement ébranlés s'effondraient à qui mieux mieux sous le deuxième coup de boutoir du vent et de la pluie. Le vacarme était celui d'énormes bottes écrasant tout et je n'avais vraiment pas de raison de m'inquiéter du bruit que je faisais moi-même. Lorsque je passai devant le chalet des Batchelder, une construction circulaire en préfabriqué posée sur un promontoire rocheux comme un chapeau sur un tabouret, je vis que le toit s'était entièrement effondré sous le poids d'un if.

À sept ou huit cents mètres de Sara Laughs, je découvris l'un des rubans de Kyra sur le chemin. Je le ramassai en me disant que cette bordure rouge ressemblait vraiment beaucoup à du sang. Je le fourrai dans ma poche et continuai.

Cinq minutes plus tard, j'arrivai près d'un vieux pin couvert de mousse tombé en travers du chemin ; il tenait encore à sa souche par tout un réseau de fibres pliées et étirées, et grinçait comme une douzaine de gonds rouillés, au rythme des mouvements de haut en bas que lui imprimaient les vagues du lac — dans lequel flottait sa cime, sur une dizaine de mètres. Il y avait assez d'espace pour passer dessous et, lorsque je me mis à genoux, je vis les empreintes laissées par un prédécesseur, deux sillons étroits qui commençaient à se remplir d'eau. Je découvris également autre chose : le deuxième ruban. Il alla rejoindre le premier dans ma poche.

J'étais en dessous du tronc lorsque j'entendis un nouvel arbre s'effondrer, beaucoup plus près de moi, cette fois. Le vacarme fut suivi d'un cri — pas de douleur ou de peur, mais de colère et de surprise. Puis, en dépit des sifflements du vent et de la pluie, je distinguai la voix de Rogette : « Reviens ! Ne va pas par là, c'est dangereux ! »

Je me tortillai pour finir de me dégager, et c'est à peine si je sentis le moignon de branche qui me labourait le bas du dos ; puis je me remis debout et repartis au pas de course. Lorsque les arbres couchés en travers du chemin étaient petits, je les sautais comme des haies, sans ralentir ; s'ils étaient plus gros, je les escaladais à toute vitesse, sans me soucier des branches cassées qui me griffaient ou auxquelles je me heurtais. Le tonnerre gronda. Il y eut un éclair éblouissant et, dans sa lumière, j'aperçus des planches à clin grisâtres entre les arbres. Le jour où j'avais fait la connaissance de Rogette Whitmore, c'est à peine si j'avais pu voir des bouts de pans de mur appartenant au Warrington's ; mais la forêt avait été mise en lambeaux, comme on déchire de vieux vêtements : la remise en état de ce secteur allait demander des années. Deux arbres énormes, qui donnaient l'impression d'être tombés ensemble, avaient presque entièrement démoli la partie arrière de l'édifice. Croisés comme des couverts sur une assiette, ils dessinaient un X approximatif sur les ruines.

La voix de Ki ne réussit à s'élever au-dessus de la tempête que parce que la terreur la rendait perçante : « Va-t'en ! Va-t'en ! Ze te veux pas, nana blanche ! Va-t'en ! » Si c'était horrible de déceler autant de terreur dans sa voix, c'était merveilleux de simplement l'entendre.

À une douzaine de mètres de l'endroit où le cri de Rogette m'avait pétrifié sur place, il y avait encore un arbre en travers de la Rue. Rogette elle-même se tenait de l'autre côté, tendant la main vers Kyra. Du sang coulait de cette main, mais c'est à peine si je le remarquai. C'est la fillette qui capta toute mon attention.

La jetée flottante qui reliait la Rue au Sunset Bar était relativement longue, mesurant au bas mot vingt-cinq mètres, peut-être même trente. Assez longue, en tout cas, pour que, par une belle soirée d'été, on ait le temps de la parcourir main dans la main avec sa petite amie ou la copine d'un soir et d'en garder un beau souvenir. La tempête ne l'avait pas détruite — pas encore, du moins —, mais elle la tordait comme un ruban. Cela me rappelait un film d'actualités cinématographiques qui m'avait frappé dans mon enfance : on y voyait un pont suspendu dansant dans un ouragan, et c'est cet aspect que présentait la jetée du Warrington's. Elle ondulait sous la pression des vagues, grognant de toutes ses pièces jointoyées comme un accordéon de bois. Son garde-fou — sans doute destiné à guider ceux qui, après une nuit difficile, avaient du mal à regagner la rive — avait complètement disparu. Kyra était à mi-chemin de cette chaussée de bois mouvante. D'où je me tenais, je distinguai au moins trois intervalles rectangulaires vides et noirs aux endroits où des planches avaient sauté. D'en dessous de la jetée parvenaient les *clong-clong-clong* désordonnés des barils qui la maintenaient à flot. Plusieurs de ces fûts s'étaient détachés et s'éloignaient en bouchonnant. Ki se tenait les bras écartés, comme une danseuse de corde dans un cirque. Le T-shirt noir Harley-Davidson battait ses genoux et ses épaules où brillait un coup de soleil.

« Reviens ! » cria Rogette. Ses cheveux plats voletaient autour de sa tête ; l'imperméable noir en vinyle qu'elle portait ondulait. Elle tendait les deux mains, à présent, l'une en sang, l'autre non. Quelque chose me disait que Kyra avait dû la mordre.

« Non, nana blanche ! » répliqua la fillette, secouant frénétiquement la tête pour marquer son refus ; j'aurais voulu lui dire : ne fais pas ça, Ki chérie, ne secoue pas la tête ainsi, c'est une très mauvaise idée. Elle vacilla, une main tendue vers le ciel, l'autre vers l'eau et, pendant un instant, on aurait dit un avion virant sèchement sur l'aile. Si la jetée flottante avait choisi cet instant pour lancer une de ses ruades, Kyra aurait basculé dans l'eau. Elle reprit un équilibre précaire, même si je crus bien voir l'un de ses pieds nus glisser un peu sur les planches mouillées. « Va-t'en, nana blanche, ze te veux pas ! Va... va faire dodo, t'as l'air fatiguée ! »

Elle ne me voyait pas ; toute son attention était concentrée sur la nana blanche. La nana blanche ne me voyait pas non plus. Je me jetai à plat ventre, rampai sous l'arbre, et me tirai en avant en griffant le sol. Le tonnerre roula sur le lac, telle une boule en acajou géante, et le vacarme se répercuta sur les montagnes. Quand je me remis à genoux, je vis Rogette s'avancer lentement vers l'extrémité de la jetée. À chaque pas en avant qu'elle faisait, Kyra en faisait un, mal assuré et dangereux, en arrière. Rogette tendait sa bonne main, bien que, à un moment donné, je crusse bien qu'elle avait aussi commencé à saigner de l'autre. Mais ce qui s'écoulait entre ses doigts noueux était trop sombre pour être du sang et, lorsqu'elle se remit à parler, prenant un ton cajoleur hideux qui me hérissa le poil, je compris qu'il s'agissait de chocolat en train de fondre.

« Jouons à notre jeu, Ki, roucoula Rogette. Tu veux bien commencer ? » Elle fit un pas. Ki en fit un en arrière, vacilla, reprit son équilibre. Mon cœur s'arrêta, puis se remit à galoper. Je parcourus la distance qui me séparait de la vieille femme aussi vite que je le pus, mais sans courir ; je tenais à ce qu'elle reste le plus longtemps possible sans se douter de rien. Jusqu'à ce qu'elle se réveille. Si jamais elle se réveillait. Peu m'importait. Bon sang, j'avais bien réussi à casser la tête de George Footman d'un coup de marteau, je serais bien capable de mettre cette horreur hors de combat, non ? Tout en marchant, je croisai les deux mains pour en faire un seul gros poing.

« Non ? Tu veux pas commencer ? Tu es trop timide ? ronronnait Rogette d'une voix sucrée d'émission pour enfants qui me faisait grincer les dents. Très bien, c'est moi qui vais commencer. Tiens, tête... qu'est-ce qui rime avec tête, mon lapin ? Bête... et sieste... tu faisais la sieste quand je suis venue te chercher, n'est-ce pas ? Un autre... qu'est-ce qui rime avec chou, mon poussin ? Genou... Tu ne veux pas venir t'asseoir sur mes genoux, Ki chérie ? On se fera manger du chocolat comme on faisait autrefois... Et je t'apprendrai un nouveau jeu... »

Un autre pas. Elle n'était plus, maintenant, qu'à une enjambée de la jetée. Si elle y avait pensé, il lui aurait suffi de lancer des cailloux à la fillette comme elle l'avait fait pour moi ; d'en lancer jusqu'à ce que l'un d'eux atteigne son but et fasse basculer Kyra dans le lac. Mais je ne pense pas que l'idée lui ait seulement effleuré l'esprit. Une fois qu'un cinglé a atteint un certain stade, il est sur une autoroute sans voies de sortie. Rogette avait d'autres projets pour Kyra.

« Allez, viens, Kikinette. Viens jouer au jeu avec la nana blanche. » Elle tendit de nouveau le chocolat, une barre de Hershey devenue pâteuse au point de s'écouler dans les plis de son emballage en alu. Kyra eut un mouvement des yeux et, enfin, elle me vit. Je secouai la tête, essayant de lui faire comprendre qu'il fallait faire semblant de rien, mais en vain. Une expression joyeuse de soulagement se peignit sur son visage. Elle cria mon nom et je vis les épaules de Rogette se contracter de surprise.

Je courus sur les quatre mètres qui restaient, brandissant mes deux poings joints pour former massue, mais je glissai sur le sol humide au moment crucial et Rogette fit une sorte d'écart, recroquevillée sur elle-même. Au lieu de l'atteindre à la nuque, comme j'en avais eu l'intention, je ne fis que lui effleurer l'épaule. Elle vacilla, mit un genou en terre, mais se releva sur-le-champ. Ses yeux étaient comme deux lampes à arc bleues qui auraient craché de la rage au lieu d'électricité. « Encore vous ! » siffla-t-elle avec une intonation qui en faisait une malédiction quasi biblique. Derrière nous, Kyra cria à nouveau mon nom, dansant et oscillant sur place avec des moulinets des bras pour ne pas tomber dans le lac. Une vague balaya les planches et courut sur ses petits pieds nus.

« Tiens bon, Ki ! » lui criai-je. Rogette se rendit compte que mon attention s'était détournée d'elle un instant et en profita pour tenter sa chance ; elle fit demi-tour et s'élança sur la jetée. Je bondis à ses trousses et la saisis par les cheveux. Ceux-ci me restèrent dans le poing. Intégralement. Je demeurai un instant pétrifié au bord du lac en furie, le scalp de cheveux blancs à la main.

Rogette regarda par-dessus son épaule et grogna comme un animal, l'air d'un gnome antédiluvien sous la pluie. Je pensai : *C'est lui, c'est Devory, il n'est nullement mort, il a pris l'identité de la femme, c'est elle qui s'est suicidée, c'est son corps qui est reparti en jet privé pour la Californie...*

Mais le temps qu'elle se tourne à nouveau et reparte vers Kyra, j'avais compris. C'était bien Rogette, mais elle n'avait pas triché pour atteindre cette ressemblance hideuse. Ce qui n'allait pas chez elle avait fait davantage que provoquer la chute de ses cheveux ; ça l'avait aussi vieillie. Quand je m'étais dit qu'elle devait être septuagénaire, je lui avais en réalité donné au moins dix ans de trop.

Y a des tas de gens qui appellent leurs gosses presque pareil. Ils trouvent ça mignon, m'avait dit Brenda Meserve. C'est aussi ce qu'avait dû penser Max Devory, puisqu'il avait appelé son fils Roger et sa fille Rogette. Celle-ci avait peut-être jadis acquis légalement son patronyme de Whitmore par le mariage ; mais une fois privée de sa perruque, ses antécédents ne faisaient plus aucun doute. La femme qui titubait sur la jetée flottante était la tante de Kyra.

Ki se mit à reculer rapidement sans chercher à faire attention ou à choisir le chemin le plus sûr. Elle allait se flanquer à l'eau, c'était inévitable. Une vague vint rouler sur la jetée entre elle et Rogette, à un endroit où quelques barils s'étaient détachés et où la chaussée de planches était déjà en partie submergée. Il y eut un jaillissement d'écume qui prit cette forme de tourbillon que j'avais déjà vue. Rogette s'immobilisa, de l'eau jusqu'aux chevilles, et j'en fis autant à quelques mètres derrière elle.

La forme tourbillonnante se solidifia et, avant même d'avoir pu reconnaître le visage, j'avais identifié le short trop ample aux couleurs délavées et le débardeur. Seuls les grands magasins comme les Kmart vendent des vêtements aussi parfaitement informes ; ils y sont sans doute obligés par la loi.

C'était Mattie. Une Mattie toute grise, la mine grave, qui regardait Rogette avec des yeux gris à l'expression grave. La Whitmore leva les mains, vacilla et voulut faire demi-tour. À ce moment-là une vague souleva la jetée ; ses planches firent un instant le dos rond avant de retomber dans le creux suivant, évoquant des montagnes russes. Rogette passa par-dessus bord. Plus loin, au-delà de la silhouette d'eau née du tourbillon, Kyra gisait sur le seuil du Sunset Bar. Ce dernier mouvement de la jetée l'avait expédiée jusque-là, la mettant temporairement en sécurité, comme si la tempête avait joué à la puce avec elle.

Mattie était tournée vers moi ; ses lèvres bougeaient, ses yeux me fixaient. J'avais pu comprendre ce que m'avait dit Johanna, mais cette fois-ci, je restai court. J'essayai pourtant de toutes mes forces, mais en vain.

« Maman ! Maman ! »

La silhouette pirouetta plus qu'elle ne se tourna ; elle semblait perdre toute réalité, au-dessous de l'ourlet du short trop long. Elle fila vers le bar, devant lequel Ki se tenait à présent debout, bras tendus.

Une main m'agrippa la cheville.

Une apparition venait de surgir au milieu des eaux agitées. Deux yeux sombres me regardaient sous le crâne chauve. Rogette recrachait l'eau entre des lèvres aussi violacées que des prunes. Elle tendait péniblement un bras vers moi. Les doigts s'ouvraient... se refermaient... s'ouvraient... se refermaient. Je m'agenouillai et lui pris la main. Celle-ci se referma sur la mienne avec une poigne de fer et tira, essayant de m'entraîner dans l'eau. Les lèvres violacées s'écartèrent sur un sourire tout en grandes dents jaunes, comme celles du crâne de Sara. Et — oui, je dois l'avouer — je crois que cette fois-ci ce fut Rogette qui se mit à rire.

Je me raidis, calé par mes genoux, et tirai à mon

tour. J'agis sans réfléchir, par pur instinct. Je pesais plus de quarante kilos qu'elle et elle sortit aux trois quarts du lac, telle une truite gigantesque, monstrueuse. Elle poussa un hurlement, se jeta sur moi et enfonça ses dents dans mon poignet. La douleur fut immédiate et intolérable. J'abattis mon autre bras sur elle, non pas pour lui faire mal mais simplement pour me débarrasser de cette gueule de belette. Une nouvelle vague vint heurter la jetée à demi submergée. Une planche cassée se souleva et vint empaler la tête de Rogette qui allait à sa rencontre. Un œil creva, un éclat effilé de bois s'enfonça comme une dague dans une de ses narines, la peau tendue de son front se fendit en deux parties qui se détachèrent de l'os comme deux stores dont le mécanisme se rompt. Puis le lac l'emporta. Je vis la topographie ravagée de son visage encore un instant, tournée vers le ciel et sa pluie torrentielle, aussi blême que la lumière d'un néon. Finalement le corps roula sur lui-même, entortillé dans le linceul noir et brillant de son imperméable en vinyle.

J'eus droit, lorsque je me tournai vers le Sunset Bar, à un fugitif coup d'œil sous la peau du monde, mais fort différent, cette fois, du visage de Sara dans la Dame Verte ou de la forme à demi invisible et grondante de l'Extérieur. Kyra se tenait sur le large porche de bois, au milieu d'un chaos de meubles en rotin renversés. Devant elle se dressait une gerbe d'eau dans laquelle je distinguais encore — à peine — une silhouette féminine qui s'estompait. Elle était à genoux et tendait les bras.

Elles essayèrent de s'embrasser. Les bras de la fillette passèrent à travers Mattie et en ressortirent dégoulinant d'eau. « Maman ! Ze peux pas t'attraper ! »

La femme d'eau parlait : je voyais ses lèvres remuer. Kyra la regardait, fascinée. Puis, un bref instant, Mattie se tourna vers moi. Nos regards se croisèrent ; ses yeux étaient l'eau du lac. Ils étaient le Dark Score, présent ici bien longtemps avant que j'y vienne et qui y demeurerait encore bien longtemps après que j'en serais parti. Je portai les mains à mes lèvres, embrassai mes paumes, puis les tendis vers elle. Deux mains ondoyantes s'élevèrent, comme pour attraper ces baisers.

« Maman ! Ne t'en va pas, maman ! » cria Kyra en essayant d'étreindre la silhouette. Elle fut immédiatement trempée et recula, plissant fortement les yeux, toussant. Ce n'était plus une femme qu'elle avait devant elle ; seulement de l'eau qui courait sur les planches et regagnait le lac par les interstices, une eau montée des sources profondes, des fissures de la roche qui constituait le socle du TR et de ce coin du monde.

Avançant avec précaution, jouant à mon tour les équilibristes sur la chaussée mouvante de la jetée, je parvins à atteindre le Sunset Bar. Je pris Kyra dans mes bras. Elle me serra très fort. Elle était secouée de frissons violents, et j'entendais ses petites dents claquer ; ses cheveux sentaient l'eau du lac.

« Mattie est venue...

— Je sais. Je l'ai vue.

— Mattie a fait partir la nana blanche.

— J'ai vu ça, aussi. Surtout, ne bouge pas à présent, Ki. On va rejoindre la terre ferme, mais il ne faut pas que tu t'agites ; sinon, on va rentrer à la nage. »

Elle se montra un vaillant petit soldat. Une fois sur la Rue, je voulus la poser à terre mais elle s'agrippa furieusement à mon cou. Voilà qui m'allait très bien. J'envisageai un instant de faire étape avec elle au Warrington's ; j'y aurais trouvé des serviettes et probablement des vêtements secs, mais quelque chose me disait qu'il devait aussi y avoir une baignoire pleine d'eau chaude qui m'attendait. En outre, la pluie faiblissait à nouveau et le ciel, cette fois, paraissait se dégager à l'ouest.

« Qu'est-ce que Mattie t'a dit, ma chérie ? » lui demandai-je, tandis que nous remontions la Rue en direction du nord. Elle me laissait la poser à terre pour ramper sous les arbres abattus, mais me tendait les bras pour que je la reprenne dès que nous étions de l'autre côté.

« D'être une zentille fille et de pas être triste. Mais ze suis triste. Ze suis très triste. » Elle se mit à pleurer et je caressai ses cheveux mouillés.

Le temps d'atteindre l'escalier de Sara Laughs, elle avait épuisé ses larmes... et par-dessus les montagnes, à l'ouest, on apercevait un coin de ciel bleu, petit mais très brillant.

« Tous les arbres sont tombés, dit-elle en regardant autour d'elle avec de grands yeux.

— Pas tous, mais beaucoup, j'en ai peur. »

Je fis halte à mi-chemin de l'escalier, haletant, passablement hors d'haleine. Je ne demandai cependant pas à Kyra si je pouvais la poser. Je n'avais pas envie de la poser. Je voulais simplement reprendre mon souffle.

« Mike ?

— Oui, ma poupée ?

— Mattie m'a dit autre chose.

— Quoi donc ?

— Ze peux le dire tout doucement ?

— Bien sûr, si tu préfères. »

Elle approcha la bouche de mon oreille et murmura. J'écoutai. Quand elle eut terminé, je hochai la tête, l'embrassai et fis passer son poids sur mon autre hanche. Puis je terminai l'ascension de l'escalier.

C'était pas la tempête du siècle, les gars, allez pas vous imaginer ça. Non, les gars.

Voilà ce que disaient les anciens, avec leur lourd accent yankee, quand ils étaient assis devant la grande tente des services médicaux de l'armée qui remplaça le Lakeview General, au cours de la fin de l'été et de l'automne. Un orme gigantesque s'était effondré, de l'autre côté de la route 68, et avait écrabouillé le maga-

704

sin comme une vulgaire boîte à chaussures. Et pour faire bonne mesure, il avait entraîné un certain nombre de lignes électriques avec lui. Les courts-circuits qui s'étaient ensuivis avaient mis le feu à un réservoir de propane endommagé, et toute la baraque était partie en fumée. La tente constituait un substitut acceptable, étant donné le temps chaud, et les gens du TR se mirent à dire qu'ils allaient chercher leur pain ou leur bière au MASH : on voyait encore, en effet, une croix rouge délavée sur chacune des pentes du toit.

Les anciens s'installaient sur des chaises pliantes alignées le long d'une des parois de toile, saluant de la main les autres anciens qui passaient, à un train de sénateur, dans leurs anciennes voitures rouillées (tous les anciens garantis d'origine possèdent soit une Ford, soit une Chevy : je suis en bonne voie pour rejoindre le club, à ce titre), troquant leurs gilets de peau en coton contre d'épaisses flanelles, lorsque les jours se firent plus frais et que s'annonça la saison du cidre et de la cueillette des pommes de terre, regardant la ville (ou ce qui en tenait lieu) se rebâtir autour d'eux. Et, tout en surveillant les travaux, ils parlaient de la tempête de verglas de janvier dernier, celle qui avait provoqué la coupure générale d'électricité et détruit un million d'arbres entre Kittery et Fort Kent ; ils parlaient des cyclones du mois d'août 1985 ; ils parlaient de l'ouragan de grêle de 1927. Ça c'étaient de sacrées tempêtes, disaient-ils.

Je suis sûr qu'ils ont de bonnes raisons de l'affirmer, et je ne discuterai pas avec eux — on a rarement le dernier mot avec un authentique ancien Yankee, et jamais sur les questions de météo — mais pour moi, la tempête du 21 juillet 1998 restera toujours *la* tempête. Et je connais une petite fille qui éprouve la même chose. Elle vivra peut-être jusqu'en 2100, compte tenu des progrès de la médecine, mais pour Kyra Devory, ce sera toujours *la* tempête. Celle au cours de laquelle sa mère lui apparut habillée des eaux du lac.

705

Le premier véhicule qui s'engagea dans mon allée n'arriva pas avant dix-huit heures. Il ne s'agissait pas d'une voiture de police, mais d'une pelleteuse de chantier de couleur jaune, ses gyrophares orange clignotant sur le toit de la cabine ; un type portant la tenue de la Central Maine Power Company était aux manettes. Sur le siège voisin se tenait un flic, néanmoins ; Norris Ridgewick, en fait, c'est-à-dire le shérif du comté en personne. Il vint jusqu'à ma porte, revolver à la main.

Le changement de temps annoncé par la météo s'était déjà produit, et les nuages bourgeonnant étaient poussés vers l'est par un vent froid violent, à peine moins fort que celui de la tempête. Les arbres avaient continué de tomber pendant au moins une heure après la fin de la pluie. Vers cinq heures, je nous préparai des sandwiches au fromage et une soupe à la tomate... un repas régressif, comme aurait dit Johanna. Kyra mangea sans appétit, mais elle mangea, et elle but beaucoup de lait. Je l'avais enroulée dans un autre de mes T-shirts et elle avait noué elle-même ses cheveux en queue-de-cheval. Je lui avais proposé les rubans retrouvés, mais elle avait secoué énergiquement la tête et choisi un élastique. « Z'aime plus ces rubans. » J'avais moi aussi décidé qu'ils ne me plaisaient plus et les avais jetés. Ki m'avait regardé faire sans émettre d'objection.

Après le repas, je me dirigeai vers le poêle à bois, dans le séjour. « Qu'est-ce que tu fais ? » me demanda-t-elle. Elle vida son deuxième verre de lait, descendit de sa chaise et vint me rejoindre.

« Je prépare un feu. Toute cette période de chaleur m'a dilué le sang, sans doute... c'est ce que ma mère aurait dit. »

Elle me regarda en silence tandis que je prenais les feuilles de papier les unes après les autres sur la pile, les roulais en boule et les glissais par la petite porte. Quand j'eus l'impression que le poêle était suffisamment chargé, je mis du petit bois par-dessus.

« Qu'est-ce qu'il y a d'écrit, sur le papier ? voulut savoir Kyra.

— Rien d'important.

— C'est une histoire ?

— Pas vraiment. Plutôt comme... oh, je ne sais pas. Disons, comme des mots croisés. Ou une lettre.

— Elle était longue, ta lettre, observa-t-elle, appuyant la tête contre ma jambe, comme si elle était fatiguée.

— Ouais, c'est en général le cas pour les lettres d'amour, mais il vaut mieux ne pas les conserver.

— Pourquoi ?

— Parce qu'elles... » *Parce qu'elles reviennent vous hanter* était la réponse venue à mon esprit, mais je la gardai pour moi. « Parce qu'elles risquent de te mettre dans l'embarras, plus tard dans ta vie.

— Ah...

— En plus, ces papiers sont un peu comme tes rubans, d'une certaine manière.

— Tu ne les aimes plus.

— Exactement. »

C'est alors qu'elle remarqua la boîte — la boîte métallique avec JO'S NOTIONS écrit dessus. Posée sur le comptoir, entre cuisine et séjour, non loin de l'endroit où ce cinglé de Félix le Chat avait été accroché. Je ne me rappelais pas l'avoir rapportée de l'atelier, mais il fallait bien que ce soit moi ; j'étais dans un tel état... Je ne pouvais cependant m'empêcher de penser qu'elle était venue... toute seule. Je crois à ce genre de choses, à présent ; j'ai de bonnes raisons pour cela.

Le regard de Kyra s'éclaira comme il ne l'avait encore jamais fait, depuis qu'elle s'était réveillée de sa courte sieste pour découvrir que sa mère était morte. Elle se mit sur la pointe des pieds pour attraper la boîte, puis passa ses doigts minuscules sur les lettres dorées. Je me fis la réflexion que c'était important, pour un enfant, de posséder ce genre d'objet. Il en fallait un pour y mettre ses possessions secrètes : le jouet préféré, un joli morceau de dentelle, le premier bijou. Ou une photo de sa maman, peut-être.

« Qu'est-ce qu'elle est... zolie, dit-elle d'une voix douce, émerveillée.

— Je te la donne, si ça t'est égal qu'il y ait écrit dessus JO'S NOTIONS au lieu de KI'S NOTIONS. Elle contient quelques papiers que je veux lire, mais je peux les ranger ailleurs. »

Elle me regarda pour s'assurer que je ne plaisantais pas, et vit que j'étais sérieux.

« Ça me plairait beaucoup », dit-elle du même ton retenu et émerveillé.

Je lui pris la boîte des mains, en retirai les blocs sténo, les notes et les coupures de presse, et la lui rendis. Elle s'exerça à ôter et remettre le couvercle.

« Devine ce que ze vais mettre dedans.

— Des trésors secrets ?

— Oui ! » Elle eut, un instant, un vrai sourire. « Qui c'était, Jo, Mike ? Ze la connais ? Ze crois que ze la connais. Elle était dans les bonshommes du frigéateur.

— Elle... » Une pensée me vint à l'esprit. Je me mis à fouiller au milieu des divers documents. Rien. Je commençais à me dire que j'avais dû la perdre en chemin, puis je vis un angle de ce que je cherchais dépasser de l'un des blocs sténo. Je l'en sortis et le tendis à Kyra.

« Qu'est-ce que c'est ?

— Une photo inversée. Tends-la à la lumière. »

Elle le fit et regarda longtemps, captivée. Impalpable comme un rêve, l'image de ma femme était dans sa menotte, ma femme en maillot de bain deux pièces, debout sur le ponton.

« C'est Jo.

— Elle est zolie. Ze suis contente d'avoir sa boîte pour mettre mes choses.

— Moi aussi, Ki. » Je l'embrassai sur la tête.

Lorsque le shérif Ridgewick cogna à la porte, je trouvai plus prudent d'ouvrir en gardant les mains bien en vue. Il paraissait tendu. C'est une question simple, posée spontanément, qui détendit l'atmosphère.

« Savez-vous où est passé Alan Pangborn, shérif ?

— Il a été nommé dans le New Hampshire, me répondit Ridgewick, abaissant légèrement son arme (une minute ou deux plus tard, il la rangea dans son étui sans même avoir l'air de s'en rendre compte). Il va très bien, et Polly irait aussi très bien, si elle n'avait pas son arthrite. C'est vraiment moche, mais elle a tout de même ses bons jours. On peut tenir très longtemps, pourvu qu'on ait un bon jour de temps en temps, voilà ce que je me dis. J'ai beaucoup de questions à vous poser, Mr Noonan. Vous devez vous en douter, non ?

— En effet.

— La première et la plus importante est celle-ci : la petite est-elle ici avec vous ? Kyra Devory ?

— Oui.

— Où se trouve-t-elle ?

— Je vais avoir le plaisir de vous la montrer. »

Je le précédai dans le couloir de l'aile nord et m'arrêtai à l'entrée de la chambre. Kyra avait l'édredon tiré jusqu'au menton et dormait paisiblement. Elle tenait le chien en peluche serré dans une main — on voyait tout juste sa queue sale à un bout et sa truffe pointant à l'autre. Nous restâmes un long moment ainsi, sans rien dire ni l'un ni l'autre, à la regarder dormir dans la lumière de cet après-midi d'été. Les arbres avaient cessé de tomber, dans les bois, mais le vent soufflait encore assez fort. Il tirait des chéneaux de Sara Laughs une musique qui paraissait très ancienne.

ÉPILOGUE

Il neigea pour la Noël — le ciel eut la courtoisie de nous octroyer une couche de quinze centimètres de poudreuse qui transforma les groupes de chanteurs ambulants, dans les rues de Sanford, en personnages de *It's a Wonderful Life*[1]. Lorsque je revins de vérifier que Kyra allait bien — pour la troisième fois —, il était une heure et quart, le 26 au matin, et la neige s'était arrêtée de tomber. Une lune tardive, rebondie mais pâle, faisait de fugitives apparitions entre les nuages en déroute.

Je fêtais de nouveau Noël avec Frank et nous étions les deux derniers encore debout. Les enfants, y compris Kyra, n'y étaient plus pour personne, plongés dans le sommeil réparateur qui suit cette bacchanale annuelle de nourriture et de cadeaux. Frank en était à son troisième scotch — faut dire que je venais de lui raconter une histoire à trois scotches, où je ne m'y connais pas — mais, pour ma part, j'avais à peine entamé le premier. Je crois que j'aurais beaucoup plus forcé sur la bouteille s'il n'y avait eu Ki. Les jours où j'en ai la garde, je ne bois même pas une bière, la plupart du

---

1. *La vie est belle*, film de Frank Capra (*N.d.T.*).

temps. Et à l'idée de l'avoir trois jours de suite... et merde, *kemo sabe*, si on ne peut pas passer Noël avec son enfant, à quoi diable peut bien servir Noël ?

« Tu vas bien ? » me demanda Frank lorsque je me rassis et pris une petite gorgée dans mon verre.

Sa question me fit sourire. Non pas « Elle va bien ? » mais « Tu vas bien ? ». Bon, personne n'a jamais prétendu que Frank était stupide.

« Tu aurais dû me voir lorsque les services sociaux me l'ont laissée pour un week-end, en octobre. J'ai dû aller vérifier si elle dormait bien au moins une douzaine de fois avant de me coucher... pour recommencer une heure après. Je me levais, je la regardais, j'écoutais sa respiration. Je n'ai pas dormi de la nuit, vendredi, et j'ai dû voler tout au plus trois heures de sommeil samedi. Alors tu vois, je fais de gros progrès. Mais si jamais tu racontes la moindre chose, Frank — si jamais ils entendaient parler, entre autres, de la baignoire que j'ai remplie d'eau avant que la tempête ne mette la gégène en panne —, je peux dire adieu à mes chances de l'adopter. Rien que pour aller assister à sa remise de diplôme, à la sortie du lycée, il me faudrait probablement remplir un formulaire en trois exemplaires. »

Je n'avais pas prévu de raconter à Frank l'épisode de la baignoire, mais une fois lancé dans mon récit, je ne lui avais pratiquement rien caché. Je suppose qu'il me fallait me confier à quelqu'un, si je voulais pouvoir repartir d'un bon pied. J'avais tout d'abord pensé que c'était John Storrow qui se trouverait de l'autre côté du confessionnal, le jour où je me déboutonnerais, mais John refusait de parler de ces événements, sauf s'ils avaient un rapport avec le dossier de la garde, lequel concerne au premier chef Kyra Elizabeth Devory.

« Je resterai muet comme une carpe, sois tranquille. Où en est la bataille pour l'adoption ?

— Les choses se traînent. J'en suis arrivé à prendre en grippe le système judiciaire du Maine, ainsi que le

Département des affaires sociales. Prises individuellement, les personnes qui travaillent dans ces administrations sont en général de qualité, mais si tu les mets ensemble...

— Dur, hein ?

— Je me sens parfois comme ce personnage de Dickens, dans *Bleak House*, qui dit que personne ne gagne, devant un tribunal, sinon les avocats. John ne cesse de me répéter d'être patient et de voir le bon côté des choses ; d'après lui, on fait des progrès fabuleux, si l'on estime que je suis la moins digne de confiance des créatures : un homme célibataire d'âge moyen. Mais voilà, c'est le deuxième foyer d'accueil que connaît Kyra depuis la mort de Mattie, et...

— Elle n'a aucun parent dans une ville voisine ?

— Si, la tante de Mattie. La tatie n'a rien voulu savoir de Kyra lorsque Mattie était vivante, et elle s'y intéresse encore moins à présent. En particulier depuis...

— Depuis qu'on sait que la petite ne sera pas riche.

— Exactement.

— L'histoire du testament de Devory était un mensonge de Rogette Whitmore, n'est-ce pas ?

— Tout à fait. Il a tout légué à une fondation dont la tâche sera d'encourager la pratique des systèmes informatiques. Malgré tout le respect que j'éprouve pour les bouffeurs de chiffres de la planète, je ne peux pas imaginer entreprise charitable plus glaciale.

— Comment va John ?

— Il a joliment bien récupéré, mais il ne retrouvera jamais complètement l'usage de son bras droit. Il a bien failli mourir de son hémorragie. »

Frank m'avait détourné du sujet épineux de Ki et de la garde avec beaucoup d'habileté, pour un homme qui en était à son troisième whisky, mais je ne demandais pas mieux. L'idée des jours et des nuits sans fin qu'elle passait dans ces foyers où le DAS remise les enfants comme des bibelots dont personne ne veut — cette

712

idée m'était insupportable. Ki n'y vivait pas, d'ailleurs, elle ne faisait qu'y exister, pâle et apathique, comme un lapin bien nourri dans sa cage. À chaque fois qu'elle voyait apparaître ma voiture, elle reprenait vie, agitait les bras et dansait comme Snoopy sur sa niche. Notre week-end d'octobre avait été merveilleux (en dépit de mon besoin obsessionnel d'aller voir toutes les demi-heures si elle dormait bien), et les vacances de Noël étaient encore mieux. Son désir plus que marqué de rester avec moi m'aidait davantage que n'importe quoi devant la cour, mais les roues du char-justice n'en tournaient pas moins avec une désespérante lenteur.

« Peut-être au printemps, Mike », m'avait dit John. Un John nouveau, pâle et sérieux. L'infatigable castor légèrement arrogant et cassant qui n'avait eu qu'une envie, en découdre bille en tête avec Max « Plein-aux-As » Devory, avait disparu. John Storrow avait appris qu'il était mortel, en ce 21 juillet, appris aussi quelque chose de l'imbécile cruauté du monde. L'homme qui avait dû se résoudre à serrer les mains de la main gauche avait également perdu le goût de faire « une bringue à tout casser ». Il fréquentait une jeune femme de Philadelphie, la fille de l'une des amies de sa mère. J'ignorais si c'était sérieux ou non, « tonton John » étant peu loquace sur sa vie privée, mais lorsqu'un jeune homme fréquente de son propre chef la fille d'une amie de sa mère, c'est en général que ça l'est, sérieux.

Peut-être au printemps : ce fut son refrain pendant la fin de l'automne et le début de l'hiver. « Qu'est-ce que je fais qui ne va pas ? » lui avais-je demandé une fois. C'était tout de suite après Thanksgiving et un nouveau report d'audience.

« Rien, m'avait-il répondu. Les procédures d'adoption, dans le cadre d'une famille monoparentale, sont toujours lentes ; mais lorsque le candidat adoptant est un homme, c'est encore pire. » À ce stade de la conversation, John avait eu ce petit geste hideux consistant à passer l'index de la main droite entre le pouce et l'index repliés de la main gauche.

« C'est de la discrimination sexuelle criante, John !

— Ouais, mais elle n'est que trop justifiée. Prenez-vous-en à tous les tordus et les enfoirés qui trouvent amusant d'enlever sa culotte à un enfant, si vous voulez ; prenez-vous-en à la bureaucratie, si vous préférez ; bon Dieu, prenez-vous-en à la bossa nova, la danse de l'amour. C'est lent, très lent, mais vous finirez par gagner. Vous avez un casier vierge, vous avez Kyra qui répète "Je veux rester avec Mike" à tous les juges et à tous les gens du DAS qu'elle voit, vous avez assez d'argent pour ne pas les lâcher en dépit des bâtons et des papiers à remplir qu'ils n'arrêtent pas de vous jeter dans les roues... et plus que tout, mon vieux, vous m'avez, moi. »

Je possédais également autre chose : ce que Kyra m'avait murmuré à l'oreille lorsque je m'étais arrêté pour reprendre mon souffle, dans l'escalier menant à Sara Laughs. Je ne l'avais jamais raconté à John, et c'est l'une des rares choses que je n'ai pas dite à Frank. « Mattie dit que ze suis ton petit bout de chou, à présent... Mattie dit que tu t'occuperas de moi... »

J'essayais — j'essayais avec autant d'énergie que cette bande d'endormis du DAS me le permettait — mais l'attente était pénible.

Frank prit son scotch et braqua le verre dans ma direction. Je refusai d'un geste. Ki s'était mis dans la tête de construire un bonhomme de neige demain, et je tenais à affronter l'éclat du soleil matinal sur la neige intacte sans avoir mal aux cheveux.

« Dis-moi, Frank, dans quelle mesure crois-tu vraiment tout ce que je t'ai raconté ? »

Il remplit à nouveau son verre et resta un bon moment à réfléchir, regardant la table. Quand il releva la tête, il souriait. Un sourire qui ressemblait tellement à celui de Johanna que j'en eus le cœur broyé. Et quand il me répondit, ce fut avec sa touche habituelle d'accent de Boston.

« Bon, d'accord, je ne suis qu'un Irlandais à moitié saoul qui vient juste d'écouter la reine de toutes les histoires de fantômes qu'on peut se faire raconter un soir de Noël... mais je la crois du début à la fin, espèce d'idiot ! »

J'éclatai de rire et il m'imita. Un rire qui passait surtout par le nez, comme ont tendance à le faire les hommes quand il se fait tard, qu'ils ont aussi un petit coup dans l'aile et qu'ils ont peur de réveiller la maisonnée.

« Allez, sérieusement ?

— Tout, je te dis, absolument tout, répondit-il, renonçant à l'accent. Parce que Jo y croyait. Et aussi à cause d'elle, ajouta-t-il avec un mouvement de tête en direction de l'escalier, pour que je comprenne de qui il voulait parler. Je n'ai jamais vu une petite fille pareille. Certes, elle est adorable, mais elle a quelque chose dans le regard... tout d'abord, on se dit que c'est parce qu'elle a perdu sa mère dans ces circonstances, mais ce n'est pas la bonne explication. Il y a autre chose, n'est-ce pas ?

— Oui.

— C'est pareil pour toi. Vous avez été touchés tous les deux. »

Je pensai à la chose feulante que Johanna avait réussi à retenir pendant que je versais la soude caustique dans ce rouleau de toile pourri. Un Extérieur, comme elle l'avait appelée. Je ne l'avais pas bien distinguée, et sans doute valait-il mieux. Beaucoup mieux, même.

« Mike ? Qu'est-ce qui se passe ? Tu frissonnes, me dit Frank, l'air inquiet.

— Ce n'est rien. Vraiment.

— Comment c'est dans la maison, à présent ? »

J'habitais toujours à Sara Laughs. J'avais retardé la

décision jusqu'en novembre, puis j'avais mis la maison de Derry en vente.

« C'est calme.

— Parfaitement calme ? »

J'acquiesçai, mais ce n'était pas tout à fait vrai. Je m'étais réveillé à deux ou trois reprises avec la sensation que Mattie avait une fois mentionnée : qu'il y avait quelqu'un à côté de moi dans le lit. Mais pas une présence dangereuse. Une ou deux fois, j'avais senti (ou cru sentir) Red, le parfum de Johanna. Et parfois, même quand il n'y avait pas le moindre courant d'air, la cloche de Bunter égrenait quelques notes légères. Comme si quelqu'un de très seul disait bonjour.

Frank consulta l'horloge et revint sur moi, avec l'air de s'excuser. « Il me reste encore quelques questions, d'accord ?

— Si on ne peut pas veiller jusqu'aux petites heures pour la Noël, quand le pourrait-on ? Vas-y, ouvre le feu.

— Qu'est-ce que tu as raconté à la police ?

— Pratiquement rien. Footman a suffisamment parlé — un peu trop, même, en ce qui concerne Norris Ridgewick. Footman a dit que lui et Osgood — c'était Osgood, l'agent immobilier chéri de Devory, qui conduisait la voiture — étaient venus parce que Devory les avait menacés d'un tas de choses s'ils ne le faisaient pas. La police d'État a aussi trouvé la copie d'un transfert électronique d'argent depuis le Warrington's jusqu'à l'île de Grande Caïman. Sur le compte d'un certain Randolph Footman. Randolph est le deuxième prénom de Footman. Lequel est un résident permanent, en ce moment, de la prison d'État, à Shawshank.

— Et pour Rogette ?

— Whitmore était le nom de jeune fille de sa mère, mais je crois qu'on peut affirmer sans risque que le cœur de Rogette, comme dans la chanson de Marilyn, appartenait à papa. Elle était atteinte de leucémie ; elle le savait depuis 1996. Chez les gens de son âge — au fait, elle avait cinquante-sept ans — l'issue est fatale dans deux cas sur trois, mais elle suivait une chimiothérapie. D'où la perruque.

— Pourquoi a-t-elle essayé de tuer Kyra ? C'est ce que je ne comprends pas. Si, en dissolvant ses ossements, tu as vraiment brisé l'emprise de Sara Tidwell sur notre bas monde, la malédiction aurait dû... pourquoi me regardes-tu ainsi ?

— Tu comprendrais si tu avais rencontré Devory. C'est le type qui a fichu le feu à tout le bon Dieu de TR en guise de cadeau d'adieu, quand il est parti se dorer la pilule en Californie. J'ai pensé à lui à l'instant même où j'ai arraché sa perruque à Rogette — j'ai cru à une sorte d'échange d'identité. Puis je me suis dit : mais non, c'est bien elle, c'est Rogette, elle a simplement perdu ses cheveux pour une raison ou une autre.

— Et tu avais raison : la chimio...

— Oui, mais pas entièrement. J'en sais un peu plus qu'avant sur les fantômes, Frank. Le plus important est peut-être ce que tu vois en premier, ce que tu penses en premier... c'est en général cette première impression qui est la bonne. Ce jour-là, c'était lui. Max Devory. À la fin, il est revenu. J'en suis certain. À la fin, ce n'était même plus de Kyra qu'il s'agissait. À la fin, c'était l'histoire du traîneau de Scooter Larribee. »

Nous gardâmes le silence. Un silence qui fut si profond qu'à un moment donné j'entendis la maison respirer. Oui, c'est possible d'entendre cela, si l'on tend suffisamment l'oreille. Encore une chose que je sais, à présent.

« Nom d'un chien..., dit-il finalement.

— Je ne crois pas que Devory soit venu de Californie pour la tuer. Ce n'était pas son objectif initial, en tout cas.

— Pour quoi, alors ? Pour faire la connaissance de sa petite-fille ? Réparer ses conneries ?

— Oh, Seigneur, non. Tu n'as toujours pas compris à qui j'ai eu affaire.

— Et à qui, alors ?

— À un monstre humain. Il est revenu pour l'*acheter*, mais Mattie n'était pas vendeuse. Puis, lorsque Sara s'est emparée de lui, il a commencé à préparer la mort de Ki. Je soupçonne que Sara n'a jamais trouvé d'instrument aussi docile.

— Combien en a-t-elle tué, en tout ?

— Je ne le sais pas avec certitude, et je crois que j'aime autant rester dans l'ignorance. Si on se fonde sur les notes de Jo et les coupures de journaux qu'elle a rassemblées, je dirais qu'il y a eu quatre autres... meurtres directs, si je puis dire, entre 1901 et 1998. Tous des enfants, tous ayant un prénom commençant par un K, tous ayant un lien de parenté étroit avec ses propres assassins.

— Mon Dieu !

— Je ne crois pas que Dieu ait grand-chose à voir là-dedans, Frank... mais elle les a fait payer, aucun doute.

— Tu trouves son histoire navrante, n'est-ce pas ?

— Oui. Je l'aurais réduite en morceaux avant qu'elle ait pu toucher à un seul cheveu de Ki, mais je n'en suis pas moins désolé pour elle. Elle a été violée et assassinée. On a noyé son fils pendant qu'elle-même se mourait. Ça ne te navre pas, une chose pareille ?

— Si, sans doute. Mais dis-moi, Mike, sais-tu qui était l'autre garçon ? Celui qui pleurait ? Pourrait-il s'agir de celui qui est mort de la gangrène ?

— La plupart des notes de Jo concernent cette partie de l'affaire, car c'est par celle-ci qu'elle a commencé. Royce Merrill la connaissait bien. Le petit garçon en pleurs était Reg Tidwell junior. Il faut comprendre qu'en septembre 1901, au moment où les Red-Tops ont donné leurs dernières représentations dans le comté de Castle, presque tout le monde savait, dans le TR, que

Sara et son fils avaient été assassinés, et presque tout le monde se doutait de qui étaient les auteurs du crime.

« Reg Tidwell a passé une bonne partie du mois d'août à harceler le shérif du comté, qui était Nehemiah Bannerman, à l'époque. Tout d'abord pour qu'on les retrouve vivants, puis pour qu'on retrouve les corps, puis pour qu'on retrouve leurs assassins... car une fois acceptée l'idée de leur mort, il fut convaincu qu'elle n'avait pas été naturelle.

« Bannerman se montra compréhensif, au début. Au début, tout le monde se montra compréhensif. On avait admirablement bien traité le petit monde des Red-Tops, depuis qu'ils étaient arrivés dans le TR — c'était d'ailleurs ce qui rendait Jared tellement malade —, et je crois que Reg Tidwell a commis une faute cruciale, même si on peut la lui pardonner.

— Quelle faute ? »

Tiens, pardi, il a cru que Mars était le ciel, pensai-je. *Le TR a dû leur faire l'effet d'être le paradis, jusqu'au jour où Sara et Kito sont allés se promener, le garçonnet avec son seau pour les mûres, elle avec son ombrelle... une promenade dont ils ne sont jamais revenus. Ils ont dû croire qu'ils avaient enfin trouvé un endroit où l'on pouvait être noir et avoir le droit de respirer.*

« La faute de penser qu'on les traiterait comme tout le monde quand les choses iraient mal, simplement parce qu'on les avait traités comme tout le monde quand elles allaient bien. Au lieu de cela, le TR s'est ligué contre eux. Personne, parmi ceux qui avaient leur petite idée de ce qu'avaient fait Jared et ses acolytes, ne les approuvait ou même ne les excusait, mais quand les jeux sont faits...

— On protège les siens et on lave son linge sale en famille, porte close », murmura Frank. Puis il vida son verre.

« Ouais. Le temps que les Red-Tops aillent se produire à la foire de Castle Rock, la petite communauté du bord du lac avait commencé à se désagréger — ceci, d'après les notes de Jo, bien entendu ; pas la moindre allusion dans les histoires qui courent le secteur.

« Les hostilités ouvertes ont commencé le jour de la fête du Travail, d'après ce que Royce a dit à Jo. Devenant chaque jour un peu plus moches, un peu plus inquiétantes ; mais Reg Tidwell refusait absolument de partir tant qu'il n'aurait pas trouvé ce qui était arrivé à sa sœur et à son neveu. Il a apparemment réussi à retenir tous ceux qui étaient de sa famille, même après que les pièces rapportées avaient pris la clef des champs pour des cieux plus cléments.

« Puis quelqu'un a tendu le piège, au sens propre. Il y avait une clairière dans les bois, à environ deux kilomètres de ce que l'on appelle encore aujourd'hui Tidwell's Meadow ; une grande croix en bouleau y était plantée au milieu. Jo en avait une photo dans son atelier. C'était là que la communauté noire célébrait les offices religieux, après qu'on leur avait fermé les portes des églises du coin. Le garçon — Reg junior, autrement dit — y allait souvent pour prier, ou simplement pour y méditer. Des tas de gens du TR le savaient. Quelqu'un a dissimulé un piège à loup sur le petit chemin qu'empruntait le gamin, au milieu des bois. En le recouvrant de feuilles et d'aiguilles de pin...

— Bordel de Dieu, marmonna Frank, d'un ton écœuré.

— Ce n'est probablement ni Jared ni l'un de ses voyous qui l'a posé ; ils ne voulaient plus rien savoir de Sara et de Kito après les meurtres, et ils se tenaient à bonne distance de la communauté noire. Ce n'est peut-être même pas un ami de ces garçons qui s'en est chargé. Des amis, ils n'en avaient guère à ce moment-là, d'ailleurs. Ce qui ne changeait rien au fait que cette tribu qui campait au bord du lac commençait à la ramener un peu trop, grattait avec insistance là où ça faisait mal et refusait de considérer *non* comme une réponse satisfaisante. Si bien que quelqu'un a tendu le piège.

Je ne pense pas qu'il ait eu l'intention de tuer le garçon ; mais peut-être avait-il celle de l'estropier. Voire de lui faire perdre son pied, le condamnant ainsi à traîner une béquille pour le reste de ses jours. Pas impossible, à mon avis, qu'il ait été jusque-là en pensée.

« Toujours est-il qu'il réussit son coup. Le gamin tomba dans le piège... et on resta de longues heures sans le trouver. La douleur devait être atroce. Puis la gangrène s'y est mise. Il est mort. Reg renonça. Il avait la responsabilité d'autres gosses, sans parler de tous les adultes qui dépendaient de lui. Ils ont fait leurs valises, pris leurs guitares et sont partis. Jo a retrouvé la trace de certains d'entre eux jusqu'en Caroline du Nord, où leurs descendants vivent encore. Et pendant les incendies de 1933, ceux déclenchés par Max Devory, leurs cabanes ont toutes brûlé. Entièrement.

— Je ne comprends pas comment on n'a pas trouvé les corps de Sara et de son fils. Je comprends bien que l'odeur de putréfaction que tu as sentie n'avait pas de réalité, au sens physique du terme. Mais à l'époque, forcément... si ce sentier que tu appelles la Rue était si fréquenté...

— Jared Devory et ses bûcherons ne les ont pas enterrés là où je les ai trouvés, pour commencer. Ils ont dû traîner les cadavres plus loin dans le bois, peut-être même du côté de ce qui est actuellement l'aile nord de Sara Laughs. Ils ont dû les recouvrir de branchages et revenir la nuit même. Ils n'avaient pas le choix, sinon tous les carnivores du secteur auraient rappliqué. Ils les ont déposés quelque part pour les enterrer dans ce rouleau de toile. Jo ne savait pas où, mais je soupçonne que ça devait être en haut de Bowie Ridge, où ils avaient passé une bonne partie de l'été à abattre des arbres. Ce coin est d'ailleurs toujours très isolé. Ils ont mis les corps quelque part ; vraisemblablement à Bowie Ridge.

— Mais alors... comment...

— Draper Finney n'était pas le seul à être obsédé

par ce qu'ils avaient fait, Frank. Ils l'étaient tous. Cela les hantait, les hantait littéralement. À l'exception de Jared Devory, peut-être. Il a vécu encore dix ans sans sauter un seul repas, apparemment. Mais les jeunes faisaient des cauchemars, buvaient trop, se bagarraient pour un rien, se disputaient... se hérissaient dès que quelqu'un parlait des Red-Tops...

— Ils auraient pu tout aussi bien se balader avec des pancartes où il y aurait eu écrit NOUS SOMMES COUPABLES, commenta Frank.

— Oui. Et le fait que la plupart des gens du TR ne leur adressaient plus la parole ne devait pas les aider beaucoup. Puis Finney est mort dans le secteur de la carrière ; à mon avis, c'était un suicide. Sur ce, le reste de la bande a eu une idée. Ça leur a pris comme un rhume. Mais elle devait avoir quelque chose de compulsif, cette idée. S'ils déterraient les corps pour les replacer là où le drame s'était produit, les choses retourneraient à la normale pour eux.

— Jared était-il dans le coup ?

— D'après les notes de Jo, ils ne l'approchaient même pas, à ce moment-là. Ils réenterrèrent le sac d'os, sans l'aide de Jared Devory, là où j'ai fini par les découvrir. Sans doute à la fin de l'automne ou au début de l'hiver, en 1902.

— C'était elle qui voulait revenir, hein ? Sara... Là où elle pouvait vraiment s'en prendre à eux.

— Oui, et à tout le TR. C'est aussi ce que Jo pensait. Au point même qu'elle n'a plus eu la moindre envie de retourner à Sara Laughs, après avoir découvert toute cette histoire. En particulier quand elle a soupçonné qu'elle était enceinte. Lorsque nous avons essayé de faire un bébé et que j'ai suggéré Kia comme prénom, j'ai dû lui faire une de ces peurs ! Mais je ne me suis rendu compte de rien.

— Sara a cru pouvoir se servir de toi pour tuer Kyra, au cas où Devory casserait sa pipe avant d'avoir fini le boulot ; il était vieux et en mauvaise santé, après tout. Jo a parié, au contraire, que tu la sauverais. C'est ce que tu penses, n'est-ce pas ?

— En effet.

— Et elle avait raison.

— Je n'y serais pas arrivé tout seul. À partir de la nuit où j'ai fait le rêve dans lequel Sara chantait, Jo a constamment été à mes côtés. Sara n'est pas parvenue à lui faire lâcher prise.

— M'étonne pas ; c'était pas son genre de renoncer, admit Frank en s'essuyant un œil. Et que sais-tu de ton arrière-grand-tante ? Celle qui a épousé Auster ?

— Bridget Noonan Auster... Bridey, pour les amis. J'ai posé la question à ma mère, et elle m'a juré ses grands dieux qu'elle n'était au courant de rien, que Jo ne lui a jamais parlé de Bridey, mais il n'est pas impossible qu'elle mente. Cette jeune femme a incontestablement été le mouton noir de la famille ; il m'a suffi d'entendre le ton sur lequel ma mère m'a répondu, quand j'ai mentionné son nom. J'ignore comment elle a rencontré Benton Auster. Disons qu'il était venu faire un tour du côté de Prout's Neck pour rendre visite à des amis, et qu'il a commencé à flirter avec elle au cours d'une fête à la palourde. C'est tout à fait vraisemblable. C'était en 1884 ; elle avait dix-huit ans, il en avait vingt-trois. Ils ont convolé, genre mariage hâtif. Harry, celui qui a noyé le petit Kito, est arrivé six mois plus tard.

— Si bien qu'il avait à peine dix-sept ans quand c'est arrivé, remarqua Frank. Bon Dieu...

— Et à cette époque, sa mère était devenue très pratiquante. Une des raisons pour lesquelles il s'est suicidé était sa terreur à l'idée de ce qu'elle penserait, si jamais elle apprenait ce qu'il avait fait. D'autres questions, Frank ? Parce que je commence vraiment à avoir sommeil. »

Il resta quelques instants silencieux, et je croyais qu'il en avait terminé, lorsqu'il me répondit : « Si, deux autres. Tu ne m'en voudras pas ?

— C'est sans doute trop tard pour reculer... De quoi s'agit-il ?

— La Forme dont tu as parlé. L'Extérieur. Ça me laisse perplexe. »

Je ne répondis rien ; j'étais moi-même perplexe, quand j'y pensais.

« Crois-tu qu'il risque de revenir ?

— Il revient toujours... Au risque de te paraître emphatique, Frank, je te dirai que l'Extérieur revient pour chacun de nous, n'est-ce pas ? Car nous sommes tous des sacs d'os. Et l'Extérieur... l'Extérieur désire ce qui se trouve dans le sac. »

Il médita ma réponse quelques instants puis vida son verre d'un seul trait.

« Tu avais une autre question ?

— Oui. As-tu recommencé à écrire ? »

Je montai quelques minutes plus tard, allai voir si Kyra dormait, me brossai les dents, retournai voir Ki, puis allai me coucher. Depuis le lit, je voyais, par la fenêtre, la lune pâle qui se reflétait sur la neige.

As-tu recommencé à écrire ?

Non. Mis a part le récit détaillé sur la façon dont j'ai passé mes vacances, l'été dernier, que je montrerai peut-être à Ki dans quelques années, il n'y a rien eu. Je sais que Harold est nerveux et que tôt ou tard, il me faudra l'appeler pour lui dire ce qu'il soupçonne sans doute déjà : que le mécanisme qui a fonctionné si régulièrement pendant des années est maintenant au point mort. Non pas brisé — ce mémoire a été rédigé pratiquement sans une rature, sans une hésitation —, mais la machine ne s'en est pas moins arrêtée. Il y a de l'essence dans le réservoir, les bougies d'allumage allument et la batterie bat, mais le moulin à mots reste à l'arrêt au fond de ma tête. Je l'ai bâché. Il m'a bien servi, voyez-vous, et je n'aime pas l'idée qu'il puisse prendre la poussière.

Cela a quelque chose à voir, en partie, avec la façon dont Mattie est morte. J'ai pris conscience à un moment donné, au cours de l'automne, que j'avais décrit des morts similaires dans au moins deux de mes livres et que les livres de fiction grand public débordent d'exemples identiques. Avez-vous un dilemme moral que vous ne savez comment résoudre ? Le protagoniste masculin, par exemple, est-il attiré sexuellement par une femme beaucoup trop jeune pour lui ? Besoin de régler rapidement la question ? Rien de plus facile. « Quand l'histoire tourne en eau de boudin, sortez le type au pétard », a dit Raymond Chandler, ou quelque chose de ce genre — du boulot de fonctionnaire, *kemo sabe*.

L'assassinat est ce que la pornographie produit de pire ; l'assassinat est le « laisse-moi faire ce que je veux » porté à son stade ultime. Je considère que même les meurtres factices devraient être pris au sérieux... Je me demande si ce n'est pas une idée qui me serait venue l'été dernier. Peut-être l'ai-je eue pendant que Mattie se mourait dans mes bras, le crâne fracassé, se vidant de son sang, aveugle, ne pensant qu'à sa fille au moment où elle quittait cette terre. La seule idée que j'aurais pu décrire une mort si infernalement commode dans un livre me rend malade.

Ou peut-être je regrette simplement que nous n'ayons pas eu un peu plus de temps.

Je me rappelle avoir expliqué à Kyra qu'il valait mieux ne pas laisser traîner les lettres d'amour ; mais d'avoir pensé sans le lui dire qu'elles reviennent vous hanter. De toute façon, je suis hanté... mais je ne vais pas volontairement en rajouter et, lorsque j'ai refermé mon livre à rêves, je l'ai fait de mon propre chef. J'aurais peut-être pu recouvrir ces rêves de soude caustique, mais je me suis retenu.

J'ai vu des choses que je n'aurais jamais cru voir, éprouvé des choses que je n'aurais jamais cru éprouver — la moindre n'étant pas ce que j'ai ressenti et ressens encore pour la petite fille qui dort de l'autre côté du couloir. Elle est mon petit bout de chou, à présent, je suis son papa, c'est là l'important. Rien d'autre n'est seulement moitié moins important.

Thomas Hardy, qui aurait dit que le personnage romanesque le plus admirablement élaboré n'est qu'un sac d'os, a lui-même arrêté d'écrire des romans après avoir mis le point final à *Jude l'Obscur*, alors qu'il était au sommet de son génie narratif. Il a écrit de la poésie pendant encore une vingtaine d'années, et lorsqu'on lui a demandé pour quelle raison il avait mis un terme à sa carrière de romancier, il a répondu qu'il ne comprenait même pas pourquoi il s'était escrimé si longtemps sur la fiction. Ajoutant que, rétrospectivement, cela lui paraissait idiot. Inutile. Je comprends exactement ce qu'il a voulu dire. Jusqu'au jour où l'Extérieur se souviendra de moi et décidera de revenir, il y aura forcément d'autres choses à faire, des choses ayant plus de sens que ces ombres. Je serais capable de retourner faire tinter les chaînes, du côté de la Maison aux Revenants, je crois, mais je n'en ai aucune envie. J'ai perdu mon goût pour les *Hou, fais-moi peur*. Je me plais à imaginer que Mattie penserait à Bartleby, dans la nouvelle de Melville.

J'ai posé ma plume de préposé aux écritures. J'aime autant pas, de ces temps-ci.

Center Lovell, Maine,
25 mai 1997-6 février 1998.

NOTE DE L'AUTEUR

Ce roman aborde, à un moment donné, les aspects légaux de la garde des enfants tels qu'ils existent dans l'État du Maine. Afin de bien comprendre la question, j'ai demandé son aide à un excellent avocat, mon ami Warren Silver. Warren a pris son rôle très au sérieux et m'a parlé, en passant, d'un vieux machin bizarre appelé le Stenomask, que je me suis immédiatement approprié pour l'adapter à mes sinistres objectifs. Si j'ai commis quelques erreurs en termes de procédure, c'est moi qui en porte l'entière responsabilité, et non mon conseil juridique. Warren m'a également demandé — d'un ton quasiment implorant — si je ne pouvais pas mettre un « bon » avocat dans mon livre. Tout ce que je peux dire, c'est que j'ai fait de mon mieux pour lui faire plaisir.

Je tiens à remercier mon fils Owen pour son soutien technique à Woodstock (New York), et mon ami (et complice du Rock Bottom Remainder) Ridley Pearson, pour la même raison, à Ketchum (Idaho). Merci à Paul Dorman pour sa lecture attentive de la première version. Merci également à Chuck Verrill pour le monumental travail de correction qu'il a effectué — ce que tu as fait de mieux dans le genre, Chuck. Et enfin à Susan Muldow, Nan Graham, Jack Romanos et Carolyn Reidy de Scribner's.

Stephen King
au Livre de Poche

(parmi les titres récents)

L'Année du loup-garou Le Livre de Poche Éditions

Chaque nuit de pleine lune, la petite bourgade de Tarkers Mills est en proie à l'horreur. Un chef-d'œuvre du maître du suspense et de l'épouvante, illustré par un des plus grands dessinateurs américains, Berni Wrightson.

Bazaar n° 15160

Bazaar est au cœur de Castle Rock, une petite ville américaine où l'auteur a situé nombre de ses thrillers… Une poudrière où s'accumulent et se déchaînent toute la violence et la démence que recèle l'âme de chacun. Jusqu'à l'implosion.

Le Bazar des mauvais rêves n° 34839

Un homme revit sans cesse sa vie (et ses erreurs), un journaliste provoque la mort de ceux dont il prépare la nécrologie, une voiture dévore les badauds… Dans ces 21 nouvelles, précédées chacune d'une introduction du maître sur les coulisses de leur écriture, Stephen King démontre une nouvelle fois sa maîtrise dans l'art du récit et le mélange des genres.

Blaze n° 31779

Clay Blaisdell, dit Blaze, enchaîne les casses miteux. George, lui, a un plan d'enfer pour gagner des millions de dollars : kidnapper le dernier-né des Gérard, riches à crever. Le seul problème, c'est que George s'est fait descendre. Enfin, peut-être…

Brume n° 15159

Imaginez une brume qui s'abat soudainement sur une petite ville, si épaisse que les clients d'un supermarché hésitent à en ressortir. Un cauchemar hallucinant…

Ça nos 15134 et 15135

A Derry, Ben, Eddie, Richie et la bande du « Club des ratés » ont été confrontés à l'horreur absolue : ça, cette chose épouvantable, tapie dans les égouts et capable de déchiqueter vif un garçonnet de six ans… Vingt-sept ans plus tard, les membres du Club doivent affronter leurs plus terrifiants souvenirs, brutalement ressurgis.

Carnets noirs n° 34632

En prenant sa retraite, John Rothstein a plongé dans le désespoir les millions de lecteurs des aventures de Jimmy Gold. Devenu fou de rage depuis la disparition de son héros favori, Morris Bellamy assassine le vieil écrivain pour s'emparer de sa fortune et, surtout, de ses précieux carnets de notes. Le bonheur dans le crime ? C'était compter sans les mauvais tours du destin… et la perspicacité du détective Bill Hodges.

Carrie n° 31655

Carrie White vit un calvaire : elle est victime du fanatisme religieux de sa mère et des moqueries incessantes de ses camarades de classe. Sans compter cet étrange pouvoir de déplacer les objets à distance, bien qu'elle le maîtrise encore avec difficulté…

Cellulaire n° 15163

Si votre portable sonne, surtout ne répondez plus. L'enfer est au bout de la ligne.

Chantier (Richard Bachman)   n° 15138

Son usine et le pavillon de banlieue qui a vu naître et grandir son fils vont être rayés de la carte. Bart Dawes fera face, seul, à l'irrésistible marche du « progrès » qui menace d'engloutir sa vie.

Charlie   n° 15165

Un homme et une femme font l'objet d'une expérience scientifique ultra-secrète du gouvernement américain sur les pouvoirs psychiques. Tout a été prévu, sauf qu'ils auraient une fille : Charlie…

Christine   n° 14769

Christine est belle. Elle aime les sensations fortes, les virées nocturnes et le rock' n' roll. Elle aime Arnie. Signe particulier : Christine est une Plymouth « Fury », sortie en 1958 des ateliers automobiles de Détroit.

Cœurs perdus en Atlantide   n° 15140

1960 : Bobby fait la connaissance d'un étrange voisin. 1966 : à l'université, Pete mène joyeuse vie. 1983 : Willie, vétéran de la guerre du Vietnam, gagne sa vie en jouant les aveugles. Leurs destins se croisent autour d'une femme, Carol. Tous l'ont aimée.

Cujo   n° 15156

Cujo est un saint-bernard de cent kilos, le meilleur ami de Brett Camber, dix ans. Un jour, Cujo chasse un lapin qui se réfugie dans une grotte souterraine habitée par des chauves-souris.

Danse macabre   n° 31933

Macabres, ces rats qui filent en couinant dans les sous-sols abandonnés d'une filature. Des milliers et des milliers de rats. Comment s'en débarrasser ? Une machine infernale qui semble avoir une vie propre entreprend un macabre nettoyage… et l'horreur commence.

Dead zone   n° 7488

Greg Stillson, candidat à la Maison-Blanche, est un grand admirateur de Hitler. Quand il sera élu, ce sera l'Apocalypse. John Smith le sait, car il est doué d'un étrange pouvoir : il devine l'avenir.

Désolation   n° 15148

La route 50 coupe à travers le désert du Nevada, sous un soleil écrasant. C'est là qu'un flic, aux méthodes très particulières, arrête des voyageurs sous de vagues prétextes, puis les contraint de le suivre à la ville voisine : Désolation. Et le cauchemar commence…

Différentes saisons   n° 15149

PRINTEMPS : un prisonnier prépare son évasion… ÉTÉ : un adolescent découvre le passé d'un vieillard… AUTOMNE : quatre garçons s'aventurent dans les forêts du Maine… HIVER : un médecin raconte l'histoire d'une femme décidée à accoucher quoi qu'il arrive…

Docteur Sleep   n° 33654

Danny Torrence, le petit garçon qui, dans Shining, sortait indemne de l'incendie de l'Overlook Place, est maintenant aide-soignant dans un hospice où, grâce aux pouvoirs surnaturels, il apaise la souffrance des mourants. On le surnomme Docteur Sleep.

Dôme   n°s 32912 et 32913

Un matin d'automne, la petite ville de Chester Mill, dans le Maine, est inexplicablement et brutalement isolée du reste du monde par un champ de force invisible. Un nouvel ordre social régi par la terreur s'installe et la résistance s'organise autour de Dale Barbara, vétéran d'Irak…

Duma Key   n° 32121

Duma Key, une île de Floride, hantée par des forces mystérieuses, qui ont pu faire d'Edgar Freemantle un artiste célèbre… mais, s'il ne les anéantit pas très vite, elles auront sa peau !

Écriture   n° 15145

Durant la convalescence qui suit un accident de la route, le romancier découvre les liens toujours plus forts entre l'écriture et la vie. Résultat : ce livre hors norme, tout à la fois essai sur la création littéraire et récit autobiographique.

Le Fléau   n°s 15141 et 15142

Il a suffi que l'ordinateur d'un laboratoire ultra-secret de l'armée américaine fasse une erreur d'une nanoseconde pour que la chaîne de la mort se mette en marche. Le Fléau, inexorablement, se répand sur l'Amérique, avec un taux de contamination de 99,4 %.

Insomnie   n° 15147

Des visions étranges peuplent les nuits de Ralph Roberts : deux nains en blouse blanche, une paire de ciseaux à la main, de singulières auras colorées… Tandis qu'une agitation incontrôlée gagne la ville de Derry à propos d'une clinique où se pratiquent des avortements, Ralph se transforme en justicier, bien malgré lui…

Jessie   n° 14770

Jessie s'est longuement prêtée aux bizarreries sexuelles de son mari, Gerald, puis elle s'est rebellée. Et, à présent, la voilà nue, enchaînée à un lit, dans une maison perdue, loin de tout. Un cadavre à ses pieds…

Joyland   n° 34028

Les clowns vous ont toujours fait un peu peur ? L'atmosphère
des fêtes foraines vous angoisse ? Alors, un petit conseil : ne
vous aventurez pas sur une grande roue un soir d'orage…

Juste avant le crépuscule   n° 32518

C'est l'heure trouble où les ombres se fondent dans les
ténèbres, où l'angoisse vous étreint… L'heure de Stephen
King. Treize nouvelles jubilatoires et terrifiantes.

La Ligne verte   n° 27058

Paul Edgecombe, ancien gardien-chef d'un pénitencier,
entreprend d'écrire ses mémoires. Il revient sur l'affaire John
Caffey, condamné à mort pour le viol et le meurtre de deux
fillettes, en 1932.

Marche ou crève (Richard Bachman)   n° 15139

Garraty va concourir pour « La Longue Marche », une compétition qui compte cent participants. Cet événement sera
retransmis à la télévision et suivi par des milliers de personnes. Mais ce n'est pas une marche comme les autres, plutôt un jeu sans foi ni loi…

Minuit 2   n° 15157

Vous êtes-vous déjà demandé ce qui se passait après minuit ?
Le temps se courbe, s'étire, se replie ou se brise en emportant parfois un morceau de réel. Et qu'arrive-t-il à celui
qui regarde la vitre entre réel et irréel juste avant qu'elle
explose ?

Minuit 4   n° 15158

Les cauchemars de Stephen King vous ont empêché de dormir
avec Minuit 2 ? Avec Minuit 4 la nuit sera encore plus longue.

Misery   n° 15137

Misery est l'héroïne qui a rapporté des millions de dollars au romancier Paul Sheldon. Puis il l'a fait mourir pour écrire enfin le « vrai » roman dont il rêvait. Victime d'un accident, lorsqu'il reprend conscience, il est allongé sur un lit, les jambes broyées. Sauvé par Annie, une admiratrice qui ne lui pardonne pas d'avoir tué Misery.

Mr Mercedes   n° 34296

Midwest, 2009. Dans l'aube glacée, des centaines de chômeurs en quête d'un job font la queue devant un salon de l'emploi. Soudain, une Mercedes fonce sur la foule, causant huit morts et quinze blessés dans son sillage. Délaissant le fantastique pour le polar, Stephen King démontre une fois de plus son talent de conteur.

Nuit noire, étoiles mortes   n° 33298

Quatre nouvelles puissantes et dérangeantes, quatre personnages confrontés à des situations extrêmes qui vont les faire basculer du côté obscur, plus une nouvelle inédite vraiment inquiétante…

La Peau sur les os (Richard Bachman)   n° 15154

Billy Halleck est un gros et paisible avocat du Connecticut. Un vieux chef gitan le touche du doigt en lui disant : « Maigris ! » Après avoir tué accidentellement une femme de la tribu, Billy venait quasiment d'être innocenté par ses amis, juge et policier… Et Billy se met à maigrir…

La petite fille qui aimait Tom Gordon   n° 15136

Trisha s'est laissé distancer par sa mère et son frère, au cours d'une excursion dans les Appalaches. Elle est lasse de leurs disputes depuis que Papa n'est plus là. Quelques minutes plus tard, la voici réellement perdue dans ces forêts marécageuses.

Les Régulateurs (Richard Bachman)   n° 15150

Les Régulateurs sont lâchés. Personne ne pourra plus leur échapper…

Rêves et cauchemars   n° 15161

20 histoires pour explorer des territoires connus seulement de S. King et rencontrer ses créatures les plus inquiétantes, les plus bizarres ou les plus monstrueuses. 20 histoires qui empoisonneront vos rêves et blanchiront vos nuits.

Revival   n° 34406

Il a suffi de quelques jours au charismatique révérend Charles Jacobs pour ensorceler les habitants de Harlow, dans le Maine. Et plus que tout autre, le petit Jamie. Car l'homme et l'enfant ont une passion commune : l'électricité. Trente ans plus tard, Jamie est un guitariste de rock rongé par l'alcool et la drogue. Il va croiser à nouveau le chemin de Jacobs, et découvrir que le mot « renaissance » peut avoir plus d'un sens.

Roadmaster   n° 15155

Un inconnu s'arrête dans une station-service, au volant d'une Buick « Roadmaster » des années 1950… qu'il abandonne avant de disparaître. Le véhicule est entièrement composé de matériaux inconnus. Vingt ans plus tard, la Buick est toujours dans un hangar de la police, et des phénomènes surnaturels se produisent à son entour.

Rose Madder   n° 15153

Quatorze ans de mariage et de mauvais traitements. Un enfer pour Rosie ! Et une obsession : fuir son tortionnaire, flic jaloux et sadique, prêt à la massacrer à la première occasion. Qui donc pourrait lui venir en aide ? Personne en ce monde. Mais il existe un autre monde. Celui de Rose Madder.

Salem   n° 31272

Ben Mears revient à Salem et s'installe à Marsten House,
inhabitée depuis la mort tragique de ses propriétaires. Il se
passe des choses étranges à Salem : un chien est immolé, un
enfant disparaît, et l'horreur s'infiltre, se répand, aussi iné-
luctable que la nuit qui descend.

Shining   n° 15162

Dans les montagnes Rocheuses, l'Overlook Palace est fermé.
Seul l'habite un gardien. Cet hiver-là, c'est Jack Torrance :
un alcoolique et écrivain raté. Avec lui sa femme, Wendy, et
leur fils, Danny, qui possède le don de voir, de ressusciter les
choses et les êtres que l'on croit disparus.

La Tempête du siècle   n° 15133

Sur l'île de Little Tall, on a l'habitude des tempêtes. Celle qui
s'annonce devrait être particulièrement violente. Et, surtout,
la petite communauté tremble d'héberger Linoge, l'assassin
de la vieille Mrs Clarendon, qui fait peur même au shérif…

Tout est fatal   n° 15152

Ça vous dirait de vivre votre propre autopsie ? De rencontrer
le diable ? De vous tuer par désespoir dans les plaines enneï-
gées du Minnesota ? De devenir assassin via l'Internet ou de
trouver la petite pièce porte-bonheur qui vous fera décrocher
le jackpot ?

22/11/63   n° 33535

Jacke Epping, professeur d'anglais à Lisbon Falls, n'a pu
refuser la requête d'un ami mourant : empêcher l'assassinat
de John Fitzgerald Kennedy. Une fissure dans le temps va
l'entraîner en 1958.

Le Livre de Poche s'engage pour
l'environnement en réduisant
l'empreinte carbone de ses livres.
Celle de cet exemplaire est de :

700 g éq. CO₂

PAPIER À BASE DE   Rendez-vous sur
FIBRES CERTIFIÉES www.livredepoche-durable.fr

Composition réalisée par Nord Compo

Achevé d'imprimer en mai 2018 en Italie par
Grafica Veneta
Dépôt légal 1ʳᵉ publication : mai 2001
Édition 14 – mai 2018
LIBRAIRIE GÉNÉRALE FRANÇAISE – 21, rue du Montparnasse – 75298 Paris Cedex 06

31/5037/2